KB135921

학
려
화
정

ROYAL NIRVANA vol. 1 (鶴唳華亭上冊)

일러두기

1. 이 책의 외래어 표기는 국립국어원의 외래어 표기법을 따랐다.
2. 본문에 나오는 책은 『 』, 시문 제목은 「 」, 노래 제목은 〈 〉로 표시했다.
3. 각주는 모두 작가 주이며, 옮긴이의 주는 '역주'로 표시했다.

鶴唳　　　학려화정　　　華亭

슈에만량위안 지음

신노을 옮김

달다

차례

제1장

모든 것에는 시작이 있나니*

　내인 고씨는 서원궁西苑宮 문턱을 넘으며 으리으리한 궁문 밖으로 펼쳐진 푸른 하늘을 가만히 올려다봤다. 정녕靖寧 원년 어느 봄날이었다. 따스한 봄바람에 실린 구름이 느긋하게 하늘 위를 흘렀다. 분청자기 유약처럼 부드럽고 사랑스러운 빛깔의 하늘이었다. 황금빛 눈부신 햇살 사이로 버들개지와 벚꽃 잎이 뒤엉켜 흩날리며 영롱한 분홍 물결이 일었다. 유약은 하늘 가장자리로 갈수록 서서히 옅어지며 점차 순백색에 여린 회색이 섞인 도자기 빛깔을 띠었다.

　저곳이 하늘의 끝이겠구나.

　고 내인은 하늘로 향했던 시선을 거두고 몸에 걸친 청삼 매무새를 고친 뒤, 말없이 동료들을 따라 주홍색 담벼락 안으로 발을

---

　* 본 작품의 시대적 배경은 허구이나 하나로 통일하기 위해 명칭, 풍속, 복식, 예술 등은 일괄적으로 북송 시대를 따랐다. 본문에 나오는 시문, 주문, 기물 등은 송대 이후 출현하지 않는다. 제도와 문물, 의전 등은 명나라 초기를 따랐다. 스토리 전개상 예외적인 부분은 따로 각주를 달았다.

디뎠다.

　나이가 차 입궁한 궁인에게 꽃길 같은 것이 펼쳐질 리는 없었다. 그녀가 미천한 신분의 허드렛일 담당 궁인으로 입궁해 가장 먼저 맡은 일은 품계가 낮은 내시들의 의복 세탁이었다. 얼마 지나지 않아 완의소浣衣所 시장侍長과 동료 내인들은 고 내인을 좋아하지 않을 수 없게 되었다. 좀처럼 잔꾀를 부리지 않는 그녀의 성품을 금방 알아차렸기 때문이었다. 그녀는 겸손하고 온순하며 말수가 적었다. 허드렛일을 마친 완의소 내인들은 이따금 한데 모여 수다를 떨고는 했는데, 그때마다 고 내인이 구석에서 엿듣는 듯 보여도 자리를 피하지는 않았다.
　궁인들은 보통 궁정의 자질구레한 일들을 화제로 삼았다. 대개는 누구와 누가 친하다더라, 누구와 누가 싸웠다더라, 어디 나무는 잎이 시들었다더라, 어디에 꽃이 흐드러지게 피었더라 같은 것들이었다. 그러나 무슨 이유에서인지 그녀들의 수다는 매번 끝에 서원궁의 주군이자 그녀들의 주군인 황태자 전하 이야기로 이어졌다. 그중 누군가가 중정中廷에서 풀 먹인 세탁물을 나르다가 멀리서 힐끔 태자를 본 일을 환희에 찬 표정으로 장황하게 늘어놓자, 다른 이들이 몹시 부러워하며 전혀 신선하지 않은 질문들을 호들갑을 떨며 던졌다.
　"전하는 피부가 하얘, 까매?"
　"전하는 어떤 옷을 입으셨어?"
　"전하도 너를 보셨어?"
　그들의 지칠 줄 모르고 이어지는 설파 덕분에 고 내인의 뇌리에는 태자의 수려한 용모가 점차 각인되었다. 동료들은 초롱초롱 빛나는 눈으로 감상에 젖어 이렇게 말하고는 했다.

"여자로 태어나서 태자 전하 같은 미남자와 하룻밤을 보낸다면 세상에 태어난 보람이 있을 거야."

고 내인이 자연스럽게 알게 된 것들은 이것뿐만이 아니었다. 듣자 하니 태자는 성품이 고약하고 아랫사람에게도 혹독했다. 성상의 눈 밖에 나서 아직도 정식 후계자로 인정받지 못했다는 이야기도 있었는데, 이건 조정 관리나 저잣거리 백성이나 모르는 사람이 없었다.

원래 이름이 '중화전重華殿'이었던 서원궁 정전正殿은 태자에게 내려지면서 궁으로 강등되어 이름도 '보본궁報本宮'으로 바뀌었다. 한때 천자의 행궁으로 쓰였으나, 몇 대째 선택을 받지 못하는 바람에 오랫동안 보수 없이 방치되어 외관이 초라하고 협소했다. 황궁과의 거리가 3~5리로 가까운 편인데도 보살핌의 손길이 전혀 닿지 않아 상태가 냉궁이나 다름없었다.

그중에서도 지금 궁인들이 있는 완의소는 냉궁 중의 냉궁이라 할 수 있을 것이다. 설령 내시라도 젊은 남자를 구경하기 힘든 곳이었기 때문이다. 더군다나 일은 고된데 봉록은 쥐꼬리만 했다. 처음 입궁할 당시 품었던 원대한 포부와는 너무나도 동떨어진 생활이었다.

글월을 접할 기회가 거의 없긴 해도 기승전결의 미학은 본능적으로 깨우쳤는지, 그녀들은 이야기가 자신들의 각박한 현실로 향할 때쯤이면 재빨리 화제를 돌려 서로를 위로했다.

"여기가 좁기는 해도 좁은 대로 장점이 있다니까? 언젠가는 전하를 볼 수 있을지도 모르고 말이야."

궁인들 대다수는 당연히 태자를 직접 본 적이 없었다. 태자를 봤다는 궁인도 어쩌다 피할 수 없는 길목에서 마주쳤을 때 먼발치에서 힐끔 훔쳐본 것이 다였다. 아까까지만 해도 대문호인 양이야기를 꾸며대던 궁인은 이번에는 자연스럽게 화가로 돌변해 전하의 속발관*과 두건을 섬세한 필치로 묘사하더니, 이윽고 전하가 입은 도포의 재질과 조화**에 새겨진 구름무늬로 마무리를 지었다. 취향이 다양한 궁인들이 저마다 상상의 나래를 펼치는 바람에 태자의 고귀한 얼굴은 여러 가지 판본으로 나뉘었다. 용모가 수려하다는 유일한 공통점을 제외하면 목격자들이 봤다는 사람은 도무지 같은 사람 같지 않았다.

사실 궁인들은 태자처럼 까마득히 높은 신분의 남자와 엮일 가능성은 평생 어림 반 푼어치도 없다는 걸 잘 알고 있었다. 그럼에도 그녀들은 각자의 마음에 품은 이상형대로 태자의 윤곽을 그렸다. 그렇게 만들어낸 자신만의 아름다운 우상을 쓸쓸하고 차가운 궁정 곳곳에서 수시로 떠올리며 젊은 혈기와 외로움을 달랬던 것이다. 아무리 미천한 궁인이라도 외로운 건 고귀한 윗분들과 다를 바 없지 않겠는가. 고 내인도 그녀들과 똑같이 쪽 찐 머리에 똑같은 은색 반박***을 찬 채 같은 심정으로 여름이 다 가도록 냉궁 한구석에 숨어 빨래를 했다.

어느 날 오후, 고 내인이 막 빨래를 마친 옷들을 널어 말리려는데, 시장 이씨가 들어와 사방을 두리번거리며 물었다.

"왜 너 혼자 있어? 나머지 아이들은?"

고 내인은 널려던 빨래를 내려놓으며 이 시장을 바라봤다.

"점심시간이라 다들 밥 먹으러 갔어요."

이 시장은 잠시 고민하다가 바로 고 내인에게 지시했다.

"급한 일이 생겼으니 나를 따라와. 봉의奉儀 이씨와 곽씨에게

---

* 상투에 덧씌워 장식하는 관. —역주
** 목이 긴 검은색 신발. —역주
*** 일할 때 소매를 걷어 고정하는 용도로 쓰였던 천 띠. —역주

옷을 보내야 해."

봉의라면 태자의 후궁 중 가장 낮은 품계가 아닌가. 이 시장은 봉의들을 위해 심부름할 사람을 고르는 데 힘을 쏟고 싶지 않았던 터에, 마침 마주친 고 내인이 적당한 인물이라고 여겨 지목한 것이었다. 그녀의 심중을 알아차린 고 내인은 눈치껏 빨리 대답하고는 손을 닦고 걷어붙인 소매를 내렸다. 그 길로 이 시장의 거처로 따라가니 옷을 곱게 개어 담은 옷상자 두 개가 맡겨졌다.

고 내인은 서원궁에 들어온 이래로 줄곧 완의소에 틀어박혀 외출은커녕 중정으로 나간 적도 없었다. 사정이 그러하니 길을 지나는 내내 눈에 들어오는 경관에 자연스레 넋을 빼앗겼다. 연꽃이 시들고 목서꽃이 피려는 것을 보니 어느새 가을로 접어든 모양이었다. 시간은 참으로 빨리도 흐르는구나. 대강 따져보니 입궁한 지도 얼추 반년이었다. 그렇게 감회에 젖어 걷는 사이, 이 시장의 목소리가 들렸다.

"먼저 이 봉의 마마께 옷을 드려야겠다. 넌 들어갈 필요 없으니 여기서 내가 올 때까지 기다려."

"네."

고 내인은 옷상자를 끌어안고 가만히 서서 멀어져 가는 이 시장의 뒷모습을 눈으로 배웅했다.

이 시장이 동궁의 측비側妃 이 봉의 처소 내인에게 옷을 전달하며 뭐가 그리 급해서 재촉했냐고 묻자, 내인의 얼굴에 화사하게 웃음꽃이 피었다. 이 봉의가 승은을 입게 됐으니 무슨 일이 있어도 해가 지기 전에는 새 옷의 다림질을 끝내야 한다는 것이었다. 이 시장은 그 자리에 그대로 서서 이것저것 시시콜콜 잡담을 나눈 뒤, 고 내인이 있는 곳으로 돌아왔다. 그런데 고 내인은 온데간데없고 옷상자만 같은 자리에 덩그러니 놓여 있는 것이 아닌

가. 이상해 사방을 둘러보는데 소황문 한 명이 궁벽을 따라 이쪽으로 달려오는 모습이 보였다.

환관은 그녀를 발견하자 앞뒤 사정은 설명도 하지 않고 대뜸 추궁했다.

"그 얼굴이 새하얗고 삐쩍 마른 궁인은 자네가 거느리는 아이인가?"

이 시장은 황급히 고개를 끄덕이며 대답했다.

"고 내인을 말하는 건가요? 그 아이는 지금 어디에 있어요?"

아직 목소리에 애티가 가득한 젊은 환관의 말투는 어딘가 모르게 거만하고 위압적이었다. 그는 잠시 생각하다가 눈썹을 찡긋 올리며 투덜거렸다.

"자기 입으로 고씨라고 밝혔으면 좋으련만."

그는 입을 실쭉거리다가 고개를 들고 이 시장에게 눈을 부라리며 호통쳤다.

"자네 밑의 아이가 틀림없군. 딱 봐도 잡역 궁인들의 시장 같은데, 어떻게 아랫것 하나 제대로 못 다스리고 천방지축으로 날뛰게 하나? 내가 태자 전하의 명을 받들어 수차례나 이름을 물었거늘, 한사코 입을 꾹 다물고 있는 바람에 이렇게 싸돌아다니며 신원을 수소문하는 신세가 됐어! 때마침 잘 만났군. 어디 뭐라고 둘러대나 보겠네!"

이 시장은 그제야 정신이 번쩍 들었다. 눈앞의 소황문은 놀랍게도 태자의 수행 환관이었던 것이다. 그의 질책을 들으니 대충 어떤 상황인지 짐작이 갔다. 그녀는 어쩔 줄을 몰라 손발을 동동 구르다가 소황문에게 살짝 읍하며 물었다.

"그 아이가 무슨 잘못을 저질렀는지 알려주실 수 있겠습니까?"

소황문은 이 시장의 말을 듣고서야 앞뒤 사정은 쏙 빠트린 채 까닭 없이 면박만 줬다는 사실을 깨닫고는 냉랭한 말투로 이유를 알렸다.

"무슨 잘못을 했냐고? 전하의 학가*를 가로막았네."

이유를 듣고 보니 보통 일이 아니었다. 이 시장은 혼이 나간 듯 허둥지둥 해명했다.

"어디부터 설명해야 좋을지 모르겠네요. 소인이 자리를 잠깐 비운 사이에 일어난 일이어서……. 원래 얌전하고 착실한 아이인데, 대체 어쩌다가 어디서 전하와 부딪쳤답니까?"

소황문은 되돌아가려고 막 몸을 돌리던 차에 그녀의 말을 듣고 발을 동동 구르며 분노했다.

"자네 사람이 저지른 일을 왜 내게 물어? 그 아이가 와서 부딪친 게 아니면, 태자 전하가 일부러 그 아이에게 가서 부딪치시기라도 했다는 말인가? 윗물이 맑아야 아랫물이 맑은 법인데, 이렇게 어리석은 소리를 하니 아랫것들이 뭘 배웠겠나. 아직도 할 말이 남았나? 전하 앞으로 가면 해명할 기회가 없을까 봐?"

이 시장은 애타는 마음으로 소황문 뒤를 따라 측문을 넘고 연못을 지났다. 한 발 한 발 내디딜 때마다 발밑이 진창에 푹푹 꺼지는 듯한 느낌이었다. 못가 바위 앞에 도착하자, 과연 길가에 무릎을 꿇은 고 내인이 여러 명의 환관에게 빙 둘러싸인 광경이 보였다.

바위 앞에는 열일고여덟 살쯤 되어 보이는 소년이 앉아 있었다. 연꽃 모양 하얀 옥관을 머리에 쓰고 소매가 넓은 하얀색 난포에 옥대를 차고 있었다. 격식을 차리지 않은 복장이어서 얼핏 보면 집에서 휴식 중인 문관처럼 보였지만, 이 서원에서 저렇게 당당하게 앉아 있을 사람이 황태자 소정권蕭定權 말고 또 누가 있겠

　＊ 태자의 가마. ─역주

는가. 갑자기 눈앞이 캄캄해진 이 시장은 다리에 힘이 풀려 더 걷지도 못하고 그대로 길가에 털썩 주저앉으며 무릎을 꿇었다.

소정권은 눈을 내리깔고 고려지*로 만든 쥘부채로 손장난을 하고 있다가, 어린 환관이 허겁지겁 다가오자 느긋하게 물었다.

"알아봤나?"

"네. 완의소의 궁인이었습니다."

어린 환관이 유순한 목소리로 대답하자, 소정권은 얇은 눈꺼풀을 서서히 들더니 금박으로 장식된 쥘부채에 내내 꽂혀 있던 시선을 옆으로 옮겼다. 시선이 닿은 곳에는 궁복 차림의 아름다운 여인이 있었다. 그는 사뭇 설움이 가득한 목소리로 여인에게 한탄했다.

"요즘 서원의 기강이 말이 아니군. 봐. 일개 완의소의 잡역 궁인마저 법도를 무시하잖아."

여인은 소정권의 불평에 빙그레 웃을 뿐 별다른 반응을 보이지 않았다. 주변을 환하게 밝히는 눈부신 미소였다.

이 시장은 주군의 괴팍한 성품을 소문으로 들어 잘 알고 있었으므로 기겁하며 연신 고개를 조아렸다.

"소인이 전하께 죽을죄를 저질렀습니다. 평소에 시녀들을 엄격하게 가르쳐 다스리지 못한 죄는 만 번 죽어 마땅하나, 이 아이는 입궁한 지 얼마 안 된 신참이고, 나이가 어려 아직 어리숙하니 부디 천은을 베푸시어 소인들의 대죄를 용서해주시옵소서."

그때 꿇어앉아 한참이나 입을 꾹 다물고 있던 고 내인이 난데없이 끼어들었다.

"이건 소인이 혼자 저지른 일이지 시장님은 잘못이 전혀 없습

---

* 학자들은 쥘부채의 원산지가 중국이 아니며, 북송 때 처음 고려에서 수입된 것으로 본다.

니다. 그냥 저 한 사람만 처벌해주십시오."

그러자 이 시장이 고개를 푹 숙인 채 그녀에게 욕을 퍼부었다.

"이런 쳐 죽일 년을 봤나. 넌 황궁이 어떤 곳인지도 모르고 자랐느냐? 탁자 위에 놓인 꽃병에도 두 귀가 달렸거늘, 어떻게 전하 안전에서 '천세'를 붙이는 것도 모르는 게야? 실제로 전하를 뵈니 실감이 안 나는 게야? 여기가 어느 안전이라고 너 따위가 잘잘못을 따져? 사람들한테 입 달렸다고 알리기라도 하고 싶어서?"

정권은 시장이 욕을 참 재미있게 한다고 생각하며 고 내인을 힐끔 보았는데, 뜻밖에도 억울하다는 표정을 짓고 있었다. 이유는 모르겠지만 묘하게 흥미가 일었다. 그는 마침 기분도 나쁘지 않았던 터라 웃으며 이 시장에게 말했다.

"됐으니 데려가서 적절한 벌을 내려 잘 가르쳐라. 이런 일이 다시 일어나면 너도 함께 벌할 것이다."

이 시장은 엄청난 중벌을 받을 줄 알고 마음을 졸이고 있다가 뜻밖에도 가벼운 처벌에 그치자 안도하며 가슴을 쓸어내렸는데, 고 내인을 보니 여전히 입을 꾹 다물고 있었다. 그녀는 다급하게 고 내인을 재촉했다.

"전하께 감사드리지 않고 뭐 해?"

이 시장이 세 번이나 옆구리를 쿡쿡 찌르며 닦달을 했으나, 고 내인은 고집스럽게 입을 다물고 있을 뿐이었다. 몸을 일으켜 자리를 떠나려던 정권은 그 광경을 보고는 걸음을 멈추고 슬며시 미소를 지었다.

"넌 분명 내릴 벌은 다 내려놓고 뭘 감사해야 하냐고 생각하고 있겠지? 내 말이 맞나?"

고 내인이 그래도 대답을 하지 않자, 이 시장은 두려운 마음에 황급히 끼어들어 거들었다.

"전하, 이 아이가 진하의 아름다운 모습을 난생처음 보고 넋을 잃었나 봅니다."

정권은 웃으며 되물었다.

"그러하냐? 그래서 말을 못 하는 게야?"

고 내인이 침묵으로 일관하는 것을 보고 정권은 다시 웃으며 말했다.

"저 아이는 아무래도 네 호의를 받아들일 생각이 없는 모양이로군."

이 시장이 뭐라고 두둔해야 좋을지 몰라 안절부절못하고 있는데, 정권이 근엄하게 바뀐 표정으로 호령했다.

"당장 몽둥이를 대령해라. 위아래도 모르는 노비에게 버릇을 가르쳐야겠구나."

식은땀을 닦던 소황문은 말이 떨어지기가 무섭게 달려가더니, 곧 손에 나무 막대기를 든 내시를 데리고 돌아왔다.

정권은 자리에서 일어나 고 내인에게로 다가가 쥘부채로 그녀의 턱을 들어 올려 얼굴을 세세히 살폈다. 고 내인의 얼굴이 순간 새빨갛게 달아올랐다. 그가 이런 경박한 행동을 할 거라고는 미처 예상하지 못한 까닭이다. 고 내인이 얼굴을 돌려 시선을 피하자, 정권은 입꼬리를 살짝 올려 미소를 지으며 더는 압박하지 않았다. 그는 손을 내려놓으며 이 시장에게 말했다.

"넌 이 아이가 황궁도 모르고 자랐다고 했지만, 내가 보기에는 고매한 기개가 있어 보이는구나. 황태자 앞에서도 이렇게 멀뚱히 팔짱만 끼고 있으니 어사대의 경박한 속물들도 저 기세를 어쩌지 못하겠어. 저런 성질머리는 벌을 받아도 속으로는 끝내 굽히지를 않지."

정권은 다시 웃는 얼굴로 고 내인에게 물었다.

"그러하냐?"

그는 이번에는 대답을 기다리지 않고 바로 자리에 앉아 이 시장을 가리키며 명령을 내렸다.

"저 여자를 쳐라."

정권 양옆에 선 시자侍者들이 즉시 대답하고는 이 시장을 잡아끌자, 그녀는 소스라치게 놀라며 손이 발이 되도록 빌었다. 원래의 표정을 되찾았던 고 내인은 얼굴을 다시 새빨갛게 붉히더니 이를 악물고 고개를 조아리며 기어 들어가는 목소리로 빌었다.

"소인이 잘못했습니다. 부디 용서해주십시오."

여태껏 이런 노비를 겪어본 적이 없는 정권은 목덜미부터 귀 끝까지 새빨갛게 달아오른 그녀의 얼굴을 보고 미심쩍어 물었다.

"정말이냐?"

고 내인은 울먹이며 대답했다.

"네. 다시는 잘못을 저지르지 않겠습니다."

원래 별일도 아니었던 데다가 여자가 이렇게 나오자, 정권은 흥미가 싹 가셨다. 더 따지기도 귀찮아진 그는 자리에서 일어나 손을 휘휘 저으며 말했다.

"주 상시常侍에게 처리를 맡겨라."

이 시장은 머리를 조아리며 감읍해 하다가, 말없이 고개만 숙이고 있는 고 내인을 보자 또다시 태자의 성미를 건드릴까 두려워 다급하게 옷소매를 잡아당겼다.

"아보, 빨리 성은이 망극하다고 해!"

정권은 두 발짝 정도 걸음을 내디뎠다가 이 시장의 말에 갑자기 몸을 획 돌려 물었다.

"네 이름이 뭐라고?"

이 시장은 재빨리 고 내인을 대신해 대답했다.

"아보입니다. '보배 보寶'자를 씁니다."

정권은 잠시 멍하니 있다가 다시 물었다.

"성은 무엇이고?"

다시 이 시장이 대답했다.

"고씨입니다. '돌아볼 고顧'자를 쓰고요."

이 시장 옆에 있던 시자들은 소정권이 제자리에 서서 오랫동안 침묵하자 어리둥절했으나, 그렇다고 함부로 움직일 수는 없었다. 그렇게 한참이 지난 뒤에야 소정권의 지시가 떨어졌다.

"주 상시에게 넘겨라."

시자들이 즉시 대답하며 두 사람에게 다가가려는데, 정권이 다시 몸을 돌려 아름다운 여인에게 지시했다.

"주순에게 저 여자가 언제 뽑혀서 궁으로 들어왔는지 알아보라고 해. 넌 저 아이가 보본궁에서 일할 수 있게 잘 가르치고."

고분고분 대답한 뒤 정권을 따라 몇 걸음 가던 여인은 문득 뒤를 돌아보다가 아보와 시선이 딱 마주쳤다. 그 여인은 비단결처럼 고운 머리카락에 홑겹 상의, 화려한 색감의 긴 치마를 입고 있었다. 머리에 얹은 가계*에는 구슬 장식이 전혀 없었고, 이마와 뺨 가장자리에는 비취 꽃 화전**이 찍혀 있었다. 비빈의 차림이라고는 볼 수 없었는데 그렇다고 평범한 내인의 차림도 아니었다. 여인은 자신을 가늠하는 아보의 시선을 눈치채고 입가에 옅은 미소를 머금었다. 부드럽고 아름답지만 약간의 동정심이 담긴, 그리고 약간은 익살스러운 미소였다.

---

* 땋아서 틀어 올린 모양의 가발. ─역주
** 여인의 이마와 뺨에 붙이는 장식. ─역주

제
2
장

둘 곳 없는 외로운 몸이여

태자 일행은 멀리 사라졌다. 이 시장은 그들의 뒷모습이 완전히 사라지기도 전에 사지가 마비되어 털썩 주저앉았다. 그녀는 그렇게 앉은 채로 반나절이나 가쁜 숨을 몰아쉬고는 힘겹게 자리에서 일어나 아보를 부축해 일으키며 물었다.

"괜찮니?"

아보가 고개를 끄덕이자, 이 시장이 뺨을 매섭게 올려붙이며 추궁했다.

"대체 어떻게 된 일이야?"

아보는 한참을 침묵하다가 둘러댔다.

"그냥 사람이 별로 없어서 구경이나 하려던 거였는데 우연히 부딪힌 것뿐이에요."

성의 없는 대답을 들으니 어딘가 석연치 않았다. 이 시장은 의심스러운 마음에 서너 번을 더 추궁했으나 대답은 아까와 다르지 않았다. 처음에는 그냥 고집스러운 성격에 세상 물정을 몰라서 저러는 것이리라 여기며 몇 번을 더 꾸중하고 다그치다가, 한참 만에야 헛수고라는 것을 깨닫고 고개를 절레절레 저으며 말했다.

"됐다, 됐어. 원래 사람마다 타고난 인연은 따로 있는 법이지. 난 오늘 어떻게든 널 구하려고 애썼는데 지금 보니 쓸데없는 짓이었어. 다행히 앞으로 너와 엮일 일은 없겠다만, 그렇게 고집 부리다가는 제명에 못 산다. 보본궁으로 가서도 그렇게 하면 네 목숨 살릴 사람은 부처님밖에 없을 거야."

그녀는 말을 마치고는 한숨을 푹 내쉬더니, 아보는 내버려 둔 채 바닥에 버려진 옷상자를 주워 들고 곽 봉의의 처소로 홀연히 가버렸다.

아보가 터벅터벅 자신의 거처로 되돌아가는데, 완의소 내인들이 어디서 소식을 주워들었는지 일찌감치 문턱을 지키며 기다리고 있었다. 아보의 모습이 보이기 시작하자, 그녀들은 우르르 달려들어 왁자지껄 어찌 된 일이냐고 따져 물었다. 아보는 여전히 입을 꽉 다물고 있었다. 내인들은 마뜩지 않아 하며 이번에는 다른 것을 물었다.

"전하는 어떻게 생기셨든? 자세히 봤어?"

아보는 고개를 저으며 대답했다.

"감히 고개를 들지 못해서 볼 수가 없었어."

내인들은 관심 없다는 듯한 아보의 무심한 표정을 보자, 그녀가 벌써부터 자신들과 거리를 두는 것처럼 느껴졌다.

"높은 곳으로 간다 이거네."

"설령 귀한 몸이 되더라도 옛 처지를 잊으면 안 된다고 했는데."

다들 아보를 비꼬며 삼삼오오 흩어지려는데 돌연 아보의 나지막한 목소리가 들렸다.

"전하 옆에 있던 사람은 봤어. 미인이고 다른 사람들과 차림이 다르던데……."

평소 뒷말을 즐기는 궁인 한 명이 그 즉시 뒤돌아보며 웃는 얼굴로 대답했다.

"차림이 다르다면 아마 우리가 항상 얘기하던 진구주 마마일 거야."

그녀는 몇 걸음 가다가 갑자기 큰 소리로 웃으며 말했다.

"너도 다 들었던 얘기 아니야? 왜 이제 와서 모르는 척하고 있어?"

옆에서 또 누군가가 참견했다.

"저렇게 계속 주워듣다가 어디서 또 불경이나 법술 주워듣고 누구 하나 계도하는 건 아닌가 모르겠어."

그러자 조금 전에 말했던 내인이 코웃음을 치며 비꼬았다.

"쟤도 몸 둘 곳 하나 없는 외로운 처지야. 자기 몸 하나 어쩌지 못하는 애가 누구를 계도한다고 그래?"

내인들의 말투는 부정적이기는 했지만, 중대한 사안이라는 생각이 들었는지 한자리에 모여서 저마다 의견을 내놓았다.

"평소에 말수가 적더니 수완이 제법 있어."

"그 진구주라는 여자도 내인 출신 아니야? 정말 눈부시게 아름답다던데. 전하께서 관례를 치르고 이사 오시자마자 옆에서 시중을 들었다는데 무슨 말이 더 필요해. 그나저나 전하는 쟤 어디가 마음에 들었을까?"

"내가 그랬잖아. 사람은 겉모습만 봐서는 모른다니까."

한참을 토론해도 결론이 나지 않자, 용감무쌍한 한 명이 대범하게도 내인들을 이끌고 이 시장을 찾아가 물어보기에 이르렀다. 안 그래도 분을 못 이겨 씩씩거리던 이 시장은 드디어 울분을 몽땅 터뜨릴 곳을 찾았다.

"내가 너희같이 근본도 없는 천한 것들을 일일이 상대하다가 오늘 이 험한 꼴을 당했구나. 그렇게 자기 무덤을 파고 싶으면 너희끼리 파려무나. 괜히 가만히 있는 나까지 사지로 끌어들이지 말고!"

내인들이 영문을 몰라 멍하니 서로 눈짓을 하고 있자니, 이 시장이 차갑게 한마디를 덧붙였다.

"앞으로 스무 살 밑으로는 바깥일은 생각도 말거라!"

이튿날 과연 내시들의 수장 주순의 수하들이 완의소를 발칵 뒤집었다. 완의소 내인들은 모두 하나같이 큰 곤욕을 치러야 했다. 내인들은 격분해 아무도 떠나는 아보를 배웅하지 않았다.

구주는 오늘 평범한 내인처럼 단령포*를 입고 허리에는 황색 혁대를 차고 있었다. 그녀는 아보를 보자 손을 잡아끌며 웃었다.

"새 옷은 몸에 잘 맞니?"

그녀는 아보를 좌우로 훑더니 다시 말했다.

"네가 급하게 오는 바람에 있는 옷 중에서 가장 작은 걸 골랐는데 많이 헐렁해 보이는구나. 소매를 접어 올리고 혁대를 꽉 매려무나. 며칠만 이렇게 불편하게 지내렴. 내가 사람을 시켜 딱 맞는 옷을 새로 지어줄 테니."

아보는 사양했다.

"그러실 필요 없습니다, 마마. 그냥 이대로도 좋아요."

구주가 잠시 굳은 표정을 짓더니 다시 표정을 풀며 말했다.

"날더러 마마라니? 큰일 날 소리를 하네. 내가 나이는 너보다 몇 살 위인 거 같으니 싫지 않다면 그냥 언니라고 부르렴. 이름을 불러도 괜찮고. 내 이름은 그 아이들이 벌써 알려줬지?"

---

* 푸른색 관복. —역주

22

아보가 살짝 고개를 끄덕이자, 그녀는 다시 웃으며 말했다.

"옷은 네 마음대로 할 수 있는 일이 아니야. 네가 전하를 위해 옷감을 아끼고 싶어도 아마 전하께서 허락하지 않으실 거야. 솔직히 전하는 이런 데 과민하게 신경을 쓰시는 편이거든. 그러니까 새 옷이 오기 전까지는 전하의 눈에 띄지 않게 조심해. 전하께 들켜서 뭐라고 꾸중 듣기 싫다면 말이야."

구주는 아보와 얼굴을 맞대고 태자가 좋아하는 행동, 싫어하는 행동을 하나하나 자세히 일러주더니, 다음으로는 그녀의 가족 내력 등을 물었다. 아보는 그녀의 물음에 답하면서 태자에 관한 설명을 하나하나 빼놓지 않고 머릿속에 새겼다.

구주가 말한 대로 보본궁의 규율은 번거롭고 장황했다. 가장 골치 아픈 문제는 태자의 결벽증이었다. 자신의 몸을 하루에 삼세번 씻는 것에 그치지 않고 남들도 자기만큼 청결하기를 바라서 책상이나 탁자 위는 물론, 내시와 내인들의 머리부터 발끝까지 태자의 눈길이 닿는 모든 곳에 티끌 하나 보여서는 안 됐다. 이 때문에 이곳 사람들은 모두 틈날 때마다 몸을 씻고 옷을 갈아입었다. 아보는 완의소의 일이 정신없이 바빴던 이유를 지금에 와서야 깨달았다.

태자의 성품 역시 소문대로 상냥함과는 거리가 한참 멀었다. 사람들은 잠깐이라도 마음을 놓았다가 악마 같은 웃전의 성미를 건드릴까 봐 온종일 숨 한번 크게 내쉬지 못하고 전전긍긍했다. 어느 날 한번은 아보가 차를 끓여 받들어 올리다가 실수로 그만 탁자 위에 물 한 방울을 흘렸다. 한창 글씨를 쓰던 태자는 즉시 붓을 집어던졌고, 그 바람에 거의 완성되었던 문서 한 장이 순식간에 엉망진창이 되어버렸다. 사람들은 즉시 꿇어 엎드리며 죄를 청해야 했다. 그들은 정권이 뛰쳐나간 지 한참이 지나도록 자리에서 일어나지를 못하다가 구주가 사람을 부르러 왔을 때에야 비로소 일어났다.

날마다 작은 실수로 사람이 쫓겨났고, 쫓겨난 사람은 곧 새로운 얼굴로 대체되었다. 이곳은 완의소와는 달리 전하가 어째서 난데없이 천한 내인을 뽑아 데려왔는지 아무도 궁금해하지 않았다. 사람이 교체되는 것쯤은 늘 있는 일로 여기는 모양이었다. 아보는 시간이 좀 더 흐른 뒤, 이것이 단지 태자의 까다로운 성미 때문만은 아니라는 사실을 깨달았다.

가을이 가고 겨울이 다가오고 있었다. 동지를 얼마 앞둔 어느 날, 정권이 난각* 서재에서 공문서를 쓰고 있는데, 환관이 홀연히 들어와 고했다.

"전하, 첨사僉事 장 대인이 뵙기를 청하십니다."

"어서 들라 이르라."

정권은 급히 붓을 내려놓고 지시한 뒤, 옷매무새를 가다듬으며 좌우를 물렸다.

아보는 서재 문 앞을 지나다가, 보라색 관복에 횡금**을 찬 문인의 기상이 넘치는 중년 관원이 주순의 안내를 받으며 안으로 들어서는 모습을 보았다. 그가 들어가자 난각의 문은 굳게 닫혔다. 감히 주위에서 얼씬거리는 사람도 없었다. 그녀는 문득 호기심이 일어 조용히 구주에게 물었다.

"귀인 언니, 저 사람은 누군데 전하가 저토록 정중하게 대하세요?"

---

* 난방을 설치한 전각. —역주
** 관등을 표시한 패. —역주

구주는 손을 흔들며 그녀의 입을 막은 뒤, 밖으로 나오고 나서야 조용히 속삭였다.

"저분은 이부상서吏部尚書 장육정 대인이야. 첨사부* 정첨正詹을 겸하고 있어서 요즘 전하가 가장 가까이 두고 신임하시지."

아보는 고개를 끄덕이며 더는 묻지 않았다.

주순이 장육정을 서재로 안내하자, 두 사람은 인사를 나눴다. 정권은 그에게 자리를 내주며 물었다.

"장 상서는 이부의 일로 왔소, 아니면 첨사부의 일로 왔소?"

"첨사부의 일로 왔습니다."

장육정은 대답하더니 잠시 뒤 말을 덧붙였다.

"허나 이부의 일을 고하려고 합니다."

정권이 고개를 들며 물었다.

"무엇이오?"

장육정이 대답했다.

"제번**이 호부에 한 명, 추부에 두 명을 천거했는데, 신이 우시右侍와 함께 간언해 추부의 두 명을 막았습니다. 한 사람은 전직되었고 나머지 한 사람은 지방으로 돌렸으니 조만간 칙서가 내려질 것입니다."

정권이 다시 물었다.

"주연은 어떻게 반응하던가?"

장육정이 다시 대답했다.

"주 좌시左侍는 병가를 얻어 며칠간 이부에 나오지 않았습니다."

---

* 태자를 교육하는 기관. —역주
** 齊藩, 제왕 소정당을 말한다. —역주

"맹직이 애썼소."

정권은 고개를 끄덕이며 장육정의 자字를 부르면서 노고를 치하하더니 탄식했다.

"제번이 성상의 총애를 등에 업었다고 본궁은 안중에도 없구려. 선황후가 계실 때는 그럭저럭 버텼는데, 요즘엔 폐하가 태자를 갈아치우시려는 게 아닐까 하는 생각이 드오. 내 처지가 날로 참담해지는구려."

정권이 한탄하자, 장육정이 그를 위로했다.

"전하, 벌써부터 심려하지 마십시오. 전하는 선황께서 가장 아끼시던 적장손이 아닙니까. 폐하께서도 그 점을 항상 고려하고 계십니다."

정권이 냉소하며 말했다.

"본궁*이 태자 자리에서 버티는 건 순전히 선황의 유지 덕분이오. 무슨 큰 죄를 지은 적도 없는데 이토록 자리가 위태롭다니…… 적장자라고 자리를 지킬 것 같으면 지금은 제번의 생모가 중궁이 아니오. 폐하의 눈에는 제번이 적장자고 내가 눈엣가시 서자로 비칠 거요. 정말 이 한 몸 의지할 곳이 없구려."

장육정은 태자의 이런 푸념이 워낙 오랜만이라 적절히 대처할 말을 찾지 못하고 한나절이 지난 뒤에야 입을 떼었다.

"전하, 무슨 말씀을 그리하십니까? 폐하와 전하는 아무리 그래도 부자지간입니다. 폐하께서 왜 자식을 생각하지 않으시겠습니까?"

장육정은 너무나도 뻔한 위로의 말을 내뱉고는 별 효과가 없

---

* 송대의 태자는 자신을 본원이라 칭했고, 명대의 태자는 본궁이라고 칭했다. 본 작품은 명대의 관례를 따랐다.

을 거라고 여겼는지 잠시 뒤 덧붙여 말했다.

"목숨을 걸고 전하를 추대할 것입니다."

정권은 그 말을 듣고서야 겨우 마음이 움직인 듯, "맹직, 본궁은 항상 경들을 의지하고 있소"라고 말하고는 잠시 뜸을 들이다가 덧붙였다.

"허나 그 부자지간이니 뭐니 하는 말은 다시는 입에 올리지 마시오."

장육정은 그가 요 며칠 사이에 입궐해 어떤 수모를 당했는지 짐작도 할 수 없었으므로 그저 그러겠노라 답할 수밖에 없었다.

"뜻을 받들겠습니다."

정권은 다른 일을 물었다.

"제번이 이백주의 자리에 누구를 천거하지는 않소?"

장육정은 바로 대답했다.

"폐하께서는 한사코 적당한 인물이 없다고만 하십니다. 주 좌시의 말로는 제번이 그 자리에 두 명을 천거했는데 폐하께서 윤허하지 않으셨다고 합니다."

정권은 잠시 생각에 잠겼다가 말했다.

"조만간 어떻게든 맹직을 성부省部로 보낼 방법을 강구해야겠소."

장육정은 고개를 저으며 말했다.

"그건 멀리 내다보며 성상의 뜻을 조용히 살피셔야 할 것 같습니다. 요즘처럼 변고가 잦은 때에 성부로 들어가는 건 내키지가 않습니다."

정권은 고개를 끄덕이며 말했다.

"안심하시오. 내 참을 테니."

그는 잠시 침묵하다가 다시 말을 이었다.

"악명을 뒤집어쓰면서까지 일을 도모했는데 괜히 남 좋은 일만 한 건 아닌지 모르겠소. 내가 그 꼴을 보려고 애써 일을 추진한 게 아닌데."

장육정은 뭐라고 대꾸해야 할지 몰라 새롭게 찾은 진인晉人의 서첩을 입에 올리며 급히 화제를 바꾸었다. 과연 정권은 흥미를 보였다.

"진품이오, 전대의 모사본이오?"

장육정은 허허 웃으며 "조만간 드릴 테니 직접 보고 맞혀보십시오"라고 답하고는 동짓날 신하들이 연조궁延祚宮에서 동궁을 알현하는 조하의朝賀儀 행사 이야기로 넘어갔다. 그는 태자와 형식적인 대화를 몇 마디 더 나누고는 잠시 뒤 물러났다.

동지 다음 날 묘시(오전 5~7시) 전, 정권은 잠자리에서 일어나 황제에게 문안 차 입궐할 차비를 하고 있었다. 구주와 아보가 의관 시중을 들며 그의 얼굴을 보니 먹구름이 잔뜩 끼어 있었다. 이곳에서 석 달 남짓 지내는 동안 정권이 평소 황제와의 대면을 가장 어려워한다는 사실을 자연스럽게 알게 되었다. 그는 황제를 알현하는 날이면 까닭 없이 성을 냈기 때문에 화를 피하려면 다른 날보다 몇 배는 더 조심해야 했다. 일행은 그가 전각 문을 나설 때까지 눈으로 배웅한 뒤에야 해방되어 안도의 한숨을 내쉬었다. 그것은 언제 폭발할지 모르는 커다란 재앙 덩어리를 무사히 다른 곳으로 떠넘겼을 때 밀려들 법한 묘한 쾌감이었다.

정권은 초거*를 타고 황궁의 동문인 동화문 앞에 도착했다. 동

---

* 『송사宋史 · 여복지輿服志』에 따르면 송 태자는 말을 타고 다녔다. 이야기 전개 상 필요에 따라 여기서는 당 태자의 외출 관행을 따랐다. 당나라의 제도에 따르면 황태자의 탈것은 3등급으로 나뉘었다. 1등급은 참배나 태자비를 맞을 때 타던 금로

화문을 넘어 북쪽으로 향하다가 전정前廷과 중정中廷이 서로 만나는 영안문으로 다시 진입하는데, 자색 관복에 절상건**을 쓴 두 사람이 걸어오는 게 보였다. 그중 한 사람은 나이가 스물셋이나 넷쯤으로 보였고, 미간 사이에 영민하고 용맹한 기상이 다분했다. 검은색 가죽 띠에 사각형 옥이 엮인 옥대에는 옥어***한 개가 달려 있었는데, 심상치 않은 고급스러운 모양새가 누가 봐도 황제가 내린 하사품이었다. 그가 바로 정권의 이복형인 제왕 소정당이었다. 그의 동행인 소년은 친왕의 복장 규정에 따라 금대를 차고 있었는데, 눈가에는 아직 앳된 티가 남아 있었다. 그는 제왕과 마찬가지로 중궁의 소생이며, 올해 조왕趙王으로 봉해진 다섯째 황자 소정해였다. 서로 인사를 나눈 뒤 정당이 웃으며 물었다.

"전하, 폐하께 문안하러 오셨습니까?"

정권이 웃으며 답했다.

"그렇습니다. 마침 형님과 다섯째 아우를 만났으니 함께 가면 되겠군요."

정당은 고개를 끄덕이며 대답했다.

"그게 좋겠지요. 우리가 함께 문안하면 폐하께서도 세 번이나 잔소리할 수고를 더실 테니까요."

金輅, 2등급은 일상용인 초거軺車, 3등급은 조의를 표할 때 타던 사망거四望車였다. 그러나 남북조 이후 말굽이 보급되면서 남자들이 말을 타고 다니는 풍조가 널리 유행했다. 당대에 이르러서 남성들은 격식을 차려야 할 때 말을 탔고, 말 대신 마차를 타면 예의에 어긋난다고 생각했다. 송대에 와서는 귀족들이 수레를 타는 경우는 거의 없었고, 대부분 말, 가마를 탔다.

** 익선관, 관모. —역주
*** 물고기 모양으로 조각된 옥 장식. —역주
송 천자는 과(각띠에 붙이는 꾸미개)가 여러 개 달린 옥대를, 황태자는 사각형 과가 달린 옥대를, 친왕은 옥어 과가 달린 옥대를 찼고, 반드시 황제에게 하사받아야 했다.

정권이 웃으며 맞장구쳤다.

"내 말이 그 말입니다."

두 형제가 한 길을 걸으며 조용히 담소를 나누고, 정해가 그 뒤를 따르니 영락없이 우애 깊은 형제의 모습이었다.

황제의 침소인 안안궁安安宮에 도착하자, 세 형제는 몸가짐을 엄숙하게 가다듬으며 처마 밑에 공손한 자세로 섰다. 잠시 뒤 환관이 나와 들어오라는 황제의 말을 전하자, 세 사람은 나란히 난각으로 들어갔다. 동지가 막 지나 관료들이 휴식 중이었으므로 앞으로 7일 동안은 조회가 없었다. 덕분에 황제는 평소보다 늦게 일어나 막 조반을 들려던 참이었다. 정권과 형제들이 들어오자, 그는 웃으며 권했다.

"너희도 아직 조반을 들지 않았겠구나. 이리 와서 짐과 함께 먹자."

궁인들은 바쁘게 수저를 놓고 음식을 나르며 황제 아랫자리에 형제들의 자리를 마련했다. 세 형제가 감사 인사를 하며 자리에 앉는데 수저를 들기도 전에 발이 흔들리는 소리가 들렸다. 순간 향기로운 옷 내음이 물씬 풍겨오더니 화사한 미소를 머금은 아름다운 귀부인이 모습을 드러냈다. 아름다운 진홍색 짧은 저고리에 금박이 씌워진 짙은 푸른색 긴 치마를 입었는데, 치마끈이 양쪽으로 길게 늘어져 바닥까지 끌렸다. 머리는 높이 틀어 올려 꽃 모양 금비녀 십여 개를 꽂았고, 이마와 두 뺨은 진주 모양 화전으로 장식했다. 등 뒤로는 화려한 비단옷을 입은 꽃다운 나이의 내인 5~6명을 거느린 채였다. 귀부인이 난각 안으로 들어와 좌우를 훑어보는 모습은 요염하면서도 강력한 위세가 느껴졌다. 황태자와 두 형제는 급히 자리에서 일어나 인사했다.

"황후 전하, 홍복을 누리소서."

황제는 아무런 거동 없이 제자리에 앉아 다만 웃으며 말했다.

"드디어 머리 장식을 골랐구려. 다행히 우리가 더 기다리지 않아도 되겠어."

황후 조씨는 황제를 살짝 흘겼다. 요염한 두 눈동자는 여전히 맑고 생동감이 넘쳤는데, 그것으로 한창때의 미모와 교태를 능히 짐작할 수 있었다. 황후는 황제의 식탁 앞으로 걸어가 공손히 예를 갖추며 웃었다.

"신첩이 지긋한 나이에 폐하의 소군* 노릇을 하고 있는데, 몸단장을 소홀히 했다가 폐하의 눈을 어지럽히기라도 하면 어떻게 해요?"

황제가 웃으며 말했다.

"옛날이나 지금이나 당신은 짐의 한결같은 자동**이 아니오. 누가 당신을 보고 나이 들었다고 생각하겠소?"

황후가 얼굴을 살짝 붉히며 황제를 나무랐다.

"폐하, 황자들이 앞에 있지 않사옵니까."

황제가 또다시 웃으며 대꾸했다.

"당신이 소군이니 자동이니 하며 먼저 얘기를 꺼내지 않았소."

세 형제는 자리에서 잠시 일어났다가 황후가 황제와 함께 앉자 그제야 다시 자리에 앉았다. 정권은 그 광경을 보고 어젯밤 황후가 안안궁에서 황제와 동침을 했으리라고 짐작했다. 생각이 여기에 미치자 갑자기 마음 깊은 곳에서 혐오감이 치밀어 올랐다.

황후는 자리에 앉아 태자를 힐끔 보더니 웃으며 말을 건넸다.

"태자가 아침부터 서부에서 여기까지 오느라 고생이 많았겠구

＊ 小君, 상고시대 왕후의 별칭.
＊＊ 子童, 송대 후비後妃를 이르던 별칭. '소군'에서 유래.

나.”

정권은 자리에서 일어나 허리를 숙이며 대답했다.

“아닙니다.”

황후는 다시 제왕과 조왕 형제를 보며 웃었다.

“너희도 추운 날씨에 아침 일찍 일어나느라 고생했다. 많이 먹으렴. 첫째가 준치를 좋아하지. 마침 오늘 아버지 수라상에 준치가 있구나. 먹을 복이 있네. 가시가 많으니 조심하렴.”

황후는 정해에게도 권했다.

“다섯째는 뭘 좋아하지? 아버지께 부탁하렴.”

“형님과 같은 걸 먹겠습니다.”

정해는 웃으며 대답했다.

황제는 정해가 궁인을 물리는 모습을 보며 가시를 발라 준치를 들다가 문득 웃으며 말했다.

“오늘은 조회도 없어서 편하게 입어도 됐을 텐데, 뭘 그렇게 격식을 차려 입었느냐?”

정해는 웃으며 대답했다.

“신등은 폐하께서 식사를 내리실 줄을 몰라서 미처 옷을 갈아입지 못했습니다.”

정당은 상석에 앉은 정권을 힐끔 보더니 웃었다.

“저희는 전하가 항상 의관을 갖춰 입으시는 걸 알기에 감히 편하게 입지 못했습니다.”

황제가 그의 말을 듣고 살짝 정권의 몸을 훑어보더니 더는 복장을 입에 올리지 않았다. 그는 화제를 돌려 정당이 일전에 경성 외곽으로 나가 군사들을 위문한 일을 물었고, 정해에게는 출가해서 공부하기는 어떤지 물었다.

정권은 황제 부부와 자식들의 화기애애한 모습을 보자, 자신이 마치 꿔다놓은 보릿자루처럼 느껴져 목에 가시라도 걸린 듯 불편했다. 억지로 몇 술 더 뜨기는 했지만, 마치 밀랍을 씹는 듯 아무 맛도 느껴지지 않았다. 황후는 그런 정권의 모습을 웃으며 바라보더니 궁인들에게 지시했다.

"태자는 평소 달달한 것을 좋아하니 매실청과 꽃 모양으로 조각한 과일정과를 내드려라."

황후가 선심을 쓰자, 정권이 자리에서 일어나 말했다.

"신, 황후 전하의 은혜에 감사드립니다."

황제의 낯빛이 순식간에 어두워지며 정권을 비꼬았다.

"의관을 그렇게 갖춰 입고 온 것도 모자라 이깟 사소한 일로 어머니께 극존칭을 붙이는군. 이왕 연극을 할 거면 제대로 격식을 차리는 게 낫지 않겠느냐?"

정권은 잠시 침묵하다가 자리에서 벗어나 무릎을 꿇고 절을 하며 다시 인사했다.

"황제 폐하와 황후 전하의 은혜에 성은이 망극하옵니다."

황후는 황제의 얼굴이 점점 더 구겨지는 것을 보고 황급히 웃으며 그를 만류했다.

"오늘 같은 명절에 아끼는 아들들을 불러놓고 왜 면박을 주십니까?"

그러고는 다시 정권을 바라보며 말했다.

"셋째는 어서 일어나라. 네 아버지는 네가 과하게 예의 차리는 게 싫어서 하신 말씀이야. 한집안 식구끼리 이렇게 격식을 차리니 얼마나 서먹서먹하고 어색하니? 애가 참 지나치게 고지식해서 말을 못 알아듣는다니까."

황제는 들은 체 만 체 정권을 냉담하게 힐끗 보더니 탁 소리가 나도록 금수저를 상 위에 거칠게 내려놓으며 말했다.

"저 가시방석에 앉은 것 같은 모양새 하고는. 그렇게 이 자리가 불편하면 널 억지로 붙잡는 사람 여기 아무도 없다."

정권은 잠시 말없이 있다가 공손히 허리를 굽혀 인사하며 말했다.

"네. 신은 물러가겠습니다."

자리에 남은 사람들은 그가 돌아서서 문을 향하는 모습을 보고는 무슨 영문인지 몰라 서로의 얼굴만 물끄러미 바라볼 뿐이었다. 시간이 한참 흐른 뒤, 황후는 궁인에게 새 젓가락을 내오라고 해, 궁인이 가져온 새 젓가락을 황제의 두 손에 쥐어주며 속삭이듯 타일렀다.

"폐하, 그러실 필요 있습니까? 태자가 일부러 그런 것도 아닐 텐데."

황제는 분통을 터트리며 대꾸했다.

"당신은 편들지 마시오. 저게 다 짐에게 보여주려고 고의로 하는 짓이오. 당신도 그 얼굴을 보지 않았소? 온 천하가 자기에게 빚졌다는 그 표정 말이오. 태자의 안중에 짐이 있기는 했소?"

황후는 탄식하며 말했다.

"이래도 뭐라 하고 저래도 뭐라 하니 폐하 아들 노릇도 참으로 어렵겠습니다."

네 사람은 식사를 마저 했다. 한동안 실내에 어색한 침묵이 흘렀다. 정당과 정해는 힐끔힐끔 서로에게 눈짓하며 각자 상 위에 놓인 준치를 입으로 가져갔다.

제
3
장

한 해의 끝자락

　정권은 밖으로 나왔지만, 황제가 또 언제 자신을 소환할지 알
수 없었다. 그렇다고 안안궁에 남아 있으면 황제의 노여움만 자
극할 테고 자신의 감정도 상할 테니, 어느 쪽으로 보나 유익할 게
없었다. 그는 이러지도 저러지도 못하는 상황에서 이것저것 따져
보다가 원래 동궁이었던 연조궁에 잠시 피해 있기로 마음먹었다.
　연조궁은 안안궁의 동남쪽에 있었는데, 궁벽과 인접한 자리에
있어서 궁정 안팎의 경계라 할 수 있었다. 정권은 열일곱 살에 정
식으로 출가해 공부를 시작했는데, 관례를 치른 열여섯 살 전까
지는 연조궁에서 살았다. 그 뒤로 건물이 화재로 소실되어 재건
축 공사를 하는 바람에 서원으로 이사 왔던 것이다. 처음에는 임
시 거처라고 했으나 공사는 뜻밖에도 길어졌고, 그사이에 정권은
서원에서 지내는 게 편해졌다. 공사는 2년 전에 끝났지만 황제가
거처를 옮기라는 말이 없자, 정권 역시 내심 반기며 굳이 말을 꺼
내지 않았다. 그럼에도 동궁이라는 연조궁의 용도는 바뀌지 않아
서, 그는 좌관佐官들과 연강할 때만 연조궁 정전으로 갔다. 이러

한 연유로 사람들은 편의를 위해 태자가 숙식하는 서원궁은 서부西府, 연조궁은 동부東府라고 부르고 있었다.

태자가 명절에 기별도 없이 왕림하니 연조궁에 남아 있는 건 나이 지긋한 환관 몇 명뿐이었다. 그들은 부랴부랴 불을 지펴 차를 끓이고 사방팔방을 뛰어다니며 칸막이를 칠 병풍을 찾느라 한동안 눈코 뜰 새 없이 분주했다. 정권은 오늘 아침 지나치게 일찍 일어난 데다가 불편한 안안궁에서 식사도 하는 둥 마는 둥 했던 터라 고단했다. 그는 옷도 갈아입지 않고 늙은 환관들이 어디선가 가져온 꿀과자를 몇 입 먹고는 바로 침상 위에 누워 곯아떨어졌다.

몽롱한 가운데 그리운 여인의 얼굴이 서서히 떠올랐다. 봉황의 눈, 붉은 입술, 금박 화전을 양 볼에 찍은 아리따운 여인은 품에 갓난아이를 안고 있었다. 그녀가 활짝 웃자 두 뺨의 화전이 그윽하게 빛나더니 갑자기 빛이 꺼지며 두 사람의 모습도 연기처럼 종적을 감췄다. 아득함 속에 홀로 남아 사방을 두리번거렸으나 보이는 건 불이 사그라지고 남은 재뿐이었다.

그는 꿈결을 헤매면서도 그것이 꿈인 줄을 알았다. 슬픔을 이기지 못하고 큰 소리로 울부짖었으나 아무리 목청껏 울부짖어도 소리가 나지 않았다. 소스라치게 놀라며 잠에서 깨고 나서야 자신이 침상 위에 옆으로 누운 채 잠들었다는 걸 깨달았다. 사지가 마비된 듯 온몸이 차갑게 얼어 있었다. 자리에서 일어나 창가로 다가가니 밖에서는 어느새 포슬포슬 눈이 내리고 있었다. 대체 얼마나 잠에 곯아떨어져 있었던 걸까? 그는 지금이 몇 시진인지도 짐작할 수 없었다. 잠에서 깨어난 뒤 얼마 동안은 악몽의 여운이 가시지 않아 아찔하고 정신이 없었으나, 서서히 꿈에서 벗어나자 공포 대신 슬픔이 밀려왔다. 한참을 고독하게 서 있다가 드디어 정신을 차리고 환관에게 차를 끓이라고 명하는 찰나, 밖에서 누군가의 목소리가 들렸다.

"전하는 안에 계시는가?"

동시에 뚜벅뚜벅 발소리가 점점 가까워졌다. 저자가 이런 때 좋은 일로 찾아올 리가 없는데. 정권은 머리가 지끈거렸지만 마지못해 웃으며 그를 불렀다.

"왕 옹."

황제를 오랜 세월 수행해온 상시常侍 왕신은 태자를 보더니 급히 안으로 들어오며 말했다.

"전하, 소신이 한참을 찾았습니다. 폐하께서 속히 안안궁으로 들라 하십니다."

"무슨 일 때문인지는 아나?"

정권이 묻자, 그는 곤란한 얼굴로 힐끔 보더니 어렵게 말을 이었다.

"자세한 정황은 모르겠으나 조금 전 상소문을 하나 보시더니 갑자기 전하를 들라 하셨습니다. 할 말이 있다고 하시면서요."

정권은 어쩔 수 없이 왕신을 따라나섰다. 아직 본격적인 추위가 시작되기 전이어서 가느다랗게 비처럼 내리는 눈은 떨어지는 즉시 녹으며 궁전의 섬돌을 촉촉하게 적셨다. 가는 길 내내 하늘을 올려다보니 어느새 색이 검푸르게 변해갔다. 무거운 구름이 대전 용마루의 치문*에 닿을 듯 걸린 모습을 보자 갑자기 답답해 숨이 탁 막혔다. 정권은 돌연 왕신에게 물었다.

"지금이 몇 시진이지?"

"곧 사시(오전 9~11시)가 됩니다."

정권은 두통을 애써 참으며 다시 물었다.

---

* 동물 머리 형상의 기와 장식. ―역주

"제왕은 아직도 폐하와 함께 있어?"

"친왕 두 분께서는 황후전에 계십니다."

왕신은 잠시 망설이다가 대답하고는 두 발짝 앞서가더니, 마침내 못 참겠다는 듯 그에게 신신당부했다.

"전하, 폐하가 뭐라고 하시든 절대 성질을 부리시면 안 됩니다."

저 말은 정권이 어릴 때부터 자라는 내내 듣던 말이었다. 정권은 고개를 끄덕이고는 더는 질문을 하지 않고 묵묵히 걸었다.

청원전清遠殿의 측전側殿은 황제가 일상적으로 정무를 보는 곳이다. 정권은 왕신의 도움을 받아 의관을 정제한 뒤 안으로 들어가 황제에게 예를 갖췄다.

"소신을 부르셨습니까?"

정권이 정중하게 인사를 올렸으나, 황제는 상소문 하나를 손에 든 채 그에게는 눈길도 주지 않았다. 한참이 흘러도 황제가 말이 없자, 정권은 다시 고개를 들어 그를 불렀다.

"폐하?"

황제가 손을 휙 휘두르자 상소문들이 우르르 굴러 정권의 발밑에 부딪혔고, 몇 개는 황제의 탁자 밑으로 떨어졌다. 정권이 꼿꼿한 자세로 표정에 변화가 없자, 황제는 왕신을 가리키며 냉랭하게 웃었다.

"네가 알아서 와야지, 왕 상시를 불러야 나타나느냐?"

황제가 이유 없이 성을 내자, 정권은 살짝 치밀어 오르는 화를 간신히 억누르며 곰곰이 생각한 뒤 대답했다.

"이것들은 성부에서 폐하께 올리는 상소문입니다. 폐하가 부르시지 않는데 어찌 소신이 감히 먼저 나서겠습니까. 폐하께서 명을 미리 내리셨다면 죽음도 불사하고 따랐을 겁니다."

그는 이어서 자신의 발밑에 떨어진 상소문을 주워 펼친 뒤, 관례에 따라 어느 부서에서 올린 것인지 관호를 먼저 확인하고 내용을 읽었다. 상소문을 올린 어사들의 명단에는 뜻밖에도 낯선 이름들이 꽤 있었다. 그들은 하나같이 현임 형부상서 두형을 탄핵하고 있었는데, 별 시답지 않은 가벼운 죄를 저지른 관리 두 명을 사면한 이유였다. 정권이 뭐라고 대답할지 바삐 머리를 굴리고 있는데, 별안간 다음과 같은 내용이 눈에 들어왔다.

'두형은 중화重華*를 믿고 제멋대로 날뛰다, 작년에는 형법을 엄격히 집행한다는 이유로 이백주의 삼족에게 죄를 물어 물의를 일으켰습니다. 그는 형부의 권한을 남용했고, 국법을 자기 손바닥 안에서 마음대로 주무르며 하찮게 여기고 있습니다. 상황이 이러하니 폐하의 혜안으로 철저하게 진상을 두루 살펴주시옵소서.'

'중화'라는 두 글자의 악랄한 저의가 느껴지자 정권의 등골에서 식은땀이 흐르기 시작했다. 상소문을 올린 이들의 의도는 따로 있었다. 두형이 멋대로 관리를 사면했다느니 하는 질책은 그저 본론으로 들어가기 위한 서론에 불과했던 것이다. 생각이 여기에 미치자, 정권은 남몰래 차갑게 웃었다.

그는 대답할 말을 대강 생각하며 여기저기 굴러다니는 상소문을 느릿느릿 정리한 뒤, 왕신에게 가져가 폐하께 다시 올려드리라고 눈짓했다. 이윽고 황제의 준엄한 질책이 떨어졌다.

"형부는 어째서 이 사건을 보고하지 않았지? 짐이 사건을 조사하려고 보니 너도 올해 추심** 때 참석했더군. 이게 어찌 된 일이냐?"

---

* 단어 자체는 황제의 지나친 관용을 의미하나, 상소문에서는 태자의 거처인 보본궁의 옛 이름과 같은 '중화'를 고의로 사용해 태자의 월권행위를 은근히 지적했다.
** 가을에 판결을 재심하는 제도. ─역주

정권은 대답했다.

"폐하께서 괜히 수고하실 필요 없습니다. 올해 열심* 때 두 사람이 신에게 와서 부탁했고 형서가 일을 처리했으니, 이는 신의 지시를 따른 것입니다."

정권이 뜻밖에도 깔끔하게 시인하자, 황제는 잠시 할 말을 잃고 멍하니 있다가 한참 만에야 고개를 끄덕이며 말했다.

"손을 내밀어 보거라."

정권은 이유도 묻지 않고 순순히 소매를 살짝 걷은 뒤 무릎 위에 손바닥을 폈다. 황제는 눈길도 주지 않고 잠시 침묵하다가 웃음을 터트렸다.

"네 간덩이가 왜 이렇게 부었나 했더니 손이 커서 그랬구나."

순간 안에 있던 모든 이들이 놀라 두려움에 떨었다. 왕신의 속은 더더욱 새카맣게 타들어 가고 있었다. 이 상황을 어떻게 수습해야 할지 몰라 다들 정권만 뚫어지게 바라보고 있는데, 정권은 뜻밖에도 당황한 기색 하나 없이 덤덤했다. 그는 무릎에 올린 손을 서서히 내려 바닥을 짚으며 고개를 조아렸다.

"소신의 죄를 소신이 압니다."

한 치의 어긋남이 없는 정중한 태도였지만 말투는 얼음장처럼 싸늘했다. 황제는 평소 정권이 이런 식으로 대처할 때마다 혐오감이 치솟았다. 그는 기어이 불호령을 내렸다.

"뭣이라? 네가 월권으로 형법의 기강을 무너뜨리고 국정을 농단하고도 억울하다고 하소연하는 것이냐?"

정권은 차분히 미소를 지으며 대답했다.

---

* 熱審. 여름에 열리던 특사 제도로, 범죄자의 죄를 감면하거나 보석 석방해주던 제도. 명대에 시작. —역주

"소신이 어찌 감히 억울하다 하겠습니까. 소신을 처벌해주십시오."

왕신은 정권의 저런 작위적인 정중함이 황제의 심기를 크게 거스른다는 사실을 잘 알고 있었다. 불안한 마음에 황제를 힐끔거리니, 과연 황제의 입꼬리가 실룩이는 것으로 보아 벌써 분노가 극에 달한 듯했다. 부자가 서로 대치하자 청원전의 그 누구도 감히 숨소리 한번 제대로 내지 못했다. 유일하게 귓가를 울리는 처마의 풍경 소리만 댕그랑댕그랑 바람을 타고 점차 거세졌다.

오랜 정적이 흐른 뒤, 황제가 뜻밖의 명을 내렸다.

"곤장을 가져와라."

왕신은 황제가 한나절 내내 생각하다 겨우 내뱉은 말이 너무나도 경악스러워 고개를 조아렸다.

"폐하, 어쩌려고 그러십니까?"

애타는 왕신의 물음에 황제가 차갑게 대꾸했다.

"자기 입으로 죄를 시인하지 않았느냐? 그런데도 태자를 두둔할 말이 남았느냐?"

왕신이 바닥에 털썩 꿇어 엎드리며 간언했다.

"폐하, 종실에 기강을 어지럽힌 사례가 있기는 했으나, 그 징계는 봉록을 박탈하고 질책을 하는 데서 그쳤습니다. 지체 높은 고관도 형벌을 면하게 해주는 형불상대부의 특혜를 누리는데, 하물며 국본은 어떻겠습니까? 대통을 이어갈 귀중한 몸은 가벼이 다룰 수 없습니다. 부디 통촉해주시옵소서."

그러나 황제는 차갑게 코웃음을 쳤다.

"짐도 황태자의 눈치를 봐야 하는 건 안다. 하지만 내 아들인데도 눈치를 봐야 하는가?"

"눈치라니 당치도 않습니다. 소신, 그 말에 몸 둘 바를 모르겠사오니 부디 거두어주십시오."

정권은 황제의 비아냥거리는 말에 이렇게 대꾸한 뒤 왕신에게
말했다.

"왕 상시는 이것이 폐하의 은혜임을 모르겠나? 폐하는 신하로
서가 아닌 아들로서 본궁을 다스리시려는 것이다. 엄중한 국법
대신 그나마 가벼운 가법家法으로 본궁을 대하시려는 것이니, 어
서 폐하의 명을 받들어 실행하게."

정권은 이어서 다시 고개를 들며 말했다.

"기거주*도 알아들었겠지? 이건 황실의 사사로운 가정사이니
기록을 멈춰라."

한쪽에서 열심히 붓을 놀리던 두 기거주는 서로를 힐끔 마주
보며 붓을 내려놓았다. 그들이 슬쩍 정권을 봤을 때, 정권은 다시
황제에게 고개를 조아리고 있었다.

"소신을 지키시려는 폐하의 돌보심에 성은이 망극하옵니다."

황제는 모든 광경을 차가운 시선으로 지켜보다가 허허 웃었다.
그는 이번에는 화를 내지 않고, 다만 손을 휘휘 저으며 기거주에
게 지시했다.

"너희는 물러가라. 짐이 방금 한 말은 화가 나서 한 말이니 기
록할 필요 없다."

황제는 그들이 물러가고 나서야 왕신에게 말했다.

"자네는 왜 멀뚱히 섰어? 태자가 저렇게 간곡하게 청하는데 설
마 거절할 생각인가?"

왕신은 한쪽에서 곰곰이 이전 일을 떠올리다가 점차 오늘 일
이 당초 생각처럼 녹록하지 않다는 걸 깨달았다. 연말에 태자가

---

　*　황제의 일상을 기록하는 사관. —역주

42

보고하지 않고 가벼운 죄를 지은 관원을 사면한 일은 분명 깊이 따지자면 태자의 월권행위였다. 그러나 이 사건은 지금 두 부자의 사사로운 일로 변질되어 아버지나 아들이나 앞뒤 관계를 명확하게 따질 생각이 전혀 없었다. 오늘 일을 트집 잡아 자신의 위신을 세우려는 황제, 그런 아버지의 속을 훤히 꿰뚫어 보는 아들. 팽팽한 부자간의 힘 싸움에서 자신은 감히 누구 편도 들 수 없는 제삼자에 불과했다. 머리로는 이 상황을 이해했지만 생각할수록 가슴이 시리고 이가 떨렸다. 태자의 곤경을 차마 보기 힘들었다. 몰래 태자를 힐끔 보니 눈동자를 내리깔고 모든 것을 해탈한 듯 냉담한 표정을 짓고 있었다. 마치 지금 벌어지는 일이 자기와는 무관하다는 태도였다. 태자가 지금이라도 황제에게 사정하기를 바랐지만 태자의 성미로는 어림도 없는 일이었다. 그는 안타까운 마음에 발을 동동 구르며 물러났다.

왕신은 돌아와서도 일부러 형구를 천천히 깔며 반 시진 넘게 늑장을 부렸지만, 사태는 돌아설 기미가 없었다. 그는 글렀다는 걸 깨닫고 어쩔 수 없이 환관들에게 정권의 의관을 벗기라고 눈짓했다. 환관들이 다가오자, 정권은 몸을 비틀어 뿌리친 뒤, 스스로 절상건과 옥대를 풀어 건네고 일어나 형대 앞으로 걸어갔다. 그는 혐오스럽다는 표정으로 새까만 형구를 손으로 쓱 닦은 뒤, 손톱 밑을 확인하고 나서야 몸을 숙였다.

황제는 정권의 모든 행동거지를 냉랭한 시선으로 바라보다가 왕신에게 비아냥거렸다.

"저 하는 짓을 보게. 어릴 때부터 저 모양이라니까. 저렇게 자라도록 변한 게 없어."

왕신은 피식 웃다가 곧 난처한 표정을 지으며 고개를 끄덕이는 것으로 대답을 대신했다.

이윽고 곤장이 내려치는 소리가 무겁게 허공을 울렸다. 일그러진 얼굴로 이를 악물고 버티는 태자를 차마 볼 수 없어 눈을 꽉 감고 속으로 묵묵히 셈을 하는데, 서른 대가 가까워지도록 멈춰달라는 태자의 애원도, 그만 멈추라는 황제의 말도 들리지 않았다. 왕신은 황망한 마음에 눈을 번쩍 떴다. 정권의 잘생긴 얼굴이 파랗게 질려 이목구비가 괴이하게 일그러져 있었다. 왕신은 드디어 참지 못하고 바닥에 털썩 꿇어앉으며 애원했다.

"폐하, 은총을 베풀어주시옵소서!"

그는 고개를 돌려 이번에는 정권에게 사정했다.

"전하, 뭐라고 말이라도 하십시오. 제발 부탁입니다."

그래도 부자가 꿈쩍도 하지 않자, 왕신은 마침내 이를 악물고 태자의 귓가에 조용히 속삭였다.

"전하, 어머니를 생각하셔야지요."

몽롱하게 의식을 잃어가던 정권은 그 순간 번쩍 정신을 차리며 입가에 쓴웃음을 머금더니, 이를 앙다물고 들릴 듯 말 듯 가녀린 목소리로 황제를 불렀다.

"폐하……."

"뭐라고 했느냐?"

황제가 묻자, 왕신이 허겁지겁 거들었다.

"폐하! 전하께서 용서해달라고 간청하셨습니다."

황제는 왕신을 한번 쓱 본 다음 냉랭한 눈빛으로 정권을 한참이나 쏘아보다가 마침내 손을 쳐들었다. 형을 집행하던 내시들은 기다렸다는 듯 즉시 동작을 멈췄다. 얼마간의 침묵이 흐른 뒤 황제는 입을 열었다.

"그만하자. 넌 서부로 돌아가라. 두 달 동안 경연도 조회도 나오지 말고 자숙하면서 반성문을 춘방*을 통해 올려라."

황제는 소매를 털며 자리를 벗어나다가, 왕신이 근심에 찬 표정으로 뒤따르는 것을 보고는 면박을 줬다.

"감히 면전에서 짐을 기만할 정도로 태자를 걱정하는 사람이 뭐 하러 나를 따라오나? 가서 태자나 배웅하게."

"신이 어찌 감히요."

왕신은 곤란한 얼굴로 대답했으나 제자리에서 종종걸음을 하다, 황제가 멀어지자 급히 발걸음을 돌려 정권에게 달려갔다.

품계가 낮은 환관 한 명이 호기심을 누르지 못하고 정신이 없는 틈을 타 어린 내시 한 사람을 붙잡고 물었다.

"폐하께서 왕 상시에게 한 말이 무슨 뜻인가?"

어린 내시가 대답했다.

"아마 전하가 하신 말을 바꿔 전달한 걸 뜻할 겁니다."

환관이 다시 물었다.

"자네는 가까워서 들었겠네?"

"들었지요. 전하는 '폐하, 이건 불공평합니다'라고 하셨습니다."

환관은 또 물었다.

"뭐가 불공평하다는 말인가?"

그러자 어린 내시가 냉소적으로 대꾸했다.

"높은 분들의 일을 제가 어찌 알겠습니까? 세상일이야 원래 불공평하죠. 가령 어르신이 제게 알아낸 정보를 진 공에게 말씀드리고 큰 상을 받으면, 제 입장에서는 불공평하다고 느껴지지 않겠습니까?"

"쓸데없는 소리 집어치우게."

환관은 웃으며 그를 질책하고는 좌우를 두리번거리며 아무도

---

* 春坊, 황태자궁의 소속 기관. ―역주

없는 것을 확인한 뒤, 그의 어깨를 잡아끌며 나란히 자리를 떠났다.

왕신은 손수 태자를 서원으로 모신 뒤 급히 태의를 부르러 갔다. 태자비가 세상을 떠나고 없어 품계가 높은 측비를 몇 명 불렀다. 난각 안은 순식간에 그녀들의 울음과 탄식 소리로 가득 차 소란스러워졌다.

정권은 측비들의 호들갑에 마침내 깨어났다. 의식이 또렷해질수록 난리법석에 짜증이 치밀어 올랐다. 측비 몇 명은 정권이 깨어나자 침상으로 우르르 몰려와 한마디씩 호들갑을 떨었다. 정권은 그녀들이 대체 무슨 말을 하는지 하나도 알아들을 수가 없었다. 그는 한참을 참고 견디다 마침내 역정을 냈다.

"나가시오! 내가 죽은 다음에 호들갑을 떨어도 늦지 않아!"

측비들은 화들짝 놀라 서로를 힐끔거리며 쳐다보다가 마지못해 흐느끼며 방을 나갔다. 잠시 뒤 태의원의 원판*이 도착해 환관들에게 뜨거운 물을 가져오라고 지시하고는 정권의 상처를 살폈다. 내의에 묻은 핏덩이가 상처에 엉겨 붙은 것을 보니 절로 탄식이 나왔다.

"전하, 잠시만 참으십시오."

그는 정권에게 인삼탕을 몇 모금 먹이고 나서 가위로 천천히 속옷을 잘라내고 환부를 깨끗이 닦은 뒤, 밤이 깊도록 곁을 지키고 나서야 되돌아갔다.

구주가 조심스럽게 이불을 덮어주자, 정권은 그제야 온몸이 녹초가 된 것을 느꼈다. 전신이 칼로 베인 듯 화끈거리며 아팠지만 두 눈을 감으니 스르륵 잠이 몰려왔다. 구주와 아보는 밤새 난각

---

* 院判, 태의의 직책. —역주

에서 그의 곁을 지켰다. 한밤중이 되자 꿈을 꾸는지 웅얼웅얼 잠
꼬대가 들렸다. 얼굴에 등불을 비추자 이마가 땀으로 흥건하게
젖어 있어 뜨거운 물을 새로 받아 땀을 닦는데, 정권이 나지막하
게 외쳤다.

"어머니."

설움이 가득 담긴 목소리였다. 눈물 줄기가 뺨을 타고 흘러내
리자, 아보는 의아한 표정으로 고개를 들어 구주를 바라봤다. 구
주는 그저 가만히 태자의 창백한 얼굴을 내려다보고 있었다. 그
러기를 한참 만에 그녀는 깊은 한숨을 내쉬고는 옆에 사람이 있
는 것을 의식한 듯 어색한 표정으로 고개를 돌리며 물기를 짠 수
건을 건네받아 정권의 눈물 자국을 닦았다.

곤장을 맞을 때 온몸에 땀을 흘린 데다 날씨까지 차니 정권은
으슬으슬 한기를 느꼈다. 다음 날 아침에는 벌써 온몸에서 서서
히 열이 나고 있었다. 또다시 의원을 불러 약을 짓는 등 한바탕 소
란이 벌어졌다. 그가 혼수상태에 빠져 있는 시간이 많은 게 그나
마 다행이었다. 정권이 얌전한 덕분에 아랫사람들은 분주히 움직
이면서도 전보다 면박을 당하는 일이 확연히 줄었기 때문이었다.
사정이 이러하니 어떤 이들은 정권이 조금만 더 오래 누워 있었
으면 하고 은근히 바랐다.

하루는 등불을 켤 무렵 혼수상태에서 깨어난 정권이 옆에 서
있는 아보를 보고 물었다.

"이게 무슨 소리지?"

"폭죽 소리입니다. 벌써 새해가 밝았어요."

아보가 대답하자, 정권은 잠시 폭죽 소리에 귀를 기울이고는
다시 물었다.

"요 며칠간 네가 계속 곁을 지키던데?"

"다들 명절 물건을 준비하러 갔습니다. 소인은 준비할 게 없어서요."

정권은 말했다.

"나도 안다. 그건 오랜 적폐지. 연말연시만 되면 이 집 저 집 사사로이 선물을 돌리느라 고생이 이만저만이 아니야. 너는 왜 아무 데도 가지 않지?"

아보가 대답했다.

"소인의 사가는 경성이 아닙니다."

오늘 밤 정권은 전에 없이 온화했다. 그는 다시 물었다.

"너는 집이 어디인가?"

"소인의 집은 화정군華亭郡에 있습니다."

아보가 대답하자, 정권은 웃으며 말했다.

"어쩐지 억양이 남방 사람 같더라니."

"네."

정권이 또 물었다.

"가업은 뭐고?"

아보가 한참을 머뭇거리자, 정권은 살짝 웃으며 말했다.

"어차피 할 일도 없으니 내가 한번 맞혀보지. 네 집안은 부친 대까지는 평범한 서생 집안이었겠지. 가세가 크지는 않아도 그럭저럭 규모가 있었고 말이야. 내 말이 맞나?"

아보의 얼굴이 순식간에 하얗게 질렸다.

"전하?"

정권은 가볍게 웃으며 말을 이었다.

"몇 달 동안 빨래를 했다고 해도 네 손은 고와도 너무 곱고 하얗지. 먹을 가는 솜씨도 제법이었고, 내 몸에 난 땀을 닦을 때는 얼굴이 빨개져서 감히 똑바로 쳐다보지도 못했어. 그리고……."

그는 갑자기 아보의 왼손을 눈앞으로 끌어당겨 세세히 살폈다. 아보는 그의 의도를 도무지 알아차릴 수가 없었다. 드는 생각이라고는 오직 그의 손가락이 새하얀 눈에라도 닿은 것처럼 지나치게 차갑다는 것뿐이었다. 그녀는 혼란스러움에 파들파들 손을 떨며 정권의 손을 애써 뿌리쳤다.

정권은 그녀의 손을 순순히 놓아주었다. 얼마간의 정적이 흐른 뒤, 그는 웃으며 물었다.

"중지의 굳은살은 붓을 잡다가 생긴 것이냐?"

그는 아보의 새하얗게 질린 얼굴을 바라보며 냉랭하게 말했다.

"사람을 시켜 알아봤는데 죄를 지어서 입궁한 건 아니더군. 말해봐라. 대체 정체가 무엇이냐?"

그녀가 우물쭈물하자, 정권은 다시 차갑게 웃으며 말했다.

"말하기 싫으면 관두거라. 재계齋戒는 이미 지났고 본궁은 살생을 꺼리지 않으니, 지금 당장이라도 사람을 시켜 널 죽을 때까지 매로 때릴 수도 있어. 어디 시험해보겠느냐?"

아보는 어둠이 짙게 깔린 그의 얼굴을 보았다. 차가운 두 눈동자에는 감정이라고는 전혀 담겨 있지 않았다. 그녀는 단순한 위협이 아니라는 걸 알아차리고 두려움에 떨며 한참을 생각하다 겨우겨우 대답했다.

"전하, 소인이 죽을죄를 지었습니다."

정권은 고개를 끄덕였다.

"말해봐."

아보는 대답했다.

"소인은 결코 전하를 속이려던 게 아닙니다. 다만 비천한 신분임에도 어깨너머로 조금씩 배운 것들이 절로 몸에 익었을 뿐이지요."

아보는 한참이나 이를 앙다물고 있다가 조곤조곤 설명을 이어 갔다.

"소인의 아버지는 제태齊泰 8년에 향시에 합격하셨습니다. 조상 대대로 물려받은 가문의 재산을 나라에 바치고 지주知州 직에 오르셨죠. 부친은 무수히 많은 첩실을 두셨는데, 소인의 어머니는 정실부인의 여종이었습니다. 어머니는 아버지의 첩이 된 뒤로도 첩살이와 종살이를 병행하며 모진 고초를 겪으셨습니다. 소인이 어릴 때 세상 물정을 모르고 다른 형제들처럼 학문을 배우고 싶다고 어머니를 졸랐는데, 글자를 몇 자 배우고 나서야 어머니께서 이 때문에 정실부인과 측실들에게 갖은 멸시를 당했다는 사실을 알았죠. 수년 전 부친이 병으로 세상을 떠나시자, 형제들은 자기들끼리 재산을 나눠 가졌고, 우리 모녀에게는 아주 약간의 재산을 나눠주며 나가라고 하더군요. 부친께서는 생전에 저를 많이 아끼셨는데, 돌아가실 무렵에는 소인이 아직 나이가 많이 어려 정해진 혼처가 없었습니다. 그래서 어머니는 대책 없이 소인을 데리고 경성으로 올라와 이모부와 이모를 찾았죠. 헌데 이모님의 행방이 온데간데없이 묘연할 줄 누가 알았겠으며, 어머니께서 뜻밖에 역병에 걸리실 줄은 또 누가 알았겠습니까. 어머니는 돌아가시기 전에 소인에게 이렇게 말씀하셨습니다. '너는 누가 뭐래도 뼈대 있는 집안의 여식이니 절대 몸을 함부로 가볍게 여겨서는 안 된다. 너는 형제에게 돌아가라. 그래도 같은 아버지에게서 나온 형제들인데 밥은 먹여주지 않겠느냐.' 그러나 돌아가기에는 이미 늦은 듯해 먼 친척을 찾아 양녀로 입궁한 것입니다. 궁에서 허드렛일이라도 하면 먹을 것, 입을 것 걱정은 없으니까요."

아보는 끝에 이르러서는 목이 메어 소리를 제대로 내지 못했으나 붉어진 눈시울로 입술을 꽉 깨물며 눈물을 애써 참았다. 정권은 그런 그녀를 묵묵히 바라보며 차가운 어조로 물었다.

"그 말이 참이든 거짓이든 네 모친의 말이 맞다. 아버지가 같은 이복형제들이 있는데, 왜 그들에게 돌아가지 않았지?"

아보는 고개를 가로저으며 대답했다.

"형제라지만 남이나 다름없습니다. 소인이 미련해서 그리 생각하는지는 모르겠지만 그런 생각을 떨칠 수가 없었어요. 아무리 사는 게 급하다지만 그러고 싶지는 않았습니다."

정권이 가볍게 웃으며 대꾸했다.

"그러하냐?"

아보는 고개를 옆으로 돌린 채 고개를 끄덕였다. 정권은 말없이 잠옷을 위로 잡아당겼다. 아보는 눈물을 꾹꾹 참느라 정권의 시중을 드는 것도 잊고 있었다. 그는 콧방귀를 뀌며 말했다.

"울고 싶으면 그냥 울거라."

아보는 조용히 대답했다.

"어느 안전이라고 무엄하게 울겠습니까."

정권은 어처구니가 없다는 듯 말했다.

"주군이 묻는데 고개만 끄덕이고 가로젓는 건 무엄한 행동이 아니냐?"

아보가 대답이 없자, 그는 또다시 물었다.

"이름은 누가 지어줬지?"

아보는 잠시 멍하니 생각하다가 대답했다.

"소인의 어머니가 지어주셨습니다."

정권은 고개를 끄덕이며 질문을 멈추고 지시했다.

"가서 밖에 주순이 있나 보아라."

아보는 순순히 밖으로 나가 주순을 불렀다. 주순은 안으로 들어와 정권이 멀쩡한 모습으로 깨어 있는 것을 보고는 뛸 듯이 기뻐하며 궁인들에게 당장 가벼운 먹거리를 대령하라고 일렀다. 그러나 정권은 고개를 가로저으며 말했다.

"난 낙*이 먹고 싶구나."

이유는 모르겠지만 왠지 간청하는 듯한 어조였다.

그가 단맛을 즐기는 것은 널리 알려진 사실이었다. 주순은 정권의 말을 듣고 잠시 우두커니 있다가, 한참 뒤에야 애처로워하는 표정으로 나지막하게 속삭였다.

"전하, 이곳은 서원입니다. 준비가 되지……."

차마 안 된다는 말이 떨어지지 않아 그는 곧 말끝을 흐리고 고쳐 말했다.

"전하께서 드시고 싶다면 소인이 명절이 지난 뒤 사람을 시켜 마련하라고 하겠습니다."

정권은 실망한 표정을 감추지 못했으나 억지를 부리지는 않았다.

"그럴 거 없다. 안 먹으면 그만이야."

그는 말을 마치고 돌아누웠다. 한나절이 지나도 움직이지 않는 것을 보니 잠이 든 모양이었다.

궁벽 밖으로 울리는 요란한 폭죽 소리와 대조되어 서원은 더욱더 썰렁하게 느껴졌다. 섣달그믐날 밤은 이리도 고요하게 스치듯 지나갔다.

---

* 치즈처럼 우유를 응고시켜 만든 간식. ―역주

눈 밖에 난 자식

 태자가 자리에 드러눕는 바람에 서원의 신년은 고요하고 쓸쓸했다. 정권은 음력 정월대보름날쯤이 되어서야 서서히 일어나 걷기 시작했다. 그는 온종일 서재에 틀어박혀 있었는데, 부득이할 때를 제외하면 아무도 그의 곁에 가까이 가려고 하지 않았다. 괜히 주변을 얼쩡거리다가 새해 벽두부터 태자에게 타박당하기 싫었던 까닭이다.

 어느 날 오후, 정권은 서재 안에서 책을 읽다가 책상 위에 엎드려 잠이 들었다. 아보는 정권이 잠들어 있는 서재의 칸막이 너머에서 은쟁반에 뜨거운 물을 담아 대나무 향로를 옮기고 있었다. 쟁반의 물이 데워지면서 향로의 향기가 은은하게 퍼졌다. 구주는 어딘가를 다녀오는 길에 아보가 일하는 모습을 보더니, 안으로 들어와 웃는 얼굴로 소매를 걷어붙이며 말했다.

 "내가 도와줄게."

 아보도 미소로 화답하며 말했다.

 "사 양제 마마는 가셨어요? 언니는 쉬어요. 나 혼자 해도 되니까."

구주는 쉬라는 말에도 옷을 펼쳐 화로 위에 올려놓은 뒤에야
대답했다.

"막 배웅해드렸지. 이것저것 잡다한 걸 한나절이나 부탁하고 가
셨어. 모처럼 전하를 뵈러 왔는데 하필이면 잠드셨을 때 오셔서."

아보는 고개를 끄덕이며 말했다.

"얼굴 보기 힘드신 분 같아요."

"맞아. 태자비 전하가 돌아가시고 난 뒤에는 그분이 사실상 서
원 내궁의 안주인 노릇을 하고 있어. 사실 전하의 측비도 그 몇 명
이 다지. 그나저나 양제 마마가 갑자기 왜 궁금해? 참 좋으신 분
이야. 전하께 사랑을 못 받는 게 안타깝기는 하지만."

두 사람은 옷에 향이 배기를 기다리며 화로 옆에서 시시콜콜
이야기를 나누었는데, 구주의 대답에 아보가 궁금증을 참지 못하
고 또 물었다.

"그건 또 무슨 소리예요?"

구주가 흥미진진한 표정으로 이야기했다.

"전하가 관례를 치르고 혼례를 올리실 때 태자비마마 말고 서
너 명의 후궁도 함께 간택하셨는데, 그중 사 마마는 양제良娣의
품계를 받으셨어. 태자비마마 다음으로 높은 품계지. 원래 태자
전하가 후궁을 자주 찾는 분은 아니지만, 그걸 감안하더라도 사
마마한테는 유난히 박하시단 말이야. 합방 횟수가 서너 번도 넘
지 않는데."

구주는 말을 하다가 잠시 멈추고는 난데없이 아보의 뺨을 꼬
집으며 웃었다.

"생각해보니 외모가 영 전하의 눈에 차지 않는 모양이다. 후궁
마마들은 모두 귀한 집 여식이라 곱게 자라셨을 텐데, 양제 마마는

어쩌다 피부가 그렇게 까맣게 되셨을까. 양제 마마의 피부가 너 같았으면 부부의 정이 이렇게까지 얕지는 않았을 텐데 말이야."

"언니! 아무리 우리가 친해졌다고 해도 그렇지, 주책이야."

아보가 구주의 손을 뿌리치며 질색을 하자, 구주는 팔짱을 끼며 재미있다는 듯 소리 내어 웃었다.

"여기서 더 지내다 보면 내 말이 무슨 말인지 알게 될 거야."

아보는 살짝 붉어진 얼굴로 구주의 눈을 피하며 말꼬리를 돌렸다.

"태자비 전하는 돌아가셨다고요?"

구주는 고개를 끄덕이며 대답했다.

"응. 그게 4월쯤이었지. 왕자 아기씨를 생산하시던 중에 아기씨와 함께 돌아가셨어."

그녀는 잠시 멈칫하다가 덧붙였다.

"하여튼 황후마마가 될 복은 없으셨나 봐."

구주의 말에 당황한 아보는 급히 그녀의 옷깃을 당기며 태자가 잠들어 있는 칸막이 너머를 눈으로 가리켰다. 구주는 여전히 웃고 있었다.

"주무신다고 하지 않았어?"

구주는 아보에게 옷을 뒤집으라고 지시하더니 이어서 말했다.

"너는 말수도 적고 조심성이 많아서 참 좋아. 내가 처음 일할 때보다 훨씬 나아."

"언니는 언제부터 전하를 모셨어요?"

아보가 묻자, 구주가 탄식하며 대답했다.

"나는 아홉 살에 입궁해서 몇 년간 허드렛일을 했어. 그러다가 전하가 관례를 올리시기 1년 전에 동부로 보내졌고, 전하가 서원으로 옮기실 때 함께 왔지."

구주는 이어서 아보에게 물었다.

"너는 전에 누구를 모셨어?"

아보는 고개를 가로저으며 대답했다.

"모신 분은 없어요."

구주의 질문이 계속 이어졌다.

"부모님과 형제들은? 모두 경성에 계시니?"

아보는 이번에도 무심하게 고개를 저으며 대답했다.

"부모님은 돌아가셨고, 형제는 없어요."

구주는 아보의 기색을 살피더니 더는 묻지 않고 아보의 손을 살짝 어루만졌다. 그때 갑자기 태자를 가까이서 모시는 근시近侍가 안으로 들어와 태자를 찾았다.

"주 상시께서 장 상서가 왔다고 하시는데, 전하는 아직이신가?"

"장 상서께 잠시만 기다리라고 전해주세요. 제가 들어가서 전하를 깨울게요."

구주는 근시에게 고개를 끄덕이며 대답하고는 옷을 가리키며 아보에게 당부했다.

"부지런히 뒤집어. 전하는 연기 냄새가 배는 걸 싫어하시거든."

그녀는 아보에게 중요한 업무 사항을 지시하면서도 입가에 엷은 미소를 머금었다. 그 미소 때문에 까탈스러운 주군을 흉보는 말이 마치 연인의 앙탈을 사랑스럽게 푸념하는 듯 느껴졌다.

정권은 편히 쉬던 참이라 배자 한 겹만 입고 있었다. 그는 구주의 시중을 받으며 도포를 덧입고 귀밑머리와 관을 정제한 뒤에야 사람을 들이라고 지시했다. 장육정은 오늘도 전과 마찬가지로 관복 차림이었다. 그는 안으로 들어와 정권을 보고 예를 갖추며 말했다.

"전하, 많이 야위셨습니다. 대체 궐에서 무슨 일을 겪으셨습니까? 소신에게 내막을 알려주십시오."

정권은 그에게 앉으라고 권하며 고개를 저었다.

"맹직은 걱정할 거 없소. 가소로워서 시비를 따지기도 하찮구려. 이게 다 이백주의 그 사건 때문이오."

그는 사건의 전후 사정을 간략하게 설명한 뒤 또 웃었다.

"폐하가 자기 위신을 세우려고 남들 앞에서 내 체통을 깎아내린 것뿐이오. 별일이라고 할 수도 없지."

비록 정권이 별일 아닌 듯 농담조로 이야기하기는 했으나, 어찌 된 일인지 대강은 짐작이 갔다. 장육정은 말을 아끼며 더는 정권에게 캐묻지 않았다. 얼마간의 침묵이 흐른 뒤, 그는 품에서 비단 함을 하나 꺼내어 태자에게 건넸다. 정권이 의혹이 가득한 눈길로 비단 함을 여니 안에는 얇은 두루마리 두 개가 있었다. 그는 안에 든 물건을 확인하고는 크게 기뻐하며 말했다.

"역시 맹직이오. 이런 귀한 물건을 다 구하다니."

정권은 장육정이 건넨 물건을 손에서 놓지 못하고 구경하며 감탄했다.

"아끼는 보물을 빼앗는 거 같아 마음이 편치는 않소."

그는 말해놓고는 솔직하지 못하다고 생각했는지 이내 웃었다.

"신에게는 그저 소소한 취미 생활에 불과합니다. 전하께서 마음에 들어 하시니 오히려 영광이지요."

장육정이 말하자, 정권은 웃으며 대답했다.

"겸손하기까지 하군. 내가 요즘 자숙 기간이라 대접을 후하게 못 하는 게 안타까울 뿐이오. 나중에 좋은 날을 잡아 맹직께 직접 차를 대접하며 감사를 표하리다."

장육정은 태자가 천진난만한 표정으로 서첩을 이리저리 살펴보는 모습이 못내 안쓰러워 한동안 더 보게 놔두다가 마침내 무겁게 입을 열었다.

"소신은 오늘부로 첨사부에서 물러나니 전하께서 하사하시는 차는 나중에 받겠습니다. 다만 전하를 뵙기가 전처럼 쉽지는 않을 듯해 걱정이군요."

정권은 갑작스러운 소식에 고개를 급히 들며 물었다.

"그게 대체 무슨 말이오?"

장육정이 쓴웃음을 지으며 상황을 설명했다.

"오늘 조정에서 소식을 들었습니다. 폐하께서 이미 교지를 내리셨더군요. 전하를 제대로 보필하지 못했다는 이유로 소신 등의 첨부詹府 속관屬官을 교체한다는 내용이었습니다. 칙서가 벌써 문하성門下省으로 들어갔고, 중서성中書省은 비어 있으니 이르면 오늘 오후, 늦으면 내일 오전에 칙서가 첨사부에 당도할 겁니다."

정권은 서첩을 내려놓고 한참을 우두커니 앉아 있다가 겨우 입을 열어 물었다.

"또 누가 교체되는지 아시오?"

장육정은 탄식하며 대답했다.

"첨사부의 직위만 해제됐을 뿐, 모든 정관과 수령관의 원래 직위는 그대로입니다."

정권은 고개를 끄덕였다. 그는 한참을 생각하다가 마침내 냉소하며 말했다.

"내 당일에도 이런 일이 있을 거라 예감하기는 했소만, 결국 현실이 됐구려. 다만 그 속도와 규모가 뜻밖이오."

장육정은 그런 태자를 위로할 수밖에 없었다.

"너무 마음에 두지 마십시오. 일이 이렇게 됐으니 폐하께서 아마……, 아마 더는 내막을 깊게 캐지 않으실 겁니다. 소신들은 여전히 성부에 있으니 변함없이 전하를 위해 힘을 쏠 수 있습니다."

정권은 몸을 일으켜 장육정에게 다가가 그의 손을 부여잡았다.

"맹직이 애쓰는 걸 본궁이 모르지는 않소. 다만 앞으로는 둘이 만나기가 어려워지겠구려. 괜히 사사로이 만난다는 의심만 살 테니."

그는 다시 생각에 잠기더니 곧 이를 갈며 탄식했다.

"내 처지가 참으로 딱하오. 칙서 하나에 자리도 목숨도 왔다 갔다 하니, 어쩌다 이런 운명에 몰렸단 말이오?"

장육정도 자리에서 일어나 다시금 태자를 위로했다.

"전하, 왜 그리 참담한 말씀을 하십니까? 전하의 외숙인 대사마께서 전선에서 힘겹게 싸우고 있지 않습니까? 효경 황후를 생각해서라도 그런 말은 하시는 게 아닙니다."

정권은 가슴이 아려오는 것을 느끼며 그의 말을 가로막았다.

"그렇게 말하지 않아도 알고 있소. 내가 그걸 모르겠소? 단지 요 근래에 자꾸만 노 상서가 생각나오. 노 상서는 내게 '임금과 아버지는 하늘이요, 신하와 아들은 땅'이라고 항상 말했었지. 그가 지금도 이 자리에 있다면 하나만 묻고 싶소. 그렇다면 대체 사람이 설 자리는 어디란 말이오?"

정권이 갑자기 옛 스승을 입에 올리자, 장육정은 입을 다물었다. 잠시 정적이 흐른 뒤, 정권은 다시 입을 열었다.

"안심하시오. 이 허울뿐인 자리와 경들이 아니라, 내 생가의 생존을 위해서라도 결코 물러설 수 없소."

밤이 깊어오자, 당직인 구주가 난각에서 정권의 머리를 풀어 곱게 빗으며 속삭이듯 말했다.

"오늘도 그 아이에게 물어봤는데 맨날 하던 얘기 그대로예요."

그러나 정권은 딱딱하게 굳은 표정으로 영 반응이 없었다. 그녀는 고개를 숙여 그의 귓가에 대고 물었다.

"전하?"

"응?"

정권은 무심코 대답하고는 심란한 마음으로 눈을 들어 거울을 봤다. 그의 새카만 머리카락이 구주의 눈처럼 새하얀 팔뚝에 곱게 휘감겨 있었다. 칠흑같이 검은 머리카락 덕분에 도드라진 그녀의 새하얀 피부가 시선을 끌어당기자, 그는 무심결에 손을 뻗어 그녀의 팔을 어루만졌다. 구주는 소리 내어 웃으며 정권의 목을 품으로 끌어당겨 그의 머리카락에 얼굴을 묻었다. 마음속 깊은 곳에서 넘쳐흐르는 애정은 많은 말로 표현할 필요가 없다. 오직 한마디로도 충분히 느껴지니까.

"전하."

이미 상사절上巳節이 지난 어느 날, 정권은 마침내 다시 입궐했다. 초거 창밖으로 길가에 가득 드리운 수양버들과 복숭아빛으로 이글거리는 봄볕이 보였다. 어느새 또다시 봄이었다.

황제는 예부상서禮部尚書 하도연을 첨사부의 첨사로 임명한다는 성지를 내렸으며, 동시에 태자에게도 구구절절한 내용의 훈령을 내렸다. '태자는 덕을 기르는 것을 최우선으로 해 황제를 섬기는 근본에 집중할 것이며, 앞으로 예서禮書에서나 첨사詹事에서나 효와 국사에 두루 힘써 조정의 본이 되기를 힘쓰라……' 등의 구구절절한 내용이었다.

정권은 청원전으로 나아가 황제를 알현했다. 황제는 고개를 숙인 채 꿇어앉은 정권을 힐끗 보고는 말했다.

"네가 올린 반성문은 잘 보았다. 네 마음도 네가 쓴 글처럼 명확하길 바랄 뿐이다."

"네."

정권은 긴말 없이 짧게 대답하고는 묵묵부답이었다. 정권이 한참을 움직이지 않자, 황제는 슬쩍 부아가 치밀어 "또 무엇이냐?" 하고 성을 냈는데, 놀랍게도 정권은 얼굴을 돌린 채 소매 끝자락으로 눈물을 훔치고 있었다.

황제는 그제야 정권의 얼굴에 말라붙은 눈물 자국을 확인했다. 정권이 안 하던 짓을 하자, 황제는 의아한 마음이 들어 물었다.

"내가 무슨 말실수라도 했느냐?"

정권은 소매로 얼굴을 가리며 흐느낄 뿐 대답이 없었다. 황제는 그가 울도록 내버려 두었다. 정권은 반나절이나 울고 나서야 흐느끼며 대답했다.

"소자가 덕이 없어 모친을 일찍 여의었는데, 지금은 아버지의 사랑마저 잃었습니다. 전에 버릇없이 뱉은 말들을 다시 생각하니 부끄럽고 수치스러워 어쩔 줄을 모르겠습니다. 그때는 소자가 치기를 누르지 못하고 감정적으로 행동한 것뿐이니, 부디 아버지께서 너그러이 용서해주십시오."

원체 맑고 고운 목소리로 흐느끼며 하소연을 하니, 아들의 말이 한층 더 정겹고 친밀하게 느껴졌다. 황제는 마음이 동했는지 정권에게 다가갔다. 그가 아들을 부축해 일으키려는데, 정권이 느닷없이 그의 다리를 부둥켜안으며 얼굴을 파묻고 통곡했다. 아들의 돌발 행동에 놀란 황제는 자기도 모르게 손을 뻗어 그의 어깨를 토닥이며 말했다.

"이번 일은 짐에게도 잘못이 있다. 그래서 더욱 심사숙고해 네 주변을 재점검한 것이다. 하도연은 훌륭한 유학자이니 네 곁에서 보필하며 큰 힘이 돼줄 것이다."

황제는 덧붙였다.

"지금 견뎌야 할 수치와 고통은 미미하지만 나중에는 더 험난한 일을 견뎌야 한다. 그러니 이 아비를 너무 원망하지는 말거라."

정권은 통곡하며 말했다.

"소자에게 혹여나 그런 마음이 한 점이라도 있다면 천벌을 받을 것입니다."

황제가 그를 일으키며 위로하자, 정권은 그제야 천천히 눈물을 거두며 사죄했다.

"소신이 잠시 실성을 했나 봅니다."

정권은 왕신이 이끄는 대로 밖으로 나가 얼굴을 씻고 다시 들어와 황제에게 예를 갖추며 말했다.

"출궁 전에 중궁전에 들러 문안 인사를 여쭐까 합니다."

황제는 허락하며 정권에게 물러가라고 일렀다.

정권은 중궁전에서 오찬을 들고 난 뒤에야 인사하고 물러났다. 궁문을 나와 초거에 오른 그는 길가 양옆에 선 금오*를 힐끔 보고 발을 내린 뒤, 관을 바로 쓰며 얼음장같이 차가운 말투로 명령했다.

"집으로 가자."

황제는 밤이 되자 중궁전으로 들었다. 황후는 황제의 용포를 직접 벗기며 낮에 있었던 일을 재잘거리며 말했다.

"태자가 오늘 중궁전에 왔었는데 평소보다 살갑게 굴더라고요. 신첩에게 폐하의 근심을 덜어드리라고 간언도 하던걸요?"

황제는 코웃음을 치며 말했다.

"오늘 대전에서는 한참을 울었소."

---

* 황제와 대신의 호위병. —역주

황후는 잠시 생각에 잠겼다가 황제에게 은근하게 권했다.

"아직 어린애잖아요. 그만큼 혼냈으면 됐어요. 모후도 없이 자란 데다가 마음의 짐도 또래보다 무겁잖아요. 폐하께서 그리 박하게 대하시면 애가 마음이 힘들어서 더 딴마음을 먹는다고요."

황제는 콧방귀를 뀌며 대꾸했다.

"애가 마음이 힘들다고? 그 아이는 내 친아들이오. 그 속을 내가 모를 것 같소?"

황후가 기막혀하며 물었다.

"그건 또 무슨 말씀이에요?"

황제는 갑자기 황후의 손을 뿌리치며 내전으로 들어갔다. 멀리서 그가 퉁명스럽게 외치는 소리가 들렸다.

"속이 시커먼 놈 같으니라고!"

침전 밖에서는 중천에 걸린 달이 은을 벼린 듯 맑고 서늘한 빛을 땅에 뿌렸다. 구중궁궐 가득 동풍이 불었으나 초가을처럼 공기는 싸늘하기만 했다.

어느덧 봄인데

　자택으로 돌아온 제왕 소정당은 난각에서 겉옷을 벗으며 궁인
이 건네는 콩가루비누를 받았다. 그는 금대야에서 손을 씻으며
진즉에 돌아와 서첩을 보고 있던 정해에게 웃으며 말했다.

　"너도 들었지? 삼랑三郎*이 폐하 앞에서 열연을 펼쳤다더라.
강녕전 사람에게 들었는데, 울고불고 매달리는 모습이 어찌나 애
절하던지 영락없는 진짜 같았대. 태자 자리를 집어치우고 배우를
해도 실패하지는 않겠어."

　정해는 피식 웃으며 물었다.

　"강녕전의 누가 그렇게 보는 눈이 정확하답니까? 태자 형님 성
품에 눈물이라니, 그게 연기라고 해야 모든 게 설명이 되겠지요.
그런데 그 괴팍한 고집쟁이가 왜 갑자기 안 하던 행동을 했을까
요?"

　정당은 정해를 힐끔 보더니 차가운 미소를 지으며 말했다.

---

　* 황제의 셋째 아들인 태자를 지칭. ―역주

"그만큼 똑똑하다는 얘기야. 폐하의 속을 훤히 꿰뚫고 있던 거지."

정해는 서첩을 내려놓고 고개를 갸웃거리며 물었다.

"폐하의 속?"

정당은 고개를 끄덕이며 말을 이었다.

"이백주의 옥사는 두형과 대리시*가 주도한 일이야. 동궁과 장육정이 배후에 있다는 걸 모르는 사람은 없지. 장육정은 형부 좌시로 있을 때 두형을 만나 교분을 맺었고, 두형이 청리사淸吏司 낭중郎中을 벗어나 형시刑侍와 형서를 오가며 승승장구한 것도 장육정이 힘쓴 덕분이지. 태자가 두형의 일을 쉬쉬하는 이유는 이로 인해 더 큰 내막이 드러날까 봐서야. 태자가 지키려는 건 두형이 아니라 장육정과 자기 자신이지. 어차피 피할 수 없을 바에야 손실이 최대한 적은 쪽을 선택했다고 봐야 해. 네가 태자라면 어떻게 하겠어?"

정해는 웃으며 대답했다.

"나라도 곤장을 맞고 털어버리는 쪽을 선택하겠습니다. 그래서 이 일은 이렇게 일단락되는 겁니까?"

정당은 미간을 찌푸리며 대답했다.

"폐하도 폐하 나름의 계산이 있으셨겠지. 할 일이 없어서 괜히 태자에게 교형**을 내리신 건 아닐 테니까. 삼랑을 호되게 꾸짖으신 건 장육정을 태자에게서 떼어내기 위한 구실로 삼기 위해서였

* 大理寺, 죄인의 추포, 재판, 형벌을 책임지는 기관. —역주
** 때리는 형벌. —역주
『상서尚書 · 순전舜典』을 인용. 기본이 되는 형벌을 정하되 유배를 보내는 것으로 5형을 낮추며, 관리는 채찍으로 학생은 회초리로 다스리며 돈으로 값을 치르는 벌금형을 마련하라.

어. 장육정을 첨사부에서 쫓아낼 명분을 만드신 거지. 폐하는 하도연을 신임 첨사로 임명하셨고, 소첨少詹에는 부광시를 임명하셨지. 하도연은 작은 책임 하나도 못 견디는 위인이고, 부광시는 담벼락 끝의 갈대 같은 자라 할 수 있지. 폐하도 삼랑도 이 사실을 서로 훤히 알고 있어. 다만 아직 때가 되지 않아서 한 발짝씩 물러났을 뿐이야."

정당은 자리에서 일어나 정해에게 두 발짝쯤 다가가 어깨를 지그시 눌렀다.

"급할 거 없어. 조정은 아직 국경에서 전쟁을 치르는 중이야. 3년이나 5년 안에 전쟁이 끝나고 고사림이 용도를 다하면, 태자를 자리에서 끌어내릴 시기가 곧바로 찾아올 거야."

정해는 고개를 끄덕이며 말했다.

"말이야 그럴듯하지만, 성상의 건강이 갈수록 악화되고 있지 않습니까. 계속 질질 끌다가 태자가 황위에 오르면 형님과 나는 어떻게 되는 거죠?"

정당은 이를 잘근 씹으며 억지웃음을 지었다.

"네가 생각하는 걸 태자나 성상이 모를까 봐? 둘 다 그것까지 계산하고 있어. 다만 꿍꿍이를 숨기고 있을 뿐이지. 폐하는 최근 몇 년간 옥체가 많이 상하셔서 기력이 없으셨지. 경성 안팎이나 육부*가 당파 싸움에만 골몰하는 사이, 태자는 제대로 된 심문도 없이 졸속으로 이백주의 일을 처리해버렸어. 폐하가 이미 아셨을 때는 사건이 마무리된 뒤라 다시 조사를 해도 실마리 하나 찾아낼 수 없었지. 그래서 폐하도 삼랑에게 그렇게 칼을 빼 드실 수밖

---

* 六部, 삼성이라고 불리는 황제 직속 기관 문하성, 상서성, 중서성 산하에 편성되어 있는 여섯 개의 최고 실무 행정기관. —역주

에 없었던 거야. 태자가 요즘 성질이 한층 더 괴팍해졌어. 너와 내게도 나쁜 마음을 깊이 품었지. 그 성미 때문에 아주 오래전에 폐하의 눈 밖에 났는데, 이백주 사건을 벌이면서 폐하의 심기를 더 깊이 건드리고 말았지. 요즘 돌아가는 꼴을 보면, 태자가 양영*처럼 된다고 해도 이상하지 않아."

그는 두려움에 질린 정해의 표정을 보고는 다소 누그러진 안색으로 웃으며 안심시켰다.

"난 최악의 경우를 말한 것뿐이야. 그렇게 걱정할 필요 없어. 온 천하가 폐하 거잖아. 동궁이 아무리 날고 기어봤자 폐하의 신하일 뿐이야. 게다가 폐하도 태자의 속을 훤히 알고 계시니, 네가 태자의 계략을 걱정할 필요는 없어. 그리고 네 곁에는 이 형도 있잖아."

잠시 정적이 흐른 뒤, 정해가 다시 입을 열었다.

"서부에서 별다른 움직임은 없답니까?"

정당은 고개를 가로저으며 말했다.

"다 시시한 소식뿐이야. 너도 알다시피 삼랑 속이 여우보다 음흉하잖아? 의심이 어찌나 많은지 믿음 사기가 하늘의 별 따기보다 어렵다더라고. 됐어. 큰 기대는 하지 말고 천천히 기다려보자. 그래도 계획은 세워봐야겠지."

그는 궁인이 바치는 차를 두어 모금 마시더니 덧붙였다.

"친모랑 똑 닮았어."

"효경 황후를 말하는 거죠? 태자랑 외모가 판에 박은 듯 똑같다면서요?"

정해가 호기심이 일었는지 흥미진진한 표정으로 묻자, 정당이

---

* 楊英, 수나라 양제로, 폭군이었다. ─역주

웃으며 대답했다.

"맞아. 그래서 폐하도 어마마마께 사석에서 이렇게 말씀하신 적이 있어. 남자가 그런 얼굴로 태어난 건 불길한 징조인데, 선제께서 유달리 총애하셨다나."

정해가 말했다.

"효경 황후는 정신定新 6년에 승하하셨죠? 그래서 승하하신 다음 해에 연호가 바뀌어 원년元年이 됐고요. 어렸을 때 일이라 기억이 잘 안 나요."

그는 정당의 기색을 살피며 망설이다가 어렵게 입을 뗐다.

"형님, 궁에서 사람들이 속닥거리는 말을 들었는데, 효경 황후는 병으로 그렇게 된 게 아니라 어마마마께서……."

갑자기 정당이 험상궂은 표정으로 호통쳤다.

"닥쳐! 궁에서 떠도는 소문은 모두 유언비어야. 그딴 소리를 지껄이는 놈들은 그 자리에서 때려죽여야 해. 어떻게 그런 더러운 소문을 마음에 둘 수가 있어? 그것도 모자라서 감히 그 말도 안 되는 소리를 입에 올려? 그건 어머니를 능멸하는 소행이야!"

정해의 얼굴이 겁을 집어먹고 새하얗게 질리자, 그는 한결 부드러워진 말투로 타일렀다.

"아직 어리니 이해할 수 없는 일이 많겠지. 명심해. 지금 황실의 적통은 태자가 아니라 너와 나야. 만약에 판을 뒤집지 못해서 태자가 그대로 황위에 오르면 어떻게 될까? 지금도 폐하와 황후께 버릇없이 구는데 너와 내가 목숨이나 건질 수 있을까?"

정해는 천천히 고개를 끄덕이며 말했다.

"형님, 제가 잘못했습니다. 형님이 무슨 말을 하는지는 나도 알아요. 그냥 우리끼리니까 물어본 것뿐입니다."

"그랬겠지."

정당은 웃으며 대답하고는 물었다.

"요즘엔 누구의 서첩을 보고 있어? 내가 전대의 서첩을 손에 넣었는데 와서 보겠어?"

봄날의 해가 뉘엿뉘엿 지기 시작하자, 꽃 그림자를 동반한 오후의 햇살도 점점 회랑 밑으로 내려와 느린 춤을 추었다. 발랄하게 지저귀는 경쾌한 새소리와 함께 은은한 꽃향기가 실린 부드러운 봄바람이 서가 창가로 슬며시 밀려들어 오자, 책장이 나풀거리며 방 안 가득 향기로운 묵향을 퍼트렸다. 정권은 문진을 옮기며 만족스러운 표정으로 자신이 모사한 서첩을 한껏 내려다보다가 주위를 둘러보고는 아보를 향해 손짓했다.

"가까이 와라."

아보가 영문을 모르고 천천히 다가가자, 정권이 웃으며 말했다.

"본궁이 쓴 글자를 보아라. 유치공庾稚恭의 것과 비교해 어떠하냐?"

아보가 슬쩍 보니 정권이 모사한 것은 오행五行 서첩이었다. 해서楷書에 가까운 글씨가 종이 위에서 힘차게 꿈틀거렸다. 반듯한 모양새가 원본과 거의 차이가 없었으나, 내용은 쉽게 알아볼 수 없었다. 아보는 뭐라고 대답해야 할지 몰라 망설이다가 조심스럽게 말했다.

"소인은 무슨 글자인지 모르겠습니다. 전하께서 쓰신 것이니 틀림없이 훌륭하겠죠."

정권은 얼굴을 찌푸리며 말했다.

"전하께서 쓰신 것이니 훌륭하다는 게 무슨 뜻이냐? 너도 몇 년간 글을 배웠다고 하지 않았어?"

아보는 웃으며 대답했다.

"아주 잠깐 배웠을 뿐인데 소인이 어찌 감히 전하의 서체를 품평하겠어요?"

정권은 눈살을 찌푸리다가 문득 장난기가 돌았는지 미소를 지으며 일어났다.

"이리 와서 몇 글자 써보아라."

아보는 당황하며 사양했다.

"황송합니다. 저 따위가 어떻게 감히 전하의 필구를 만지겠어요? 게다가 소인은 서도의 기초조차 없고 붓을 잡아본 지도 오래입니다. 붓을 놀려봤자 전하의 귀한 종이를 더럽히기나 할 것입니다."

정권은 그녀를 힐끔 보더니 대꾸했다.

"일은 덤벙덤벙하면서 번지르르한 말은 어디서 금방 배웠구나. 쓰라면 그냥 써라. 내가 그것도 분간 못할까 봐?"

이미 잔뜩 짜증이 난 듯한 말투였다. 아보는 태자의 의심병이 또 도졌구나 생각하며 어쩔 수 없이 대답했다.

"황공하옵니다."

아보는 공손히 붓을 건네받아 먹을 듬뿍 적셨다. 오랜만에 붓을 잡은 탓인지 놀란 마음 탓인지 붓을 잡은 손이 파르르 떨렸다. 그녀는 떨리는 손으로 마지못해 몇 글자를 쓴 뒤 수줍어하며 고개를 들어 그를 바라봤다. 그녀의 그런 모습이 왠지 모르게 가련하고 애처롭게 느껴져 정권은 가볍게 웃었다. 손을 뻗어 종이를 집어 들고 글자를 살피니 제법 반듯한 글씨였으나, 그녀의 말대로 뼈대나 품격과는 거리가 멀었다. 그는 거리낌 없이 그녀의 글씨를 한껏 비웃었다.

"너는 거짓말을 할 줄 모르는구나. 글자를 배운 게 대체 몇 년이냐?"

아보는 새빨갛게 달아오른 얼굴로 대답했다.

"아마 5~6년쯤 배웠을 거예요. 전하께 우스운 꼴을 보여드렸습니다."

정권은 웃으며 말했다.

"우스운 꼴에서 그치면 다행이지. 내 스승님 앞에서 글씨를 이렇게 썼다면 아마 계척*이 몇 대는 부러졌을 거야."

정권은 문득 옛 추억이 떠올라 말을 멈추고 가만히 허공을 바라봤다. 보기 드물게 온화한 표정이었다. 양미간 가득 차분하고 우아한 기상을 담은 채 따스한 눈빛으로 창밖의 봄 풍경을 바라보는 듯했지만, 대체 무엇을 보고 있는지는 알아차리기 힘들었다. 아보는 처음 보는 그의 모습에 감히 소리 내어 그를 부르지 못하고 얌전히 기다렸다. 정권은 한참 만에 정신을 차리고는 해맑게 웃으며 말했다.

"이리 와. 내가 쓰는 법을 가르쳐주지."

그의 어조가 전에 없이 부드럽게 느껴지자, 아보는 오히려 더 두렵고 불안한 마음이 들어 한사코 사양했다.

"소인은 못 하겠습니다."

정권은 웃으며 재차 권유했다.

"두려워할 것 없다. 몇 년간 배우던 걸 안타깝게 중단했으니 이어서 배우는 거라고 생각해."

아보가 계속 망설이자, 정권은 자리에서 일어나 아보를 책상 가까이로 잡아끌고는 붓을 건넸다.

"몇 자 더 써보아라. 내가 보겠다."

아보가 하는 수 없이 글자를 쓰기 시작하자, 정권은 옆에서 유

---

* 훈장이 학생을 체벌할 때 쓰던 막대기. —역주

심히 관찰하며 그녀의 붓 잡는 자세를 바로잡았다.

"해서를 쓰면서 붓끝을 그렇게 잡으면 손가락의 힘이 제대로 전달되지 않아. 네 스승이 교정해주지 않았느냐?"

아보는 고개를 저으며 대답했다.

"소인은 스승이 없습니다. 안유顏柳의 서첩을 몇 년간 흉내 내며 써봤을 뿐이에요."

정권은 말없이 손으로 아보의 손목을 잡고 종이 위에 새롭게 글을 써 내려갔다.

'어느덧 봄인데 그리운 마음 사무치네.已屆季春, 感慕兼傷'

정권이 그녀 등 뒤에 바짝 붙어 서자 그의 옷에 배인 숯 향기가 코끝을 찔렀다. 원래 실내에 은은하게 풍기던 꽃향기와 묵향에 그의 옷 내음까지 더해지자, 그녀는 잠시 아찔해 숨을 쉴 수 없었다. 그의 손가락은 전과 다름없이 얼음장처럼 차가웠으나, 뜨겁게 달아오른 그녀의 피부에 닿자 이루 말할 수 없이 편안한 감촉이 전해졌다. 그녀는 바짝 얼어 손가락 하나 까딱하지 못하고 때로는 세로를, 때로는 갈고리를 그리는 정권의 팔 힘에 그대로 손을 내맡겼다. 기억상실이라도 걸린 듯 머릿속이 새하얗게 비워졌다. 자신이 누구인지, 오늘이 언제인지는 떠오르지도 않았다. 과거도, 다가올 미래도 그 순간만큼은 아무 의미가 없었다.

정권은 손에 쥔 여인의 손을 보자 어린 시절이 떠올랐다. 아직 영왕*의 세자이던 그때도 이런 봄날이었다. 모친은 그때 지금처럼 그의 작은 손을 잡고 종이 위에 글을 썼다. 상아로 된 붓대의 노란기가 백옥처럼 새하얀 모친의 손 덕분에 유난히 도드라져 보

---

* 寧王, 황제의 친왕 시절 봉작. —역주

였다. 아름다운 나무와 맑은 바람처럼 수려한 글자를 함박웃음을 머금은 채 바라보며 모친은 말했다.

"이게 너의 이름이란다."

갑자기 정권의 손아귀 힘이 강해지자, 아보는 흠칫 놀라 급히 손을 뺐다. 붓이 틀어지며 '상傷' 자 마지막 획이 종이 위에 날카롭고 긴 선을 그렸다. 정권은 화들짝 정신을 차리며 아보를 힐끔 바라봤다. 혹여나 딴생각에 잠겼던 것을 들킬까 봐 조마조마한 심정이었다. 아보가 붉어진 얼굴로 고개를 푹 숙인 모양을 보고, 그는 안심하고 웃으며 큰소리를 쳤다.

"내가 서법을 가르치는 은혜를 베푸는데 감히 네가 한눈을 팔아?"

"그게 아니라……."

아보는 기어들어 가는 목소리로 대답하다가 책상을 쳐다보고는 황급히 말을 돌렸다.

"전하, 어서 차를 가져오라고 해야겠습니다."

정권은 미소를 지으며 말했다.

"다시 와서 몇 글자 더 써보아라. 제대로 못 쓰면 벌을 내리겠어."

아보는 작은 소리로 대답했다.

"네."

아보가 정권이 가르쳐준 대로 다시 몇 글자를 베껴 쓰자, 정권은 한숨을 쉬며 말했다.

"가서 차나 가져오라고 해라."

아보는 급히 대답하고는 도망치듯 문을 뛰쳐나와 고개를 들었다. 언제부터 서 있었는지, 구주가 조용히 그녀를 바라보고 있었다.

"귀인 언니……."

아보가 머쓱해하자, 구주는 방긋 웃으며 부드럽게 말했다.

"어서 가봐."

정권은 가만히 서첩을 바라보다가, 붓걸이에서 짙은 자색 토끼털 붓을 꺼내 쥐더니 종이 위에 물 흐르듯 단숨에 글을 써 내려갔다.

구주가 들어갔을 때, 정권은 붓을 쥔 채 멍하니 앉아 있었다. 그녀는 가까이 다가가 책상 위에 놓인 종이들을 대신 정리하고, 유치공의 서첩 원본을 조심스럽게 칠갑漆匣 안에 넣으며 말했다.

"전하, 내일이면 봉오*예요. 동부에서 전하의 학업을 평가하겠네요."

구주는 말하던 중 정권이 막 필사를 마치고 치워둔 글씨를 집어 들고 자세히 보다가 얼굴 가득 웃음꽃을 피우며 말했다.

"전하, 이거 달리 쓸데가 없으시다면 신첩이 가져도 될까요?"

정권은 구주를 힐끔 흘겨보았다. 갑자기 심사가 크게 뒤틀린 듯했다. 그는 붓을 획 던지며 얼음처럼 싸늘하게 구주를 비웃었다.

"누가 내 물건에 함부로 손대라고 했어? 하여간 아랫것들이란 조금만 살갑게 대해도 자기 주제를 잊는군."

구주는 어깨를 파르르 떨다가 핏기가 싹 가신 얼굴로 황급히 바닥에 무릎을 꿇었다.

"소인을 죽여주시옵소서."

정권은 손을 저으며 구주를 만류했다.

"나가 봐."

구주가 즉시 대답하고 뒤돌아 떠나는데, 문 앞에 이르렀을 때쯤 등 뒤에서 정권의 차분한 말소리가 들렸다.

"그건 기분이 좋지 않을 때 써서 망한 글씨야. 내가 나중에 더

---

* 逢五, 날짜에 '5'가 들어가는 날. —역주

잘 쓴 것으로 주마."

구주는 잠시 멈칫 걸음을 멈췄으나 돌아보지는 않았다. 짧은 대답으로 감사 인사를 대신하고 문을 나서는데, 때마침 찻물을 들고 안으로 들어가려는 아보와 마주쳤다. 구주는 고개를 들고 미소를 지으며 경고했다.

"전하의 심기가 많이 불편하시니 조심해라."

불과 조금 전까지만 해도 희희낙락 기분이 좋았던 태자였다. 태자의 감정 기복은 하루 이틀 일이 아니었으므로 새삼스러울 것도 없었다.

안으로 들어가니 구주의 경고대로 태자는 한껏 가라앉은 얼굴로 종이를 끌어당겨 무언가를 쓰고 있었다. 아까보다 더 단정하고 반듯한 해서체였다. 아보가 가까이 다가오는 기척이 느껴지자, 정권은 고개를 들고 지시했다.

"먹."

아보는 순순히 다가가 먹 덩이를 벼루 위에 올리고는 오래도록 천천히 손목을 돌렸다. 물에 젖은 먹향이 서서히 퍼졌다. 창밖을 투과해 들어온 해당화 그림자가 먹을 가는 그녀의 손가락과 붓을 쥔 그의 손가락, 책상 위의 붓걸이와 조금 전 구주가 탐냈던 글씨 위에서 일렁였다. 웅건하고 화려한 필획, 수려한 필치. 찬란하고 화려한 보기 드문 명필이었다. 먹으로 종이 위에 쓰인 글자임에도 무쇠처럼 묵직하고 날카로운 질감이 가득 느껴졌다. 종전에는 뜻을 판별하기 어려웠던 글자가 정권의 반듯한 붓놀림 아래에서 한층 알아보기 쉬운 또렷한 모습으로 다시 태어났다.

'어느덧 봄인데 그리운 마음 사무치네. 애끓는 이 심정을 어찌할꼬.'

몇 세기도 전에 지어져 원문의 일부가 유실된 시였다. 오랜 세월을 이어져 내려오며 아주 약간의 구절만 남았지만, 봄날의 정취와 그리움의 심정을 표현하기에는 제격이었다. 실의와 슬픔이 은근히 묻어나는 시구가 화려하고 아름다운 필치로 종이 위에 재현되니, 그 절절함이 더욱 아름답게 빛났다.

제
6
장

푸른 관복의 청년

　정권은 다음 날 입궐해 조회에 참석해서 정당, 정해와 더불어 연강을 들은 뒤 인사를 나누다가 가식 떨기가 귀찮아져 먼저 물러났다. 그가 궁문에 도착해 초거에 오르려는데, 푸른색 관복을 입은 젊은 관원이 느닷없이 다가와 절을 하며 말했다.

　"첨사부 주부청主簿廳 주부 허창평이 황태자 전하를 뵈옵니다."

　정권은 불현듯 의심스러운 마음이 일어 사방을 둘러본 뒤, 보는 이가 아무도 없자 그제야 허창평에게 말했다.

　"허 주부는 일어나시오."

　정권은 허창평이 일어나자 그의 생김새를 아래위로 자세히 살폈다. 관모를 쓰고 푸른색 관복을 입은 청년은 스물네다섯쯤 되어 보였다. 잘생기고 준수한 용모였지만, 한 번도 본 적이 없는 낯선 얼굴이었다.

　근래 들어 정권과 황제 사이의 불화가 불거지고 중서령中書令 이백주의 사형이 집행되면서 삼공삼고*의 자리는 정권의 외숙부를 제외하고 모조리 교체되었으며, 좌우 춘방도 한동안 대부분

공석으로 남아 있었다. 첨사부의 모든 관원이 깡그리 교체된 것이 불과 얼마 전의 일이어서 정권은 첨사와 소첨 말고는 관료들과 아직 대면도 하기 전이었다. 사정이 이러한데 공문서 출납을 돕는 7품 신임 주부의 얼굴을 알 리 없었다. 허창평이 이렇게 다가와 신분을 밝히지 않았다면, 정권은 조정에 이와 같은 인물이 있는 줄도 몰랐을 것이다. 그는 틀림없이 궁문에서 정권이 나오기를 기다리고 있었다. 정권은 의심을 가득 품은 채 미소를 지어보이며 물었다.

"허 주부는 무슨 공무가 있어 여기서 나를 기다렸소?"

허창평이 허리를 깊이 숙이며 대답했다.

"황공하옵니다. 소신, 비록 직위는 보잘것없으나, 전하께 간곡히 드릴 말이 있어 불경을 무릅쓰고 기다렸습니다. 부디 발언을 허락해주십시오."

정권의 예상대로 그는 정권을 만나기 위해 일부러 이 자리에서 기다리고 있었다. 다만 무슨 용건인지까지는 헤아리기 어려웠다. 정권은 궁문을 뒤돌아보며 어쩔 수 없다는 듯 말했다.

"나도 듣고 싶지만 여기서는 곤란하오. 마침 서부로 돌아가는 길이니 할 말은 서부로 찾아와서 하는 게 좋겠군."

허창평은 골똘히 생각하더니 웃으며 대답했다.

"소신, 전하의 명을 받들겠습니다."

융통성이라고는 눈곱만큼도 없이 순진하게 예를 차리는 그의 행동거지에서 신출내기 관리의 냄새가 풀풀 풍겼다. 정권은 그 모습이 우스워 자기도 모르게 피식 웃으며 초거에 올랐다. 돌아가는 길에 이리저리 궁리해보았으나 도무지 감이 오지 않았다.

---

* 三公三孤, 가장 높은 세 가지 벼슬. —역주

새파랗게 어린 말단 관리가 대체 무슨 할 말이 있다고 태자의 앞을 가로막았을까?

과연 오후가 지나자, 서원의 내시가 허창평이 왔음을 알렸다. 그는 첨사부 주부의 신분으로 접견을 요청하고 있었다. 정권은 옷을 갈아입고 밖으로 나가 그를 맞았다. 허창평은 두세 번 절을 한 뒤 자리에 앉았다. 정권은 차를 내오라고 지시하며 궁금한 속내를 감추고 인사치레를 했다.

"허 주부는 며칠 전에 갓 임명됐지?"

허창평이 대답했다.

"소신은 수창壽昌 6년에 진사과에 들어 3갑甲 118위로 예부 태상시박사太常寺博士를 지냈고, 이번에 임기가 차서 첨사부 주부로 자리를 옮겼습니다."

듣고 보니 예사롭지 않은 이력이었다. 정권은 입에서 나오는 대로 적당히 능청을 떨며 안타까운 체를 했다.

"그래? 태상시박사라면 정7품이 아니오? 첨부 주부청 수령은 종7품인데, 어쩌다가 그런 굴욕을 당했지?"

허창평은 이유는 밝히지 않은 채 정색하며 말했다.

"같은 7품 안에서 자리를 옮긴 것뿐입니다. 하물며 첨부는 동궁을 보필하는 곳으로 그 어떤 곳보다 책임이 막중한데, 어찌 이것을 굴욕이라 하겠습니까?"

그가 공적인 일을 입에 올리자, 정권은 웃으며 대답했다.

"괜히 예의 차릴 것 없소. 여기까지 찾아왔으니 용건이나 바로 말해보시오."

허창평도 겉치레를 그만두고 고개를 들며 물었다.

"신은 여쭙고 싶은 것이 있어 알현을 청했습니다. 얼마 전 전하께서 죄를 청하신 게 세상을 떠난 이백주의 옥사 때문이었습니까?"

정권은 지난 두 달 동안 서원에 틀어박혀 밖으로 나오지 않았다. 대외적으로는 병이 나 요양 중인 것으로 알려졌지만, 실은 황제가 내린 금족령 때문이었다. 이 사실을 아는 조정 대신이 적지는 않았으니 동궁의 기관인 첨사부의 관원이 이 사실을 안다고 해도 전혀 이상할 것은 없었다. 다만 금족령의 진짜 이유만큼은 황제와 제왕 등을 제외하고는 아는 이가 별로 없었다. 일개 7품 하급 관리가 내부 사정을 소상히 꿰고 있다니. 그것도 모자라 당돌하게도 당사자의 면전에서 그 이유를 묻고 있다. 정권은 그 생각에 갑자기 낯빛을 바꾸며 찻잔을 내려놓은 뒤 차갑게 대꾸했다.

"최근 조정에 본궁과 폐하의 사이가 좋지 않다는 소문이 떠돌더군. 황가를 헐뜯는 말을 이리저리 옮기는 행위는 가볍게는 헛소문 유포라 할 수 있으나, 크게는 황가에 대한 불경이오. 주부는 첨부의 신참이지만 오랜 세월 부지런히 학문에 힘썼고, 3년간 관직에 있었으니 항간에 떠도는 경박한 소문을 함부로 입에 올리지는 않았겠지. 주부는 어디서 그런 말을 들었소? 아니면 누가 내게 그렇게 말하라고 시키던가?"

아직 어린 나이인 정권이었으나, 그가 정색을 하면 모두가 두려움에 벌벌 떨고는 했다. 그런데 허창평은 놀랍게도 전혀 놀라는 기색 없이 공손히 손을 모아 예를 갖추며 대답했다.

"의심을 거둬주십시오. 소신은 첨사부의 속관일 뿐 폐하의 사람도, 제번의 사람도 아닙니다. 첨사부 속관의 본분은 전하를 바로 보필하는 것입니다. 소신, 그저 미약한 힘이나마 전하께 충성을 다하려는 것뿐입니다."

마치 준비라도 한 듯 술술 말하니, 정권은 의심이 사그라지기는커녕 오히려 더욱 커졌다. 그는 한참 뒤에야 입을 열었다.

"본궁을 보필하는 이들은 많소. 위로는 정첨사正詹事와 소첨사

少詹事가 있고, 좌우에 각각 방국*이 있지. 나를 보필하는 첨사부의 관리가 어디 그대 하나뿐이란 말이오?"

허창평은 대답했다.

"전하께서 믿지 않으실 줄은 알았습니다. 소신, 전하께 하나만 더 묻고 싶습니다."

정권은 한참 동안 그를 바라보다가 마침내 고개를 끄덕였다.

"말해보시오."

허창평은 대답했다.

"이백주가 죽고 난 뒤 그의 자리가 공석이 된 지도 어언 1년인데, 폐하는 왜 그 자리에 새로운 사람을 임명하지 않으실까요?"

그는 질문을 하였으나 대답을 기다리는 대신 허리를 숙여 인사만 하고는 성큼성큼 물러갔다.

정권의 얼굴이 무겁게 가라앉았다. 그는 허창평이 떠난 뒤에도 한참이나 자리에 남아 생각에 잠겼다가, 마침내 책상 앞으로 다가가 붓을 들어 글자를 쓰고는 내시에게 분부했다.

"첨사부 주부를 다시 불러라."

내시가 태자의 명을 받아 허창평을 부르러 갔을 때, 허창평은 말을 타고 두세 골목 뒤에서 늑장을 부리고 있었다. 내시와 함께 되돌아온 허창평은 의관을 정제하고 당당한 걸음으로 안으로 들어가더니, 방긋 웃는 얼굴로 주위를 둘러본 뒤 예를 갖췄다.

"소신, 전하를 뵈옵니다."

정권은 이번에는 자리에서 일어나지 않고 손짓으로 앉으라고

---

* 坊局. 태자 교육기관인 첨사부 산하의 좌춘방, 우춘방, 사경국을 통틀어 이르는 말.
　　—역주

권하며 말했다.

"편하게 앉으시오."

허창평은 이번에는 사양하지 않고 감사를 표한 뒤, 옷자락을 걷어 올리며 자리에 앉아 물었다.

"무슨 일로 소신을 부르셨습니까? 다른 분부라도 있으신지요?"

정권은 내시에게 함 안에 담긴 쪽지를 허창평에게 건네라고 지시하고는 웃으며 물었다.

"이렇게 해도 이의는 없소?"

그것은 글자 몇 자만 드문드문 적힌 평범한 종이였다. 서신에는 서두의 글귀도 없었고, 낙관도 찍혀 있지 않았다. 허창평은 미묘하게 표정을 바꾸며 중얼거렸다.

"금착도*?"

그가 혼잣말로 중얼거리자, 정권은 웃으며 말했다.

"역시 허 주부는 박식하군."

허창평은 고개를 절레절레 저으며 말했다.

"전하의 필적에 대한 명성은 익히 들었는데 오늘에야 이렇게 실물을 보는군요. 참으로 영광입니다."

그는 종이를 손수 정권에게 돌려주며 말했다.

"소신은 이의가 없습니다."

정권은 입꼬리를 올리며 웃었다.

"그렇다면 허 주부의 혜안으로 예측해보시오. 폐하는 중서성의 공석을 누구로 채우실 것 같은가?"

그가 직설적으로 묻자, 허창평도 솔직하게 대답했다.

---

* 金錯刀, 원래는 남당 후주 이욱李煜이 창시한 서체로 오래전에 소실되어 자취를 확인할 수 없다. 이 소설에서는 그 이름을 빌려 소정권의 서체로 했으며, 해서에 가까운 필체로 설정했다.

"소신의 부족한 소견으로는 그 자리에 아무도 앉히고 싶지 않으신 것으로 보입니다. 전하도 그렇게 생각하시지 않으셨습니까?"

정권의 입꼬리가 파르르 떨렸다.

"계속해보시오."

허창평은 이어서 말했다.

"먼저 폐하께는 불경한 발언이 될 수도 있으니 양해를 구해야 할 것 같군요. 이백주의 옥사의 결과를 보면, 황제의 군대에서 불거진 일로 사법 부처인 형부가 큰 이득을 얻었으니 자연히 세간에서는 이번 사건으로 가장 큰 이익을 본 사람이 전하라고 여기고 있습니다. 본조의 정책상 심문과 법 집행이 엄격하게 분리돼 시행된다는 사실은 누구나 다 알지 않습니까? 이백주는 신분이 지극히 고귀한 자로 의귀*의 혜택도 누릴 수 있었습니다. 애초에 폐하께서는 이 일을 알면서도 묵과하신 겁니다. 그게 아니었다면 아무리 덫을 치밀하게 준비했다 한들 옥사가 성사될 수나 있었겠습니까?"

정권은 긍정도 부정도 하지 않으며 그저 이렇게 물었다.

"폐하께서 영명하시기는 하지. 주부의 말이 사실이라면 어찌해 폐하가 아들의 월권행위를 묵인하셨단 말이오?"

허창평은 대답했다.

"권력 놀음이죠. 단지 그뿐입니다."

정권은 흠칫 놀라 책상을 내리치며 호통쳤다.

"무엄하다!"

허창평은 안색 하나 변하지 않고 그대로 자리에서 일어나 무릎을 꿇었다.

"소신이 어느 안전이라고 감히 허튼소리를 하겠습니까. 소신,

＊ 형벌을 면제받을 수 있는 조건. ─역주

비록 직위는 하찮으나 죽을 각오를 하고 간언하러 왔으니, 벌은 소신의 말을 끝까지 들으시고 내리셔도 늦지 않습니다. 부디 통촉해주십시오."

정권은 한참 동안 그를 말없이 바라보다가 손짓으로 내시들을 물린 뒤 말했다.

"내 거처에는 사방이 뻥 뚫린 수정*도 없고, 글자를 쓸 잿불도 없네. 이변과 송제구의 고사**를 재현하기는 힘드니 입조심해."

허창평은 가볍게 웃으며 알겠다는 뜻을 나타낸 뒤 말을 계속 이어나갔다.

"전하의 외숙 고사림 장군의 집안은 대대로 황가와 인척을 맺은 고귀한 가문이죠. 선대 황제가 등극하셨을 때부터 붕어하실 때까지 추부의 상서 신분으로 경영***의 제독을 지냈고, 정신년定新年 이후로는 장주長州의 도독 신분으로 장주의 국경을 지키고 계십니다. 비록 폐하가 최근에 장군의 세력을 견제한답시고 병력을 여러 군데로 잘게 나눠 재편성하셨지만, 그럼에도 그 세력이 만만치 않은 실정이죠. 장주는 북쪽 변방을 지키는 요충지입니다. 산과 강에 둘러싸인 천혜의 지세 덕분에 진격할 때는 공격이 용이하고 물러날 때는 수비하기에도 편합니다. 그러니 고 장군의 지위와 세력을 이 나라에서 모르는 사람이 없지요."

그는 장황하게 설명하다가 문득 화제를 돌리며 태자에게 물었다.

---

* 물가에 지은 정자. —역주

** 『자치통감資治通鑑 270권』을 인용. 서지고(徐知誥, 오대십국 중 남당의 초대 황제 이변의 본명)는 송제구宋齊丘를 자신의 집으로 끌어들였다. 지고는 매일 밤 그를 수정으로 유인해 밀담을 나누었는데, 병풍을 치고 대로大爐를 두고 앉아 말없이 잿불로 쓴 글자로 대화해 두 사람이 일을 꾸미는 것을 아무도 알지 못했다.

*** 京營, 중앙수비군. —역주

"신은 수년 전에 장주에 갔었습니다. 방비가 철저하고 삼엄한 성에서 드넓은 사막을 내려다보고 있자니 먼 곳에서 매서운 강풍이 불어오더군요. 질서정연하고 강력한 군대의 모습이 아주 장관이었습니다. 전하께서도 방문한 적이 있으십니까?"

정권은 코웃음을 한 번 치더니 말했다.

"난 깊은 구중궁궐에서 태어나 아녀자들의 손에 자랐소. 경성 밖으로도 나가본 적이 없는데, 그 먼 변방까지 언제 가봤겠소?"

정권은 살짝 토라진 듯했다. 허창평은 태자의 기분을 눈치 빠르게 감지하고는 시선을 피하며 헛기침을 한 뒤, 다시 본론으로 돌아갔다.

"이백주로 말할 것 같으면 명문가 출신으로 젊은 시절 당당히 탐화*가 됐습니다. 처음에는 문관으로 군직을 이끌다가 나중에는 추부로 옮겼고, 더 나중에는 이부로 옮겼다가 마침내 재상의 반열에 올랐죠. 구舊 귀족과 비교하자면 신新 귀족에 속하는데, 조정과 군 양쪽에서 모두 부패 세력과 결탁하더니 나중에는 제왕의 편에 서서 겉으로는 복종하는 척, 양쪽을 저울질하며 성부를 장악했지요. 결국 참지參知와 평장平章이 꼭두각시로 전락해 육부의 이부와 형부로 모든 힘이 쏠리니, 폐하의 칙령조차 번번이 효력을 잃는 지경에 이르렀습니다."

그는 고개를 들어 정권을 보더니 오른손으로 무릎을 누르며 차갑게 웃었다.

"밖에서는 강한 장수가, 안에서는 강한 재상이 득세하고 있는데 침상 옆에는 선잠을 자는 호랑이를 두고 있는 형국입니다. 전하가 그 자리에 계셨다면 하루라도 마음 편히 눈을 붙이셨겠습니까?"

---

* 과거에서 장원급제자 중 3등으로 합격한 자. —역주

정권은 먼 곳을 바라보며 생각에 잠기는가 싶더니 한참 만에야 그에게 손짓했다.

"주부는 일어나서 말하시오."

허창평은 자리에서 일어나 옷매무새를 가다듬고는 정권의 뒤로 다가가 말했다.

"폐하는 이 씨를 제거하고 주천자周天子처럼 육경六卿을 직접 관장함으로써 밖의 강력한 세력에 대항하고자 하신 겁니다. 자기 손을 더럽히기보다는 폐하의 상황과 사람을 이용하는 편을 택하신 거죠. 세상 사람들은 이번 일을 전하께서 주도하신 걸로 알고 있습니다만, 그 배후에 폐하가 계시다는 건 알아차리지 못했습니다. 전하가 악명을 뒤집어쓰시는 사이에 폐하는 뒤에서 몰래 실익을 챙기신 겁니다. 신, 외람되지만 전하의 억울하고 불공평한 처지를 곰곰이 따져봤습니다. 전하의 처지가 토사구팽에서 그치면 다행이지만, 염려되는 건 더 큰 화를 입으시는 겁니다. 그날에는 전하의 고생이 남 좋은 일을 한 형국이 됩니다."

올해 들어 계속 마음에 품고 있던 근심거리를 7품의 새파랗게 어린 관리에게 간파당하자 정권의 관자놀이가 파르르 떨렸다. 정권은 아무것도 모르겠다는 듯 웃는 얼굴로 시치미를 떼며 고개를 가로저었다.

"근거가 전혀 없는 소리라면 허튼소리로 군주를 비방한 책임을 면치 못할 것이오."

허창평은 조용히 실내를 서성였다. 실내 장식은 사치라고는 전혀 없이 간소했고, 거울은 티끌 한 점 없이 깨끗했다. 허창평은 태자의 성품이 훤히 보여 입가에 슬며시 미소를 머금었다.

"전하께서 굳이 근거를 대라 하시면 소신의 우매한 머리로나마 한번 추측을 해보겠습니다. 원래 황실의 대통을 이을 후계자는 마땅히 연조궁에 머물러야 합니다. 첨사부에서 수로 한 길과 궁벽 하나만 지나면 바로 도착할 정도로 가깝죠. 그런데 왜 소신에게는 연조궁이 아닌 서부로 오라고 하셨습니까? 이곳이 이변과 송제구가 몰래 작전을 짜던 수정과 다를 게 무엇입니까? 동궁의 보수공사가 끝난 지도 어언 2년입니다. 그런데 왜 폐하께서는 아직도 차일피일 미루시며 전하를 궁으로 불러들이지 않으실까요? 전하를 일부러 풀어주시려는 속셈은 아닐까요?"

그는 정권의 정면으로 다가가 걸음을 멈추고 말했다.

"이건 어떻습니까? 태조께서는 본조를 창건하실 때 위로는 첨부를, 그 밑으로는 두 곳의 방국을 설치해 동궁을 보필하게 하셨습니다. 조정의 대신이 동궁 보좌기관의 직위를 겸하는 방식이죠. 그런데 폐하는 조정 대신이 동궁의 보좌를 겸하는 상황을 오랫동안 염려하셨습니다. 동궁이 조정의 대신들과 파당을 지을까 봐 경계하신 거죠. 폐하는 이서吏書 대인이 동궁과 같은 스승의 문하라는 것과 구 귀족과 교류한다는 사실을 아셨습니다. 그럼에도 장장 4년이나 이부와 첨부의 우두머리 자리에 있도록 내버려두셨죠. 어째서일까요? 그리고 왜 이제 와서야 이서 대인을 물러나게 하고 이 창평이라는 새파랗게 어린 관리를 첨부로 옮겨 태자 전하를 모시게 했을까요? 소신, 폐하의 속마음을 간파하려고 밤새 고심했으나 도저히 짐작할 수가 없었습니다."

정권은 여전히 고개를 저으며 억지웃음을 지었다.

"주부의 말은 여전히 사실과 거리가 먼 것이 많소. 가령 본궁이 간신을 처단하는 사냥개로 폐하께 이용당하면서도 눈치도 못 챌 만큼 우매할까?"

정권이 여기까지 말하고 더는 입을 열지 않자, 허창평은 탄식하며 말했다.

"이백주가 저리 됐으니 이제 남은 건 변방의 고사림 장군과 경성의 전하이십니다. 폐하는 전하를 이용해 장군을 견제하려 하실 테고, 장군은 전하를 이용해 폐하께 저항하려 하시겠지요. 전하는 그 틈바구니에서 두 분을 중재하며 스스로를 지킬 방법을 생각하셔야 하니 근심이 정말 깊으시겠습니다. 이백주의 옥사 이후의 악재는 지붕 끝에 달린 검과 같습니다. 당장 급한 근심거리는 아니지요. 하지만 제왕의 부상은 전하의 목 끝에 들어온 검날이나 다름없습니다. 당장 눈앞에 닥친 위기니까요. 전하는 일단 현재의 지위를 먼저 지키신 뒤 더 나중 일을 도모하려 하시겠죠. 앞을 멀리 내다보는 영명한 혜안입니다. 그 깊은 속을 신이 어찌 모두 알까요?"

정권은 차갑게 웃으며 대답했다.

"주부의 겸손이 지나치군. 주부의 말이 사실이라 친다면 본궁은 지금부터 어떻게 처신해야 좋겠소?"

허창평은 대답했다.

"최근 육부에서 이부와 형부는 전하의 편이고, 추부는 폐하의 편에 섰습니다. 공부는 이렇다 말할 거리가 못 되고, 예부와 호부는 이익을 저울질하며 이편에 섰다 저편에 섰다 하는 집단이지요. 권력의 균형을 지탱하는 자리는 아무리 폐하라도 마음대로 폐하실 수 없습니다. 그런데 중서령이 공석이 되면 삼성三省은 기반이 위태로워지고, 폐하께서 육부의 인사와 정무를 직접 관장하시면 이부가 육경의 수장이 되지요. 가장 먼저 타격을 입으실 분은 바로 장 상서입니다. 폐하가 그때 가서도 장 상서를 가만히 놔두실까요? 장 상서가 꺾이는 것은 곧 전하의 오른팔이 잘려나가는 걸 의미합니다. 권력의 균형 역시 전하가 바라시는 상태에서는 멀어지겠지요. 지금까지는 장 상서를 앞세워 잘 유지해왔지만, 이제는 언제 그가 제2의 이백주가 될지 알 수 없습니다."

정권은 고개를 끄덕이며 물었다.

"그렇다면 어떻게 하는 게 좋겠소? 의견을 말해보시오."

허창평은 웃으며 대답했다.

"소신 같은 하찮은 미관말직이 왈가왈부할 수 있는 일은 아닙니다. 어쩌면 전하가 폐하와 전하께 모두 유익한 쪽으로 조율하시거나, 폐하와 전하 모두에게 무해한 쪽으로 조율하실 수도 있겠지요. 폐하 쪽의 뜻하지 않은 변수들은 일단 제쳐두고, 일단 이씨의 일 한 가지에 관해서만이라도 부족한 소견이나마 조언을 드리겠습니다."

정권이 침묵으로 대답을 대신하자, 허창평이 말을 이었다.

"폐하는 전하를 이용해 간신을 제거하고는 벌을 내리셨죠. 폐하의 토사구팽으로 인해 전하는 심기가 많이 불편하시겠지만, 아무리 그래도 폐하의 성심을 잘 살펴드려야 합니다. 폐하는 전하가 조정 대신들과 파당을 이루는 걸 극도로 경계하십니다. 전하가 이백주의 옥사로 고충이 얼마나 많으셨는지, 폐하가 사전에 아시면서도 묵과하셨는지는 여기서 별 의미가 없습니다. 문제는 아직 부황이 살아 계시는데 아들인 태자가 놀랍도록 혹독하고 매섭게 일을 처리했다는 겁니다. 군주로서는 놀라지 않을 수가 없지요. 조정에 이와 같은 일이 또 일어나지 않을 거라고 누가 장담할 수 있을까요? 이런 일이 계속 불거지면 부자간의 골은 더욱 깊어질 겁니다. 처음엔 작은 일이었던 게 긁어 부스럼이 되어 결국 속까지 깊게 곪게 되죠. 이번 첨사부 재편은 전하를 훈계하는 동시에 세간에 경고를 하며 폐하의 위신을 세우는 게 목적이니 더 논할 필요는 없습니다. 다만 앞으로는 폐하와 신하들 앞에서 몸가짐과 태도를 신경 쓰셔야 할 것입니다. 신은 전하께 '불교불리不膠

不離, 불점불탈不黏不脫'이라는 여덟 글자를 방책으로 드리겠습니다. 즉, 가까이 가지는 말되 멀어지지는 말 것이며, 달라붙지는 말되 떨어지지도 말아야 합니다. 앞으로는 폐하와 대신들을 이렇게 대하십시오. 매사 온순한 태도를 보이시고 절대 공격할 빌미를 내주지 마시라는 말입니다. 폐하 앞에서는 꼭 이렇게 처신하셔야 합니다."

정권의 무겁게 가라앉은 얼굴을 보고 그는 차갑게 웃으며 또 말했다.

"내키지 않으시겠지요. 소신이 전하의 입장이라도 그럴 겁니다. 그러나 소신의 말을 끝까지 들어보십시오. 폐하는 사사롭게는 전하의 아버지이십니다. 아버지를 거역하는 것은 불효이지요. 공적으로 논한다면 폐하는 군주시고 전하는 군주의 신하이니 군주에 반하는 행동은 불충이라 할 수 있습니다. 전하께서 훗날 대통을 이으셔서 대권과 역사의 주도권을 손에 쥐시는 날에는 이것은 아주 작은 일이 됩니다. 하지만 아직 세상은 폐하의 통치권 아래에 있지요. 이런 때에 전하께서 불효와 불충의 오명을 뒤집어쓰신다면 살아생전의 악명은 말할 것도 없고, 그 기록이 후세까지 길이 전해집니다. 먼 훗날에는 누가 오늘날의 진상과 전하의 억울한 사정을 알겠습니까?"

정권은 고개를 천천히 가로저으며 자조 섞인 미소를 지었다.

"폐하가 눈치가 빠르셔서."

허창평도 고개를 저으며 대답했다.

"믿고 말고는 폐하의 몫이고, 전하는 그저 전하의 도리를 다하시면 됩니다. 소신이 말하고자 하는 건 그뿐만이 아닙니다. 전하께서는 이 위태로운 길을 아주 힘겹게 걸어오셨습니다. 신은 그 노고를 감히 상상도 못 할 정도로 험난한 여정이었겠지요. 전하가 고작 자존심 때문에 다른 이들에게 공격할 빌미를 주시는 분이라면 신은 전하 앞에 서 있을 수 없습니다."

정권은 고개를 끄덕이며 말했다.

"할 말이 더 있다면 가감 없이 말해도 괜찮소."

허창평은 잠시 침묵하다가 큰절을 올리며 고했다.

"지금부터는 멸문의 화를 무릅쓰고 불경한 말을 입에 올리겠습니다. 대사마께서는 변방의 오랑캐를 평정하고 나면 공을 세우고도 죄인이 될 겁니다. 아무리 천지가 넓다지만 그 화를 과연 피해갈 수 있을까요? 전하의 외숙부께서 몸을 보전하지 못하신다면 전하께서 과연 무사하실 수 있겠습니까? 아마 전하께서도 이와 같은 결과는 예상하고 계시리라 믿습니다. 앞으로 전하께 남은 시간은 3~4년이 고작입니다. 장주는 아득히 멀고, 경성은 위로는 경군京軍과 두 관아, 36위*가 물 샐 틈 없이 철저히 지키고 있습니다. 전하께서도 소신의 말을 들으셨으니 아마 슬슬 걱정이 되시겠지요."

정권은 허창평을 음울한 시선으로 바라봤다. 내면의 두려움이 극으로 치달은 상태였으나 밖으로 새어 나오는 음성은 그와는 대조적으로 차분하고 침착했다.

"이와 같은 말은 처음 듣소. 주부가 예측하고 볼 수 있는 일을 본궁의 측근들은 왜 모르고 있지?"

허창평이 대답했다.

"신이 이어서 하려던 말이 바로 그것입니다. 육부 곳곳에는 전하의 오랜 심복들이 있다는 걸 소신도 알고 있습니다. 그러나 앞으로 걸어나가실 살얼음판 위에서는 그들을 경솔히 믿으셔서는

---

* 衛, 군영의 단위. ─역주

안 될 것입니다. 반드시 세세한 부분까지 철저히 살핀 뒤 스스로 깊이 생각하셔야 합니다. 소신의 간언 역시 바로 믿지 마시고 깊이 생각해보신 뒤에 판단하십시오. 서원에 밀담을 나눌 수정은 없어도, 급변하는 정계의 물살에서 안전하게 숨을 해자는 있어야 하지 않겠습니까."

정권은 여전히 이렇다 할 의견을 밝히지 않고 그저 담담한 어조로 물었다.

"오늘 같은 얘기를 본궁은 들어본 적이 없소. 측근들도 생각도 못 하고 있겠지. 주부는 무엇을 바라고 나를 찾아와 이런 조언을 하는 것이오?"

허창평이 대답했다.

"신은 쓸모없고 미련한 자라서 전하의 먼 길에 보탬이 되지는 못합니다. 직무의 편의상 전하를 찾아온 것뿐이지요. 하찮은 미관말직의 우매한 간언이라도 혹여나 전하께 도움이 된다면 소신이 헛걸음한 건 아니라고 사료됩니다."

정권은 웃으며 말했다.

"나는 무엇을 바라고 왔느냐 물었소."

허창평은 두 손을 가슴 앞으로 공손히 모으며 대답했다.

"부귀영화나 후세에 길이 남을 공적은 감히 바라지 않습니다. 훗날 전하의 초거에 동행해 함께 달구경이나 할 수 있다면 신은 만족합니다."

정권은 역시 웃으며 대답했다.

"사람의 마음과 세상일이라는 게 그렇지가 않아. 주부가 입장을 바꿔 생각해보시오. 본궁은 의심도 많고 걱정도 많은 사람이오. 애매모호한 말로 흐릿한 태도를 보이는데 본궁더러 어떻게 주부를 의지하라는 말이오? 멸문의 화를 각오하고 이곳까지 왔다면 어째서 허심탄회하게 속을 드러내지 않지?"

허창평은 눈을 들어 정권의 얼굴을 바라봤다. 입가에 가득 미소를 머금었지만 새까만 눈동자는 얼음처럼 차가웠다. 창가의 석양에 붉게 물든 얼굴의 반대편은 실내의 어두컴컴한 그림자에 잠겼다. 진심으로 웃었다면 봄바람처럼 따스하고 화사했을 미소였지만, 지금은 마치 귀신이 빙의라도 한 듯 뼛속까지 싸늘한 기운을 발했다.

따스한 봄날, 평범한 종친으로 태어났다면 지금쯤 서책이나 음률을 즐기며 한가로이 차를 마시고 있을 그다. 평범한 관리였다면 어땠을까? 친한 벗들과 말을 타고 봄 경치를 즐겼을 것이다. 하다못해 평범한 서민으로 태어났다면 마을 사람들과 한데 모여 술을 마시며 봄을 만끽했을 나이가 아닌가. 궁궐 밖의 세상은 이토록 광활하고 자유로운데, 그는 사방이 밀폐된 이곳 서원의 한 구석에서 꺼지는 태양빛 속에 쓸쓸히 서 있다. 진심이라고는 전혀 담기지 않은 거짓 웃음으로 자신 곁으로 다가오려는 모든 이들을 조심스럽게 경계하면서.

그는 지금 무슨 생각에 잠겨 어떤 마음을 먹었을까? 그에게 조금이라도 투명하게 속을 보여주지 않는다면 가장 깊숙한 곳에 감추어둔 뜻을 무슨 수로 이루겠는가.

허창평은 마침내 한숨을 내쉬며 조용히 물었다.

"전하께는 여동생이 한 분 계셨죠. 시호는 함녕이고, 연령의 서열은 정定이었습니다. 규명*은 휘유고, 아명은 아형이었나요?"

허창평의 한마디 한마디가 세차게 땅으로 내리치는 우레처럼 정권의 귓가를 때렸다. 정권은 손발이 싸늘하게 얼어붙는 듯했

---

* 궁중 여인의 이름을 높여 이르는 말. —역주

다. 그는 한참의 시간이 흐른 뒤에야 파들파들 떨리는 손을 들어 허창평을 가리키며 물었다.

"그걸 네가 어떻게 알지? 대체 정체가 무엇이냐?"

제7장

금구金甌의 세월

'아형……, 아형이라.' 정권은 마음속으로 그 이름을 되뇌었다. 어떻게 그 이름을 잊겠는가. 벌써 많은 세월이 흘러 어린 여동생의 얼굴은 기억에서 희미해졌다. 그러나 사랑스럽고 작은 입으로 오물오물 내뱉던 목소리는 아직도 생생했다.

"오라버니."

오래전 어느 봄날, 간사하고 고지식한 조정 신하들이 암암리에 '고 태자'라고 부르던 어린아이는 아직 총각*의 양 갈래 머리를 하고 있었다. 아이는 서툰 손놀림으로 어린 공주를 품에 안은 채 모친 옆에 앉아 해맑은 얼굴로 물었다.

"아형이 자라면 어머니처럼 미녀가 될까요? 얼굴이 작아서 화전 붙일 자리도 없겠네. 아형도 어른이 되면 머리를 높게 틀어 올릴 수 있어요?"

---

   * 상투를 틀지 않은 어린아이의 머리. —역주

그는 어린 공주의 이마에 가볍게 입을 맞추며 생각했다. 세상에서 아형을 어머니 다음으로 가장 사랑하는 건 바로 나라고.

"아형의 미래 신랑은 지금 어디에 있을까요? 절대 아형을 호락호락하게 내줄 수 없어요."

고 황후를 모시는 궁인들은 어린 태자의 말에 키득키득 웃었다.

"태자 전하 때문에 미래의 부마 어르신이 고생 좀 하시겠네. 우리 공주마마가 덩달아 고생하실까 봐 걱정이네요."

부마가 고생하는데 왜 공주가 따라 고생할까? 고 태자는 영문을 몰랐지만, 궁인들이 웃으니 그저 따라서 헤헤 웃었다.

고 황후는 고급 비단 부채로 아름답기로 이름난 자신의 얼굴을 살짝 가렸다. 엄격한 교육에 길들여져 자신의 감정을 감추는 데 능숙한 그녀였다. 다만 황금빛 떨잠이 비단결처럼 고운 머리카락 위에서 살짝 흔들리고 있다는 것만은 느낄 수 있었다. 봄볕에 반사된 떨잠의 찬란한 빛이 고 태자의 살짝 휘어진 눈꼬리를 비추자, 낮은 기침 소리가 두어 번 귓가를 울렸다. 공주의 탄생은 황후에게 큰 기쁨을 안겨주었지만, 심각한 출산 후유증을 남기기도 했다. 그때 남매의 부친은 그들 곁에 없었다. 어쩌면 조 비와 그 소생들과 함께 있었을 것이다. 그러나 또래보다 유난히 조숙하고 섬세한 고 태자는 행복했던 그 순간의 편린을 오래도록 고이 가슴에 간직했다.

여동생은 갑작스럽게 세상을 떠났다. 부친은 냉담했고, 궁중에는 소문이 무성했다. 어머니는 애간장이 끊어지도록 슬퍼하셨지만 부친은 여전히 냉담했고, 유언비어는 역시 끊이지 않았다. 어머니가 병으로 몸져누웠을 때도, 기어이 세상을 떠난 뒤에도 냉담한 아버지와 근거 없는 궁중의 비방은 언제나 그의 뒤를 따라다녔다. 그 모든 장면과 귓가를 오가던 어른들의 수군거림이 어린 소년의 가슴에 남긴 상처 위에는 세월이 흐르며 딱지가 올라앉았지만, 딱지 아래는 피고름이 고여 썩어가고 있었다. 뼈에 사무치는 한은 술과 같아서 세월이 흐를수록 숙성되는 듯하다가, 어느 순간 갑작스럽게 가슴을 치고 올라와 오장육부를 헤집었다. 독이 서서히 온몸을 침투하듯 뼈마디 하나부터 머리카락 한 올까지 감각이 지나가는 곳이면 어디든 저릿저릿한 통증이 일었다.

양 갈래 머리를 한 고 태자는 이제 어엿하게 상투를 올린 소정권으로 자랐다. 무기력하게 방치된 어린 시절에서 수년이 흐른 어느 봄날, 자제하려고 애썼으나 동요한 기색이 역력한 그의 금빛 눈동자가 순식간에 석양의 핏빛으로 돌변했다. 붉게 물든 핏빛 속에서 눈앞의 청년을 파악하려 애쓰며 그는 쉰 목소리로 물었다.

"또 뭘 알고 있지? 공주의 아명은 대체 어디서 들었나?"

잔뜩 가라앉은 정권의 목소리를 듣고 태자의 맹렬한 분노를 느낀 허창평은 당황해 털썩 무릎을 꿇고 머리를 조아렸다.

"공주님의 보모 송씨가 소신의 수양어머니였습니다."

과거의 기억을 싣고 솔솔 불어온 바람이 이마에 맺힌 식은땀을 말리자, 정권은 서서히 진정하며 쓰러지듯 자리에 앉았다.

"계속해라."

허창평은 말했다.

"공주님이 돌아가시던 날 어머니는 당직이 아니셔서 공주님 곁에 계시지 않았습니다. 뒤에 원인을 밝히지 못하자, 폐하께서는 공주님을 모시던 모든 궁인들을 처형하겠다고 하셨죠. 소신의 어머니는 효경 황후께서 애써주신 덕분에 궁을 나오는 선에서 형을 면할 수 있었습니다. 이후로 부모님을 어릴 때 모두 잃은 소신을 친자식이나 다름없이 키워주셨으니 제게는 은인이시죠. 어머니는 제게 황후마마께 하해와도 같은 은혜를 입었다며 죽을 때까지 잊지 않겠다고 입버릇처럼 말씀하셨습니다. 신에게도 전하를 잘 보필해 황후마마의 은혜에 보답하라고 하셨지요."

정권은 한참을 멍하니 앉아 있다가 머릿속이 깨끗이 정리됐다는 확신이 들자 입을 열어 물었다.

"됐으니 자리에서 일어나시오. 내 기억으로는 대부인의 미간에 붉은 점이 있었는데……?"

허창평은 몸을 일으키며 대답했다.

"과연 영명하십니다. 다만 점의 위치는 미간이 아니라 눈꼬리였습니다."

정권은 허창평이 대답하자 무미건조하게 웃으며 말했다.

"그랬나? 너무 어릴 때라 기억이 흐릿하군."

그는 다시 말을 이었다.

"주옥같은 충언을 해주어 고맙소. 뼈가 되고 살이 되는 충언인데 본궁이 어찌 새겨듣지 않을 수 있겠소? 게다가 주부를 키운 어머니가 내 여동생의 보모였으니 주부와 나는 형제 사이라고 해도 과언이 아니오."

허창평은 황망해하며 사양했다.

"과분한 말씀입니다. 선황후께서는 소신의 어머니에게 생명의 은인이 되시니, 소신, 전하께 은혜를 보답하는 것이 당연한 것을요."

정권은 허허 웃으며 대답했다.

"뭘 그렇게까지 예의를 차리시오? 감사한 마음을 그토록 오랜 세월 품고 있기도 쉽지 않을 텐데."

허창평이 고개를 조아리며 대답했다.

"소신, 미련하기는 하나 은혜를 입었으면 갚아야 한다는 도리는 압니다."

정권은 고개를 끄덕였다. 석양의 핏빛은 이미 물러간 뒤였다. 그는 허창평 곁으로 다가가 유심히 살피다가, 돌연 손을 뻗어 그의 옷깃을 가지런히 다듬으며 말했다.

"허 주부는 과연 흙 속에 감춰진 보석 같은 인재로군. 이 낡은 관복이 참으로 안쓰럽소."

태자의 싸늘한 손가락이 목덜미를 스치자, 예상치 못한 전개에 당황한 허창평이 다급히 뒤로 물러나 사죄했다.

"신이 미처 의관을 챙기지 못했습니다."

정권은 손을 거두고는 손가락 사이에 묻은 땀을 닦으며 살짝 미소를 지었다.

"이렇게 보니 허 주부도 평범한 사람이군. 그래야지. 그렇지 않으면 본궁이 어찌 그대를 믿고 가까이하겠소?"

애써 의연한 척하던 허창평은 순간 정신이 아득해지는 것을 느꼈다. 정신을 차려보니 그사이에 흘린 식은땀으로 옷깃이 흥건하게 젖어 있었다.

날이 어둑어둑해지자 온 궁중에 종소리가 느릿느릿하고 늘어지듯 퍼졌다. 궁문이 닫히는 시각을 알리는 소리였다. 정권은 그에게 웃으며 말했다.

"앞으로 상의할 일이 있으면 주부에게 조언을 구하도록 하지. 오늘은 때가 늦었으니 본궁은 이만 식사를 해야겠소. 주부는 무엇을 타고 여기까지 왔소?"

허창평은 대답했다.

"말을 타고 왔습니다."

정권이 웃으며 권했다.

"주부가 타고 갈 마차를 준비하라고 하겠소."

허창평은 극구 사양했다.

"소신, 전하의 호의를 모르는 것은 아니나, 마차를 타면 혹여나 사람의 이목을 끌까 염려스럽습니다."

정권은 수긍하며 허창평을 귀수*까지 친히 배웅했다. 그는 문간에 서서 그의 뒷모습이 보이지 않을 때까지 바라보고는 안으로 들어와 근신을 불러 지시했다.

"이 쪽지를 장 상서에게 보내고, 첨부와 방국에 새로 부임한 자들의 경력과 과거 행적을 낱낱이 조사해 올리라고 일러라. 신임 주부에 관한 정보는 더욱 상세해야 한다. 어느 지역의 어느 가문 출신이며 경성에서는 어디에서 지내는지, 무슨 일을 하고 누구를 만나는지 모조리 알아보되 알아채지 못하게 조용히 진행해야 할 것이다."

정권은 근신들이 그의 뜻을 받들고 물러간 뒤에야 다시 자리에 앉아 이마를 어루만지며 찻잔을 들었다. 차를 갓 끓였을 때 일었던 거품은 모두 사라지고 푸르른 찻물만 차갑게 식어 있었다. 건잔 내벽에 쪼르르 박힌 요변천목** 무늬가 어둠 속에서 음산하게 빛나는 귀신의 외눈처럼 느껴졌다. 그는 초조한 마음으로 자신을 염탐하는 듯한 귀신의 눈동자와 마주하며 차갑게 식은 차를 몇 모금 들이켜다가, 갑자기 머리카락이 쭈뼛 곤두서자 바닥에 찻잔을 내동댕이쳤다. 그래도 성이 차지 않았다. 책상 위에 놓인 촛대, 문방구, 책을 손에 잡히는 대로 모조리 밀어 헤치고 나

---

* 뒤채. 송대에는 뒤채를 귀수라고 불렀다.

** 송대에 건요(建窯, 복건성에 있던 도기 굽는 가마)에서 생산한 요변천목曜變天目 잔은 현재 일본에만 남아 있다. 요변천목은 일본어(요헨텐모쿠)이며, 현재는 이를 대체할 중국어가 존재하지 않는다.

서야 그의 마음은 조금씩 진정되었다. 구주와 아보는 안에서 와
장창 소리가 들리자 놀라 급히 안으로 뛰어 들어갔다. 정권은 뒷
짐을 진 채 난잡하게 어질러진 바닥을 가로질러 문밖으로 향하다
가, 그녀들을 보고는 침착한 목소리로 지시했다.

"치워라."

밤빛이 정원에 짙게 드리웠다. 구름 사이로 빼꼼 고개를 내민
밝은 달이 그럭저럭 아름다운 빛을 뿌리고 있었다. 동풍이 불자
정원에 한가득 핀 화초 향기가 잔물결처럼 서서히 몰려와 물처럼
달빛처럼 그의 옷자락을 적셨다. 정권은 한동안 가만히 서서 숨
을 고르다가 내시들에게 말했다.

"오늘 저녁은 후원 못가 정자에 차리거라."

태자에게 언제부터 이런 고상한 취미가 있었던가. 내시들은 당
황해하면서도 황급히 답변한 뒤 주순에게 보고했고, 주순 역시
의아해하며 정권을 찾아와 혹시 양제나 다른 비빈을 찾으시냐고
물었다. 그는 시도 때도 없이 월하노인 노릇을 하려 들었다. 정권
은 영문을 몰라 멍하니 있다가, 한참 뒤에야 그의 의도를 알아채
고는 짜증스럽게 손을 내저었다.

"쓸데없다!"

한두 번 당한 거부도 아니어서, 주순은 전혀 개의치 않고 등불
을 들고 정권을 정자로 안내했다. 정자 중앙에 가지런히 차려진
식탁 주변에는 온갖 환관과 궁인들이 등불을 들고 서 있어 대낮
처럼 환했다. 그들은 직감적으로 정권의 핀잔이 떨어지리라는 것
을 알아차렸다. 그들의 예감대로 과연 정권은 미간을 잔뜩 찌푸
린 채 말했다.

"봄날 달구경을 하려는데 횃불을 훤히 밝히다니. 볼썽사나운
풍경을 꾸미느라 너희가 고생이 많았구나."

주순은 하는 수 없이 시중드는 이들을 물리고 멀찌감치 떨어져 대기하게 했다.

정권은 시장하지는 않았다. 그는 술을 들이켜며 술맛과 함께 허창평의 말을 곰곰이 곱씹었다. 여동생이 요절했을 때, 그는 서럽게 우는 어머니 곁을 지키고 있었다. 어머니는 한참을 울다, 그가 잠든 줄 알고 측근 여관에게 속삭였다. 다른 말은 기억나지 않지만, 지금까지도 생생하게 떠오르는 말이 있었다.

"네가 직접 출궁시켜라. 폐하께서 이 사실을 아시면 안 돼."

그 말이 왜 그토록 생생했는지 나중에 이유를 생각해보니, 마음 깊은 곳에서 느낀 은밀한 쾌감 때문인 듯했다. 싫은 소리 한마디 없이 온갖 서러움을 조용히 감내하던 어머니가 처음으로 보인 강단이었기 때문이다. 아직 세상 물정을 모르던 시절이었지만, 은밀한 쾌감을 만끽하며 처음으로 아버지의 뜻을 거역한 어머니의 비밀을 남몰래 묵묵히 지켰다. 당시 상황을 아는 자는 모두 사라진 지금, 마음속 깊은 곳에 비밀을 간직한 그때의 자신을 믿는다면 자신이 간직한 그 비밀을 알고 있는 허창평을 믿어야 할 것이다.

그는 정권이 찾던 인재였다. 명석하고 자신과 적당한 연분이 있었으며 무명이었고, 가까이 둘 명분까지 확실하니 그야말로 적임자였다. 허창평의 말이 사실이라면 지금은 정신을 바짝 차리고 몸을 사려야 할 시기였다. 환궁하라는 조서가 당도할 날이 곧 다가올 것이다. 개편된 첨사부에서 곁에 둘 신하를 지금 당장 찾지 못한다면, 그때 가서는 조정 대신과의 긴밀한 소통이 불가능해질 수도 있을 것이다.

그의 말은 논리정연해 빈틈이 없었고, 흠잡을 데가 없을 만치 총명했다. 게다가 마침 가까이하기에 좋은 자리로 배치 받아 기가 막히게 적당한 시기에 자신 앞에 나타났다. 그러나 바로 그 점 때문에 더 경계심이 일었다.

그는 오늘 관복을 입고 자신을 찾아왔다. 첨사부의 품계 낮은 관료가 사복을 입고 태자의 처소에 드나든다면, 오히려 사람들이 더 수상쩍게 여길 것이다. 그가 말을 타고 온 이유도 같은 이유에서였다. 그는 높은 관직을 요구하지도 않았고, 뼈가 되는 충고만 남기고 갔다. 분명 관직과 재물을 따라 움직이거나, 그 때문에 다른 사람을 짓밟을 인물은 아닐 것이다. 그는 자신의 말을 알아들을 만큼 정권이 명석하다는 사실을 알았고, 그래서 자신의 비상함을 감추지 않았다. 똑똑한 사람은 의심을 사기 쉽다. 허창평도 그 사실을 모르지는 않을 것이다. 그는 자신의 모든 것을 태자의 마음에 걸었다. 그것은 태자의 믿음을 살 것인가 말 것인가 하는 도박이었고, 정권에게는 그를 믿을 것인가 말 것인가 하는 도박이었다.

그는 두 걸음 물가로 다가가 물결을 향해 손을 뻗었다. 물결과도 같은 달빛이 그의 소매를 한가득 적시듯 비추다가 술잔 위로 쏟아졌다. 수면 위에도 배꽃 위에도 온 세상을 은빛으로 찬란하게 빛내는 달빛은 꿈결처럼 황홀했다. 사실 이 모든 것은 화려한 도박에 지나지 않는다. 자신과 가족의 목숨을 걸고 손에 쥐려는 것은 필시 천하일 것이다. 현세에서는 물론 죽어서도 대대로 전해질 영달. 그 모든 것을 손에 쥔 다음에는 편안한 마음으로 이 달을 누릴 수 있을까. 장주의 달빛도 이곳의 달빛과 같을까? 갑옷과 깃발 위에 반사된 달빛이 빛나는 광경은 이곳의 풍경과는 확연히 다르리라. 광활한 사막 위에 달빛이 내려앉은 광경은 드넓은 대지 위에 눈이 쌓인 풍경과 비슷하다는데, 그 말이 사실일까? 그는 자신의 눈으로 직접 확인하고 싶었다. 지금의 자신을 힘겹게 지탱하고 있는 그곳의 강산을 진심으로 밟아보고 싶었다.

주순의 명령으로 멀리서 대기하던 내시들은 갑자기 정권이 비틀거리자 후다닥 달려가 부축했다. 원래 주량도 세지 않은 데다 심경이 복잡한 와중에 술을 마셔서인지 몇 잔만에 머리가 어질어질했다. 그는 내시들의 부축에 몸을 맡기고 느릿느릿 안으로 들어갔다.

정권이 비틀거리며 난각 안으로 들어서자, 구주는 즉시 해장탕을 준비하라고 지시했다. 아보가 해장탕을 급히 대령해 그의 입가에 가져가자, 정권은 한두 모금 받아 마시는가 싶더니 뿌리치고는 비틀거리는 걸음으로 구주에게 다가가 소매를 끌어당기며 귓가에 속삭였다.

"내 머리를 빗어줘."

원래 정권은 매일같이 습관처럼 머리를 풀었다가 다시 정갈하게 틀어 올리고는 했다. 아보도 구주가 항상 그의 머리 시중드는 모습을 지켜봐 익숙했으나, 오늘 같은 분위기는 처음이었다. 구주가 정권의 옷을 벗기자, 아보는 나가야 할지 그대로 있어야 할지 좀처럼 감을 잡지 못했다. 두 사람이 자신의 존재를 잊은 듯하자, 그제야 아보는 조용히 물러나 자신의 방으로 돌아와 홀로 창가에 기대어 앉았다. 창문 틈으로 끝 모를 깊은 밤이 아득히 쏟아져 들어오자, 희미하게 흔들리는 촛불 너머로 가위로 오려낸 듯한 그녀의 검은 그림자가 얇고 희미하게 드리웠다.

산발을 한 정권은 침상에서 일어나 구리거울 앞으로 다가가 거울에 비친 자신의 얼굴을 바라보다가 한참 만에야 구주에게 말했다.

"너도 가봐. 혼자 있어야겠어."

구주는 싸늘한 그의 안색을 보고 옷깃을 여미며 탄식하듯 말했다.

"전하의 마음이 심란하시면 소인이 모시겠습니다."

정권은 고개를 가로저으며 웃었다.

"필요 없다."

정권은 구주의 손을 가볍게 토닥이며 우물우물거리다 이내 삼키며 같은 말을 반복했다.

"필요 없다."

구주가 밖으로 나가고 나서야 정권은 탁자를 짚으며 몸을 일으켰다. 극도로 지친 몸이었지만, 정신은 오히려 유난히 맑았다. 과거의 기억이 쨍그랑 요란한 소리를 내며 깨졌다. 달빛 아래 날카롭게 번뜩이는 차가운 파편 사이를 맨발로 지나자, 살이 베이는 듯한 격렬한 통증이 발끝에서 마음 깊은 곳으로 전해졌다. 아무리 아픈 기억이라도 시간이 지나면 점차 희미해질 거라 믿었는데, 뜻하지 않게 되살아난 기억이 그의 뼛속 깊은 상처를 헤집어 지옥 길을 걷는 듯했다. 부친은 궁에서 무슨 생각에 잠겨 있을까? 제왕부의 형제는 무슨 생각을 하고 있을까? 자택으로 돌아간 허창평은? 아형의 부마가 될 뻔했던 사람은 지금 어디서 무슨 생각을 하고 있을까? 그는 하나부터 열까지 빼놓지 않고 세심하게 따져보았다. 그가 매일같이 빼놓지 않는 통과의례였다.

그의 어머니도 스승도 그에게 이러라고 가르친 적이 없다. 그들은 봄바람처럼 따스하게, 여름비처럼 시원하게 타인의 마음을 적셔주는 자애로운 사람이었지만, 자신은 이미 그들과는 완전히 다른 유형의 사람이 되어 있었다.

그는 어질러진 바닥을 밟고 서서 티끌 한 점 없는 거울을 손으로 쓱 그었다. 깨끗한 거울이었으나 그의 눈에는 손가락에 새까맣게 묻은 때가 보였다. 노비들에게 먼지를 깨끗이 닦으라고 아무리 타령을 해도 그의 눈에는 항상 먼지가 띄었고, 새하얗게 빤 깨끗한 옷을 입어도 언제나 때가 잔뜩 낀 옷을 뒤집어쓴 기분이었다. 창밖에 휘영청 밝은 달빛마저도 그가 있는 곳으로 비춰 들어오면 혼탁하게 변했다.

차가운 눈물 줄기가 뺨을 타고 구불구불 흘러내렸지만 그는 닦지 않았다. 지금이야말로 자신의 고독을 오롯이 받아들일 수 있는 유일한 시간이었다. 아버지도 신하도 수족도 아내도, 그는 세상의 그 누구도 믿지 않았다. 그가 믿는 건 오로지 자신뿐이었다. 하지만 오늘 밤, 그는 견고하고 차가운 고독 속에서 마침내 자신의 운명을 건 도박을 하기로 결심했다. 장주의 달빛을 볼 그날을 위해.

눈물로 옷을 적시고

정권이 허창평을 생각할 무렵, 허창평은 경동京東 골목에 위치한 자택에 도착했다. 그는 말을 앞마당에 묶고 옷에 묻은 먼지를 탈탈 털고 나서야 집 안으로 발을 들였다.

집 안에 있던 노복은 허창평의 기척을 느끼고 쪼르르 달려 나와 물었다.

"오셨습니까? 식사 내오겠습니다."

허창평은 미소를 지으며 대답했다.

"좋지. 많이 시장하군."

시금치 한 접시와 두부 한 접시. 차려진 상은 이리도 소박했다. 그는 책상에 놓인 『주역周易』을 식탁으로 가져와 뒤적이며 식사를 했다. 절묘하게도 「곤위지坤爲地」 부분이었다.

'신하가 임금을 죽이고 자식이 아비를 죽임은 한날의 아침,
한날의 저녁으로 인한 것이 아니니라.'*

문득 태자의 표정과 말투가 떠오르려다가 그보다 앞서 태자가 보여준 쪽지가 생각났다. 칭호도 낙관도 없는 쪽지였지만, 틀림없이 장육정에게 보여주기 위해 쓴 내용이었고, 서체 역시 태자가 직접 쓴 게 분명했다. 태자의 스승은 서법의 대가로 명성이 자자했고, 그 밑에서 배운 태자 역시 젊은 나이임에도 해서, 행서, 초서 등을 가리지 않고 자유자재로 구사하는 것은 물론, 스승에게 배운 서법을 토대로 자신만의 기풍을 만들어내기까지 했다. 비록 행서와 해서의 틀에서 벗어나지는 않았지만, 힘이 넘치는 뼈대에 섬세한 살이 붙은 듯한 아름다운 필체였으며, 필획 또한 칼날처럼 정교하고 예리해 마치 목을 길게 빼든 봉황과도 같은 품격이 넘치는 서체였다. 한 명필가는 청동검에 금은 사슬이 감긴 듯 예리함과 우아함을 겸비한 태자의 서체를 '붓은 날카로움을 숨기지 않고, 칼날은 망울을 거두지 않는다'라고 형용했고, 조정의 누군가는 그러한 연유로 태자의 서체에 '금착도'라는 이름을 붙였다. 오로지 태자의 필력으로만 그 아름다움이 살아나므로 그 누구도 함부로 모방할 수 없는 서체였다. 그는 평소 황제에게 바치는 공문서에만 정식으로 자신의 서체를 사용했으므로, 진정한 금착도를 실제로 목격한 사람은 실로 드물었다.

조정에 떠도는 소문으로는 황태자가 어느 날 한 한림의 초청을 받아 그의 자택에서 오래된 행서 법첩法帖을 구경한 일이 있었다고 한다. 당시 황태자는 법첩이 위조품임을 지적하며 득의양양

---

* 『역경易經·곤괘坤卦·문언文言』을 인용. 선한 일을 많이 행하는 가정에는 경사스러운 일이 많이 생긴다. 악을 행하는 가정에는 필시 재앙이 있을 것이다. 신하가 임금을 죽이고 자식이 아비를 죽임은 한날의 아침, 한날의 저녁으로 인한 것이 아니다. 그 유래는 점진적으로 쌓였으니, 일찍 분별해야 할 것을 분별하지 않았기 때문에 일어난 것이다.

한 어조로 그 이유를 설명했다.

"본궁의 서체를 예로 들겠소. 본궁이 글씨를 쓸 때 테두리만 그어 윤곽을 채우는 이유는 아무도 모방하지 못하게 하려는 것이오. 그래야 후손들이 본궁의 필체가 진짜인지 가짜인지 가리는 수고를 덜지 않겠소?"

사실 소문은 돌고 도는 와중에 살이 더하고 더해져서 실제보다 잔뜩 부풀려졌을 수도 있다. 하지만 오늘 그가 측근에게 쓰는 서신에도 낙관을 찍지 않는 것을 보아하니 지나치게 조심스러운 성품과 강한 자만심만큼은 의심할 여지가 없는 사실이었다. 앞으로 모셔야 할 주군과의 앞날은 예상보다 훨씬 힘겹고 고생스러울 듯했다. 허창평은 자기도 모르게 서책을 내려놓고 이마를 어루만지며 깊은 한숨을 내쉬었다.

정권의 지시를 받은 신하는 일 처리가 어찌나 노련한지 불과 6~7일 만에 임무를 완수한 뒤 정권에게 보고했다. 정권은 무늬가 새겨진 작은 칼로 새로 제작한 장경지藏經紙 한 권을 뜯다가, 그가 안으로 들어오는 것을 보고 물었다.

"낱낱이 조사했는가?"

"네."

신하가 대답하자, 정권은 칼을 내려놓으며 말했다.

"보고하라."

신하는 조사한 내용을 태자에게 보고하기 시작했다.

"장 상서는 계훈사*를 통하지 않고 친히 첨부 관원의 첩황貼黃**을 조사했습니다. 허 주부의 본적은 침주郴州입니다. 올해 스

---

* 稽勛司, 이부 산하의 인사관리 부처. ─역주

물셋으로, 수창 6년에 진사과에 들어 3갑 118위로……."

"응?"

정권이 갑자기 그의 말을 끊더니 의아하다는 듯 물었다.

"그렇게 젊어?"

신하는 이어서 대답했다.

"알아본 바에 따르면, 그의 생모는 사통해 그를 낳은 뒤 얼마 지나지 않아 세상을 떠났다고 합니다. 그를 부양할 가족이 곁에 아무도 없어서 어쩔 수 없이 시집간 이모가 그를 맡았습니다. 갓 혼인한 이모의 남편이 때마침 경성으로 전출돼 그도 그때 함께 경성으로 왔습니다. 그의 이모부는 성이 허가인데, 충직하고 선량한 사람이라 그를 양자로 들여 자식처럼 키웠습니다. 그래서 주부의 성이 허씨가 됐고요."

정권은 탄식하듯 읊조렸다.

"수양어머니가 이모였군."

신하는 고개를 끄덕이며 다시 보고를 이어갔다.

"그의 양부는 구궁舊宮을 지키는 하급 관리로 일하다가, 무슨 연유에서인지 정신 5년에 일을 그만두고 일가족과 고향인 악주 嶽州로 돌아갔습니다. 허 주부는 과거 성적이 평범한 탓에 한림에 들어가지는 않았습니다. 소문에 의하면, 여기저기에 돈을 뿌리고서야 예부에 들어가 경성에 머물 수 있었다고 합니다. 태상시 3년 간은 이렇다 할 성과가 없었고, 연말의 근무 성적 평가도 특출난 점이 없었습니다. 이번 첨부 개편으로 주부 자리가 공석이 되자, 그와 친분이 있는 태상경太常卿 부傅소첨이 그를 데리고 첨부로 왔다고 합니다. 그러나 태상시의 동료 말로는 허 주부가 무언가

** 이부의 인사관리 서류.

사례를 했다고도 하는데, 원래 관직보다 반 등급 낮은 자리인지라 소문을 믿는 자는 몇 없다고도 합니다. 또한 그는 태상시에 있을 때 시비를 자주 논했는데, 첨부에 와서는 얌전히 출퇴청만 한다고도 하고요."

정권은 물었다.

"지금은 누구와 같이 사는가?"

신하가 대답했다.

"가족은 없고 노복 한 명, 동자 한 명과 함께 경동의 한 주택에 새들어 사는데, 관아에 드나들기 편한 위치는 아닙니다. 악주 본가에는 두 명의 사촌 형제와 양부가 살고 있고, 양모는 세상을 떠났습니다. 악주는 경성에서 멀지 않아 신이 직접 다녀왔습니다."

정권은 잠시 생각에 잠겼다가 물었다.

"그의 양모는 나이가 많아봐야 사십일 텐데, 어쩌다가 세상을 떴는가?"

"병 때문입니다."

"형제들은 몇 살이고?"

신하는 잠시 멍하니 생각하다가 곧바로 대답했다.

"첫째는 열일곱이고, 둘째는 겨우 열 살 안팎입니다."

정권은 고개를 끄덕였다.

"철저하게 잘 조사했군. 수고했으니 물러가서 쉬게."

신하는 황공해하며 예를 갖추고 나서야 방에서 물러났다.

정권은 손가락을 꼽으며 셈했다. 허창평의 어린 동생은 정신 3년생으로 함녕 공주와 같은 해에 태어났다. 그의 가족이 경성을 떠난 것이 정신 4년이니, 아마도 공주의 죽음 때문에 급히 경성을 떴을 것이다. 앞뒤 정황이 빈틈없이 맞아떨어지는 것으로 보아 허 주부가 고한 것은 모두 사실이었다. 정권은 한숨을 돌린 뒤, 종이 한

장을 잘라 붓을 들어 서신을 쓰고는 봉인해 근시에게 건넸다.

"첨부의 허 주부에게 전해라."

허창평이 받은 서신의 봉투는 공백이었고, 서신의 내용은 한 줄뿐이었다.

'높은 나무에 찬바람 잦고.'*

허창평은 붓을 들어 답신을 적었다.

답신을 받은 정권이 서신을 펼치자, 이와 같이 적혀 있었다.

'푸른 하늘 닿도록 날고서는.'

정권은 피식 웃으며 서신을 구겨 대충 책장에 던졌다. 정원으로 시선을 옮기니 따스한 봄날의 오후였다. 아지랑이가 모락모락 피어오르는 봄날에 총명하고 명석한 두 사내는 같은 시각 각자 다른 공간에서 서로를 마주 보고 웃는 듯 동시에 얼굴 가득 웃음을 머금었다.

봄이 끝나 갈 무렵 가뭄이 들자, 예부는 황제에게 제사를 지낼 것을 간청했다. 국방의 근간은 농업이므로 가뭄을 간과할 수 없었던 황제는 신하들에게 3월 27일부터 3일간 단식할 것을 명하

---

* 조식曹植의 「야전황작행野田黃雀行」을 인용. 높은 나무에 찬바람 잦고 바닷물은 파도가 드높은데 날카로운 칼 손에 없으니 벗인들 어찌 많을까. 울타리 사이의 참새를 보지 않았는가. 매를 보고 놀라 스스로 그물에 걸려드는 것을. 사냥꾼은 이를 보고 기뻐하다가 소년이 참새 보고 슬퍼하니 칼을 뽑아 그물을 끊어 날려 보냈더라. 참새는 푸른 하늘 닿도록 날고서는 돌아와 소년에게 감사 인사를 했네.

고, 태상경 부시광에게 제사에 쓸 가축을 선별하라고 이른 뒤, 친히 축문을 써 선대 황제에게 올렸다. 제사 당일 황제는 제복祭服으로 갈아입고 몸소 제사를 올린 뒤, 돌아오는 길에 태묘*를 참배하는 것으로 모든 의례를 마쳤다. 국법에 따르면, 황태자가 반드시 황제의 제사에 동행할 필요는 없었으나, 궁에 남아 친왕의 융복을 입고 단식을 해야 했다.

정권은 26일에 제왕, 조왕과 함께 궁에서 목욕재계를 했다. 30일에 황제가 태묘 참배를 마치고 환궁하자, 세 사람은 황제에게 문안을 올리며 함께 식사를 했다. 황제가 장황하게 훈계를 늘어놓은 뒤 침소로 들자, 세 사람은 그제야 궁을 나올 수 있었다. 세 사람은 피곤한 것도 피곤한 것이지만 배가 고파 눈앞이 어질어질했으므로, 궁문에서 대충 인사하고 말에 올라 각자의 처소로 돌아갔다.

주순은 일찌감치 서원 궁문에서 태자를 기다리고 있었다. 정권은 채찍을 주순에게 맡긴 뒤 중정으로 들어갔다. 하인 몇 명이 후다닥 다가와 옷시중을 든 뒤 바로 식사를 차렸다. 시장기가 지나치자 오히려 속에서 받지를 않았다. 그는 간신히 어죽을 몇 모금 먹은 뒤 잠자리에 들고자 일어났다. 주순이 그가 일어나는 것을 보고 황급히 다가오자, 정권은 미간에 주름을 가득 잡으며 나무랐다.

"피곤해 죽겠으니 할 말이 있으면 내일 하게."

주순이 난처한 표정으로 주변 사람들과 눈빛을 주고받으며 우물쭈물하자, 정권은 무슨 일인가 싶어 짜증스럽게 그들을 난각으로 끌고 들어갔다.

"무슨 일인가?"

정권이 기운 없는 목소리로 묻자, 주순이 품에서 서신 한 통을

---

* 황실의 종묘. ―역주

꺼내 올렸다.

정권은 서신을 펼쳐보자마자 얼굴을 굳혔다. 가만히 생각해보니 어쩐지 오늘 저녁 그녀가 보이지 않았다. 정권은 잔뜩 굳은 표정으로 물었다.

"철저히 조사한 건가? 사실이야?"

주순은 대답했다.

"상세히 조사해보니 과연 밀고대로 제왕이 그녀의 집에 재물을 대고 있었습니다."

정권은 황망히 넋을 잃고 있다가, 돌연 주순의 얼굴에 서신을 던지며 호통쳤다.

"이 밀서는 어디서 났는가?"

주순은 정권이 노발대발하는 것을 보고 고개를 숙인 채 조심스럽게 대답했다.

"전하께서 입궐하시던 날, 그녀가 아패*를 들고 사복 차림으로 밖으로 나가는 걸 봤습니다. 밀서는 누가 소신의 처소에 던져 넣었는지 모르겠습니다. 가만히 기다릴 수가 없어 급히 사람을 시켜 그녀 뒤를 밟게 했는데, 그녀가 집에 도착하자 수레 한 대가 함께 집 안으로 들어갔다가 잠시 뒤에 나왔다고 합니다. 소신이 붙인 미행이 수레가 가는 곳을 끝까지 쫓았는데, 어떤 사람이 차에서 내려 제부의 후문으로 들어가더랍니다. 소신이 그녀를 불러 추궁했더니 바로 시인했습니다. 제왕의 밀정으로 전하의 혼례 때 서원으로 들어왔다고요."

정권의 얼굴이 눈처럼 새하얗게 질렸다. 그는 한참이나 화를 삭이다가 겨우 말문을 열었다.

---

* 명나라 시대에 쓰인, 상아나 나무, 동물 뼈 등으로 만든 신분증. ―역주

"아패는 누가 준 것이던가?"

주순은 잠시 주저했으나 결국 사실대로 고했다.

"전하께서 그 아이를 총애한다는 사실을 모르는 사람이 없습니다. 윗사람부터 아랫사람까지 그 아이의 비위 맞추기에 급급하지요. 사람을 시켜 아패를 손에 넣는 것쯤은 그 아이에게 일도 아닐 겁니다."

정권은 이를 악물며 말을 아꼈다. 그러자 주순이 충고했다.

"전하께서도 화내실 거 없습니다. 천한 것이 안주인 행세를 하면 안 된다고 소신이 누누이 말씀 올리지 않았습니까. 전하께서요 몇 년간 양제 마마를 멀리하시며 후사를 보지 않으시는 바람에 소신의 근심이 이만저만 아니었습니다. 다행히 하늘에도 눈이 있어 오늘 진상이 밝혀졌습니다. 천한 것이 더는 성심을 미혹하지 않게 됐으니 얼마나 다행입니까."

가만히 있어도 모자랄 판에 눈치 없이 뱉은 말에 정권은 벼락같이 대노했다.

"뭣이라? 하늘에도 눈이 있다고? 대체 서원 관리를 어떻게 했기에 이런 사태가 일어나지? 화낼 필요가 없다? 내 사람도 마음대로 들쑤시는 주 총관한테 내 어찌 감히 화를 내겠나?"

주순은 부랴부랴 고개를 조아리며 사죄했다.

"소신의 관리가 미흡한 건 사실이오니 무슨 벌이라도 달게 받겠습니다. 다만 소신의 충심만은 깊이 헤아려주십시오."

정권은 숨을 돌리며 그에게 물었다.

"지금 어디에 있지?"

주순이 대답했다.

"후원에 감금돼 전하의 처분을 기다리고 있습니다."

정권은 잠시 생각하다가 손을 내저으며 말했다.

"그럼 일단 거기에 두어라. 본궁은 피곤해서 일단 쉬어야겠어."

그러나 바닥에서 나뒹구는 종이 쪼가리가 눈에 채이자 다시 벌컥 성을 냈다.

"당장 치워라! 이 서원에 밀서라니! 당장 본궁의 주변 사람을 모두 수색해라! 하나도 빠짐없이 철저히!"

정권이 말을 마치고 곧장 침상에 올라 눕자, 주순은 하는 수 없이 그러겠다고 대답하고 물러났다.

아보를 비롯한 궁인들이 조심조심 다가가 신발을 벗기고 발을 씻기는데, 정권이 냅다 발길질로 놋대야를 엎으며 소리쳤다.

"나가!"

아보는 소스라치게 놀랐지만, 정권이 구주의 일로 심기가 몹시 불편하다는 사실을 알고 있었다. 그녀는 사람들에게 먼저 물러가라고 눈짓한 뒤, 홀로 조용히 바닥을 정리하고 밖으로 나왔다. 그녀가 나간 뒤에도 정권은 불안한 마음에 한참이나 잠을 이루지 못하고 뒤척였다. 첫닭이 울 무렵에야 겨우 잠든 그는 또다시 심란한 꿈을 꾸었다. 다음 날 창밖에서 들리는 비바람 소리에 눈을 뜨니 이미 오후였다.

구주는 주순을 따라 난각으로 들었다. 출궁할 때 입었던 복장 그대로였다. 머리는 헝클어졌고 낯빛은 처연했으나, 두려워하는 기색은 없었다. 정권은 금잔을 받쳐 들고 창가에 온종일 등지고 서 있다가, 구주가 안으로 들어와 예를 표하려 하자 손을 들어 제지했다.

"필요 없으니 고개를 들어라."

구주가 고개를 들자, 정권이 평온한 목소리로 물었다.

"모두 사실이냐?"

구주가 고개를 끄덕이며 조용히 대답했다.

"네."

평소 툭하면 성질을 부리던 정권이었으나, 이 순간에는 웬일인지 전혀 분노한 기색이 없었다. 그는 두 걸음 앞으로 다가가더니 금잔에 든 차가운 물을 구주의 얼굴에 뿌리며 차분한 어조로 말했다.

"비천한 것."

경멸과 실망이 뒤섞인 정권의 표정이 눈앞에 드러나자 구주의 가슴 깊은 곳에서 슬픔이 치밀어 올랐다.

"소인은 전하를 4년간 모셨고, 그중 2년은 침전 시중을 들며 전하의 총애를 받았습니다. 소인, 전하의 은혜를 저버리는 짓은 절대 하지 않았어요."

정권은 피식 웃으며 비아냥거렸다.

"갓난아이의 잠꼬대 같은 말로 나를 속이려 드는구나. 뭐, 좋다. 난 누구처럼 네 가족에게 은혜를 베풀지도 않았고 사례금을 주지도 않았으니, 너도 마땅히 충성할 사람에게 충성을 바친 것뿐이겠지. 탓하지는 않으마."

구주는 고개를 세차게 가로저었으나 반박은 하지 않았다. 그녀는 얼굴의 물기를 닦고 그에게 다가가 손을 뻗었다. 부드러운 손길로 그의 헝클어진 귀밑머리를 정리하고는 천천히 손을 거두어 눈높이에서 공수하며 무릎을 꿇고 조아렸다.

"다 소인이 저지른 일인걸요. 전하의 뜻대로 처벌하세요."

정권은 한참 동안 침묵하다가 명령했다.

"집으로 돌아가라. 네 물건은 궁 안에 하나도 남기지 말고 모조리 싹 가져가. 훗날 혼인해 가정을 이뤘을 때, 오늘 일이 단 한 순간이라도 떠오르거든 내게 미안해할 필요도 없다."

정권이 소매를 떨치며 안으로 들어가자, 구주는 사라져가는 그의 뒷모습을 눈으로 배웅하며 나직이 속삭였다.

"부디 건강하세요."

구주는 사람들에게 끌려 보본궁 밖으로 내쳐졌다. 내시와 내인들은 멀리서 그녀를 손가락질하다가, 거리가 가까워지자 허둥지둥 뿔뿔이 흩어졌다. 오직 아보만이 외랑 앞에 서서 그녀를 기다리고 있었다. 구주는 아보를 보고 씩 웃으며 말했다.

"난 떠나야 해. 이왕 온 김에 내 헝클어진 머리를 빗어주지 않으련?"

아보는 구주를 따라 안으로 들어가 화장함을 꺼낸 뒤, 그녀의 머리를 풀며 물었다.

"귀인 언니, 어떻게 해드릴까요?"

구주가 희미하게 웃으며 대답했다.

"난 궁적상 아직 처녀야. 이제 집으로 돌아가야 하니 양 갈래로 틀어 올려주렴."

아보는 주문대로 비단결처럼 부드러운 그녀의 새까만 머리를 섬세하게 나누어 좌우 양쪽 관자놀이 부근에 쪽을 찌었다. 구주는 거울 속에 비친 두 사람의 모습을 보고 갑자기 웃음을 터뜨렸다.

"우리가 처음 만났을 때 너도 이 머리를 하고 있었는데."

아보도 웃으며 대답했다.

"맞아요."

구주가 말했다.

"전하가 너를 보본궁으로 데리고 오셨을 때 난 종잡을 수가 없었어. 이게 네게 좋은 일인지 아닌지 영 어리둥절했거든. 나중에 네 일하는 솜씨를 보고 알았지. 네가 보통내기는 아니더라고."

아보는 빗질을 멈추고 해명하려 입을 열었다.

"언니, 난······."

구주는 웃는 얼굴로 고개를 저으며 그녀의 입을 막았다.

"난 궁중에서 십여 년을 일했고, 사오 년은 전하를 곁에서 모시며 참 많은 것들을 봤어. 환심을 사려고 애쓰는 자, 아첨을 일삼는 자, 별의별 사람이 다 있었지. 하지만 그 사람들은 자신이 원하는 걸 손에 넣기 위해 결단을 내렸을 뿐이야. 그러니 손가락질할 이유도, 비난할 이유도 없지. 나라고 그 사람들과 다르지 않거든."

구주는 잠시 멈추더니 다시 말을 이었다.

"오늘 헤어지면 영원히 못 만날 거야. 너는 계속 하던 대로 잘하면 돼. 내가 큰 비밀을 하나 알려줄게."

구주는 가만히 눈을 감고 읊조리듯 지난날을 이야기했다. 아보에게 들려주는 이야기였지만, 스스로에게 들려주는 말 같기도 했다.

"태자비가 세상을 떠나셨을 때, 조정 일도 뜻대로 풀리지 않아 전하는 툭하면 화를 내고는 하셨어. 성미가 워낙 무서우셔서 아무도 감히 전하를 말리지 못했지. 그런데 난 그게 하늘이 준 기회라고 생각했어. 당시 궁에는 내 외모를 칭찬하는 사람이 많았거든. 나도 내서당內書堂에서 책을 몇 권 읽어봤는데, 평생을 궁궐 깊은 곳에서 묻혀 지내고 싶지는 않았어. 그날 밤 나도 너처럼 승부수를 던졌지. 사람들과 함께 밖으로 나가다가 몰래 혼자 돌아왔던 거야. 전하는 혼자 술에 취해 침상 한구석에 웅크리고 계셨어. 내가 들어오는 걸 보더니 물으셨지. '왜 다 떠나버렸지?' 난 대답했어. '전하께서 나가라고 하셨습니다.' 전하는 미간을 찌푸리며 '난 그런 적 없어' 하시더니 '너는 가지 마'라고 하셨지."

아보는 가만히 구주의 말을 듣고 있었다.

"취해서 하시는 말인 건 알았지만 진짜라는 듯 잔뜩 억울한 표정이셨지. 방 안은 쥐죽은 듯 고요했는데, 내 심장이 쿵쾅거리는 소리가 귓가에 들리는 것 같더라. 난 그때 내 마음에 일어난 변화를 감지했어. 전에 내서당에 있을 때 우리는 몰래 이런 시를 읽었어. '여인의 몸으로 태어나지 마라. 백년고락이 타인의 손에 달린 운명이니.' 난 불행히 여자의 몸으로 태어나 마음대로 할 수 있는 게 하나도 없었지만, 온전히 내게 속한 이 마음만은 거스르고 싶지 않았단다."

구주는 입가에 잔잔한 미소를 떠올리며 슬며시 눈을 떴다. 맑고 아름다운 눈망울은 영롱한 물기로 살짝 젖어 있었다.

"그러니 나는 후회하지 않아."

머리가 다 되자, 구주는 아보를 마주 보며 손을 잡았다.

"이렇게 떠나려니까 마음이 영 놓이지를 않네. 혹시 네 목적이 전하의 마음이라면 온 마음을 다하렴. 하지만 다른 목적이라면 부디 전하를 불쌍하게 여겨줘."

아보는 황급히 손을 빼며 세차게 고개를 젓다가 구주의 표정을 보고 마지못해 고개를 끄덕였다.

구주는 다시 고개를 돌려 거울에 비친 자신의 얼굴을 요리조리 살피며 웃었다.

"아직도 이 모양이네. 정말 하나도 변한 게 없어."

아보는 복도 아래 서서 멀어져 가는 그녀의 뒷모습을 하염없이 바라봤다. 보슬보슬 봄비가 내렸지만 그녀는 우산도 쓰지 않았다. 몸에 걸친 푸른색 옷 말고는 손에 든 게 아무것도 없었다. 그녀의 푸른 그림자는 이윽고 회랑 옆 새하얀 배꽃을 돌아 사라졌다. 아마 올 때도 같은 모습이었겠지. 비단결 같은 머리카락, 아름다운 얼굴, 꽃다운 나이. 그때라고 뭐가 달랐을까.

제
9
장

백옥에 작은 티

천자의 정성은 하늘을 감동시키기에 충분했다. 정권은 뒷짐을 지고 창가에 서서 정원을 적시는 봄비를 고요히 바라봤다. 비는 며칠 내내 멈추지 않고 내렸다. 비에 맞아 땅 위에 가득 진 복숭아 꽃잎의 희끗 불긋한 색이 여린 풀잎과 이끼의 푸른색과 조화를 이룬 풍경이 더없이 청량했다. 실내에 놓인 청자 향로에서 모락모락 오르는 연기가 촉촉한 공기에 젖어 무겁게 옷자락에 내려앉았다.

창 너머로 우비를 벗는 주순의 모습이 보였다. 발밑이 미끄러웠는지 복도 아래를 지나는 내내 비틀거렸다. 문득 연로한 그의 나이가 부쩍 실감이 났다. 저러니 관리가 소홀해질 수밖에 없지.

주순이 서재로 들어왔을 때, 정권은 이미 탁자 앞에 앉아 있었다. 주순은 정권에게 다가와 보고했다.

"전하, 구주가 죽었습니다."

정권은 손이 가는 대로 붓을 고르며 무심하게 물었다.

"무슨 일로 그리 됐는데? 요즘엔 보고를 제대로 할 기력도 없나?"

면박을 들은 주순의 얼굴이 순식간에 붉게 물들었다.

"소신의 생각이 짧았습니다. 용서해주십시오."

정권이 다시 물었다.

"어쩌다가 죽었대?"

주순은 대답했다.

"전하의 명대로 그동안 구주의 집에 사람을 붙여 동태를 감시하고 있었습니다. 그간 오가는 사람도 없었고, 구주도 밖으로 나오지 않았습니다. 그런데 오늘 아침 안에서 곡소리가 터져 나와서 알아보니, 구주가 간밤에 목을 매달아 죽었더군요."

정권은 물었다.

"오가는 사람이 정녕 없었는가?"

"네."

"말끔히 털고 떠나버렸군."

정권은 시큰둥하게 코웃음을 치더니 분부했다.

"내일부터 모든 사람을 하나하나 철저하게 조사해. 또 이런 일이 벌어지면 내게 보고하러 올 필요도 없어. 자네도 오랏줄을 면치 못할 테니까."

주순은 식은땀을 잔뜩 흘리며 연신 고개를 조아렸다. 정권은 그에게 눈길도 주지 않은 채 의연하게 붓에 먹을 찍어 글씨를 쓴 뒤 그에게 건넸다. 종이를 받아 든 주순의 얼굴에 미소가 가득 번졌다.

"서체의 위엄이 날이 갈수록 비범해지는군요. 이건 보관하실 겁니까, 아니면 표구를 할까요?"

정권이 웃으며 대답했다.

"가져가서 태워버려."

정권은 말을 마치고 밖으로 나왔다. 서재에 남겨진 주순은 멀뚱히 서서 정권의 말뜻을 헤아렸으나 끝내 알 수가 없었다. 단단하고 매끄러운 질감의 옥판선지가 손에서 바스락거렸다. 먹물로 쓴 수려하게 아름다운 글씨체는 바로 정권의 장기인 금착도였다.

'어느덧 봄인데 그리운 마음 사무치네. 애끓는 이 심정을 어찌할꼬. 내 마음은 이러한데 그대는 어떠한가? 내가 기대할 게 그대의 사랑 말고 또 무엇이 있겠는고. 그대의 마음이 혹여나 힘겹더라도 어디 우리 이별할 때만 하겠는가.'*

다음 날은 마침 봉오여서 정권은 일찌감치 연조궁에 들었다. 수업사授業師인 예부시랑 송비백은 아직 당도하기 전이었다. 정권이 쉬면서 기다리려고 편전으로 들자, 제왕 정당이 먼저 와 기다리고 있었다. 정권은 예절은 생략하고 웃으며 말을 건넸다.

"형님, 일찍 오셨네요."

정당도 웃으며 대답했다.

"어젯밤에 잠이 워낙 안 와서 그냥 일찍 일어나기로 했습니다."

"봄빛에 번뇌가 일어 밤새 몸을 뒤척이며 생각에 잠기셨나 봅니다."

정당이 웃으며 대꾸했다.

"전하께서 농을 다 하십니다. 내 잠자리까지 챙기시다니."

정당은 잠시 말을 멈추더니 다시 입을 열었다.

"전하야말로 자고새가 간밤에 날아가 심란하시겠습니다."

---

* 우익虞翼의 「이향계춘첩已向季春帖」을 인용. 원본이 유실되어 전해지는 판본이 다양하다. 『순화각첩淳化閣帖』에 수록되었다.

정당은 정권의 얼굴이 하얗게 질리자 한마디 더 덧붙였다.

"제수가 세상을 뜬 지도 2년이 다 돼갑니다. 며칠 전 폐하께서도 새로 태자비를 간택할까 하시더군요. 다만 가까운 신하들에겐 적당한 나이대의 여식이 없습니다. 워낙 나이가 어려서 다 자랄 때까지 몇 년은 더 기다리셔야 할 듯합니다."

정권은 원래의 낯빛을 되찾으며 말도 안 된다는 듯 손을 내저었다.

"뭐 하러 어린애들이 자라기를 기다립니까? 그 말은 꺼내지 마십시오. 머리가 지끈지끈 아픕니다."

정당은 말없이 웃으며 자리에서 일어났다.

"전하는 앉아 계십시오. 신은 옷을 갈아입으러 가야겠습니다."

정권이 웃으며 대답했다.

"마음대로 하십시오."

잠시 뒤 들어온 조왕 정해는 정권이 앉아 있는 것을 보고 예를 갖추며 웃었다.

"송 선생님은 아직이십니까? 좀처럼 지각하지 않으시는 분인데."

정권이 웃으며 대답했다.

"며칠 큰비가 내려 길이 미끄러운 데다가 자택도 멀리 있으니 평소보다 시간이 걸릴 것이다."

정권은 정해가 가져온 글씨를 요리조리 살피더니 말했다.

"네 글씨가 날로 훌륭해지는구나."

정해가 웃으며 대답했다.

"노 상서의 글씨를 그대로 물려받은 전하의 솜씨를 조정에 모르는 자가 없는데, 전하의 눈에 이런 앳된 글씨가 차십니까? 신을 놀리시는 거지요?"

정권이 웃으며 답했다.

"내 앞에서 감히 그런 식으로 말하는 사람은 너밖에 없을 것이다. 네가 금초*를 좋아한다는 얘기를 들었다. 내가 좋은 서첩을 몇 부 가지고 있으니 후일에 사람을 시켜 보내주마."

정해가 갑자기 찻잔을 들고 일어서더니 한쪽 무릎을 꿇으며 머리 위로 잔을 높이 치켜들었다.

"이건 또 무슨 장난이냐?"

정해는 진지한 얼굴로 대답했다.

"신이 전하의 선물에 미리 감사 인사를 올렸으니 그 말은 꼭 지키셔야 합니다."

정권은 그 상황이 우스워 큰 소리로 웃음을 터트렸다.

"여기서 어리광을 피우는 건 상관없다만, 폐하 앞에서는 절대 나를 끌어들일 생각 말아라."

그때 시자가 와서 소식을 전했다. 송비백이 도착해 대전에서 기다린다는 전언이었다. 두 사람은 농담을 그치고 자리에서 일어나 함께 밖으로 나갔다.

정권이 오후에 서원으로 돌아와 안으로 드니, 평소 그를 가까이서 모시는 내신과 내인들이 복도 아래 일렬로 죽 늘어서 무릎을 꿇고 있었다. 주순은 정권을 보자 곤혹스러운 표정을 지으며 다가왔다.

"전하, 아랫것들의 소지품을 검사하고 있었습니다."

정권은 소매를 잡아당기며 하품을 하고는 고개를 끄덕였다.

"난 식사를 했으니 일단 쉬어야겠다. 계속 조사하다가 뭐라도

---

* 今草, 초서의 종류. ─역주

나오면 보고하거라."

그가 한숨 자고 일어나니 주순이 안으로 들어왔다. 여전히 곤혹스러운 표정이었다.

"찾은 것이 아무것도 없습니다."

정권은 접힌 소매를 천천히 문질러 편 뒤, 시중을 기다리지 않고 스스로 허리를 굽혀 신을 집으며 반문했다.

"아무것도 못 찾았다? 그렇다면 밀지는 어디서 났지? 밀고자는 그걸 어디서 알았고? 떳떳하다면 왜 본궁에게 직접 알리지 않았을까? 뭐가 켕겨서 내가 자리를 비운 틈에 도둑고양이처럼 몰래 자네에게 알렸겠냐고! 오호라! 이제 보니 주 상시의 위세가 본궁보다 대단한가 보군!"

주순은 정권의 의심병을 평소 누구보다 잘 알았다. 그는 정권의 어조가 심상치 않은 것을 감지하고 황급히 무릎을 꿇었다.

"소신이 한 점이라도 전하께 부끄러운 짓을 했다면 하늘과 조상의 저주를 받을 것입니다."

정권이 짜증스럽게 말했다.

"일어나게. 내가 무슨 말을 했다고 이러는 게야? 내가 설마 우리 집안의 오랜 가신인 자네를 의심하겠나? 대체 무슨 생각을 하는 거야?"

정권은 잠시 곰곰이 생각하다가 그에게 분부했다.

"소지품에서 증거가 나오지 않는다면 글을 쓸 줄 아는 사람, 구주와 가까웠던 사람, 구주를 따라 들어온 사람, 구주와 함께 외출한 적이 있는 사람을 모두 색출해 심문해라. 누가 죽어 나가더라도 상관없어."

그는 밖으로 걸음을 옮기다가 되돌아오더니 덧붙였다.

"염탐꾼을 몇 년이나 옆에 두고도 전혀 눈치를 못 채다니, 이게 구주 혼자의 힘으로 가능한 일인가?"

주순은 대답했다.

"그러게 소신이 몇 번이나 권하지 않았습니까. 천한 것이……."

"시끄럽네!"

정권은 신물이 나는 주순의 충고에 버럭 소리를 지르고 다시 등을 돌려 걸음을 옮겼다.

정권은 옷을 갈아입고 난각에 자리를 잡고 앉아 주순이 내관들을 이끌고 지나가는 광경을 차가운 눈길로 쏘아봤다. 마당에는 심문 도구들이 가득 깔려 있었다. 가장 먼저 끌려온 궁인들은 잔뜩 겁을 집어먹고 고문 시작 전부터 소리 내어 흐느꼈다. 곧이어 호통치며 다그치는 소리와 울먹이며 부인하는 소리, 매질하는 소리, 고통에 찬 비명과 울부짖는 소리가 한데 뒤엉켜 마당을 가득 채웠다. 이따금씩 나무 꼭대기에서 지저귀는 꾀꼬리 울음이 섞여 서원은 어수선하고 혼잡하기 그지없었다. 정권은 맑게 갠 하늘을 올려다보다 문득 눈앞에 펼쳐진 광경이 꺼림칙해 불쾌감이 치솟았다. 그는 자리에서 벌떡 일어났다.

"후원으로 가겠다."

그가 내신 두 명의 보필을 받으며 복도를 지나는데, 난데없이 찢어질 듯한 날카로운 고성이 들렸다.

"틀림없어요! 그 여자예요!"

정권은 고개를 들어 소리가 나는 방향으로 시선을 옮겼다. 전화라는 이름의 내인이 손가락으로 가리키는 방향을 따라가니, 그곳에는 얼굴이 창백하게 질린 아보가 서 있었다.

정권은 손을 들어 고문을 중단시킨 뒤 전화에게 다가가 물었다.

"왜 저 아이를 지목했지? 증좌가 있느냐?"

전화라는 내인은 자신의 얼굴에 난 상처를 어루만지더니 아보를 가리키며 답했다.

"두 사람은 평소 친분이 두터워 둘이서 자주 밀담을 나누고는 했습니다. 보본궁에서 가장 사이가 좋은 사람을 꼽으라면 아보와 구주 두 사람일 겁니다."

평소 안면도 없는 전화가 철천지원수라도 된 듯 갑자기 자신을 지목하자, 아보가 당황해 해명도 못 하고 멍하니 서 있는데 정권의 목소리가 들렸다.

"그건 본궁도 안다. 저 아이가 모자라서 구주에게 일을 가르치라고 지시한 게 나거든."

전화는 당황해 벙어리처럼 멍하니 있다가 다시 근거를 댔다.

"구주가 남긴 물건은 다 저 여자의 몫이 됐습니다."

정권이 또다시 대답했다.

"그 또한 알고 있다. 구주가 그간 모은 게 없어서 저 아이도 챙긴 게 없다."

전화는 호흡을 한 번 고르고 난 뒤 아보를 향해 외쳤다.

"구주가 떠나던 날 구주와 한 방에 있었던 사람은 너뿐이었어. 그뿐만 아니라 구주의 머리도 빗겨주고 옷 갈아입는 것도 도와 줬지. 한나절이나 속닥속닥 밀담을 나누다가 손을 맞잡고 울다가 웃다가 했잖아. 내가 밖에서 다 봤어."

정권이 짜증스럽다는 듯 말했다.

"식상한 얘기를 또 하면 네 주둥이를 치겠다. 허나 이유가 궁금하구나. 왜 그랬지?"

아보가 고개를 들며 대답했다.

"이유는 없습니다. 같은 곳에서 일 년을 지내니 정이 들어 그런 것뿐입니다."

평소 말수가 적고 목청을 높이는 일조차 없는 아보였지만, 지금은 목소리마저 파들파들 떨리고 있었다. 정권은 주순을 향해 고개를 돌리며 물었다.

"이 아이에게서 뭔가 알아낸 것이 있나?"

주순은 난처해하며 대답했다.

"없습니다."

그때 전화가 다시 날카로운 목소리로 외쳤다.

"아마 일이 틀어지자 증거를 다 불태웠을 겁니다."

아보가 드디어 벌컥 성을 내며 반박했다.

"남의 뒤나 따라다니면서 대화나 엿듣는 엉큼한 것! 확실한 증거도 없이 감히 함부로 입을 놀려? 거짓 증언으로 시간을 끌어서 잠시라도 고문을 미루려는 속셈을 누가 모를 줄 알고?"

정권이 피식 웃으며 주순을 바라봤다.

"저 아이가 대답을 시원스럽게 할 때도 있군."

주순은 장단을 맞추느라 억지로 허허 하고 웃었다. 전화는 태자가 자신의 말에 전혀 분노하지 않자 아보를 무섭게 노려보다가 서서히 얼굴 가득 기괴한 미소를 띠며 말했다.

"속일 수 있는 게 있고, 속일 수 없는 게 있지."

전화는 정권의 발밑으로 기어가 엎드리더니 고했다.

"전하, 저 여자의 어깨와 등을 보십시오. 매 맞은 흉터가 있을 겁니다."

헝클어진 머리가 흘러내려 전화의 얼굴에 잔뜩 그어진 핏자국을 가렸다. 아보를 바라보는 눈동자에는 독기와 원통함이 가득했다. 아보는 섬뜩한 공포를 느끼며 세차게 고개를 저었다.

"말도 안 돼! 그걸 네가 어떻게 알아?"

전화는 아보는 무시한 채 정권에게 열성을 다해 고자질했다.

"소인이 완의소에서 일하는 궁녀에게 들은 적이 있습니다. 맨날 혼자 떨어져서 목욕을 하기에 수상해서 훔쳐보다가 알아냈다고 합니다. 평범한 양가의 딸이라면 무슨 이유로 몸에 형벌 자국이 있겠습니까? 저 여자의 몸을 뒤져보시면 소인의 말이 사실인지 거짓인지 드러날 겁니다."

정권의 얼굴이 점차 싸늘하게 식었다.

"저 말이 사실이냐?"

"너……, 네가……."

아보는 창백하게 질린 얼굴로 우물우물거리다가 정권을 바라보며 간신히 입을 떼었다.

"소인은……."

정권은 두말없이 다가와 그녀를 번쩍 들어 올렸다. 아보는 잠시 저항하려다가 체념한 듯 움직임을 멈추었다. 그의 손가락에 힘이 가해지자 얇은 봄옷이 낭랑한 소리를 내며 찢어졌다. 모두의 시선이 찢어진 옷 사이로 드러난 그녀의 백옥처럼 흰 어깨에 머물렀다. 과연 전화의 말대로 가늘고 긴 갈색 흉터가 여러 갈래 복잡하게 얽혀 희미하게 남아 있었다. 정권의 손톱 끝이 채찍 자국을 타고 내려오며 선을 그렸다. 붓끝처럼 축축하고 차가웠으나 단단하고 힘이 있었다. 정권은 아무 말 없이 손을 치우고 발을 들어 아보를 땅바닥에 내동댕이친 뒤, 옆에 서 있던 내시의 손에서 채찍을 빼앗아 들고는 아보의 머리를 향해 있는 힘껏 내리쳤다. 그는 근래 몇 년간 말을 타는 일이 드물었으므로 당연히 채찍이 원하는 방향으로 휘둘러지지는 않았다. 그는 주변의 청석을 여러 번 내리친 끝에 아보의 몸을 때렸다. 그녀의 옷이 찢어지며 피가 흘러나왔다. 아보는 몸을 잔뜩 웅크렸다. 용서를 구하는 울부짖음도, 채찍을 피하려는 몸부림도 없었다. 모두가 영문을 모른 채 그 광경을 바라봤다. 태자가 때로 잔혹하게 구는 경우는 더러 있었지만, 오늘처럼 이성을 잃고 날뛰는 모습은 보기 드물었다.

주순은 퍼뜩 정신을 차리고는 황급히 채찍을 빼앗으며 만류했다.

"아랫것들의 벌은 소신이 주겠습니다. 그러다 전하의 옥체가 상하십니다."

정권은 들리지 않는 듯 멈추지 않고 매섭게 채찍을 휘둘렀다. 급한 성질에 조준이 되지 않았는지, 이번에 된서리를 맞은 건 애먼 배나무 둥치였다. 올봄에 새로 심어 처음 꽃을 피운 나무였다. 둥치가 힘차게 흔들리자, 비바람에 다 떨어지고 겨우 붙어 있던 꽃잎이 봄바람에 이리저리 눈 내리듯 휘날리며 땅 위에 살포시 내려앉았다.

아보는 바닥에 뿌려진 꽃잎을 손으로 어루만지며 낮은 소리로 읊조렸다.

"하늘과 땅이 어질지 못하니 동풍이 악을 부추기네."

정권은 그녀의 말을 분명하게 듣지 못한 듯했지만 채찍질을 멈추고 물었다.

"구주가 죽은 건 알고 있나?"

아보는 청석 바닥 위에서 힘없이 고개를 가로저었다. 가슴에서 무엇인가가 울컥 치밀어 오르는 것이 느껴졌다. 시큼하고 짭짤한 맑은 물이 목구멍으로 치밀어 오르자, 그녀는 바닥에 엎드려 한참이나 헛구역질을 했다. 정권은 그녀를 바라보다가 역겹다는 듯 채찍을 집어던지고 밖으로 발걸음을 옮겼다. 정권이 떠나려고 하자, 주순이 황급히 다가와 물었다.

"전하, 저 노비는 어찌 처분할까요?"

정권이 어느새 평정을 되찾고 차분한 어조로 대답했다.

"먼저 의관에게 보내라. 처분은 나중에 생각하지."

주순은 난처하다는 듯 말했다.

"전하, 출신이 불분명하고 전하를 속인 아이입니다. 절대 가볍게 넘기셔서는 안 됩니다."

정권이 피식 웃으며 대꾸했다.

"나를 속여? 너희 중에 나를 속이지 않은 자가 있는가?"

아보는 침상에 누웠다. 담장 하나를 사이에 두고 있었지만, 몽둥이 내리치는 소리와 궁인들의 날카로운 비명이 끊임없이 담장을 뚫고 들어와 귓가를 사납게 울렸다. 약을 바르자 온몸이 찢어지는 듯한 통증이 밀려왔다. 팔뚝에 가늘고 길게 패인 상처는 한 마리 새빨간 유혈목이 꿈틀거리며 지나가는 모양과도 같았다. 창백한 피부와 검붉은 피, 자색으로 물든 상처 부위에 적갈색 약초가 지저분하게 뒤엉킨 광경은 지난날의 끔찍한 악몽을 되살렸다. 꿈속에서는 배꽃 잎이 하늘하늘 눈송이처럼 흩날렸다. 아름다운 꽃잎이 몸 위에 살포시 내려앉자 엄습한 것은 뼈에 사무치는 깊은 통증이었다.

참혹한 곡성은 밤이 되어서야 그쳤다. 밥을 가져온 시녀의 얼굴은 하나같이 모두 전에 본 적 없는 낯선 얼굴이었다. 촛불이 서서히 작아졌다. 아보는 침상에 누워 심지가 모두 타 불이 사그라질 때까지 가만히 초를 바라봤다. 새까만 어둠이 찾아왔으나 곧 은은한 달빛이 쏟아지며 물결처럼 방 안을 흘렀다. 비구름에 가려져 있다가 수일 만에야 드러난 달이었다. 누군가는 영원히 볼 수 없게 된 달빛이리라. 이제는 그녀 홀로 온몸에 상흔을 안은 채 살아남아 사무치는 그리움을 견디며 저 달을 바라보고 있었다.

태자가 그녀를 소환한 것은 닷새, 엿새쯤 지난 어느 밤이었다.

아보는 심문을 이어서 받을 줄로 여겼으나, 이끌려 간 곳은 뜻밖에도 태자의 침궁 난각이었다. 실내에는 오직 태자 한 사람뿐이었다.

태자는 하얀 홑옷만 한 겹 걸친 흐트러진 차림으로 거울 앞에 등지고 앉아 있었다. 절을 하려는데 정권이 눈살을 찌푸리며 말했다.

"필요 없다."

소스라치게 놀라 고개를 드니 정권이 바라보고 있는 거울이 그녀의 전신을 비추고 있었다. 정권의 말대로 아보는 절을 생략하고 고개를 숙인 채 그의 등 뒤에 섰다. 정권은 거울 속 그녀를 한참 동안 가만히 바라보다가 화장대 한쪽에 놓인 빗을 오른 손가락으로 톡톡 쳤다. 거울 속 여인이 차츰차츰 그의 등 뒤로 가까이 다가오더니 이윽고 비녀를 뽑는 손길이 느껴졌다. 아보가 그의 머리카락을 만지는 건 처음이었다. 새카만 그의 머리카락이 등불에 반사되어 푸르른 윤기를 내뿜었다. 방금 머리를 감은 듯 손가락 사이에 걸쳐진 머리카락 가득 청량하고 상쾌한 촉감이 전해졌다. 서각*에 금을 박아 장식한 빗이 만 갈래의 비단결 사이를 매끄럽게 지날 때, 그녀는 자신에게 무익한 생각을 애써 억눌렀다. 빗은 예전의 빗이었으나 빗을 쥔 손은 바뀌었다. 아무것도 모르는 물건이 많은 것을 아는 생명보다 오래간다. 이것은 만고불변의 진리였다.

한참의 시간이 흐른 뒤, 정권이 마침내 말문을 열었다.

"내가 그날 왜 화를 냈는지 아느냐?"

아보는 고개를 끄덕이며 대답했다.

---

* 코뿔소의 뿔. —역주

"전하를 속였기 때문입니다."

정권의 입꼬리가 살짝 올라갔다. 감탄스러움이 넌지시 담긴 표정이었다.

"참으로 머리가 잘 돌아가는 아이구나. 평소 말수가 적어서 눈치채지 못했어."

그는 잠시 말을 멈춘 뒤 다시 입을 열었다.

"그렇다. 내가 화난 이유는 너희가 뒤에서 몰래 일을 꾸며서도, 몸에 흉터가 있어서도 아니야. 하나같이 입을 여는 족족 거짓을 지껄이는 게 분통이 터진다고!"

그는 방금 뽑은 옥비녀를 만지작거리다가 분을 이기지 못하고 힘을 주었다. 옥비녀의 연약한 머리 부분이 맑은 파열음을 내며 바스러졌다. 그는 두 동강이 난 비녀를 탁자 위로 내던지며 부드러운 목소리로 말했다.

"그러니 지금부터는 내가 묻는 말에 사실만 고해야 한다. 어깨의 상처는 어쩌다 났지?"

아보는 조용히 대답했다.

"적모가 소인을 도둑으로 모는 바람에 이렇게 됐습니다."

정권이 웃으며 말했다.

"나를 속이려거든 좀 더 그럴듯한 구실을 대거라."

"전하께서 믿으시든 안 믿으시든 소인은 어쩔 수 없습니다. 어차피 우리 같은 미천한 것들은 높은 분들의 발밑에서 구차하게 하루하루 연명하는 처지죠. 믿고 안 믿고는 전하의 왔다 갔다 하는 기분에 달린 것 아닌가요? 소인이야 전하께서 죽으라고 하시면 죽고, 나가라고 하시면 나가야 하는걸요."

정권이 차갑게 웃으며 말했다.

"너 지금 내게 대드는 것이냐?"

아보가 한숨을 쉬며 대답했다.

"소인이 어찌 감히요."

정권은 여전히 웃었다.

"이미 여러 번 대들지 않았느냐? 글을 조금만 배웠다더니 어디서 글공부한 것들의 못된 버릇을 흉내 내? 동풍이 악을 조장한다고? 나 들으라고 한 소리렷다?"

정권은 그녀의 중얼거림을 들었던 것이다. 아보는 부인했다.

"소인이 어찌 감히요."

"내키는 대로 지껄이고 발뺌하면 그만이냐?"

정권은 창백하게 질린 아보의 얼굴을 보고는 다시 미소를 머금었다.

"본궁이 그렇게 무서우냐?"

아보는 억지웃음을 지으며 대답했다.

"아닙니다."

정권은 거울에 비친 얼굴을 자세히 들여다보며 웃었다.

"무서운 거 같은데?"

아보는 남몰래 한숨을 돌렸다. 온화한 미소를 머금은 채 고요히 앉아 있는 그의 자태는 옥산玉山처럼 수려해 가만히 있는 것만으로도 빛이 났다. 이러한 아름다움은 난생처음이었다. 그녀는 문득 지나치게 아름답게 태어난 사람은 재앙을 쉽게 만난다는 말을 떠올렸다. 그 말이 과연 사실일까 곰곰이 생각하고 있자니 정권의 목소리가 들렸다.

"고향이 화정군이라고?"

아보는 대답했다.

"네."

정권이 다시 물었다.

"네 아비의 이름은 고미산, 큰오라비의 이름은 고종이고?"

아보의 얼굴이 또다시 하얗게 질렸다.

"전하?"

정권이 아무 말도 하지 않자, 아보는 마침내 폭발했다.

"소인, 이해할 수 없습니다."

정권은 고개를 끄덕이며 말했다.

"무엇이?"

아보가 말했다.

"그냥 소인을 내쫓으면 끝날 일이 아닙니까? 왜 이렇게까지 하시나요?"

정권이 차갑게 굳은 얼굴로 말했다.

"네가 드디어 간덩이가 부었구나."

그가 평소의 모습으로 되돌아오자, 아보도 입을 다물고 묵묵히 빗질에 집중했다. 그때 귀밑 쪽에 백발 몇 가닥이 눈에 띄었다. 처음에는 어두운 불빛에 눈이 침침해서 잘못 봤나 싶었는데, 다시 눈을 부릅뜨고 보니 확실히 백발이었다. 한창 젊은 나이에 웬 백발이란 말인가. 아보는 뽑자니 민망하고 놔두자니 눈에 거슬려 이러지도 저러지도 못했다. 정권은 그녀가 쩔쩔매는 것을 알아차리고 무심하게 말했다.

"봤으면 그냥 뽑아라."

아보가 조용히 대답했다.

"네."

아보가 조심스럽게 흰머리를 뽑아 정권에게 건네자, 정권은 입으로 후 불어 머리카락을 날렸다.

"올해 몇 살이지?"

아보는 대답했다.

"열여섯입니다."

정권이 살짝 입가에 미소를 머금으며 말했다.

"어린 나이에 용케 이러고 있구나."

아보는 흠칫 놀랐다.

"전하?"

정권은 말없이 잠시 생각하더니 돌연 아보의 옷자락을 잡아당 겼다. 정권의 돌발 행동에 아보가 몸을 피하며 황급히 옷깃을 감 싸 쥐자, 정권은 그게 우스웠는지 크게 웃으며 말했다.

"나이도 어린 게 무슨 요망한 생각을 하는 것이냐? 이쪽으로 와라. 어서."

아보가 시뻘겋게 달아오른 얼굴로 다가와 무릎을 꿇자, 정권이 짜증스럽게 말했다.

"뒤돌아."

정권은 화장 상자에서 작은 청자함을 꺼내 뚜껑을 열었다. 지 난번에 바르던 금창약이 반쯤 남아 있었다. 정권이 아보의 겉옷 을 잡아당기자, 아보는 잠시 주저하다가 그가 하는 대로 내버려 두었다. 정권은 손가락에 약을 찍어 아보의 등에 깊게 패인 채찍 자국을 따라 발랐다. 손끝에서 전해지는 냉기에 아보는 파르르 몸을 떨었다. 그의 손이 찬 건지 약이 찬 건지 알 길이 없었다. 정 권은 아보의 떨림을 느끼면서도 약 바르는 손을 멈추지 않았다.

"아프냐?"

아보가 조심스럽게 고개를 젓자, 그는 다시 웃었다.

"또 내가 꼬치꼬치 쓸데없는 걸 묻는다고 생각했지?"

"소인이 어찌 감히요."

정권은 들은 체도 않고 자기 할 말만 계속했다.

"어떻게 안 아플 수가 있겠느냐? 내가 이 아픔을 모르지 않거늘. 다만 누가 와서 좀 물어봐 줬으면 좋겠더구나. 온갖 명의가 들락거리며 진귀한 약을 쓰면서도 누구 하나 아프냐고 묻는 사람이 없었거든."

아보는 등지고 앉아 있어서 그의 표정이 보이지 않았지만, 그의 침착하고 차분한 어조만은 분명하게 느낄 수 있었다. 당황스러워 적당한 말을 찾고 있을 때 다시 그의 목소리가 들렸다.

"구주가 떠난 뒤에 모두가 그녀와 선을 긋기에 급급했다. '정이 들었다'는 표현을 쓴 사람은 너뿐이었지. 며칠 동안 곰곰이 생각했다. 미련한 바보 천치거나 심성이 지나치게 깊거나 둘 중 하나라는 생각이 들더군. 어느 쪽이냐?"

아보가 고개를 돌리며 입을 열려는 찰나, 정권이 그녀의 어깨를 붙잡아 돌려세우며 막았다.

"말을 아껴라. 입 밖으로 흘러나오는 건 마음이 아니야. 진실도 아니지. 어떤 일들은 시간이 흐르고 나서야 진상이 드러난다. 네 정체도 때가 되면 자연히 드러나겠지."

그는 고개를 숙여 옛 상처와 새 상처가 뒤엉킨 그녀의 등을 바라봤다. 가련하도록 가냘픈 등에는 어린아이처럼 마디마디가 툭 불거진 척추가 길게 이어져 있었다. 얇은 꽃가지처럼 손대면 툭 하고 꺾일 듯 가녀렸다. 문득 안쓰러운 마음과 혐오감이 동시에 치솟아 오르자, 그는 손을 멈추고 그녀의 옷깃에 남은 약을 쓱쓱 문질러 닦았다.

"옷을 입거라."

정권은 아보에게 지시한 뒤 탁자 위의 청자함을 건넸다.

"감사합니다, 전하."

아보가 조용히 인사하자, 정권은 조롱하듯 웃으며 말했다.

"아보야, 아보야. 이름 한번 참 잘못 지었구나. 누가 너를 보배처럼 아낀다고 이름을 아보라고 지었더냐?"

아보가 속삭이듯 대답했다.

"어머니는 아끼셨습니다."

정권이 차갑게 웃으며 말했다.

"네 모친은 일찍 세상을 떠났다면서?"

아보의 입가가 파르르 떨렸다. 비통함과 원한이 날것 그대로
그녀의 얼굴에 떠오르자, 정권은 또다시 웃으며 말했다.

"내가 많이 밉겠지. 하지만 이 세상에 날 증오하는 사람이 어디
너 하나뿐이겠느냐? 더군다나 너 혼자서 내게 뭘 할 수 있겠어?"

짧은 시간 동안 수차례나 뒤바뀌는 그의 태도에 마침내 진이
빠진 아보는 고개를 푹 숙였다.

"아닙니다."

정권이 손을 내두르며 말했다.

"그만 나가봐. 며칠 쉬다가 다시 보본궁으로 나와라."

아보는 후들후들 떨리는 몸을 이를 악물고 지탱하며 일으키다
가 도저히 참을 수가 없어 물었다.

"소인, 이해할 수 없습니다."

정권은 어느새 또다시 돌변한 낯빛으로 빗으로 느긋하게 화장
대를 두들기며 차갑게 물었다.

"뭘 이해해야 하는데?"

회랑을 따라 걷다가 모퉁이를 돌아 고개를 들었다. 달을 가린
구름과 바스락거리며 흩날리는 꽃가지가 보였다. 처마 위의 풍경
이 댕댕 맑은 소리를 울렸다. 저녁 바람에서는 벌써 따스한 온기
가 느껴졌다. 정녕 2년의 봄은 이렇게 어느새 끝자락을 향하고 있
었다.

복숭아와 오얏은 말을 안 해도

　아보는 태자가 준 약을 바르지 않았다. 상처는 열흘쯤 지나 서
서히 아물었다. 그날은 마침내 자리에서 일어나 오후쯤 목욕을
했다. 막 신시(오후 3시~5시)가 지나 하늘을 붉게 물들인 노을빛
이 실내로 스며들었다. 수증기가 모락모락 오르는 나무 욕조를
비추는 붉은빛을 보자 안락한 꿈속에 있는 듯 마음이 편안했다.
옷을 갈아입고 머리를 한 가닥 한 가닥 섬세하게 땋아 올리고 나
서야 아보는 다시 태어난 듯 새로운 감회에 젖었다. 그러나 밖으
로 나왔을 때 펼쳐진 광경은 전과 다름이 없었다. 구불구불 길게
이어진 회랑과 마주하자, 그녀는 문득 서글픔을 느꼈다.
　누구도 자신의 운명을 선택할 수 없다. 운이야 때로는 방향을
바꿀 수 있지만, 명은 영원히 바뀌지 않는다. 그 점은 비천하게 태
어난 그녀에게나 황실의 핏줄로 태어난 고귀한 그에게나 공평했
다. 오는 것을 피할 수 없듯이 가는 것을 억지로 잡아둘 수는 없
다. 하루를 살았다면 그날의 찌꺼기를 추스르고 다시 다가오는
내일을 맞이하는 수밖에는 없는 것이다. 그녀는 자신이 단 한 번

도 원한 적이 없는 운명 속으로 한 걸음 한 걸음 발을 내디뎠다.

보본궁에 놓인 가구는 전과 다름없었다. 바뀐 건 사람들의 얼굴이었다. 익숙했던 얼굴들은 모두 사라졌다. 아마 앞으로도 그들을 볼 수는 없을 것이다. 그렇게 치면 그는 이곳에서만큼은 그녀의 가장 오랜 벗인 셈이다. 아보는 슬쩍 곁눈질로 창밖을 바라봤다. 봄을 맞아 찬란한 꽃을 짙게 피웠던 해당화는 어느새 잎사귀만 남았고, 그 잎사귀마저도 서서히 붉게 물들어 가고 있다. 소리 없이 왔다가 지나가는 봄처럼 인연도 그러한 것이리라.

그녀의 오랜 벗은 저녁 무렵에 돌아왔다. 그는 살짝 피곤해 보이는 얼굴로 그녀를 쓱 지나 선반 앞으로 가더니, 이 상자 저 상자를 한참이나 뒤적이다가 서첩 두 권을 찾았다.

"이걸 조왕부에 보내라고 해."

신참들이 꿈쩍도 하지 않자, 아보가 즉시 앞으로 나아가 서첩을 받아 들었다. 평소와는 살짝 다른 복장이 눈에 띄었다. 늘 옷차림에 신경 쓰는 편이었지만 깔끔한 것을 좋아해 검은색이나 붉은색, 보라색, 청색의 소박한 색을 주로 입었는데, 오늘은 유달리 복장이 화려했다. 수정과 금테로 장식된 삼량관을 쓰고 상투에는 금비녀를 꽂았으며, 관자놀이 양쪽으로 주홍색 영락이 길게 늘어져 있었다. 여기에 붉은색과 금색이 섞인 금포를 입고 금으로 화려하게 장식된 어선대까지 차니 붉은빛이 얼굴까지 반사될 지경이었다. 곁으로 다가갔을 때 소매에서 술 냄새가 은은하게 풍기자, 그제야 아보는 얼굴의 붉은 기는 술기운이라는 걸 알아차렸다. 처음 보는 차림새가 신선하다고 생각하고 있을 때, 서첩을 내민 그의 손가락에서 금이 세공된 옥가락지 두 개가 유난히 눈에 띄었다. 순간 피식 터져 나오는 웃음을 막기 위해 아보는 애써 입을 잔뜩 오므렸다. 정권은 책을 건넨 뒤 곧장 안으로 들어가더니 집 안에서 머무를 때의 익숙한 복장이 되어 다시 나타났다. 그는 책상에 앉아 아보가 가져온 차를 한 모금 마시더니 인상을 쓰며 물었다.

"뭐가 그렇게 웃겼지?"

웃는 걸 들킨 적은 없으니 발뺌을 해야 했다.

"안 웃었어요."

정권은 못마땅하다는 듯 그녀를 흘겨보더니 말했다.

"선반에 놓인 자청피磁青皮 책자를 가져와라."

아보는 시키는 대로 선반에 놓인 책을 집어 정권에게 건넸다. 호접장을 한 제목 없는 책이었는데, 오랜 세월 네 귀퉁이가 마모되어 희끗희끗했다. 정권은 책을 펼치며 말했다.

"이리 와. 오늘부터 서도를 알려주겠다."

그가 묵은 주제를 다시 꺼내자, 아보는 황급히 사양했다.

"아닙니다."

정권은 웃으며 말했다.

"경성 거리에 나가 물어보거라. 본궁에게 서도를 가르쳐달라고 요청했다가 거절당한 권문세족이 수두룩하다. 그런데 고작 어린 소녀인 네가 거절하겠다고?"

아보가 황급히 대답했다.

"그런 뜻이 아니라, 소인의 솜씨가 비루해 전하의 눈을 어지럽힐까 염려됩니다."

"그건 네가 걱정할 거 없다. 심심해서 소일거리나 삼으려는 것이니."

즐거운 듯 보이는 그의 모습이 어딘가 꺼림칙했으나 더는 거절할 수 없었다. 아보는 마지못해 그의 곁으로 다가갔다. 그가 펼친 장은 당나라 시인 두번천杜樊川의 칠언절구「증별贈別」이었다. 청아하고 화려하지만 지금보다는 부족한 필력으로 보아하니, 정권이 어릴 때 쓴 글씨인 듯했다. 정권이 물었다.

"이 시를 읽어본 적이 있느냐?"

아보가 고개를 끄덕이며 대답했다.

"읽어보았습니다."

"그럼 먼저 써보아라."

정권은 말하면서 붓을 한 자루 골라 건넸다. 그는 고개를 살짝 기울인 채 그녀의 붓놀림을 지켜보다가, 붓 잡는 법을 교정하고 힘주는 요령을 가르치더니 몇 글자 더 써보게 했다. 그는 그녀가 쓴 글씨를 세세하게 검토한 뒤 탄식했다.

"하루아침에 될 일은 아니지. 서첩을 가져가서 틈날 때마다 연습해라. 며칠 뒤 다시 검사하겠다."

그는 잠시 생각하다가 슬며시 웃으며 말했다.

"보상이 있어야 노력도 하겠구나. 쇠처럼 굳은 마음도 녹이는 게 포상이라 하지 않느냐. 좋아, 규칙을 정하자. 네 실력이 일취월장하면 내 너에게 상을 내리겠다. 허나 지지부진 발전이 없다면 벌받을 각오를 해야 할 것이야. 해볼 테냐?"

"네."

아보는 그가 놀리든 말든 조용히 대답하고는 책자를 들고 밖으로 나왔다.

밤이 되자, 정권은 서랍에서 일전의 밀고 서신을 꺼내 아보가 베껴 쓴 시문의 '구蔲', '주珠' 자와 치밀하게 대조했다. 원래의 실력을 감추느라 애쓴 듯하기는 했지만, 서신의 필체와는 닮은 구석이 전혀 없었다. 그제야 그는 밀서를 집어넣은 뒤 가볍게 안도의 한숨을 내쉬었다.

경성은 며칠이나 흐린 날씨가 지속되었다. 어제 열린 황후의 생신연 때도 우중충한 날씨는 여전했다. 먹구름이 잔뜩 하늘을 뒤덮은 채 비를 쏟을 듯 말 듯하자, 사람들은 우구를 챙겨 나가야 하나 근심했다. 물론 이것은 서민들의 고민이고, 경성의 높으신 분들에게는 높으신 분들만의 근심거리가 따로 있었다.

조왕 소정해는 조부趙府 서재에서 손을 씻으며 태자가 보낸 서첩 두 권을 잔뜩 찡그린 얼굴로 바라보고 있었다. 그는 정녕 원년에 관례를 올린 뒤 친왕의 작위를 받았다. 국법대로라면 관례를 올리고 혼인한 친왕은 경성을 떠나 자신의 봉토로 가야 했다*. 황제의 서자들도 가장 어린 막내를 제외하면 모두 경성을 떠나 자신의 속지에서 살고 있었다. 황조가 세워진 150여 년간 중궁의 적자가 없어 서장자가 대통을 잇거나, 적장자가 하나뿐이어서 대통을 고민할 필요가 없었던 선례는 있었으나, 아직 적출 친왕이 속지로 나간 선례는 없었다. 조왕과 제왕의 처지는 그래서 애매했다. 조정 대신들이 몇 차례 황제에게 주청을 했지만, 결론은 나지 않았다. 게다가 조왕은 아직 혼인도 하기 전이어서 황제의 의중을 따르는 수밖에 없었다. 황제는 동궁과 함께 수학한다는 명목으로 두 사람을 경성에 남겨두었다. 조왕의 고민은 바로 여기에 있었다.

아직 열여섯도 채 되지 않은 그는 젊은 시절의 중궁을 쏙 빼닮은 미소년이었다. 훗날 틀림없이 준수한 미남자로 자랄 상이었으나 오른쪽 눈가에 난 흉터가 흠이라면 흠이었다. 어린 시절 태자와 다투다가 넘어지는 바람에 난 상처였는데, 당시 태자는 황제

---

* 성년이 된 친왕이 경성을 떠나는 관습은 명대에 제도화되었다.

의 명으로 동궁 계단에서 한나절이나 무릎을 꿇었고, 황후에게도 따로 용서를 빌어야 했다. 사건은 그렇게 일단락됐고 어릴 때라 별 생각이 없었으나, 자라고 나서 흉터를 다시 보니 참으로 유감이었다. 이 또한 조왕 정해의 고민 중 하나라 할 수 있을 것이다.

꼭 어릴 때의 다툼이 아니더라도 그는 이복형제인 태자와 사이가 좋은 편은 아니었다. 그날 태자가 서첩을 보내겠다고 했고 서로 농담을 하며 장난을 치기도 했지만, 막상 태자가 정말로 서첩을 보내오자 머릿속이 복잡했다. 정해가 생각에 잠긴 채 서첩을 떠들어 보고 있는데, 갑자기 문 쪽에서 누군가의 목소리가 들렸다.

"뭐에 그렇게 심취해서 문밖에 손님이 온 것도 몰라?"

이윽고 제왕 정당이 안으로 들어왔다. 아직 날씨가 개지 않아 손에는 금장을 한 접이식 우산을 든 채였다. '수성순시守成循時*'라는 글자가 새겨진 우산은 황제가 그의 첫 번째 군공을 치하하며 내린 상이었다. 정해는 즉시 자리에서 일어나며 웃었다.

"형님이 오셨는데 마중도 못 하고, 제 불찰입니다."

정당이 우산으로 그의 팔뚝을 툭툭 치며 저지했다.

"그런 허례허식은 다른 사람이 볼 때나 하면 돼. 형제끼리 뭘 그런 걸 따져?"

정해가 웃으며 대답했다.

"오늘은 많이 한가하셨나 봅니다. 웬일로 이곳에 다 오셨어요?"

정당이 대답했다.

"별일은 없다. 어제 가족 연회에서는 사람이 너무 많아 얘기도 잘 못 나눴잖아. 그래서 들른 것이야."

------

* 때를 만나 유업을 이룬다는 말로, 가경嘉慶 때의 어제시嘉慶御制詩를 고쳐 쓴 것.

그는 손이 가는 대로 책상에 놓인 서첩을 뒤적이다가 경탄했다.

"이렇게 귀한 걸 어디서 구했어?"

정해가 웃으며 대답했다.

"형님을 속일 순 없지요. 동궁에서 보내왔습니다."

정당이 눈살을 찌푸리며 말했다.

"내가 오늘 널 찾아온 이유가 바로 그것이다."

정당은 도포 자락을 떨치며 자리에 앉아 물었다.

"최근 삼랑이 변한 것 같지 않더냐? 원래 어머니 생신연 때마다 혼자 고매한 척하며 구석에 앉아 있었잖아. 그런데 어제는 그 괴이한 옷차림은 말할 것도 없고, 웬일로 연회 내내 쉬지 않고 떠들었어. 내가 말은 못 했지만 진저리가 나더라니까."

"어제 어머니 뒤에서 시중들던 내인들은 좋아하던걸요. 발 뒤에 숨어서 한참을 구경하다가 고개를 돌리고 수군댑디다. 전하의 차림이 평소보다 풍류가 넘치고 멋스럽다고요."

정해는 웃으며 대답하다가 정당이 못마땅한 듯 눈을 흘기는 것을 보고 정색하며 다시 말했다.

"기회를 잘 살피는 사람이니 지금은 폐하의 심기를 거스르면 안 되는 때라고 판단했겠죠."

정당은 말없이 책상으로 걸어가 서첩을 집어 들더니 차갑게 콧방귀를 뀌었다.

"기회를 잘 살피는 것 같지도 않아. 이것도 봐. 이런 졸렬한 수법으로 우리 형제지간을 이간질하다니, 누굴 바보로 보는 건가."

정해는 웃었다.

"관계가 소원한 사람은 관계가 친밀한 사람들을 이간할 수 없다질 않습니까. 설령 그런 마음으로 보냈다 해도 아무 소용이 없지요."

정당은 정해의 어깨를 한 손으로 토닥이며 웃었다.

"그거야 나도 알지. 그냥 조심하라고 일러준 것뿐이다."

정당은 잠시 생각하다가 말했다.

"삼랑이 또 동궁을 싹 물갈이했다고 하더군."

정해가 고개를 끄덕이며 말했다.

"당연한 수순이겠지요. 그래서 미인계는 안 통할 거라고 했잖습니까. 태자처럼 잘생긴 사람의 눈에 웬만한 미인이 찰 리 없지요. 어머니께 부탁해서 구한 여자들 중 성공한 사람이 있기는 했습니까? 그나마 제일 가까이 다가간 게 진 씨였는데, 그마저도 몇 년 내내 자질구레한 정보만 실어 나르지 않았습니까. 곽 마마와 사 마마가 다퉜다느니, 주 상시가 자빠졌다느니 하는 것들이었죠. 도리어 우리 쪽이 태자의 미남계에 당한 기분입니다."

정당이 피식 웃으며 말했다.

"그 일은 다시 계획을 세워보자꾸나."

"쓸 만한 사람이라도 있습니까? 아니면 또 어머니께 부탁하시게요?"

정해가 묻자, 정당은 그를 힐끔 보며 대답했다.

"당장은 없다. 천천히 찾아봐야지. 새로 물색하든 기존의 사람을 우리 편으로 끌어들이든, 어떻게든 우리 사람을 그곳에 심어놔야 해. 너도 적당한 인물이 있나 신경 써서 찾아봐."

정해는 알았다고 대답하다가, 문득 정당의 시선이 태자가 보낸 서첩을 향해 있는 것을 보고 슬며시 웃었다.

"서첩은 방금 도착했습니다. 전 별로 내키지 않으니 마음에 드시면 가져가시지요."

"남의 보물을 빼앗을 순 없지. 난 그저 아직 어린 네가 걱정돼 몇 마디 한 것뿐이다. 신경 쓰게 했다면 사과하마."

정당은 웃으며 말한 뒤 첨언했다.

"과거 노세유에게 거절당한 일로 네가 상심이 컸지. 노세유는 뼛속까지 태자의 측근이었어. 죽을 때마저도 동궁을 위해 죽었잖아. 벌써 수년 전의 일이니 더는 마음에 두지 마라."

정해는 대답했다.

"네."

두 사람은 이후로도 더 담소를 나누었다. 정당이 돌아가려고 자리에서 일어나자, 정해는 배웅하고 서재로 돌아와 다시 서첩을 펼쳤다. 무슨 생각이 떠올랐는지 그의 얼굴에 갑자기 냉랭한 미소가 번졌다. 눈꼬리의 흉터도 차갑게 번지는 미소를 따라 싸늘하게 번뜩이고 있었다.

또다시 며칠이 지났다. 무료함을 느낀 정권은 아보에게 글씨 연습은 어찌 되어가는지 물었다. 아보는 그가 갑작스러운 변덕에 농을 하는 줄로만 알고 건성으로 매일매일 연습 중이라고 대답했다. 정권은 그녀가 주저하며 대답하자, 두말없이 춘방에서 보낸 공문서를 끌어다가 두 구절을 골라 쓰게 했다. 붓 잡는 자세도 여전하고, 글씨는 진전이 조금도 없었다. 벌컥 성이 난 정권은 책상 위에 놓은 서진을 집어 들고 호통쳤다.

"손 내밀어라."

아보가 쭈뼛쭈뼛 손을 내밀자, 정권은 또다시 버럭 짜증을 냈다.

"왼손."

아보가 꾸물꾸물 손을 바꾸자, 정권은 서진으로 손바닥을 여러 차례 매섭게 내리친 뒤 꾸짖듯 명령했다.

"다시 써봐."

아보는 대꾸 한마디 못 하고 어쩔 수 없이 다시 붓을 쥐었다.

정권은 아보가 치마 뒤로 몰래 왼손을 불끈 쥐는 것을 보고 웃음이 터져 나와 물었다.

"억울하냐?"

아보는 입을 삐죽거리며 대답했다.

"소인 주제에 어떻게요."

정권은 웃으며 말했다.

"퍽이나 그렇겠구나. 과거 본궁의 스승님은 내가 쓴 글씨 중 세 글자가 마음에 들지 않으신다며 계척으로 내 손바닥을 때리셨지. 반 치 두께의 계척으로 맞으니 살갗이 한 겹 벗겨져 줄이 생기더구나. 내가 어떻게 서도를 배웠는지 알겠지? 스승님께 맞아가며 배운 것이다. 내일 네 손바닥에도 한 줄 만들어주마. 못 믿겠으면 어디 계속 그렇게 형편없게 써봐라."

아보는 문득 호기심이 일었다.

"감히 전하의 옥체에 손대는 사람도 있나요?"

정권은 한참 동안 가만히 추억을 음미하고는 얼굴에 잔잔한 미소를 머금으며 설명했다.

"스승님의 동료들은 옛날부터 스승님을 '옥계척玉戒尺'이라고 불렀지. 성품이 온화하고 강직해서 붙은 별명이었다. 내가 출가할 때 선제께서 내 사부로 점찍은 사람이 바로 그분이었어. 난 그분의 별명을 듣고 까르르 웃었지. 그런데 선제께서는 스승님을 불러다가 이렇게 말씀하셨지.

'우리 황손을 제대로 잘 가르쳐주시오. 내게 옥계척은 없으나 목계척은 있으니 내어주겠소. 그대의 제자가 공부를 소홀히 하고 가르침을 따르지 않거든 부모에게 고할 것 없이 그대가 직접 따끔하게 혼쭐을 내주시오.'

스승님이 선제의 말씀을 곧이곧대로 따를 정도로 대담한 분일 줄은 미처 몰랐지. 선제께서 얼마 뒤 승하하시는 바람에 유훈도 바뀌지 않았어. 그 바람에 몇 년이나 고생을 해야 했지.”

아보가 옆에서 듣다가 참지 못하고 웃음을 터트리자, 그도 은은하게 미소를 머금었다.

“한번은 노는 데 정신이 팔려서 숙제를 못 했어. 난 스승님께 들킬까 봐 무서워서 하인을 보내 내가 병이 났다고 말하라고 시켰어. 스승님은 하인을 추궁해서 끝내 꾀병이라는 걸 밝혀내셨지. 그날 난 계척으로 손바닥이 탱탱 부을 때까지 맞았어. 황후마마께 울면서 일렀더니, 내 편을 들어주시기는커녕 도리어 한 시진 내내 꿇어앉는 벌을 내리셨지. 그날 결심했다. 나중에 자라서 황제가 되면 스승님의 구족을 멸하리라고.”

아보는 그의 표정이 살짝 온화해진 틈을 타 물었다.

“그래서 나중에 어떻게 됐나요?”

정권이 대답했다.

“내가 황제가 되기도 전에 돌아가셔서 구족은 봐주기로 했지.”

아보가 말도 안 된다는 듯 코를 찡긋거리자, 정권은 그 모습이 귀여워 반사적으로 아보의 콧등을 손가락으로 죽 잡아당기며 웃었다.

“나중에 커서야 알았다. 스승님이 다 나를 위해서 그러셨다는 걸 말이야. 네게 준 책자는 내가 어릴 때 한 숙제다. 스승님이 교정해주신 글씨도 함께 있지.”

정권이 갑자기 코를 잡아당기며 장난을 치자, 아보는 화끈 달아오른 얼굴을 숨기려 황급히 고개를 숙였다. 그녀는 잠시 생각에 잠겼다가 말했다.

“소인도 압니다. 그분은 노세유 대인이죠?”

정권이 기이하다는 듯 물었다.

"네가 그걸 어찌 아느냐?"

아보는 대답했다.

"옛날에 형제들과 글을 배울 때 스승님이 노 대인 얘기를 하신 적이 있어요. 나라에서 제일가는 행초서법의 대가라고요. 전하가 그분께 서도를 배우신 걸 모르는 사람은 없어요. 요즘 사람들은 전하의 해서가 이미 스승을 넘어섰다고도 하고, 또…….

아보가 한참이나 말끝을 흐리며 망설이자, 정권이 참지 못하고 재촉했다.

"또 뭐라고들 떠들더냐?"

아보는 정권을 힐끔힐끔 보다가 급히 고개를 숙이며 기어 들어가는 목소리로 답했다.

"또 전하의 글씨가 곧 전하의 사람됨과 같고, 전하의 사람됨이 곧 글씨라고…….

정권은 잠시 생각하다가 고개를 젖히며 화통하게 웃더니 우쭐대며 물었다.

"원래 외모가 뛰어나면 실력도 그에 뒤지지 않는 법이라고 했다. 안 그러냐?"

자신에게 흠뻑 도취된 그의 우쭐한 표정을 보자, 아보는 웃음을 도저히 참을 수 없어 입을 가리며 웃었다. 그녀의 눈길은 웃다가 무심코 그의 얼굴에 머물렀다. 몰입할수록 입을 가렸던 손이 서서히 아래로 내려갔다. 그녀는 그대로 그의 날렵한 눈썹과 수려한 귀밑머리 선이 얼굴 위에서 이룬 아름다운 조화를 감상했다. 원래는 가장 단조롭고 평범한 선이 서도에서는 화려한 선으로 되살아난다. 이토록 정교하고 이토록 화려하며 힘이 넘치고 아름다운 선. 태자의 글씨가 그 사람처럼 아름답다는 말은 과연 사실이었다. 담묵이 맑은 물에서 서서히 퍼지듯 뺨에 옅은 홍조가 슬며시 떠오르자, 아보는 황급히 시선을 거뒀다. 보통의 노력과 성실함으로 그의 나이에 이 정도 성취를 이루기는 어려울 것이다. 그 사실을 그녀는 모르지 않았다. 타고난 재능을 성실하게 꾸준히 갈고닦아 이룬 성취이니 마음껏 자만하고 으스댈 자격이 충분했다.

초여름, 한껏 의기양양해진 소년은 기분이 좋아서인지 평소보다 인내심이 많았다. 주순은 지나가다가, 정권이 책을 뒤적이고 이것저것 손으로 짚어가며 아보를 가르치는 모습을 보고는 자기도 모르게 미간을 잔뜩 찌푸렸다. 문득 안 좋은 과거가 떠올랐으나, 곧 애써 부정하며 노여운 눈으로 두 사람을 얼마간 바라보다 자리를 떠났다.

제
11
장

연못에 백룡은 들고

경성의 더위는 작년보다 이르게 찾아왔다. 이제 막 5월로 접어들었는데도 시장에는 여름옷으로 갈아입은 사람들이 있었다. 둥글부채, 빙수, 죽부인 등의 피서 용품도 일찌감치 불티나게 팔리기 시작했다. 단삼端三 당일, 조정에서 돌아온 정권은 기어이 풍로를 피워 뜨거운 차를 끓이게 하고는 두 잔을 연거푸 들이켜서 땀을 뺀 뒤에야 목욕을 했다. 그 뒤 옷을 갈아입고 느긋하게 서재로 들어섰다.

주순은 틈날 때마다 여러 곳에 선물로 보낼 주머니를 미리미리 준비했다. 풍습에 따르면 5월은 액달이었다. 그중에서도 가장 불길한 날로 꼽히는 5월 5일에는 집집마다 액운을 피한다고 부적을 걸었는데, 지체 높고 예를 따지는 사람들은 붉은 실을 묶어 복숭아나무로 만든 도장을 걸었다. 정권은 주순이 준비한 주머니 하나를 들어 살폈다. 예년과 같은 붉은색과 흰색 비단에 오색실을 엮어 꽃 모양으로 만든 주머니였다. 흔한 물건이지만 정교하고 귀여운 모양새가 내부內府 바느질 장인이 얼마나 정성을 들였는지 알 수 있었다. 정권은 슬며시 웃으며 아보에게 주사朱砂를 가져오게 한 뒤, 경필에 찍어 주머니 위에 '풍연風煙*'이라고 적었다. 주순은 정권이 시키는 대로 주사가 잘 마른 주머니 안에 쌀, 웅황 등을 채워 정권과 친분이 있는 신하들에게 보냈다. 정권은 좀처럼 자신의 글씨를 선물하는 일이 없었다. 이런 하찮은 작은 물건에 쓴 글씨를 선물받는다는 것 자체가 대단한 영광이었다.

정권은 주머니 몇 개에 글씨를 쓰고 난 뒤 슬쩍 아보를 보았다. 고개를 한쪽으로 갸우뚱 기울인 그녀는 얼굴 가득 부러워하는 기색이 가득했다. 정권은 붓을 바꾸어 새로 글씨를 쓰더니, 서랍을 열어 개원통보 두 닢을 꺼냈다. 민간에서 통용되지 않는 순금으로 주조한 동전이었다. 그는 그것을 주머니에 넣어 입구를 봉한 뒤 말했다.

"이건 네게 주마."

아보는 놀라며 기뻐했다. 정신없이 주머니를 요리조리 살피며 구경하다가 인사를 하지 않았다는 것을 뒤늦게 깨닫고는 급히 고개를 숙였다.

"감사합니다, 전하."

정권은 웃으며 말했다.

"이 서원에는 액운 같은 게 있어서는 안 되지만, 어쨌든 가지고 있어라. 하늘도 모르는 일을 누가 알겠느냐?"

다른 사람이 들었다면 경악할 말이었지만, 아보는 고개를 들어 정권의 표정을 살폈다. 그의 얼굴이 평소와 다름없자, 아보는 그제야 마음을 놓았다.

---

* 단오절의 풍습. 부적 주머니로, '풍연'이라는 글자를 쓰는 풍습은 송대에 시작되었다.

단오 당일, 정권은 유난히 일찍 돌아왔다. 그는 관복을 벗고 물색 비단 도포 위에 백량삼을 걸친 뒤, 머리에 검은색 표표건을 썼다. 흔히 볼 수 있는 관리의 차림이었다. 아보는 그가 갑자기 옷을 갈아입자 무슨 일인지 호기심이 잔뜩 일었다. 정권은 그런 그녀를 힐끔 보더니 허리춤의 명주 끈을 가다듬으며 물었다.

"쓰라고 한 글자는 다 썼느냐? 가져와 보거라."

아보는 지난 열흘간 습자지에 열심히 연습한 글자를 가져와 정권에게 내밀었다. 정권은 서너 장을 이리저리 살펴보다가 고개를 들어 아보를 빤히 쳐다봤다. 아보는 당황하며 황급히 고개를 숙였다.

"전하?"

정권이 웃으며 말했다.

"평소에 유심히 본 적이 없어서 몰랐는데, 피부가 유난히 하얗구나."

그는 아보의 귀가 빨갛게 물든 것을 보고 이어서 말했다.

"형편없다."

귀에 든 새빨간 물은 그 순간 순식간에 아보의 얼굴 전체로 퍼졌다. 아보의 미간 가득 노여움이 느껴지자, 정권은 피식 웃음이 났다. 그는 습자지를 한쪽에 내려놓으며 말했다.

"됐다. 발전이 전혀 없는 건 아니다. 열심히 쓰기는 했으니 상을 주지. 오늘 나와 함께 외출하는 게 상이다."

아보는 의아해하며 물었다.

"어디를 가시게요?"

정권은 말했다.

"바깥 구경을 할 것이다. 경성 사람들이 어떻게 단오절을 지내는지 모르는 것도 아니지 않느냐?"

아보는 그래도 이상하게 여겼다.

"나가셨다가 어사들의 비난이 걱정되지도 않으셔요?"

정권은 아보의 질문에 말문이 막혀 어쩔 줄 모르다가 화가 나 발을 굴렀다.

"난 네가 더 걱정이다! 어사의 비난이 그렇게 걱정이면 따라오지 마."

아보는 빨갛게 달아오른 얼굴로 황급히 대답했다.

"가겠습니다."

정권은 아보가 내인 차림 그대로 나가려 하자 눈을 흘기며 짜증을 냈다.

"어전에 고발 상소가 빗발치면 어쩌려고 그 차림으로 나가? 당장 옷 갈아입고 오지 못할까?"

아보는 정권을 따라 서원의 후문 밖으로 나왔다. 가마와 말이 준비되어 있었다.

"넌 가마를 타고 따라와."

정권은 등자를 딛고 말에 오르더니 고삐를 당기며 홀연히 앞서갔다.

궁문 밖 어가를 벗어나 3~4리쯤 지나자 마을로 통하는 다리가 나왔다. 다리를 건너 마을 골목으로 들어가니 음식점과 여인숙, 주점, 과자 잡화점 등 즐비하게 늘어선 건물 사이로 수많은 차마가 지나다니는 번화한 풍경이 펼쳐졌다. 사람들 사이를 비집고 지나가며 보니 집집마다 문 앞에 구슬 장식, 버드나무, 복숭아꽃, 부들 잎, 복도伏道 지역 쑥 등을 엮어 애인*을 매달았고, 종자**, 다섯 가지 색의 수단***, 차, 술 등의 음식을 제사상에 올려놓고 있었다.

아보는 애인과 함께 걸린 청라 첩자帖子를 속삭이듯 읽었다.

"5월 5일 중천절中天節, 함부로 입을 놀리지 말지어다."

정권이 웃으며 참견했다.

"오늘은 액일이니 말조심하라는 뜻이다."

일행이 경동 한구석의 어느 범궁 밖에 다다르자, 정권은 말에서 내려 옷매무새를 가다듬으며 명령했다.

"고 내인은 나와 함께 안으로 가자. 물건을 고 내인에게 넘기고 너희들은 밖에서 문을 지켜라."

근시들은 빠르게 대답하고는 수레 안에 있던 봉황과 팔보운八寶雲 무늬가 뒤섞인 붉은색 비단 함을 고 내인에게 건네며 신신당부했다.

"조심히 다뤄라."

사원은 거대하고 광활했으나 오가는 사람은 전혀 보이지 않았다. 법문으로 들어서자 깨끗하고 장엄한 광경이 펼쳐졌다. 사원의 주지는 일찌감치 한 무리의 승려들을 거느리고 문 안에서 조용히 대기하고 있다가, 정권이 들어오는 것을 보고 허리를 숙였다.

"전하."

정권도 합장하며 물었다.

"안녕하시었소?"

"빈승은 언제나 잘 지냅니다."

주지는 대답한 뒤 앞으로 가자는 듯 손짓했다. 아보는 두 사람

---

* 쑥으로 만든 인형. —역주
** 쫑즈. 찹쌀, 쌀가루 등을 댓잎이나 연잎 등으로 감싸 쪄낸 중국의 단오절 전통 음식. —역주
*** 흰떡을 작은 경단 모양으로 만든 음식. —역주

의 뒤를 따르며 대화를 엿들었다. 정권이 사원의 공양이 충분한지 묻는 것으로 보아 황가의 사원인 듯했다. 청석이 깔린 길을 지나는 내내 하늘을 찌를 듯 높이 솟은 나무가 무성하게 우거진 풍경이 펼쳐졌고, 양쪽 경루 안에서는 승려들이 거대한 전륜경장*을 돌리며 불경을 외우고 있었다. 비희** 모양의 대좌 위 비석에 쓰인 글씨는 세세히 분별하기가 어려웠다.

대전의 지붕을 덮은 푸른 기와의 용마루, 거북 머리가 웅장함을 과시했다. 검과 비파, 우산, 뱀을 손에 쥔 나한상 네 개가 문 양옆에 각각 세워져 있었다. 대전 중앙에 모셔진 석가모니상 양옆으로는 아난과 가섭 두 제자의 상이 석가모니를 보필하고 있었고, 대전보다 규모가 작은 중전에는 아미타불과 약사여래상이 있었다. 정권은 차례차례 불상에 예불을 드리며 후전後殿에 이르자 두 손을 다시 깨끗이 씻었다. 그는 씻은 손을 향로 위에서 여러 번 연기에 쐰 뒤에야 아보가 든 비단 함에서 박달나무 합을 꺼내 열고 청했다.

"주지께서 직접 올리시오."

합 안에는 딱딱한 황색 표지의 책 십여 권이 있었다. 황색 겉가지로 염색해 밀랍으로 광을 낸 견고하고 밝은 재질의 책을 펼치니 향기로운 내음이 물씬 풍겼다. 매 간격마다 작게 금속산金粟山 모양의 주색 도장이 찍힌 종이는 놀랍게도 진귀하기로 이름난 장경지였다. 표지에 정갈한 글씨로 '사십이장경四十二章經', '반야심경般若心經', '금강반야경金剛般若經', '금강경金剛經', '법화경法華經', '약사공덕경藥師功德經', '대비다라니경大悲陀羅尼經'이라

---

* 불교 경전을 보관하는 일종의 회전식 책장. ―역주

** 거북이 형상의 전설 속 동물. ―역주

고 쓰인 책들을 주지가 하나하나 펼쳐 관음보살상 앞에 바쳤다.

봉양을 마친 주지가 옆으로 비켜서자, 정권은 정갈하게 공수한 손을 눈높이까지 올려 바닥에 꿇으며 정성껏 절했다. 마치 불상이 아니라 황제에게 절을 올리는 듯한 지극함이었다. 아보는 의아하게 여기며 그를 따라 절하다가 가만히 불상을 올려다봤다. 버들 같은 눈썹과 봉황의 눈매를 지닌 불상은 아름다운 자태로 수미산 사이에 편안히 앉아 있었다. 두 손을 오른 무릎 위에 고이 포개어 올리고, 한쪽 발은 살포시 방금 핀 연꽃 위에 올려놓은 아름다운 자태의 불상에서 느껴지는 강인한 모성애가 정권과 극명한 대조를 이뤘다. 정권은 예불을 마친 뒤, 불상을 바라보고 있던 아보에게 설명했다.

"이 사원은 효경 황후께서 발원해 지은 사원이야. 친히 사경寫經과 사불事佛을 하기도 하셨지. 불상은 솜씨가 뛰어난 명장의 솜씨야. 어찌나 생생한지 보고 있으면 어느 각도에서나 보살의 자비로운 시선을 느낄 수 있지."

그는 보살의 자비로운 얼굴을 한참 동안 가만히 올려다보다가 뜻밖의 사실을 밝혔다.

"사실 오늘은 선황후의 기일이다."

놀란 아보가 말문이 턱 막혀 뭐라고 대답할지 망설이는 사이, 정권은 벌써 밖으로 천천히 발걸음을 돌렸다.

수많은 인파가 사원 밖 거리를 가득 채웠다. 그 속에는 머리에 쑥과 석류, 원추리 등의 장식을 꽂은 여인들이 많았다. 가마와 말이 사람들 틈에 끼어 옴짝달싹못하자, 정권은 하는 수 없이 말에서 내려 걸었다. 두어 걸음 걷다가 귀퉁이에 차려진 종자 노점이 눈에 들어오자, 문득 점심때를 놓쳤다는 사실이 떠올랐다. 그는 잠시 노점 앞에 머무르며 종자 몇 개를 손 가는 대로 고르다가, 앵

두전, 채 썬 배, 꿀매실, 초매실 등의 과일정과와 향당과자를 힐
끔 보고는 손가락으로 바삐 가리키며 한 보자기나 쓸어 담았다.
수행 근시들은 정권이 잔뜩 고른 간식 보따리를 챙기느라 정신이
없었다. 두 사람이 등을 돌리며 노점을 떠나려고 하자, 노점 주인
이 옆에서 구경만 하던 아보의 옷자락을 잡으며 따졌다.

"이보시오, 색시. 서방님이 돈을 안 내셨습니다."

"이분은 서방님이 아닌……."

아보가 대답하려는데, 정권이 고개를 휙 돌리며 그녀의 말문을
막았다.

"맞소. 내가 이 색시의 서방이오. 돈은 색시가 치를 거요. 이 사
람에게 있는 건 돈뿐이라오. 얼마든지 이 여자에게 달라고 하시
오."

옆에 있던 근시들은 값을 치르려다가, 주군이 장난을 치자 가
만히 지켜보며 키득키득 웃었다. 아보는 때 아닌 정권의 장난에
당황해 어쩔 줄을 모르다가 노점을 향해 손을 뻗으며 말했다.

"지금은 가진 돈이 없으니 그냥 환불하는 게 낫겠습니다."

정권은 다급하게 향당과자를 움켜쥐며 근시들에게 계산하라
고 눈짓하고는 아보의 귓가에 웃으며 속삭였다.

"내가 주는 녹봉이 부족한가? 다들 어떻게든 내 눈에 들려고
안달인데, 너는 기회를 갖다 바쳐도 못 주워 먹는구나."

정권은 종자를 사람들에게 나누어준 뒤, 종이 포장을 벗겨 정
과를 맛보며 분부했다.

"이 두 개는 네가 챙겨라. 이건 궁에서 만든 것만 못하구나. 나
중에 사람들에게 줘야겠어."

아보가 성을 내며 말했다.

"맛이 없는 걸 사람들에게 선물하면 좋아하나요?"

정권은 곰곰이 생각하다가 일리가 있다는 듯 고개를 끄덕였다.

"그럼 네가 가져라."

그는 아보가 미처 입을 열기도 전에 손부터 휘저으며 사양했다.

"길에서는 남사스러우니 감사 인사는 나중에 받지."

아보는 어이가 없었다. 그들이 서 있는 곳은 인적이 드물었기 때문이다. 아보는 정권이 말에 오르는 것을 보고 어쩔 수 없이 정과가 든 보따리 7~8개를 품에 안고 수레에 올랐다. 다시 5~6리를 지나 일행은 또 시장 안으로 들어갔다. 아보는 가마가 인파를 이리저리 피하는 것이 느껴지자 호기심이 일어 발을 걷어 사방을 둘러보며 정권에게 물었다.

"여기가 어디예요?"

아보는 정권이 채찍으로 가리키는 방향을 바라봤다. 골목 끝에 주황색 대문의 거대한 건물이 자리 잡고 있었다. 발 디딜 틈도 없이 붐비는 거리와는 대조적으로 대문 앞 근방 백 장丈 안팎으로 칼을 든 시위가 지키고 있어 엄숙하고 고요했다. 아보는 문밖 계단 양쪽에 세워진 서수* 조각을 확인하고는 말했다.

"왕부로군요."

정권이 웃었다.

"그렇다. 저기가 바로 제왕부야. 서원과 비교해서 어때 보이냐?"

아보는 정권의 기분을 살펴 신중하게 대답했다.

"친왕의 저택과 황태자의 저택이 어찌 비교가 되겠습니까?"

정권은 고개를 돌려 채찍 끝으로 아보의 이마를 톡톡 두들기며 놀리듯 꾸중했다.

---

* 상서로운 짐승. ─역주

"아첨을 하려거든 뭘 좀 알고 해야지. 그러다가 큰일 난다. 저 긴 금상의 잠저였어."

아보는 정권 몰래 혀를 날름 내밀고는 물었다.

"그럼 전하도 저기서 자라셨나요?"

정권이 대답했다.

"그래. 저기 문 앞에 작은 사자가 보이지? 어릴 때 저 사자 등 위에 올라 사람을 기다렸어."

정권은 아보가 입을 잔뜩 오므린 모양을 보고 또 물었다.

"뭐가 그렇게 우습지? 넌 경성에 처음 와서 어디서 지냈나?"

아보는 대답했다.

"성서城西에서 지냈습니다."

정권이 다시 물었다.

"전에 이곳에 와본 적이 있느냐?"

아보는 대답했다.

"한 번도 없습니다."

정권이 으스대며 말했다.

"원래 번화가는 모두 동성東城에 쏠려 있지. 귀한 구경을 시켜 줬는데 이 은혜를 어떻게 갚을 거야?"

아보는 손이 닿는 대로 정과를 집어 정권에게 건넸다. 정권은 정과를 받아 들고 멀뚱히 있다가 이윽고 웃으며 입안에 집어넣었다.

"역시 서원에서 만든 게 훨씬 맛있어."

아보는 정권을 따라 웃다가 다시 물었다.

"경성 지리에 훤하신 걸 보니 몰래 외출하신 게 한두 번이 아 니시죠?"

정권은 말 등에 몸을 잔뜩 숙여 몸 사리는 척을 하며 반문했다.

"왜? 상소문이라도 써서 이를 참이냐?"

그때 번화가를 지나가는 오후의 맑은 바람이 그의 넓은 소매를 스쳤다. 얇은 옷감이 부드럽게 아보의 뺨을 살랑살랑 뒤덮었다. 아보가 갑자기 멍하니 생각에 잠겨 말이 없자, 정권이 의아해하며 물었다.

"왜?"

정신이 돌아온 아보가 웃으며 말했다.

"치자나무 꽃향기가 나는 거 같아서요."

"대체 어디서 치자나무가……."

정권은 곰곰이 생각에 잠겼다가 갑자기 뭔가 떠오른 표정을 지으며 웃었다.

"눈치는 없는데 코는 개코구나."

정권은 말을 마치자마자 말을 몰아 사람들 틈을 뚫고 골목 저편으로 사라졌다. 미처 반응할 틈도 없었던 근시들은 화들짝 놀라며 가마를 시장 한가운데에 버려두고 허둥지둥 태자의 뒤를 쫓았다.

덩그러니 놓인 가마 옆으로 수많은 사람들이 물 흐르듯 스쳐지나갔다. 아보는 초조한 마음으로 정권이 다시 모습을 드러낼 때까지 그가 사라진 방향을 뚫어지게 바라봤다. 잠시 뒤 그녀의 눈앞에 다시 나타난 그는 새하얀 치자나무 꽃을 그녀의 품에 한아름 안기고는 함박웃음을 지으며 골목 저편을 가리켰다.

"남의 집에서 훔쳐 왔다."

따스한 햇살이 비집고 들어오자 수레 안은 순간 평화로운 노란빛으로 물들었다. 상쾌하고 깨끗한 그곳은 사람 소리가 들끓는 소란한 시장과 동떨어진 다른 세상이었다. 여름 바람이 솔솔 불며 발을 흔들자, 그녀의 품에 가득 안긴 치자나무 꽃의 향기가 수레 안에 진하게 퍼졌다. 그것은 여름의 향기였다. 갓 꺾은 나뭇가지에 달린 싱싱한 꽃은 푸른빛이 감돌 정도로 희고 희었다.

가마는 경동京東 거리 구석에 위치한 검은 문의 작은 주택 앞에서 멈췄다. 정권은 고삐를 당겨 말을 세우면서 아보에게 분부했다.

"넌 여기서 기다려. 난 여기서 볼일이 있다."

그는 근시들에게 문을 두드리라고 지시했다. 근시들이 명을 받들어 문을 십여 차례 두들기자, 머리가 허옇게 센 나이 지긋한 노인이 후들후들 떨리는 몸을 이끌고 나타났다.

"무슨 일입니까?"

근시가 되물었다.

"첨사부 주부청 주부 허창평 대인은 안에 계신가? 우리 주인이 뵈러 왔네."

노인은 근시와 정권을 번갈아 힐끔 보고는 물었다.

"실례지만 어디서 오신 뉘신지요?"

근시가 대답하려는데, 정권이 그보다 먼저 대답했다.

"난 허 대인의 오랜 친구 저褚라고 하네. 번거롭겠지만 허 대인에게 전해주게."

노인이 후들후들 떨리는 몸을 이끌고 느릿느릿 문 저편으로 사라졌다. 잠시 뒤, 허창평이 문밖으로 후다닥 뛰어나와 예를 표하려다가, 정권의 옷차림을 위아래로 훑어보고는 읍만 한 뒤 안으로 청했다. 그는 객실로 들어오고 나서야 정식으로 무릎을 꿇으며 예를 갖췄다.

"전하, 누추한 곳엔 어인 일로 오셨습니까? 황송합니다."

정권은 그를 일으키는 시늉을 하며 웃었다.

"오늘 일이 없어 단오절 풍경이나 보려고 나왔다가 지나다 보니 그대의 집 근처인지라 생각나서 와봤소."

정권은 도포 자락을 떨치며 앉아 사방을 둘러보며 감탄했다.

"머리카락이 있으면 두타사頭陀寺, 직책이 없으면 어사대御史臺라더니, 주부가 사는 곳은 태학 같지도 않고 오대烏臺* 같지도 않소. 이토록 검소하고 소박할 줄이야."

그는 허창평이 서 있는 것을 보고 또다시 웃으며 말했다.

"주부는 앉으시오. 그렇게 서 있으면 내가 이 집의 주인 같잖나."

허창평은 그제야 자리에 앉으며 웃었다.

"과찬이십니다. 남루한 집에 귀한 분을 모셔서 몸 둘 바를 모를 따름입니다."

정권은 말했다.

"남루한 곳에 고관이 살고 있으니 이곳이 바로 귀한 곳이지."

허창평은 허리를 숙이며 말했다.

"전에 내려주신 글씨는 감사히 받았습니다. 황공합니다."

정권은 웃으며 말했다.

"그저 근채**였을 뿐이니 너무 마음 쓰지 마시오."

정권은 동자가 가져온 물을 한 모금 마시고 잠시 생각에 잠기더니 이윽고 물었다.

"주부는 장주의 상황을 알고 있소?"

허창평이 대답했다.

"신, 관아의 관보를 보고 알았습니다."

정권은 말했다.

---

* 어사대를 지칭하는 것으로, 한대 때 어사대 밖에 측백나무와 까마귀가 많아 오대라고 불렀다.

** 성의로 주는 선물을 겸양의 뜻을 섞어 근채(미나리)라고 했다.

"전에 주부가 서원에 왔을 때 상의할 일이 있으면 조언을 구하겠다고 했었지. 이번 일을 어떻게 보는지 알고 싶소."

진심으로 조언을 구하는 것은 아니었지만, 그의 의중을 확인하려는 것만은 확실했다. 허창평은 잠시 생각하다가 대답했다.

"조금 직설적으로 얘기하더라도 이해해주십시오."

정권이 고개를 끄덕이며 말했다.

"알았소."

허창평이 말했다.

"능하湊河의 전투는 수창 7년 9월에 시작돼 크고 작은 전투를 10여 차례 치르며 2년 가까이 이어져 오고 있습니다. 신의 좁은 소견으로는, 이씨 일가의 일이 전세의 전환점이 될 수 있습니다. 직언하자면, 전쟁이 일찍 끝나면 천자에게 유리하고 전쟁을 질질 끌면 전하께 유리합니다. 능하전은 전세 역전의 관건이 될 겁니다. 여기서 승리하면 곧 결전의 날이 머지않을 테지요. 조정의 군수물자 조달 상황을 기준으로 계산해보면 적어도 3~5년 안에는 오랑캐가 완전히 소탕될 겁니다. 3~5년이면 전하께서 치밀하게 앞날을 계획하며 일을 도모하기에는 촉박한 시간이지요. 고사림 장군께도 전하를 위한 계획이 다 있을 겁니다."

정권은 이렇다 할 입장을 밝히지 않은 채 읊조리듯 말했다.

"내 근래에 장주에 물건을 하나 보냈는데……."

허창평이 궁금해하며 물었다.

"무슨 물건입니까?"

정권이 말했다.

"서첩 하나를 보냈소."

허창평이 물었다.

"어떤 서첩입니까?"

정권은 창밖을 멍하니 바라보다가 한참 만에야 대답했다.

"내가 직접 쓴 「안군첩安軍帖」이오."

허창평은 잠시 곰곰이 생각하다가 번뜩 떠오른 듯 구절을 읊었다.

"'안군의 임무가 아직 끝나지 않았으니 화합함이 어떠한가. 깊이 생각할 만하니라.'*"

정권이 웃으며 말했다.

"허 주부가 서도에도 조예가 깊은 줄 몰랐소. 언제 한번 솜씨를 봐야겠군."

허창평은 농담에도 아랑곳하지 않고 자리에서 벌떡 일어나 물었다.

"전하, 서첩을 보낸 지 얼마나 되었습니까?"

정권은 그의 표정을 유심히 살피다 이마를 어루만지며 웃었다.

"한 달 남짓 되었소."

허창평이 화난 기색을 가득 비치며 자신을 쏘아보자, 정권도 마침내 정색하며 말했다.

"대체 뭐가 문제요? 내가 비록 불효자식에 국정 농단을 했다는 온갖 오명을 뒤집어썼지만, 능하의 백성도 우리의 백성임을 마음 깊이 새기고 있소!"

허창평은 고개를 한스럽게 가로저으며 뒤로 물러나더니 낙심한 듯 털썩 자리에 주저앉았다. 무슨 생각을 하는지 짐작할 수가 없었다.

-----

* 진원제晉元帝의 「안군첩」. 행초서行草書로 『순화각첩淳化閣帖』에 수록되었다. 마침표를 넣어 끊어 읽는 부분이 제각각으로 다양하나, 이 소설에서는 스토리 진행에 맞게 '安軍未報平. 和之如何. 深可為念也'라고 끊었다. 원문은 '安軍未報平和之如何深可為念也.'

"전하께서는 정말 그렇게 생각하십니까?"

정권이 고개를 끄덕이며 말했다.

"난 세상 물정을 모르는 세 살짜리 어린아이가 아니오. 이 일로 내가 불리해질 거라는 걸 모르지 않아. 그러나 능하의 군사들은 우리의 국경과 백성을 지키겠다고 뼈를 에는 추위를 견디며 눈밭에서 목숨을 잃어가고 있소. 또한 변방의 백성에게도 부모형제와 자식이 있지 않소. 대대로 나라를 위해 땅을 개간하며 피땀을 흘렸고, 오랑캐의 말발굽에 짓밟히는 생지옥을 겪으며 가족을 잃었지. 그들은 나라의 군대만 바라보고 있소. 그런 그들이 적의 말발굽에 짓밟히는 참혹상을 어찌 가만히 보고만 있겠소? 제왕과의 정쟁에 걸린 건 나와 고씨 일족의 명운이오. 허나 이 전쟁에 걸린 건 나라와 천하의 명운이지. 황태자가 되어 어찌 고의로 시일을 끌며 수많은 백성의 시체를 담보로 정권을 잡겠소? 어떻게 천만 백성을 호랑이와 늑대의 아가리로 보낼 수 있느냔 말이오."

허창평이 말없이 자신을 바라보자, 그는 다시 웃으며 말했다.

"난 관례마저도 힘겹게 치렀소. 주부도 들어본 얘기겠지만 상세한 내막은 모르겠지. 난 수창 5년에 벌써 열여섯이었소. 그런데도 폐하는 관례를 자꾸 미루시기만 했지. 당시 이백주는 추부에 입성해 경위京衛의 삼분의 일을 손바닥 위에 올려놓고 주무를 정도로 세도가 대단했소. 그는 폐하의 심기가 어두운 틈을 타 제왕을 황태자로 올리려고 온갖 술수를 꾀하고 다녔소. 외숙부는 만리나 떨어진 곳에서 정벌에 집중하시느라 내 사정을 돌볼 겨를이 없으셨지. 난 가만히 앉아서 죽는 날을 기다리는 것밖에는 방도가 없었소. 그러던 중 당시 이부상서였던 내 스승 노 선생이 신하들을 이끌고 폐하께 목숨을 걸고 주청한 덕분에 겨우 관례를 치를 수 있었던 것이오."

정권은 여기까지 말하고는 목이 메어 말을 멈췄다. 두 사람은 한동안 아무 말도 하지 않았다. 한참 만에야 정권은 침묵을 깨고 목청을 가다듬으며 다시 말을 이었다.

"내게 관을 씌워준 관리는 내 자字가 새겨진 금 도장을 손에 쥐어주며 말했소. '효로 어버이를 섬기고 인仁으로 소임을 다하며, 어진 신하를 가까이하고 간신을 멀리할 것이며, 현명하고 능력 있는 자를 등용할 지어다.' 나는 이렇게 대답했소. '신이 어리석기는 하나 어찌 감히 명을 어기겠나이까.' 나는 당시 생각했지. 어머니가 이 모습을 보셨다면 참 좋았을 텐데. 스승님이 이 모습을 보신다면 얼마나 좋을까. 난 말하고 싶었소. 내게도 '자'가 생겼다고, 성인이 됐다고. 하지만 관례 의식을 치른 그날 밤, 스승님은 자택에서 목을 매어 자결했소."

허창평은 무릎을 꿇고 고개를 숙였다.

"전하, 참담해 차마 듣지 못하겠습니다."

정권은 그를 바라보며 말했다.

"난 백성을 학대하기는 쉬워도 하늘을 속일 수는 없다는 뻔한 말을 하려는 게 아니오. 하지만 노 선생님이 수업 중 내게 하신 말씀 중에 가슴 깊이 새겨둔 게 하나 있소. '군자라면 옳은 일은 하고 옳지 않은 일은 하지 않아야 한다.' 스승님은 또 말씀하셨소. 상고시대 때는 '군자'라는 단어가 임금이라는 뜻이었다고. 내가 지금 전쟁을 질질 끌어 황위에 오른다 한들, 나중에 저승에서 조상님과 스승님 얼굴을 무슨 낯으로 뵙겠소? 오늘 온 건 주부에게 이 사실을 알리기 위함이오. 이 일로 주부가 내 곁을 떠난다 해도 막지 않을 것이야. 주부가 앞으로 닥칠 화를 피할 수 있도록 예부나 다른 좋은 곳으로 옮기도록 조치해주겠소. 허나 주부의 마음이 여전하다면 앞으로 사방에서 일어날 일을 예의 주시해야 할 것이오."

허창평은 머리를 깊이 조아리며 말했다.

"전하는 훗날 명군이 되실 겁니다. 전하와 같은 훌륭하신 분을
모시다 죽는다면 그보다 더한 영광이 어디 있겠습니까. 전하께서
이미 결심하셨다면 계획을 서두르셔야 합니다."

정권은 그가 또 이전 일을 언급하자 고개를 저으며 말했다.

"속 좁은 문관들이 장군인 외숙부를 대사마라고 부르는 이유
는 외숙부가 아직 추부상서라는 직함을 달고 있기 때문이겠지. 하
지만 외숙부가 추부의 일에 관여하지 않으신 지 벌써 십여 년이
넘었소. 외숙부가 경영을 맡으신 적이 있긴 하지만, 이미 오래전
일이라 그사이에 많은 변동이 있었을 거요. 내 평판은 조정에서
좋은 편이 아니지만, 악소문의 상당수를 따져보면 억울한 누명이
지."

이전 만남에서는 탐색의 의도가 분명했지만, 그에게 여지는 남
겨뒀었다. 그러나 정권은 이번 일에 한해서는 단 한 발도 물러서
려 하지 않았다. 의견을 밀어붙일 만큼 깊은 사이가 아니므로, 허
창평은 그저 머리를 조아리며 말할 수밖에 없었다.

"소신, 능력은 부족하나 충심을 다해 전하를 섬기겠습니다."

정권은 그를 잡아 일으켰다. 그의 얼굴에서 은은한 슬픔이 배
어 나왔다.

"주부는 노 선생처럼 나를 대해주시오."

반쯤 몸을 일으켰던 허창평은 그 말을 듣자마자 다시 바닥에
엎드려 한참이나 손바닥에 이마를 대고 일어나지를 못했다.

돌아갈 수 없는 길

날이 저물어 하늘이 까맣게 됐을 무렵, 정권과 아보는 가마에 함께 올라 서원으로 향했다. 정권은 낮과는 달리 말없이 고개를 푹 숙인 채 꽃가지를 무심코 흔들고 있었다. 정권은 감은 눈을 한참 만에 떴다가 바람에 휘날리는 아보의 머리카락이 사랑스러워 자기도 모르게 손을 뻗었다. 아보가 깜짝 놀라 고개를 획 피하자, 정권의 시선이 점점 차갑게 식었다. 아보는 그제야 자신의 실수를 깨닫고 힐끔힐끔 정권의 기색을 살피며 얼어붙었다.

두 사람은 가는 내내 말이 없었다. 가마가 궁문 앞에 다다르는 순간 발 틈으로 갑자기 밝은 불빛이 새어 들어오자, 두 사람은 황급히 휘장을 젖히며 내렸다. '대내大內*'라고 적힌 초롱을 든 호위들이 궁문 밖을 한 겹 빙 둘러싸고 있는 광경이 눈에 들어왔다. 뭐라고 말문을 열기도 전에 주순이 황급히 뛰어나와 중얼중얼 속삭였다.

---

* 황궁. —역주

"왜 이제야 오셨습니까? 강녕전 진 상시가 전하를 한나절이나 기다렸습니다."

과연 주순의 말대로 황제의 근시 진근이 무리 한가운데에 우뚝 서 있었다. 그가 직접 출궁하는 경우는 드물었기에 정권은 심상치 않은 일이 생겼음을 직감하고 주저하기 시작했다.

진근은 정권을 발견하는 즉시 다가와 예를 갖추며 말했다.

"신, 폐하의 성지를 받들고자 왔습니다."

정권이 무릎을 꿇으려는데, 진근이 그를 저지하며 말했다.

"여기서 예를 차리실 필요 없습니다. 폐하께서 속히 입궐하라 하셨으니까요."

정권이 물었다.

"지금?"

진근이 대답했다.

"네, 지금입니다."

정권이 미간을 찌푸리며 말했다.

"이 시각이면 궁문도 닫혔을 텐데?"

진근이 대답했다.

"폐하께서 전하가 들 때까지 열어두라고 명하셨습니다."

진근이 이렇게까지 말하니 정권도 사태를 소홀히 여길 수는 없었다. 그러나 진근은 중궁 및 제왕의 측근이었고, 현재 황제의 칙서도 손에 들고 있지 않았다. 정권은 잠시 뒤 생각을 바꿔 물었다.

"공적인 일인가, 사적인 일인가? 상황에 맞춰 옷을 갈아입어야겠네."

진근은 대답했다.

"소신, 그것까지는 알지 못합니다. 다만 폐하께서 급히 부르셨으니 서두르심이 좋을 듯합니다."

정권은 더욱 의심이 들어 슬쩍 회피했다.

"상시는 잠시만 기다리게. 옷을 갈아입고 말을 타고 갈 테니. 흐트러진 의관으로 어찌 폐하를 뵙겠나?"

진근은 정권의 옷차림을 위아래로 훑었다. 과연 입궐해 황제를 접견할 복장은 아니었다. 그는 하는 수 없이 말했다.

"그렇게 하십시오. 다만 서두르셔야 합니다."

정권은 주순에게 분부했다.

"말을 바꾸라고 일러라."

주순이 대답을 하고 사라지자, 진근과 그의 일행만 덩그러니 문 옆에 서서 말없이 서로를 마주 보고 있었다.

아보는 정권 옆에서 옷시중을 들었다. 그가 베옷을 벗고 비단 옷으로 갈아입고 있을 때 주순이 들어와 고했다.

"전하, 말이 준비되었습니다."

정권은 아보에게 물러나라고 손짓한 뒤 스스로 옷고름을 매었다. 주순은 쭈그리고 앉아 그의 복장을 보더니 물었다.

"그렇게 입고 입궐하시게요?"

정권이 대답했다.

"무슨 용무인지도 모르는데 한밤중에 관복을 입으라고?"

주순은 또 물었다.

"그 아이를 외출에 대동하셨습니까?"

정권은 눈살을 찌푸렸다.

"알면서 굳이 왜 묻나?"

주순은 고개를 가로저으며 만류했다.

"그렇게까지 하셔야겠습니까? 정말 의심스러우면 그냥 쫓아 버리면 되는 것을요."

정권은 말했다.

"자네가 뭘 안다고? 사람들에게 잘 지켜보라고 하기나 해."

주순은 말했다.

"신은 그저 같은 일이 또 벌어질까 걱정스러운 것뿐입니다."

정권은 마침내 짜증을 냈다.

"내게 계획이 다 있는데 왜 자네가 잔소리야?"

주순은 한참을 주저주저하다가 마침내 말대꾸를 했다.

"전하의 마음은 신도 조금은 압니다. 단지 그 아이의……."

정권이 정색을 하며 주순을 표독스럽게 노려보자, 주순은 자신의 실언을 깨닫고는 얼버무렸다.

"신은 다 전하를 위해서 드리는 말씀입니다."

정권은 잠시 멍하니 있다가 말했다.

"됐다. 가야지. 만약 내일 아침까지 내가 안 돌아오거든 왕신을 찾아가라."

정권은 말을 마치고 문을 나서서 진근에게 가자고 이른 뒤, 말 안장에 올라 채찍을 휘두르며 질주했다.

황궁과 서원의 거리는 불과 3~5리였다. 정권은 영안문 밖에서 고개를 쭉 내밀고 사방을 두리번거리는 왕신을 보고 한시름 마음을 놓았다. 왕신은 그를 보자마자 달려와, 예를 표할 새도 없이 안안궁 쪽으로 잡아끌며 불만을 토로했다.

"전하, 왜 이제야 오셨습니까? 두 친왕이 벌써 두 시진째 기다리고 있습니다."

정권은 왕신의 초조한 표정을 보고 물었다.

"대체 무슨 일인가?"

왕신이 조용히 속삭였다.

"폐하께서 오늘 저녁에 혼절하셨습니다."

정권은 대경실색하며 추궁했다.

"지금은 어떠시고?"

왕신이 대답했다.

"아직 깨어나지 못하셨습니다."

순간 전신의 핏줄이 시큰거리는 듯하더니, 정권의 양쪽 관자놀이의 핏줄이 툭 불거졌다. 그는 이것저것 생각할 틈도 없이 다급히 물었다.

"대체 언제 어쩌다 그랬지?"

왕신은 대답했다.

"지병인 천증喘症 때문입니다. 최근 몇 년 사이에 많이 좋아지신 듯했는데 며칠 전 날씨가 변할 때부터 크게 악화되기 시작하셨습니다. 그러다가 오늘 전방에서 온 군보를 보시더니 갑자기 발작을 일으키며 혼절하시기에 급히 전하와 왕자 전하분들을 궁으로 불렀습니다. 신시 말에서 유시(오후 5시~7시) 초 사이에 벌어진 일입지요. 왕자님들은 즉시 궁으로 오셨는데, 전하는 어디 계신지 찾을 수가 없었습니다."

왕신의 말에 정권은 갑자기 발걸음을 멈추고 그를 위아래로 흘기더니 차가운 미소를 지었다.

"어쩐지 폐하께서 며칠 전에 변경 상황이 좋지 않아 올해 단오절에는 연회를 열지 않겠다고 하시더라니. 다른 사람은 몰랐다고 치더라도 왕 상시 자네가 내가 있는 곳을 몰랐다고? 그리고 폐하의 병중을 내게 숨기라고 누가 시키던가? 내 어릴 때부터 상시를 할아버지라고 부르며 따랐거늘, 상시는 이제 나를 마음에서 지웠는가?"

정권의 질책을 들은 왕신은 어쩔 줄을 몰라 둘러댔다.

"소신이 잘못했습니다. 하지만 신도 어쩔 수 없었어요. 왜냐하면 요즘엔 진근이……."

그러나 정권은 그가 말을 채 끝마치기도 전에 서둘러 자리를 떠났다. 왕신은 한숨을 쉬며 그의 뒤를 급히 쫓을 수밖에 없었다.

안안궁 동전東殿 난각 안에는 과연 황후와 제왕, 조왕이 있었고, 그 주위에 태의원에서 나온 이들이 죽 서 있었다. 다행히 그렇게 심각한 상황은 아닌 듯했다. 황후는 정권을 보더니 급히 자리에서 일어나 물었다.

"태자 왔니?"

정권은 대강 예를 올리며 대답했다.

"신이 늦었습니다. 용서해주십시오."

그는 황후에게 용서를 구하며 즉시 황제가 누운 침상으로 다가가서는 창백한 황제의 안색을 보고 태의원 원사院使에게 물었다.

"지금은 상태가 어떠신가?"

원사는 고개를 돌려 황후를 힐끔 보고는, 황후가 고개를 끄덕이자 그제야 대답했다.

"폐하는 사지가 차고 설태가 얇게 끼셨으며 맥박이 일정치 않으십니다. 모두 가래가 끓어오르는 증상이지요. 하지만 안심하셔도 됩니다. 고질병이 아직 남아 있어 일시적으로 기운이 역진한 것이지 크게 위험한 것은 아니니까요."

정권의 두 손은 이미 오래전에 싸늘하게 식어 있었다. 그는 간신히 정신을 가다듬으며 황제에게 다가가 맥을 짚은 뒤 물었다.

"언제 깨어나시는가?"

원사는 대답했다.

"두 시진 가까이 지났으니 점차 안정되면 곧 깨어나실 겁니다."

"알겠네."

정권은 안심한 듯 고개를 끄덕이며 대답하고는 다시 왕자들을 바라보며 탄식하듯 말했다.

"오늘이 액운이 끼는 날은 맞나 봅니다."

두 왕자들이 그런 듯하다고 호응하자, 정권이 다시 물었다.

"대체 무슨 군보였습니까?"

정당이 대답했다.

"그건 저희도 잘 모릅니다. 뭐, 승전보는 아니지 않겠습니까."

정권은 정당의 비아냥거림을 느끼고는 대화를 중단했다. 어차피 대화를 길게 나눌 정도의 사이도 못 되었다. 그들은 그렇게 각자 다른 생각에 잠겨 말없이 황제 곁을 지켰다.

황제는 해시(밤 9시~11시) 무렵에 깨어나 가쁜 숨을 몰아쉬었다. 황후는 어의에게 앞으로 나오라고 다급하게 말한 뒤, 황제의 손발을 주무르며 한바탕 호들갑을 떨었다. 황제의 발작은 가래를 한 모금 거하게 뱉은 뒤에야 진정되었다. 정신이 돌아온 황제는 주변을 살피려는 듯 살짝 고개를 움직이며 물었다.

"태자 있느냐?"

정권은 즉시 앞으로 나아가 대답했다.

"신, 여기 있습니다."

황제는 초조한 표정이었다. 위급한 때에 눈앞에 자식이 보이지 않으면 초조한 마음이 드는 것은 당연할 것이다. 그러나 정권은 이토록 순수하게 자신을 애타게 찾는 부친의 모습을 거의 본 적이 없었으므로 괜히 가슴 한구석이 쩡했다. 그는 조용한 목소리로 다시 한 번 부친에게 대답했다.

"아버지, 소자 여기 있습니다."

황제는 고개를 끄덕이며 다시 눈을 감더니, 잠시 뒤 입을 열었다.

"첫째와 다섯째는 그만 돌아가라. 내 곁을 지키는 건 셋째 하나면 된다."

황후는 아들들과 시선을 주고받다가, 정당이 뭔가 말하려고 입을 움직이자 급히 눈짓으로 막았다.

"폐하는 안정을 취하셔야 하니 너희는 그만 돌아가거라. 태자는 의무가 있으니 나와 밤새 폐하 곁을 지켜야지."

정권의 살짝 풀렸던 마음은 금세 싸늘하게 얼어붙었다.

"원래 태자가 신하로서 해야 할 일인데, 신이 잠시 부자간의 정과 군신 간의 본분을 헷갈렸군요. 그것만으로도 큰 죄인데, 황후마마께서 이리 말씀하시니 신이 몸 둘 바를 모르겠습니다."

그러자 황후가 웃으며 말했다.

"내가 말을 세심하게 하지 못했구나."

정당은 문으로 가던 도중 황후의 말을 듣고 정해를 보며 입을 삐죽 내밀었다. 정해는 그런 정당을 보며 말없이 빙그레 웃고는 바로 밖으로 나갔다.

황제의 호흡 소리가 차츰 안정되자, 정권은 어의가 잘 달인 탕약을 올리는 것을 보고 물었다.

"어떤 처방을 사용했는가?"

어의는 대답했다.

"법반하, 자소자가 각각 세 돈, 복령, 백개자, 삽주, 후박나무가 각각 두 돈, 진피 여덟 돈, 감초 반 돈이 들어갔습니다."

가래를 없애는 데 지극히 평범한 처방이었다. 정권은 처방을 듣고서야 황제의 병증이 심각하지 않다는 사실을 알았다. 그는 고개를 끄덕이며 어의에게 약사발을 받아 두 모금 정도 맛본 뒤에야 휘장으로 가져갔다. 궁인들이 정권의 지시대로 황제를 부축해 일으키자, 정권은 침상 앞에 한쪽 무릎을 꿇고 앉아 한 숟갈씩 천천히 황제에게 약을 떠먹였다. 황제와 이토록 가까이 앉은 건 모처럼의 일이었다. 그는 전신이 뻣뻣하게 굳는 것을 느끼며 파들파들 미세하게 떨리는 손으로 힘겹게 수저를 들었다. 문득 황제의 입술 근처에 난 희끗한 수염이 눈에 띄었다. 약이 많이 썼는지 황제가 입가를 살짝 움찔거리자 팔자 주름이 두 가닥으로 깊이 팼다. 아직 쉰도 안 된 한창 나이에 세상에서 가장 호화로운 생활을 누리는 그의 얼굴이 어쩌다 이토록 상했을까. 침상에 누운 이 중늙은이는 대체 나의 주군인가, 아버지인가. 정권은 도무지 알 수가 없었다. 모친이 병이 났을 때는 그의 나이가 너무 어려서 손수 약 한 숟갈 먹여드린 적이 없었다. 그것은 그 어떤 것으로도 영원히 매울 수 없는 천추의 한일 것이다.

황제는 내내 태자를 바라보다가 마침내 희미한 미소를 지으며 말했다.

"태자는 손이 왜 그러느냐? 약 그릇 하나 제대로 못 들고. 이래 가지고서야 네게 안심하고 나라를 맡기겠느냐?"

모친을 그리는 사무치는 감정을 갑자기 숨기기는 벅찼던 정권은 차라리 그 자리에 엎드려 울어버리기로 했다.

"신이 불효자식입니다. 매일 밤낮으로 뵈면서도 편찮으신 걸 알아차리지도 못하다니 이런 죄가 어디 있겠습니까. 이렇게 깨어나셔서 천만다행입니다."

황제는 가볍게 웃으며 말했다.

"태자가 요즘 자주 울어."

황후도 옆에서 웃으며 거들었다.

"효심이 지극한 게지요."

황제는 고개를 끄덕이며 수긍했다.

"그렇겠지."

황제는 약을 다 먹고 입을 헹군 뒤 다시 자리에 누웠다.

황후는 황제가 잠들자 어의에게 외전으로 물러나라고 명한 뒤, 궁인들에게 장막을 내리고 조명을 줄이라고 명했다. 어전은 순식간에 어둠에 휩싸이고, 겨우 몇 개 남은 촛불 그림자만 어전 벽에서 희미하게 출렁였다.

정권은 황제가 누운 침상 곁에 앉아 드디어 차분히 최근의 정황을 세세히 되짚어 보았다. 황제는 변방의 전시 상황을 진작부터 의심하고 있었을 것이다. 그러나 그것은 그가 통제할 수 있는 영역이 아니었다. 그는 자신의 병세가 태자인 정권의 귀로 새어 들어가지 못하게 철저하게 단속한 것이 분명하다. 정권이 황궁 내부에 눈과 귀를 심어놨는데도 불구하고 소식이 전혀 전달되지 않았기 때문이다. 게다가 오늘 황제는 정권은 궁에 억류해두고 나머지 두 왕자는 급히 내보냈다. 정권을 역심을 품은 위험인물로 간주하고 만약의 사태를 대비한 것이리라. 황제가 무사히 깨어났기에 망정이지, 조금의 변고라도 있었다면 오늘 정권은 영원히 궁 밖으로 나가지 못했을 것이다. 일어났을지도 모르는 만일의 사태를 그리니 4월인데도 싸늘한 한기가 정수리에서 발끝까지 퍼지며 모골이 송연해졌다. 그는 고개를 들어 황제를 바라봤다. 살짝 올라간 입 끝의 경련은 차디찬 냉소로 변해 있었다. 서서히 주먹을 불끈 쥐었다가 푸는 순간 전신의 맥이 탁 풀렸다.

황제는 밤새 두 차례 정도 소소하게 발작했다. 정권은 황제의 뜻에 따라 궁에 잠시 남아 정무를 대신 처리했다. 완쾌되지 않은 상태에서 조정 대신들을 만날 수는 없었기 때문이다. 위급한 시기에 황태자에게 정무를 대신하게 하는 것은 어찌 보면 당연했지만, 사실 태자를 곁에 두고 감시하겠다는 의도가 숨어 있었다. 정권도 황제의 심중을 누구보다 잘 알고 있었으므로 동궁으로 돌아와 계속 황제 곁을 지키며 탕약 시중을 들었고, 국사는 모두 황제의 의

중과 한 치도 어긋나지 않게 처리했다. 이렇게 탈 없이 이틀이 지나자, 황제는 점점 건강을 회복했고 조정도 안정을 되찾았다.

정권은 오후쯤 동궁으로 돌아와 문득 떠오르는 일이 있어 옆에 있던 내신에게 분부했다.

"폐하의 옥체가 아직 완전히 회복되지 않았으니 본궁은 이곳에 며칠 더 머물러야 할 것 같구나. 서원에서 급하게 나오느라 미처 복장을 갖추지 못해 그간 폐하 뵙기가 여간 민망한 게 아니었다. 서원에 일러 내 관복을 가지고 오라고 해라."

내신이 명을 받들겠다고 하자, 정권은 또 지시했다.

"내 의관은 모두 고씨 성의 내인이 관리하니 그 아이에게 말하면 될 것이다. 그 아이에게 내 일상복도 몇 벌 더 챙기라고 일러라. 청색과 흰색 옷 말고 주황색, 보라색 옷이어야 한다. 그리고 잠영*, 버선 몇 벌도 같이 챙기라고 해라."

정권의 주문은 또 이어졌다.

"참, 난각 서재에 고 내인이 정리한 청색 옷궤가 있을 것이다. 편히 입을 옷이 필요하니 가장 오래된 옷 중 가장 짧은 것을 찾아 챙기라고도 이르고."

내신은 고분고분 대답한 뒤 즉시 황제의 침궁으로 가서 진근에게 모든 것을 보고했다. 태자가 복장에 까다롭다는 사실은 이미 널리 알려져서 새삼스러울 것도 없었다. 사실 태자가 같은 옷을 이틀 동안이나 입고 있었다는 게 그들 눈에는 더 이상했다.

진근은 잠시 생각하다가 말했다.

"그대로 행하고, 옷은 내게 먼저 가져와라."

정권이 황궁에서 황제를 보필하고 있다는 소식은 진즉에 왕신

---

* 머리 장식. ─역주

이 주순에게 알렸고, 주순도 서원 전체에 통보한 상태였다. 그러나 옷 심부름을 전하러 온 어사가 서원에 당도했을 때, 주순은 태자의 논밭으로 출장을 나간 터라 어사를 맞이한 건 집사 내관이었다. 내관이 황태자의 지시를 아보에게 전하자, 아보는 얼이 빠졌다. 자신이 언제부터 황태자의 의관을 전담했단 말인가. 태자의 관복 등 옷가지는 그런대로 챙기겠지만 청색 옷궤라니, 금시초문이었다. 이 사람 저 사람에게 물어도 아는 이는 없었고, 보이는 옷궤라고는 온통 주황색, 검은색뿐이었다. 청색 옷궤라는 게 진짜로 존재하기는 했던가? 생각할수록 어딘가 석연치 않았다. 아보는 일단 정권이 말한 옷가지를 방으로 챙겨와 정리하다가, 문득 태자가 자신에게 준 자청색 표지의 서첩이 생각나 허겁지겁 꺼내 들춰봤다. 태자의 어린 시절 습작 중에서도 노세유가 엄선한 걸작만 모아 엮은 것으로, 선대인의 시문과 정권의 시문이 섞여 있었다. 아보는 지난 며칠간 틈날 때마다 이 서첩에 수록된 시문을 베껴 쓰며 글씨를 연습했다. 태자의 말대로라면 이 서첩에서 가장 오래된 작품은 「모시毛詩」와 「풍아송風雅頌」 몇 편이었고, 가장 짧은 것은 단 두 절로 이루어진 「식미式微」였다.

    '쇠하고 쇠하였는데 어찌 돌아가지 않는가?
    임금과의 연고가 아니라면 어찌 이슬에 젖으리.
    쇠하고 쇠하였는데 어찌 돌아가지 않는가?
    임금의 옥체가 아니라면 어찌 진흙에 묻히리.'*

아보는 서첩을 내려놓았다. 두 손이 미세하게 파들파들 떨렸다. 그녀는 한참을 멍하니 서 있다가 떨리는 가슴을 간신히 진정하고 옷을 챙겨 어사에게 전달했다. 아보는 멀어지는 어사의 뒷모습을 지켜보다가 방으로 돌아와 눈을 질끈 감고 생각했다. 어찌해야 할까, 앞으로 어찌해야 한단 말인가. 아보는 한참 만에 한숨을 내쉬며 옷매무새를 가다듬고는 화장함을 열어 돈 몇 푼을 꺼내 가슴에 품은 뒤 슬며시 밖으로 나갔다.

내신이 옷가지를 정권에게 올리자, 정권은 건성건성 떠들어 보는 시늉을 한 뒤 고개를 끄덕이며 말했다.

"가져가서 정리해라."

정권은 그가 옷을 받쳐 들고 멀리 사라질 때까지 기다렸다가 손바닥을 폈다. 손바닥 위에는 그가 예전에 아보에게 선물한 꽃모양의 부적 주머니가 있었다. 오색 실타래가 엮인 주머니의 한 면에 쓰인 '풍연'이라는 두 글자가 눈에 들어왔다.

'바람과 연기風煙 잠잠해지면 하늘과 산은 같은 색이니 이 얼마나 좋은가?'

날이 저물고 밤이 찾아왔다. 정권은 한숨을 내뱉었다. 입가에는 차디찬 미소가 서서히 번지고 있었다.

----

* 「패풍邶風 · 식미式微」에는 다양한 해석이 존재한다. 여기서는 가장 보편적인 해석을 차용했다. 대강의 뜻은 '날이 저물었는데 왜 집에 돌아가지 않는가? 군왕의 일이 아니라면 왜 이슬과 진흙에서 고생을 하는가?'이다.

제
13
장

임금과의 연고가 아니라면

소매가 온화한 바람을 머금고 부풀어 오르자 비단을 걸친 듯 청량한 촉감이 피부로 전해졌다. 해가 지고 궁문이 닫힐 무렵의 발소리는 푸른 벽돌 바닥을 따라 꽃과 나무, 난간, 회랑, 깊은 담을 끼고 돌며 점차 따스하고 부드러워졌다. 아보는 허드렛일을 담당하는 궁인 복장이었다. 중문의 시위는 아보를 세탁물을 걷어가는 내인으로만 알고 거칠게 심문한 뒤 밖으로 내보냈다. 아보는 종종걸음으로 후원을 돌아나가다가 완의소 문 앞에서 자기도 모르게 걸음을 멈췄다. 저녁 늦게 돌아온 두견새가 나무 꼭대기에서 '불여귀거, 불여귀거*' 하며 울고 있었다. 아보는 고개를 푹 숙인 채 소매 안에 감춘 쪽지를 만지작거리며 한참을 서성이다가, 결심한 듯 서원의 후궁 문을 향해 걸음을 내디뎠다.

주순의 명으로 아보를 따라다니며 감시하던 내신은 아보가 시

---

* 不如歸去, '불여귀거'의 중국어 발음이 두견새 울음과 비슷해 자주 시구에 인용되었다. 의미는 '돌아가는 게 낫겠다'는 뜻. —역주

위와 잠시 실랑이를 하는가 싶더니 모든 관문을 순조롭게 통과하자 의아한 마음이 들어 다가가 물었다. 시위들은 내신을 아래위로 살피더니 켕길 게 없다는 듯 도리어 당당하게 반문했다.

"전하께서 친히 쓰신 신분증명서를 가졌고 아직 궁문 닫을 시간도 되기 전인데, 어떻게 안 내보냅니까?"

아보는 서원 후문을 나선 뒤 곧장 민가의 골목 사이로 걸어 들어갔다. 해가 저문 시각이라 거리에는 인적이 드물었다. 그녀는 어찌할 바를 몰라 길가로 물러나 잠시 서 있다가, 덜컹덜컹 바퀴 굴러가는 소리와 함께 유과 파는 수레가 나타나자 수레를 미는 하얀 수염의 노인에게 다가가 공손히 물었다.

"노인장, 실례지만 길 좀 묻겠습니다. 여기서 어디로 가야 제왕부가 나올까요?"

노인은 미심쩍다는 듯 아보를 힐끔 살피더니 되물었다.

"젊은 처자가 이 시각에 혼자 제왕부로 가서 뭐 하게? 가족들은 다 뭐 하고?"

통금 시간이 따로 있는 건 아니었지만, 늦은 시각에 젊은 아녀자가 혼자 돌아다니는 것 자체가 타인의 이목을 끄는 일이었다. 아보는 대답 대신 은근슬쩍 화제를 돌렸다.

"노인장, 오늘 물건은 많이 파셨어요?"

노인은 고개를 절레절레 저으며 탄식했다.

"많이 팔기는 무슨. 입에 풀칠이나 겨우 하게 생겼는데."

아보는 품에서 돈을 꺼내어 노인의 저고리 사이에 끼워 넣으며 말했다.

"정말 다급한 일이라서 그래요. 염치불구하고 부탁 좀 드리겠습니다. 노인장 편하신 데까지만이라도 길 안내를 부탁드릴게요."

노인이 그래도 망설이자, 아보는 애원했다.

"저 불륜 같은 거 저지르려고 이러는 게 아닙니다. 어떻게든 남편의 살길을 찾아보려는 것뿐이에요. 제발 부탁드립니다."

노인은 아보의 간절한 표정과 품 안의 묵직한 돈꿰미를 보더니 마침내 승낙했다.

"올라타시오. 지나가다 순찰자를 만나거든 내 딸이라고 둘러대면 되겠구먼."

아보는 고맙다고 인사한 뒤 재빨리 수레에 올랐고, 노인은 다시 수레를 밀며 동쪽으로 향했다.

아보는 문득 고개를 돌렸다가 노인의 남루한 옷차림과 이마에 송글송글 맺힌 땀을 보고 민망한 마음이 불쑥 일었다.

"그냥 걸어서 가도 됩니다."

그러자 노인이 웃으며 말했다.

"연약한 젊은 처자를 어떻게 걷게 하나? 그냥 앉아 있으시오. 나 아직 그 정도 기력은 있소."

아보의 마음은 한층 더 무거워졌으나 더 간청할 수는 없어 말없이 시선을 하늘에 두었다. 연한 옥색 하늘에는 어느새 별이 총총 떴다. 비가 갠 뒤의 하늘에 뜰 법한 밝은 달은 보이지 않았지만, 얼굴을 스치는 바람은 청량했다. 양 길가에 길게 늘어선 집집마다 창틈으로 불그스름한 등불이 새어 나왔다. 그 정겨운 광경을 보며 수레에 실린 유과의 은은한 기름 냄새를 맡고 있자니 가슴 한구석이 따스하게 물들었다. 아보가 괜히 솟구쳐 오르는 눈물을 소매를 당겨 훔치자, 노인이 탄식하듯 위로했다.

"너무 걱정하지 마시오. 선한 사람은 하늘이 돕는다고 하잖소."

아보는 노인장의 순박한 마음씨가 느껴져 입가에 여린 미소를 머금고는 말했다.

"노인장 말씀대로 됐으면 좋겠네요."

노인은 웃으며 대답했다.

"내가 이 나이 먹도록 넘지 못하는 도랑은 본 적이 없다오. 심성만 착하게 먹으면 하늘이 언제라도 길을 열어주더라니까."

아보가 고개를 끄덕이며 대답했다.

"맞아요."

반 시진 정도가 지나 수레가 제왕부 앞에 다다르자, 아보는 바로 여기라는 듯 고개를 끄덕이며 말했다.

"딱 이 앞까지만 기억이 나요. 지난번에 어르신과 외출했을 때는 가마에 타고 있었거든요. 여기서 몇 리 떨어진 곳에 큰 시장이 있었던 걸로 기억해요. 북적거리는 인파가 성문에 바짝 붙어 있는 광경이 마치 객점* 같았어요."

노인은 대답했다.

"그 시장은 모르는 사람이 없지."

계속 동쪽으로 가던 중 노인이 다시 물었다.

"처자 남편은 뭐 하는 사람이오? 집안 남자는 뭐 하고 아녀자에게 이런 일을 시키나?"

아보가 웃으며 대답했다.

"남편이 믿을 사람이라고는 저 하나뿐이거든요."

노인은 물을수록 애매모호한 대답이 돌아오자 더는 캐묻지 않기로 했다.

그렇게 계속 길을 가다 보니 드디어 단오절에 지났던 시장이 나왔다. 날이 저물었음에도 아직 문을 닫지 않은 점포와 오가는 수레로 꽤 북적이고 있었다. 아보는 골목 밖으로 익숙한 오동나

---

* 『동경몽화록東京夢華錄』에 나오는 북송 변량성汴梁城에 있던 유명한 주점.

무가 보이자 즉시 수레에서 내려 노인에게 사례했다. 오동나무를 향해 성큼성큼 걸어가자 과연 그날 방문했던 허부府의 검은색 대문이 나타났다.

아보가 문을 두들기자, 그날과 마찬가지로 허부의 노복이 한참 만에야 나타나 영문을 모르겠다는 표정으로 물었다.

"야심한 밤에 아녀자가 무슨 일로 허부의 문을 두드리시오? 길이라도 잃은 게요?"

아보는 대답했다.

"소인의 주인 어르신인 저씨께서 허 대인께 전할 말씀이 있어 소인을 보내셨습니다."

나이가 들어 정신이 오락가락하는 노복이라도 지난날 찾아온 저씨라는 귀공자는 기억하고 있었다. 허창평이 그 귀공자를 극진하게 대접했다는 사실 역시 선명했다. 그는 아보를 마당으로 들이며 동자에게 허창평을 부르라고 지시했다. 아직 잠자리에 들지 않은 허창평은 동자의 기별을 듣고 무슨 일인가 싶어 급히 겉옷을 걸치고 마당으로 나갔다. 그는 아보가 서 있는 모습을 보고 물었다.

"낭자는 누군데 나를 찾아오셨소?"

아보는 정권의 서재에서 봤던 허창평의 모습을 떠올리고는 제대로 찾아왔다고 확신하며 예를 갖췄다.

"귀인께서는 첨사부의 허 주부 되십니까?"

허창평은 노복에게 아보를 일으키라고 지시하며 대답했다.

"여기서 예의 차릴 필요는 없소. 모시는 어른이 누구이며 나는 어떻게 알지?"

아보가 대답했다.

"소인은 전하의 일로 죽음을 무릅쓰고 주부 어르신을 찾아왔습니다."

허창평의 얼굴이 순간 흐려졌다.

"어떤 전하 말이오?"

허창평이 뻔히 알면서도 재차 확인하니 아보는 대답할 수밖에 없었다.

"동궁의 황태자 전하십니다."

아보가 대답하자, 허창평은 슬며시 웃으며 말했다.

"이제 막 관직에 발을 들인 하찮은 말직인 나 따위가 무슨 복이 있어 동궁 전하와 안면이 있겠소? 웃으라고 하는 소리요, 아니면 집을 잘못 찾아온 거요?"

아보는 대답했다.

"일전에 전하께서 대인을 찾아오신 날 소인도 전하를 모시고 밖에서 기다리고 있었습니다. 그날의 기억을 더듬어 이렇게 대인을 찾아온 겁니다. 불쑥 찾아오는 게 결례인 줄 모르지 않지만, 사안이 워낙 다급하고 대인 말고는 떠오르는 사람도 없었습니다. 부디 의심을 거두어주십시오."

그러나 허창평은 거듭 고개를 저으며 말했다.

"난 무슨 말인지 도통 못 알아듣겠으니 당장 돌아가시오."

그가 이렇게까지 말하자, 아보는 품에서 서첩을 꺼내며 말했다.

"이것을 봐주십시오."

허창평은 서첩을 받아 들고 장을 넘기며 살폈다. 과연 서첩에는 황태자의 필적과 인장이 가득했다. 그는 태자가 사용하는 일이 극히 드문 자字까지 눈에 보이자 의아한 표정으로 물었다.

"이건 어디서 났지?"

아보가 대답했다.

"전하께서 소인에게 하사하셨습니다. 소인은 전하의 서재에서 주부 대인의 얼굴을 뵌 적이 있는데, 혹시 기억이 나지 않으십니까?"

허창평은 노복과 동자에게 물러가 있으라고 일렀다. 아보를 안으로 들어오라고 청할 수는 없었다.

"깊은 밤에 아녀자와, 그것도 태자 전하를 모시는 궁인과 한 방에 있을 수는 없으니 부디 결례를 용서하시오."

아보는 급히 대답했다.

"주 총관이 서부에 안 계셔서 소인이 전하의 소식을 전하러 온 것뿐이니 세세한 것까지 신경 쓰실 필요는 없습니다."

이어서 아보는 정권이 입궐하기 전에 있었던 일과 이후에 일어난 일을 허창평에게 상세히 전했다.

허창평은 「식미」가 적힌 장을 펼쳐 그 의미를 한참이나 곱씹은 뒤 아보에게 서첩을 돌려주며 말했다.

"알겠으니 그만 돌아가 보시오. 여기까진 어떻게 온 거요?"

아보는 고개를 숙이며 대답했다.

"전하께서 은밀히 지시하셨고, 소인에게도 사정이 있어 여기까지는 혼자서 왔습니다. 지금은 궁문이 닫혀 돌아갈 수가 없으니, 외람되지만 아침까지는 주부 댁에서 머물러야 할 것 같습니다. 부탁드리겠습니다."

허창평은 고개를 끄덕이며 아보를 실내로 들인 뒤, 동자에게 차를 대접하라고 지시하고는 자신은 마당에 앉았다. 아보와 같은 공간에 있는 것을 최대한 피하려는 의도였다. 아보는 그의 속내를 짐작하고는 더는 말을 꺼내지 않았다.

두 사람은 각각 실내와 마당에서 꼬박 밤을 새웠다. 동이 트자, 허창평은 노복에게 아보를 서원까지 직접 데려다주라고 지시한 뒤, 노복이 돌아오고 나서야 옷을 갈아입고 입궐했다. 첨사부 주부의 직무는 공문서 관리이므로 태자를 접견하자면 얼마든지 구실을 만들 수 있었다. 그는 관아에 도착한 뒤 태자가 궁 안에 계시는지 묻고는 서한 두서 통을 들고 그럴듯한 모양새로 동궁을 찾았다. 그는 태자가 아침 일찍 강녕전에 들었다는 소식을 듣고는 동궁의 내시에게 말했다.

"이 책은 여기에 두고 가겠소. 번거롭겠지만 전하께 전해주시오."

그의 공손한 대접에 기분이 좋아진 내시는 활짝 웃으며 말했다.

"전하는 지금 폐하를 곁에서 모시며 효를 다하시는 중입니다. 폐하 대신 외신들도 접견하고 계시니 주부께서도 직접 전달하셔도 무방할 겁니다."

그 말을 듣고 허창평이 되물었다.

"전하께서 정말 외신들을 만나시오?"

내시는 그를 힐끔 훑어보더니 조롱하듯이 말했다.

"만나시죠. 다만 자주색이나 붉은색 관복을 입는 고관들만 주로 만나시니 주부 같은 푸른 관복의 관원은 전하께서 한가하실 때 겨우 만날 수 있습니다."

허창평은 내시에게 고맙다고 인사했다. 내시와의 대화를 통해 정권이 가택연금을 당하지는 않았다는 것을 알 수 있었다. 아보와 정권이 서로 무슨 수수께끼를 주고받았는지는 도무지 알 수 없었으나, 상황이 많이 심각하지는 않은 듯해 곧장 관아로 발걸음을 돌렸다.

그날은 밤이 되어 황제가 잠자리에 들기 전까지는 평온했다. 궁인들이 발 씻을 물이 담긴 금대야를 대령하자, 황제는 손짓으로 그들을 물렸다. 정권은 황제가 자신에게 뭔가 할 말이 있다는 걸 알아차리고는 가까이 다가가 무릎을 꿇고 대야에 손을 담근 뒤 황제의 발을 씻었다. 평생 해본 적 없는 잡일이었지만, 정권은 황제가 입을 열 때까지 불쾌한 마음을 꾹 참았다. 정권의 행동에 살짝 마음이 움직인 듯, 황제는 느닷없이 손을 뻗어 복두를 쓰지 않은 정권의 귀밑머리를 어루만졌다. 정권은 갑작스러운 황제의 거동에 고개를 피하고 싶은 마음이 불쑥 일었으나, 실수를 하지 않기 위해 최대한 정신을 바짝 차렸다. 그 순간 자신의 손길을 황급히 피하던 그날의 아보가 문득 눈앞에 아른거렸다. 그리고 깨달았다. 그녀는 그 순간 자신을 지키기 위해 안간힘을 다했다는 것을. 쓸데없는 생각에 잠긴 사이, 황제가 탄식하듯 읊조렸다.

"머릿결 좋은 것도 네 어미랑 똑같구나."

황제가 좀처럼 입에 올리지 않는 선황후의 이야기를 불쑥 꺼내자, 정권은 속으로 크게 놀랐다. 어떻게 반응해야 좋을지 몰라 망설이고 있을 때, 황제가 또다시 입을 열었다.

"올해는 내가 병에 걸리는 바람에 제사도 못 지냈지. 조금만 더 있다가 지내도록 하자."

정권은 고개를 숙여 대야만 바라보며 조용히 대답했다.

"성은이 망극합니다."

정권의 표정이 어떤지 살필 수 없자, 황제는 기침을 한 번 한 뒤 다시 말했다.

"네 외숙부가 있는 곳의 상황이 좋지 않은 건 알고 있느냐?"

정권이 대답했다.

"네."

황제는 이어서 말했다.

"네 외숙부는 살아 있는 나라의 장성長城이며, 유가와 묵가는 물론 무예에도 능한 불세출의 인물이다. 결판이 좀처럼 나지 않는 건 전방에 필시 작은 문제가 있어서일 테니, 너는 크게 마음 쓸 거 없다."

"네."

정권이 별말 없이 대답만 하자, 황제는 웃으며 말했다.

"태자가 짐 앞이라고 지나치게 조심하는군."

"두렵습니다."

정권이 억지웃음을 지으며 대답하자, 황제가 다시 물었다.

"뭐가 두려우냐?"

정권은 수건으로 황제의 발을 닦은 뒤 침상에 눕도록 부축하고는 그 옆에 꿇어앉은 채로 대답했다.

"어리석은 말로 폐하의 심기를 거스를까 두렵습니다."

황제는 한숨을 내쉬며 침상가를 두드렸다.

"일어나 앉아라."

"신은 이렇게 얘기하는 것이 편합니다."

정권이 대답하자, 황제는 눈을 들어 휘장 꼭대기 부분을 바라보더니 말했다.

"외숙부를 못 본 지도 오래되었지?"

정권이 대답했다.

"못 뵌 지 4~5년은 되었습니다."

"외숙부가 네 걱정이 이만저만이 아닌가 보더라."

황제는 정권을 힐끔 보고는 다시 말을 이었다.

"태자비가 세상을 떠난 지 일 년이고 너도 곧 스무 살이 되니 계속 자리를 비워둘 수는 없는 노릇이 아니냐. 짐도 외숙부도 그게 걱정이구나. 외숙부는 벌써 두 차례나 태자비를 간택해달라고 상소를 보냈다."

정권은 웃으며 대답했다.

"신이 불효해 근심을 끼쳐드렸습니다. 다만 변방에 계시는 고 장군께서 내궁의 일을 논하시는 건 적절하지 않은 듯합니다."

황제가 말했다.

"네가 그걸 안다니 짐도 마음이 놓이는군. 그래도 외숙에게는 네가 하나뿐인 조카이니 그 정도 간청을 한다고 탓할 일은 아니지. 짐은 네 외숙이 너를 푸대접한다고 원망할까 봐 항상 걱정이다."

정권은 급히 뒤로 물러나 고개를 조아렸다.

"고 장군께서 그런 마음을 품으셨다면 제가 장군을 대신해 죄를 청하겠습니다. 신이 어찌 감히 폐하께 조금이라도 서운한 마음을 품겠습니까? 부디 통촉해주십시오."

황제는 웃으며 말했다.

"그냥 말이나 해본 것뿐인데 뭘 그리 신경 쓰느냐? 됐다. 너도 외숙에게 간간히 서신이나 해라. 숙질간에 소원해지는 건 좋지 않으니라."

정권은 그러겠다고 대답한 뒤 황제의 안색을 살폈다. 황제의 얼굴에 피로한 기색이 역력했다. 정권은 물렸던 궁인들을 다시 불러 침전 시중을 들도록 지시한 뒤에야 겨우 황제 곁을 벗어났다. 밖으로 나오니 옷 안으로 밀려드는 저녁 바람이 느껴졌다. 그제야 그는 자신의 내의가 식은땀으로 흠뻑 젖었다는 사실을 깨달았다.

정권이 동궁으로 돌아오자, 내시가 그에게 책을 건네며 보고했다.

"첨사부의 허 주부라는 자가 가져왔습니다."

정권이 대강 떠들어 보니 『모시』 한 부였다. 목판본에 단면으로 인쇄된 책의 장정은 판심을 안으로 접어 풀을 칠한 뒤 책등에 표지를 붙인 흔하디흔한 호접장이었다. 별다른 점이 보이지 않자, 정권은 내시에게 물었다.

"내가 며칠 전에 부탁한 것이다. 주부가 다른 말은 없었느냐?"

내시가 잠시 생각한 뒤 허창평이 했던 말을 그대로 반복하자, 정권은 고개를 끄덕이며 말했다.

"알겠으니 넌 그만 내려가 보아라."

내시가 멀리 물러나자, 그는 소매 안에서 부적 주머니를 꺼내 힐끗 보고는 난데없이 책을 바닥에 힘껏 내동댕이쳤다. 책은 어지간히 낡았는지, 그 충격에 책등이 쩍 하고 갈라지며 낱장이 바닥에 뿔뿔이 흩어졌다. 요란한 소리에 놀란 내시가 후다닥 되돌아왔지만, 정권의 얼굴은 차가운 분노로 무섭게 얼어붙어 있었다. 정권이 그를 본체만체하자, 내시도 거만한 자세로 그 자리를 벗어났다.

그날 이후로 4~5일 뒤 황제가 건강을 회복하자, 정권은 드디어 서원으로 물러가겠다는 상소를 올렸다. 궁을 떠나기 전, 그는 허창평을 찾아가 일의 내막을 물었다. 허창평은 그날 있었던 일을 상세히 전한 뒤 덧붙였다.

"신도 전하께서 어려움을 겪고 계실까 염려되어 동궁을 찾았던 겁니다."

정권은 고개를 끄덕이며 대답했다.

"나도 주부의 노고를 알지. 고맙소."

허창평은 그의 감사 인사를 사양하며 물었다.

"그날 밤에 찾아왔던 궁인은 전하의 측근입니까?"

정권이 웃으며 말했다.

"그렇소."

허창평은 말했다.

"대단히 총명하고 결단력이 있더군요. 덕분에 전하의 대사를 그르치지 않았습니다."

정권도 웃으며 맞장구쳤다.

"그 아이가 좀 총명하지."

정권은 허창평이 우물쭈물 망설이는 듯 보이자 재촉했다.

"할 말이 있으면 망설이지 말고 시원하게 하시오."

그러자 허창평이 대답했다.

"외람된 참견인지는 모르겠으나, 궁인의 말로는 전하가 신의 자택에 왕림하신 단오절에 그 궁인도 함께였다더군요. 그날의 기억을 더듬어 신의 자택을 찾아왔다고 합니다. 게다가 이번 일은……."

정권은 그의 말을 잘라먹으며 말했다.

"주부의 뜻은 알겠으나, 주부가 걱정할 필요는 없소."

허창평은 대답했다.

"송구합니다."

정권이 서부로 돌아오자마자 한 일은 목욕이었다. 그는 목욕을 마친 뒤 옷을 갈아입고는 피로가 싹 가실 때까지 내내 자다가 오후가 되어서야 일어났다. 아보는 일어난 그에게 신을 신기다가 웃을 듯 말 듯한 그의 표정을 보고는 곧 닥칠 일을 예감했다. 그녀가 일어서자, 정권은 과연 물었다.

"내가 없는 동안 글씨 연습은 많이 했겠지?"

아보는 대답했다.

"소인, 연습하지 않았습니다."

정권이 슬며시 웃으며 말했다.

"어째서 안 했지? 연습은 진즉 때려치웠나?"

정권의 말투는 장난스러웠지만, 아보는 엄습하는 두려움에 몸을 파르르 떨었다. 정권은 손에 잡히는 대로 총채를 하나 집어 들고 천천히 다가오더니, 마치 처음 보는 사람인 양 그녀를 한참이나 훑어봤다. 그는 잠시 뒤 박달나무 손잡이를 돌려 쥐고 그녀의 무릎을 찰싹 치며 자리에 앉아 침착한 말투로 말했다.

"꿇어라. 본궁이 심문할 게 있다."

제
14
장

역풍에 쥔 횃불

그것은 고양이나 개에게 장난칠 때 사용하는 총채였다. 총채 끝에 달린 공작새의 꼬리 깃털이 아보의 목덜미에 닿았다가 턱으로 향했다. 비단처럼 연약하고 부드러운 깃털이라도 정권의 손가락 힘이 적당히 실리니 턱 밑을 들어 올리기에는 충분히 단단했다. 아보는 그 힘에 강제로 고개를 쳐들었다. 가벼운 손아귀 힘과 달리 정권의 표정은 복잡미묘했고, 그래서 더욱 잔혹해 보였다. 아보는 화려한 깃털의 감촉을 느끼며 몸을 파들파들 떨었다. 두 눈동자가 반짝반짝 빛을 내며 요동쳤지만 눈물이 맺힌 건 아니었다. 정권은 그녀의 모습을 보며 황권의 강력한 위압에 어쩔 수 없이 허리를 굽히는 어사들을 떠올렸다. 관료 중에서도 학자 티를 벗지 못한 그들은 자신의 속내를 제대로 감췄다고 착각하고 있지만, 억울함과 분노, 비난의 감정이 눈동자에 그대로 드러났다. 정권은 문득 재미있다는 생각이 들어 손가락 대신 공작 깃털로 그녀의 풋풋한 뺨과 콧등, 눈동자와 이마를 차례로 쓸었다. 모호하고 가볍게 굴수록 상대가 느끼는 잔혹함은 배가될 것이다.

아보는 눈을 내리깔아야 한다는 예법 따위는 깡그리 무시하고 자리에 앉은 폭군을 정면으로 내내 뚫어지게 바라봤다. 어지간히 자제하는 듯한 모습이었다. 그녀가 감추려는 것은 부드러운 모욕에 대한 분노가 아니라 이로 인해 느낀 수치심이리라. 정권은 목적을 달성하자 강압적인 태도를 거두고 부드러운 목소리로 물었다.

"말해봐."

아보는 한참을 조용히 있다가 되물었다.

"무엇을 알고 싶으신데요?"

목소리는 크지 않았으나 이를 갈고 있는 게 느껴졌다. 강자 앞에서도 굴하지 않는 그녀의 태도에 잠시 기가 꺾인 그는 헛기침을 하고 난 뒤 희롱하듯 물었다.

"연극을 계속하고 싶다면 그렇게 말해도 될까? 내게 의심을 살텐데?"

아보는 살짝 웃으며 조롱기가 다분한 말투로 되물었다.

"바둑을 두는 사람보다 옆에서 구경하는 사람이 수를 더 잘 읽는다는데, 왜 굳이 바둑 두는 사람에게 판을 물으시나요?"

정권은 고개를 가로저으며 웃었다.

"그거야 난 바둑 두는 사람의 얘기가 궁금하니까."

아보가 대답했다.

"그렇다면 대답해드리죠. 소인은 제왕이 보낸 사람입니다. 예전의 밀서는 소인이 주 상시에게 보냈습니다. 제왕이 그녀가 배신자라며 남겨둬서는 안 된다고 했거든요."

정권은 아보를 잠시 바라보다가 사실 여부를 따지지 않고 물었다.

"그렇다면 출궁할 때 사용했던 신분증명서는 어디서 났지?"

아보는 대답했다.

"단단한 마분지에 밀랍으로 광택을 입혀 종이를 만들고, 쌍구를 그린 뒤 안을 채우는 방식으로 전하가 주신 서첩의 글씨를 본떴습니다. 전하의 습관대로 옥새는 찍지 않았고요."

정권은 고개를 끄덕였다.

"뜻밖에도 내가 네 수고를 덜어줬구나. 하지만 쌍구로 필획을 따서 안을 먹으로 채우는 게 보통 품이 드는 일이 아니었을 텐데?"

아보는 대답했다.

"전하께서 얼마 전에 소인에게 서첩을 주셨지 않습니까. 소인이 아무리 멍청해도 사전에 방비해야 한다는 게 무슨 뜻인지는 압니다."

의혹이 완전히 가셨다고 할 수는 없었으나 아보의 말이 완전히 불가능한 것도 아니었다. 정권은 탄식하며 말했다.

"넌 나를 상황을 잘 파악하는 구경꾼이라고 지칭했지만 꼭 그렇지만도 않아. 내가 너를 과소평가해도 너무 과소평가한 듯하거든. 글씨 솜씨도 제법인 데다 학문도 꽤 깊구나. 무엇보다 담력이 대단해. 생각할수록 궁금해 죽겠군. 넌 대체 누구지?"

아보는 대답했다.

"소인은 그저 소인입니다. 글자를 쓰고 책을 좀 읽었다 한들 전하의 높은 안목을 따라갈 수나 있겠습니까?"

정권은 피식 웃더니 말했다.

"사람의 마음이 쇠처럼 단단해도 국법은 쇠를 녹이는 용광로 같다고 했다. 네 입을 열자면 방법은 얼마든지 있어. 그전에 하나만 더 물어보지. 똑똑하니 이렇게 될 줄은 미리 알았을 텐데, 대체 왜 그런 위험을 감수했나? 무서운 게 없어서인가, 우매해서인가?"

아보는 문득 그날 밤의 두견새 울음이 생각나 잠시 주저하다가 웃으며 말했다.

"전하께서는 소인을 제왕부에 데려가시고 허 주부 댁에도 대
동하셨으며, 친히 서예를 가르치셨고, 밤낮으로 소인을 부르셨습
니다. 전하의 은혜와 마음을 모를 수가 없었기에 전하의 명령에
순종해왔죠. 영명하신 전하를 소인이 속여봤자 얼마나 오래 속일
수 있겠습니까? 그래서 이왕 일이 일어난 김에 부딪쳐 보기로 한
겁니다. 전하께 조금이나마 도움이 된다면 그간의 은혜를 갚을
수도 있다는 생각이었죠."

아보는 잠시 말을 멈췄다가 다시 이어갔다.

"용기와 우매함이란 대개는 한 끗 차이죠. 용기 때문에 일이
해결되는가 하면 우매함 때문에 망치기도 하니까요. 소인은 우매
한 쪽이니 이렇게 됐을 테죠. 죽이든지 칼로 찌르든지 전하의 마
음 가는 대로 하십시오."

정권은 아보 곁으로 다가가 손으로 그녀의 턱을 쥐고 가격을
매기듯 요리조리 살피더니 웃으며 말했다.

"널 죽여봐야 피도 나지 않을 테고 찌르는 맛이 느껴질 만큼
살집이 있는 것도 아닌데, 무슨 재미로 그 짓을 해? 다 귀찮다. 다
만 난 오늘 좀도둑을 잡을 생각이었는데 어쩌다가 가슴에 큰 골
이 패인 여자 소하*를 잡았구나. 이것도 수확이라면 큰 수확이지.
네 주인이 본궁을 참으로 존경하나 보구나. 너 같은 인재를 기꺼
이 본궁에게 보내려고 붓을 쥐었던 손으로 거친 빨래를 하게 만
들었으니 말이야. 귀한 인재에게 허드렛일을 시킨 게 본궁의 잘
못이냐, 그의 잘못이냐?"

아보는 고개를 돌려 정권의 손아귀를 뿌리치며 말했다.

---

* 蕭何, 전한시대 고조 유방의 측근. —역주

"동궁은 장차 천하의 주인이 될 귀한 몸이십니다. 소인이 보잘 것없고 비천하다고는 하나, 제왕도 재주가 없는 사람으로는 전하의 눈을 가리기 어려웠을 테죠."

정권은 큰 소리로 화통하게 웃은 뒤 말했다.

"입이 석 자나 되는 주제에 벙어리처럼 입 다물고 있느라 그간 많이도 힘들었겠어."

그는 웃음을 머금고는 말을 이었다.

"말을 못 하게 해야겠군. 이러다 본궁만 본전도 못 찾겠구나. 그 꼴은 볼 수 없지. 내게 더 하고 싶은 말이 남았느냐?"

어쩌면 이것이 그와 나누는 마지막 말이 될 수도 있을 것이다. 햇그림자가 봄 물결처럼 정권의 물색 비단 도포 위에서 일렁이며 춤을 추자, 옷감에 희미하게 숨어 있던 꽃 무늬가 끊임없이 선명하게 물결치며 옷맵시를 더욱 우아하게 빛냈다. 아보의 생각은 저 먼 시공간에 정체되어 여전히 그의 질문에 머물러 있었다. 그녀가 위험을 무릅쓰기로 한 그날 밤, 그녀는 머릿속으로 수많은 상황을 고려하며 어지러운 저울질을 했다. 어느 봄날 서재 창가 아래 여울진 꽃 그림자와 그의 차갑고 섬세한 손가락, 오만하고 자신만만한 그의 얼굴은 당시 그녀의 선택에 어떤 파란을 일으킨 걸까. 아보는 자신의 마음을 드디어 깨달았다. 당시의 선택이 용감한 선택이었는지 어리석은 선택이었는지도 다시 평가해야 할 듯했다. 마침내 제정신으로 돌아온 아보는 마지막 대화를 준비했다.

"소인도 궁금한 게 하나 있는데 전하께 여쭤봐도 되겠습니까?"

정권은 살짝 고개를 돌려 그녀를 바라봤다.

"말해봐라."

아보는 말했다.

"아보는 누구죠?"

정권의 얼굴이 서서히 무겁게 가라앉았다. 총채를 쥐고 살짝 세운 새끼손가락이 무거운 짐이라도 달린 듯 아래를 향했다. 정권은 계속 아보의 말에 귀를 기울였다.

"제왕이 소인을 받아들인 이유도 이 이름 때문입니다."

정권은 아보를 휙 뒤돌아보며 혐오스러운 것을 보기라도 한 듯 험악한 표정을 지었다. 순간 총채가 돌연 공중으로 향했다가 번쩍하고 매섭게 아보의 귓가와 뺨을 스쳤다. 그의 손아귀마저 미세하게 떨릴 정도로 센 힘이었다. 아보는 바닥에 엎드렸다. 귓가에서는 윙윙 소리가 들렸고, 뺨은 흘러내리는 액체로 뜨거웠다.

이제 총채는 재주를 피우려다가 일을 망친 우스운 물증이 되었다. 그는 그녀를 한 마리의 너구리로 여기며 희롱했다. 얻으려던 것은 그녀를 벌하는 쾌감과 스스로에 대한 보상이었다. 그래서 그는 앙칼지게 드러낸 이빨도 용인했으며, 그마저도 지루함을 달래는 놀이의 여흥으로 여겼다. 그러나 지금 보니 짐승은 언제까지나 짐승이었다. 흥미롭든 지루하든, 발톱을 드러내든 말든 자신을 해치지는 못하겠지만 짐승의 본질인 역겨움은 변하지 않으리라.

정권은 총채를 던진 뒤 이를 갈며 차가운 미소를 지었다.

"죽을 때가 돼서도 장난을 치고 싶은가?"

아보는 뺨을 살짝 훔쳤다. 손이 닿자 뼈를 찌르는 고통과 함께 뒤엉킨 피가 만져지며 누가 얼굴 반쪽을 잡아당기는 듯 머리카락이 곤두섰다. 그녀는 손을 들어 손바닥에 묻은 피를 바라보고는 차가운 어조로 물었다.

"죽이지도 찌르지도 않으신다더니 소인을 어떻게 하실 생각인가요?"

이미 평정심을 되찾은 정권은 허리를 굽혀 그녀를 바라보며 마찬가지로 싸늘하게 말했다.

"그녀처럼 단번에 끝날 줄 알았느냐? 그렇게 끝나는 건 너무 쉽잖아."

그는 뒷짐을 지고 그녀 옆을 스치며 주순을 부르게 한 뒤, 땅바닥에 엎드린 아보를 손가락으로 가리키며 분부했다.

"본궁의 침소 가까운 곳에 이 여자의 처소를 마련하라고 일러라. 이 여자는 지금부터 본궁의 여자다. 시중들 사람을 곁에 두고 밤낮으로 모셔라. 이 여자의 머리카락 한 올이라도 잘렸다가는 본궁이 네 피부를 벗기겠다."

허겁지겁 달려온 주순은 사태 파악을 한 뒤, 정권의 낯빛을 살피고는 이마에 흐르는 땀을 훔쳤다. 대강 어떤 상황인지 짐작은 갔으나, 감히 정권에게 훈계 비슷한 말을 할 수는 없었다. 정권은 고분고분 고개를 조아리는 주순을 뒤로하고 바람처럼 자리를 떴다.

정권이 멀어지자, 주순은 쭈뼛쭈뼛 어쩔 줄을 몰라 하는 내시 두 명을 호되게 꾸짖었다.

"전하의 말씀 못 들었어? 당장 동각東閣을 치워서 그……."

주순은 아보를 뭐라고 불러야 할지 몰라 말문이 막혔다. 태자의 의중을 도저히 이해할 수가 없었다.

"고 낭자를 맞이할 준비를 해."

그는 말을 마치고 안으로 들어가려다가, 아보의 팔을 붙잡고 일으키며 웃을 듯 말 듯 묘한 표정으로 말했다.

"고 낭자, 일어나세요."

주순의 지시를 받은 내시들은 일사분란하게 움직였다. 얼마나 손발이 민첩하던지, 불과 한 시진 만에 정권의 침전에서 멀지 않은 곳에 처소를 마련해 화장대와 장롱 몇 개를 들여놓았다. 처소가 마련되자, 주순은 친히 아보를 안으로 들인 뒤, 궁인 네 명에게 밤낮으로 시중을 들라고 명했다. 그러고는 문밖에도 내시 두 명을 세워 지키게 하고 한참이나 큰 소리로 잔소리를 늘어놓은 뒤에야 떠났다.

궁인 한 명이 아보에게 다가와 뺨에 묻은 피를 닦으려고 하자, 아보는 반사적으로 고개를 피했다.

"고 낭자, 약을 안 바르면 붓기가 가라앉지 않아요. 나중에 흉이라도 지면 어쩌려고 그러세요?"

궁인이 쩔쩔매며 말하자, 아보는 그제야 정신을 번쩍 차리고 그녀를 바라봤다.

"날 그렇게 부르지 마."

궁인은 대답했다.

"주 상시께서 그리 부르셔서 따른 것뿐이니 저를 나무라지는 마세요. 며칠 뒤 첩지가 내려지면 그때부터는 마마라고 할게요."

아보는 궁인의 말도 안 되는 소리에 대꾸도 하기 싫어 침상에 등을 돌리고 누웠다. 하지만 궁인은 그녀 옆에서 쉴 새 없이 떠들며 기어이 상처를 치료하려고 했다. 아보는 번거로움을 견디지 못하고 하는 수 없이 궁인에게 몸을 맡겼다. 의자와 걸상, 화분, 촛대, 화장함 등 자질구레한 물건이 차례로 안으로 들어오자, 그녀는 현실을 외면하며 침상 위에서 돌아누워 몸을 바싹 웅크렸다. 엄명을 받은 궁인들은 침상 옆에 찰싹 붙어 꼼짝도 하지 않았다. 일렁이는 촛불에 궁인들의 그림자가 하나둘 벽에 비치는 것을 보니 어느새 날이 저문 모양이었다.

궁인들이 향로를 태우자 침향沈香의 향기가 실내에 그득 퍼졌다. 문득 정권의 물색 비단옷 위에서 물결치던 꽃송이들과 함께 그 문양의 명칭이 떠올랐다.

'낙화유수落花流水.*'

산산이 부서진다는 뜻이 담긴 그 이름이 그녀가 맞이한 봄의 결말을 상징하는 듯했다.

정권은 서재에 서서 아보의 방에서 찾아낸 소지품 사이에서 종이 한 묶음을 집어 들었다. 전부 글자를 베껴 쓴 연습 종이였다. 하나하나 떠들어 보아도 허점 하나 찾을 수가 없었다. 그날 출궁할 때 사용했던 신분증명서도 진즉에 폐기했는지 보이지 않아 그녀의 말이 사실인지 거짓인지 확인할 길이 없었다. 그가 준 청자함과 시첩을 제외하면 모두 궁인이 평소에 사용할 법한 평범한 물건뿐이었다. 그는 그녀의 주도면밀함에 혀를 내둘렀다. 정권은 한숨을 내쉬며 물었다.

"그녀는 지금 어떤가?"

주순이 대답했다.

"잠이 들었다고 합니다."

"그런 여자지."

정군은 피식 웃으며 말하고는 다시 말했다.

"잘 돌보고 음식도 부족함 없이 잘 챙겨주도록 해."

주순은 대답을 한 뒤, 고개를 들어 정권을 힐끔 쳐다보고는 조심스럽게 권했다.

"전하, 그런 사람을 남겨두면 화근이 될 겁니다."

정권이 차갑게 콧방귀를 뀌었다.

"자네가 뭘 알아? 여자를 죽이는 건 손바닥 뒤집듯 쉬운 일이야. 기껏해야 평범한 노비에 불과한데 무슨 대단한 일을 저지르겠어? 다만 지금 그녀를 죽이면 배후에 누가 있는지 추적할 수 있는 끈이 뚝 끊기게 돼. 그녀가 뱉은 말은 하나도 믿을 수가 없다고."

---

* 송대의 유명한 직물 문양.

주순은 그의 성미를 알기에 더는 권하지 못하고 그저 되물었다.

"앞으로 어떻게 하실 생각입니까? 계속 이렇게 구금해두실 건가요?"

정권이 대답했다.

"자기 입으로 화정의 고씨라고 하지 않았는가? 그 양아버지가 진짜 있는지부터 찾아봐."

주순이 멀어지자, 정권은 그제야 자리에 앉아 일렁이는 촛불을 바라봤다. 양쪽 관자놀이에 불거지는 핏줄이 느껴졌다. 그는 이마를 누르며 일전에 허창평이 했던 말을 떠올렸다.

'앞으로 걸어나가실 살얼음판 위에서는 그들을 경솔히 믿으셔서는 안 될 것입니다.'

항상 깊은 구렁텅이 속을 살얼음판 지나듯 전전긍긍하며 살아왔는데, 이 정도 일쯤이야 뭐 대수인가. 그의 적들은 항상 하나둘씩 차례로 나타나 그를 함정으로 몰아세우고는 하지 않았던가. 그렇다면 허창평도 속으로 무슨 마음을 품었을지는 모르는 일일 것이다.

사실 그녀의 계산은 매우 치밀하고 기발했다. 군중 사이에 눈에 띄지 않게 숨어 허리를 숙이고 윗사람의 환심을 샀으며, 남들이 하는 것을 한 치의 오차 없이 모조리 그대로 흉내 냈다. 그러나 그가 그녀를 이상하게 여긴 것도 바로 그 점 때문이었다. 굳이 걸리는 점을 지적하자면 그녀의 말투였는데, 결코 평범한 궁인의 말투가 아니었다. 그녀의 태도는 순종적이었고 예의범절이나 궁의 법도도 흠잡을 곳이 없었지만, 은근히 풍기는 굳센 기개만큼은 완벽하게 감추지 못했다. 그것은 자신을 지키려던 수법 중 하나였을까? 아니면 그녀 자신도 어쩔 수 없는 타고난 기질이었을까?

그것이 고의였든 어쩔 수 없는 것이었든 효과가 있었다. 정권은 그 사실을 인정하지 않을 수 없었다. 쓰다 만 두루마리를 치우려는데 문득 한 사람이 떠올랐다. 그 사람이 생각날 때마다 정권은 깊은 죄책감에 무기력하게 빠져들고는 했다. 그를 겪은 뒤 정권은 인내 안에 감춰진 굳센 기개와 유순한 모습 뒤에 가려진 강인함을 누구보다 민감하게 포착할 수 있게 되었다. 그러한 기질은 고작 총채 하나 가지고는 영원히 길들이지 못할 것이다. 이 또한 그가 정권에게 준 깨달음이었다.

그녀 또한 자신의 속뜻을 모르지 않으리라. 그가 손을 뻗어 촛불을 튀기며 손장난을 치자, 불꽃이 확 솟구치며 손가락 끝을 덮쳤다. 덴 곳은 손가락 끝이었지만 아픈 곳은 가슴이었다.

재물과 색에 대한 욕구를 버리지 못하는 게 사람이라고 했던가. 그것은 칼끝에 묻은 꿀처럼 찰나의 달콤함을 줄 뿐이며, 어린아이에게는 혀를 베이는 화를 입힌다. 애욕에 빠진 사람은 횃불을 쥐고 역풍을 맞는 것처럼 손이 타는 화를 입을 수 있다고도 했던가.* 정권은 자비와 윤회를 믿는 불자는 전혀 아니었으나 손끝이 타는 고통만큼은 생생하게 느낄 수 있었다.

---

* 『사십이장경四十二章經 22장, 25장』 인용.

제
15
장

천 개 산봉우리의 비취빛

별다른 사건 없는 평범한 날들이 이어졌다. 아보는 종일 잠만 잤고 깨어나서도 자리에 멍하니 앉아 있기만 했다. 정권 역시 가끔 주순에게 아보의 상황을 묻기만 할 뿐 직접 그녀를 찾아가지는 않았다. 그렇게 5~6일이 흐른 어느 날, 주순이 정권에게 보고했다.

"화정군華亭郡에 파견했던 사람이 돌아왔는데, 고씨의 장남 고종이라는 자가 있기는 하나 관직에 오른 적이 전혀 없고 오래전에 분가해 폭삭 망했다고 합니다. 다른 식구들도 타지로 뿔뿔이 흩어졌고요. 고종의 식구와 고향 사람에게 물으니, 고미산이 살아 있을 때 처첩과 비복들이 워낙 많아 자식들도 한둘이 아니었다고 합니다. 서출 딸들의 이름은 집에서 되는 대로 불렀던 터라 아무도 기억하는 이가 없고, 자식들이 분가할 때 거의 흩어진 것이나 다름이 없어 고씨 댁의 딸 이름은 양부도 제대로 알지 못한다고 하더군요. 양부가 아는 것이라고는 그녀의 본가가 아주 멀리 있다는 것뿐이었습니다. 재작년 말쯤에 불쌍한 마음에 양녀로

학려화정 1   209

거뒀다고 하고요."

"그렇다면 그만두어라."

정권은 한숨을 내쉬며 대답하더니, 문득 무슨 생각이 들었는지 웃으며 말했다.

"그런 가문이 실제로 있기는 했구나."

주순은 대답했다.

"네, 그렇더군요. 앞으로 어떻게 하실 생각입니까?"

정권은 손가락으로 탁자 가장자리를 가볍게 두들기더니 종이 한 장을 잡아당겼다. 그는 탁자에 놓인 비색 팔릉정수병八棱淨水瓶 한 쌍을 바라보며 잠시 고민하다가, 붓을 들어 종이 위에 또렷하게 세 글자를 써 내려갔다. 그는 잠시 아보의 나이를 따지더니 되는 대로 사주팔자를 지어 주순에게 넘기며 분부했다.

"그녀를 측비로 들일 것이다. 폐하께 올릴 공문은 이미 춘방에써서 내라고 지시했으니, 자네는 내일 종정시宗正寺에 가서 일을 마무리해."

그는 주순이 뭐라고 말도 하기 전에 뚝 끊으며 덧붙였다.

"잔소리를 하려거든 집어치워. 본궁도 다 생각이 있어서 하는 일이다."

주순이 어쩔 수 없이 자리를 뜨려는데, 정권이 정수병을 가리키며 말했다.

"둘 중 하나는 그녀의 처소에 보내."

태자가 측비를 들인다니 보통 일은 아니었지만, 그렇다고 크나큰 거사는 아니었다. 하물며 고작 6품인 재인才人을 들이는 것뿐이었다. 하지만 정권의 태자비와 측비는 모두 그가 관례를 치른 뒤 황제가 간택한 이들이었고, 정권이 직접 간택하는 건 이번이 처음이었다. 정권이 위조한 아보의 이름과 생시, 가문 등을 주순이 종정시에 제출하자, 옥첩이 작성되기도 전에 온 궁에 이 소식이 파다하게 퍼졌다.

다음 날 아침 일찍 정권은 황제를 문안했다. 정권이 안으로 들어갔을 때, 황제는 두 팔을 활짝 펼치고 속대를 매는 내시에게 몸을 맡기고 있었다. 그는 정권을 보자 손짓으로 내시를 물리고는 활짝 웃으며 물었다.

"네가 올린 공문을 보았다. 재인을 하나 새로 들인다고?"

정권도 웃으며 대답했다.

"네. 사소한 일로 심려를 끼쳐드려 송구합니다."

황제는 웃으며 말했다.

"사소한 일이라고 할 수는 없지. 측비라고는 해도 짐의 며느리를 들이는 일이 아니냐? 어느 집 규수지?"

정권이 대답했다.

"전임 화정군 지주 고미산의 서녀이며, 원래 신의 시중을 들던 궁인이었습니다."

황제는 수염을 매만지며 탄식하듯 읊조렸다.

"지주라……."

정권은 얼굴을 살짝 붉히며 대답했다.

"네. 성품이 온화하고 자기 염치를 알며, 출신 집안도 청렴결백합니다. 마음에 들어 재인으로 간택했는데, 혹여나 신이 경솔히 행동했다고 여기신다면 당장 종정시에 알려 옥첩을 거두겠습니다."

황제는 웃으며 말했다.

"이미 간택을 하지 않았느냐. 그냥 진행해라. 너도 이제 다 컸는데 이 정도 일쯤은 알아서 해야지."

정권이 대답했다.

"네."

황제가 다른 말이 없자, 정권은 예를 갖춘 뒤에 물러났다. 황제는 물러가는 정권의 등을 보며 무언가를 떠올리려는 듯 한참이나 같은 말을 중얼거렸다.

"화정, 고씨라……."

동궁의 연강이 끝난 뒤 정해가 목이 마르다고 하자, 정권은 두 사람과 편전에 남아 차를 마시기로 했다. 차를 준비하는 것은 항상 다도에 정통한 정당의 몫이었다. 정해는 옆에서 정당의 모습을 한참이나 지켜보다가 지루해지자 정권에게 웃으며 물었다.

"최근에 전하께 좋은 일이 있다고 들었습니다."

정권도 웃으며 대답했다.

"쓸데없는 소리. 그게 뭐 좋은 일이라고까지 할 일이냐?"

정해가 웃으며 말했다.

"그럼요. 새로운 측비가 하서河西의 고씨라고 하던데요. 다들 제2의 고 황후가 탄생하는 거 아니냐고 호들갑이더군요."

정권은 차선茶筅으로 그의 복두를 살짝 치며 웃는 얼굴로 훈계했다.

"대체 누가 하는 소리를 들은 게야? 내가 측비를 들이는 게 이렇게 소문이 퍼질 일인가?"

정해가 혀를 내밀며 말했다.

"말이 돌고 돌아 와전되는 건 어쩔 수 없지요. 굳이 탓하자면 전하의 외가 친척이 크게 번창한 탓입니다. 그 성을 들으면 누구라도 이것저것 떠들지 않고는 못 배길걸요?"

그때 옆에서 잠자코 듣고만 있던 정당이 정해를 슬쩍 노려보고는 꾸짖었다.

"무엄하다! 당장 전하께 사죄드리지 못할까!"

정해는 억울하다는 듯 자리에서 일어나 무릎을 꿇으며 말했다.

"전하께서 웃으시기에 한 말이나 기분이 상하셨다면 더는 하지 않겠습니다."

정권은 말했다.

"신경 쓰지 마라. 너같이 어린아이가 한 말에 내가 화가 나봐야 얼마나 나겠어?"

그는 제왕을 힐끔 보더니 웃으며 말했다.

"형님도 참, 왜 어린 동생에게 겁을 주고 그러십니까?"

정당은 차선을 털며 웃는 얼굴로 말했다.

"정해가 아직 배움이 많이 부족합니다. 불과 얼마 전까지 언관言官과 공부를 하던 아이가 최근에는 전하와 함께 공부를 하더니 방자해졌나 봅니다. 동궁 안에서는 군신 간의 예의를 지켜야 하는 법입니다. 폐하께서 보셨더라도 같은 말씀을 하셨을 겁니다. 하늘 높은 줄을 모르고 군주 앞에서 방자하게 입을 놀렸으니 전하께서도 호되게 꾸짖으셔서 잘못을 바로잡아 주십시오."

정권은 웃으며 말했다.

"너를 벌주자고 한 건 네 형이니 나를 원망하지는 말아라."

정해가 말했다.

"둘째 형님은 악인이니 신은 셋째 형님께 선처를 청하겠습니다."

정권이 웃으며 말했다.

"됐으니 일어나. 선처는 못 베풀겠으니 네 형이 우린 차나 마시며 놀란 가슴이나 진정시켜라."

세 사람은 한바탕 크게 웃은 뒤 차를 마시고는 각자의 집으로 흩어졌다.

정권은 그날 밤 드디어 아보의 새 처소에 들렀다. 제법 그럴듯
하게 갖춰진 실내에서 아보는 무기력하게 기대어 창밖만 바라보
고 있었다. 궁인 한 명이 실내로 들어오는 정권을 보고 급하게 아
보를 불렀다.

　"고 낭자, 전하께서 오셨어요."

　아보는 그제야 정신을 차리고 일어나 정권에게 예를 갖췄다.

　"전하."

　정권은 고개를 끄덕이며 앉아 아보를 아래위로 훑었다. 그간
못 보던 새로운 옷차림이었다. 푸른빛의 배두렁이 말흉을 입고
그 위에 담황색 덧옷을 걸쳤는데, 가슴 위로 살짝 드러난 살결이
눈처럼 희고 투명했다. 위로 높이 틀어 올린 머리에 비스듬히 꽂
힌 유리비녀 밑으로 은색 술 장식이 살랑거렸다. 그녀가 고개를
살짝 돌리자 양 볼에 붙은 화전이 살짝 움직이며 미소를 짓는 듯
했다. 정권은 잘못 봤나 싶어 다시 유심히 그녀의 표정을 살폈다.
역시 기뻐하는 기색이라고는 전혀 보이지 않았다. 문득 어디선가
이 장면을 본 듯하다는 느낌이 들었으나 좀처럼 떠오르지 않아
그는 한동안 멍하니 생각에 잠겼다.

　오래도록 이어지는 정권의 시선에 부끄러움을 느낀 그녀가 고
개를 살짝 돌리자, 정권은 그제야 정신을 차리고 웃으며 말했다.

　"신경 쓸 거 없다. 그렇게 입은 모습은 어울리지 않구나. 전에
입었던 옷이 훨씬 낫다."

　아보는 고개를 끄덕이며 말했다.

　"소인도 알아요. 비천한 노비가 귀부인 행세를 해봤자 백조를
조각하려다 집오리를 조각한 격이죠*."

　정권은 고개를 저으며 웃었다.

　"그렇게까지 말할 건 아니야. 배두렁이를 입으니 마른 몸이 훤

히 드러나서 하는 말이다."

마침 궁인들이 차를 내오자, 정권은 놀리기를 중단하고 찻잔을 들어 차를 한 모금 마신 뒤 표정을 바꾸어 물었다.

"지내는 건 익숙해졌나?"

아보가 대답했다.

"네."

정권은 말했다.

"필요한 게 있으면 주순을 시켜 보내주겠다."

아보는 말했다.

"그런 건 없습니다."

정권은 사방을 둘러본 뒤 찻잔을 내려놓으며 웃었다.

"책도 부족하구나. 지필묵도 없고. 어떤 책을 좋아하지? 본궁에게 말해보아라."

아보가 굳은 얼굴로 아무 대답도 하지 않자, 정권은 웃으며 말했다.

"『소옥낙절小玉落節』을 원하나, 『홍불야분紅拂夜奔』을 원하나?"

정권은 돌연 화제를 돌려 다시 물었다.

"아! 본궁이 잠시 네 출신을 잊었어. 고매한 서생 집안에서 조신한 딸에게 그런 이야기책을 읽게 할 리가 없지."

아보의 얼굴이 점점 일그러지더니 결국 입을 앙다물며 고개를 휙 돌렸다. 정권은 그녀가 화를 내든 말든 자리에서 일어나 성큼성큼 다가가더니 그녀의 가슴으로 손을 뻗었다.

아보는 화들짝 놀라며 몸을 비틀었지만 정권에게 왼손을 단단

---

* 『후한서後漢書·마원전馬援傳』에 실린, 백조를 조각하려다가 완성하지 못하면 집오리는 된다는 글을 인용했다.

히 잡혀 저항할 수가 없었다. 그의 오른손은 이미 그녀의 왼쪽 가슴 위를 덮고 있었다. 손바닥 밑으로 튀어나올 듯 빠르게 뛰는 심장박동이 느껴지자, 정권은 손을 풀어 놓아주고는 웃으며 말했다.

"사람 마음이라는 게 참으로 희한하지? 자기 마음인데도 도통 종잡을 수 없고 다스릴 수도 없으니 말이야. 허나 사람 마음이 아무리 헤아리기 어려워도 다 짐작하기 어려운 건 아니지. 난 다만 네가 신기할 뿐이야. 어린 나이에 어디서 그런 뻔뻔함이 나왔지? 거짓말을 할 때 손이 차갑지도 않던가? 심장은 제대로 뛰었어? 등에 식은땀은 안 흐르던가?"

여전히 대답이 들리지 않자, 정권은 계속 웃으며 말했다.

"아보, 네 심장은 왜 그렇게 빨리 뛰는 거지?"

정권이 그녀의 이름을 제대로 부른 건 이번이 처음이었다. 아보는 대답을 하지 못했다. 그녀도 빠르게 뛰는 자신의 심장박동을 느끼고 있었다. 심장은 가슴을 뚫고 나오기라도 할 것처럼 세차게 뛰었다. 그녀는 조용히 심호흡을 해도 심장이 진정되지 않자 급기야는 자신의 가슴을 세게 움켜쥐었다. 정권은 웃으며 말했다.

"그렇게라도 해야지. 어디 잘 다스려봐. 그걸 다스릴 수 있다면 사람이 아니다."

그는 손가락 끝으로 여기저기를 쓸어보다가 촛대 앞에 멈춰서더니 가볍게 탄식했다.

"부처로군."

그는 마침내 고개를 들고 물었다.

"내게 묻고 싶은 건 없나?"

아보는 대답했다.

"없습니다."

정권은 고개를 끄덕이며 웃었다.

"정말 똑똑해."

그는 다시 말을 이었다.

"오늘 종정시가 옥책을 작성했다. 온 세상이 너를 황태자의 6품 측비인 재인으로 알고 있어. 오늘은 그 사실을 네게 알려주려고 왔다. 몸이 안 좋으니 책봉 의례는 생략하는 게 좋겠군. 하지만 여자의 마음이란 종잡을 수가 없으니 굳이 하겠다면 막지는 않으마."

아보는 할 말을 잃었다. 그녀가 그토록 두려워했던 일이 현실이 되었기 때문이다. 그런데 그는 눈앞에서 그녀를 재단하고 평가하더니, 마침내는 특유의 오만한 태도로 제멋대로 결론을 내렸다.

"네가 과거에 누구였든 내 아내가 되는 게 결코 밑지는 일은 아니다. 앞으로는 편안하게 살 수 있을 거야."

아보는 그 말에 살짝 얼굴을 찌푸리며 드디어 말문을 열었다.

"전하……."

그러나 겨우 터진 말문은 즉시 정권에게 막혀버렸다.

"이미 끝난 일을 말해야 무엇 할 것이며 지나간 일을 비난해 얻을 게 무엇이겠느냐. 네 과거를 추궁하지는 않겠다. 아직 어린 나이이니 조용히 있을 때 성질머리를 누르고 잘 생각해봐. 네게 해될 건 전혀 없을 터이니."

그는 말하며 선반에 놓인 정수병을 슬쩍 보더니, 손으로 집어 탁자에 올려놓고는 설명했다.

"이건 전조의 월요越窯자기다. 세간에서는 지금의 요자耀瓷가 월요자기보다 훨씬 뛰어나다고 하지만 다 그렇지는 않아. 원래 자기라는 게 오래 묵을수록 귀해지기는 하지만, 그 관점을 내려 놓고 보더라도 이건 쉽게 구할 수 없는 귀한 물건이지."

그의 말은 결코 거짓이 아니었다. 비색 병 표면에 발린 유약은 물 흐르듯 투명하고 부드러웠고, 푸른 빛깔이 돌 듯 말 듯 오묘하고 신비로웠으며, 자태瓷胎는 종잇장처럼 얇고 섬세했다. 뒤에서 촛불이 비추자 병은 옥처럼 영롱하게 빛났다. 아보는 고개를 끄덕이며 동의했다.

"그러네요."

정권은 말했다.

"어디 평해봐라."

아보는 살짝 미소를 지은 뒤 말했다.

"천 개 산봉우리의 푸른빛과 맑게 갠 날의 하늘 같은 비취빛이군요. 영롱하기가 옥과 같고 얼음처럼 산뜻하네요. 모두 문헌에 나오는 묘사죠. 소인은 더할 평이 없습니다."

정권은 말했다.

"훌륭하다. 뒷부분은 잘 맞혔지만 처음 부분이 걸리는군."

정권이 병을 집어 살짝 던지자, 아보가 놀라기도 전에 수백 년 전에 제작된 진귀한 자기는 바닥에 떨어져 얼음과 옥이 깨지듯 맑은 파열음을 내며 산산이 조각났다. 뼈가 부서지는 듯한 맑은 울림이 귀에 기분 좋게 감겼다.

정권은 웃음을 가득 머금은 얼굴로 깨진 자기를 보며 말했다.

"천 개 산봉우리의 푸른빛이란 바로 이런 거지."

그는 갑자기 생각났다는 듯 말을 이었다.

"참, 네 이름이 옥첩에 올리기 마땅치 않아 내가 새로 이름을 지었다. 넌 이제 슬슬*이야. 고슬슬."

정권은 아보의 왼손을 끌어당겨 손바닥 위에 집게손가락으로 힘을 주어 '슬' 자의 획을 하나하나 긋더니 귓가에 속삭였다.

---

* 瑟瑟, 벌벌 떤다는 뜻. —역주

"이 글자가 무슨 뜻인지 아나?"

아보는 정권의 숨결이 귓가를 스치자 자기도 모르게 몸을 잔뜩 움츠리며 떨었다.

정권은 아보의 떨림이 느껴지자 슬며시 웃으며 손을 놓았다. 바닥에 널린 얇은 파편은 그의 발길이 닿을 때마다 더욱 곱게 바스러졌다. 아보가 멍하니 잘게 부서진 파편을 바라보는 사이, 그는 저만치 멀어졌다.

아보가 천천히 무릎을 꿇고 파편을 치우려고 손을 뻗자, 옆에 서 있던 궁인이 황급히 만류했다.

"고 낭자, 놔두세요. 소인이 치울게요."

"괜찮아."

석향이라는 이름의 궁인이었다. 아보는 궁인의 이름을 일찍부터 기억했다. 아보가 웃으며 괜찮다고 하자, 석향은 허겁지겁 아보를 붙잡아 일으켰다.

"빨리 안 치우고 뭐 해?"

석향은 옆에 있던 다른 궁인을 질책한 뒤 아보에게 고개를 돌리며 웃었다.

"고 낭자, 이쪽에 앉으세요."

석향은 아보가 파편을 주워 스스로 목을 찌르기라도 할까 봐 염려하고 있었다. 아보는 석향의 속마음을 알아차리고는 입가에 조소를 띤 채 순순히 그녀를 따랐다.

말은 그렇게 했어도 빈말은 아니었는지, 정권은 며칠 뒤 아보의 처소로 몇 권의 책을 보냈다. 그가 보낸 물건 중에는 화전 한 갑과 금, 비취로 정교하게 세공된 용도를 알 수 없는 패물도 포함되어 있었다. 그러나 물 샐 틈 없는 철저한 감시는 느슨해질 기미가 보이지 않았다. 아보는 구류가 길어질 것이라는 예감에 길게 탄식을 내뱉었다. 태자가 자신을 측비로 책봉한 이유는 대강 짐작이 갔다. 그는 난데없이 만천하에 측비를 들인다는 사실을 떠들썩하게 광고하고는, 아보는 서신 한 통 밖으로 내보낼 수 없도록 철저하게 감시했다. 이제 아보를 사주한 자는 아보가 변절한 것인지, 아니면 성공적으로 태자의 믿음을 샀는지 상황 파악에 나설 것이다. 아보가 바둑판의 버려지는 졸이 되거나 뱀을 유인하는 미끼가 되었을 때 다시 조사에 착수한다면 지금보다 훨씬 많은 정보를 캘 수 있지 않겠는가. 아보는 그의 고명함에 개탄하지 않을 수가 없었다. 그가 자신에게 내린 6품이란 품계는 적선하듯 베푸는 값싼 선물에 지나지 않을 것이다. 입에 맞지 않는다며 버리듯 아랫사람에게 선물했던 단오절의 그 정과처럼. 반면 그녀가 치러야 할 대가는 남은 평생이었다. 아무리 앞을 내다볼 수 없다고 해도, 미래가 없다고 해도 그 무엇보다 귀한 것이 한 사람의 인생이 아니던가. 이제 고 재인이 된 아보는 함에 담긴 비취 장신구를 천천히 얼굴에 댄 뒤 거울을 들여다봤다. 아름답고 눈부신, 그러나 생매장된 것이나 다름없는 자신의 삶이 거울에 비쳤다.

제왕은 평소와 마찬가지로 낮잠을 자고 일어나 조왕부로 향했다. 정해가 창가에서 태자가 선물한 서첩 두 권을 펼친 채 글씨 연습을 하는 모습을 보니 은근히 부아가 치밀었지만 애써 미소를 지으며 말을 건넸다.

"오제의 글씨가 날로 발전하는구나."

정해가 웃으며 그를 맞았다.

"형님, 앉으세요."

정해는 손에 묻은 먹물을 씻으며 정당 옆에 앉아 물었다.

"며칠 전 얘기한 고 씨 때문에 오셨습니까?"

정당은 웃으며 대답했다.

"그냥 너를 보러 왔을 뿐이야."

그러나 잠시 뒤 다시 말했다.

"그래도 이왕 얘기를 꺼낸 김에 해보자. 며칠 내내 고 씨가 과연 누굴까 한참을 생각했어."

정해는 말했다.

"형님도 태자의 태도를 봤잖아요. 뭘 숨기는 것 같지는 않았어요. 성이 같은 건 우연입니다."

정당은 냉소했다.

"네가 그걸 어떻게 알아?"

정해는 웃으며 말했다.

"바로 그겁니다. 형님이 안 알려주시는데 제가 어떻게 알겠습니까?"

그가 의심하는 기색을 넌지시 비추자, 정당은 정색을 하며 말했다.

"종정시의 사람은 그 여자가 전임 화정군수 정실의 딸이라고 하더군. 그는 죄과도 없는데 자식이 어떻게 소리 소문 없이 궁으로 들어갔을까? 평소 교활한 태자의 속을 생각하면 여자의 가문을 위조하지 않고서야……."

정당은 말끝을 흐리고는 고개를 숙여 차를 음미했다. 정해가 막 대답을 하려는데 하인 한 명이 창밖에 나타나 급히 소식을 전했다.

"전하, 오시에 능하에서 군보가 도착했다고 합니다. 중궁전에서 사람이 나왔어요. 두 분 전하께 빨리 알리라고요."

급작스럽게 도착한 국가 대사에 태자의 애정사는 저만치 멀리 밀려났다. 정당은 급히 문 앞으로 다가가 물었다.

"무슨 군보지?"

하인이 대답했다.

"우리 군이 대승했다는 군보입니다."

정당은 다시 뒤로 물러나며 물었다.

"그래?"

정해는 그런 정당의 모습을 슬쩍 보고는 입가에 옅은 미소를 머금은 채 찻잔을 들어 천천히 음미했다.

비취빛 사발에 담긴 얼음

능하의 승전보는 정녕 2년에 처음 도착한 큰 소식이었다. 능하 전투에서 이기기만 하면 오랑캐와의 전쟁은 급물살을 타서 보급전으로 태세를 전환하게 된다. 그리고 마침내 최종 결전에서 오랑캐를 깨끗이 소탕한다면 나라의 국경은 앞으로 30~40년간은 평화로울 것이다. 군보가 도착한 지 세 시진도 채 지나기 전에 소식은 성부省部와 공경公卿은 물론, 그 산하 모든 미관말직의 귀에까지 들어갔다. 사람들은 이곳저곳을 뛰어다니며 소식을 분주하게 실어 날랐고, 최근 몇 년간 인적이 드물어 썰렁하기만 했던 황태자의 외가 후백들의 집에도 문간이 평평하게 닳을 정도로 축하 인사를 하려는 사람들이 몰리기 시작했다. 황제가 아직 교지를 내리지도 않았는데 경성 전체가 이미 이 기쁜 소식을 알고 있었다. 등불을 켤 무렵에는 골목마다 폭죽 소리가 가득 울려 명절 분위기를 방불케 했다.

첨사부의 위치는 황궁 안 어구*의 동남쪽이었다. 유시가 지나 퇴청할 무렵인데도 허창평은 여전히 자리를 지켰다. 일개 주부가 늦게까지 남아서 무엇을 하는지 관심을 기울일 사람은 없을 것이다. 하물며 오늘은 성부에서 산하 미관말직에 이르기까지 모든 사람이 기쁨에 들떠 있는 날이 아닌가. 자리를 먼저 뜨는 사람도 몇 없었거니와 허창평이 남아 있다고 해서 그 누구도 이상하게 여기지 않았다.

허창평은 직속상관들이 모여 침을 튀기며 열변을 토하는 광경을 입가에 미소를 머금은 채 차가운 눈으로 바라보고 있었다. 멀리 떨어져 있다고는 해도 목청이 워낙 커서 무슨 말을 하는지는 허창평의 귀에까지 대강 흘러 들어왔다.

"고씨 가문이 아직은 그래도 힘이 있어. 그게 아니면 이 오랜 세월을 어떻게 버텼겠소?"

"그러게나 말이오. 태종조부터 지금까지 50년 가까이 버티고 있는 가문은 보기 드물지."

"이번 전쟁이 워낙 힘들어서 성상께서도 근심이 이만저만이 아니셨는데, 갑자기 국면이 전환된 걸 보니 하늘이 우리나라를 보우하시나 보오. 대사마께서 이번에 아주 큰 공을 세우셨소."

"바로 그거요. 성상께서 최근 외척을 압박하시면서 동궁의 자리도 마뜩잖아 하시는데, 고 장군이 막혔던 앞길을 확 뚫었으니 새로운 양상이 펼쳐지겠소."

"새로운 양상? 허허허허."

"여 부승府丞은 대체 뭐가 웃기다고 웃으시오? 나도 좀 알고 웃읍시다."

"내가 웃었소?"

"여기 있는 모두가 똑똑히 들었소. 대체 왜 웃으셨소? 설마 동

---

* 황궁 정원에서 궁 밖으로 흐르는 물길. —역주

궁을……."

"두 분 다 그만들 하시오. 계속 승전보 얘기나 합시다. 허허허."

왁자지껄 떠드는 소리가 귀청을 따갑게 울리자, 허창평은 더 남아 있어봤자 유익할 게 없다는 생각에 한숨을 쉬며 일어나 상관들에게 다가갔다.

"먼저 퇴청하겠습니다."

거만하게 한껏 위세를 떨며 떠드는 그들이 허창평 따위를 거들떠볼 리 없었다. 허창평은 소맷자락을 떨치며 물러났다.

서서히 내리깔리는 석양에 물든 하늘은 불을 토하듯 새빨갛게 이글거렸다. 지붕의 비첨은 석양빛에 화려하게 물들었고, 부드럽게 늘어진 회화나무와 버드나무 잎사귀도 붉은빛을 가득 머금었다. 길가를 분주히 오가는 사람들도 머리부터 발끝까지 노을에 물들어 불그스름한 빛을 띠었다. 이따금 관마가 번화가를 지나면 하늘에 자욱하게 흙먼지가 꼈다. 아마 내일도 이 태평성세의 하늘은 맑게 갤 것이다. 문득 허창평의 뇌리를 스치는 말이 있었다.

'전단田單이 연나라를 물리치던 날에 온 땅이 불타더라. 주나라 무왕이 은나라 주왕을 제거하던 해에는 몽둥이가 떠다닐 정도로 피가 흘렀다.'*

'그들도 나의 백성이오.'

태자의 명분은 그럴듯했지만 그는 납득하기 어려웠다. 한없이 아름답고 평화로운 하늘 아래 서 있건만, 이상하게도 뼈가 꺾이는 듯한 처절한 고통이 희미하게 그를 엄습했다.

황태자는 그 시각 일찌감치 부름을 받고 입궐해 있었다. 놀랍

---

* 『당구표唐寇豹 · 적부赤賦』를 인용. 이 두 구절만 남아 전해진다.

게도 제왕과 조왕은 부르지 않았다. 전에 없던 일이었다. 황제는 얼굴 가득 기분 좋은 웃음을 머금고 그에게 말했다.

"짐이 걱정할 필요가 없다고 하지 않았느냐. 내 예상대로 이렇게 승전보가 도착했구나."

정권도 웃으며 맞장구를 쳤다.

"역시 폐하는 영명하십니다."

황제는 정권의 말에 잠시 웃더니 군보의 원본을 그에게 건네며 말했다.

"네 외숙부가 적 3만의 머리를 베고 3만에게 부상을 입혔다. 이처럼 속 시원한 승리를 거두고도 짐에게 용서를 청하는데 이를 어찌 생각하느냐?"

정권은 군보를 슬쩍 떠들어 보다가 고개를 들고 말했다.

"쉽지 않은 전투였을 것입니다. 장군은 자신의 모든 전력을 쏟아부었을 테고요. 과정이야 어찌 되었든 결과적으로 명백한 승리를 거두었으니 장병들을 치하하고 상을 내려야 마땅합니다. 고 장군에게는 상벌 없이 칙령만 내려 후일의 본보기로 삼으면 그만일 것입니다."

황제는 웃으며 말했다.

"외숙부 편은 죽어도 안 드는구나. 이 전투는 시간을 질질 끄는 바람에 많은 손해를 보았어. 만약 빠른 시일 안에 끝났다면 손해는 없었겠지. 하지만 피치 못할 사정이 있었을 테니 그를 탓할 수도 없는 일이지. 너는 구중궁궐에 있으니 변방의 상황을 생생히 알 수가 없겠지만 그런 사정 역시 이해하고 헤아려야 한다."

정권은 고개를 숙이며 대답했다.

"명심하겠습니다."

황제는 그를 슬쩍 보더니 말했다.

"네 외숙이 큰 공을 세운 건 분명한 사실이지. 변방 상황이 정리되면 그를 경성으로 한번 부를까 한다. 공로를 크게 축하하며 포로를 종묘에 바쳐 우리나라의 위세를 만천하에 떨치는 것이 그 첫 번째 목적이요, 그와 직접 만나 결전의 보급품 준비를 논의하는 것이 두 번째 목적이지. 마지막으로 너도 외숙과 오랜 세월 마주하지 못했으니 회포를 풀어야 하지 않겠느냐. 공적으로나 사적으로나 네 외숙을 경성으로 부르는 게 좋을 듯한데, 너는 어찌 생각하느냐?"

정권은 군보를 두 손으로 받쳐 황제에게 돌려준 뒤 말했다.

"폐하의 성지를 따르겠습니다."

황제는 말했다.

"그럼 그렇게 하자. 넌 비서대秘書臺로 가서 고사림에게 보낼 칙령을 작성하라고 지시해라. 칙령을 받은 뒤 20일 안에 경성으로 돌아와 업무를 보고하라고 말이야."

그는 말을 잠시 멈추며 웃은 뒤 이어서 말했다.

"오늘은 퇴궐할 거 없이 여기 남아 짐과 저녁을 함께 먹자꾸나."

정권은 허리를 숙인 뒤 명을 받들어 황제를 따라 안안궁을 나왔다.

황제의 칙령은 다음 날 즉시 속달로 수도를 빠져나갔고, 고사림이 곧 돌아온다는 소식 역시 순식간에 온 경성에 파다하게 퍼졌다.

일순간 서원, 형서와 이서, 동궁의 궁관, 예서와 몇몇 시랑의 문전을 드나드는 발길도 늘었다. 정작 정권은 입궐할 때 말고는 서원에 틀어박혀 외부와의 접촉을 철저히 차단했고, 친척이나 측근조차 안으로 들이지 않았다. 정권은 그래도 황제가 자신을 시기할까 염려되어 더위를 핑계로 아예 휴가를 요청했다. 그런 정권의 속을 황제가 모를 리 없었다. 그는 속으로는 속이 시커먼 자식이라고 욕하면서도 부모 곁을 지키라는 명과 함께 어의에게는 시시각각 서원을 방문해 정권의 건강을 보살피라고 지시했다. 정권은 종일 집 안에 틀어박혀 고사림이 경성에 오는 날만을 오매불망 기다렸다.

외숙이 경성으로 돌아오는 일로 그의 신경은 극도로 예민해져 있었지만, 서원에 깊이 틀어박혀 조심히 지내다 보니 어느새 불안한 마음도 점차 가라앉았다. 그는 안정을 되찾은 뒤에는 장육정 등의 측근에게 서신으로 성부에서의 말과 몸가짐을 조심하라고 이르는 한편, 고사림의 조정 복귀와 관련된 사항에는 절대 관여하지 말라고 신신당부했다. 서신을 보내고 나자 할 일이 없어진 그는 종일 글씨를 쓰고 책을 읽으며 평온한 날들을 보냈다.

어느 날 정권은 낮잠에서 깨어 창밖을 보았다. 바람에 잔잔하게 실려 떠다니는 옅은 구름을 보자 참 오래도 지루한 시간을 버티고 있다는 생각이 들었다. 문득 후원의 연꽃이 피었는지 궁금해진 그는 천천히 옷을 갈아입고 수정으로 향했는데, 자리를 잡자마자 주순이 다가와 황궁의 칙사가 왔다는 소식을 전했다. 그는 무슨 일인가 싶어 어서 들이라고 명하고는 다시 안으로 들어가 관복으로 갈아입었다. 한바탕 난리법석을 떠느라 땀이 흥건한 채 대청으로 나선 그는 칙사가 누군지 확인하고는 허탈하게 웃으며 말했다.

"눈치가 없는 사람들이 칙사가 왕 옹이라는 것도 안 알려줘서 괜히 오랜 시간 기다리게 했군. 그나저나 폐하께서 왕 옹을 궁 밖으로 내보내시다니 별일인걸?"

왕신도 웃으며 대답했다.

"소신이 폐하께 먼저 청했습니다. 폐하께서 올해의 마지막 앵두가 궁으로 들어온 걸 보시고는 전하께 보내라고 하셨습니다. 더위가 들어 입맛이 없을 거라고 하시면서요. 덥다고 얼음을 너무 많이 들지 말라는 당부도 잊지 않으셨습니다."

왕신이 황제의 말을 전했으니 정권도 예를 갖춰야 했다. 그는 바닥에 엎드려 머리를 조아리며 말했다.

"폐하의 심려에 성은이 망극하옵니다. 감읍한 마음, 머리를 조아려 상시에게 대신 전해 올립니다."

왕신은 옆으로 물러나 있다가, 정권의 예가 끝나자 그를 부축해 일으키며 말했다.

"전하도 참 예의를 과하게 챙기십니다. 이 더위에 관복은 왜 꺼내 입으셨습니까?"

정권은 주순에게 앵두를 받아 챙기라고 명한 뒤 웃으며 대답했다.

"편하게 앉아. 마침 질 좋은 차가 있어. 내가 직접 우릴 테니 맛보고 가게."

왕신은 웃으며 대답했다.

"차는 다음에 마시겠습니다. 신은 빨리 돌아가 폐하께 보고해야 합니다."

정권이 왕신을 붙잡으려는 찰나, 왕신이 조용히 귓가에 속삭였다.

"폐하가 제왕에게 교외 영접을 맡기신다며 예부로 부르셨습니다. 지금 정첨, 부첨과 함께 가서 고하시면 막을 수 있을지도 모릅니다."

정권은 잠시 멍하니 있다가 정신을 차리고는 말했다.

"알았어. 고맙네."

왕신이 조용히 탄식하며 뒤도는 찰나, 정권이 불쑥 말을 건넸다.

"어머니는 돌아가시기 전에 할아버지에게 날 부탁하고 가셨지. 홀로 궁에서 몇 년이나마 버틸 수 있었던 건 다 할아버지 덕분이야. 난 다 기억하고 있어."

정권이 옛 주인을 입에 올리자, 왕신은 가슴이 먹먹해 눈시울을 부비며 말했다.

"신은 능력이 닿는 한은 전하를 도울 것입니다. 신의 능력이 닿지 않는 일은 부디 너그럽게 용서해주십시오."

정권은 고개를 끄덕였다.

"나도 그냥 하는 말이야. 내가 어찌 할아버지의 고충을 모르겠어?"

그는 덕담 몇 마디를 더 하고는 주순에게 명해 준비한 소룡차 두 묶음을 건네며 친히 문 앞까지 배웅했다.

주순은 되돌아오는 길에 태자를 살피다가, 낯빛이 잔뜩 어두워진 것을 보고 소스라치게 놀라며 조심스럽게 물었다.

"전하, 폐하가 하사하신 앵두는 어떻게 나눌까요?"

정권은 차갑게 흥 하고 웃으며 대답했다.

"천자가 내린 은혜인데 어떻게 해야겠나? 정성껏 제단에 제물로 바치게."

주순은 난데없이 정권에게 면박을 당하고는 자신의 운을 탓하며 풀이 죽어 대답했다.

"네."

정권은 말로는 비아냥거렸지만, 속으로는 잠시 곰곰이 생각하다가 다시 말했다.

"모처럼 폐하가 내게 마음을 써주셨네. 얼음 위에다 앵두를 띄워 물가 정자에 차린 다음 양제와 비들을 초대해. 폐하의 성은을 다 함께 누려야지."

주순은 땀을 닦으며 고분고분 대답했다.

"분부대로 하겠습니다."

정권이 옷을 갈아입고 얼굴을 다시 닦는 사이, 주순은 후원 물가 정자에 얼음과 유락*, 앵두를 정성껏 준비했다. 통통하고 달콤하게 살이 오른 6월 초 끝물 앵두의 씨를 발라 투명한 얼음에 띄우고 유락을 부으니 하얀 눈 속에 알알이 박힌 산호 구슬 같았다. 양제, 소훈昭訓, 재인, 봉의 등의 측비들은 일찌감치 정자에 모여 재잘재잘 담소를 나누었다. 정비인 태자비가 세상을 떠난 뒤로 정권은 측비들을 잘 찾지 않았다. 그런 까닭에 종일 무료하기도 했고 서로 질투할 일도 없었으므로 그녀들끼리는 서로 사이좋게 잘 어울렸다. 5~6명의 여인네들이 모여 깔깔 웃는 소리가 저 멀리 정권의 귀에까지 들리자, 정권은 미간을 살짝 찌푸렸다. 여인들의 웃음소리는 정권이 정자 안으로 들어오자 뚝 그쳤다. 정권은 잔뜩 지루함을 느끼며 형식적인 몸짓으로 대충 앵두를 가리켰다.

"황궁에서 보내왔소. 4월에도 이미 먹었으니 새롭다고 할 건 없겠지. 맛보고 더위나 식히시오."

정권의 말에 정신이 돌아온 측비들은 각각 정권에게 감사의 예를 올렸다. 정권은 그녀들을 둘러보다가 인상을 쓰며 물었다.

"고 재인은?"

내시 한 명이 대답했다.

"주 총관이 그쪽으로는 사람을 보내지 않았습니다."

정권은 벌컥 성을 내며 질책했다.

"내가 측비들을 다 부르라고 하지 않았어? 주 총관한테 가서 직접 고 재인을 불러오라고 해."

---

* 요구르트 비슷한 음료. ―역주

측비들은 정권에게 사랑받은 기억이 없었다. 사랑받지 못하는 것도 서러운데 처음에는 구주라는 궁인에게 사랑을 빼앗기고, 최근에는 웬 비천한 궁인이 뜬금없이 첩지를 받아 소문이 무성했으니 그녀들의 속이 편할 리 없었다. 안 그래도 기분이 상한 터에 태자가 직접 그녀를 부르라고 지시하는 걸 보니 은근히 부아가 치밀었다.

잠시 뒤 아보가 도착했다. 소박한 복장에 옅은 화장을 보니 급하게 단장한 듯 보였다. 이유도 모르고 주순에게 불려 나와 정자에 한 상 차려진 광경을 보니 어리둥절할 따름이었다. 아보는 정권이 가리키는 대로 양제, 소훈 등에게 차례차례 예를 표한 뒤, 격분한 기미를 감추지 못하는 두 봉의에게서 껄끄러운 축하 인사를 받았다. 예를 마친 아보가 조용히 한구석으로 물러나 서자, 그녀를 따라온 궁인 두 명도 곁을 떠나지 않고 뒤에 바짝 붙어 섰다. 품계도 낮은 주제에 거만하게 궁인들까지 대동하고 정자에 자리를 잡자, 측비들은 더더욱 속이 부글부글 끓었으나 주군 앞이라 차마 티를 내지 못하고 암암리에 매서운 눈길로 쏘아보며 후일을 기약했다. 그녀들은 어느새 눈짓으로 대화하고 있었다. 아보를 보기 전에는 모두 용모가 빼어난 미인인 줄 알았는데, 지금 보니 피부가 하얀 것 말고는 지극히 평범했다. 그녀들이 소리 내어 떠드는 것도 아닌데, 정자는 보이지 않는 뜨거운 열기로 후끈 달아올랐다. 정권은 이 광경이 너무나도 우스웠지만 모르는 척하며 아보에게 말했다.

"너도 앉아라."

내신들은 측비들이 모두 자리에 앉자 앵두를 그릇에 담아 정권에게 먼저 올렸다. 정권은 손을 저으며 사양했다.

"측비들에게나 줘라."

그는 설탕녹두감초빙수*를 내오라고 한 뒤 연거푸 두 잔을 마셨다. 배 속은 시원했으나 겉은 여전히 더웠다. 그는 사방을 둘러보다가 아보를 가리키며 말했다.

"부채나 부쳐봐라."

아보는 마지못해 자리에서 일어나 둥글부채를 주워 들고 정권 옆으로 다가가 천천히 흔들었다. 측비들은 투기심 가득한 눈으로 그 광경을 바라봤다. 관과 속대도 쓰지 않은 태자가 새하얀 배자를 입고 주홍색 난간에 기댄 모습이 그림 속 신선처럼 아름다웠는데, 옆에는 주제도 모르는 비천한 신분의 아보가 서 있으니 도무지 격이 맞지 않았다. 엄격한 품행 교육을 받은 명문가의 규수들이었으나, 손동작이 거칠어지는 것은 어쩔 수 없어 정자 안은 순식간에 국자 부딪치는 소리로 가득 찼다. 잠시 멍하니 한눈을 팔던 정권은 측비들이 앵두를 깨끗이 먹은 것을 보자 더욱 따분해졌다. 그는 웃는 얼굴로 자리에서 일어나며 말했다.

"여기서 더위를 피하시오. 난 일이 있어 가봐야겠소."

그는 아보에게도 말했다.

"넌 날 따라와."

이 폭염에도 아리땁게 단장을 하고 나선 것은 낭군을 조금이라도 더 보기 위해서일 것이다. 그런데 꿈에 그리던 그는 잠시 머물렀다 바람처럼 떠나고, 그것도 모자라 웬 비천한 여자를 뒤에 달고 가니 그녀들의 심정은 한층 더 울적해졌다. 두 사람이 멀리 사라지기 무섭게 정자 안은 여인들의 원성으로 한껏 소란스러워졌다. 교태로 주군을 현혹시킨다느니, 비천한 하녀가 요조숙녀 행세를 한다느니 하는 가시 돋친 말을 내뱉어도 속은 풀리지 않

* 송대의 여름 음료.

왔다.

아보는 달빛을 받아 물결이 반짝이는 못가를 정권을 따라 걸었다. 정권은 대나무 숲을 지나다가 문득 걸음을 멈추고 미소를 지었다.

"여기서 본궁의 학가로 뛰어들었었나?"

아보는 얼굴을 붉히며 고개를 끄덕였다.

"네."

정권은 물었다.

"계획이 무엇이었지?"

아보는 조용한 목소리로 대답했다.

"큰일이란 한 번의 시도로 이루어지지 않는 법이죠. 서원이 넓다 한들 손바닥만 한 크기니 들락날락거리다 보면 언젠가 전하와 마주칠 날이 올 거라 생각했습니다. 그런데 시운이 소인에게 있었는지 운 좋게도 완의소 밖으로 나가자마자 전하의 귀한 얼굴을 뵐 수 있었죠."

정권은 발 옆에 치이는 깨진 유리기와를 발로 차 물속에 빠트리며 우습다는 듯 감탄했다.

"좋아, 좋아. 그렇게 말하니 마음에 드는군."

그는 두어 걸음 앞서가다가 말했다.

"본궁의 외숙이 돌아오신다."

맥락 없이 뱉은 말에 아보는 잠시 주저하다가 대답했다.

"그 일은 잘 모릅니다."

정권이 말했다.

"그래서 말하지 않느냐. 외숙이 돌아온다는 소식에 서원 궁문 앞으로 그간 사람이 많이도 몰렸다. 난 그 소란이 싫어 몸이 안 좋

다는 핑계로 며칠이나 서원에 틀어박혀 있었지. 내가 왜 그랬을
까?"

아보는 고개를 끄덕이며 대답했다.

"신의 집 문 앞이 시장과 같을지라도 신의 마음은 물과 같습니
다.*"

정권은 박수까지 치며 한바탕 크게 웃다 땅바닥에 주저앉았다.

"넌 정말 이상한 아이야."

아보는 그가 웃음을 그칠 때까지 기다렸다가 한숨을 쉬며 물
었다.

"소인에게 이 일을 알려주시는 이유가 무엇입니까?"

정권은 아보의 어깨를 토닥이며 웃었다.

"앵무새가 아무리 말을 잘해도 기껏해야 새지. 내게 튼튼한 새
장이 있는데 내 설의낭자**가 누구의 말을 흉내 낼까 걱정할 필요
가 있겠느냐?"

그의 온화하기 그지없는 표정을 보자, 아보는 조금 전 먹은 앵
두가 떠올랐다. 단맛이 혀끝을 달콤하게 스친 뒤에 목구멍으로
들어온 얼음은 심장을 싸늘하게 얼릴 만큼 시리도록 차가웠다.

측비들의 예측과 달리, 그날 밤 정권의 침상으로 부름을 받은
사람은 그녀들이 그토록 욕하고 시기했던 고 재인이 아니라 유일
한 양제인 사씨였다. 사 양제는 명문가의 규수로 그 고귀한 혈통
은 결코 태자비에 뒤지지 않았다. 황제가 따로 태자비를 간택하지
않는다면 그녀가 한 단계 위로 올라가리라는 것은 자명했다.

---

* 臣門如市, 臣心如水. 한나라 애제哀帝의 충신 정숭鄭崇이 외척의 모함을 듣고
자신을 의심하는 애제에게 한 말. ─역주
** 양귀비가 키웠다고 전해지는 전설 속의 앵무새 이름.

제 17 장

장군의 백발

장주와 경성은 천 리 길에 가깝다. 대군을 거느린다면 밤낮으로 쉬지 않고 달려도 보름은 족히 걸리는 거리였다. 조정은 매년 군사정책을 시행하면서 병력 동원이 무력한 상황을 가장 염려했으므로 절반이 넘는 부군府軍을 승주承州에 상주시켰다. 승주와 장주는 인접해 있었으므로 조정은 보좌직인 정·부 도독을 특별히 두어 장주의 군 사무를 처리하는 한편, 필요할 때 기동성 있게 병력 배치를 조정할 수 있게 하였다.

칙사는 5일 뒤 장주에 도착했다. 고사림은 그때까지도 붙잡은 포로를 점검하고 전장을 정리하던 터라 황제의 칙령을 받고는 살짝 의아한 마음이 들었다. 어쨌든 성지는 받들어야 하므로 급히 포상할 전공자의 명단을 정리하고 포로와 전리품을 조율한 뒤, 그들을 앞서 보내며 관중關中을 거쳐 지름길로 경기京畿로 가라고 지시했다. 그는 남아서 급하고 중요한 사무를 적당하게 마무리하고 사후 처리와 제반 사항은 남아 있을 몇 명의 부장副將에게 인계했는데, 이렇게만 해도 3일이 훌쩍 지났다. 그는 드디어 공이 높은 장령將領 몇 명과 근위병 500명을 이끌고 가볍게 군장한 뒤 말에 올라 날이 밝기를 기다리지 않고 길에 올랐다.

부장 고봉은은 그를 전송하면서 호기심이 일어 물었다.

"폐하께서 시일을 넉넉하게 주셨는데 왜 이토록 서둘러 떠나십니까?"

고사림은 그를 힐끔 보고는 대답했다.

"군주가 오라는 명을 내리면 수레가 준비되기를 기다리지 않고 떠나는 법이라고 했다. 난 벌써 수일을 지체했으니 이미 명을 어긴 셈이지. 내가 떠나면 모자람 없이 군무를 처리해야 한다."

고봉은은 낭랑한 목소리로 대답했다.

"대사마의 지엄한 군령, 마음 깊이 새기겠습니다."

그는 잠시 생각하더니 활짝 밝아진 표정으로 말했다.

"사촌 동생의 얼굴은 장가갈 때 본 게 마지막인데 지금은 어떤지 모르겠어요."

고사림의 꾸지람이 떨어졌다.

"어허! 전하라고 불러야지."

"네."

고봉은이 대답하자, 고사림은 한숨을 내쉰 뒤 다시 물었다.

"내가 어젯밤 지시한 건 빠짐없이 기억하고 있겠지?"

"대사마는 안심하고 떠나십시오."

고봉은은 두 손을 맞잡아 예를 갖추며 대답한 뒤 덧붙였다.

"아버지, 마음 푹 놓으세요."

고사림은 고개를 끄덕인 뒤 등자를 딛고 말에 올라 칙사 일행과 함께 길을 떠났다.

고사림 일행은 쉬지 않고 말을 달려 6월 말 무렵에는 경기와 가까운 상주相州에 도착했다. 황제가 정해준 시일까지는 아직 5

일이 남아 있었다. 이때부터는 이동 속도를 늦췄다. 그는 앞서 보낸 포로 호송 대열을 기다렸다가 함께 떠날 것이라고 칙사에게 말하며 먼저 경성으로 가서 황제에게 보고하게 했다.

소식을 들은 황제는 당연히 기뻤다. 그는 예부에 전공을 치하하는 의전이 잘 준비되고 있는지 물은 뒤, 순조롭게 진행되고 있다는 것을 확인하고는 더욱 기뻐했다. 그가 이어서 태자의 상황을 묻자, 태의원을 관장하는 예부 관리가 답변했다.

"태자 전하는 아직 보본궁에서 요양 중이십니다."

황제는 미간을 찌푸리며 말했다.

"무슨 대단한 병이라고 열흘이나 요양을 해? 그만하면 되었다. 당장 가서 짐의 칙령을 전해라. 곧 도착할 외숙의 영접 예식을 주관해야 하니 일찌감치 준비하라고 일러."

정권의 병은 황제의 성지가 도착하자 당연히 씻은 듯이 나았다. 그는 맑은 정신으로 예부의 수장들을 맞은 뒤 의전의 진행 순서를 물었다. 역시나 절차는 유제*와 조정의 법도를 벗어나지 않았다. 가장 먼저 일행을 영접한 뒤 종묘에 포로를 바치고, 그 이후에 태묘와 태사**에 고한 다음 마지막으로 연회를 베푸는 순서였다. 그러나 정작 정권의 관심은 다른 데 있어 설명이 끝나기를 기다렸다가 이렇게 물었다.

"교외 영접의 예식과 공양은 어느 위소衛所에서 책임지오?"

본조에는 궐내 수비를 전담하는 황제 직속의 친군위親軍衛가 있었고, 그 외에 경군위京軍衛에 속한 위소가 있었다. 이들이 경

---

* 선조 대에서 전해지는 제도. ─역주
** 황제가 백성을 위해 제사지내는 곳. ─역주

성의 보안을 담당하는 것은 물론, 제사를 지내기 전 도로 청소와 순찰, 의장을 담당했으므로 태자의 질문이 뜬금없는 것은 아니었다. 예부의 제사는 태상시의 소관이었으므로 이때는 태상시경 겸 첨사부 소첨인 부광시가 질문에 답했다.

"응양위鷹揚衛, 효기위驍騎衛, 천장위天長衛, 회원위懷遠衛 네 곳이 맡았습니다."

정권은 인상을 쓰며 되물었다.

"누가 그렇게 배치했소?"

부광시가 대답했다.

"제왕 전하시옵니다."

정권은 또 물었다.

"제왕이 왜?"

순간 관원들은 당황해 서로의 얼굴만 힐끔힐끔 보다가 좌시랑左侍郎 조상법에게 눈짓으로 답변을 떠넘겼다. 한 달 전 조정 대신들의 추천으로 예부상서 하도연이 중서령中書令으로 임명된 뒤, 예서의 인선이 아직 정해지지 않았으므로 좌관佐官 조상법이 임시로 상서의 업무를 대행하고 있었다. 그는 떠넘길 사람도 없었으므로 마지못해 조심스럽게 대답했다.

"폐하의 성지시옵니다. 폐하는 대사마의 개선은 나라의 큰 경사이므로 반드시 경성에 있는 황자가 장군을 영접해야 격이 맞는다고 하셨습니다. 제왕 전하는 과거 천자를 대신해 제사와 열병을 관장하셨으니 이번 의전도 손쉽게 치르실 것입니다."

정권의 물음은 그치지 않았다.

"그렇게 따지면 조왕도 있지 않소?"

조상법은 답변했다.

"조왕 전하도 당연히 참석하실 것입니다."

정권은 말했다.

"참석이야 당연하겠지. 내가 묻는 건 조왕도 병사를 거느리냐는 거요."

그때 부광시가 옆에서 끼어들었다.

"조왕 전하는 영접만 하시고 위군을 거느리지는 않습니다."

정권은 의아해하며 물었다.

"어째서? 조왕은 벌써 관례를 치렀고 왕의 작위도 받았는데, 왜 조왕에게는 그 몫이 돌아가지 않소?"

"그것은 폐하께서……."

조상법이 대답하려는데 정권이 말을 끊었다.

"폐하께서 조왕을 입에 올리지 않으신 이유는 조왕을 아끼지 않으셔서가 아니라, 아직 어린 나이에 중책을 맡기기가 염려스러워서겠지. 폐하께서는 전공을 세운 신하를 환대하고 싶어 하시오. 그 고심을 아들인 본궁이 어찌 모르겠소? 본궁과 함께 경성에 거주하는 적황자는 제왕과 조왕뿐이니, 두 사람이 이번 의전의 격을 높일 거라는 사실은 의심할 여지가 없지. 다만 본궁은 조왕의 체면과 중궁의 심중이 염려되오."

그는 말을 마친 뒤 조상법을 바라보며 씨익 웃었다.

"당연히 이건 본궁 개인의 의견에 불과하오. 실행 가능 여부는 경들의 풍부한 경험을 바탕으로 조언해주시오."

조상법은 어쩔 줄을 몰라 쩔쩔매다가 사방을 쓱 둘러본 뒤 다른 대신들에게 떠넘겼다.

"다른 대신들의 의견을 청하겠습니다."

오랫동안 태자의 측근이었던 우시랑右侍郎 송석시는 총명하고 기민한 자였다. 그는 즉시 태자를 거들며 말했다.

"신등, 전하의 사려 깊은 마음에 감격했습니다. 전하의 효심과 형제를 아끼는 마음이 이토록 지극하시니 신등이 어찌 그 의견을 살피지 않을 수 있겠습니까? 저희가 폐하께 상소문을 올려 조왕 전하도 금위군을 함께 지휘할 수 있도록 하겠습니다."

광록시경光禄寺卿은 이 일과 전혀 관련이 없었으나, 오래전부터 태상시경과 앙숙이었으므로 앙심으로 태자의 편을 들었다.

"송 시랑의 의견이 옳습니다. 조 시랑은 어찌 생각하시오?"

광록시경이 갑자기 추궁하자, 조상법은 그가 몹시 얄미웠다. 이런 상황에서는 대충 애매하게 얼버무리는 게 상책이었다.

"신은⋯⋯ 전하의 말씀이 백번 타당하나⋯⋯, 그것이⋯⋯."

조상법이 말을 마치기도 전에 광록시경이 그의 말을 끊었다.

"조 대인도 동의하니 마침 잘됐습니다. 부 대인이 태상시경이니 상소를 올리기에 가장 적당하다고 사료되옵니다. 신등이 상소문에 함께 이름을 올리겠습니다."

정권은 웃으며 말했다.

"본조는 예를 바탕으로 세운 나라이니 반드시 모든 일을 예의에 어긋나지 않게 처리해야 하오. 이 자리에 있는 경들은 나라의 기둥이나 다름없으니 본궁은 경들만 의지하겠소."

관원들이 거듭 감사의 예를 올리자, 정권은 웃으며 자리를 떠났다.

고사림은 모든 채비가 마쳐지길 기다리며 황제의 성지가 당도하는 즉시 입성할 수 있도록 교외에서 대열을 정비했다. 황태자는 새벽부터 동궁으로 향했다. 인시(새벽 3시~5시)에 잠에서 깨어나 의관을 갖춰 입고 황제의 조서를 들은 뒤, 금로*에 올라 외

---

* 황금 수레. —역주

성外城의 북락문北落門으로 향하니 이제 막 해가 떠오르는 참이
었다. 아직 무더운 날씨는 아니었으나 황제를 대행해 개선 행렬
을 영접하고 종묘에 고하는 날이므로 곤룡표와 면류관을 완벽하
게 갖춘 상태였다. 게다가 안에는 비단 의상과 내의를 껴입고 위
에는 폐슬*까지 걸쳤으며, 혁대와 옥패는 물론 대수**와 의전용
검까지 치렁치렁 달고 있어 거동이 여간 불편한 게 아니었다. 힘
겹게 성벽 꼭대기에 도착해 멈춰 서니 어느새 온몸에서 땀이 비
오듯 철철 흘러내렸다. 옆에서 그를 보좌하던 내신은 보다 못해
그의 이마에 난 땀을 닦으며 장군이 입성할 성문을 목이 빠져라
바라봤다.

정권은 성첩***으로 다가가 아래를 내려다봤다. 말 위에 탄 갑
옷과 투구 차림의 제왕과 조왕 뒤로 금군 천여 명이 늘어서 있었
고, 백관은 그 양옆에 서 있었다. 천여 명이 넘는 인원이 모여 있
는데도 나무 꼭대기의 매미 소리와 숲속의 새 지저귀는 소리 말
고는 쥐 죽은 듯 고요하기만 했으니, 그 위용과 당당함이 하늘에
닿을 듯했다. 정권은 이 위엄 있는 행렬의 가장 꼭대기에 있었으
나 위험한 난간에 위태롭게 기댄 듯 불안하기만 했다. 높은 나무
에 바람이 잦다는 것이 바로 이런 것이리라.

황제는 성대한 환영식을 준비해 고사림을 공개적으로 치하하
는 한편, 정권에게는 그를 직접 맞이하라는 칙령을 내렸다. 이는
황제 자신과 정권의 위신을 모두 세우는 조치였다. 그러나 황제
는 교외 영접에 동원되는 위군의 통솔을 제왕에게 맡김으로써 원
래 혼란의 도가니였던 조정의 형국을 더욱 혼탁하게 휘저었다.

＊　예복의 앞에 늘여 무릎을 가리는 천. ─역주
＊＊　어깨에서 허리까지 걸치는 수. ─역주
＊＊＊　성 위의 낮은 담. ─역주

본조의 친위군은 12위로 편성되어 있다. 그 명칭은 각각 금오우위金吳右衛, 금오좌위金吳左衛, 호분우위虎賁右衛, 호분좌위虎賁左衛, 우림우위羽林右衛, 우림좌위羽林左衛, 신책위神策衛, 천책위天策衛, 용양위龍驤衛, 봉상위鳳翔衛, 표도위豹韜衛, 비웅위飛熊衛였다. 이 12위를 통솔하는 건 황제가 위임한 4명의 후侯, 백伯, 부마駙馬지만, 사실상 황제 본인이 직접 통솔하는 것이나 다름없다. 한편 경군위가 관할하는 22위소인 부군전위府軍前衛와 후위後衛, 부군좌위府軍左衛와 우위右衛, 무덕위武德衛, 무위위武威衛, 광무위廣武衛, 흥무위興武衛, 영무위英武衛, 신무위神武衛, 웅무위雄武衛, 진무위振武衛, 선무위宣武衛, 응양위, 효기위, 천장위, 회원위, 숭인위崇仁衛, 장하위長河衛, 기수위旗手衛, 진남위鎭南衛, 의용위義勇衛 중 7위의 지휘사는 이백주가 추부와 중서에 임직하던 당시 직접 선발한 사람으로, 제왕의 측근이었다. 이번에 교외 영접에 동원된 응양, 효기, 천장, 회원위는 제왕이 손아귀에 쥔 7위소에 포함되어 있지 않았다. 만약 제왕이 이번 기회에 자연스럽게 4위소의 병력 4~6천을 장악한다면 경군위의 절반 넘는 병력이 그의 수중으로 넘어가게 되는 것이다.

　정권은 멀리 백관을 향해 시선을 옮겼다. 워낙 거리가 멀어 붉은색, 자주색의 관복과 하얀 구슬이 달린 구류관만 희끄무레하게 아른거릴 뿐, 누가 누구인지 얼굴까지 세세히 분간할 수는 없었다. 문득 장육정 등의 측근이 그에게 보고하는 각 성부 간의 보이지 않는 거센 암투가 떠올랐다. 어지러운 판세를 힘겹게 가늠하며 선택을 유보할 그들을 생각하니 절로 은밀한 탄식이 새어 나왔다. 황제는 4위소를 제왕과 조왕이 각각 둘씩 나누어 통솔하게 하자는 주청을 윤허했다. 그리해 정권은 그나마 숨을 돌릴 수 있었다. 적어도 조왕이 통솔하는 천장위와 회원위의 병부는 오늘 교외 영접이 끝난 뒤 신속하게 원래의 자리로 복귀할 것이다.

개국 초기에 조정 관리는 '황태자는 식사를 대접하고 문안 올리는 것 말고는 바깥일에 관여하지 않아야 한다'고 했고, '무군*과 감국**은 한漢대부터 지금까지 상황에 맞게 융통성 있게 시행되어 왔다'***고 간언했다. 그러니 동궁위 수백 명 외에 정권이 직접 동원할 수 있는 부대는 수중에 없었다. 추부는 이백주를 제거한 뒤 다른 사람의 손아귀로 떨어졌다. 괜히 애써서 남 좋은 일만 했다는 생각이 또다시 들자 갑자기 때아닌 울화가 벌컥 치밀었다.

성 위의 근신들은 그가 고개를 내민 채 서 있는 모습만 보일 뿐 복잡한 속내까지 알 수는 없었던지라, 실실 웃으며 "장군의 거가車駕는 아직이니 전하는 잠시 앉아 숨이나 돌리시죠" 하고 권했다가, 정권이 고개를 휙 돌려 무섭게 노려보자 찔끔하며 입을 다물었다.

다시 반 시진이 흘러 누군가 장군이 성 아래 당도했음을 고하자, 정권은 즉시 사신에게 교지를 반포해 장군을 입성시켰다. 잠시 뒤 멀리서 뿌연 먼지가 자욱하게 일어나 하늘을 뒤덮으며 땅이 흔들리기 시작하더니, 저 멀리 기병을 이끌고 다가오는 수백의 군사가 서서히 형체를 드러냈다. 대열 양측으로 바람을 맞아 세차게 펄럭이는 대기大旗도 점점 뚜렷해지고 있었다. 한쪽 열은 특근영록대부特近榮祿大夫, 좌주국左柱國, 태자소보太子少保, 무덕후고武德侯顧, 또 다른 열은 추부상서, 장주도독, 승주부도독, 진원대장군고鎮遠大將軍顧였다. 정권은 펄럭이는 깃발의 글자가 명확하게 보이기 시작하자 성 아래로 내려갔다. 제왕과 조왕은 그

---

* 군정 대행. —역주
** 국정 대행. —역주
*** 『송사宋史·우무전尤袤傳』에서 인용.

가 내려오는 것을 보고 즉시 말에서 내려 그의 등 뒤에 섰다. 우렁
찬 북소리, 하늘을 진동시키듯 울리는 기악 연주와 함께 고사림
이 드디어 성 아래로 모습을 드러냈다. 그는 말에서 내려 한쪽 무
릎을 꿇고 앉으며 정권에게 예를 갖췄다.

"신 고사림, 황태자 전하를 뵈옵니다."

법도에 따르면 갑옷과 투구 차림의 장군은 무릎을 꿇는 절차
는 생략할 수 있었다. 정권은 급히 그를 부축해 일으키며 말했다.

"일어나세요. 대사마께서 큰 공을 세우느라 노고가 크셨습니
다. 폐하께서 성대하게 대사마를 맞이하라고 내게 특별히 부탁하
셨어요."

고사림은 다시 한 번 황제의 천은에 감사하며 절을 한 뒤 이어
서 두 왕에게도 절했다. 제왕은 답례하며 웃었다.

"외숙, 뭘 이렇게까지 하시나요."

정권이 외숙의 얼굴을 다시 본 건 4~5년 만이었다. 그의 얼굴
을 분주히 살펴보니 어느새 기억 속의 모습보다 훌쩍 늙어 있었
다. 고씨 일족은 원래 외모가 눈부시게 아름다웠는데, 이를 두고
선황제는 장난스럽게 이렇게 말하고는 했다.

"덕과 재주를 겸비한 고상한 꽃들이 모두 정원 밖으로 빠져나
갔구나."

정권도 외삼촌을 상당히 빼닮았다. 고사림도 곱상한 얼굴 때
문에 때로는 장병 앞에서 위엄이 잘 서지 않았다. 그가 산기사인*
으로 처음 지방에 출정을 나갔을 때는 수려한 용모와 고귀한 가
문 출신이라는 사실, 그리고 재상의 아들이자 영왕의 매형이라는
신분 때문에 뒤에서 '말 탄 도련님'이라고 불리며 조롱을 당하기

---

* 散騎舍人, 황제가 몸소 거느리고 지휘하는 군사. ─역주

도 했다. 그러나 그렇게 곱상한 외모를 자랑하던 그도 세월을 피해 가지는 못했다. 그의 깊은 눈동자에도 세월의 풍상이 그득했다. 정권은 부쩍 늙은 외숙의 모습에 가슴 한구석이 찡해지자 뒤에 있는 두 왕을 돌아보며 말했다.

"장군의 말을 태묘로 인도하십시오."

두 왕은 군령에 따라 고사림이 이끌고 온 군사를 성 밖에 안치하고, 4위로 황태자의 연가輦駕, 장군의 병거兵車와 기마를 둘러싸 호위하며 성 안으로 들어갔다. 관원들도 태자의 어가가 출발하자 일제히 뒤를 따랐다. 금 안장과 비단 덮개로 말을 장식한 호화로운 군대와 예복 차림의 고위 대신이 장엄하게 길을 가득 메우자, 백성들은 길 양쪽에 죽 늘어서서 구경하기에 여념이 없었다. 나라의 큰 축제의 위엄이 하늘에 닿으니 백성들 역시 잔뜩 흥분한 채 분위기를 만끽했다.

아치형 성문 밖에서는 포로를 종묘에 바치는 헌부례獻俘禮가 열렸다. 전날 담당 관리는 성 위에 황제의 어좌를 설치하고 아래에는 대장군의 좌석을 설치했으며, 그 아랫자리에 문관은 동쪽에서 서쪽 방향으로, 무관은 서쪽에서 동쪽 방향으로 죽 늘어서도록 배치했다. 옷을 갈아입은 참석자들이 각자의 자리를 찾아 앉자 기악 연주와 채찍 소리가 예식에 흥을 더했다. 승전 의식이 끝나자 포로를 바치는 의식이 선포되었다. 형서 두형이 황제에게 상소하자 포로들이 형관에게 넘겨졌고, 잠시 뒤 칙지가 아치문 아래로 하달되자 포로들은 석방되었다. 중국 의관을 하사받은 포로들은 얼마 동안 이번원理藩院에서 관리할 것이다.* 그와 동시에 공이 높은 장군들의 공을 치하한다는 칙지도 내려졌다. 고사림이

---

* 포로를 바치는 의식은 명대에 시작되었다.

공을 세웠다고 보고한 장군들이 하나도 빠짐없이 상을 받자, 모두가 뛸 듯이 기뻐하며 황제에게 감사의 예를 행했다.

이토록 번거롭고 불필요한 의식은 해질녘까지 계속되었다. 대신들은 새벽부터 일어나 어가에 동행하고 명당明堂과 태묘를 전전하며 옷 갈아입기만 수차례를 반복한 터라 일찍부터 배가 꺼져 말할 기력도 없었고, 손발도 축축 힘없이 늘어졌다. 곧이어 북과 기악 소리가 울리며 고사림의 공을 축하하기 위한 연회가 열렸다. 대전 곁채에 있던 3품 이하의 관원들도 예의 따위는 벗어던진 채 큰 소리로 떠들며 잔치를 즐겼다. 그들은 그러면서도 시시각각 대전의 상황을 살피는 것을 잊지 않았다.

대전에는 성 밖에서 성문을 수호하는 제왕과 조왕을 제외한 모든 대신이 일제히 모여 있었다. 연회가 열리기 직전 신하들은 일상 관복으로 갈아입었는데, 고사림은 추부상서를 겸하고 있었으므로 3품 문관의 자색 관포를 입고 옥 물고기 장식이 달린 옥대를 찼다. 황제는 문관 복장의 고사림을 보더니 그를 손가락으로 가리키며 태자를 향해 웃었다.

"문무를 겸한 명장을 본 적이 있느냐? 고사림이 바로 그런 사람이니라. 오늘 이 연회는 나라의 잔치이기도 하지만 집안의 잔치이기도 하다. 태자는 속히 외숙에게 잔 올리지 않고 뭐 하느냐? 짐을 대신해 올려드려라."

정권은 황제의 명을 받고 내신이 올린 금잔을 받아 고사림의 자리로 다가갔다. 고사림은 정권이 다가오는 것을 보고 일찌감치 자리에서 일어나 기다리고 있었다. 정권은 웃으며 권했다.

"고생하셨습니다. 잔 받으시지요."

고사림은 두 손으로 공손히 잔을 받든 뒤 황제에게 허리를 숙여 예를 갖췄다.

"성은이 망극하옵니다, 폐하."

그는 잠시 뒤 정권에게도 말했다.

"감사합니다, 전하."

그가 술잔을 남김없이 비우자, 다른 대신들도 태자의 뒤를 따라 너도나도 일어나 술을 권하는 바람에 연회장은 순식간에 떠들썩해졌다. 요란한 음악 소리도 그의 공을 찬양하는 소리와 시를 짓는 소리에 묻혀 들리지 않았다.

술시(저녁 7시~9시)에 시작된 연회는 해시까지 이어졌다. 대전 밖 하늘에는 어느새 총총히 별이 가득 박혔고 옥승*이 낮게 깔렸다. 주량이 센 편인 고사림도 이때는 눈과 귀가 모두 혼미해져 무슨 질문을 해도 엉뚱한 말을 해댔다.

황제는 고사림이 취한 것을 보고 웃으며 말했다.

"장군, 많이 취한 듯하니 오늘은 궁에서 쉬시오."

그는 정권에게도 분부했다.

"외숙을 부축해 모셔다드려라."

정권은 허리를 공손히 숙이며 대답했다.

"신은 폐하가 쉬실 때까지 곁에서 모시겠습니다."

황제는 대답했다.

"여긴 너 말고도 시중들 사람이 많으니 가도 된다."

정권은 그제야 수락하고는 왕신에게는 외정外廷에 궁실을 마련하라고 지시하고, 다른 사람에게는 고사림을 부축하게 한 뒤 뒤를 따랐다.

내시는 고사림을 침상에 눕힌 뒤 그의 비녀와 갓끈을 풀고, 왕

---

* 북두 5성 북쪽의 별 이름. ─역주

신이 명한 대로 성주석*과 열탕을 준비하러 나갔다. 모두가 한순간에 밖으로 나가자, 왕신 역시 숙질 두 사람만 남겨두고 자리를 떠나 문을 닫았다. 정권은 하얗게 센 고사림의 머리카락을 보자 사무치는 슬픔을 참을 수 없었다. 그는 그대로 고사림의 얼굴을 한참 지긋이 바라봤다. 정권이 마침내 자리에서 일어나려는데 고사림이 불쑥 말을 걸었다.

"전하, 그사이에 훌쩍 자라셨습니다."

정권은 고개를 돌리며 가볍게 외쳤다.

"외숙!"

고사림은 자리에서 일어나 앉아 고개를 끄덕였다. 고사림은 정권의 얼굴과 차림을 세세히 살폈다. 기쁨과 슬픔이 가슴속에서 복잡하게 뒤엉켰다. 한참 만에야 그는 정권에게 말했다.

"듣자 하니 네 아버지가……."

정권은 고개를 끄덕였다.

"다 이유가 있어요. 외숙은 걱정하지 마세요. 알아서 잘 대처하고 있으니까요."

고사림은 고개를 저으며 말했다.

"너도 참 간이 크구나."

두 사람은 한동안 말이 없었다. 시간이 흐른 뒤, 정권은 활짝 웃으며 물었다.

"형은 잘 있어요?"

고사림은 대답했다.

"걔는 잘 있다. 내가 떠나기 전 네 안부를 묻더구나."

정권은 말했다.

---

* 술을 깨게 한다는 돌. ─역주

"그것 참 다행이네요. 외숙, 경성에서 며칠 편안히 푹 쉬다 가세요. 다만……."

정권은 잠시 말을 중단했다가 이어서 말했다.

"다만 외부인과는 접촉하지 마세요."

고사림은 고개를 끄덕이며 대답했다.

"신, 명심하겠습니다."

정권은 말했다.

"사사로이 외숙을 만나러 갈 수는 없어요. 외숙도 그러시면 안되고요."

고사림은 이번에도 고개를 끄덕이며 함박웃음을 지었다.

"전하, 다 크셨습니다. 신, 죽어도 편히 눈을 감겠습니다."

정권은 눈물을 흘리지 않으려고 안간힘을 썼다. 외숙의 마음을 달랠 좋은 말을 계속 생각했지만 아무리 애써도 나오지 않았다. 그가 마침내 한 말은 이것이었다.

"변방의 척박한 기후와 차디찬 무기에 시달리시더니 많이 약해지셨나 봅니다. 제발 그런 불길한 말씀은 하지 마세요. 경성은 내가 맡을 테니 외숙은 그저 마음 편히 전방을 지키세요."

고사림은 정권의 말에 칼이 심장을 찌르는 듯 가슴이 아팠다. 그는 일어서서 정권의 뒷머리를 부드럽게 어루만지며 가볍게 탄식했다.

"아보, 착한 아이구나."

정권의 얼굴에서 순식간에 핏기가 싹 가셨다. 등불 밑에 비친 그의 얼굴은 오싹하도록 섬뜩했다. 고사림은 실언을 후회하며 억지웃음을 지었다.

"신이 취해 선을 넘었습니다."

정권은 고개를 저으며 말했다.

"어머니가 떠나신 뒤로 날 이렇게 부르는 사람이 아무도 없었어요."

두 사람은 각자 하고픈 말을 가슴속에 가득 품었지만 차마 내뱉을 수가 없었다. 자리를 떠났던 왕신이 내시를 데리고 돌아오자, 정권은 잘 모시라고 당부하고는 다시 연회장으로 향했다.

정권이 도착하니 마침 황제가 어가에 오르려는 참이었다. 정권이 황급히 다가가 그의 팔을 부축하자, 황제가 물었다.

"외숙은 잠들었느냐?"

정권이 대답했다.

"네."

황제는 정권을 힐끔 보고는 물었다.

"네 안색은 왜 이렇게 안 좋으냐?"

정권은 대답했다.

"폐하도 신의 미약한 주량을 아시지 않습니까."

황제는 허허 웃으며 말했다.

"그럼 먼저 돌아가 쉬어라."

정권은 웃으며 대꾸했다.

"아버지가 그렇게 말씀하시면 소자는 벌을 받아야 합니다."

황제는 웃으며 말했다.

"가봐. 너도 오늘 하루 수고가 많았다. 짐이 오늘 기분이 좋으니 가서 쉬는 벌을 내리마."

정권은 끝내 사양하며 황제를 기어이 안안궁까지 부축해 모신 뒤, 자리에 눕는 것을 보고서야 인사를 하고 물러났다. 연조궁에 이른 그는 도저히 참지 못하고 소매를 당겨 몰래 눈가를 훔쳤다.

제
18
장

쓸쓸한 가을바람 일고

외신이 황궁에서 하룻밤을 자는 것은 대단히 파격적인 일이었다. 이 소식은 간밤 사이 빠르게 퍼져, 다음 날 아침 고사림이 깨어나 황제에게 감사의 문후를 올릴 때는 이미 조정의 고관부터 말직에 이르기까지 모르는 사람이 없었다. 고사림이 집으로 돌아가자, 이번에는 다양한 마음을 품은 잡인들이 구름처럼 대문 앞으로 몰려들었다. 고사림은 며칠간 분주하게 달려오느라 피로가 쌓여 혹여나 손님 대접에 소홀해 결례를 범할까 염려된다는 좋은 말로 양해를 구한 뒤, 손님들을 한 사람도 빠짐없이 문 앞에서 돌려보냈다. 고사림의 아내는 세상을 떠났고 장자는 전사했으며, 둘째 아들은 장주를 지키고 있었다. 집안에 남은 가족이라고는 비첩 몇 명뿐이었으므로, 그는 종일 이 낯선 얼굴들과 마주하며 국경의 일을 걱정했다. 한편 황태자는 고사림의 귀환으로 공사가 다망하다며 종일 연조궁에 머무르다가, 궁문을 닫을 시간이 되어서야 서원으로 돌아왔다. 두 사람의 거동을 목이 빠져라 지켜보던 이들 중 누군가는 의기양양한 기색으로, 다른 누군가는 의기

252

소침한 기색으로 다시 각자의 직책과 직위에 집중했다. 자칫 큰 사건으로 번질 수도 있는 상황을 곧 벼락이라도 내리칠 것처럼 잔뜩 긴장한 채 조심하니 빗방울 하나 땅바닥에 떨어지지 않았다. 고사림이 황제의 부름을 받을 때나 태자와의 공식 접견 말고는 자중하며 조용히 지내니, 그가 장주로 돌아가기 전까지의 나날들은 아무런 풍랑 없이 고요했다.

고사림은 그렇게 한 달이 조금 넘게 경성에 머물렀다. 장주로 돌아가라는 황제의 명이 떨어졌을 때는 이미 푹푹 찌는 무더위가 살짝 가신 뒤였다. 정권은 황제의 성지가 드디어 떨어지자 남몰래 안도의 한숨을 내쉬었다. 고사림이 떠나기 전, 황제는 또다시 주연을 준비하라고 명했다. 가족 연회였으므로 진근 등이 고사림을 궁문에서 맞이해 안안궁으로 인도했다. 어구를 지나 고개를 드니, 그가 미처 피할 틈도 없이 푸른 관복을 입은 젊은 관원이 다가와 예를 갖추며 낭랑한 목소리로 자신을 소개했다.

"소관 첨사부 주부 허창평, 대사마를 뵈옵니다."

고사림은 걸음을 멈추고 가볍게 답례하며 말했다.

"예의가 바른 청년이군."

허창평이 고개를 들며 길가로 물러나자, 문득 그의 두 눈이 고사림의 눈에 띄었다. 어디선가 많이 본 듯 낯이 익은 얼굴이었다. 고사림은 가만히 생각하다가 웃으며 물었다.

"주부는 악주 출신인가?"

허창평은 정중하게 대답했다.

"소관 집안의 본적이 악주입니다."

고사림은 웃으며 고개를 끄덕였다.

"악주가 원래 기운이 상서로워서 뛰어난 인재를 많이 배출하지. 주부도 젊은 나이에 동궁을 보좌하게 됐으니 앞으로 크게 될 걸세."

허창평은 환하게 밝아진 표정으로 허리를 굽히며 대답했다.

"과분한 칭찬에 소관 몸 둘 바를 모르겠습니다."

허창평이 감격한 어조로 말하자, 고사림은 자신이 너무 마음을 많이 썼다는 생각에 정신이 퍼뜩 들었다. 그가 허창평을 뒤로하고 걸음을 재촉하니 옆에서 걷던 진근이 웃으며 물었다.

"역시 영명하십니다. 저 관리가 악주 사람이라는 건 어찌 아셨습니까?"

고사림은 웃으며 대답했다.

"상시는 모르겠군. 내 휘하에 악주 출신 부장이 있는데, 그자가 하는 말을 처음 들었을 때는 머리가 다 지끈거렸다네. 저 허 주부라는 자는 그보다는 발음이 명확하긴 해도 억양이 희미하게 남아 있는 건 어쩔 수 없더군."

진근이 온갖 미사여구로 그를 극찬한 뒤 웃으며 말했다.

"작은 것 하나로 횃불이 비추듯이 모든 걸 꿰뚫어 보시다니 대단한 통찰력이십니다. 저 수재 관원은 오늘 장군께 칭찬을 들었으니 오늘 밤은 설레서 한잠도 못 자겠네요."

황제가 오늘 강녕전에서 베푼 연회는 엄연히 가족 연회이므로 황제와 태자, 제왕과 조왕 및 종실 몇 명만 참석했다. 그중에서도 어린 연배의 종친들은 자리가 어려운 탓에 술도 못 마시고 말도 함부로 할 수 없었다. 그들이 황제의 심기를 거스르지 않는 상투적인 말만 해대니 연회석 분위기는 영 어색하고 재미가 없었다. 우두커니 앉아 한두 시진이 지나니 대화거리는 일찌감치 떨어졌고, 상에 차려진 진귀한 음식에 젓가락을 대는 사람도 거의 없었다. 분위기가 이렇게 되자, 황제는 연회를 마무리 지었다.

"벌써 시간이 이렇게 됐군. 짐은 장군과 할 말이 있으니 너희는 그만 돌아가도 좋다."

황제의 말이 떨어지자, 종친들은 대사면이라도 받은 듯 황급히 감사의 예를 다한 뒤 편한 식사를 하러 집으로 돌아갔다.

모두가 돌아가자, 황제는 고사림에게 고개를 돌리며 웃었다.

"연회가 뜻밖에도 지루했구려. 이런 분위기가 될 거라고는 짐도 예상 못 했소. 장군을 초대해놓고 결례가 되지는 않았는지 모르겠소."

고사림은 민망해하며 대답했다.

"황송하옵니다."

황제는 허허 웃으며 친히 잔에 술을 따라 고사림에게 건넸다.

"모지慕之는 정말 한결같구려."

고사림은 감사의 예를 표한 뒤 술을 들이켜고는 대답했다.

"신도 늙었습니다."

황제는 감개무량한 듯 손가락으로 세월을 세었다.

"우리가 얼마나 군신 사이로 지냈지?"

고사림은 대답했다.

"정신년부터이니 15년이나 부족한 능력으로 폐하를 모셨습니다."

황제는 고개를 저으며 말했다.

"자네가 산기사인일 때만 해도 우리는 친구였어. 그 세월을 제한다면 15년이지만, 짐이 친번親藩 시절 왕비를 맞았을 때부터 따진다면, 모지는 무려 26년이나 짐이 가장 신뢰하는 충신이었지."

고사림이 웃으며 말했다.

"그렇게 말씀하시니 황공하옵니다."

황제는 정색하며 말했다.

"짐은 없는 말을 하는 게 아니오. 공회 태자가 서거한 뒤 모지 그대와 고가가 내 편에 서지 않았다면, 짐과 소탁의 싸움에서 누가 승자가 됐을는지는 아무도 모르지. 짐이 오늘 이 자리에 오른 건 다 그대의 공이오. 가히 상주국*이 될 만했지."

황제가 갑자기 옛일을 언급하자, 고사림은 급히 술잔을 내려놓고 꿇어앉은 채 머리를 조아리며 말했다.

"폐하께서 대통을 물려받으신 것은 전부 폐하가 영명하시고 제왕의 풍모를 지니신 덕분입니다. 성상께서 그렇게 말씀하시니 신은 몸 둘 바를 모르겠습니다."

황제는 웃으며 말했다.

"다 빈말이고 헛소리요. 선제의 혈통을 이어받은 자라면 누구나 황제의 자리에 오를 수 있지 않겠소?"

고사림은 감히 입을 열지 못한 채 거듭 머리를 조아리며 황망해했다. 황제는 자리에서 일어나 그를 부축해 일으키며 웃었다.

"군주를 예를 다해 섬기는 걸 남들은 아첨한다고 말하지. 모지는 시종일관 지금처럼 지나치게 신중하오. 짐이 모지를 한결같다고 하는 건 바로 이를 두고 하는 말이오. 걸핏하면 꿇어앉아 머리를 조아리고 몸 둘 바를 모르겠다고 하니, 요즘엔 태자도 그대와 하는 행동이 똑같다오."

황제는 고사림이 자리에 앉는 모습을 지켜보며 또 물었다.

"듣자 하니 태자가 외숙의 집엔 얼씬도 안 한다더군? 짐의 기억으로는 태자가 어릴 때 가장 많이 따르던 사람이 그대가 아닌가?"

고사림은 웃으며 대답했다.

---

* 上柱國, 공을 세운 신하에게 내리는 명예 관직. —역주

"전하도 다 크셨는데 당연히 어릴 때와는 다르시겠지요."

황제는 여전히 웃으며 말했다.

"아마 가고 싶어도 못 가는 거겠지."

고사림은 대답했다.

"신은 외신이니 전하가 논란의 여지를 만들지 않으시려는 것도 이상한 일은 아닙니다."

황제는 탄식하듯 말했다.

"짐이 그 아이를 훈계하는 건 그 아이의 하는 일이 못마땅하기 때문이오. 높은 자리에 있는 아이가 매사 자중자애하지는 못할망정 무슨 논란을 그리 몰고 다니는지. 그래도 지금은 철이 많이 든 편이니 이제야 조금 마음을 놓겠소."

고사림은 말했다.

"폐하의 쓴 가르침은 다 전하를 위한 것이니 전하도 내심 폐하의 꾸중을 감사하게 여기실 겁니다."

황제는 그를 힐끔 볼 뿐 대꾸를 하지 않았다. 그는 잠시 뒤 고개를 저으며 하려던 말을 계속했다.

"다만 요즘 한 무리의 아둔한 소인배들이 이미 타계한 선황후를 두고 쓸데없는 논란을 조장하는 듯해 걱정이오. 짐이 두 형제를 경성에 남겨 태자 곁에서 공부하게 한 걸 두고 뒤에서, 어머니가 총애를 받으니 자식도 끼고 돈다느니 하는 터무니없는 말을 떠들고 널리 퍼트리니 말이오. 짐이야 한둘 죽여 없애면 그만이지만, 태자가 그 말을 철석같이 믿고 불안한 마음을 먹으면 무슨 유익이 있겠소? 다른 꿍꿍이속이 있는 자와 결탁해 악명을 쓰는 것밖에 더하겠소?"

고사림은 순간 입이 바짝 말라 몰래 마른침을 꿀꺽 삼킨 뒤 조심스럽게 말했다.

"만에 하나 전하께서 그런 마음을 품으신다면 폐하의 깊은 속을 모르고 간신들의 말에 휘둘리는 것이라 해야겠습니다."

황제는 웃으며 말했다.

"외숙이나 조카나 한다는 말들이 이렇게 똑같을 수가. 우리 삼랑이 그대같이만 장성한다면 짐이 지금처럼 마음 놓지 못할 일도 없을 텐데 말이오."

고사림은 고개를 숙이며 말했다.

"태자 전하는 천성이 순하고 총명한 데다가 폐하의 엄격한 훈육까지 받았으니, 신과 전하를 비교하는 건 비둘기와 곤붕*을 비교하는 것이나 마찬가지일 것입니다. 하물며 신은 이미 노쇠했고 전하는 앞날이 창창한 나이가 아니옵니까? 신이 오래도록 가슴에 품은 말이 하나 있었으나, 감히 폐하께 말씀 올려도 되는지 모르겠습니다."

황제는 말했다.

"모지와 짐 사이에 거리낄 것이 무엇이오? 시원하게 말해보시오."

고사림은 자리에서 일어나더니 바닥에 엎드려 머리를 조아렸다.

"변방의 상황이 안정됐으니 부디 유능한 사람을 뽑아 그곳에 두시고, 신은 이만 고향으로 물러나 전하를 보필하게 해주십시오."

황제는 크게 웃으며 대답했다.

"그건 윤허할 수 없소. 아직 흉노 떼가 기승을 부리는데 장군이 아니면 누가 만반의 태세를 갖춘단 말이오?"

고사림은 대답했다.

"신이 사직하고자 하는 뜻을 품은 것이 하루 이틀만의 결심은

---

* 큰 물고기와 큰 새, 곧 아주 큰 것을 비유. ─역주

아니니 부디 헤아려주십시오. 하물며 신의 지휘 실책으로 이번 전투에서 많은 인명이 헛되이 목숨을 잃지 않았습니까? 신을 벌하셔도 모자란 판국에 이렇게 환대하시니 그것만으로도 황송할 따름인데 무슨 염치로 그 자리를 지켜 공분을 사겠습니까?"

황제는 다시금 그를 부축해 일으키며 말했다.

"지난번 장군이 올린 상소는 짐이 충분히 생각했소. 전쟁이라는 게 원래 고달픈 것인데, 어찌 모든 게 장군 혼자만의 책임이겠소? 짐은 감히 장군을 손가락질하는 게 누군지 계속 지켜보겠소."

그는 고사림을 잠시 바라보다가 또다시 웃었다.

"짐은 군무가 얼마나 힘든지 잘 아오. 허나 다시 힘을 내주시오. 짐이 아니라 태자를 위해서라도 장군이 이 나라의 강산을 수호해야지. 발탁 건에 관해서는 요즘 봉은이의 전적이 출중하다고 들었소. 역시 호랑이에게서 개 새끼가 나지 않는다는 말이 틀리지 않구려. 꺼릴 것 없이 중임을 맡겨 크게 쓰시오. 훗날 장군의 작위를 물려받아 지금의 장군처럼 태자를 보좌해야지."

소용돌이치는 물살을 피하려는 자, 시체가 산을 이루는 피바다를 딛고 올라선 자는 각각 서로 마음에도 없는 소리를 주고받으면서도 끝까지 책잡힐 구석을 남기지 않았다. 황제가 말을 마친 뒤 그를 의미심장한 눈길로 바라보자, 고사림은 얼굴을 마주하다가 눈물 콧물을 줄줄 흘리며 감격한 듯 말했다.

"성은이 망극하옵니다. 폐하의 지극히 높으신 은혜, 반드시 죽음으로 갚겠습니다."

황제는 웃었다.

"모지가 그간 창 숲과 화살 비 사이만 누비더니 말을 참 서늘하게 하는군. 모지가 눈부신 공을 세우고 돌아와 갑옷을 벗는 날에는 짐이 친히 모지를 맞이하리다. 황제인 나나 신하인 그대나

유종의 미를 거두어 만세에 모범을 보여야 할 거 아니오."

두 사람의 은밀한 대화가 끝나자, 고사림은 공수를 하며 예를 표한 뒤 물러났다. 황제는 점점 멀어지는 그의 뒷모습을 바라보며 입가에 웃음을 머금고 말했다.

"같은 핏줄 아니랄까 봐 하는 행동이 판에 박았구먼."

진근이 옆에서 웃으며 거들었다.

"전하도 딱 저렇게 걸으시잖아요."

황제가 진근의 말에 흥 콧방귀를 뀌며 자리에서 일어나 소매를 떨치며 내전으로 들어가자, 진근은 허둥지둥 뒤를 따랐다.

정권은 내내 초조한 마음으로 식사를 하다가, 황제가 고사림과 독대하자 신경이 쓰여 견딜 수가 없었다. 그는 서원으로 돌아와서도 불안한 마음을 진정하지 못했다. 생각이 많아도 너무 많다며 자조하면서도 끝내 불안을 어찌할 수는 없었다. 정권은 필묵을 내려놓고 정원으로 나가 산만하게 거닐었다. 월초라 하늘에는 구경할 달도 없었다. 바람에 흔들리는 처마 밑의 등불을 한참이나 바라보니 눈을 감아도 노란 불빛이 눈앞에서 아른거렸다. 늦은 시각 소매 사이로 바람이 불어 들자 뜻밖에도 초가을의 쌀쌀함이 느껴졌다. 무심코 발걸음을 멈추고 고개를 드니 어느새 아보의 거처까지 와 있었다. 그는 잠시 고민하다가 발길 닿는 대로 안으로 들어갔다.

아보는 정권을 한 달이 넘도록 보지 못했다. 정권도 아보가 집 안에서 책을 읽거나 글씨 연습을 하며 지낼 뿐 두문불출한다는 소식만 종종 전해 들었을 뿐이었다. 안으로 들어가니, 아보는 마침 구리거울을 보며 귀걸이를 떼는 중이었다. 막 잠자리에 들려던 모양이었다. 순간 당황해 다시 밖으로 나가려다가, 무슨 짓인가 하는 생각이 들어 그대로 앞으로 가 앉았다. 아보는 정권을 보더니 장신구를 내려놓고 천천히 일어나 예를 갖췄다.

"전하."

아보가 인사하자, 정권은 손을 휘휘 저으며 말했다.

"하던 것이나 마저 해라. 난 그냥 아랫것들이 감시를 소홀히 하다가 네가 자결이나 하지 않을까 걱정돼 살피러 온 것뿐이야."

아보는 살짝 웃으며 그의 말대로 다시 돌아앉아 쪽 찐 머리에서 옥잠을 뽑았다. 이윽고 느릿느릿한 그녀의 조용한 말소리가 들렸다.

"전하가 소인에게 보내주신 장신구라고는 모두 구슬과 옥뿐, 금가락지조차 하나 없는데 소인이 무슨 재주로 자진을 하겠습니까?"

정권은 웃으며 대꾸했다.

"금은붙이를 달라고 할 양이면 숨기고 있는 것이나 다 말한 뒤에 하거라. 본궁의 봉록은 한계가 있는데, 제왕이 네게 들여야 할 돈을 본궁이 오랫동안 대신 붓고 있으니 생각할수록 아까워서 배가 아프구나."

아보는 대답했다.

"대체 뭘 말하라는 겁니까? 말씀드릴 만한 건 모두 말씀드렸습니다. 이럴 줄 알았으면 처음 심문받던 날 일부를 숨겨뒀다가 오늘 같은 날 조금씩 써먹을 걸 그랬습니다."

정권은 고개를 저으며 말했다.

"넌 지나치게 총명해서 내가 믿을 수가 없어. 나는 원래 의심이 많은 사람이고, 그건 나도 어떻게 할 수가 없다. 섭섭해도 일단은 그 장신구들로 만족해. 금은붙이는 어느 날 네 마음이 갑자기 바뀌거나 폐하가 감읍하게도 내 봉록을 올려주시는 날에 다시 논의해보는 게 어떻겠느냐?"

"그러죠."

아보가 쓴웃음을 지으며 대답한 뒤 볼에 붙은 화전을 떼려는데, 손톱이 너무 길어서인지 마음처럼 되지가 않았다.

정권은 그 모습을 보고 마음이 살짝 동해 자리에서 일어났다.

"내가 도와주마."

아보는 순간 흠칫했으나, 괜히 작은 일로 그의 심기를 거스르고 싶지 않아 살짝 고개를 끄덕였다. 정권은 화장대 앞으로 다가와 한 손으로는 아보의 턱을 들어 올리고 다른 손으로는 양 볼에 붙은 두 송이의 화전을 떼었다. 집중한 표정으로 조심스럽게 움직이는 그의 손길은 몹시도 부드러웠다. 정권이 어색한 자세를 취하자 아보의 두 뺨이 살짝 붉게 물들었다. 정권은 그것을 놓치지 않았다.

"지난번에 큰일을 이루려면 어쩌고저쩌고 하던 사람 맞나? 큰일을 도모하려면 인내만 필요한 게 아니라 낯짝도 두꺼워야 하느니라. 고작 이런 걸로 빨개져서 뭘 하겠다고?"

아보는 속마음을 정권에게 들키자 백옥에 연지를 한 겹 바르기라도 한 것처럼 시뻘게진 얼굴로 손발을 안절부절못하며 고개를 들지 못했다. 그녀가 뜻밖에도 어린 소녀처럼 수줍어하자 더 놀리기가 민망해진 정권은 손바닥 위에 화전을 올려놓고 등불에 가만히 비추며 딴청을 피웠다. 아보는 한참이나 정권의 말소리가 들리지 않자 고개를 들었다. 그는 눈살을 찌푸린 채 심경이 복잡한 듯한 모양새로 조용히 앉아 있었다. 미간 사이에 팬 주름은 타고난 것이리라. 창밖에서 두견 울음소리가 울려 퍼지자 두 사람 사이의 오랜 정적은 마침내 깨졌다.

정권은 정신을 차리고 아무 말이나 대충 내뱉었다.

"이 시간까지 잠을 못 이루는 걸 보니 저 두견도 심경이 복잡한 모양이다."

아보는 조용히 물었다.

"전하가 신경 쓰이는 일이 있나요?"

정권은 웃으며 대답했다.

"그렇게 은근히 빈정댈 거 없다."

정권은 잠시 생각하더니 다시 물었다.

"만약 신경 쓰이는 게 있다고 하면 그게 무엇일 것 같으냐?"

아보는 고개를 저으며 말했다.

"소인은 모르겠습니다."

"네가 솔직하지 못하니 나도 방법이 없구나."

그는 슬며시 웃은 뒤 자리에서 일어나며 말했다.

"밤이 늦었다. 어서 자라."

그가 문 앞으로 향하는데, 아보가 뒤에서 조용한 목소리로 불쑥 말했다.

"고 장군께서 경성을 떠나는 일로 그러시나요?"

정권은 고개를 획 돌렸다. 묘하게 굳은 그의 표정을 보니 괜한 참견을 했다는 생각이 들었다. 그는 고개를 가볍게 끄덕인 뒤 홀연히 떠났다.

정권은 마음 가는 대로 걷다가 자신의 처소로 돌아와 시무룩하게 앉았다. 손바닥을 펴니 아까 뗀 화전이 그대로 있었다. 아마 뒷면에 발린 아교가 손바닥 열기에 녹아 달라붙어 줄곧 떨어지지 않았을 것이다. 화전 두 점이 촛불이 일렁일 때마다 깜빡깜빡 빛나는 것을 가만히 내려다보니, 마치 그녀가 잃어버린 웃음이 손바닥 위에서 살며시 피어나는 듯했다.

미인이 활짝 웃으면 봄꽃이 활짝 핀 듯 찬란하다고 했던가. 다만 올해의 봄은 예전에 지나갔다. 늦봄 무렵에는 자신은 무엇을 했던가. 벌써 까마득하게 잊혀 생각이 나지 않았다. 정권은 손바닥 위의 화전을 튕겨 푸른 바닥으로 나풀나풀 떨어지는 광경을 지켜봤다. 드넓은 호수 위에 떨어지는 미약한 여린 비처럼, 화전은 아무런 반향 없이, 빛도 없이 그대로 깜깜한 지면으로 빨려 들어가 사라졌다. 그는 천천히 몸을 일으켰다. 지금 가슴에 사무치는 감정이 슬픔인지 기쁨인지 분간이 가지 않았다.

고사림이 경성을 떠나기까지 고작 5~6일의 시간이 남았다. 시일이 임박하자, 그는 교외에 주둔시킨 병력을 재점검해야 했다. 황태자 역시 예부와 함께 그의 전송을 준비하느라 여념이 없었다. 고사림의 환송과 전송 사안이 완만하게 마무리되는가 싶었을 무렵, 어사대의 상소 두 통이 상서성으로 불현듯 날아들었다. 능하 전투에서 고사림의 지휘 실책으로 군사의 손실이 심각하니 합당한 징계를 내려야 한다는 내용의 탄핵 상소였다. 상소문을 작성한 두 어사는 품계도 낮았고 언사도 온화했지만, 그로 인해 땔나무가 없어 점점 꺼져가는 듯했던 경성의 정세는 솥에서 한창 끓는 뜨거운 기름에 냉수 한 방울이 떨어진 듯 사방으로 기름 수증기가 튀었다. 관련 있는 자나 없는 자나, 말이 많은 자나 없는 자나, 이 순간만큼은 모두 한마음이 되어 눈에 불을 켜고 안안궁과 보본궁의 움직임을 주시했다.

정권도 이 사실을 모르지 않았다. 그는 몇 번의 고심 끝에 조정 여론 악화의 위험을 무릅쓰고 장육정을 궁으로 불러들였다. 장육정이 후문에서 내리자, 내시가 그를 곧바로 후원으로 안내했다. 그는 태호석산 정상 정자에서 뒷짐을 지고 서 있는 정권을 확인하고는 도포 자락을 치켜들고 올라가 허리를 숙여 예를 갖췄다.

정권은 그를 건성으로 일으켜 세우며 손가락으로 먼 방향을 가리켰다.

"맹직도 저 초가을의 아름다운 색깔을 좀 보시오."

장육정의 시선이 그의 손가락을 따라 향했다. 쾌청한 푸른 하늘에 엷게 낀 구름 너머로 멀리 아직 푸르고 울창하게 우거진 교외의 남산南山이 또렷하게 보였다. 높은 곳에서 가을바람을 맞으며 먼 산을 바라보니 만물의 푸르름이 더욱 청명했다. 산자락의 우뚝 솟은 드높은 단풍나무의 잎사귀도 어느새 살짝 붉게 물들어 바람을 맞을 때마다 상쾌하게 스스스 소리를 내며 물결쳤다. 장육정은 고개를 돌려 단정하게 바로 선 정권을 바라봤다. 평소와 다름없는 보라색 관복의 넓은 소매가 바람을 맞아 날개처럼 펄럭이는 자태가 인간 세상으로 잠깐 내려온 신선처럼 고결했으나, 입꼬리는 빳빳하게 경직되어 있었다. 그는 장육정의 시선이 자신에게로 향하자 그제야 슬며시 웃으며 말했다.

"어떻소? 세차게 비가 내리기 전에 바람이 들어찬 산속의 누각이?"

장육정이 대답을 하려는데 정권이 다시 말을 이었다.

"남산의 초목이 지금 당장은 푸르지만 오래가지 않을 것이오. 며칠 뒤면 모조리 지겠지."

장육정은 잠시 생각하다가 마침내 정색을 하며 말했다.

"전하, 가을이 오려면 아직 멀었습니다."

정권은 고개를 끄덕이며 화제를 돌렸다.

"그 어사들은 누구요?"

장육정은 대답했다.

"신이 조사했사온데 평소 제왕과 왕래가 있던 자들은 아니라고 합니다."

정권은 고개를 저으며 말했다.

"그들이 제번의 사람들이라고 해도 지금처럼 걱정하지는 않을 것이오. 지금 생각하니 후회막심이오. 그때 어떻게든 경을 성부로 진출시켰다면 오늘과 같은 소란은 없었을 테니 말이오."

장육정은 잠깐 넋을 잃었다가 곧 태자의 말을 반박했다.

"전하는 무슨 연유로 그런 말씀을 하십니까? 비록 제왕과 전하께 공동으로 천거를 받기는 했지만, 하 상은 성품이 바르고 큰일은 한 치의 어긋남 없이 정확하게 처리하는 자입니다. 하물며 첨사부의 수장 자리에도 있었지 않습니까. 재직 기간이 짧다고는 해도 잠시나마 동궁의 사람이었습니다. 그가 그 자리에 있는 것이 전하께도 유익할 터인데……."

정권은 한숨을 내쉬며 말했다.

"요즘 같은 세상에 바른 성품이 뭐 칭찬할 만한 소양이겠소? 하도연은 겁이 많은 졸장부에 불과하오. 충효나 인의예지 같은 말만 번지르르하게 읊을 뿐, 평소에는 자기 몸이나 사리는 위인이지. 그런 자에게 언감생심 무슨 유익을 바라겠소? 서로 악연이나 쌓지 않으면 다행일 것이오."

장육정은 잠시 침묵을 지키다 물었다.

"그렇다면 전하는 교체를 원하십니까?"

정권은 미간을 찌푸리며 대답했다.

"지금은 그저 지켜보는 수밖에 없소. 맹직, 성부에서 일어나는 모든 일은 시시각각 내게 알려주시오. 아직 최악의 상황도 아닌데 움직임을 보일 수는 없소. 이번 사태를 무사히 넘기고 나면 내 어떻게든 힘을 써서 경을 성부로 보내겠소."

장육정은 주저하며 말했다.

"그렇다면…… 군사는 어찌하실 계획입니까?"

정권은 말했다.

"고사림에게 사람을 보내 안심하고 대열을 정비하라고 할 것이오. 다만 당분간은 떠날 수가 없겠지."

장육정이 한동안 말을 잇지 못하자, 정권이 다시 말했다.

"나는 그것보다 화근이 바깥이 아닌 담장 안에 있을까 봐 더욱 두렵소.* 내 우려가 사실이라면 고사림뿐만 아니라 나까지 사건에 휘말릴 거요."

일찍부터 근심에 휩싸였던 장육정은 태자가 상황을 명확히 진단하자 놀라 질겁했으나, 입으로는 애써 부정하며 태자를 위로했다.

"아직 일이 벌어진 것도 아니니 전하는 마음을 편히 먹으십시오."

"나도 부디 이번 일이 무사히 지나가 과민했던 자신을 비웃고 싶소. 맹직, 지금도 많이 의지하고 있지만, 앞으로는 경을 더 의지하게 될 것 같소. 미리 감사 인사를 드리리다."

정권이 탄식하듯 말한 뒤 허리를 숙여 살짝 읍하자, 장육정은 기겁하며 무릎을 꿇었다.

"황공하게 왜 이러십니까. 신, 반드시 이 한 몸 바쳐 전하를 보필할 것입니다."

정권은 장육정을 한동안 말없이 바라보다가 한참 만에야 소매를 만지작거리며 미소 띤 얼굴로 권했다.

"역시 높은 곳의 추위는 이길 수 없소. 여기 서서 큰 바람을 한참 동안 맞았더니 춥구려. 맹직이 먼저 내려가시오."

---

* 『논어論語·계씨季氏』에 '내가 염려하는 것은 계씨의 우환이 전유顓臾가 아닌 소장蕭墻 안에 있는 것이다'라는 말이 있다.

장육정이 내려간 뒤, 정권은 손짓으로 시위를 불러 지시했다.

"허 주부를 들라 이르라."

잠시 뒤 허창평이 중문에서 나타나 정자에 올랐다.

"주부는 앉으시오."

정권은 허창평이 미처 예를 표하기도 전에 그를 제지하더니 물었다.

"차는 마실 만하오?"

허창평이 웃으며 대답했다.

"건주建州의 소룡인데 당연히 훌륭하지요."

정권은 웃으며 말했다.

"주부가 이런 식으로 대답을 회피하는군. 웃는 걸 보니 내 다도 솜씨가 영 아닌가 보오. 허나 소씨의 다도 솜씨가 다 나와 같을 거라고는 생각지 마시오. 나중에 혹시나 기회가 닿아 폐하와 제왕이 우린 차를 맛본다면 나라의 으뜸 솜씨라는 게 바로 이런 걸 두고 하는 소리구나 할 거요."

잠시 뒤 정권은 대략적인 내용을 허창평과 주고받은 뒤 의견을 물었다.

"주부는 어찌 보시오?"

허창평은 잠시 망설이다가 대답했다.

"대단한 통찰이십니다. 바로 그것입니다. 외부의 우환을 제거하기 전에 내부를 먼저 정리하는 것이 폐하의 의중이었죠. 장 상서는 이서이니 이치, 경력, 능력, 인망, 어느 면으로 봐도 이백주의 공석에 올라갈 만한 인물이고요. 일을 계속 질질 끌며 미해결 상태로 둔다는 것 자체가 천자의 의중이 이미 정해져 있다는 증거입니다. 이건 사실 장 상서를 보전하는 가장 좋은 방법이기도 합니다. 하도연이 그 자리에 있으면 물론 감초 역할은 하겠지만……."

그가 살짝 주저하자, 정권은 고개를 끄덕이며 말했다.

"듣고 있소. 계속하시오."

허창평은 말을 이었다.

"이백주의 옥사나 능하 전투를 조정의 병으로 본다면, 겉으로 드러난 피부는 깨끗이 나은 듯하지만 실은 그 안의 고질병이 깊습니다. 겉으로 드러난 병만 치료하는 식의 처방은 임시방편에 불과하므로 반드시 감초를 섞어야 하지요. 현재 성부의 구조는 신이 전에 한 말과 같습니다. 폐하나 전하께 모두 무해한 한편, 폐하와 전하께 모두 유익하기도 하지요."

정권은 웃으며 말했다.

"주부가 아직도 내 앞에서 말을 삼가는군. 에둘러 말하는 건 집어치우시오. 대놓고 말을 못 하겠다면 내가 대신 말하리다. 폐하의 성심은 내부를 안정시킨 뒤에 외부에 맞서는 것이지. 지금은 내부가 안정됐으니 외부의 우환을 제거하시려는 것일 테고. 그리고 나야말로 폐하가 가장 써먹기 좋은 눈앞의 구실이지. 폐하가 정면충돌 없이 사람을 제압하려면 예전의 문제가 다시 공론화되는 한편, 형서와 이서가 모두 연루돼야 하오. 본궁의 전 첨사이자 주부의 옛 상사인 그 사람은 마른 풀이든 젖은 풀이든 그런대로 묶어 과녁으로 삼을 수 있었는데, 문제는 용도가 딱 거기까지라는 것이오. 그저 없는 것보다는 나은 수준에 불과하지. 하지만 다른 좋은 대안이 있다면 나로서는 시험해보지 않을 수 없소. 어떤 것들은 차마 이서에게는 다 말할 수가 없지. 난 다만 이번 일로 그가 불만을 품지 않기를 바랄 뿐이오. 주부는 몇 달 전 나를 찾아와 당장 눈앞에 닥친 화와 장차 다가올 화에 관해 얘기했었지. 하지만 장차 다가올 화가 이렇게 빨리 닥칠 줄은 예상치 못했어. 지붕 끝에 달린 검이 곧 떨어지게 생겼소."

허창평은 망설이듯 고개를 저으며 말했다.

"장 상서는 나라를 위해 애써 일하는 충신인데 전하의 고심을 모를 리 있겠습니까? 그런 걱정은 마십시오. 하물며 전하가 말씀하신 것들은 신이 감히 말하지 못하는 것이 아니라 그렇게까지 생각을 못했기 때문입니다. 위험은 사전에 방비하는 것이 옳지만, 시국이 불분명한 때에는 지나치게 근심하지 않아도 됩니다. 잊지 마십시오. 승주도독 이명안은 폐하의 충복이고, 고 장군의 아드님은 장주에 계십니다. 그분은 장주군 전체를 통솔할 수는 없더라도 3분의 1이라면 불가능하지는 않겠지요. 고 장군께서도 틀림없이 군사들을 잘 배치한 뒤 이곳으로 오셨을 테니, 폐하는 그쪽을 신경 쓰지 않을 수 없습니다. 그러니 신이 미루어 짐작컨데, 폐하의 목적은 그저 전하와 다른 신하들의 움직임을 확인하려는 것이 아닐런지요. 전하께서 대처만 잘하신다면 별 탈 없이 무사히 지나갈 수 있을 겁니다."

정권은 탄식하며 말했다.

"내가 왜 그걸 모르겠소. 고사림이 이번에 공을 세웠다며 경성으로 데리고 온 장수들의 반은 그의 측근이 아니오. 그도 폐하의 심중을 거울처럼 들여다봤겠지. 그러나 그 처사가 폐하께 무슨 해가 된단 말이오? 주부가 생각해보시오. 공을 치하하고 실책을 징계하지 않는 건 큰 문제가 아니오. 그러나 공이 없는 자를 치하하고 실책을 범하지 않은 자를 징계한다면 오래된 장군의 부하들이 장군을 어찌 생각하겠소? 장수와 병사들 사이에 불화가 생기고 본궁의 서생 사촌 형은 변방에서 마음 편할 날이 없을 것이오. 난 다만 주부의 말처럼 유연한 방법으로 강한 적을 제압할 수 있기를 바라오. 그럴 수 있다면 나 역시 부드러운 태도를 취해도 무방하겠지."

정권은 허창평이 아무런 의심 없이 한쪽에 멀뚱히 앉아 있는 것을 보고 웃음이 터졌다.

"내가 주부에게 이 말을 하는 건, 물론 주부가 마음에 고견을 따로 남겨뒀으면 해서지. 또한 속을 터놓고 사귀는 친구처럼 내 본심을 허심탄회하게 드러내 보이는 것 역시, 이를 통해 주부의 깊은 생각을 끌어내고 싶어서요."

그는 문득 허창평이 어깨를 바들바들 떠는 것을 눈치채고는 웃으며 말했다.

"바람이 점점 거세지는군. 내려갑시다. 본궁의 서재에서 차를 마시는 게 낫겠소."

이후의 일은 정권의 예상을 조금도 벗어나지 않았다. 황제는 괜한 트집으로 공신을 모욕했다며 상소를 올린 두 관원을 질책한 뒤 관직을 박탈했지만, 이때부터 사태는 걷잡을 수 없었다. 두 관원이 조정을 떠난 다음 날부터 고사림을 탄핵하는 상소가 중서성으로 빗발쳤으며, 어조도 점점 과격해졌던 것이다. 심지어 아예 고사림이 고의로 전투를 질질 끌어 전쟁이 길어지게 되었으니 상이 아닌 벌을 내려 군법으로 다스려야 한다고 간언하는 이도 있었다. 고사림의 의중을 전하는 사람이 조정에 있을 거라는 고발도 있었지만, 정작 그 조력자가 누구인지는 명확하게 언급하지 않았다. 황제는 초반에는 전과 같이 칙령을 내리며 입으로는 그와 같은 상소를 올리는 자는 지위 고하를 막론하고 엄벌에 처하겠다고 으름장을 놓았지만, 결국에는 탄핵의 흐름이 거세니 어쩔 수 없다는 듯 태자를 궁으로 소환했다.

태자가 황제를 보고 예를 마치자, 황제는 탁자 위에 가득 쌓인 상소문을 손으로 가리키며 말했다.

"태자는 와서 보아라."

정권이 탁자 앞으로 다가가 대여섯 통을 읽으니 자신이 알고 있는 것과 내용이 크게 다르지 않았다. 대강 상황을 파악한 그는 상소문을 내려놓고 두 손을 공손히 맞잡은 채 물러나 옆으로 비켜섰다. 황제가 그에게 물었다.

"이 일을 어떻게 처리하면 좋겠느냐?"

정권은 정중하게 대답했다.

"신이 어찌 감히 독단적인 의견을 내놓겠습니까. 다만 폐하의 결정을 전적으로 따를 뿐입니다."

황제는 그를 위아래로 훑더니 돌연 매섭게 호통쳤다.

"꿇어라!"

정권은 살짝 당황하는 듯하더니 곧 관복 자락을 걷어 올리며 꿇어앉아 고개를 숙였다. 한참 뒤에야 황제의 말이 들렸다.

"짐은 처음에 장군의 군공을 시기하는 아둔한 자들이 의로운 척하며 말을 지어내 이 사달을 벌인다고만 생각했는데, 지금 보니 너까지 연루돼 있더구나. 짐에게 사실대로 고해라. 네가 이 일에 간여한 것이 사실이냐?"

정권은 고개를 가로저으며 부정했다.

"결단코 간여하지 않았습니다. 부디 통촉해주십시오."

황제는 그를 잠시 동안 가만히 바라본 뒤에 말했다.

"간여하지 않았다면 되었다. 만에 하나 간여한 사실이 드러나면 짐은 너를 용서하더라도 국법이 용서하지 않을 것이야."

정권은 머리를 땅바닥 깊이 조아리며 대답했다.

"신이 아무리 우매하다 해도 전쟁이 나라의 대사임을 모르지 않는데, 어찌 애들 장난처럼 군사를 좌지우지하겠습니까? 하물며 지극히 높은 자리에 폐하가 계시거늘, 신이 어찌 감히 그 권한을 침범해 천하의 대사를 그르치는 미친 짓을 함부로 저지르겠습니까? 고 장군도 결단코 그런 일을 벌였을 리 없습니다. 이는 신이 보증하겠습니다. 부디 혜안으로 사안을 헤아려주십시오."

황제는 고개를 끄덕였다.

"네가 그렇게 말하는 걸 보니 아직 제정신은 박혀 있는 모양이구나. 짐은 이번 일의 진상을 철저히 파헤칠 것이다. 대체 누가 나라의 근간인 황태자와 장군을 두고 이런 악담을 한단 말이냐? 너는 고사림에게 가서 잠시만 더 경성에 머무르라고 전해라. 조사해야 할 것을 모두 조사하고 처벌해야 할 것은 엄격하게 처벌한 뒤에 홀가분한 마음으로 장주로 떠날 수 있게 해주겠다고 말이야. 군은 정치에 간여할 수 없는 법인데 장군으로서 이런 일에 휘말렸으니, 어찌 안심하고 그 자리에 앉아 있겠느냐?"

정권은 대답했다.

"폐하께서 이리도 깊이 장군을 헤아려주시니 신이 장군을 대신해 성은에 감사드립니다."

황제는 자리에서 일어나 내전으로 향하려다가 잠시 생각하더니 발걸음을 멈추고 말했다.

"태자도 깊이 반성해야 할 것이다. 평소 행실이 신중했다면 어찌 이런 논란에 휘말리겠느냐?"

정권은 고개도 들지 못한 채 대답했다.

"신의 부덕을 깨우쳐주시니 성은이 망극합니다."

황제의 모습이 멀어지자, 왕신이 다가와 그를 일으켰다. 그러나 정권은 천천히 손을 뻗어 그의 손을 뿌리치더니 잠시 고개를 들며 말했다.

"상시는 먼저 가보게. 난 여기 더 있다 가야겠어."

왕신은 고개를 저으며 말렸다.

"전하, 폐하를 더 화나게 하시면 안 됩니다."

정권은 웃으며 말했다.

"폐하는 항상 이 불효자식 때문에 심기가 불편하시지. 성현이 말씀하시기를 불효자는 하늘이 미워할 뿐만 아니라 신에게도 버림받고 세간의 징벌을 받는다는데, 그게 다 사실일까?"

왕신이 한동안 대답할 말을 찾지 못하자, 정권은 탁자 위에 수북이 쌓인 상소문을 가리키며 스스로 대답했다.

"이제 보니 진짜였어."

왕신은 정권의 자조 섞인 미소를 차마 계속 두고 보기가 힘겨워 손을 놓고 자리를 떠났다. 정권은 손을 뻗어 바닥을 짚고 일어서려다가, 오랜 시간 꿇어앉아 마비된 다리를 가누지 못하고 털썩 주저앉았다. 밖을 멀리 내다보니 핏빛 노을이 하늘을 가득 뒤덮고 있었다. 붉은빛은 그의 눈동자를 태울 듯했지만, 사방에 가득 깔린 금전*의 싸늘한 냉기는 응결되지도, 얼지도 않은 한 움큼의 가을 호수 물처럼 뼈를 깊이도 에였다. 시리도록 차갑게 얼은 불바다가 안안궁을 덮치자, 정권은 천천히 눈을 감았다.

황태자가 경성의 교외로 나가 성지를 전달한 것은 다음 날의 일이었다. 별다른 사건이 없었다면 묘시경에 경성을 떠났을 이날, 고사림은 막사를 거두라는 명도, 대열을 지으라는 명도 없이 마치 예상이라도 한 듯 가만히 앉아 성지가 도착하기를 기다렸다. 정권이 성지를 전달한 뒤 엎드린 고사림을 부축해 일으키자, 두 사람은 한동안 말없이 서로를 조용히 마주했다. 정적을 깬 건 고사림이었다. 그는 너털웃음을 지으며 말했다.

---

* 궁전 같은 건축물 바닥에 사용하던 벽돌. —역주

"다행히 막사를 다 거두지 않아 누추하게나마 안으로 전하를 모실 수 있겠습니다."

"본궁은 차를 한잔 마실 테니 밖에서 잠시 기다려라."

정권은 고개를 끄덕이며 뒤에 서 있던 내시에게 지시한 뒤 고사림을 따라 막사 안으로 들어갔다.

정권은 찻잔을 받아 든 뒤에도 이렇다 할 말이 없었다.

고사림은 탄식했다.

"신이 전하께 심려를 끼쳤습니다."

정권은 고개를 저으며 냉소했다.

"이번 일은 외숙의 잘못이 아닙니다. 외숙의 깊은 헤아림을 저버린 건 나인 것을요. 하지만 같은 상황이 닥쳐도 난 또다시 외숙께 그 편지를 쓸 겁니다."

고사림은 자리에서 일어나 그의 앞으로 다가왔다.

"신, 결례인 것은 알지만 외숙으로서 전하께 한 말씀 올리겠습니다. 아보야. 장수 한 명도 군공을 세우겠다고 수많은 병사의 시신을 밟고 서거늘, 하물며 제왕의 대업은 어떻겠느냐. 늘 이렇게 마음을 굳게 먹지 못하면 앞으로 어찌 대업을 이루려고?"

정권이 고개를 숙인 채 말이 없자, 그는 또다시 탄식했다.

"선황후가 애초에 그러지 않으셨다면……."

선황후의 이야기를 하려다가, 그는 문득 우연히 스쳐 지나갔던 허씨 성의 관원이 떠올라 말문이 막혔다. 정권은 그가 말을 하다 말자 불쑥 고개를 들며 물었다.

"어머니가 무엇을요?"

고사림은 대충 얼버무렸다.

"아무것도 아니다. 그냥 네 성품이 선황후와 똑 닮았기에 한 말이다."

정권은 순간 얼굴을 매섭게 찡그리며 힐난했다.

"고 장군은 본궁에게 무엇을 숨기는 것이오?"

그가 순식간에 안면을 바꾸며 군신 간의 위계를 내세우자, 그는 어린 조카를 키운 세월이 부쩍 야속하게 느껴졌다. 한때 왕부 앞에서 그를 기다렸다가 품으로 안겨 들던 어린 조카는 이제 없었다. 그는 탄식하며 이렇게 말할 뿐이었다.

"신이 전하께 무엇을 숨기겠습니까."

그가 말을 하지 않으려는데 정권이라고 별 도리가 없었다.

"외숙은 집으로 돌아가세요. 폐하가 철저히 조사한다고 하셨으니 시일이 얼마나 걸릴지 모릅니다. 사실 근본 원인을 따지자면 이백주의 그 사건이 원흉입니다. 폐하는 아직도 그 일을 마음에 담아두고 계신 게 틀림없어요. 외숙은 나더러 간이 크다고 하셨지만, 난 절대 후회하지 않아요. 어차피 이백주가 죽든 내가 죽든 둘 중 하나는 필시 죽을 운명이었어요. 그를 죽여서 하루라도 더 연명할 수 있다면 반드시 죽여야지요."

고사림은 고개를 저으며 말했다.

"그렇다 쳐도 지나치게 가혹했습니다. 한 사람만 죽이면 될 것을 일가 70여 명을 모조리 처형해 세상을 놀라게 했으니, 폐하가 어찌 염려하지 않으시겠습니까?"

워낙 우여곡절이 많은 사건이었으므로 정권은 그 내막을 굳이 상세히 알리고 싶지 않았다. 그는 이를 악물고 냉소하며 말했다.

"외숙은 바깥에만 계셔서 조정에서 어떤 일이 벌어지고 있는지 잘 모르시잖아요. 이백주는 역모를 꾀한 대역죄인이니 국법이 명시한 대로 삼족을 멸해야 합니다. 난 국본으로서 국법을 지킨 것뿐이에요. 이백주 같은 극악무도한 악인이 외숙의 군영에 있다면 어찌하시겠습니까? 그를 용서하실 수 있겠습니까?"

고개를 옆으로 살짝 돌린 채 따지는 그의 표정은 고사림의 기억 속에 존재하는 여동생과 판에 박힌 듯 똑같았다. 고사림은 통탄스럽게 대답할 밖에 도리가 없었다.

"전하의 말이 옳습니다."

정권은 원래의 표정을 되찾으며 말했다.

"온갖 궁리를 다 해봤지만 끝내 피하지 못했네요. 어쨌든 이 일은 내가 끝까지 이 악물고 책임질 테니, 외숙은 조심하고 또 조심하셔야 합니다. 장주의 군을 잘 배치하고 오셨다면 더욱 안심이고요. 외숙만 무사하시면 나는 폐위돼도 언제든 다시 복권할 수 있습니다. 하지만 외숙이 무너진다면 난 그날로 도마 위의 생선이 돼 조각조각 썰리는 신세를 면치 못할 거예요."

고사림은 조용히 대답했다.

"신도 알고 있습니다. 전하는 마음 푹 놓으십시오."

정권은 고개를 살짝 끄덕인 뒤 막사 입구로 다가가 우렁찬 목소리로 또박또박 말했다.

"그럼 장군은 댁으로 물러나 계십시오. 폐하는 성군이시니 반드시 누명을 벗겨 떳떳하게 해주실 겁니다."

고사림은 막사를 나서는 정권의 뒷모습을 가만히 바라봤다. 강의*를 걸친 정권의 고독하고 쓸쓸한 뒷모습에서 단호한 결의가 느껴졌다. 어느새 고사림은 세월을 거슬러 과거로 기억을 되돌렸다. 다시 파릇파릇한 소년으로 돌아간 그는 대문 앞에 서서 혼례복을 입고 집을 나서는 누이의 뒷모습을 아련하게 바라봤다. 누이는 신부를 맞으러 온 영왕의 화려한 수레를 향해 천천히 걸음을 내디뎠다.

---

* 붉은색 의복. ─역주

제
19
장

현철을 녹이면

국법에 의하면 언관은 떠도는 소문만으로도 자유롭게 관원을 탄핵할 수 있었으나, 탄핵 여론이 형성되어도 명확한 증좌가 없는 이상 죄명을 씌울 수는 없었다. 그러나 이번 일에는 뜻밖에도 국본은 물론 고 장군까지 연루되었으니, 황제가 대노하리라는 것은 누구나 빤히 예상할 수 있었다. 과연 황제는 한바탕 노발대발한 뒤 대리시에 칙령을 내려 법리를 벗어나지 않는 범위 안에서 철저하게 조사하라고 지시했다. 그러나 조사에 착수한 지 보름이 지나도록 명확한 증좌는 나오지 않았다. 두 어사가 파직된 뒤로 빗발치듯 쏟아진 상소는 모두 풍문을 그대로 옮긴 것에 불과했고, 출처도 명확하지 않았다. 심지어 단지 월과*를 채우겠다고 분위기에 편승해 탄핵 상소를 올린 자도 있었다.

상황이 이러하니 팽팽하게 당겨졌던 활시위는 점차 힘이 빠져 느슨해졌다. 황제가 그래도 명확하게 태도를 밝히지 않자, 이

---

* 언관이 매월 반드시 채워야 하는 업무량.

번에는 다른 내용의 상소가 삼삼오오 몰려들었다. 명확한 증좌가
드러나지도 않았는데 국본을 함부로 의심할 수 없고, 변방을 수
장 없이 오래 방치할 수는 없으므로 부디 성상께서 하해와도 같
은 은혜를 베풀어 장군을 조속히 장주로 돌려보내라는 간청이었
다. 황태자는 잔뜩 긴장한 채 사태의 추이를 내내 숨죽이고 주시
하다가, 그제야 남몰래 안도의 한숨을 내쉬며 작은 일에 크게 놀
란 자신을 자책했다. 어쩌면 황제는 이번 기회에 자신의 기를 꺾
으려던 것뿐이리라.

어느새 8월도 절반이 지나자, 궁궐 안에서는 매년 그렇듯 중추
절 연회 준비를 시작했다. 궁에서 돌아온 정권은 옷을 갈아입은
뒤 가마를 준비하라고 명하고는 그 길로 고사림의 저택으로 향했
다. 마침 집에서 쉬던 고사림이 손님이 찾아왔다는 하인의 전갈
을 듣고 거절하려는 찰나, 정권이 평상복 차림의 내신 두세 명을
거느린 채 안으로 들어왔다. 놀란 고사림은 경황이 없어 어쩔 줄
을 모르다가 허둥지둥 태자를 맞았다. 정권은 그가 당황한 모습
을 보고 웃으며 말했다.
"걱정하실 거 없습니다. 오늘은 폐하의 명으로 온 거예요."
폐하의 명이라는 말을 듣고 고사림이 황급히 바닥에 엎드리자,
정권은 그의 옷자락을 잡고 끌어 올리며 만류했다.
"구두 명령이었어요. 안으로 들어가서 얘기해요. 고모가 돌아
가시고 4~5년이 흐르는 동안 통 외숙 댁을 방문하지 못했네요."
고사림이 웃는 얼굴로 정권을 안으로 안내하며 다리를 살짝
절었다. 정권은 그 모습을 놓치지 않고 물었다.
"발병이 또 도지셨나 봐요?"
고사림은 웃으며 대답했다.

"요즘 들어 날씨가 변해서인지 살짝 쑤시는군요. 그렇게 아프지는 않습니다."

"태의를 보내드리겠습니다."

정권이 미간을 살짝 찌푸리며 말하자, 고사림은 사양했다.

"하루 이틀 일도 아닌걸요. 신에게는 약주라는 만병통치약이 있으니 전하는 염려하실 거 없습니다."

대화를 나누다 보니 어느새 대청이었다. 고사림이 정권을 상석으로 청하자, 정권은 미소 띤 얼굴로 사양했다.

"오늘은 조카로서 왔으니 상석에는 외숙이 앉으세요."

정권이 말릴 틈도 없이 객석에 앉자, 고사림이 도리가 없어 맞은편 객석에 앉으니 정권은 또다시 웃으며 말했다.

"얘기하기에는 거리가 너무 멀잖아요. 그냥 상석에 앉으세요. 긴히 할 말이 있습니다."

고사림이 대답도 하지 않고 하인에게 차를 준비하라고 지시하니, 정권도 더는 권하지 않고 본론으로 들어갔다.

"폐하께서 내일모레 술시에 궁에서 연회를 베푸신다며 외숙을 초대하셨습니다. 반드시 참석하셔야 한다고 하셨어요."

고사림이 황급히 자리에서 일어나 명을 받들자, 정권은 찻잔을 들어 입을 축이다가 그가 다시 자리에 앉자 말을 이었다.

"외숙은 근래 조정이 어떻게 돌아가는지 소식을 아십니까?"

고사림은 대답했다.

"신은 종일 집 안에서 은거해 바깥일은 모릅니다만, 조정 일은 전하께서 전해주신 덕분에 약간은 알고 있습니다."

그러자 정권이 물었다.

"외숙은 어찌 보십니까?"

고사림은 탄식하며 대답했다.

"하늘의 뜻은 추측하기 어렵다 하였는데, 폐하의 심중은 도무지 헤아릴 수조차 없습니다. 대리시가 조사를 시작한 지가 언젠데 문제가 있다면 벌써 발견했겠지요. 그런데 오래도록 아무런 움직임도 없어요. 문제가 없다면 신을 보름이 넘도록 경성에 남겨둘 필요가 없지 않습니까? 더군다나 무성한 소문만으로 탄핵 상소를 올렸을 뿐 뚜렷한 증좌는 하나도 없는데 처분하라는 칙령조차 없으시죠."

정권은 잠시 주저하다가 말했다.

"이유는 찾기 어렵지만, 일단은 마음을 놓아도 될 듯합니다. 내일모레가 지나면 사람을 모아서 외숙이 떠나실 날을 잡도록 폐하께 주청을 드려보겠습니다. 경성에 더 계시면 괜히 시비에 휘말리기만 할 뿐 이로울 게 없어요."

고사림은 심각한 표정으로 말했다.

"그럴 수 있으면 좋겠지만, 신은 어쩐지 석연치가 않습니다. 일은 아직 마무리되기 전인데 이게 끝이 아니라 시작에 불과하달까요?"

정권은 잔을 쥔 오른손을 살짝 흔들더니 고개를 들고 물었다.

"왜 그렇게 생각하시나요?"

고사림은 반백의 귀밑머리를 어루만지다가 한참 만에야 대답했다.

"내가 폐하를 모신 세월이 20년이 넘는다. 네 아버지의 성미야 나보다 네가 더 잘 않잖느냐. 그냥 그런 생각이 드는 것뿐이지 정확한 정황이 있는 건 아니다."

그는 말하다가 정권의 안색을 보고 억지로 너털웃음을 짓더니 고쳐 말했다.

"아무래도 신이 늙었나 봅니다. 심사가 복잡하니 걱정도 많아지는군요. 그냥 해본 말이니 마음에 담아두지 말고 잊으십시오."

의혹이 가시기는커녕 마음에 한 줄기 어두운 그림자만 더 드리웠지만, 정권은 자신의 불안을 입 밖으로 내고 싶지 않아 그저 외숙을 위로했다.

"외숙은 안심하세요. 아무 일도 없을 거예요."

정권은 밖으로 나와 가마에 오르기 전 고개를 돌려 굳게 닫힌 검은 대문을 바라봤다. 주인이 오래도록 집을 비운 탓에 대문은 군데군데 칠이 벗겨져 있었고, 수리 없이 방치되어 청동 야수 또한 적갈색으로 얼룩덜룩했다. 그것은 한 가문이 기울어가는 조짐이었다. 고사림이 막 경성으로 돌아왔을 무렵에는 청탁을 하려는 사람들로 문지방이 닳을 지경이었는데, 한 달여가 지나자 귀신의 그림자도 얼씬거리지 않는다. 원래 인정이란, 세상사란 이토록 무정한 것이다. 언젠가 자신의 거목이 진짜로 쓰러지는 날에는 그 원숭이와도 같은 자들은 일언반구도 없이 각자의 이득을 향해 뿔뿔이 흩어지리라. 정권은 짧게 탄식하며 읊조렸다.

"과인의 허물인 것을……."

가마를 멘 내시는 그가 무슨 분부라도 내린 줄 알고 황급히 되물었다.

"전하, 방금 뭐라고 하셨습니까?"

"다 내 잘못이라고 했다."

정권이 대답하자, 내시는 한동안 어리둥절해하다가 발 너머의 정권에게 다시 물었다.

"서부로 바로 갈까요?"

정권은 잠시 생각하다가 대답했다.

"한 바퀴 돌아 제부가 있는 거리를 지나서 가자."

중추절이 가까워 오자 시장과 인접한 제왕부 앞은 더더욱 행인들로 발 디딜 틈이 없었다. 정권은 제왕부 앞 거리에서 잠시 가마를 멈추라고 명했다. 발을 들고 바깥을 살피니 역시나 문은 굳게 닫혀 있었다. 그는 차갑게 코웃음을 친 뒤 명했다.

"가자."

내시가 막 가마를 들어 올린 그때, 거리 모퉁이에서 나타난 어린아이들이 흙을 던지며 콧노래를 흥얼거리다가 가마 앞을 잠시 스쳤다. 그 바람에 정권도 노래의 몇 마디를 뚜렷하게 들을 수 있었다.

"현철玄鐵을 녹이면 나타나는 봉황, 꼭대기에 금방울 달고
구리거울을 만드네."

순간 우레가 번쩍 정권의 정수리를 관통한 듯 손발이 얼어붙었다. 고개를 숙여 두 손을 내려다보니 부들부들 떨림이 한동안 멈출 줄을 몰랐다. 한참을 지나 떨리는 손을 가까스로 진정시킨 그는 힘겹게 입을 열었다.

"멈춰라."

목청마저 잔뜩 가라앉아 말이 제대로 나오지 않았다. 내시 4명은 말소리가 나지 않는다는 것을 알아차렸다. 그들은 가마를 세우고 정권을 불렀다.

"전하?"

정권은 바깥을 손가락으로 가리키며 말했다.

"저 아이에게 조금 전 부른 노래를 어디서 배웠냐고 물어봐."

수행 내시는 즉시 아이들에게 갔다가 곧 되돌아와 보고했다.

"다른 사람이 부르는 걸 듣고 따라 불렀다고 합니다. 요즘 경

성에 파다하게 퍼진 노래라는데요."

내시는 정권의 얼굴이 하얗다 못해 파랗게 질린 것을 보더니 황급히 물었다.

"전하, 옥체가 편찮으십니까?"

정권은 고개를 저으며 대답했다.

"서부로 가면 안 되겠다. 이곳에서 5~6리 떨어진 골목으로 가자."

마침 순휴*라 집에 있던 허창평은 정권이 또다시 느닷없이 찾아오자 허겁지겁 그를 맞이했다. 입에 발린 인사치레를 채 하기도 전에 정권이 다짜고짜 이렇게 물었다.

"현철을 녹이면 봉황이 나타난다는 가사의 동요를 들어본 적 있소?"

허창평은 얼떨떨해하다가 잠시 생각한 뒤 답했다.

"신, 들어봤습니다."

정권은 살짝 냉기가 도는 미소를 지으며 물었다.

"언제 들었지?"

허창평은 대답했다.

"최근에 들었습니다."

정권은 질문을 한 뒤에야 허창평의 나이가 떠올랐다. 이 노래가 처음 나왔을 때 들었을 리가 없는 나이였다. 그는 짜증스럽게 옷자락을 걷으며 자리에 앉았다.

"들어봤다면 본궁이 듣게 읊어보시오."

허창평은 잠시 고민하는 듯하더니 대답했다.

---

* 旬休, 열흘에 한 번 있는 휴일. —역주

284

"신이 들은 건 이 몇 마디이온데 가사가 정확한지는 모르겠습니다. '현철을 녹이면 나타나는 봉황, 꼭대기에 금방울 달고 구리 거울을 만드네. 미인이 고개를 돌리려나?' 가사는 평범한데 음률이 뛰어나더군요."

정권은 잠시 넋을 잃고 멍하니 있다가 고개를 끄덕였다.

"그 가사가 맞소. 주부가 알고 있다면 궁중에서도 이미 알고 있겠구려. 대사마의 말이 과연 맞았소. 이 모든 게 시작에 불과했어."

허창평은 어리둥절해하며 물었다.

"그게 무슨 말씀입니까? 신은 온 경성에 떠도는 노래를 들었을 뿐, 그 내막은 모릅니다."

정권은 싸늘하게 웃었다.

"온 경성에 떠돈다고? 먼 옛날엔 천하의 모든 사람들이 태자를 위해 목숨을 내놓았는데, 지금은 온 세상 사람들이 태자가 죽기만을 바라는군. 본궁이 한고조의 그 나약한 태자만도 못하단 말인가?"

허창평은 말했다.

"고작 동요일 뿐인데 왜 그런 말씀을 하십니까? 신이 아둔하니 내막을 알려주십시오."

정권은 손으로 이마를 짚었다. 손바닥은 차게 식어 온기 하나 없이 싸늘했다. 그는 한동안 멈췄다가 말을 이었다.

"이 동요는 이번에 새로 나온 게 아니라 선제 때 이미 한차례 돌았었소. 주부의 나이가 나보다 많으니 선제가 살아 계실 때의 태자가 누군지는 알겠지?"

허창평은 대답했다.

"공회 태자였습니다. 경현竟顯 7년에 서거하셨지요."

정권이 말했다.

"옳소. 그 이후의 일도 아시오?"

허창평이 대답했다.

"지금의 성상이신 영왕께서 어진 덕행으로 사군嗣君이 되셨습니다."

정권이 말했다.

"그 역시 옳소. 성상은 경현 7년 이후로 11년이 지난 뒤인 황초皇初 10년에 사군이 되셨지. 주부는 그 11년간 무슨 일이 있었는지도 아시오?"

허창평은 한참 동안 말이 없다가 대답했다.

"경현 7년이면 신이 태어나기도 전입니다. 자세한 사정은 알지 못합니다."

정권은 그의 얼굴을 오래도록 빤히 쳐다보다 탄식하듯 말했다.

"주부는 처음 만난 날부터 지금까지 한결같군. 민감한 얘기는 늘 에둘러 말하니 말이야. 신하가 돼 황실의 가족사를 함부로 입에 올려서는 안 되겠지만, 지금 여기엔 주부와 나 둘뿐이니 대략의 맥이라도 짚어보시오."

허창평은 그제야 공수하며 대답했다.

"명 받들겠습니다. 다만 신도 전해 들은 풍문일 뿐입니다. 공회태자가 서거하시자 선제께서는 애통해하셨고, 그 이듬해에는 연호가 황초로 바뀌었습니다. 국본의 자리가 비었으니 이때부터 영왕과 소왕의 승계 경쟁이 시작됐지요. 그러다가 소왕은 황초 4년에 죄를 지어 파면당한 뒤 어명에 따라 자진했습니다. 그러나 선제께서는 무슨 이유에서인지 붕전崩前 1년이 돼서야 지금의 성상이신 영왕을 계승자로 삼으셨지요."

정권은 말했다.

"내막을 다 알면서도 이 노래가 암시하는 바를 알아차리지 못했소? 그렇다면 묻겠소. 공회 태자와 성상, 소왕의 휘諱가 각각 어떻게 되는지 아시오?"

허창평은 공수하며 대답했다.

"공회 태자의 휘는 '현鉉', 성상의 휘는 '감鑒', 소왕의 휘는 '탁鐸'이옵니다.*"

정권은 고개를 끄덕이며 말했다.

"소왕의 죄명이 무엇이며, 성상이 어떻게 대권을 쥐었는지는 아시오? 효경 황후의 성씨도 알겠지?"

정권이 여기까지 언급하자, 허창평은 모든 전후 상황을 따져보더니 그제야 이 동요의 흉악한 속뜻을 깨닫고 소스라치게 놀랐다.

"전하, 이게 누구의 소행입니까?"

정권은 고개를 저으며 대답했다.

"나도 모르겠소. 누군지는 몰라도 내가 죽으면 통쾌해할 사람이겠지."

그는 발밑을 한참이나 바라보다가 말을 이었다.

"그게 누구든 달라질 건 없소. 탄핵 건은 쐐기를 박은 것에 불과했지. 사람을 바꾸는 것으로는 아무것도 해결할 수 없소. 진짜 재앙은 아직 시작도 하지 않았거든."

허창평은 잠시 주저하다가 물었다.

"그렇다면 앞으로 어쩌실 계획입니까?"

정권은 고개를 저으며 대답했다.

"외숙은 결코 이 일에 휘말려서는 안 되오. 주부는 이 점을 명심하시오. 폐하는 중추절 연회에 장군을 초대하라며 나를 보내셨지만, 지금 보니 장군은 연회에 불참하는 게 좋겠소. 우선 병을 핑

---

* 현鉉은 철을, 감鑒은 거울을, 탁鐸은 방울을 뜻한다.

계로 사양하시라고 말씀을 드려놓아야지. 지금은 장주로 돌아가
는 것보다 덫을 무사히 벗어나는 게 우선이오. 주부는 앞으로 조
정에서 일어나는 모든 변화를 냉철한 눈으로 주시하시오. 주부는
첨사부의 관원이고 직위도 높지 않으니 의심을 살 일은 없을 것
이오. 어쩌면 본궁이 주부의 명철함에 의지하게 될 때가 올지도
모르겠소."

허창평은 한참을 잠자코 있다가 마침내 입을 열었다.

"알겠습니다. 비록 능력은 부족하지만 전하께 충심을 다하겠
습니다."

정권은 고개를 끄덕이며 말했다.

"그래, 그래야지. 저녁에 사람을 시켜 명단을 보낼 테니 주부가
경중을 잘 헤아려 실행하시구려."

정권은 아무 일도 아니라는 듯 무심하게 말했지만, 실로 엄청
난 일이었다. 허창평은 휘청휘청 걸어가는 정권의 뒷모습을 보며
조금 전의 그 가사를 되새김질했다. 곱씹을수록 전신을 엄습하는
소름에 몸서리가 쳐졌다.

정권은 저녁이 가까워질 무렵 서원으로 돌아와 뜨거운 물을
준비하게 한 뒤 목욕을 했다. 옷을 갈아입은 뒤에는 후원에 연회
상을 차리라고 명하고는 측비들을 초청했다. 얼마 뒤 측비들이
빠짐없이 한자리에 모이자, 정권은 한껏 미소를 지으며 말했다.

"인정에 따르자면 곧 다가올 중추절은 가족끼리 보내야 하지
만, 그날은 황궁에서 연회가 있소. 오늘 연회는 그래서 준비했으
니 아쉬운 대로 미리 명절을 쉽시다."

태자는 현재 정비가 없었고, 측비들은 황궁 연회에 태자와 동
행할 자격이 안 됐다. 그러니 그녀들에게는 이번이 태자와 함께

보내는 첫 중추절이었다. 더군다나 태자가 활짝 웃는 얼굴로 평소보다 살갑게 말하자, 측비들도 자연히 분위기를 타고 태자에게 다가가 꾀꼬리 같은 목소리로 술을 권했다. 정권은 측비들이 건네는 잔을 거절하지 않고 하나하나 일일이 받아 마신 뒤에야 주위를 쓱 둘러보며 미소를 지었다.

"아직 고 재인이 주는 술을 못 마신 것 같은데?"

아보는 말석에 조용히 앉아 정권의 평소와 다른 행실을 미심쩍게 지켜보던 터에 이름을 불리자, 앞에 놓인 잔을 받쳐 들고 정권의 자리로 다가가 덕담을 했다.

"전하, 옥체 강녕하시고 만수무강하소서."

진부하기 짝이 없는 판에 박힌 덕담이었다. 정권은 아보를 힐끔 보고는 씩 웃으며 잔을 받아 고개를 휙 젖히며 술잔을 비웠다.

벌써 명월이 걸린 하늘은 구름 한 점 없이 맑았다. 아직 소원을 빌 정도로 완벽한 형태는 아니더라도 달은 그 자체만으로도 충분히 아름답고 밝았다. 달이 휘영청 하늘을 가득 비추자 연못가 주변은 마치 대낮처럼 환해졌다. 그러나 정권은 그 맑은 하늘을 올려다보며 미간을 찌푸렸다.

"밤이 깊었는데 왜 등을 밝히지 않아? 본궁더러 측비들과 어둠 속을 더듬으며 즐기기라도 하라는 건가?"

사실 궁인들은 지난번 야연 때 등불을 밝혔다가 호되게 혼났던 기억을 잊지 않고 있었다. 같은 실수를 하지 않으려고 등불을 준비하지 않은 것뿐인데, 오늘은 술에 취한 태자가 왜 등불을 켜지 않느냐고 나무라니 자신의 사나운 운수를 탓하며 분주히 등불을 켤 밖에 도리가 없었다. 이윽고 사방이 훤히 밝아지자, 정권은 그제야 얼굴을 펴며 말했다.

"그래, 바로 이거야. 이렇게 떠들썩하고 훤해야 명절이지. 측비들도 내 말이 옳다고 생각하지 않소?"

유쾌해 보이는 정권의 말에 측비들이 앞다투어 장단을 맞추자, 정권은 웃으며 말했다.

"밤에 등불을 밝히고 하는 꽃놀이만큼 제일가는 풍류가 없지. 각자 마시지 말고 우리 주령*이나 해보는 건 어떻겠소?"

명문가 출신인 측비들이 어디서 주령을 해보았겠는가. 그녀들이 곤란한 듯 서로 눈치를 보자, 마지못해 사 양제가 조심스럽게 웃으며 말했다.

"전하, 신첩들은 소양이 얕아 주령이 무엇인지 알지 못하옵니다."

정권은 그녀를 힐끗 흘겨보았으나 나무라지는 않고 그저 웃었다.

"흥이 깨졌으니 모두 벌로 잔을 비우시오."

비들이 하나둘 잔을 남김없이 비우자, 정권은 고심 끝에 방편을 생각해냈다.

"주령을 할 수 없다면 본궁이 그대들에게 수수께끼를 내는 건 어떻겠소?"

그러자 측비들은 몹시 재미있겠다는 듯 박수를 치며 한바탕 호들갑을 떨더니 밝은 얼굴로 정권이 문제 내기만을 기다렸다. 정권은 금속 술잔을 만지작거리며 잠시 생각하다가 마침내 생각난 듯 말했다.

"본궁은 오늘 외출해 경성의 한 고관대작의 집 앞을 지나던 중 문득 어떤 광경을 보고 오래된 시 두 구절이 떠올랐소. 그 구절은 이것이오. '어사부에는 밤마다 까마귀 울음소리가 들린다는데, 정위廷尉의 문전은 한적해 참새가 집을 짓겠네.' 자초지종을 알아

---

* 酒令, 술자리에서 규칙에 따라 술을 권하는 벌주 놀이. —역주

보다가 그가 폐하의 뜻을 거역해 많은 사람에게 지탄받는다는 사실을 알게 됐지. 수수께끼는 바로 '찾아오는 손님이 없어 한적한 문전門可羅雀'이오. 이 글자로『좌전左傳』에 나오는 한 구절을 맞히면 본궁이…… 본궁이 큰 상을 내리겠소."

비들은 서로 얼굴만 마주 볼 뿐 어쩔 줄을 몰랐다.『좌전』은 분량이 방대한 책이었다. 설사 읽어본 적이 있다 하더라도 이 짧은 시간 안에 누가 과연 수수께끼의 답을 맞힐 수 있겠는가. 비들이 반나절이나 우물우물 대답을 하지 못하자, 정권은 미간을 찌푸리며 투덜댔다.

"주령도 못하고 수수께끼도 못하니, 내가 뭘 재미를 보겠다고 그대들을 이곳으로 불렀을까?"

취한 듯한 정권의 모습을 보고 측비들은 쥐 죽은 듯 고요했다. 정권은 한동안 더 대답을 기다리다가 비틀거리며 자리에서 일어나 술잔을 쥐어 들고 아보 앞으로 다가갔다.

"너도 모르겠느냐?"

아보는 조용히 대답했다.

"모르겠습니다."

정권은 아보의 어깨에 손을 올리고 웃었다.

"다른 비들이 모른다는 말은 믿지만, 네가 모른다는 건 믿을 수 없다. 왜 자꾸 나를 속이려는 거지?"

아보는 대답했다.

"소인은 정말 모릅니다. 소인이 어찌 감히 전하를 속이겠습니까."

"못 맞히겠다면 벌을 달게 받아야지."

정권은 키득키득 웃으며 아보의 턱을 치켜들고는 입안에 강제로 술을 부었다. 아보가 손을 뻗어 저항하자, 술은 입안으로 흐르다 말고 줄줄 흘러 붉은 치맛자락을 얼룩덜룩 적셨다. 정권은 노발대발했다.

"감히 황태자를 기만해? 당장 말하지 못할까?"

정권이 만취한 듯하자, 사 양제가 탄식하며 아보에게 말했다.

"답을 안다면 틀려도 상관없으니 무엇이라도 말해보아라."

아보는 조용히 대답했다.

"소인, 학문도 부족한데 어리석은 대답을 했다가 전하와 마마께 꾸지람을 받을까 두렵습니다."

사 양제는 재촉했다.

"그냥 말해. 아무도 널 꾸짖지 않을 것이다."

"소인이 생각나는 건 '과인의 허물이로다是寡人之過也'*뿐입니다."

정권이 얼이 빠져 한참 정신을 놓고 있으니 사 양제가 웃으며 물었다.

"전하, 고 재인이 맞혔습니까?"

정권은 이렇다 저렇다 대답 대신 미소를 지으며 이렇게 말했다.

"천하의 영웅이 뜻밖에도 내 품으로 굴러 들어왔도다."

모두가 영문을 몰라 하자, 정권은 또다시 웃었다.

"오늘의 장원급제자는 고 재인이다. 답을 맞혔으니 무슨 상을 내리면 좋을꼬?"

그는 말을 마치자마자 아보를 손으로 잡아 일으키더니 연회를 파하라는 말도 없이 그대로 끌고 사라졌다.

---

* 『좌전左傳·희공13년僖公十三年』을 인용. 그대를 일찍부터 등용하지 않고 급할 때나 찾으니 과인의 허물이로다.

후원을 벗어나 사람들의 소리가 멀어지자 연못가의 풀벌레 소리가 서서히 귓가를 간질였다. 가을을 맞은 호수는 차가운 달빛을 받아 맑고 깨끗하게 일렁였다. 정권은 만류하는 사람들의 손길을 뿌리치며 아보를 밀어젖히고는 손에 쥔 술잔을 일렁이는 물결 한가운데로 내던졌다. 그가 연못가에서 허우적거리자 아보는 급히 다가가 부축했지만, 정권은 그녀의 손길을 뿌리치며 웃었다.

"서원 최고의 유학자인 고 재인 마마는 상으로 무엇을 원하십니까?"

아보는 눈살을 살짝 찌푸리며 말했다.

"전하, 취하셨습니다."

정권은 또 웃으며 말했다.

"내가 진짜로 취했으면 네 얼굴에 붙은 화전이 보이겠어? 내게 보여주려고 특별히 붙인 것이냐?"

"전하, 소인은 다만……."

아보가 다급히 해명하려 하자, 정권은 그녀의 말을 가로막았다.

"처음에는 그 아름다운 빛을 은밀하게 감추더니 지금은 대놓고 기지를 뽐내는구나. 이게 다 내 마음을 사기 위한 게 아니더냐? 내가 이런 취향인 건 어떻게 알았지?"

아보는 한숨을 쉬며 대답했다.

"아니라고 할 수도 없고 사실이라고 할 수도 없으니 소인, 전하의 말에 어떻게 장단을 맞춰야 할지 모르겠습니다."

정권은 한동안 멍하니 있다가 조용히 웃으며 속삭였다.

"난 미인이 고개를 돌렸으면 하는데 미인의 생각은 어떤가? 오늘 밤 본궁이 부인의 처소에서 머물러도 되겠소?"

아보는 화들짝 놀라며 눈처럼 새하얗게 질린 얼굴로 거절했다.

"대죄 중인 사람에게 장난치지 마십시오."

정권은 차갑게 콧방귀를 끼며 말했다.

"군자는 장난을 치지 않는다."

아보는 잠시 생각하다가 옷깃을 여미며 정색했다.

"상을 이걸로 하면 되겠군요. 전하의 말을 장난으로 하는 걸 상으로 받겠습니다."

정권은 달빛 아래서 아보의 얼굴을 한참 동안 들여다보다가 결국 담담하게 웃으며 말했다.

"장난이었다. 그만 가보아라."

아보는 대답했다.

"감사합니다, 전하."

그녀는 궁인을 따라 자리를 뜨다가 태호석 앞에 이르렀을 때 끝내 참지 못하고 고개를 돌렸다. 두 팔을 축 늘어뜨린 그의 외로운 그림자가 청명한 달빛을 받아 그녀가 멈춰 선 태호석산까지 길게 드리워져 있었다.

제
20
장

곧지도 않고 둥글지도 않은

황태자는 중추절을 피하려고 갖은 수를 고심했다. 그는 8월 14일에 동궁에서 작문 수업과 연강을 들을 예정이었다. 그러나 송비백과 제왕, 조왕이 반 시진 넘게 기다리도록 황태자는 모습을 드러내지 않았다. 연강이 어쩔 수 없이 파하자, 정당과 정해는 나란히 자리에서 일어났다. 출궁 길에 보니 진근이 내신과 궁인들을 거느리고 등기구와 음식, 병풍 등을 분주히 나르며 중추절 연회 준비에 한창이었다. 그들은 두 사람을 발견하자마자 황급히 길을 내주었다. 정당은 웃으며 물었다.

"진 상시, 내일 준비는 잘되었지?"

진근은 두 손을 공손히 드리운 채 웃으며 대답했다.

"안심하십시오. 이게 마지막이니까요."

정당은 진근을 추켜세웠다.

"상시의 일 처리 솜씨야 걱정할 필요가 없지."

진근은 웃으며 황송해했다.

"신이 마땅히 해야 할 일인걸요. 황공합니다."

두 사람이 대화를 나누고 있을 때, 정해는 궁녀가 손에 든 찬합에 무심코 눈길을 주며 대강 생각나는 대로 참견했다.

"폐하의 말씀으로는 장군이 궁궐에서 만든 계화병桂花餠을 가장 좋아한다고 하시니 잊지 말고 준비해."

진근은 웃으며 대답했다.

"오왕 전하는 참 마음씨도 착하고 기억력도 좋으시네요. 그런데 장군은 내일 밤 연회에 오지 않으십니다."

정해는 의아해하며 물었다.

"어째서? 떠나시더라도 명절은 쇠고 가셔야지 않나?"

진근은 대답했다.

"떠나는 일 때문이 아닙니다. 엊그제 태자 전하가 폐하의 명을 받들어 장군을 연회에 초대하기 위해 저택을 방문하셨는데, 장군이 몸져누운 지 5~6일은 됐다고 합니다. 폐하는 소식을 들으시고 급히 태의를 보내시는 한편, 태자 전하를 크게 꾸짖으셨습니다. 임금이 가장 아끼는 신하가 몸져누웠는데 어떻게 한 나라의 태자가 모를 수 있냐고, 하물며 장군은 태자의 가장 가까운 외숙이 아니냐며 화를 내셨죠. 종일 뭐 하는 거냐고 야단이셨습니다."

정해는 정당을 힐끔 봤다. 그가 진근의 말을 잠자코 들을 뿐 별말이 없자, 정해가 진근에게 다시 물었다.

"무슨 병이래? 심각한 거야?"

진근은 대답했다.

"태의의 말로는 날씨 변화가 심상치 않아 지병이 도졌다고 합니다."

정당은 고개를 끄덕이며 말했다.

"다섯째가 궁금한 게 많아 상시가 시간을 많이 빼앗겼겠어. 상시는 어서 가서 일 봐."

진근은 만면 가득 웃음을 머금고 손사래를 쳤다.

"전하는 무슨 말씀을 그렇게 하십니까. 차라리 신을 죽여주십시오."

진근 일행이 시야에서 멀어지자, 정해가 인상을 쓰며 물었다.

"고사림에게 지병이 있었습니까?"

정당은 뒷짐을 지고 걸으며 대답했다.

"지병은 무슨. 새로운 병이 도진 거겠지. 병이 도지는 시점이 기가 막히네."

정해는 물었다.

"새로운 병은 또 무엇인데요?"

정당은 웃으며 말했다.

"무슨 병이냐고? 분위기가 심상치 않을 때 걸리는 병이겠지."

정해는 이해할 수 없다는 듯 말했다.

"형님, 그게 무슨 소리예요? 형님은 고사림에게 병이 난 걸 알고 있었습니까?"

정당은 등 뒤의 수행자들에게 외쳤다.

"너희는 따라올 거 없다. 여기서부터는 나와 조왕이 알아서 가겠다."

수행 내시들이 걸음을 멈추자, 정당이 입을 열었다.

"'현철이 녹으면 나타나는 봉황.' 이 노래는 들어봤겠지?"

정해는 고개를 끄덕이며 말했다.

"집에서 하인이 부르는 걸 들은 적이 있습니다. 이 노래가 왜요?"

정당은 웃으며 말했다.

"특별한 건 없지만 동풍에 취하기에는 충분하지."

정해는 잠시 생각하다가 물었다.

"이 노래의 가사에 다른 숨겨진 의미라도 있습니까?"

정당은 대답했다.

"넌 아직 어리니 너무 많은 사실을 알 필요는 없어. 내일 펼쳐질 재미있는 연극이나 기대해."

정해는 어쩔 수 없이 고개를 끄덕이며 더는 묻지 않았다.

정권은 중추절 당일까지 내내 황제를 피할 방도를 고심하다가, 어떻게 해도 피해 갈 수 없다는 결론에 도달하자 미적미적 능장을 부리다가 유시가 끝날 무렵에야 입궐했다. 제왕과 조왕은 일찌감치 안안궁에서 기다리고 있었다. 이어서 빈틈없이 완벽하게 단장한 황후도 나타났다. 제후 두 사람이 더불어 이야기하고 제왕과 조왕이 짝을 맞추어 담소를 나누자, 정권은 아예 고개를 푹 수그려버렸다. 정권이 입을 다물고 묵묵히 앉아 있는데, 황제가 불쑥 말을 걸었다.

"태자는 어제 연강을 빠졌는가?"

정권은 얼이 빠져 있다가 허겁지겁 자리에서 일어나 대답했다.

"네."

황제는 물었다.

"어째서?"

정권은 우물거리며 대답했다.

"신은……."

아무리 생각해도 적당한 구실이 떠오르지 않자, 정권은 솔직하게 이야기하기로 했다.

"신, 늦잠을 잤습니다."

황제는 한심하다는 듯 미간을 찌푸리며 통탄했다.

"갈수록 나태해지는구나. 네가 노세유가 있었어도 이렇게 멋대로 굴었겠느냐?"

정권은 변명도 하지 않고 탄식하며 고개를 숙였다.

"아니오."

황제도 추궁을 멈추고 하늘 색을 살피고는 황후에게 말했다.

"날이 저물었구려. 이제 갑시다."

황후는 웃으며 대답했다.

"신첩이 폐하를 모시겠습니다."

제후 두 사람이 가마에 올라타고 출발하자 태자와 두 왕도 가마 뒤를 줄줄이 따랐다. 연회석은 어원御苑 태호석산 사이에 위치한 드넓은 고대高臺에 마련되어 있었다. 하늘을 찌를 듯한 수석에 첩첩이 에워싸인 그곳에는 갖가지 진기한 화초가 아름다움을 뽐냈고, 드높은 박달목서 몇 그루가 연회석을 향해 비스듬히 가지를 드리우고 있었다. 정갈하게 손질된 화초와 나무가 가득하니 바람이 없어도 달콤하고 향긋한 내음이 그득했고, 수석 사이에 심겨진 나뭇가지가 하늘 가장자리를 아름답게 장식하니 달구경하기에는 이만한 장소가 없었다. 가까운 종실 십여 명과 장공주 및 부마 몇 명은 일찌감치 연회석에 앉아 있다가 황제 일행이 오자 황제를 향해 예를 갖췄다. 아무리 황실이라도 그들도 친척은 친척이었다. 한바탕 서로 인사를 한다고 난리법석을 떠니, 연회는 시작하지도 않았는데 벌써부터 명절 분위기가 물씬 풍겼다. 정권과 제왕, 조왕은 종실 몇 명과 나란히 자리에 앉았다. 그들 옆에는 머리가 새하얗게 쉰 노인 한 명이 앉아 있었는데, 흐릿한 눈으로 연신 사방을 두리번거렸다. 가장 가까이에 앉은 정해가 보다 못해 그의 귀에 입을 바짝 대고 물었다.

"숙조부님, 뭐가 필요하세요? 제가 찾아드릴게요."

숙조부가 허허허 웃자 그의 새하얀 수염도 소리를 따라 흔들렸다.

"난 무덕후를 찾고 있어. 물어볼 게 있거든."

고사림의 이야기가 나오자, 정권이 대신 대답했다.

"숙조부님, 고 상서는 병이 나서 오늘 나오지 못합니다."

연회석에 모인 종실 중 가장 항렬이 높은 이 당숙은 나이가 워낙 지긋해 귀가 좋지 않았다. 그는 목청껏 큰 소리로 되물었다.

"셋째가 뭐라고 했느냐?"

정권이 어쩔 수 없이 목소리를 한층 높여 같은 말을 반복하자, 황제가 이쪽을 향해 고개를 돌렸다.

숙조부는 황제가 쳐다보든 말든 자기 궁금한 것에만 집중했다.

"멀쩡한 사람이 갑자기 병이 났다고?"

정권은 한숨을 내쉬며 정해에게 부탁했다.

"나와 자리를 바꾸자."

정해는 웃으며 대답했다.

"제가 어찌 감히 태자 전하의 상석을 차지합니까?"

정권은 말했다.

"그럼 네가 얘기해드려라."

정해는 곧 숙조부에게 설명했다.

"외숙은 병이 나셨습니다. 우리도 얼마 전에 알았어요."

숙조부가 그래도 질문을 멈추지 않자, 정권은 어쩔 수 없이 그의 곁으로 다가가 말했다.

"고 장군은 지병이 도졌습니다. 많이 염려하실 정도는 아니에요."

숙조부는 그제야 알아듣고 정권의 양손을 당겨 잡으며 말했다.

"알았다, 알아. 우리 소가를 위해 전장을 누비다가 얻은 병이겠지. 이럴 땐 푹 쉬어야지 여기저기 돌아다니면 안 된다. 셋째야,

올해 동지 연회에는 왜 오지 않았느냐?"

그는 워낙 늙어 사리가 어두워져 있었다. 정권은 숙조부가 제발 입을 다물어주기를 속으로 간절히 빌며 손을 슬며시 뽑은 뒤, 미소 띤 얼굴로 대강 둘러대고는 황급히 주제를 바꾸었다.

밝은 등과 봉관* 연주 소리에 분위기가 무르익고 술과 과일이 상에 가득 깔릴 무렵, 사람들은 하늘에 짙게 깔린 어둠을 의식하기 시작했다. 밤이 깊었는데도 하늘에는 달이 아니라 달그림자도 나타날 조짐이 없었다. 다들 심상치 않다고 여기면서도 차마 말을 꺼내지 못하고 있는데, 나이 지극한 숙조부만이 눈치 없이 투덜댔다.

"아까 낮에 하늘을 봤을 때도 날씨가 흐리더니, 이러다가 비가오는 건 아닌지 모르겠구먼."

황제가 미간을 찌푸리는 찰나, 정해가 불쑥 장단을 맞췄다.

"그러게요. 오늘 밤엔 웬일로 개똥벌레도 안 보이더라고요. 전등불이 너무 밝아서 다 도망쳤나 생각했습니다."

황제는 당숙에게는 차마 싫은 말을 할 수 없어 참았다가 정해까지 눈치 없이 입을 열자 대뜸 면박을 주었다.

"어린 녀석이 어디 입에서 나오는 대로 지껄여?"

정해는 심통이 나서 입을 삐죽거리다가 포도를 따 입에 넣고는 입을 꾹 다물었다. 그렇게 다시 반 시진이 지나자, 바람이 거칠어지기 시작하더니 떨어진 꽃잎이 사정없이 흩날리며 연회석을 뒤덮었다. 멀리서 비구름이 빠른 속도로 몰려와 조금 전까지만 해도 검푸른 빛이 돌던 하늘에 순식간에 칠흑같이 새까만 어둠이

---

* 봉황 장식의 피리. ―역주

깔리자 난데없이 아이가 울기 시작했다. 이제 겨우 서너 살 된 황제의 막내 황자였다. 갑자기 영문도 모르게 터진 울음은 유모가 아무리 달래도 멈추지 않았다.

짜증이 잔뜩 난 황제는 진근에게 벌컥 성을 냈다.

"흠천감*은 일을 어떻게 하길래 이런 것 하나 제대로 예측 못 해?"

진근은 식은땀을 뻘뻘 흘리며 허리를 굽히고 용서를 빌었다.

"신의 불찰입니다."

황제는 탄식하며 말했다.

"보아 하니 정말로 비가 내리겠군. 황후는 장공주들을 데리고 안으로 들어가시오. 나머지는 일단 풍화전風華殿으로 가서 비를 피한 뒤에 다시 얘기합시다. 오늘 연회는 영 흥이 나지 않겠어."

모두가 어쩔 수 없이 자리에서 일어났다. 정해가 옆에 앉은 숙조부를 부축해 일으키는데, 숙조부가 고개를 절레절레 저으며 탄식했다.

"사람도 병들고 하늘도 병들고……. 망조로구나."

숙조부의 말을 우스워하는 사람이나 부아가 치미는 사람이나 못 들은 척 시치미를 뗐다. 정권은 당장이라도 달려가 숙조부의 입을 틀어막고 싶었으나 그러지 못하는 게 한이었다.

연회석은 풍화전 안에 다시 차려졌지만 급하게 준비한 탓에 간소했고, 황제는 험상궂은 날씨에 흥이 깨진 지 오래였다. 바깥에 내리기 시작한 비는 많지는 않았지만 좀처럼 그칠 기미가 보이지 않았다.

---

* 欽天監, 천문을 관측하는 관서. ─역주

진근은 연회 분위기가 시들한 것을 보고 웃으며 제안했다.

"별다른 여흥 거리가 없다면 중추절 공물을 올리는 건 어떻겠습니까? 신이 폐하를 대신해 풀어보겠습니다."

황제는 잠시 생각하더니 동의했다.

"그거 괜찮겠구나."

진근은 명을 받든 뒤 황제와 종실들이 구경하기 편하도록 환관들을 시켜 공물을 일렬로 주르륵 배열했다. 중추절 공물로는 술이나 과일을 올리는 게 보통이었으나, 황제가 서화를 즐기는 고상한 취미가 있었으므로 서화 두루마리가 그 사이에 종종 끼어 있었다. 황제가 하나하나 펼치게 한 뒤 평을 하는데, 문득 행초서로 '도화원기桃花源記'라고 쓰인 두루마리 하나가 눈에 띄었다. 황제는 맑은 기품과 올곧은 품격이 가득한 필체가 물 흐르듯 유연하게 쓰인 것을 한동안 넋을 잃고 감상하다가 자연스레 고개를 숙여 낙관을 확인했다. 황제는 한참 만에야 정신을 차리고는 물었다.

"태자는 와서 보아라. 이건 네 스승의 필적이 아니냐?"

정권은 황제의 말을 듣고 필체로 눈을 돌리자마자 아연해졌다. 황제가 질문을 했으므로 대답을 안 할 수 없었다. 그는 황제에게 다가가 조용한 목소리로 대답했다.

"틀림없는 노 선생님의 필적입니다."

황제는 고개를 끄덕이며 말했다.

"이런 노세유의 필적을 7~8푼이라도 흉내 낼 수 있는 사람은 아마 네가 유일할 것이다."

정권은 대답했다.

"과찬이십니다. 신이 어찌 감히 은사님의 발끝을 따라갈 수 있겠습니까."

옆에서 보던 정해가 웃으며 말했다.

"전에 한림들이 얘기하는 걸 들은 적이 있습니다. 전하의 해서는 물이 흐르는 얼음 같다고들 하더군요."

황제 역시 웃으며 말했다.

"노세유가 살아 있을 때 내게 태자의 필적을 보여준 적이 있다. 과연 그 스승에 그 제자더구나. 다만 노세유의 서법은 붓끝을 감추는 장봉藏鋒을 추구하는데, 태자는 기어이 정반대 기법을 써서 날카로운 붓끝을 드러냈었지. 짐은 당시 그것을 보고 지나치게 올곧으면 꺾이기 쉽고, 지나치게 고집스러우면 욕을 보기 쉬우니 성질을 좀 죽이는 게 어떻겠냐고 했다."

예술적인 견해 차이였으므로 정권과 종실들은 잠시 말이 없었다.

황제는 또다시 물었다.

"이건 어디서 올라왔지?"

진근이 웃으며 대답했다.

"화정군에서 올렸습니다."

황제가 말했다.

"노세유가 화정 사람이지. 노세유는 필묵에 인색해 외부에 유출된 작품이 드물다. 이건 필시 본가의 소장품일 테지."

진근이 대답했다.

"역시 영명하십니다."

세상을 떠난 사람이 화제에 오르자 연회 분위기가 야릇하게 변했지만, 황제는 분위기를 모른 체하며 두루마리를 다시 말라고 지시했다. 진근은 사방을 둘러보고 눈치를 살핀 뒤에 미소를 지으며 황제의 주의를 다른 곳으로 돌렸다.

"폐하, 이것을 보십시오."

그것은 금장 말채찍이었다. 채찍 끝의 새까만 편초는 무두질한

가죽을 단단히 꼬아 만들었는데, 손으로 들어 당겨보니 부드러우면서도 질겼다. 금과 은으로 장식된 자단 손잡이의 표면에는 전서로 무언가가 쓰여 있었다. 유심히 들여다보니 '양마유심良馬有心'이라는 글자였다. 황제는 고개를 끄덕이며 감탄했다.

"촉군蜀郡은 명품 채찍을 만들기로 유명하다더니, 그 말이 사실이었군."

그는 다시 물었다.

"이 네 글자는 익숙한데 무슨 의미인가?"

정해가 웃으며 대답했다.

"그 시의 구절을 송 선생님께 배운 적이 있습니다. 좋은 채찍을 찬양하는 시이지요. '그 마디마디가 별이 서로 맞닿은 듯하니 딱 보기에도 견고하기 이를 데 없네. 끈은 지나치게 곧지도 않고 휘두르면 지나치게 둥글지도 않으니, 공중에 채찍 소리가 울리면 좋은 말은 날마다 천 리 길을 가겠네.' 이거예요."

황제는 크게 기뻐하며 말했다.

"짐도 이제 늙었구나.「영마편詠馬鞭」의 그 구절도 기억 못 하다니."

정해는 웃으며 말했다.

"아직 강녕하신데 무슨 그런 말씀을 하십니까?"

황제는 대답했다.

"너희가 이렇게 컸는데 짐이라고 안 늙었겠느냐?"

황제의 눈길은 말하면서 정권을 향했다. 정권은 자신을 바라보는 황제의 눈길과 마주치자 황급히 고개를 숙였다.

그때 정당은 한창 종실 몇 명과 노래의 운율을 두고 열띤 토론을 벌이는 중이었는데, 두 사람의 모습을 보고는 슬쩍 웃더니 다시 화제로 돌아가 자신의 의견을 피력했다.

"〈양춘백설陽春白雪〉은 과해서 구전이 잘 되지 않았어요. 『시삼백詩三百』 중에는 나라의 풍속을 잘 담은 걸작들이 많죠. 그러고 보니 요즘 경성에서 유행한다는 노래를 몇 곡 들었는데 음률이 소박하고 사랑스럽더군요."

정권은 순간 온몸의 피가 거꾸로 솟는 듯했으나 이를 악물고 참았다. 그러나 분노로 이글거리는 두 눈동자가 정당을 향하는 것만큼은 어찌할 수 없었다. 정당은 그의 눈빛을 의식적으로 피한 뒤, 종실들이 노래를 불러보라고 재촉하자 못 이기는 척 노래를 불렀다.

"현철을 녹이면 나타나는 봉황, 꼭대기에 금방울 달고 구리거울을 만드네. 미인이 고개를 돌리려나?"

노랫소리가 크지 않았음에도 풍화전 안은 즉시 쥐 죽은 듯 정적에 휩싸였다. 이 노래의 의미를 알 리 없는 어린 연배의 종실들은 훌륭하다고 칭찬을 하다가, 분위기가 심상치 않자 그제야 뭔가 잘못됐다는 것을 깨달았다.

"어떻습니까?"

정당이 웃으며 물었으나 대답하는 이는 아무도 없었다. 그는 사방을 둘러보다가, 황제와 태자의 얼굴이 새파랗게 질린 것을 보고 이해할 수 없다는 듯 황제를 불렀다.

"폐하?"

황제는 무표정했으나, 정권은 그의 입가에 이는 미세한 경련을 느낄 수 있었다. 황제는 한참 만에야 겨우 입을 열어 물었다.

"이 노래는 어디서 들었느냐?"

정당은 황제를 힐끔 보고는 조심스럽게 대답했다.

"요즘 경성에서 널리 유행하는 노래입니다. 신이 들어보니……, 폐하, 신이 말실수라도 했습니까?"

황제는 그의 물음은 들은 체 만 체하며 좌중을 둘러봤다.

"다른 사람들도 모두 들어봤는가?"

황제가 묻자, 종친들은 힐끔힐끔 서로 눈치를 보다가 감히 소리 내어 대답하지는 못하고 고개를 끄덕이거나 고개를 가로저었다. 큰 소리를 내는 사람은 조금 전 그 귀가 잘 들리지 않는 나이 지긋한 숙조부뿐이었다.

"폐하, 뭐라고 하셨습니까?"

정권은 기둥 아래 주먹을 불끈 쥐고 서서 황제와 제왕을 지켜봤다. 서로 운을 띄우고 장단을 맞추며 주거니 받거니 하는 작태를 보니 의외로 분노는 느껴지지 않았다. 지금 그가 느끼는 것은 얼음처럼 차가운 한기였다. 한기는 천천히 그의 온몸으로 퍼져 마침내 발끝까지 뻗쳤다. 정권은 허공을 딛고 선 듯 몸이 붕 뜨는 것을 느꼈다. 등 뒤에서 느껴지는 건 아득한 공허였다. 뜬구름을 밟고 서서 앞을 바라보니 모든 것은 한낱 풍연에 지나지 않았다. 그들의 얼굴과 목소리는 등불과 서서히 뒤엉켜 한 덩어리로 뭉쳐졌다. 불빛이 빠른 속도로 깜빡이듯 밝아졌다 어두워지기를 반복하는 흐릿한 형체는 제대로 보이지도, 만져지지도 않았다. 명확한 것은 오직 바깥에서 쏟아지는 빗줄기 소리뿐이었다. '토독토독, 토독토독' 떨어지는 빗방울 소리는 유난히 맑고 깨끗했다. 비스듬히 불어치는 바람에 울리는 딸랑딸랑 맑은 첨마 소리는 점차 처마 밑 백옥 섬돌에 세찬 비가 부딪히는 둔탁한 소리로 변해갔다.

한참을 빗소리에 신경을 곤두세우고 있는데, 누군가가 소매를 잡아당겼다. 화들짝 놀라 고개를 드니 진근의 얼굴이 지척에 놓여 있었다. 정권이 역겹다는 듯 소매를 잡아채자, 진근은 어쩔 수 없었다는 듯 말했다.

"폐하가 물으시지 않습니까."

정권은 망연자실한 얼굴로 물었다.

"폐하가 내게 질문을 하셨어?"

진근이 대답했다.

"네. 전하께 이 일을 아셨냐고 물으셨습니다."

정권은 마침내 현실로 돌아와 고개를 들고 한참 동안 황제와 시선을 맞추다가 고개를 끄덕였다.

"알고 있었습니다."

황제는 미간을 찌푸리며 물었다.

"무엇을 알았느냐?"

정권은 고개를 끄덕이며 대답했다.

"신이 했습니다."

황제가 대노하며 물었다.

"네가 무엇을 해?"

정권은 갑자기 소리 내어 웃다가 정색하며 대답했다.

"그게 무엇이든 폐하께서 신이 했다고 하시면 신이 한 것이죠."

순간 조용하고 조심스러운 웅성거림이 풍화전을 가득 채웠다. 황제는 잠시 당황한 듯 멍하니 있다가 지시했다.

"태자가 많이 피곤한 듯하니 쉬어야겠구나. 측전으로 데려가라."

진근이 정권을 일으키려고 붙잡자, 정권은 손을 뻗어 뿌리쳤다. 움직일 생각이 없다는 명확한 의사 표명이었다. 황제는 자리로 돌아가 앉으며 느릿느릿 말했다.

"비가 이미 그쳤소. 오늘은 모두가 음식 맛이 없을 듯하니 짐도 억지로 붙잡아 둘 수 없구려. 다들 돌아가 각자의 집에서 드시오."

종친들은 은총이라도 내린 듯 말이 떨어지기가 무섭게 썰물처럼 연회장을 빠져나갔다. 숙조부는 어리둥절해하며 자리에서 일어나 물었다.

"이게 무슨 일인가?"

부마 한 명이 그를 부축하며 상황을 알렸다.

"폐하께서 그만 집으로 돌아가라고 하십니다."

숙조부는 이해할 수 없다는 듯 "응?" 하고 모두를 따라나서다가 문 앞에 이르자 또 물었다.

"비가 아직 안 그쳤는데?"

모두가 도망치듯 빠져나간 뒤 풍화전에 남은 사람은 황제와 태자, 두 명의 황자, 그리고 진근과 몇몇 내신뿐이었다.

황제는 정권 앞으로 다가가 한참을 빤히 쳐다보다가 조용히 물었다.

"그 일은 누가 알려주었느냐?"

정권은 대답했다.

"어릴 때 듣고 알았습니다."

황제는 말했다.

"네 어미구나. 아니지, 그럴 사람은 아니야. 그렇다면 고사림이냐?"

정권은 고개를 저으며 말했다.

"외숙은 말하신 적이 없습니다. 신이 그냥 알았습니다. 그 사실을 아는 사람이 저 하나도 아니잖아요."

황제는 잠시 침묵하다가 물었다.

"이번 일을 네 외숙도 아느냐?"

정권은 대답했다.

"외숙은 병이 나셔서 이번 일은 모르십니다."

황제는 또 물었다.

"그렇다면 너는 왜 이런 짓을 벌였느냐?"

정권은 대답했다.

"우리 장군은 전방에서 피로 목욕을 하며 목숨을 걸고 나라와 백성을 지키는데, 후방의 간신배들은 온종일 놀고먹으면서 다른 꿍꿍이를 품고 장군을 참소하지 않았습니까. 간신배들이 폐하의 성심을 흐리는데 폐하는 옳고 그름을 분별하지 못하시니, 신은 이 상황이 몹시 불만스러웠습니다."

황제는 분노를 간신히 억누르며 숨을 들이켜고는 물었다.

"네가 정녕 감히 이런 수법으로 나를 가르치려 들었다고?"

정권은 고개를 바짝 쳐들며 대답했다.

"네."

말이 떨어지기가 무섭게 황제의 손바닥이 정권의 뺨을 세차게 내리쳤다. 황제는 비틀거리며 몇 걸음을 옮기더니 분에 겨워 외쳤다.

"짐승만도 못한 자식!"

제왕과 조왕은 황급히 달려가 황제를 부축했지만, 황제는 두 사람의 손길을 뿌리쳤다. 황제는 먹먹한 가슴을 부여잡았다. 팔은 마비라도 된 듯 시큰거렸다. 그는 태자를 힐끔 노려보고는 공물을 진상했던 탁자로 다가가 금장 채찍을 주워 정당의 발밑에 던졌다.

"네가 짐 대신 저 짐승만도 못한 패륜아를 고문해라!"

정당은 황급히 무릎을 꿇고 난감한 표정으로 사양했다.

"폐하, 신은 할 수 없습니다."

황제는 노발대발했다.

"짐이 시키지 않느냐! 네가 짐의 뜻을 거역하는지 저놈의 뜻을 거역하는지 지켜보겠다!"

정당은 한숨을 내쉬며 채찍을 집어 들고 정권 곁으로 다가가 조용히 그를 불렀다.

"셋째야."

정권은 그를 죽일 듯 노려보며 차갑게 일갈했다.

"무엄하다! 전하라고 하지 못할까! 어디서 감히 군신 간의 위계를 범하려 들어!"

정당은 딱딱하게 굳은 얼굴로 애원하듯 황제를 돌아보았으나, 황제는 흙빛으로 질린 얼굴로 이를 갈며 명령했다.

"고문해라! 짐은 저 흉악한 놈이 어디까지 대드나 한번 봐야겠다!"

정당이 어쩔 수 없이 팔을 쳐들고 채찍을 내리치려는데 이미 그의 팔은 정권에게 단단히 붙잡혀 있었다. 평소 문약해 보이는 정권이었지만, 기력은 의외로 약하지 않았다. 정당이 당황해 어쩔 줄을 모르고 있는데 정권의 목소리가 또박또박 그의 귓전을 때렸다.

"엄연히 선제의 유훈이 존재하거늘, 서얼 주제에 어찌 감히 적장자의 몸에 손을 대느냐!"

정당의 손은 마침내 아래로 힘없이 축 쳐졌다. 풍화전은 이윽고 고요한 정적에 휩싸였다. 그렇게 한나절의 시간이 흐르자, 황제가 드디어 명령했다.

"너희는 나가봐라."

정당은 잠시 얼이 빠져 있다가 정해와 말없이 허리를 숙여 인사하고는 물러났다. 황제는 이마를 짚으며 다른 손으로는 정권을 불렀다.

"셋째는 가까이 와라. 짐이 네게 할 말이 있다."

정권은 잠시 주저하다가 곧 몇 걸음 다가가 황제와 멀리 떨어진 곳에 멈춰 섰다. 황제는 그의 한쪽 얼굴에 손바닥 자국이 뚜렷한 것을 보고 한층 누그러진 목소리로 물었다.

"이 아비가 원망스러우냐?"

정권은 고개를 저었다.

"신이 어찌 감히요. 신이 그런 마음을 조금이라도 품었다면 천벌을 받는 것은 물론, 종묘에도 들지 못할 것입니다."

황제는 쓴웃음을 지으며 물었다.

"정말 너의 소행이냐?"

정권은 대답했다.

"네. 신이 저지른 일이니 혼자서 책임지겠습니다."

그의 표정을 보니 문득 한 사람의 얼굴이 떠올랐다. '혼자서 책임지겠다'는 그 말까지 과거를 그대로 복제한 듯하자, 황제는 다시 울화가 치밀었다. 그는 고개를 끄덕이며 물었다.

"네 주변 사람들을 철저히 심문해야겠구나. 민간에 노래를 퍼트리는 수법은 누구에게 배운 것이냐? 혼자서 책임지겠다면 이백주의 일은 어찌할 것이고?"

황제가 마침내 이백주의 일을 입에 올리자, 정권은 차갑게 웃으며 대답했다.

"이백주는 역모를 꾀한 증거가 워낙 명백해 삼사三司에서 국법에 따라 처리했습니다. 당시 죄상을 올려드렸을 때도 폐하는 분명 타당하게 여기셨지요. 신이 사법의 공정을 해쳤다는 의심이 드신다면 옥고를 치르면서라도 조사를 받겠습니다."

황제는 고개를 끄덕이며 말했다.

"짐이 묻겠다. 노세유가 어찌 죽었는지 아느냐?"

정권은 살짝 붉어진 눈으로 대답했다.

"스승님은 수창 5년 첫 달에 자택에서 자진하셨습니다."

황제는 말했다.

"왜 자진을 했을까?"

정권은 황제의 물음에 차갑게 웃으며 대꾸했다.

"지금 신에게 물으시는 겁니까?"

황제는 그를 한참 동안 빤히 쳐다보다가 말했다.

"짐이 네게 묻지 않느냐?"

정권은 고개를 번쩍 쳐들며 대답했다.

"노 상서는 수창 5년에 어사대와 더불어 신의 관례를 간언하기 위해 복궐했는데, 불손한 말로 지존을 책망했다는 죄책감을 견디지 못하고 자진했습니다."

황제는 얼음장처럼 싸늘하게 피식 웃더니 말했다.

"그가 어리숙한 어사들을 규합한 것도 누군가 집으로 찾아와 한나절이나 울며불며 난리를 쳤기 때문이 아니냐?"

정권의 얼굴이 새하얗게 질렸다. 그는 잠시 침묵하다가 입을 열었다.

"신이 스승님을 찾아간 건 사실입니다. 울기도 했지요. 하지만 아무 말도 하지 않았습니다. 그때 아무 말도 하지 않은 게 너무나 후회스럽습니다. 사직하라는 권고라도 했어야 했습니다. 스승님을 자진하게 만든 건 신이 아니라 이백주였지요."

그는 고개를 들어 황제를 정면으로 바라보며 싸늘하게 덧붙였다.

"그리고 아버지, 당신도요."

황자는 옆구리에 격렬한 통증을 느끼며 정권을 손가락으로 가리켰다.

"좋다, 좋아! 몇 년이 흐르고 나서야 드디어 네 진짜 속마음을……."

말을 채 마치기도 전에 황제의 고개가 뒤로 넘어갔다. 진근 등은 측전에서 멀찌감치 지켜보느라 두 사람이 무슨 이야기를 하는지 들을 수는 없었으나, 황제가 혼절하는 모습이 보이자 득달같이 달려나갔다.

"폐하! 폐하! 태의를 불러라! 어서!"

정권은 옆으로 살짝 물러섰다. 난리법석을 피우는 이들을 가만히 보고 있자니 가슴 한구석이 공허했다. 문득 이상한 느낌이 들어 생각의 실마리를 애써 추적했으나, 어지럽게 흩어진 채 떠도는 부평초처럼 산산이 흩어져 버린 갈피는 결코 한자리에 모이지 않았다.

제
21
장

하늘의 눈물, 사람의 눈물

환관들은 황제의 귀한 몸을 함부로 옮길 수 없어 어쩔 수 없이 풍화전의 측전에 모셨다. 가장 먼저 도착한 건 태의였다. 그로부터 얼마 뒤 도착한 황후는 정권을 힐끔 보고는 몸을 틀어 측전으로 들었다. 정권 역시 사람들을 따라 측전으로 걸음을 옮기는가 싶었는데 갑자기 멈춰 섰다. 정권이 밖으로 향하려는데 누군가의 목소리가 그를 잡았다.

"전하, 가시면 안 됩니다."

뒤돌아서 누군가 보니 왕신이 어느새 당도해 뒤에 서 있었다. 정권이 멈칫하자, 왕신이 계속 말했다.

"이렇게 내키는 대로 가버리시면 내일 일은 어떻게 감당하시려고요?"

정권은 마음을 흐렸던 혼란이 어느 정도 가시자 힘없이 미소를 지으며 대꾸했다.

"상시가 심은 소식통은 참 빨라도 너무 빨라. 여기에 내일 일이 어디에 있다고?"

왕신은 안색을 바꾸며 조용히 말했다.

"이번 일은 전하가 젊은 혈기에 철없이 저지르셨지만, 잘못을 인정하고 폐하께 성심껏 죄를 청하면 폐하도 용서해주실 것입니다."

정권은 말했다.

"할아버지도 내 잘못이라고 생각해?"

왕신은 대답했다.

"전하가 죄를 시인하신 마당에 또 누굴 탓하시려고요?"

정권은 웃으며 말했다.

"그렇지."

왕신은 금장 채찍을 주워 정권의 손에 쥐어주며 강경하게 권했다.

"성미대로 하셔서 얻을 수 있는 건 한순간의 통쾌함이지만, 허리를 잠시 숙이신다면 오래도록 평안하실 수 있습니다. 전하, 어서 가십시오."

정권은 채찍을 들고 밖으로 나갔다. 그는 거침없이 걷다가 궁정에서 멈춰 서 차례차례 관을 벗고 비녀를 뽑은 뒤 신과 옷을 벗었다. 맨발로 선 땅 위의 하늘은 아까보다는 가늘어진 빗줄기를 쏟았지만, 부슬부슬 실처럼 흩날리는 빗살은 그칠 기미가 없었다. 갈라진 구름 사이로 드디어 달이 눈처럼 새하얀 모습을 드러냈다. 서늘하고 투명한 빛을 머금은 달은 완벽하게 둥글었다. 아까부터 내린 비로 촉촉이 젖은 비첨의 봉황 날개와 조각된 난간, 섬돌과 돌계단 길 위에 달빛이 뿌려져 빗물에 잠기니 달이 물빛인지 물이 달빛인지 분간할 수가 없었다. 정권은 비 내리는 밤의 달을 보기는 난생처음이었다. 오늘 밤의 모든 일이 저 비 오는 날의 달처럼 심상치가 않았다.

바닥에 무릎을 꿇자 무릎은 금세 흠뻑 젖었다. 그대로 자리에 머무르자 머리카락 위에 고인 비는 작은 물줄기가 되어 이마를 타고 입속으로, 뒷목을 타고 옷 안으로 끊임없이 흘러들었다. 채찍을 든 두 손은 이미 차갑게 얼어 달빛 아래에서 죽은 듯 새파랗게 질려 있었다. 딱딱한 바닥에 닿은 무릎의 통증은 점점 무감각해지고, 땅 위에 드리운 거대한 전각의 그림자도 서서히 동쪽으로 자리를 옮겼다.

시간이 얼마나 흘렀는지 풍화전 측전 문이 활짝 열리며 제왕과 조왕이 차례로 나왔다. 두 사람이 처마를 벗어나자, 두 명의 환관이 황급히 따라붙어 머리 위로 우산을 받쳐 들었다. 두 사람이 밖으로 나왔다는 것은 황제가 무사히 깨어났다는 뜻이었다. 정권은 이를 악물고 두 손을 살짝 들어 올렸다. 정당이 옥섬돌을 내려와 그를 피해 돌아갈 듯하다가 걸음을 멈췄다. 그는 그대로 말없이 가만히 서 있었다. 우산에 고인 빗물이 미끄러져 정권의 얼굴로 떨어졌지만, 정권은 눈을 질끈 감고 미동도 하지 않았다. 뒤따라온 정해는 정권을 조용히 바라보다가 정당의 옷자락을 당겼다. 두 사람은 그렇게 정권에게서 멀어졌다. 도저히 참을 수 없는 굴욕은 아니었다. 다만 빗물이 비리고 짠 게 이상할 따름이었다. 뺨을 손으로 훔쳐도 얼음처럼 냉랭한 촉감이 전해질 뿐 눈물이 묻어나는 것 같지는 않았다.

황후는 두 왕이 떠나자 손수 약그릇을 받쳐 들고 황제의 베개맡으로 다가가 속삭였다.

"전하, 태자가 아직 밖에 있네요."

황제는 약사발을 손으로 막으며 말했다.

"돌아가라고 해."

황후는 약사발을 내려놓고 이불을 가다듬으며 말했다.

"태자가 젊은 혈기에 폐하께 대들기는 했지만, 지금은 뉘우치고 맨발로 꿇어앉아 비를 맞고 있어요. 태자의 잘못을 바로잡는 건 좋지만 저러다 병이라도 나면 어쩝니까?"

황제는 차갑게 콧방귀를 뀌더니 말했다.

"흥! 짐이 숨넘어가나 보려고 기다리는 거겠지!"

황후는 탄식했다.

"또 심한 말씀을 하신다. 폐하가 그러실 때에도 태자는 효를 다했잖아요. 절대 그런 마음을 품을 아이가 아니에요."

황제는 황후의 말을 듣고 벌떡 상체를 일으켰으나, 기력이 부족해 다시 누운 뒤 기침을 하며 분노를 토했다.

"당신은 무슨 말을 그렇게 하시오? 그놈은 줄곧 짐에게 불만을 품고 있었소. 당신에게 품은 불만이야 대수롭지 않을 수 있지만, 짐에게는 그렇지 않소. 이번에 보니 성미가 제 생모를 그대로 빼닮았어. 어디서 감히 일을 꾸미고 성질대로 패악질을 해? 이러는데 짐이 치가 안 떨리고 배기겠소? 그놈이 그러고도 사람의 자식인가?"

황후는 어쩔 수 없다는 듯 말했다.

"신첩이 말을 잘못했네요. 다만 아직 진상이 규명되기 전이니 다른 사람의 소행일지도 모르는 일입니다."

황제는 말했다.

"고사림은 결단코 이런 어리석은 생각을 할 사람이 아니오. 태자가 자기 입으로 시인하지 않았소? 누가 목에 칼을 들이민 것도 아닌데 알아서 시인했으니, 또 누가 있을 수 있단 말이오? 자꾸 편을 들 거면 그만하시오. 태자가 지금은 당신을 어미 대접해주지만, 짐이 숨을 거두고 나면 당신과 두 아들 녀석은 태자 발밑에 바짝 엎드려 목숨을 구걸해야 할 거요. 그렇게 할 수 있겠소?"

황후는 귀밑머리 옆에 꽂은 금비녀를 뽑아 침상가 등촉 앞에 내려놓고 타오르는 촛불을 한참 멍하니 바라보다가 입을 열었다.

"태자가 그렇게까지 할 사람은 아닙니다. 태자가 앞에서 행세하기를 좋아하긴 해도 심성이 나쁜 아이는 아니고, 정해는 아직 어린아이지요. 신첩이 태자의 계모이기는 하지만 그렇다고 태자를 푸대접하지는 않았습니다. 그걸 태자가 모를 리 없어요. 설령 태자가 신첩에게 원한을 품었다 해도 고사림만큼은 그 사실을 모르지 않을 겁니다. 제발 그 죽는다는 소리 좀 하지 마세요. 자꾸 그런 소리를 하시면 신첩과 신첩의 두 아들은 어떻게 감당하라는 말씀입니까?"

황후는 말하는 내내 구슬 같은 굵은 눈물방울을 분을 바른 얼굴 위로 툭툭 떨궜다. 황제는 황후의 눈물 어린 호소는 아랑곳하지 않고 차갑게 피식 웃은 뒤 쏘아붙였다.

"당신과 당신의 두 아들은 고사림의 치밀함을 발끝도 못 따라잡을 거요. 짐이 6월에 그를 경성으로 불렀을 때, 그는 칙령을 받고서도 삼사일을 더 장주에 머물렀소. 그사이에 무엇을 했는지 짐은 알 도리가 없지. 그는 바람처럼 길을 달리다 상주에서 잠시 멈추더니, 굳이 짐이 준 시일이 다 될 때까지 미적거리다가 입성했소. 이유가 뭐겠소? 게다가 평소 신임하는 장수들과 아들은 모두 장주에 남겨뒀지. 능하 전투는 국가의 명운이 걸린 대사였소. 짐은 노파심에 계속 마음을 쓰고 조언을 해주고, 물자며 사람이며 부족함 없이 지원해주었소. 그런데 고사림은 어땠는지 아시오? 장계를 올릴 때는 고분고분 짐의 말을 따르는 척하면서 막상 일이 닥치자 자기 멋대로 시일을 질질 끌었소. 짐이 승주로 가라는 명령을 내렸는데도 옴짝달싹하지 않았지. 장주는 짐의 영토가 아니란 말이오? 장주의 백성은 소가가 아닌 고가를 위해 천하를 지키나? 그렇게 거의 반년을 지체하더니 어느 날 승리했다는 보고를 올리며 적 1만을 베고 8천을 부상 입혔다는 소리를 하더군. 짐은 그럼에도 그의 공을 만천하에 널리 알리고 치하했소. 고가 사람들은 부친 대부터 고사림에 이르기까지, 그 황후도……."

그는 갑자기 말을 멈추고 힐끔 황후의 눈치를 보더니 말을 이었다.

"모두 겉으로는 고분고분 예의 바른 척 충신, 효자 흉내를 내면서 뒤에서는 치밀하고 과감하게 등에 칼을 꽂았지. 그들이 감히 못 해내는 일이란 없소! 태자도 그 외숙의 행동을 그대로 흉내 내고 있지 않소. 그 심사만 봐도 제 외숙과 판에 박은 듯 똑같아."

황후는 그가 노발대발 분을 토하자 부드러운 말로 위로했다.

"요즘 폐하가 툭하면 노하시네요. 신첩의 기억으로는 이러신 적이 없는데."

황제는 코웃음을 쳤다.

"짐도 나이가 들어 몸이 부쩍 허약해졌소. 이번 일을 기회로 안팎을 싹 정리하지 않으면 당신 모자는 앞으로 솥 안에 든 물고기가 될 거요."

황후는 이불 밖으로 드러난 황제의 오른손을 부드럽게 어루만졌다. 거칠어진 피부 위로 툭 불거진 핏줄만 느껴질 뿐 지난날의 촉감은 느껴지지 않았다. 그녀는 탄식하며 말했다.

"앞으로 어쩌실 생각이에요?"

황제는 잠시 침묵하다가 대답했다.

"원래는 고사림을 며칠 더 경성에 잡아두고 장주의 동정과 경성의 움직임을 살핀 뒤에 다시 계획을 세울 생각이었소. 그런데 지금 태자가 자기 성질을 못 죽이고 이런 일을 꾸몄으니 고사림이 가만히 앉아 있을 수 있겠소? 짐은 현재 이러지도 저러지도 못하는 상황이니 과거의 일을 이어서 계속 조사하는 것밖에는 다른 방도가 없소."

황후는 또 탄식했다.

"다 풍문뿐이라고 하지 않았나요? 아무리 파고 파도 나오는 게 없고, 그렇다고 장주까지 가서 추궁할 수도 없는 노릇인데."

황제는 그녀의 말에 정신이 번쩍 들었다.

"그가 포로를 데리고 돌아왔었지? 그들 중에는 필시 장수나 귀족도 있겠군."

황제는 말을 하다 말고 느닷없이 황후에게 물었다.

"이런 방법은 누가 알려줬소?"

황후는 웃으며 대답했다.

"신첩은 그저 생각나는 대로 말한 것뿐이에요. 신첩이 어떻게 그런 것까지 생각해낼 수 있겠습니까? 신첩에게도 아둔한 생각이 하나 있기는 한데, 폐하께서 새겨들으실지 모르겠습니다."

황제는 말했다.

"말이나 해보시오."

황후는 말했다.

"고사림은 경성에 있고 조정은 어지러우니 정당과 정해에게도 곁에 둘 인재가 필요합니다. 그 아이들을 생각하셔서라도……."

황제는 싸늘하게 식은 얼굴로 황후의 말을 끊었다.

"가족을 등용하는 일은 두 번 다시 언급하지 마시오. 짐은 당신 일가에게 봉록과 작위를 부족하지 않게 챙겨줬소. 주색과 방탕을 즐기기에는 부족함이 없을 테니 당신이나 나나 조가에 미안한 마음일랑 눈곱만큼도 가질 필요 없소. 짐은 선제와는 다르오. 절대로 선제처럼 고씨 가문과 같은 괴물을 키우지 않을 거란 말이오."

황제가 저토록 강경하게 자신을 대하기는 처음이어서, 황후는 하얗게 질린 얼굴로 고분고분 대답할 수밖에 없었다.

"알겠습니다."

그때 진근이 조용히 들어와 보고했다.

"폐하, 전하가 아직도 밖에 꿇어앉아 계십니다. 귀한 몸이 저렇게 젖어서……. 밖은 춥고 저녁도 안 드셨는데……."

황제는 벌컥 성을 냈다.

"그놈에게 가서 전해라. 짐이 건강을 회복하는 즉시 죄를 다스릴 테니 당장 돌아가서 편히 기다리라고. 지금 누구 보라고 세상에 둘도 없는 효자 행세를 하는 게야? 무릎 꿇고 울고불고하는 건 짐이 세상을 떠난 뒤에 하라고 해라. 정작 내가 죽으면 그림자도 안 비칠 놈이."

그는 황후에게도 말했다.

"당신도 돌아가시오. 짐은 쉬어야겠소."

황후는 황제를 침상에 눕힌 뒤 손수 휘장을 친 다음에야 물러났다. 황후는 복도를 지나다가 궁정에 앉아 있는 태자를 힐끔 보더니 진근에게 미소를 지으며 말했다.

"난 혼자 가도 괜찮으니 태자에게 가서 성지나 전하게."

진근은 고민스러운 눈치였다.

"폐하의 말을 대체 어떻게 전해야 좋을까요?"

황후는 말했다.

"고민할 거 없이 폐하의 말씀을 그대로 전하면 될 것이네."

진근은 대답했다.

"네."

황후는 또다시 웃으며 말했다.

"진 상시의 한결같은 충심은 본궁도 친왕도 가슴에 깊이 새기고 있네. 상시도 이제 압반押班이 돼도 충분한 연차가 됐지?"

진근은 웃으며 대답했다.

"신의 운명은 마마와 친왕 전하께 달렸죠."

황후는 진근에게 황태자에게 가서 성지를 전하라는 말만 했지, 언제 전하라고는 구체적으로 지시하지 않았다. 진근은 자신의 숙소로 돌아가 밤참을 먹은 뒤, 비가 그치고 나서야 우산을 쓰고 정권 앞에 나타나 황제의 명을 전했다.

"전하, 폐하는 벌써 잠드셨습니다. 주무시기 전에 돌아가라고 명하셨지요. 후일에 반드시 죄를 다스릴 것이니 굳이 오늘 밤 죄를 청할 필요는 없다고 하셨습니다. 폐하께서는 또한 자신이 붕어한 다음에 울고불고해도 늦지 않다고도 하셨습니다."

입술이 꽁꽁 얼어 보랏빛으로 질린 정권의 귀에는 한나절 전부터 윙윙거리는 환청이 들리고 있었다. 그는 간신히 정신을 가다듬으며 물었다.

"폐하께서 어디로 물러가라고 하시더냐?"

진근은 대답했다.

"당연히 서원이지요. 신이 전하를 위해 궁문의 빗장을 채우지 말라고 분부해두었습니다. 설마 동궁으로 가실 생각이셨습니까?"

그의 쾌씸한 표정과 말씨를 보자, 정권은 가슴에서 울혈이 솟구쳐 올랐다. 지금 당장 버르장머리 없는 소인배의 살을 산 채로 바르지 못하는 게 한이었다. 정권은 이를 악물며 욕을 퍼부었다.

"이 개같은 노비 놈!"

"전하, 고정하시고 우선은 일어나십시오."

진근은 실실 웃으며 비아냥거린 뒤, 옆에 서 있던 두 명의 젊은 내신에게 명령했다.

"전하께서 걷지 못하실 테니 너희가 등에 업고 모셔라."

정권의 모습이 멀어지자, 진근은 발밑의 금관을 발로 툭 걸어
차며 코웃음을 쳤다.

"이 관을 잃고 나면 넌 이 개같은 노비보다 못한 신세가 될 것
이다."

정권이 좀처럼 퇴궐을 하지 않자, 주순은 걱정스러운 마음에
잠을 이룰 수가 없었다. 정권이 탄 초거는 축시(새벽 1시~3시) 무
렵에야 돌아왔다. 태자가 창백하게 질린 채 흠뻑 젖은 것을 보자,
주순은 깜짝 놀라 아랫사람들을 불러 정권을 등에 업게 한 뒤 급
히 난각으로 옮겼다. 등을 든 사람, 수행하는 사람, 지시하는 사람
들로 한바탕 소란이 일자, 가을을 타느라 며칠 밤 내내 얕은 잠을
자던 아보가 잠에서 깨어나 물었다.

"무슨 일이야?"

석향은 졸린 눈을 억지로 뜨고 일어나 하품을 한 뒤, 창틈으로
바깥 동정을 살피고는 대답했다.

"전하가 등에 업혀서 돌아오셨나 본데요?"

아보는 살짝 이상하다는 생각이 들어 겉옷을 걸치며 자리에서
일어나 창밖을 내다보았다. 정권이 새하얀 심의만 걸친 채 머리
를 풀어헤친 모습이 보이자, 뭔가 잘못됐다는 것을 알고는 즉시
분부했다.

"무슨 일인지 알아보고 와."

석향은 대답했다.

"소인은 여길 떠날 수 없습니다."

아보는 한심하다는 듯 말했다.

"난 여기 갇혀서 도망치지도 죽지도 못해. 네가 깊이 자는 동
안에도 아무 일 없었잖아. 빨리 가서 물어봐."

석향은 그제야 겉옷을 걸치고 급하게 밖으로 나가 동쪽 복도를 따라 태자의 침전 문 앞까지 가서 두 시위에게 물었다.

"재인 마마가 보내서 왔습니다. 전하가 취하셨나요?"

마침 문가에 있던 주순이 석향을 보고 호되게 꾸짖었다.

"네가 왜 그걸 물어? 곱게 보내줄 때 돌아가라!"

그러나 등 뒤에서 정권의 목소리가 들렸다.

"그녀를 불러."

주순은 정권이 힘없는 목소리로 겨우 내뱉은 말을 차마 거역할 수 없어 석향에게 지시했다.

"가서 마마를 모시고 와."

아보는 머리를 단장할 새도 없이 급하게 옷을 차려입고 달려와 주순의 험상궂은 얼굴을 무시한 채 즉시 침궁으로 향했다. 정권의 침궁은 수개월 만이었지만, 안내가 없어도 내부 구조는 훤히 알고 있었다. 그녀는 곧바로 문을 지나 정권의 침상이 있는 내실로 들어갔다가 정권의 처참한 몰골을 보고 놀란 기색을 감추지 못했다.

"전하, 무슨 일이에요?"

정권은 뜨거운 물을 두 모금 마신 뒤에야 간신히 숨을 돌리고는 말했다.

"주 상시가 벌써 뜨거운 물을 준비하라고 시켰는데, 이 꼴로는 욕실에 들어갈 수 없으니 아쉬운 대로 여기서 해야겠다. 네가 내 목욕 시중을 들어라."

아보가 고개를 끄덕이자, 정권은 웃었다.

"이번에는 얼굴이 안 빨개지네?"

주순은 저 지경이 되어서도 저 알랑거리는 요물을 희롱하는 정권이 못마땅했으나, 차마 뭐라고 하지는 못하고 괜히 애꿎은 궁인들을 질책했다.

"빨리빨리 움직이지 못할까! 어서 목욕통이나 안으로 들여!"

잠시 뒤 궁인들이 안으로 들인 소나무 통에 번갈아가며 뜨거운 물을 붓자, 난각 안은 온통 소나무 향이 짙은 수증기로 휩싸였다.

정권은 목욕 준비가 마무리되자 명령했다.

"다들 나가봐라."

주순은 불안한 마음에 정권에게 권했다.

"전하, 두 사람 정도는 더 있어야 하지 않을까요? 재인 마마로는 부족할까 봐 걱정됩니다."

정권은 미간을 찌푸리며 말했다.

"고 재인이 원래 하던 일이 이건데 부족할 건 또 무엇이냐?"

주순은 하는 수 없이 궁인 두 사람에게 문 앞을 지키라고 지시한 뒤 물러났다.

사람들이 사라지자, 아보는 정권의 젖은 옷을 벗겼다. 손이 그의 몸에 닿는 순간 철석을 주조하는 듯한 냉기가 만져졌다. 아보가 속바지의 바짓단을 둘둘 말아 걷어 올리는데, 정권이 눈살을 잔뜩 찌푸리며 낮게 외쳤다.

"천천히."

아보가 속도를 늦추어 바지통을 말아 올리자 시커멓게 자줏빛으로 물든 무릎이 드러났다. 아보는 탄식을 내뱉으며 자기도 모르게 그의 멍든 무릎을 어루만졌다. 파들파들 떨림이 느껴지자, 그녀는 황급히 손을 거두고 그의 눈을 올려다보며 물었다.

"아파요?"

정권은 웃으며 대답했다.

"아까는 미치도록 아팠는데 지금은 이상하게 안 아프구나."

아보는 어이가 없다는 듯 가볍게 코웃음을 친 뒤, 대야에 담긴 뜨거운 수건을 집어 그의 무릎부터 덮고 내의를 벗긴 다음, 그의 몸을 천천히 닦아 데운 뒤에야 욕조에 몸을 담그도록 부축했다.

정권은 눈을 지그시 감고 자신의 몸을 닦는 아보의 손길에 몸을 맡겼다. 정권이 말이 없자, 아보는 그가 잠이 들었나 싶어 조용히 불렀다.

"전하?"

정권은 나른한 목소리로 대꾸했다.

"왜?"

아보는 말했다.

"아무것도 아니에요. 혹시 주무시나 해서요."

정권은 살며시 웃으며 말했다.

"그럼 내가 잠들지 않게 무슨 말이라도 해보아라."

아보가 물었다.

"무슨 말이 듣고 싶으신데요?"

정권은 대답했다.

"난 네 진심이 듣고 싶다. 지금 속으로 무슨 생각을 하고 있지?"

아보는 대답했다.

"황궁에서 대체 무슨 일이 있었나 생각하고 있었습니다. 큰 명절에 어쩌다가 이런 처참한 몰골이 되어 돌아오셨어요?"

정권은 피식 소리 내어 웃은 뒤 대답했다.

"그게 너의 진심이냐?"

아보는 빗으로 그의 젖은 머리를 천천히 빗으며 물었다.

"그럼 전하는 무슨 생각을 하고 계십니까?"

정권은 탄식했다.

"난 말이다. 물이 참 따뜻하다고 생각하고 있었다."

아보는 입을 삐죽거리며 대꾸했다.

"소인은 진심을 얘기했는데 전하는 거짓말을 하시네요."

그러자 정권이 정색했다.

"내가 무슨 거짓말을 하겠느냐? 난 죽음을 앞두고 있더라도 이렇게 따뜻할 수만 있다면 죽어도 괜찮겠다는 생각을 하고 있었다. 난 죽는 것보다 추운 게 더 무섭거든."

아보는 손을 살짝 떨다가 자기도 모르게 정권의 머리카락을 빗으로 잡아당겼다. 정권은 숨을 들이마시며 타박했다.

"좀 살살해라. 네 주인은 윗사람을 이렇게 모시라고 가르치더냐?"

순간 아보의 손길이 뚝 멎었다. 정권이 영문을 몰라 물어보려는 찰나, 아보가 쥐었던 빗이 퐁당 욕조 속으로 빠졌다. 정권이 고개를 돌리니 아보가 씩씩거리며 자신을 노려보고 있었다. 정권은 한숨을 쉬며 탄식했다.

"여자와 소인은 다루기 어렵다더니 이런 걸 두고 하는 소리렷다.* 넌 드물게도 이 두 가지 조건을 모두 갖췄구나."

아보는 말했다.

"그 말은 상황에 맞지 않습니다. 소인이 원해서 가까워지려고 한 것도 아닌데요?"

정권은 대답했다.

"그렇다고 치자. 네가 별종이라는 걸 내가 잠시 잊었구나. 그나저나 이제 어쩔 거야? 빗이 없어졌잖아. 네가 들어와서 찾는 게 낫겠다."

아보는 정권의 말은 무시하고 쪽 찐 머리 안에서 작은 옥빗을

---

* 『논어』에 실린 말. '가까이하면 불손해지고 멀리하면 원망한다'는 구절이 뒤에 이어진다. ─역주

하나 뽑더니, 이어서 머리를 빗겼다. 정권은 한숨을 내쉬며 물었다.

"원해서가 아니면 왜 내게 접근했느냐?"

아보는 대답했다.

"소인의 가족이 그의 저택에 있습니다."

정권은 말했다.

"고작 그것 때문에 그를 도와 본궁의 생명을 노렸다고?"

아보는 기이하게 여기며 대답했다.

"전하는 무슨 말씀을 그렇게 하십니까? 소인은……."

정권은 말을 계속했다.

"금은붙이 얘기는 할 것도 없다. 네가 지금 손에 든 게 날이 시 퍼런 칼이라고 해도 난 두렵지 않아."

그는 고개를 돌려 그녀의 눈을 바라보며 말했다.

"왜 그런 줄 아느냐?"

아보는 대답했다.

"알아요. 소인의 연약한 손힘으로 전하를 찔러봤자니까요."

정권은 물을 한 번 끼얹은 뒤 아보의 손을 잡아당기며 웃었다.

"아니지. 우리 같은 사람들은 사람을 죽일 때 칼을 쓰지 않는 다. 그래서 내가 두려워하지 않는 것이지."

물에 오래 담근 탓인지 그의 손이 부드럽고 따뜻하다고 느낀 건 이번이 처음이었다. 아보는 물에 젖은 손을 빼 거둔 뒤, 정권의 머리카락을 한데 모아 정수리 위에 틀어 올려 목잠으로 잠시 고 정시켰다. 그녀는 머리카락을 정리하며 물었다.

"오늘따라 왜 이렇게 불길한 말만 자꾸 하십니까?"

정권은 대답했다.

"태어났다 소멸하는 게 만물의 이치인데 불길할 건 또 뭐야? 그럼 내가 묻지. 어느 날 내가 폐위돼 태자 자리에서 쫓겨나면, 그때는 네 정체가 무엇인지 솔직하게 얘기해줄 테냐?"

아보는 질겁하며 말했다.

"전하는 왜 또 그런 말씀을 하세요?"

정권은 웃으며 대답했다.

"그냥 입이 터지는 대로 하는 얘기야. 만약에 내가 태자 자리에서 쫓겨나고 제왕이 태자가 되면, 제왕이 네 앞날을 책임져줄까?"

아보는 천천히 고개를 저었다.

"소인은 이미 전하의 측비가 됐는데 내 앞날을 왜 책임지겠어요."

아보는 이어서 덧붙였다.

"꼭 그게 아니더라도 그럴 사람이 아니에요."

정권는 웃으며 탄식했다.

"그럼 이제 어쩐다? 내가 네게 허명을 씌워 내 일에 끌어들였으니…… 아예 그 허명을 진짜로 하는 건 어떠하냐? 그렇게 하면 네 손해가 크겠느냐 적겠느냐?"

아보는 그를 점점 알아가면서 가끔 던지는 이런 말장난에도 점점 익숙해졌다. 대개는 그의 말을 맞받아치며 역공을 했지만, 지금은 웬일로 한참 동안 고개를 숙인 채 말이 없었다. 잠시 뒤 그녀는 말했다.

"전하께서 농담을 하시니 소인도 입이 터지는 대로 말을 해보겠습니다. 소인은 지금껏 살면서 더위와 추위, 거친 바람, 배고픔, 경멸의 시선, 증오, 이별, 각종 질병까지 안 겪어본 게 없습니다. 불행히 학문을 익히고 기민한 생각을 타고나, 이 재주 때문에 화를 입고 타인에게 이용당하다가 이런 새장에 떨어져 꼼짝도 못하는 신세가 됐습니다. 다만 낳아주시고 길러주신 어머니의 은혜를 차마 저버릴 수 없어 구차하게 몸부림치며 목숨을 이어가고 있지요. 이 화려한 패물과 화장, 사치스러운 음식은 원래 제가 누리던 게 아닙니다. 죄수복을 입고 형구를 몸에 차는 거야말로 소인의 본분이지요. 그러니 소인은 두렵지도 않고, 허명이니 끌어들였느니 하실 필요도 없습니다."

정권은 예상치 못한 직설에 놀라 얼이 빠졌다가 한참 뒤에야 서서히 원래의 얼굴빛을 되찾았다. 그는 눈을 감고 담백한 미소를 입가에 머금으며 말했다.

"그럼 어쩐다? 내가 뜻밖에도 죽음도 불사하는 열사를 만났구나. 죽음을 두려워하지 않는 사람은 무엇으로 겁을 줘야 하나?"

아보도 까르르 웃었으나 말은 하지 않았다. 그녀는 욕조 안에 손을 넣고 물이 식은 듯하자 돌아서서 물을 길은 뒤 욕조에 뜨거운 물을 더 부었다.

제
22
장

우애 깊은 형제들

경성의 소식이나 조정의 소식, 특히 천자에 관한 소식은 당연
히 그 소문이 퍼지기까지의 경로가 있다. 이것은 궁벽으로도 법
령으로도 막을 수 있는 게 아니었다. 예를 들어, 조회 때 제왕이
의견을 올렸는데 태자가 무시했다든가 하는 대수롭지 않은 이야
기라도 온 성부에 퍼지기까지는 하룻밤도 채 걸리지 않았다. 그
래서 한 조정 대신은 "나는 듯 달리는 말을 질풍처럼 모는 듯하구
나" 하고 우스갯소리를 했다. 관원들은 등청할 때나 퇴청할 때나,
차를 마실 때나 식사를 한 뒤에 실제로 벌어진 일에 살을 더 붙여
여흥거리로 삼았다. 언관들의 풍문이란 대개 이런 식으로 탄생한
것이었다. 더군다나 고사림이 중추절에 병이 났다든가, 천자가
중추절 연회 때 대노를 했다든가, 황태자가 비 오는 궁정에서 비
를 맞으며 죄를 청했다는 굵직한 건들이 불안정한 정국에 터졌다
면 천지를 뒤흔들 엄청난 소식이라고 할 수 있을 것이다. 그런데
이상하게도 이 일을 입에 올리는 사람도 없었을 뿐더러, 전후 사
정을 조금이라도 아는 사람은 더더욱 말을 삼갔다. 관원들이 모

인 자리에서 사리 분별을 모르는 사람이 이 일을 입에 살짝 올리기라도 하면, 나머지 사람들은 그 즉시 자리에서 일어나 뒤도 돌아보지 않고 뿔뿔이 흩어졌다. 덕분에 성부와 모든 관아가 한동안 이상할 정도로 고요했다. 단, 쉬쉬하며 함구하는 사람들도 조만간 조정에 대격변이 일어나리라는 것을 내심 예감하고 있었다. 황궁과 왕부를 뚫어지게 주시하던 시선은 어느샌가 다시 장군부로 옮겨갔다.

제왕은 유시에 출궁해 수레에 올라 곧바로 조왕부로 향했다. 왕부 내신들의 안내를 받아 후원으로 가니 정자에는 이미 잉어와 준치, 꿩탕, 신선한 가을 채소 등이 한상 가득 차려져 있었다. 아름다운 외모의 시녀들이 손에 든 등불이 주변을 워낙 환하게 비추어 청명한 달빛도 그 빛을 잃을 지경이었다. 정해는 정당이 도착하자 재빨리 자리에서 일어나 허리를 깊이 숙이며 그를 맞았다.

"형님, 역시 와주셨군요."

정당은 웃으며 대꾸했다.

"참 거나하게도 차렸구나. 오늘 밤 또 어떤 귀한 손님이 오기에 이렇게 큰 연회를 준비했어?"

정해는 대답했다.

"형님도 참, 알면서 물으십니다. 이 동생이 귀하게 맞을 손님이 형님 말고 또 누가 있다고요?"

그가 활짝 웃는 얼굴로 정당을 자리로 안내하자, 정당도 사양하지 않고 상석에 앉았다.

정해는 손수 그의 잔에 술을 따르며 말했다.

"형님, 맛보십시오. 영주寧州에서 새로 들어온 이화백입니다. 흰 밥알의 맛이 오묘하니 탁하지 않고, 목으로 넘길 때는 독특한 풍미를 줍니다."

벽옥 술잔에 따른 술의 표면 위에 동동 떠오른 눈처럼 새하얀 밥알은 봄비를 맞고 떨어진 배꽃 같았다. 정해는 정당이 술을 한 모금 들이켜자 웃으며 물었다.

"어때요?"

정당의 극찬이 이어졌다.

"맑고 감미로우며 부드럽고 순하니 네 가지 맛을 모두 갖췄구나. 과연 좋은 술이야."

정해가 웃으며 말했다.

"보통 술은 오래 숙성시킨 걸 최고로 치지만, 이 술은 새로 담근 것일수록 좋습니다. 이건 올가을에 추수한 곡식으로 담근 걸 바로 경성으로 올려 보낸 것이니 황궁에서도 구경을 못 할 겁니다."

정당은 한 모금 더 맛보더니 말했다.

"너의 속국에서 난 술이니 좋은 건 네 손에 가장 먼저 들어오겠지. 다른 건 모르겠지만, 이 술만 해도 옛날부터 네 속령이 명산지였다."

정해가 놀라며 대답했다.

"정말 그렇습니까? 더 아는 게 있다면 또 가르쳐주시지요."

정당은 술잔을 내려놓고 웃으며 말했다.

"노魯나라의 술맛이 좋지 않아 한단邯鄲이 포위를 당했었지. 만약 네 속지인 조趙나라 땅의 좋은 술이 아니었다면 한단이 어떻게 초楚나라에 포위됐겠어?"

정해가 실소를 터트리며 말했다.

"정말 재미있습니다. 자자, 한 잔 더 따라드리겠습니다. 마음껏 맛보세요."

정당은 정해가 소매를 걷어붙이고 술을 따르는 광경을 웃으며 지켜보다가, 그가 술잔을 들어 올리려는 찰나 두 손가락을 뻗어 술잔 가장자리를 단단히 누르며 말했다.

"오늘 내게 새 술맛만 보여주려고 연회를 연 건 아닐 텐데? 우리 사이에 못 할 말이 무엇이냐? 어서 말해보아라."

정해가 웃으며 대답했다.

"역시 형님 눈은 못 속이겠습니다. 먼저 그 술잔부터 비우시죠. 얘기는 그다음에 하겠습니다."

정당은 정해를 바라보며 씩 웃더니 더는 사양하지 않고 잔을 들어 술잔을 비웠다. 그가 술잔을 흔들어 잔이 다 비었다는 것을 보여주자, 정해는 웃으며 말했다.

"형님은 옛날얘기를 하셨지만, 저는 요즘 얘기를 할까 합니다. 제 나이가 아직 어리고 무지해 지난번에 일어난 일을 도무지 이해할 수가 없더군요. 제발 너그러운 마음으로 가르침을 주십시오."

과연 정당의 예상대로였다. 정당은 잠시 침묵하다가 살조개를 한 움큼 집어 입에 넣고 천천히 씹어 삼킨 다음 말했다.

"내가 일부러 그 일을 네게 숨기는 건 아니다. 다만 네 나이가 아직 어리고, 알아봤자 좋을 게 없어서 얘기하지 않는 것뿐이야. 일이 잘못돼 조정에 급물살이 일면 너까지 휘말릴까 봐 걱정이다. 나름 널 보호하기 위해 한 고심이니 부디 이해해줬으면 한다."

정해는 잠시 말없이 있다가 등 뒤에 있던 한 젊은 근시를 부르며 지시했다.

"장화야, 내 서재로 가서 서첩 두 권을 가져와라."

잠시 뒤 장화가 서첩 두 권을 가져오자, 정해는 받아 든 서첩을 서서히 펼쳤다. 정당은 차가운 눈으로 그의 행동을 지켜봤다. 태자가 정해에게 선물했던 바로 그 서첩이었다. 무슨 의도인가 생각하고 있는데, 정해가 촛대 덮개를 벗기더니 불길 가까이 서첩을 가져갔다. 얇고 바스락거리는 소재의 서첩은 불에 닿기가 무섭게 활활 타올랐다. 정당은 다급히 외쳤다.

"왜 이러는 거야?"

정해는 들은 체 만 체하다가 서첩에 붙은 불길이 손에 가까워지자 그제야 서첩을 바닥에 던졌다. 순식간에 소각된 서첩의 타고 남은 재가 공중을 빙빙 돌다가 늦가을의 나비처럼 서서히 기운을 잃으며 가라앉더니, 마침내 완전히 빛이 꺼져 죽은 재가 되었다.

정해는 서첩이 타고 남은 흔적 위로 무릎을 꿇으며 말했다.

"태자가 이 귀한 걸 제게 선물로 주었죠. 지난달에는 태자가 형님의 금군 절반을 제게 나눠줬고요. 말은 안 하시지만 제가 태자와 내통했다고 의심하는 거 알고 있습니다. 최근의 일은 말도 안 하고, 예전처럼 저를 수족으로 여기지도 않죠. 제가 비록 나이가 어리고 무지하다고 해도 친근함과 소원함을 분별할 능력은 있습니다. 어머니와 친형님께 누가 될 일은 더더욱 저지를 수 없고요. 금군 천여 명은 그저께 폐하의 명에 따라 추부로 반환했습니다. 그런데도 형님이 저를 멀리하니 정말 어떻게 해야 할지 도무지 모르겠습니다."

정해가 말을 마치고 머리를 조아리자, 정당은 당황해 멈칫하다가 황급히 정해를 부축해 일으켰다. 정해의 눈가에 눈물이 그렁그렁하자, 정당은 탄식하며 말했다.

"나이도 어린 것이 무슨 생각이 이렇게 많아? 내가 태자의 장난질도 못 알아볼 거 같아? 널 나쁜 일에 끌어들이고 싶지 않은 건 내 진심인데, 이런 말도 안 되는 생각이나 하니 내 마음 쓴쓴이가 참 부질없구나. 이 서첩은 수백 년 전의 골동품으로 구하기도 어렵고 네가 평소에 제일 아끼는 물건인데, 말로 해도 충분히 해결할 수 있는 일을 왜 이렇게까지 해?"

정해가 말없이 흐느끼기만 하자, 정당은 한숨을 내쉬며 말했다.

"알려줘도 상관없긴 하겠지. 다만 아무 곳에서나 떠벌렸다가는 큰 화를 면치 못할 것이야. 특히나 폐하 앞에서는 말도 꺼내서는 안 된다."

정해는 고개를 끄덕이며 말했다.

"형님이 말하기 싫으시면 저도 더는 묻지 않겠습니다. 다만 이 마음만은 깊이 헤아려주십시오."

정당은 탄식했다.

"네가 그렇게 말하니 더 입을 다물었다가는 네 의심만 키우겠구나."

정해는 대답했다.

"저는 절대 형님을 의심하지 않습니다. 다만 민간에는 싸움터에 나가려면 친형제가 필요하다는 말이 있지요. 제가 비록 아둔하고 병졸에 불과할 수도 있지만, 혹여나 형님 일에 조금이라도 보탬이 될지 모르는 일이지 않습니까?"

두 사람은 다시 자리에 앉았고, 정당은 고개를 끄덕이며 물었다.

"무엇을 알고 싶으냐?"

정해가 대답했다.

"폐하는 왜 형님이 알려준 그 노래를 듣고 대노하신 거죠?"

정당이 사방을 두리번거리자, 정해는 하인들에게 명령했다.

"모두 나가 있어라."

사람들이 나가자, 정당은 정해의 손을 뿌리치며 자신의 술잔에 술을 따랐다.

"너는 모르는 게 나을 뻔했는데……. 그 노래는 선제 황초 초년에 만들어졌어. 너나 삼랑, 그리고 내 나이보다 훨씬 오래됐지. 워낙 엄격하게 금지됐던 노래라 아는 사람도 별로 없다. 내가 네게 묻지. 태자의 생모인 선황후 효경 황후가 어떤 사람이었는지 기억해?"

정해는 고개를 저으며 대답했다.

"제가 어떻게 기억하겠습니까? 효경 황후가 서거하실 때 제 나이가 겨우 대여섯이었습니다. 게다가 그때는 황후의 건강이 좋지 않아 밖으로 잘 나오지도 않았죠. 하지만 고사림이나 태자와 닮았다면 분명 대단한 미인이었을 겁니다."

정당은 고개를 끄덕였다.

"미인이다 뿐이겠어? 경서와 시화에도 정통했고, 명문가 출신이었지. 고사림은 말할 필요도 없고, 효경 황후의 부친이자 태자의 외조부인 고옥산 역시 선제 때 중서령을 지냈다. 정말 권세가 대단한 집안이었지. 고씨는 지금도 명문가지만, 당시에 비하면 지금은 쇠락했다고 해도 과언이 아니지."

정해는 말했다.

"저도 들어봤습니다. 하지만 태자가 태어나기 전에 세상을 떠났다죠?"

정당은 대답했다.

"당시 공회 태자, 그러니까 너와 내 큰아버지가 갑자기 병으로 급사하시는 바람에 두 명의 군주郡主만 남았지. 선제는 깊이 사랑하던 공회 태자가 세상을 떠나자 크게 비통해하셨고, 다음 해에는 연호도 바꾸셨다. 이제 선제의 아들은 두 명만 남았지. 둘째 백부인 소왕과 폐하의 생모는 신분이나 지위가 비등비등했고, 나이도 몇 달밖에 차이가 안 났어."

"드시면서 얘기하세요."

정해는 정당에게 죽순채 한 젓가락을 놓아주며 권한 뒤 또 말했다.

"소왕의 얘기는 저도 어디선가 들었습니다. 성품이 포악해서 나중에 죄를 짓고 자진하셨다고요."

정당은 젓가락으로 죽순채를 헤치고 한 가닥을 집어 올리며 웃었다.

"그렇지. 소왕이 죽지 않았다면 지금의 너와 나도 없었을 것이다. 공회 태자가 승하하셨을 때 소왕과 폐하의 나이는 불과 열일고여덟 살이었어. 지금의 너보다 약간 더 나이가 많았고 정비도 들이기 전이었다. 이런 때에 폐하가 고옥산이라는 든든한 태산을 얻었으니 두 사람의 경쟁이 전과 같을 수 있겠어? 생각해봐."

정해는 그 노래를 곰곰이 되새기다가 번쩍 스치는 생각이 있어 얼굴이 새하얗게 질렸다.

"그랬군요. 이제야 이해가 가요. 그런데 소왕은 무슨 일로 정죄를 받았죠?"

정당은 눈을 찌푸리며 대답했다.

"말로는 모반이라고 하지만, 은밀한 내막은 폐하와 고사림 말고는 아는 사람이 없지."

정해는 말했다.

"태자도 모릅니까?"

정당은 웃으며 대답했다.

"생각해보면 떳떳한 일도 아닌데 뭐 좋은 일이라고 태자에게 알려줬겠어?"

정해는 한숨을 내쉬며 물었다.

"둘째 백부님의 가족은 왜 한 명도 안 보여요?"

정당은 대답했다.

"소왕비는 남편이 죽었다는 소식을 듣자마자 우물에 투신했어. 소왕의 모친인 양비楊妃는 2년 뒤 궁에서 쓸쓸히 병사했고, 측근들은 진즉에 뿔뿔이 흩어졌지. 게다가 소왕은 젊은 나이에 죽어서 자식도 없는데 무슨 가족이 남아 있겠어?"

정해는 오랫동안 생각에 잠겨 있다가 갑자기 물었다.

"형님, 고 황후는 뛰어난 미인에다가 재능도 출중하고 명문가 출신이기까지 한데, 왜 폐하의 눈 밖에 났나요?"

정당은 정해를 쓱 쳐다본 뒤 웃으며 대답했다.

"이거야말로 입에 올려서는 안 되는 어른들의 일이란다. 선제께서 폐하를 태자로 선택하신 이유는 영명하고 강단이 있어 나라의 사직을 감당할 능력이 충분하다고 여겨서야. 그런데 고씨들은 자기들이 없었으면 오늘의 폐하는 없었다는 듯 유세를 떨었지. 게다가 미인이 고개를 돌리느니 마느니 하는 노래는 폐하가 여인의 치마폭에 힘입어 등극했다는 조롱이 아니겠어? 고 황후는 황후보다 3~4년 일찍 왕부에 들어왔는데도 태자는 형제들 중 셋째지. 폐하는 소왕이 죽었을 때 지금의 황후마마를 새로 맞이했고. 이 속에 담긴 의미를 아직도 모르겠어?"

정해는 고개를 끄덕이며 맞장구를 쳤다.

"그래서 폐하가 그렇게 화를 내셨군요. 괜히 숙조부님이 거기서 이러쿵저러쿵 참견하는 바람에 폐하의 화만 더 부추겼네요."

정당은 술잔의 술을 남김없이 비운 뒤 웃으며 말했다.

"노망이 나신 게지. 자기는 나름 태자를 돕는다고 한 소리일 텐데."

정당이 다시 잔을 채우려고 술 주전자를 들자, 정해가 웃으며 말렸다.

"이 술은 달콤해서 목 넘김이 좋지만 뒷심이 강하니 과음하지는 마세요."

정당이 웃으며 핀잔을 주었다.

"녀석이, 얘기 들을 거 다 들었으니 술이 아깝다 이거냐? 만취하면 여기서 자고 가면 될 거 아니냐?"

정해는 손사래를 치며 말했다.

"이 술이 뭐 그리 대단하다고 아끼겠어요? 단지 형님은 아직 할 일이 남았잖아요? 모든 일이 끝나면 이 아우가 또 거하게 술대접을 하겠습니다. 그때 가서 혀가 꼬부라지도록 마셔도 늦지 않아요."

정당은 말했다.

"그건 또 무슨 소리야?"

정해가 웃으며 대답했다.

"형님의 말을 들으니 문득 장주목長州牧의 두루마리와 촉군수蜀郡守의 금장 채찍이 기가 막힌 시기에 올라왔다는 생각이 들었어요."

정당은 잠시 흠칫 놀라더니 큰 소리로 화통하게 웃었다.

"세상 물정에 밝은 사람이 한둘이 아니구나."

정해는 대답했다.

"그날 태자는 상갓집 개처럼 바들바들 불안에 떨더군요. 지금쯤 뭘 하고 있을까요?"

정당은 잠시 생각하더니 웃으며 말했다.

"지가 뭘 하겠어? 문을 닫아걸고 누워 있는 것밖에 더 하겠어?*"

두 형제는 잠시 눈을 마주치더니 통했다는 듯 동시에 껄껄껄 웃었다. 그들은 내신을 불러 먹고 싶은 음식을 더 즐겼고, 정해는 정당이 배불리 먹은 뒤에야 손을 맞잡고 문 앞까지 배웅했다.

---

* 매승枚乘의 『칠발七發』에서 초나라 태자가 병중에 한 말이다. 원출처의 '謹謝客'은 찾아온 손님에게 감사한다는 의미로 쓰였지만, 여기서는 정권의 상황을 조롱하기 위해 '손님을 사절한다'는 의미로 쓰였다.

정당이 떠난 뒤, 서첩 심부름을 했던 내시 장화가 정해에게 다가와 개탄하며 말했다.

"타고 남은 걸 주워서 잘 수습해볼까요? 너무 아깝습니다."

정해는 슬며시 웃으며 말했다.

"내가 저런 추문이나 주워듣자고 그 귀한 걸 못 쓰게 만들었겠어?"

장화는 놀라서 멍하니 있다가 정신이 번쩍 들며 감탄했다.

"전하의 글씨가 입신의 경지에 도달하셨네요! 노 상서도 참 사람 보는 눈이 없습니다. 그때 전하를 제자로 받았다면……."

장화는 매섭게 부릅뜬 정해의 눈을 보자 혀를 내두르며 입을 다물었다. 정해가 말없이 걷자, 장화도 뒤를 따르며 배시시 웃었다.

"큰 공을 들이셨는데 뭐라도 알아내셨습니까?"

"알아낼 것도 없었다."

정해가 대답하자, 장화가 또 물었다.

"그렇다면 왜 그렇게까지 하셨어요?"

정해는 웃으며 대답했다.

"진짜 모르는 거야, 모르는 척하는 거야? 그날 형은 내게 연극을 기대하라고 했어. 연극이 끝났는데 관객이 궁금해하기는커녕 대신 박자를 맞추면 어떻겠어? 그거야말로 진짜 의심스러운 행동이지."

장화는 정해의 기분이 썩 나쁘지는 않아 보이자 서글서글 웃으며 말했다.

"그럼 신이 이해가 안 가는 부분을 가르쳐주실 수 있겠습니까? 신도 세상 보는 눈을 길러야 나중에 전하가 큰일을 하실 때 막힘 없이 도와드리죠."

정해가 물었다.

"무엇을 모르겠는데?"

장화는 대답했다.

"태자가 걸려든 건 신도 조금은 납득이 갑니다. 원체가 의심이 많은 성격인데 때마침 탄핵 건이 불거진 뒤에 이런 일이 벌어졌고, 노 상서의 글씨가 먼저 떡 하니 펼쳐진 데다가 제왕은 대놓고 거들먹거리며 도발을 했지요. 당연히 폐하가 추궁하실 거라고 예상했을 겁니다. 하지만 폐하가 그렇게 화를 내시는 것도 뜻밖이었잖아요? 왜 그러셨을까요?"

정해는 탄식하며 말했다.

"태자가 고 장군을 지키겠다고 모든 책임을 떠맡으니 그러셨겠지. 그것만으로도 태자는 죽을 길로 들어선 거나 마찬가지야. 태자는 채찍을 거부하며 폐하께 반항했어. 그런데 만약에 채찍을 순순히 맞았다면 죄를 시인하는 꼴이 되는 거야. 태자는 그러고 난 뒤에 무릎을 꿇고 죄를 청했지만, 폐하의 눈에는 가식을 떠는 꼴로 밖에는 안 보였겠지. 하지만 성미대로 자리를 떠났다면 부자의 연도 군신 간의 연도 다 끊어버리는 패륜아가 됐을 테지. 이번엔 제왕이 정말 치밀했어. 태자가 무슨 짓을 해도 죄를 피하지 못하게 덫을 잘 설계했으니까."

장화는 생각하더니 또 물었다.

"이번에는 제왕의 수법이 정말 악랄했네요. 전하는 앞으로 어떻게 하실 생각입니까?"

정해는 잠시 걸음을 멈추고 묵묵히 하늘 위의 명월을 한참이나 올려다보더니 말했다.

"제왕은 최근 폐하의 총애를 지나치게 받더니 자만심이 도를 지나쳤어. 폐하가 태자를 끌어내리고 자기를 태자로 세울 거라고만 굳게 믿고 있지. 지금 당장은 제왕이 유리한 듯 보이지만, '달도 차면 기울고, 물도 차면 넘친다'는 옛말도 있잖아. 오늘이 17일이라는 걸 모르고 저 달을 보면, 저 달이 앞으로 기울 거라고 누가 예상이나 하겠어? 너는 아랫사람들 입단속이나 철저히 해. 너도 입조심하고. 천지를 뒤흔들 수도 있는 말이 절대 밖으로 새어나가서는 안 된다. 알겠어?"

장화는 고개를 끄덕이며 말했다.

"신은 전하를 곤란하게 만들 일은 절대로 하지 않습니다."

정해는 그의 어깨를 가볍게 토닥이며 미소를 지었다.

"그래야지. 우리는 두 사람이 피 터지게 싸울 동안 가만히 앉아서 구경이나 하면 돼."

제
23
장

성총을 잃은 신하는 흐느끼고

　중추절이 지난 지 이틀도 채 안 된 어느 날, 중서성에 실명 탄핵 상소가 한 장 날아들었다. 고발자도 이번에는 어사가 아니라 형부에서 전쟁포로를 관리하는 도관원외랑都官員外郞이었다. 처음에 중서령 하도연은 이래저래 곤란해 아무런 반응을 보이지 않았다. 그러나 며칠이 지나자, 이번에도 역시 지난번처럼 어사대가 하늘을 뒤덮고도 남을 만한 양의 상소를 쏟아내기 시작했다. 내용은 지난번과 비슷했지만, 어조는 한층 더 격앙되어 있었다. 내용인즉슨 고사림은 고의로 전투에서 졌고 직권을 제멋대로 남용했으니, 겉으로는 충신인 척하면서 뒤로는 음험한 마음을 품었다는 내용이었다. 이뿐만 아니라 요충지에 머물면서 적과 비밀리에 내통하였는데, 그 목적은 정권 찬탈이라는 고발도 있었다. 또한 황태자의 체면을 생각하느라 부덕한 행실을 방관할 게 아니라 나라의 국법을 바로 세우고 사회의 질서와 기강을 명확히 해야 한다는 내용 외에, 나라의 큰 도적을 제거해 원통하게 죽은 장수와 백성의 혼을 달래야 하며 천하와 바른 신하들의 마음을 안정시켜야 한다는 등의 내용도 있었다.

이쯤 되니 하도연도 더는 모른 척할 수가 없어 황제에게 주청했고, 황제는 전과 다름없이 조사하라는 명령을 내렸다. 전과 다른 점은 확실한 근거가 있으므로 언관의 주장에 훨씬 더 힘이 들어가 있다는 것이었다. 최초에 상소를 올린 원외랑의 말에 따르면, 그의 휘하에는 오랑캐의 말을 알아듣는 옥졸이 한 명 있는데, 포로들이 가끔 이번 전투에 이상한 점이 많다는 이야기를 나눈다고 했다. 교전 초기 3~4개월 동안은 적진을 격파해 주둔지를 이동하고 적의 머리를 베는 게 이상하리만치 쉬웠다는 것이다. 혹여나 패배하더라도 끝까지 맹공격을 퍼부으며 추격하는 법이 없어 상대가 고사림이 아닌 것 같다는 생각까지 했으며, 전투가 사투를 벌일 정도로 격렬했던 시기는 마지막 두 달뿐이었다고 했다. 황제는 그 이야기를 듣고도 한나절이나 고사림의 결백을 강경하게 주장한 뒤 포로들의 장수와 귀족, 그리고 원외랑을 철저하게 심문하라고 대리시에 명령을 내렸다.

태자는 제왕의 예측대로 서원에서 문을 닫아걸고 있었지만 누워 있지는 않았다. 그는 날이 저물 무렵 주순에게 보고를 듣고 얼굴이 백지장처럼 하얗게 질렸다. 사방을 둘러보니 선반 위에 놓인 네모반듯한 백옥 여의如意가 눈에 띄었다. 관례를 치를 때 받은 황제의 하사품이었다. 그는 잠시 생각하더니 성큼성큼 선반으로 다가가 여의를 집어 탁자를 세차게 때렸다. 옥질이 워낙 단단해 여의의 머리 부분만 자루에서 떨어져 쨍그랑 소리를 내며 바닥 위에 떨어졌다. 그 충격에 탁자 위에 놓인 촛대가 균형을 잃고 흔들흔들하다가 마침내 떨어지자, 실내는 순식간에 어두컴컴해졌다. 손아귀에 전해지는 저릿함을 느끼며 탁자에 기대어 거친

숨을 헐떡이다가, 한참 뒤에 손에 쥔 자루를 마저 내던졌다.

주순은 정권의 행동을 놀란 눈으로 지켜보다가 물었다.

"전하, 왜 이러십니까?"

정권은 큰 소리로 폭소하며 말했다.

"난 몸이 가렵지도 않은데 시도 때도 없이 와서 내 몸을 긁어 대는구나!"

주순이 동강 난 자루를 주우려고 허리를 숙이자, 정권은 빠른 걸음으로 다가와 자루를 냅다 걷어차며 발작하듯 이를 악물고 웃었다.

"나와 고사림에게 죽으라는 조서 한 장만 내리면 끝날 일이잖아! 내가 설마 죽기 싫다고 울며불며 난리라도 칠까 봐? 이런 비열한 장난질이나 하려고 머리 굴릴 필요 있어? 군주의……."

말을 끝마치기도 전에 주순이 달려들며 그의 입을 틀어막았다. 주순은 벗어나려는 정권과 한참 동안 씨름을 하다가, 그가 진정한 듯하자 풀어주며 흐느꼈다.

"전하, 그런 말씀을 하시면 말씀하시는 전하나 듣는 신이나 죽을죄를 짓게 됩니다. 이 늙은이를 살린 셈 쳐주십시오."

정권은 이를 악물고 땅바닥을 쳐다보며 말했다.

"나를 폐한다고 해도 이렇게까지 원망스럽지는 않아. 하지만 이런 장난은 너무 심하잖아. 이번에는 확실히 결심을 한 거 같아. 고사림을 기어이 제거해야 속 시원해할 거라고."

주순이 별 반응을 보이지 않자, 그는 마지못해 지시했다.

"믿을 만한 사람을 한 명 불러. 밀서를 보내야겠어."

주순은 명을 받들기 위해 밖으로 나왔다가, 잠시 문 앞에 서서 주위를 두리번거렸다.

"너희, 전하가 아까 하신 말을 다 들었나?"

내시 몇 명이 창백하게 질린 얼굴로 대답했다.

"죽여주십시오. 신등은 잠깐 정신이 나가 아무것도 듣지 못했습니다."

주순은 그제야 흥 콧방귀를 뀌며 자리를 벗어나 가장 신임하는 측근 내신에게 옷을 갖춰 입고 따라오라고 지시했다.

정권은 그에게 분부했다.

"은밀하게 이부의 장 상서, 형부의 두 상서, 추부 조 시랑의 자택으로 가서 밀서를 전달해."

내신은 대답했다.

"명 받들겠습니다. 서신을 주십시오."

정권은 말했다.

"손을 내밀어라."

내신이 어리둥절해하며 손을 내밀자, 정권은 먹을 묻혀 그의 손바닥에 '창끝을 돌리라'는 글자를 쓴 뒤, 구슬을 꿴 개인 인장에 인주를 묻혀 그 옆에 찍고는 당부했다.

"수건을 지니고 다니다가 모두에게 보여준 뒤 즉시 지워라."

바로 다음 날, 조정 대신들은 저마다 목청껏 소리를 높였다. 의견은 이러했다.

"고 씨는 불손한 마음을 품은 지 오래이며, 이번 전투는 확실히 이상한 부분이 있습니다. 아니 땐 굴뚝에 연기 나는 법은 없으니 이번 혐의도 근거 없는 소문은 아닐 것입니다. 반드시 철저히 진상을 조사해 만일의 사태에 대비하소서."

다른 대신은 또 이렇게 반론을 펼쳤다.

"오랑캐들의 적장이 고 장군에게 사무치는 원한을 품은 건 당연한 일입니다. 그들이 폭언으로 함부로 장군을 헐뜯는 목적은 고 장군을 제거해 나라의 방비를 무너뜨리려는 것이니, 이는 길거리의 부녀자나 어린아이도 훤히 아는 사실입니다. 소인배들이 이 틈을 타 음험한 속내를 드러냈으니 우리 뼈를 우리 손으로 깎아 오랑캐에게 좋은 일을 하려는 게 아니라면 조사는 필요하지 않습니다."

이런 의견도 있었다.

"청렴하고 충직한 신하를 참소했으니, 이는 고 장군 개인의 치욕일 뿐만 아니라 조정의 큰 수치이므로 오히려 더 철저히 조사해야 합니다. 그러나 공정성을 더하기 위해 삼사와 구경九卿이 공동으로 심문에 참석하는 것이 옳을 것입니다."

마지막 의견은 이러했다.

"장군은 결백하지만 외척의 득세는 나라에 유익할 게 없습니다. 오히려 근거 없는 소문만 때때로 불거지니 조정의 불화만 깊어지고 있습니다. 지금은 변방이 안정된 상황이므로 새로운 인물을 뽑아 변방에 두어 소인배들의 입을 막는 것이 좋겠습니다."

대신들이 여러 파당으로 갈려 내가 충신이니, 네가 소인배니 하는 말이 여러 차례 오가자, 조당은 순식간에 시장통처럼 아수라장이 되었으나 이렇다 할 결론은 도출하지 못했다. 황제는 어좌에 단정히 앉아 그들의 갑론을박을 묵묵히 지켜볼 뿐이었다. 조회가 파하자, 그들은 그 즉시 뿔뿔이 흩어져 자리를 피했다.

이런 혼란은 수일이나 지속됐다. 고사림을 옹호하는 장계도 눈발처럼 몰아치며 중서성을 압박했지만, 대리시는 꿈쩍도 하지 않고 예정대로 조사에 착수했다. 태자는 별다른 말이 없었고 서원에 틀어박혀 모습을 드러내지 않았으며, 여기에 15일 밤에 일어난 일까지 더해지자 조정의 동향도 미묘하게 변했다. 상소문이 올라오는 횟수가 날이 갈수록 주는 것은 물론, 추이를 지켜보며 관망하기로 한 사람들의 수도 점점 많아졌던 것이다. 고사림의 상소는 이처럼 여론이 어느 한쪽으로 지나치게 기울지 않은 적절한 시기에 성내로 올라왔다.

황제는 서재에 서서 손에 쥔 상소문으로 탁자를 툭툭 치며 물었다.

"태자도 상소를 올렸느냐?"

왕신은 대답했다.

"올리지 않으셨습니다."

황제는 그를 힐끔 보고는 또 물었다.

"그럼 온종일 안에서 뭘 한다고 하더냐? 외숙이 곤란하게 됐는데 왜 아무런 말이 없어?"

왕신은 대답했다.

"밖으로 통 나오지 않는다고 하니 아마도 깊이 반성하고 계시나 봅니다."

황제는 피식 웃었다.

"걔가 무슨 반성을 해?"

왕신은 등줄기를 타고 흐르는 식은땀을 느끼며 꿇어앉았다.

"폐하, 전하는 아직 나이가 어리셔서 일의 경중을 모르시니 부디 천은을 베풀어 잘못을 깨우쳐주시옵소서."

"자네가 녀석의 편을 드는 걸 보니 할아버지라고 부르며 따른 보람이 없지는 않군. 그날 궁정에서 죄를 청하는 연극도 자네가 시켰다던데?"

왕신은 고개를 조아렸다.

"그렇지 않습니다. 어찌 신 따위가 동궁의 행동을 좌지우지하겠습니까? 전하는 그날 진심으로 죄를 청하셨으니 부디 통촉해주시옵소서."

황제는 말했다.

"통촉해야지. 자네가 나가서 태자와 고사림에게 내일은 날짜에 3이 들어가는 날이니 조회에 들라고 전하게. 고사림이 마음이 동하는 상소를 썼으니 이제 좀 움직여야지."

왕신은 황급히 명을 받들고 성지를 전하기 위해 자리를 떠났다.

술시 2각을 알리는 북소리가 지나가자 거리를 지나는 행인들도 점점 뜸해졌다. 이부상서 장육정은 서재에 단정히 앉아 『주역』을 들추고 있었다. 그가 최근의 정세를 되짚으며 번민하고 있을 무렵, 하인이 불쑥 들어와 기별했다.

"대인, 손님이 오셨습니다."

장육정은 벌컥 짜증을 냈다.

"다 돌려보내라고 하지 않았어!"

하인은 우물쭈물하며 대답했다.

"그분도 대인이 그러실 거라면서 이걸 보여드리라고 하셨습니다."

장육정은 하인이 내민 쪽지 한 장을 받아 살피다가 이내 펄쩍 뛰며 명했다.

"어서 들어오시라고 해라. 너도 행동과 말을 공손하게 해야 한다."

그는 허둥지둥 옷을 하나 덧입고는 손님을 마중하러 객실로 나갔다. 검은색 장옷을 입은 사람이 하인의 안내를 받아 들어오는 모습이 보이자, 즉시 예를 표하려다가 고개를 들어 손님의 얼굴을 확인하고는 말문이 막혔다. 그는 한참 뒤에야 정신을 차리고 말했다.

"이 전하?"

정당은 미묘하게 웃으며 말했다.

"이 전하라고 부르다니 장 상서가 많이 당황했나 보오?"

그가 한밤중에 느닷없이 찾아올 거라는 생각은 꿈에도 못 했던 장육정은 억지웃음을 지으며 대답했다.

"좀처럼 이 누추한 집에 찾아오지 않는 분이니 당황할 수밖에요."

정당은 웃으며 말했다.

"장 상서가 겸손이 과하시군. 이 집이 누추하다면 세상에 편히 몸 둘 곳이 어디 있겠소? 그나저나 계속 이렇게 서서 얘기할 거요? 내가 차 한잔도 못 얻어 마실 곳에 왔나?"

장육정은 그제야 정신을 차리고 황급히 정당을 청했다.

"이쪽으로 오십시오."

집주인과 손님은 통 말이 없었다. 하인이 차를 준비해 가져오자, 정당은 한 모금 음미하더니 그제야 미소를 지으며 입을 열었다.

"훌륭한 차요."

장육정은 허허 쓴웃음만 지을 뿐, 그가 차를 마시고 감탄할 때까지 단 한마디도 내뱉지 않았다.

정당은 찻잔 너머로 장육정의 모습을 힐끔 살폈다. 그가 불편해하는 기색이 역력하자, 정당은 찻잔을 내려놓고 미소를 지으며 말했다.

"'불청객이 와도 공경을 하면 끝이 길하니라.'* 조금 전 장 상서가 본 점괘가 이것이 아니오?"

---

* 『주역周易·수괘需卦·상육上六』을 인용. 구덩이에 들어가는데 불청객 세 사람이 왔으니 공경해야 끝이 길할 것이다.

장육정은 멋쩍게 웃으며 대답했다.

"이 전하는 농담도 잘하십니다."

정당은 말했다.

"뜬금없는 방문이라 장 상서가 어처구니없게 여길 만도 하지. 상서는 시원시원한 사람이니 나도 에둘러 말하지는 않겠소. 오늘 이렇게 찾아온 건 상서에게 부탁을 하기 위함이오."

정당이 불쑥 본론을 말하자, 장육정은 웃으며 말했다.

"과분한 말씀이십니다. 부탁이 무엇인지 거리낌 없이 말씀해주시지요."

정당은 그를 잠시 빤히 바라보다가 미소를 지었다.

"장 상서가 슬하에 두 딸을 두었다고 들었소. 장녀는 이미 출가했고, 차녀는 시집갈 나이를 갓 넘겨 아직 집에 있다지. 내가 그녀를 마음에 품은 지 오래됐다오. 그래서 그녀를 측비로 맞이할까 하는데, 상서의 생각은 어떠시오?"

예상치 못한 정당의 말에 장육정은 잠시 넋을 잃었다가 한참 뒤에야 제정신을 차리고는 손사래를 쳤다.

"무슨 말도 안 되는 말씀을……. 신의 여식은 허약한 데다가 재주도 없고 용모도 볼품이 없습니다. 그런 아이가 무슨 황가에……. 정말 말도 안 되는 소리십니다."

정당은 그가 두서없이 말을 늘어놓자 그의 놀란 속내를 짐작하고 웃으며 말했다.

"왜 그러시오? 설마 내가 상서의 사위가 되기에는 부족해서 그러시오?"

장육정은 가쁜 숨을 겨우 진정하고는 탄식했다.

"농담으로도 그런 말씀은 마십시오. 신이 몸 둘 바를 모르겠습니다."

정당은 정색하며 말했다.

"농담이 아니오. 난 진심으로 제안했으니 당장 결정하지 못하겠거든 나도 강요하지는 않겠소. 천천히 생각해보시구려. 영애의 인생이 달린 대사이기도 하잖소."

장육정은 쓴웃음을 지으며 대답했다.

"헤아려주시니 감사합니다."

정당은 웃으며 말했다.

"그럼 큰일은 마무리했으니 이왕 온 김에 상서에게 자질구레한 일들의 가르침을 청할까 하오."

장육정은 망설이다가 대답했다.

"말씀하시지요."

정당은 말했다.

"난 최근 조정의 일로 골치가 몹시 아프오. 상서는 상황을 누구보다 잘 알고 있을 테니 쓸데없는 말은 굳이 하지 않겠소. 오늘 무덕후가 폐하께 상소문을 올린 사실을 상서도 알고 있겠지?"

장육정이 침묵하자, 그는 또다시 웃으며 말했다.

"알면 안다, 모르면 모른다 하면 되는 걸 뭘 그리 긴장하시오? 상서가 대답을 안 하니 이미 아는 걸로 여기겠소."

장육정은 그가 막무가내로 나오자 그저 대답할 수밖에 없었다.

"네."

정당은 고개를 끄덕였다.

"그 상소의 내용도 아시오?"

장육정은 대답했다.

"장군의 상소는 천자께 직통으로 올린 것으로 중서령인 하 상도 보지 못했는데, 신이 어찌 내용을 알겠습니까?"

정당은 웃으며 말했다.

"그는 사직을 청했소."

그는 다짜고짜 핵심을 말했다. 실내에는 두 사람뿐이라 못 들은 척할 수도 없어, 장육정은 묵묵히 입을 다물고 앉아 있을 수밖에 없었다.

정당은 그를 힐끔 보며 또다시 웃었다.

"자, 이제 폐하와 장군을 제외하고, 세상에서 이 사실을 아는 사람은 본왕과 상서 이렇게 두 사람이오."

그가 입술을 움찔거리다가 멈추자, 정당은 웃으며 물었다.

"아마 동궁도 아는지 물어보고 싶은 게지?"

장육정은 정당에게 속내를 간파당하자 순간 벙어리처럼 입을 다물었다.

정당은 말했다.

"동궁이 아는지 모르는지는 나도 잘 모르겠소. 하지만 폐하의 답변을 모르는 것만큼은 확실하지. 상서는 폐하의 성지가 궁금하시오?"

장육정은 정당의 말을 들을수록 놀라움에 몸서리가 쳐져 당장에라도 이 상황에서 벗어나고 싶은 마음이 간절했다. 그가 불안에 떨며 아무 대꾸도 못 하고 있는데, 정당의 다음 말이 불쑥 귀에 들어왔다.

"폐하는 윤허하실 것이오. 내일 조회 때 성지를 내리시겠지."

놀란 장육정은 반사적으로 벌떡 일어나 외쳤다.

"뭐라고요?"

그는 버럭 외친 뒤에야 자신의 실수를 알아차렸다. 다시 제왕의 얼굴을 보니 웃음기를 싹 거둔 채 그를 뚫어지게 바라보고 있었다. 그의 얼굴은 태자와 닮은 구석이라고는 전혀 없었다. 성상의 용안을 연상케 하는 그의 얼굴을 지금 이렇게 바라보고 있자니 절로 진저리가 쳐졌다.

정당은 한참이나 말없이 그의 기색을 살피다가 마침내 말했다.

"상서는 정말 모르는 표정이군. 그렇다면 내가 말을 너무 많이 했어. 이제 알았으니 누구에게 달려가서 얘기할 거요? 동궁? 아니면 무덕후인가? 다만 동궁을 만나기에는 이미 늦었소. 폐하께서 저녁에 성지를 내려 입궐하라고 하셨거든. 동궁을 보려거든 내일 조회 때 보는 게 편할 것이오. 무덕후야 어찌 되었든 내일 아침이 되면 사실을 알게 될 터인데 굳이 오밤중에 미리 알 필요가 있을까?"

장육정은 죽은 사람처럼 시커멓게 변한 안색으로 한참을 덜덜 떨다가 힘겹게 입을 열었다.

"방금 그건 무슨 뜻으로 하신 말입니까?"

정당은 웃으며 대답했다.

"다른 뜻은 없소. 다만 난 장 상서에게 내일 조회 때 벌어질 일을 미리 알려주고 싶었을 뿐이오. 상서가 관직에 오른 지도 어언 20년인가? 나라에 충심을 다하고 노련하니 나라의 기둥이 되기에 부족함이 없지. 이백주가 죽은 뒤에 중서령 자리에 적합한 사람은 상서뿐이었는데 안타깝게도 다른 사람이 됐지. 참으로 아쉬운 일이야. 참, 상서의 혜안을 빌려 시국을 예측해볼까도 하는데 어떻소? 만약 폐하께서 백관 앞에서 성지를 내린다면 고 장군은 어떻게 반응할 거 같소? 순순히 명을 받들까? 아니면 저항할까?"

장육정은 말문이 막혀 말을 더듬었다.

"그…… 그건 신도……."

정당은 웃으며 말했다.

"아, 이건 상서의 마음속에서 잘 정리가 됐다면 굳이 입 밖으로 낼 필요는 없소. 하지만 이 질문에는 반드시 답을 해보시구려.

고 장군이 공적이 눈부실 때 갑옷을 벗고 은퇴한다면 그 역시 아름다운 결말일 테지만, 그는 소싯적에 '말 탄 도련님'이라는 별명이 있었지. 그가 말에서 내린 다음에도 과연 냇가에 낚싯줄 드리우고 오현금을 타는* 자유롭고 한적한 삶을 누릴 수 있을까? 그가 낚시를 하고 금을 타러 떠나면 동궁은 어쩌지? 그를 따라갈까, 안 따라갈까?"

장육정은 더는 견디지 못하고 붉으락푸르락 돌변한 안색으로 벌떡 일어나 손가락으로 문을 가리켰다.

"입에 담을 수 없는 말만 하시는군요. 신은 더 이상 못 듣겠습니다! 신이 노여워서 예의를 잊었으니 부디 양해해주시고 그만 나가주십시오. 신이 배웅해드리지요."

정당은 불쾌해하기는커녕 웃으며 대꾸했다.

"조금 전에 상서의 충심을 입에 담았는데 과연 헛된 말이 아니었군. 다만 내 말을 끝까지 듣고 나서 날 내쫓아도 늦지 않으니 끝까지 들어보시오. 상서의 강직한 성품을 내 모르는 건 아니지만, 그냥 지나가는 말로 하는 주제넘은 직언으로 여기고 흘려들으면 될 걸 뭘 그렇게까지 화를 내시오?"

정당이 이렇게까지 말리자, 장육정도 어찌할 도리가 없었다.

"신의 입장도 좀 배려해주십시오. 그런 말은 신이 그냥 흘려듣기 어렵습니다."

---

* 혜강嵇康의 「수재로 천거된 형의 입대에 부치다贈兄秀才入軍·14수」를 인용. 한 무리가 난초 밭에서 쉬며 화산에서 말 먹이노니, 강이 흐르고 평평한 언덕에서 냇가에 낚싯줄 드리우네. 눈으로는 돌아가는 기러기를 배웅하고 손으로는 오현금을 타노니, 숙이고 우러러보며 깨달으니 노니는 마음이 허무맹랑하네. 저 낚시하는 아름다운 노인, 고기를 잡았는데 통발을 잊었더라. 초나라 사람은 떠났는데 누구와 이야기를 나눌꼬?

정당이 말했다.

"나도 상서의 입장을 배려해서 상서에게 정보를 주지 않았소? 상서는 지금까지 두 황제를 섬겼지. 스물넷에 경성으로 와서 문하주사門下主事로 시작했소. 종8품에서 마땅한 연줄 없이 지금 이 자리까지 오르는 건 결코 쉬운 일이 아니오. 하지만 내가 하고 싶은 건 다른 얘기지. 내가 묻고 싶은 건 이거요. 상서는 그 시절에 경성에 있었으니 중추절 연회 때 폐하가 노하신 이유를 알겠지?"

장육정이 늦은 밤까지 고심하던 이유도 바로 그것이었다. 정당이 그 일을 입에 올리자, 장육정은 다시 깊은 생각에 잠겨 한참 동안 침묵했다. 그는 바들바들 떨리는 몸을 가누며 한참 만에야 말을 내뱉었다.

"그 일은 절대 전하가 하시지 않았습니다. 신은 믿습니다."

정당은 한결 어두워진 얼굴로 말했다.

"장 상서, 말 한마디에 큰 화를 입을 수 있으니 말을 신중히 하시오. 상서는 믿지 않지만 폐하는 믿으시지. 믿고 싶어 하시고 말이야. 그렇다면 이것은 상서가 잘못된 걸까, 폐하가 잘못된 걸까? 중추절 연회 이후로 벌써 7~8일이 흘렀지, 아마? 상서는 그사이에 동궁의 얼굴을 본 적이 있소?"

장육정은 꿀 먹은 벙어리가 되었다. 그의 이마 위에는 땀이 줄줄 흐르고 있었다. 정당은 그의 곁으로 가까이 다가오더니 웃으며 말했다.

"왜 땀은 흘리고 그러시오? 더운 날씨는 한참 지났는데. 이서 대인은 10년을 청렴결백하게 살았고, 20년간 부침이 극심한 관료 사회에서 버티며 이 자리에 올랐지. 그런데 힘겹게 쌓은 칠보七寶 누대가 내일이면 일순간에 가루가 돼 무너져 내릴 것이오. 상서가 오늘 어떤 심정으로 무슨 생각을 하며 밤을 보낼지, 난 차마 미루어 짐작도 할 수 없구려."

장육정은 탁자를 짚은 채 서서히 자리에 앉았다.

"할 말이 무엇인지 하십시오."

정당은 웃으며 말했다.

"충신은 두 군주를 섬기지 않는다고 했으니, 상서의 시험관이었던 노세유처럼 지조를 지키다 죽는다면 만고에 아름다운 이름이 길이 남겠지. 만약 상서도 그 길을 걷고 싶다면 난 절대 상서의 앞길을 막지 않을 것이오. 다만 내 개인적인 생각으로는 노세유가 좀 억울하게 죽은 듯하오. 노세유는 선제 때 태자의 스승이 된 뒤로 십수 년간 그를 품에 끌어안고 어버이의 마음으로 가르치고 돌봤소. 참으로 애틋하고 절절한 사제 관계였지. 그는 태자에게 할 수 있는 모든 도리를 다했소. 그런데 태자는 자기가 살겠다고 십 년 넘게 자신을 돌본 은사를 하루아침에 길가에 내동댕이쳤지. 하물며 상서처럼 중간에 그에게 편승한 사람은 어떻겠소? 소문에 의하면 동궁이 관례를 치르기 전날 노세유의 자택으로 찾아가 한나절이나 눈물을 흘렸다고 하오. 쯧쯧, 그 하는 짓거리 하며……. 상서, 난 정말 그런 짓은 할 수도 없다오. 관례 당일 노 상서가 자진하자, 일순간 조정이며 민간이며 할 거 없이 폐하를 비난하는 여론과 내가 불경하다는 의견이 들끓었소. 그래서 태자는 이후 이백주 사건에서도 순조롭게 민심을 얻었지. 물론 노 상서의 절절한 충성심은 나도 탄복하는 바이오. 다만 고작 그런 이유로 희대의 명필을 잃은 게 안타까울 뿐이지. 이 말은 장 상서가 싫어하겠군. 난 그를 존경하지만, 그래도 나중에 역사를 다시 쓸 권한을 손에 넣게 된다면 노 상서를 명신 전책傳冊에 넣지 않을 생각이오."

장육정은 반박하려고 입을 움찔거렸지만 아무 말도 하지 못했다. 힘겹게 겨우 내뱉은 말은 다른 말이었다.

"전하의 말을 신이 어떻게 믿지요?"

정당은 웃으며 대답했다.

"중추절의 일은 상서가 이미 알고 내일 있을 고사림의 일은 입 궐하면 알 게 아니오? 하늘이 맑고 천지가 태평한데, 내가 장 상 서를 속일 수 있겠소?"

장육정은 잠시 생각하다가 고개를 끄덕이더니 물었다.

"신에게 원하는 것이 무엇입니까?"

정당은 웃으며 대답했다.

"장 상서는 20년 넘게 나라의 녹을 먹었고 연배도 나보다 훨씬 높으니 뱀을 때려죽이다 실패하면 반격을 당한다는 이치는 알겠 지. 뱀을 잡으려면 반드시 급소를 쳐야 하오. 그러니 무엇을 말해 야 할지는 굳이 내가 가르쳐주지 않아도 상서가 더 잘 알겠지."

장육정이 말이 없자, 그는 또다시 웃었다.

"장 상서, 폐하는 지금의 중서령에게 불만이 참 많으시오. 적임 자만 있다면 갈아치우고 싶다고 늘 내게 입버릇처럼 말씀하시지. 적절한 시점에 상서가 잘 분발하기만 한다면, 그 은청 인수*가 금 색 인수로 바뀌는 건 대수롭지도 않은 일이오. 또 장 상서의 아들 은 진사과에서 손가락을 꼽을 정도로 석차가 높지. 난 그의 재능 을 흠모해 어전에서 여러 차례 제왕부의 장사長史로 등용하고 싶 다고……."

정당은 장육정의 안색이 갈수록 일그러지는 것을 보고 급히 화제를 돌렸다.

"하지만 어찌 됐든 혼사와 마찬가지로 강요하지는 않겠소. 내

---

* 관리의 등급을 나타내는 관인을 매는 끈. —역주

일 조회 때 상서가 입을 열면 내가 즉시 상서를 왕부로 초대하지. 상서가 입을 열지 않는다면 오늘 밤의 대화는 없었던 거요. 각자의 길에서 검을 뽑든 칼을 갈든 할 테지만 절대 사정을 봐주지는 마시오. '불청객을 공경하면 끝이 길할' 거라는 수괘·상육의 점괘는 아직 유효하지만, 그 점괘가 구삼九三*이 되는 일은 없어야 하지 않겠소?"

장육정이 여전히 묵묵부답이자, 정당은 속으로 차갑게 코웃음을 치고는 말했다.

"난 이만 돌아가겠소. 배웅하러 나올 필요는 없소. 참, 방금 그 글자는 상서도 태자의 친필임을 알아보겠지? 금착도는 태자 말고는 구사할 수 있는 사람이 아무도 없잖아?"

장육정은 장옷을 두르고 성큼성큼 나서는 정당의 뒷모습을 눈으로 배웅했다. 검은색 장옷을 입은 귀신과도 같은 형체가 무겁게 가라앉은 어둠 속으로 서서히 스며들다가 마침내 사라졌다. 한쪽 귀에서는 태자의 목소리가 아른거렸다.

'맹직, 지금도 많이 의지하고 있지만 앞으로는 경을 더 의지하게 될 것 같소.'

그는 일순간의 심란함을 간신히 가다듬은 뒤 결심한 듯 하인을 불렀다.

"여봐라, 서부로 가서 태자 전하가 계시는지 알아보고 와라."

서부로 갔던 하인은 시간이 흐른 뒤 돌아와 보고했다.

"대인, 서부의 주사 말로는 전하는 저녁에 입궐하셔서 오늘 밤에는 돌아오지 않으신다고 합니다."

---

* 『주역周易·수괘需卦·구삼九三』. '진흙에서 기다리니 강도가 들 것이다.'
점괘 풀이: 세도가 막강한 주인은 태도가 유순한 손님을 대면하면 자만심과 오만이 발동해 손님을 거칠게 대하다가 말썽을 일으킬 수 있다.

장육정은 온몸의 기력이 한꺼번에 빠져나가는 것을 느끼며 털썩 힘없이 의자에 주저앉았다.

제24장

집안에 청주青州 출신이 없으면

　본조의 관례에 따라 날짜에 숫자 '3'이 들어가는 봉삼逢三이면 조정에서는 약식 조회가 열렸다. 5품 이상의 문무백관은 이날이면 진시(아침 7시~9시) 초에 유사有司의 인도에 따라 조당에 들어 황제가 올 때까지 대기해야 했다. 그러나 워낙 이른 시간에 열리기도 하고 열리는 빈도도 잦아 황궁에서 멀리 떨어진 곳에 사는 관원은 매 봉삼 때마다 고생이 이만저만이 아니었다. 그래서 대개는 조회에 별다른 열의를 느끼지 못했으며, 심드렁하게 미적거리다가 묘시가 끝날 무렵에야 나타나는 게 보통이었다. 그런데 오늘은 평소와 달리 모든 관원이 약속이라도 한 듯 꼭두새벽부터 모습을 드러냈다. 묘시 1각부터 가우문 밖에서는 사람들이 삼삼오오 모여들더니, 점점 불어나 여기저기서 무리를 지어 속닥거렸다. 어떤 사람은 이 무리 저 무리 옮겨 다니며 끼어드느라 바빴다. 궁문 밖의 풍경을 죽 둘러보니 붉은색과 자주색 관복 일색이었다. 언제 잃을 줄 모르는 게 관함官緘이라고 하지만, 아침 댓바람부터 이게 무슨 소란이란 말인가. 유사는 자기보다 지위가 높은 사람들에게 차마 어려운 소리를 할 수 없어 뒷짐을 진 채 왔다 갔다만 했다. 이따금 한두 마디가 귓가에 들렸다.

"어제 장군이 폐하께 상소를 올렸다지?"

"오늘 조회 때 태자 전하도 틀림없이 오시겠네."

"송 시랑, 태자 전하가 요 며칠간은 연강에 나오지 않으셨지?"

"송 시랑, 영현의 혼사는 정해졌나? 언제 축하주를 대접할 거요?"

"장 상서, 어젯밤엔 잠을 제대로 못 주무셨소? 안색이 왜 그 모양이오? 하하하! 하늘이 무너지면 가장 높은 사람이 지탱한다고 하지 않소. 장 상서는 가장 높은 사람도 아니면서 무슨 걱정이 그리 많소?"

"정 편수, 이번이 두 번째 진사지? 제출한 시가 영 운율이 맞지 않았어."

"어디가 안 맞습니까? 좀 가르쳐주십시오! 그 망할 놈의 압운! 시를 지을 때 옛날 운율을 맞춰야 한다는 법칙은 대체 누가 정했습니까?"

예상을 벗어나지 않는 잡담들이 정신없이 오가자, 유사는 고개를 절레절레 저으며 힐끔힐끔 자꾸 모래시계만 바라봤다. 오늘따라 모래도 유난히 느릿느릿 떨어지는 것만 같아 복장이 터질 지경이었다. 그러기를 4~5회 반복한 뒤 드디어 때가 오자, 유사는 겨우 한숨을 돌리고는 큰 소리로 목청껏 외쳤다.

"묘시 3각입니다. 백관은 출석하십시오."

관원들은 그제야 입을 다물고 각자 의관을 반듯하게 정제했다. 후문이 열리자 직급 순서에 따라 문관은 동쪽으로, 무관은 서쪽으로 줄을 지어 안으로 들어갔다. 자리에 선 뒤에도 간혹 친한 사람이 가까이에 있으면 또다시 머리를 맞대고 속닥거렸다. 유사는 급한 마음에 헛기침을 하며 눈치를 주었다.

"여러분, 여러분! 기강을 세우세요! 관함을 드시고요!"

이어서 고사림이 도착하자 사람들의 목소리는 금세 잦아들었다. 그가 병이 들어 몸져누웠다는 소식을 들은 터라 기색을 유심히 살피니, 과연 다리를 절뚝거렸고 안색도 파리했다. 관원들은 서로 힐끔거리며 눈빛으로 의견을 주고받을 뿐, 감히 그에게 다가가 물어보는 사람은 아무도 없었다. 고사림은 평소 성품이 겸손하고 온화했으며, 지위가 낮은 사람에게도 예의를 갖춰 대했으므로 적을 두는 곳마다 자연히 그를 칭송하는 무리가 생기고는 했다. 고사림이 어색한 상황임에도 빙긋 웃으며 아는 체 없이 곧바로 문관의 대열로 가서 자리를 잡자, 사람들은 그제야 겨우 안도의 한숨을 내쉬었다.

잠시 뒤 이왕이 나타나 관원들의 북쪽 면에 섰고, 그로부터 1각이 지나자 태자가 조당 안으로 들어왔다. 태자가 아무 말 없이 곧장 이왕 앞으로 가서 서자, 이왕은 황급히 허리를 숙여 절했고, 오래간만에 태자의 얼굴을 본 신하들도 꿇어앉으며 예를 갖췄다.

"태자 전하를 뵈옵니다."

태자는 평소와 달리 웃음기 하나 없는 얼굴로 주위를 쓱 둘러보다 고사림에게서 눈길이 멎었다. 그는 다른 신하들과 마찬가지로 부복해 있었다. 태자는 고개를 돌려 외면한 뒤 경직된 목소리로 말했다.

"예를 거두시오."

신하들은 주섬주섬 몸을 일으켰다. 과연 오늘의 분위기는 평소와는 많이 달랐다. 그들은 높은 사람 네 명의 기색을 조심스럽게 살폈으나 시치미를 뚝 떼며 시선을 피했다. 조당은 한동안 기침 소리 한번 들리지 않고 쥐 죽은 듯 고요했다.

황제는 정확하게 진시 초 1각에 조당에 도착했다. 유사가 소리 높여 선언을 하자, 관원들은 일제히 무릎을 꿇고 예를 갖췄다. 황제는 신하들이 예를 마치고 몸을 일으키자마자 미간을 찌푸리며 물었다.

"고 상서는 몸도 안 좋은데 왜 서 있소?"

그러자 진근이 옆에서 웃으며 대답했다.

"폐하, 조정의 규례가……."

황제는 진근의 말을 가로막더니 말했다.

"고 상서는 앉으시오."

고사림은 황급히 대열에서 나와 허리를 굽히며 사양했다.

"폐하, 성은이 망극하오나 신은 감히 그럴 수 없습니다."

황제는 웃으며 말했다.

"그냥 앉으시오. 짐은 다른 게 아니라 오래 서 있으면 고 상서의 발병이 도질까 걱정이 돼서 그러오."

고사림은 또다시 사양하며 말했다.

"하해와 같은 성은은 거듭 감사하오나, 국본마저도 서 계신 조당에서 신이 어찌 감히 자리에 앉을 수 있겠습니까?"

황제는 고개를 돌려 정권을 힐끔 보더니 물었다.

"황태자는 어찌 생각하느냐?"

정권은 하얗게 질린 얼굴로 허리를 숙이며 대답했다.

"성은을 내리셨으니 고 상서는 앉아도 무방할 것입니다. 신이 서 있는 건 신의 본분입니다."

황제는 웃으며 말했다.

"고 상서도 들으셨소? 태자가 그럴듯하게 말을 했으니 자리에 앉으시오."

고사림은 부복해 감사를 표할 수밖에 없었다. 진근은 고사림을 부축해 자리에 앉힌 뒤 다시 황제의 등 뒤로 돌아가 섰다.

　황제는 주위를 한 바퀴 둘러보더니 너나없이 고개를 푹 숙인 광경을 보고는 입을 열었다.

　"근래에 황태자나 고 상서나 모두 몸이 좋지 않았소. 고 상서는 지금도 건강이 좋지 않으나 짐이 굳이 이 자리로 불러들였소. 그 이유가 무엇인지는 경들도 속으로 생각하는 바가 있을 것이오."

　말을 마친 황제는 상소문을 하나 집어 진근에게 내리고는 명했다.

　"읽어라."

　진근은 성지를 받든 뒤 상소를 펼쳐 목청껏 읽었다.

　"무덕후, 추부상서, 장주도독인 신 고사림은 두려운 마음으로 폐하께 인사를 올립니다. 신은 아둔한 무인으로 재능과 식견이 얕고 덕이 부족하며, 국가를 안정시키는 공을 세우기는커녕 명성을 높이지도 못했습니다. 그런데도 밖에서는 군을 지휘하는 중임을 행하고 경성으로 돌아와서는 넓은 집에서 호위호식하고 있으니, 이는 모두 하해와 같은 폐하의 성은을 입었기 때문입니다. 이런 처지를 떠올릴 때마다 신은 부끄러워 차마 고개를 들 수가 없으며, 늘 한밤중에도 앉아 가슴을 두드리며 탄식하는 실정입니다. 알 수 없는 까닭으로 바다처럼 드넓은 폐하의 은혜를 입었으나, 신의 부족함을 지적하는 여론이 부끄러워 도무지 견딜 수가 없습니다.

　폐하는 신에게 강력한 부대를 내리시어 나라의 요충지를 지키는 중책을 위임하시고, 나라의 물자는 물론, 충성심이 두텁고 능력 있는 인재를 아낌없이 지원해주셨으니 이는 오랑캐를 무찌르기 위한 것입니다. 능하 전투가 도중에 통제를 잃은 이유는 신이 무능해 잠깐 형세를 잘못 판단했기 때문입니다. 이로 인해 전쟁이 길어지고 폐하께서 지원해주신 물자 역시 헛되이 탕진했습니다. 이는 위로는 폐하의 은혜를 저버린 것이요, 아래로는 수하 장수들을 저버린 것이지요. 모두 신이 무능한 탓이므로 감히 다른 사람에게 책임을 전가할 수도 없습니다. 전투에서 일부러 지고 시일을 끌었다는 조정과 항간의 소문은 다 이런 신의 무능에서 비롯된 것이니 전혀 근거 없다고 할 수는 없을 것입니다. 신은 그리해 두 차례나 폐하께 상소를 올렸으나, 인자하신 폐하는 신을 정죄하기는커녕 도리어 공을 치하하고 상을 내리셨으니 신은 그것만으로도 가슴이 두근거려 편치 않았사온데, 오늘에 이르러서는 드디어 세간의 통찰을 피할 수 없게 되었습니다. 신은 이번에 다시 한 번 거듭 폐하께 머리를 조아리며 사직을 윤허해주시기를 간청하옵니다. 잘못된 일을 바로잡고 군법과 나라의 기강을 세워 논란을 가라앉히는 일이니, 이것이 물러나기를 원하는 첫 번째 사유입니다.

신이 비록 아둔하다고는 하나, 고대 성현의 뜻을 늘 사모해 배움을 시작한 나이부터 약관의 나이에 종군하기까지 한시도 책을 손에서 놓은 적이 없습니다. 신은 마원*의 뜻을 받들어 국경을 지키고 오랑캐를 소탕하기 위해 전장에서 목숨 걸고 싸웠으며, 석민**을 본받아 반란을 진압했습니다. 흉악한 오랑캐가 우리 강토를 침범해 백성을 수탈하고 나라를 유린하니 젖내 나는 아이부터 부녀자, 고령의 노인에 이르기까지 그 원한이 사무치지 않는 이가 없는데, 하물며 군에 몸담은 열혈남아들의 심정은 어떻겠습니까? 삼척검이 높이 걸리고 국법이 산과 같이 지엄한데, 신이 어찌

---

* 馬援, 중국 후한의 무장. ―역주
** 石閔, 중국 5호 16국 시대 염위의 1대 왕. ―역주

감히 오랑캐와 내통해 선조의 영명을 무너뜨리고 백성에게 지탄받는 짓을 저지르겠습니까? 원통한 이 심정을 하늘은 알 것입니다. 신의 사지가 토막 나고 일족이 남김없이 멸족당하더라도 이 죄만은 인정할 수 없습니다. 여기서 다시 한 번 고개를 숙여 사직을 간청하옵니다. 이는 신의 결백을 밝히고 명예를 지키기 위함이니, 이것이 사직을 청하는 두 번째 사유입니다.

신은 황초 원년에 군에 의탁해 종군한 세월이 어언 27년입니다. 신은 효경 황후의 형제이며 국본의 외숙입니다. 외척의 몸으로 군권을 손에 쥐어 직언하는 선비들의 비난을 받아 나라에 소란을 일으킨 것이 이번이 처음이 아닙니다. 먼 옛날 충심이 지극하고 실력이 뛰어난 장평후長平侯 위청도 태사공에게 비난을 받았는데, 하물며 이 부덕하고 무능한 신은 어떻겠습니까? 폐하는 부디 변방이 안정된 이때에 지혜로운 덕장을 새로 세우시어 국경의 방비를 더욱 강화하고 안팎의 민심이 한마음으로 단결해 국토의 안녕을 꾀할 수 있도록 해주십시오. 신은 이미 나이가 많이 들어 몸이 쇠약해 병들어 누워 있는 시간이 늘었고, 오랜 시간 변방에서 지낸 탓에 기러기를 보고 버드나무와 매화 스치는 소리만 들어도 마음이 동해 탄식이 절로 나옵니다. 바라건대 신을 질책하는 은혜를 베푸시어 살아서 옥문관玉門關에 들고 주천군酒泉郡에 닿도록 해주십시오. 남은 여생 가까이서 폐하 곁을 지킬 수 있다면 신은 여한이 없을 것입니다. 신이 거듭 폐하께 고개를 숙여 신의 사직을 윤허해주시기를 간청합니다. 이는 신이 천수를 누리고 경성에서 남은 생을 보내기 위함이니, 이것이 사직을 청하는 세 번째 사유입니다.

신은 이 세 가지 사유를 폐부에서 우러나는 진심으로 공손히 폐하께 올립니다. 부디 통촉해 윤허해주신다면 신이 만 번 죽어도 그 은혜를 다 갚지 못할 것입니다. 신 고사림, 거듭 엎드려 간청합니다."

고사림의 상소문은 공손하면서도 간절했지만, 진근이 찢어질 듯 날카로운 목소리로 빙빙 돌려서 읽으니 여자의 목소리도 남자의 목소리도 아닌 것이 묘한 느낌을 주는 것은 어쩔 수 없었다. 말석에 선 어사 한 명은 터져 나오는 웃음을 참지 못하고 소매로 입을 가리고 웃다가, 얼음장처럼 싸늘한 시선이 느껴져 고개를 들었다. 그는 태자를 보고 소스라치게 놀라 황급히 표정을 고치고 식은땀을 뻘뻘 흘리며 다른 사람들을 따라 고개를 끄덕이며 동조했다.

황제는 말했다.

"모두들 들었을 것이오. 지난달 초부터 어사대를 비롯해 성부까지 온갖 추문이 끊이지 않았소. 고 상서는 짐이 신임하는 충신이자 나라의 기둥이오. 그가 거친 바람과 세찬 비를 맞으며 나라의 영토를 지킨 덕분에 경들이 평화로운 땅에서 배불리 먹으며 무사하게 살 수 있었던 것이오. 그런데 경들은 이렇게 사리를 현혹하는 말을 함부로 써 갈기며 선량하고 충직한 신하의 명예를 더럽히니, 적과 내통하고 나라를 팔아먹는 게 대관절 누구란 말이오? 짐이 보기엔 바로 경들이오!"

황제의 어조는 뒤로 갈수록 더욱 격앙되고 통렬해졌다. 정권은 고개를 푹 숙인 채 냉담한 마음으로 황제의 호통을 듣다가 고개를 들어 고사림을 보았다. 그는 소매를 당겨 눈가를 훔치고 있었다.

황제가 격렬하게 노하자, 신하들은 잠시 놀라 흠칫했다. 그러나 잠시 뒤 어사 한 명이 앞으로 나와 격노한 어조로 황제의 말을 반박했다.

"폐하의 말씀, 신은 결단코 동의할 수 없습니다. 고 상서가 적과 내통한 일이 없다고 쳐도 능하 전투의 지휘 실책은 고 상서 자신도 시인했습니다. 본래 나라에서는 이 전투가 두 달에서 세 달 사이에 끝날 것으로 보았는데, 작년 겨울부터 질질 끌더니 11월이 지나도록 끝나지 않았습니다. 이 지연된 여덟 달 동안 낭비한 물자는 얼마며, 헛되이 목숨을 잃은 장병은 몇 명입니까? 이건 이 상서와 황 시랑이 누구보다 명확하게 세고 있을 것입니다. 이렇게 중대한 실책을 범한 사람을 폐하께서 정죄하지 않으시는 것이야말로 과한 성은이온데, 어찌 신등이 사실을 지적했다고 해서 나라를 팔아먹었다는 오명을 써야 합니까?"

황제는 어사의 말이 끝나기 전부터 하얗게 질린 얼굴로 씩씩거리다가, 어사가 말을 마치자 손가락질을 하며 꾸짖었다.

"감히 조전에서 큰소리를 떵떵 치다니 경의 안중에는 왕도도 없소?"

어사는 여전히 강경한 어조로 대답했다.

"큰소리를 친다는 말씀 또한 받아들일 수 없습니다. 원래 조당은 신하들이 의견을 나누고 이치에 따라 일을 처리하는 곳입니다. 이런 곳에서 의견을 내놓지 않는다면 신등은 대체 어디서 의견을 내놓아야 합니까? 신이 우매해 틀린 말을 했다면 폐하께서 지적해주십시오."

황제는 이를 갈며 말했다.

"너희는 우매하다기보다는 과하게 똑똑해서 탈이지. 여봐라, 저자를……."

황제가 말을 마치기도 전에 붉은 관포를 입은 관원 한 명이 옆에서 나와 간청했다.

"폐하, 조종가법祖宗家法에 의하면 간언하는 관원에게 죄를 물으실 수 없습니다."

그는 조금 전 어사가 언급한 호부시랑戶部侍郎 황홍이었다. 황제는 잠시 말문이 막혔다가, 이어서 정신을 차리고는 명령했다.

"저자를 끌어내라!"

어사는 금오金吾가 가까이 오기도 전에 황제에게 깊이 허리를 숙여 읍을 한 뒤, 소매를 걷어붙이며 총총히 조당을 떠났다.

황제가 펄펄 뛰자, 평소 뒤에 숨어서 발언을 하지 않던 어사 몇 명도 튀어나와 한마디씩 했다.

"폐하, 고사람에게 혐의가 있는 것은 엄연한 사실입니다."

"장군은 늙어서 몸이 좋지 않습니다."

"장군의 상소는 진심임으로 폐하께서는 윤허하심이 옳습니다."

표현은 각기각색이었지만 결국은 장군의 상소를 윤허해야 한다는 의견이었다. 그들이 말을 마치기도 전에 다른 편에서 또 몇 명이 나와 반대 주장을 펼쳤다.

"장군은 깊은 반성의 뜻을 겸손하게 표현한 것뿐인데, 어찌 이를 진짜로 받아들일 수 있겠습니까?"

"지휘란 본디 현장 상황에 맞게 해야 하는 것인데, 전방의 전시 상황이 어떠한지 어찌 사전에 모두 예측할 수 있겠습니까? 만약 예측할 수 있다면 무지한 어린아이도 지휘관이 될 수 있지 않겠습니까?"

"이번에 장군을 다른 사람으로 교체한다면 그것이야말로 오랑캐가 바라는 일이 아니겠습니까? 자신의 간교한 속을 감추고 있는 악인들이 얼마나 많을지 누가 알겠습니까?"

누군가가 또 나와서 반박했다.

"나라에 능력 있는 장수가 적지 않습니다. 현재 장주에 있는 부장 몇 명만으로도 충분히 감당할 수 있는데, 왜 굳이 장군이 병든 몸으로 그곳까지 가야 합니까? 더군다나 오랑캐들은 대패한지 얼마 되지 않아 당분간은 대규모로 집결하기 어렵습니다. 이 틈을 타 하루라도 빨리 새로운 장군을 세워 장주의 지휘가 익숙해지도록 대비해야 합니다. 이대로 장군을 장주로 보냈다가 급박한 때 병으로 쓰러지기라도 하면 그때는 어떡합니까?"

그보다 먼저 말했던 관원은 즉시 그를 비난하며 되받아쳤다.

"오랑캐는 이미 거의 소탕된 것이나 다름이 없습니다. 소탕하자마자 장군을 내치면 세간의 여론이 폐하를 토사구팽이라고 얼마나 비난하겠습니까?"

반박당한 관원은 노발대발하며 외쳤다.

"이를 어찌 토사구팽이라고 하십니까? 먼저 사직을 청한 건 장군입니다!"

이쯤 되자, 고사림은 가시방석에 앉은 듯해 도저히 의자에 앉아 있을 수가 없었다. 그는 천천히 팔걸이를 짚고 자리에서 일어나더니 정전 한가운데로 나아가 무릎을 꿇고 흐느꼈다.

"폐하, 신은 몸과 마음이 지쳤습니다. 둔하고 노쇠한 몸으로 자리에 연연할 수 없으니 부디 불쌍히 여겨주십시오. 폐하께서 사직을 윤허하지 않으시면 신이 무슨 낯짝으로 사람들 앞에서 얼굴을 들겠습니까? 남은 건 죽음뿐일 것입니다."

열띠게 논쟁하던 사람들은 한순간에 입을 다물고 두 사람의 기색을 몰래 살폈다. 고사림의 두 눈에서 눈물이 줄줄 흘렀다. 눈물은 뺨이 아닌 세월이 만든 깊은 주름을 타고 귓가로 흘러내렸다.

황제는 깊이 탄식하더니 조용히 정권을 힐끔 보고는 물었다.

"태자는 어찌 생각하느냐?"

정권은 차가운 눈으로 내내 모든 광경을 지켜보다가, 황제가 묻자 살짝 웃은 뒤 대답했다.

"나라의 중대한 사안이니 신은 감히 망언을 할 수 없습니다."

황제는 말했다.

"넌 국본이거늘 멀뚱히 서서 신하들이 다투는 거나 구경할 양이었으면 뭐 하러 나왔느냐? 망언이니 뭐니 하는 소리는 집어치우고 생각나는 게 있으면 마음껏 말해보아라."

정권은 허리를 깊이 숙이며 "네" 하고 대답한 뒤 물었다.

"고 상서는 천명을 알 나이인 쉰을 갓 넘겼으면서 어찌 노쇠함을 입에 올립니까? 고 상서는 선현의 뜻을 깊이 사모하는 분이니 노익장이라는 말을 모르지 않을 것입니다. 이간책으로 위나라로 망명한 염파廉頗는 고국의 사자 앞에서 건재함을 보여주겠다고 일부러 음식을 많이 먹었습니다. 이광李廣은 숱한 공을 세우고도 고위직에 오르지 못했지만 늙은 나이에도 흉노 정벌에 나서게 해달라고 간청했지요. 하물며 고 상서는 현명하고 지혜로운 군주를 만나 그들과 달리 신임을 받고 있는데, 더 분발해 오랑캐를 섬멸할 생각은 안 하고 어찌 근거 없는 낭설에 휘둘려 일신을 보전하려고만 하십니까? 이는 현명한 성상과 조정의 문무백관을 불의에 빠트리는 처사가 아닐는지요?"

조용한 조당에 이윽고 황제의 웃음소리가 들렸다.

"고 상서는 태자의 말을 똑똑히 들었겠지"

고사림은 머리를 깊이 조아리며 답했다.

"신은 감히 전하의 쓰디쓴 질책을 반박할 수가 없습니다. 다만 상소를 올린 신의 진정성을 깊이 헤아려주십시오."

정권이 반박하려는데, 갑자기 황제가 살짝 헛기침을 하며 읊조리듯 말했다.

"태자의 말은 백번 옳지만, 짐은 상서의 고충 또한 헤아리지 않을 수 없소. 이렇게 합시다. 고 상서는 일단 병이 나을 때까지 편안한 마음으로 몸을 추스르시오. 급한 일도 아니니 이 일은 그때 가서 논의하겠소. 장주에는 위임자를 파견해 얼마간 추이를 지켜보다가 상서의 몸이 나은 뒤 다시 상의합시다. 상서가 이런 절충안까지 사양한다면 그거야말로 짐을 난처하게 하는 것이오."

고사림은 바닥에 엎드려 한참 동안 몸을 떨다가 고개를 조아리며 목이 잔뜩 멘 목소리로 토하듯 울부짖었다.

"성은이 망극하옵니다."

정권은 비로소 황제가 질문한 저의를 깨달았다. 고개를 돌리지 않아도 차갑게 미소 짓는 제왕의 얼굴이 보이는 듯했다. 그는 눈을 질끈 감았다. 하늘이 핑글핑글 도는 듯 어지러웠다. 정신을 차리고 다시 눈을 뜨니 고사림은 어느새 자리로 돌아가 고개를 숙이고 앉아 있었다. 한쪽 무릎을 지그시 누른 손등 위로 툭 불거진 푸른 핏줄이 보였다. 손아귀와 손가락의 마디마디에는 온통 활줄을 당기다 생긴 굳은살이 가득했다. 그는 다시 시선을 높여 어좌에 앉은 황제를 봤다. 선명하게 보이는 거라곤 그가 입은 붉은색 조복뿐, 얼굴에서는 감정을 전혀 읽을 수 없었다. 가슴에 맺힌 응어리가 팽팽하게 부풀어 오르자 메스꺼움이 가득 치밀었다.

황제의 말은 타당해 흠 잡을 데가 없었으므로 신하들은 반대하지 않고 조용히 자기 자리로 되돌아가 섰다. 조당이 다시 정적에 휩싸이자, 황제가 웃으며 말했다.

"오늘의 일은 여기서 마무리 짓겠소. 혹시 또 다른 사안이 있소?"

황제가 잠시 신하들의 대답을 기다리다가 파회를 선언하려는 찰나, 이부상서 장육정이 불쑥 앞으로 나와 고개를 숙였다.

"신이 고할 것이 있습니다."

이런 때 그가 앞으로 나서자, 황제는 살짝 이상하다는 생각이 들어 물었다.

"무엇이오?"

장육정은 소매에서 천천히 상소문을 하나 꺼내더니 머리 위로 높이 들어 올리며 고했다.

"신, 작년에 있었던 이백주의 역모 사건을 재조사했습니다."

그가 말을 마치자마자 조당에는 즉시 소란이 일었다. 진근이 장육정의 상소를 받아 황제의 손에 건넸다. 황제는 바로 펼치지 않고 우선 고사림과 태자를 조용히 바라봤다. 두 사람의 안색은 창백하게 질려 있었다. 황제는 느릿느릿한 어조로 물었다.

"이백주 사건은 삼사가 공동으로 심리해 예전에 마무리 지었는데, 이제 와서 또 보고할 게 무엇이 있단 말이오?"

장육정은 대답했다.

"신은 황태자 전하의 권력 남용과 사법 농단을 탄핵하고자 합니다. 이백주의 사건에는 숨겨진 정황이 있습니다."

오늘 고사림의 사직 건만 예상하고 있었던 대신들은 장육정이 기대하지도 않았던 엄청난 발언을 불쑥 내뱉자 놀란 토끼 눈으로 그를 바라봤다. 장육정이 황태자의 측근이라는 사실은 조정과 재야 모두 공공연히 아는 사실이었다. 그런 그가 황태자의 명운이 왔다 갔다 하는 긴박한 시점에 천지가 진동할 만한 과거의 사건을 다시 언급하는 이유는 무엇일까? 여러 당파로 갈라져 좀처럼 의견이 하나로 모이지 않는 신하들이었지만, 이번만큼은 의견 일치라도 본 듯 단 하나의 이유밖에 떠올릴 수가 없었다. 그래서 그들은 고개를 길게 빼고 황제의 안색을 살피다가 다시 고개를 숙여 태자의 안색을 살폈다. 태자의 얼굴은 백지장처럼 새하얗게 질렸다. 자제하려고 애쓰는 듯했으나 두려워서인지 분노 때문인지 손에 쥔 홀판笏板이 파들파들 떨리는 것이 확연히 보였다.

황제는 상소문을 펼쳐 묵묵히 읽은 뒤 말했다.

"다시 잘 생각해보고 말하시오. 국본을 모함하는 것은 대역죄요."

장육정은 잠시 멈칫했지만 이미 말을 뱉은 이상 되돌릴 길은 없었다. 그는 이렇게 된 이상 더 강하게 밀고 나가기로 했다.

"확실합니다."

황제는 말했다.

"태자가 사법을 농단했다는 증거가 있소?"

장육정은 대답했다.

"네."

그는 대답하더니 홀판 밑에서 다시 쪽지 한 장을 꺼내 진근을 통해 황제에게 전달했다. 황제는 쪽지를 눈으로 확인하자 돌변한 안색으로 꾸깃꾸깃 쪽지를 주먹으로 뭉쳐 계단 밑으로 던졌다.

"네가 직접 보아라."

정권은 말없이 앞으로 나아가 종이 뭉치를 주워 천천히 펼쳤다. 과연 자신이 공동 심리 때 장육정에게 보냈던 쪽지였다.

'이 명목이면 시일이 흘러 돛단배는 멀리 떠나고 백 척의 배는 일제히 가라앉을 것이오. 경은 각부의 사람들에게 은밀히 알리시오. 이번 일은 철저히 해 실수가 없어야 하오. 부탁하오. 쪽지는 읽은 뒤 불사르시오.'

인장을 찍지는 않았으나 금으로 새긴 듯 날카로운 자신의 필체 금착도였다. 이렇게 증거가 명백한데 어찌 발뺌할 수 있겠는가. 그 순간 정권이 가장 먼저 떠올린 건 노세유에게 배웠던 고전의 한 구절이었다.

'옥중에 죄수가 없고 집안에 청주 출신이 없으면, 설령 그 집

의 가풍이 악하다 해도 근심은 없으리로다.'*

그는 갑자기 역겨움이 치솟아 종이를 땅에 던져버렸다. 온갖 감정이 한데 뒤엉킨 탓에 지금 느끼는 감정이 두려움인지 슬픔인지, 아니면 절망인지 혐오인지 분노인지조차 분간할 수가 없었다. 여러 가지 감정이 동시에 솟구치자, 정권은 도리어 금세 평정을 되찾고는 남몰래 중얼거렸다.

"정말 같잖군."

그는 고사림을 바라보며 가볍게 고개를 젓고는, 앞으로 걸어나가 비녀를 뽑고 원유관을 벗어 바닥에 내려놓은 뒤 똑바로 서서 말했다.

"폐하는 전에 신의 죄를 나중에 다스리겠다고 하셨습니다. 신이 서원에 은거하며 불안한 마음으로 처벌을 기다린 게 벌써 열흘입니다. 오늘 성지를 내리시려거든 신은 그만 돌아가 준비나 해야겠습니다."

정권은 말을 마치고는 휙 돌아서 조당을 빠져나갔다. 뒤에서 분노한 황제의 고함이 들렸다.

"소정권!"

---

* 북위 때 양현지楊炫之의 『낙양가람기洛陽伽藍記 · 진태상군사秦太上君寺』 인용. 당시 황문시랑 양관은 임금 곁에 있었음에도 '벽돌을 품는다'는 게 무엇인지 이해하지 못했다. 그가 따로 사인 벼슬의 온자승에게 물으니, 그는 이렇게 대답했다. "지존의 형님이신 팽성왕에게 들었는데, 그분이 청주자사였을 때 그곳의 풍속을 물었더니, 청주의 한 빈객이 이렇게 설명했다고 합니다. '제나라 사람들은 풍속이 천박해 오로지 영리를 추구하는 것에만 골몰합니다. 태수가 처음 부임할 때는 벽돌을 가슴에 품고 고개를 조아리며 그것이 환영의 풍습인 척하다가, 태수가 자리에서 물러나면 그 벽돌로 공격을 하고는 하지요.' 벽돌을 품는다는 말은 배신하기를 손바닥 뒤집듯이 한다는 뜻입니다. 그러한 연유로 경성엔 이런 노래도 있지요. '옥중에 죄수가 없고 집안에 청주 출신이 없으면 설령 그 집의 가풍이 악하다 해도 근심은 없으리로다.' 벽돌을 품는다는 말의 의미는 여기서 기원합니다."

정권은 걸음을 잠시 멈췄지만 뒤돌아보지는 않았다. 황제는 막상 정권을 불러놓고 무슨 말을 해야 할지 몰랐다. 정권을 향한 눈길에서는 약간의 연민이 묻어났다. 문득 정권의 어린 시절이 떠올랐다. 안으로 들어온 사람이 외숙이 아니라 자신인 것을 보고 뒤돌아 달려가던 어린 정권의 뒷모습이 지금 돌아선 정권의 뒷모습과 겹쳐 보였다. 팽팽한 감정의 줄다리기가 잠시 지나간 뒤, 황제가 먼저 입을 열었다.

"하고 싶은 말이라도 있느냐?"

정권은 웃고 싶었지만 결국 웃지 못하고 침착한 목소리로 대답했다.

"신은 할 말이 없습니다."

그는 고개를 푹 숙인 채 파들파들 떨고 있는 장육정을 뒤로하고 빠른 걸음으로 조당을 빠져나갔다.

황제는 상소를 거칠게 탁자 위에 던지며 외쳤다.

"파회하라!"

한참 전부터 믿을 수 없는 광경을 멍하니 넋 놓고 바라보던 신하들은 유사가 두어 번 부른 뒤에야 몽롱한 꿈결 속에서 깨어났다. 고사림도 신하들과 마찬가지로 예를 갖춘 뒤에 자리에서 일어나다가, 무릎에 지끈거리는 통증이 느껴지자 비틀거리며 주저앉았다. 황제는 한숨을 내쉰 뒤 진근에게 지시했다.

"장군에게는 남아 계시라고 해라. 장군과 할 얘기가 있어."

정권은 흐느적거리며 어도를 따라 걸었다. 견고하고 단단한 길이었지만 진흙탕을 밟고 지나는 듯 속이 답답했다. 그는 가우문 밖에 이르자 문에 기대어 구토를 시작했다. 아침에 먹은 것이 없어 목구멍으로 넘어오는 것은 담즙뿐이었다. 속을 완전히 게운 뒤 눈을 비비며 고개를 들자 서서히 시야가 뚜렷해졌다. 뒤돌아보니 신하들은 감히 더 오지 못하고 문 안쪽에 잔뜩 모여 있었다. 그는 무의식적으로 이왕이 있나 살핀 뒤, 전신의 기력을 남김없이 끌어모아 소매를 떨치며 자리를 떴다.

정권은 초거에 오르고 나서야 온몸의 맥이 완전히 풀렸다. 그는 불안하게 앉아 있을 바에야 아예 모서리에 기대기로 했다. 몸을 기대고 나니 이번에는 옥대가 자신을 옥죄는 듯 느껴져 거칠게 잡아챈 뒤 한쪽에 내던졌다. 아무리 조회의 편의를 위해서라지만, 어젯밤 입궐하라는 명을 들었을 때 뭔가 느낌이 이상했는데 이제야 그 이유를 알 것 같았다. 황제는 먼저 동요를 퍼트려 자신을 함정에 빠트린 뒤, 대리시에 고사림의 내통 혐의를 조사하라고 명해 고사림이 사직 상소를 올리지 않을 수 없는 상황을 만들었다. 기다리던 사직 상소가 올라오자, 모든 일은 일사천리로 흘러 정권은 반박할 여지조차 없었다. 이어서 지나간 사건을 들춘 것은 태자를 폐하겠다고 천하에 밝힌 것이나 다름없었다. 신하들은 자신에게 불똥이 튈까 몸을 사렸다. 장육정조차 심상치 않은 분위기를 감지하고 변절했는데, 다른 측근이야 말할 것도 없지 않겠는가. 고사림은 아직 경성에 있다. 고사림은 경성으로 오기 전 변방의 대비를 철저히 하고 왔지만, 여기서 장주까지는 천 리 길이었다. 이제 새 지휘관이 장주로 가면 불안한 정국을 틈타 상황을 지켜보다가 서서히 고씨의 자리를 대체할 것이다.

정권은 희미하게 한숨을 내쉬며 눈을 감았다. 이렇게 기댄 채로 이 초거 안에서 시간이 영원히 멈췄으면 했다. 그 사람들의 얼굴을, 그 일들을 피할 수만 있다면 그러고 싶었다. 그리고 고사림……. 그의 얼굴을 어떻게 다시 봐야 좋단 말인가.

'외숙은 걱정하지 마세요. 알아서 잘 대처하고 있으니까요.'

'어쨌든 이 일은 내가 끝까지 이 악물고 책임지겠습니다.'

그는 고사림에게 했던 말이 떠오르자 실성한 듯 소리 내어 웃기 시작했다.

그렇게 내리기 싫은 초거였건만, 결국에는 목적지에 도착하고야 말았다. 주순은 정권의 안색이 심상치 않음을 알아채고, 초거에서 내리는 그를 부축하며 허겁지겁 물었다.

"전하, 관모는 왜 안 쓰고 계십니까? 옥대는 어디로 갔고요? 전하, 무슨 일입니까?"

정권은 애써 온화한 말투로 힘겹게 웃어 보이며 말했다.

"묻지 마."

그는 곧바로 침실로 가려고 궁문 안으로 들어서다가 놋쇠 촛대를 든 석향과 마주쳤다. 그녀가 손에 든 촛대에는 아직 물기가 희미하게 남아 있었다. 그는 자신에게 예를 표하려는 석향을 보고 불쑥 마음이 동해 인상을 쓰며 물었다.

"고 재인은 이제야 일어났나?"

석향은 예를 갖춘 뒤 대답했다.

"네. 어젯밤 밤새 뒤척이시다가 오늘 늦게야 일어나셨습니다."

정권은 고개를 끄덕이며 말했다.

"화장을 하지 말고 기다리라고 해라. 내가 곧 가겠다."

석향은 그의 말을 이상하다고 여겼지만, 정권은 이미 바람처럼 사라지고 없었다.

아보는 과연 화장기 없는 얼굴로 머리만 빗은 채 앉아 있다가, 좁디좁은 칠함漆函을 하나 들고 들어오는 정권을 보고 자리에서 일어나 예를 갖췄다. 정권은 웃으며 말했다.

"앉아라."

그의 양미간에는 그늘이 잔뜩 끼어 있었지만 차림새는 매우 산뜻했다. 아보는 조용히 물었다.

"조회가 파하고 오셨나요?"

정권은 고개를 끄덕이며 대답했다.

"파했으니 널 보러 왔지."

그는 미소를 가득 머금고 그녀를 위아래로 쓱 훑어본 뒤 말했다.

"역시 이렇게 수수한 모습이 더 보기 좋구나."

아보는 오늘따라 그가 더욱 이상하게 군다고 생각하며 질문 대신 미소를 지으며 화제를 돌렸다.

"이건 뭐예요?"

정권은 칠함을 화장대 위에 올려놓으며 대답했다.

"잠시 뒤에 알려주마."

그는 화장대 위에 놓인 미묵眉墨을 집으며 말했다.

"넌 눈썹이 너무 옅어. 내가 진하게 그려주마."

아보는 고개를 끄덕이며 대답했다.

"네."

정권은 미소를 지으며 미묵을 물에 가볍게 갈다가, 농도가 적당해지자 허리를 굽히며 아보의 턱을 들어 올렸다.

"고개를 더 들어봐."

그는 소매를 걷어붙이며 눈썹붓에 먹을 적셔 한 획, 한 획 섬세하게 눈썹을 그리기 시작했다. 그의 손길은 사람의 얼굴이 아니라 깨지기 쉬운 자기를 다루듯 조심스럽고 부드러웠다. 눈을 감고 있어서 눈썹을 그리는 그의 모습을 볼 수는 없었지만 조용한 숨결은 더욱 생생하게 들렸다. 따스하고 물기가 살짝 서린 콧바람이 가볍게 얼굴에 닿자 봄바람에 실려 둥둥 떠다니는 꽃솜이라도 닿은 듯 간지러웠다.

아보는 갑자기 코가 시큰거렸으나 그 이유를 애써 찾지는 않았다. 오색구름은 쉽게 흩어지고 유리는 쉽게 깨진다는 옛말도 있지 않은가. 지나치게 아름다운 순간은 으레 쉽게 지나가 버리기 마련이다. 눈을 감은 순간에는 더할 나위 없이 아름답지만, 눈을 뜨면 기어이 바람처럼 흩어지고 모래가 되어 부서져 내리고야 만다. 잠시만 더 머물다 가라는 인심 쓰는 말 한마디에 오래 머물러주지 않는 것처럼. 오색구름도 유리도 그러할 진데, 봄바람에 실린 꽃솜이라고 뭐가 다르겠는가.

정권은 드디어 손을 내려놓고 자신이 그린 눈썹을 한참 동안 점검한 다음에야 말했다.

"한번 봐봐."

아보는 떨리는 마음으로 눈을 살며시 뜬 뒤 서글픈 눈망울로 거울을 보다가 그대로 얼어버렸다. 정권은 그녀가 씩씩거리며 자신을 노려보자 무안한 듯 웃으며 말했다.

"난 눈썹을 그려본 적이 없어. 오늘 처음 그렸으니까 봐줘."

아보는 웃을 수도 울 수도 없었다.

"그럼 소인의 얼굴에 연습하신 거예요?"

정권은 웃으며 대답했다.

"네 얼굴이 옥판선지보다 좋은 것도 아닌데 무슨 연습을 해? 난 단지 규방의 즐거움이 눈썹을 그리는 것보다 못하다는 책 속의 말이 사실인지 체험해보고 싶었을 뿐이다. 아보, 넌 네 남편이 눈썹을 그려주는 게 싫어?"

아보는 고개를 숙인 채 아무 대답도 하지 않았다. 정권은 한숨을 내쉰 뒤 칠함으로 손을 뻗다가 문득 열린 화장함 안에 든 잘 마른 치자나무 꽃가지를 보았다. 그 주변에 널린 장신구는 그녀 말대로 모두 취옥이었다. 가슴을 칼로 후비는 듯한 아픔이 갑자기 그를 찾아왔다. 도저히 피할 수 없는 통증을 느끼며 그는 칠함을 여는 손가락을 파르르 떨었다. 그가 꺼낸 것은 금색 비녀였다. 하늘을 향해 고개를 들고 날개를 활짝 펼친 학이 세공된 잠두는 날개부터 발톱까지 마치 살아 있는 학처럼 섬세하고 정교했다. 비녀의 두 꼬리는 평범한 화잠과 달리 유난히 날카롭게 날을 세우고 있었다.

아보는 한참 뒤에야 손가락 끝으로 비녀의 꼬리 부분을 어루만지며 물었다.

"금이에요?"

정권은 대답했다.

"동이야. 위에 금박을 한 겹 입힌 것뿐이지. 이게 금보다 훨씬 단단해."

그는 아보의 머리에 학잠을 꽂고 고개를 돌려 요리조리 살펴본 뒤 무심하게 웃으며 말했다.

"그날 밤 한 말은 장난이 아니었어. 오늘 조회에서 폐하가 고장군의 병권을 박탈했지."

아보는 어깨를 살짝 떨며 고개를 번쩍 들었다. 그는 평소의 얼굴 표정으로 돌아와 감정을 읽을 수 없는 어조로 말했다.

"네가 한 본분 얘기는 아직 기억하고 있겠지? 말뿐인 게 아니라면 잘 지켜줘."

그가 몸을 빼듯 떠나자, 아보는 고개를 돌려 거울에 비친 삐뚤삐뚤한 눈썹을 바라봤다. 미묵의 차가운 사향은 아직 거울 앞을 떠나지 않고 머물러 있는데, 그녀의 마음은 천천히 지하로 추락했다. 마음은 화택으로 떨어졌다가 삼도를 뚫고 바다 모를 저 밑까지 떨어져 불법에서 이야기하는 아비지옥에* 이르렀다. 발밑은 온통 천년이 지나도 녹지 않는 현빙玄冰과 만세토록 꺼지지 않는다는 불꽃이었고, 머리 위에서는 버들개지와 꽃이 흩날렸다. 소멸을 허락받지 못한 마음은 그 사이에 떨어져 여전히 두근두근

힘차게 뛰었다. 지옥 가장 밑바닥의 모습은 바로 그러했다.

정권은 난각으로 돌아와 한나절 내내 멍하니 앉아 있다가 이
윽고 주순에게 지시했다.

"아무래도 이번에는 화를 피하기 힘들 것 같아. 아마 오늘을
넘기지 않고 성지가 도착할 거야. 그때 가서 서원이 어떤 꼴이 될
지는 아무도 모르지. 그녀는 지나치게 총명하고 심지가 깊어 도
무지 숨기는 게 뭔지 간파할 수가 없어. 내가 이곳에 없는 동안 무
슨 짓을 벌일지 모르니 잘 지켜보다가, 내가 10일 안에 돌아오지
않으면……. 아마 자진하려고 하지는 않을 테니 자네가……. 아
무래도 잠들었을 때가 좋겠어. 너무 놀라지 않게."

주순은 멍하니 넋을 놓고 듣다가, 시간이 한참 흐른 뒤에야 그
의 말뜻을 이해하고는 조용히 대답했다.

"네."

---

* ① 화택火宅: 불경에서 이르는 인간 세상. 불가에서는 사람들이 사는 속세의 고난
이 끊이지 않는 현실을 불이 이글거리는 집과 같다고 본다.
② 삼도三塗: 삼도三途라고도 한다. 화도(지옥도), 혈도(축생도), 도도(악귀도)를 가
리킨다. 인간은 생전에 지은 죄업의 무게와 성질에 따라 사망한 뒤 삼도로 추락해 고
통으로 죗값을 치른다. 그중에서도 지옥도는 불가의 십계 중 가장 최악의 경지로, 열
가지 악을 저지른 사람만이 떨어진다.
③ 아비지옥阿鼻地獄: 무간지옥無間地獄, 혹은 18층 지옥이라고도 한다. 지옥도 안
의 18지옥에서도 가장 최하층이며, 가장 고통스러운 곳이다.

부자지간

신하들은 황태자가 멀리 사라진 뒤에야 흩어지며 그들 틈을 지나가는 장육정을 묵묵히 쳐다봤다. 짧은 찰나에 다양한 시선이 그의 등으로 쏟아졌다. 이따금 조용한 비난의 목소리가 들렸다.

"소인배 같으니."

장육정은 욕하는 사람이 누군지 차마 뒤돌아볼 용기가 없어 고개를 푹 숙인 채 걸음만 재촉했다. 제왕이 그 광경을 여유로운 미소로 지켜보며 뒷짐을 진 채 앞으로 성큼 걸어 나오자, 대신들은 이때가 기회다 싶어 얼굴 가득 비굴한 웃음을 머금으며 두 손을 모아 예를 갖췄다.

"이 전하."

제왕은 미소 띤 얼굴로 고개를 까딱하며 대신들을 앞질러 사라졌다.

진근은 황제의 뜻에 따라 대신들이 물러간 뒤 고사림을 청원전에 위치한 황제의 서재로 안내했다. 황제는 벌써 평상복으로 갈아입고 기다리고 있다가, 고사림이 들어와 예를 표하려고 하자 황급히 제지했다.

"다리도 아픈데 꿇지 마시오."

고사림은 황제의 만류에도 기어이 엎드려 절을 했다. 황제는 그가 일어나기 힘겨워 하는 모습을 보고는 다가가 친히 부축해 의자에 앉힌 뒤, 그의 오른쪽 무릎을 가리키며 물었다.

"모지의 그 지병은 아마 황초년에 계요 전투에서 얻은 것이지?"

고사림은 무릎을 어루만지며 웃었다.

"폐하는 그런 사소한 일을 다 기억하십니까?"

황제도 웃으며 대답했다.

"그 일을 모르는 사람도 있소? 모지가 부장일 때 적진으로 돌진하다가 화살에 맞아 생긴 병이잖소. 그때 모지는 무릎에 화살을 맞고서도 말에서 내리지 않고 그 자리에서 화살을 뽑은 뒤 내달려 적장의 목을 베었지. 그 소문이 삼군에 퍼지자 '말 탄 도련님'이라는 별명이 쏙 들어가지 않았소."

고사림은 웃으며 말했다.

"그때는 젊어서 두려움이 뭔지도 몰랐지요. 이 상처도 당시에는 대수롭지 않게 여겨서 대충 싸매고는 아물었다고 여기고 내버려 두었죠. 그런데 나이가 들고 나니 날씨가 변할 때마다 시큰시큰 쑤셔서 걷는 게 영 여의치 않습니다. 몸이 늙어서 이 지경이 되고 나서야 젊었을 때 자중하지 않았던 게 후회스럽습니다."

황제 역시 탄식하며 동조했다.

"그러게나 말이오. 눈 깜짝할 사이에 20여 년이 흘렀어. 모지와 짐이 말을 타고 교외 남산에서 한밤중까지 사냥에 몰두하던 때에는 둘 다 팔팔한 소년이었지. 이제 개를 풀어 토끼를 쫓는 사냥 놀이는 손자뻘 세대의 몫이 되고 말았소. 한 번 흘러간 세월은 돌아오지 않는데, 우리처럼 손자 볼 나이가 된 사람들이 어찌 늙어감을 한탄하지 않을 수 있겠소."

고사림은 당시 두 사람이 남산 위에서 한 맹세가 떠오르자 비통한 마음을 이기지 못하고 의자에서 벗어나 무릎을 꿇었다.

"폐하, 태자가 덕을 잃어 큰 죄를 저질렀으니 신이 대신 죄를 청하겠습니다."

고사림이 드디어 그 일을 입에 올리자, 황제는 한숨을 내쉬며 그를 붙잡아 일으켰다.

"왜 자꾸 이러시오? 일어나서 얘기하시오."

고사림은 황제의 손길에도 기어이 바닥에 엎드리며 눈물을 줄줄 흘렸다.

"오늘 장 상서가 조회에서 한 말이 사실이라면, 신은 폐하께서 국법과 가법을 세우시는 걸 감히 막을 도리가 없습니다. 다만 아직 어린 나이에 잠시 잘못된 길로 들어선 걸 감안하시어 혹독한 가르침만 내리시는 것으로……. 선황후가 남긴 유일한 혈육입니다. 신, 그 혈육을 지키지 못하면 구천에서 무슨 낯으로 선황후를 뵙겠습니까? 선황후의 얼굴을 봐서라도 용서하시고 가벼운 처벌에서 그치도록 선처해주시옵소서."

그는 연신 머리를 조아리며 읍소했다. 황제는 거듭 그를 부축해 일으켜도 소용이 없자 하는 수 없이 하는 대로 내버려 두었다가 마침내 멈추자 입을 열었다.

"모지, 짐은 그 더럽고 악랄한 사건 하나 때문이 아니라 태자의 그 버르장머리 때문에 노한 것이오. 내 앞에서 감히 모친의 일까지 꺼내 들었단 말이오. 모지는 중추절 연회에 참석하지 않았으니 그 꼴을 못 보지 않았소? 만약에 봉은이 모지에게 그 짓을 그대로 했다면 모지는 어떻게 반응하겠소?"

고사림은 울면서 대답했다.

"태자가 장성해 주변에 소인배들이 끊이지 않으니, 대체 누가 이런 짓을 하라고 가르쳐주었나 모르겠습니다. 신이 알았다면 죽음을 각오하고서라도 막았을 것입니다. 태자는 자기가 무슨 짓을 하는지도 몰랐을 겁니다. 만약에 그 의미를 알았다면 아무리 어리석다고 한들 그런 불효막심한 반항과 부모를 헐뜯는 패륜을 저질렀겠습니까? 만약에 태자가 자초지종을 알고도 그런 짓을 했다면, 폐하가 어떻게 처분하셔도 신은 감히 태자를 두둔하지 못할 것입니다."

황제는 잠시 말없이 고사림을 바라보다가 다시 입을 열었다.

"짐은 모지의 말을 믿소. 이백주의 일은 짐이 항상 생각하는 바가 있었소."

고사림은 대답했다.

"폐하의 통찰을 피해 갈 수 있는 일이 세상에 어디 있겠습니까?"

황제는 피식 웃으며 말했다.

"짐 또한 사람인데 어찌 그 많은 일을 다 꿰뚫어 보겠소? 모지에게 솔직하게 말하리다. 지난번에 짐이 태자를 처벌한 건 이백주의 일을 깨우쳐주기 위함이었소. 짐은 태자의 행실을 알고서 방관할 수가 없었지. 그대로 놔뒀다가 나중에 수습할 수 없는 지경에 이르러 지탄을 받으면, 그때는 호되게 가르칠 기회도 없이 엄벌에 처해야 하지 않겠소?"

고사림은 또 고개를 조아렸다.

"태자 전하를 그리 생각해주시니 성은이 망극하옵니다."

황제는 잔뜩 인상을 쓰며 말했다.

"고마워하기엔 이르오. 오늘 조회에서는 대신들이 보는 앞에서 그의 잘못이 드러나지 않았소? 태자가 친필로 쓴 밀서까지 증좌로 드러났는데 도리어 짐에게 대드니, 대체 그 죄를 어찌 감춰 줄 수 있단 말이오? 일단 태자를 며칠간 연금해 사건을 조사한 뒤 다시 얘기합시다. 그래야 짐도 대신들에게 할 말이 있지 않겠소? 이참에 짐이 태자의 버르장머리를 고쳐야겠소."

고사림은 조용히 대답했다.

"네."

황제는 말했다.

"태자의 일은 여기까지니 이제 일어나서 얘기하시오."

그는 진근에게 고사림을 부축해 일으키라고 지시한 뒤 말을 이었다.

"자식 걱정이란 늘 평생을 해도 부족하지. 봉은의 나이가 올해 스물여섯이었던가?"

고사림은 파르르 몸을 떨며 대답했다.

"네, 봉은은 뱀띠로 올해 스물여섯입니다."

황제는 수염을 매만지며 한참을 침묵하다 마침내 입을 열었다.

"승은은 일찍 전사하고 봉은은 내내 모지를 따라 변경을 지키느라 자식이 없으니, 모지의 슬하가 참으로 황량하고 쓸쓸하오. 봉은이 종일 창칼이 난무하는 전장을 오가고 있으니, 언제 승은과 같은 일을 당할지 누가 알겠소? 짐은 그날 남산에서 황후와 모지를 절대 저버리지 않겠다고 하늘을 두고 맹세했소. 이렇게 내내 나라에 충성을 바치다가 고가에 작위를 물려줄 자손 하나 남지 않으면 짐이 그 죄책감을 어찌 감당하겠소? 그러니 변방이 무사안일할 때 봉은을 경성으로 불러 부인과 편안하게 2년을 지내게 해줍시다. 전투가 다시 벌어지면 그때 다시 장주로 보내면 될 일이오. 봉은은 아직 젊으니 전공을 세울 기회야 앞으로도 많지 않겠소? 어찌 생각하시오?"

황제가 전사한 큰아들을 입에 올리자, 고사림은 그쳤던 눈물을 다시 쏟으며 자리에서 일어났다.

"폐하, 신의 처지를 이토록 깊이 헤아려주시니, 신이 못난 자식을 대신해 감사의 예를 올리겠습니다."

황제는 웃으며 말했다.

"절은 할 만큼 했으니 그만하시오. 짐이 언제까지 모지를 부축하는 수고를 해야겠소? 진 상시, 안 그런가?"

진근은 배시시 웃으며 대답했다.

"신은 모르옵니다."

용건이 끝나 군신 간에 나눌 말이 떨어지자, 황제는 말했다.

"더 할 말이 없다면 모지는 일단 고부로 돌아가 계시오. 짐 앞에서 불편하게 있느라 힘들었을 테니 짐도 더는 잡아두지 않겠소. 짐이 할 말은 여기까지요. 태자의 일은 짐도 생각이 다 있으니 크게 염려하지는 마시구려."

고사림은 황망히 대답했다.

"신이 어찌 그러겠습니까. 그럼 이만 물러가겠습니다."

황제는 고개를 끄덕이며 진근에게 지시했다.

"장군을 배웅해드려라."

진근은 폐하의 지시에 따라 고사림의 팔을 붙잡으며 싱글싱글 웃었다.

"신이 부축해드리겠습니다."

고사림은 고개를 끄덕였다.

"진 상시가 수고가 많네."

황제는 고사림이 나간 뒤 진근이 돌아오기를 기다렸다가 물었다.

"다리가 안 좋은 건 사실이더냐?"

진근은 싱글싱글 웃으며 대답했다.

"그건 신이 말하기 어렵습니다."

황제는 고개를 끄덕인 뒤 지시했다.

"제왕을 들라 일러라. 혹시 조왕이 함께 있거든 그 아이도 들라고 이르라."

아보의 처소에서 나와 주순에게 은밀한 지시를 내린 정권은 주순이 나가자마자 극심한 피로를 느끼며 침상 위로 쓰러졌다. 그런데도 잠이 오지 않자 무료함에 휘장 위에 새겨진 금박 꽃 무늬를 한 송이 두 송이 세기 시작했다. 그때 갑자기 창밖에서 날카로운 비명이 들렸다.

"여기 좀 와보세요! 빨리요! 재인 마마가! 마마님이……!"

흠칫 놀라 몇 송이까지 세었는지 새하얗게 까먹은 정권은 황급히 자리에서 일어나 신을 신고 아보의 처소로 달려갔다. 아보의 처소 안에는 벌써 몇 사람이 모여 있었다. 그들은 정권이 들어오자 황급히 옆으로 비켜섰다. 석향이 손에 피를 잔뜩 묻힌 채 정권 앞에 엎드려 놀란 목소리로 울부짖었다.

"전하, 정말 소인은 왜 이렇게 됐는지 모릅니다."

정권은 고개를 끄덕이며 말했다.

"너 때문이 아니다. 가서 약을 가져오라고 하고 너희는 모두 나가 있어."

사람들이 모두 나가자, 정권은 침상 위에서 잔뜩 몸을 웅크린 아보에게 다가갔다. 그녀의 가슴을 압박한 하얀 수건은 상처에서 스며 든 피로 얼룩져 있었다. 비녀는 두 동강 난 채 바닥에 버려져 있었다. 담수 같은 가을햇살이 창을 뚫고 들어와 벽돌 위로 깊은 빛의 연못을 이루니 자그마한 금학은 마치 그곳에서 계속 살고 있었던 것처럼 양 날개를 활짝 펴고 금방이라도 날아갈 듯한 자세를 취했다. 아보는 고개를 들어 말없이 정권을 바라봤다. 그 얼굴에 떠오른 감정은 상심이 아닌 경멸과 실망에 가까웠다. 정권은 낯선 표정을 지은 아보의 눈을 피하며 가슴을 덮은 수건을 들췄다.

"상처는 어때?"

아보는 그의 손을 뿌리치며 떨리는 목소리로 말했다.

"바라던 바가 아닌가요?"

정권은 대답하지 않았다. 아보는 창백하게 질린 그의 뺨을 바라보며 흘러내리는 눈물을 가까스로 참고 목소리를 차분하게 가다듬었다.

"차라리 죽으라고 분명하게 말로 하세요. 소인은 사람이지 장난감이 아닙니다. 왜 여러 번 사람을 가지고 장난을 치시죠?"

정권은 어깨를 가늘게 떨며 천천히 꿇어앉아 두 동강 나 버려진 비녀를 주웠다. 정확히 중간에서 뚝 끊긴 비녀의 꼬리는 절단면 사이로 은은한 은빛이 드러났다. 납땜으로 이어 붙였을 테니 작은 힘에도 툭 하고 끊어졌겠지.

그의 발걸음은 기력을 다 빨리기라도 한 듯 천근만근 무거웠다. 아보는 이제 입을 다물고 머릿병풍에 몸을 기댄 채 무릎을 끌어안은 팔 사이로 고개를 파묻었다.

석향은 금창약을 가지고 오던 차에 두 사람 사이에 흐르는 묘한 기류를 감지하고는 문 안으로 감히 발을 들이지 못했다. 정권은 주저하는 그녀를 보더니 자리에서 일어나 지시했다.

"내게 줘. 이건 네가 가지고 가서 사람을 시켜 다시 붙여. 꼬리 끝은 잘라버리고."

석향은 이해하기 어렵다는 듯 고개를 갸웃거리며 비녀 두 조각을 건네받았다. 석향이 나가자, 정권은 약을 들고 다시 아보가 앉은 침상 곁으로 다가가 그녀의 팔을 살짝 흔들며 부드러운 목소리로 말했다.

"울지 마. 내가 잘못했어."

아보는 고개를 들며 차갑게 웃었다.

"똑바로 보세요. 소인이 언제 울었어요?"

붉어진 눈시울 위로 맑은 물색이 그렁그렁했지만, 과연 입술을 핏자국이 나도록 깨물어 흐르지 않도록 참고 있었다. 정권은 그 꼴을 보더니 한숨을 내쉬었다.

"그러고 보니 내 앞에서 우는 걸 못 봤군. 강한 척하는 건 누가 가르쳐주더냐?"

아보는 담담하게 웃고는 대답했다.

"어머니가 여자는 다른 사람 앞에서 함부로 눈물을 보이면 안 된다고 하셨어요. 마음이 있는 사람은 나를 울리지 않을 테고, 마음이 없는 사람에게는 눈물이 소용없을 테니 쓸데없이 울면 내 값어치만 떨어진다고 하셨죠."

정권은 손을 내려놓고 눈앞의 소녀를 우두커니 바라봤다. 그녀의 말이 불쑥 한 여인에 관한 기억을 소환했다. 생각해보니 그랬다. 봉황의 눈매를 닮은 그녀의 아름다운 눈에서 언제 눈물이 흐르는 것을 본 적이 있던가.

궁궐 밖에서는 기러기가 몇 번이나 북쪽으로 떠났다가 돌아왔으며, 궁궐 안에서는 적막한 새벽종이 수없이 많은 날을 밝혔다. 얼마나 많은 고독한 아침과 쓸쓸한 저녁을 그녀의 등 뒤에 서서 지켜봤던가. 아무도 봐주지 않는 볼의 화전을 그녀는 날마다 우아한 손길로 붙였다 떼기를 그치지 않았다. 보러 오는 이가 없다고 해서 그녀의 아름다움이 퇴색한 적은 없었다. 영예와 치욕이 그녀의 고상함을 좌지우지할 수 없었던 것처럼. 당시 거울 속에 비치던 그녀의 얼굴은 어쩌면 그토록 아름다우면서도 단정할 수 있었던 걸까? 그녀는 어떻게 그토록 부드럽고 온화하면서도 강인할 수 있었던 걸까? 그 시절의 그는 그 이유를 이해할 수 없었다.

다만 한 가지는 확신했다. 그녀가 궁의 여인들 사이에서 보인 품격과 위엄은 결코 황후라는 신분에 의해 유지되는 것이 아니었다.

정권은 깊은 생각에서 빠져나와 아보의 가슴을 덮은 수건을 들추고 상처를 확인했다. 피는 멎었지만 상처는 여전히 살짝 깊었다. 그는 말없이 금창약을 손가락에 찍어 상처에 발랐다. 약을 바르는 사이 그의 귀밑머리가 살짝 흐트러지자, 아보는 자기도 모르게 손을 뻗어 머리를 매만졌다. 그는 잠시 동작을 멈추고 멍하니 있다가 당부했다.

"이제 됐어. 물과 바람만 피하면 큰 탈은 없을 거야."

아보는 가볍게 그를 불렀다.

"전하."

"응."

정권은 대답했지만, 두 사람은 여전히 말없이 고요히 앉아 있었다. 잠시 뒤 정권은 말했다.

"내가 떠나고 나면 주순이 널 내보내 줄 거야. 어디든 가고 싶은 곳으로 가. 내가 이렇게 됐으니 그들도 너와 네 가족을 크게 괴롭히지는 않을 거야. 지난 일은 날 너무 탓하지 말아줘. 내 성질머리는 나도 어떻게 할 수 없으니까."

아보는 그의 소매를 끌어당기며 물었다.

"전하는 어디로 가시는데요?"

정권은 웃으며 대답했다.

"난 장주에 가고 싶지만 이번 생에서는 꿈에서나 갈 수 있을 거야."

정권이 자리에서 일어나자 아보도 따라 움직이려다가 상처 부위에 극심한 통증을 느끼며 멈췄다. 정권은 걸어나가다가 잠시 문 앞에 서서 고개를 돌렸다. 얼굴 가득 미안한 미소를 머금고서.

황제의 예상대로 조왕은 제왕부에 있었다. 두 사람은 조회가 끝난 뒤 곧장 제왕의 서재에서 머리를 맞대고 한나절 내내 속닥이고 있었다. 정해는 웃으며 정당에게 물었다.

"폐하는 고사림의 상소를 윤허하기로 하셨으면서, 왜 굳이 태자의 의사를 물으셨을까요?"

정당은 차를 한 모금 마신 뒤 웃으며 대답했다.

"태자의 의사가 결정을 흔들 수 없다는 걸 천명하신 거지."

정당이 대답을 마치자마자 제왕부 내시의 목소리가 들렸다.

"이 전하, 진 상시가 왔습니다."

정당은 찻잔을 내려놓으며 말했다.

"들어오라고 해라."

그는 진근이 안으로 들어오자 웃는 얼굴로 맞이하며 말했다.

"마침 딱 좋을 때 왔네. 점심 식사가 준비됐으니 들고 가."

진근은 웃으며 대답했다.

"이 전하의 성의는 다음에 받겠습니다. 폐하께서 두 분 전하께 입궐하라고 명을 내리셨거든요."

정해는 잠시 멈칫하더니 물었다.

"나도 오라시더냐?"

진근은 대답했다.

"네, 오 전하도 같이 오시랍니다."

정당은 고개를 끄덕였다.

"그렇다면 바로 옷 갈아입고 가겠네. 상시는 수고스럽겠지만 먼저 가서 폐하께 아뢰줘."

정해는 진근이 떠나자마자 물었다.

"형님, 폐하가 우리를 왜 부르시는 걸까요?"

정당은 하인에게 말을 준비하라고 명하고는 바로 정해의 질문에 대답했다.

"장육정의 일 말고 또 뭐가 있겠어?"

정해는 안색이 하얗게 질려서 물었다.

"벌써 아시는 거예요?"

정당은 웃으며 대답했다.

"폐하가 얼마나 영명하신데 그걸 모르시겠어?"

정해는 말했다.

"그럼 어떡하죠?"

정당은 여전히 웃으며 대답했다.

"넌 그저 내 부탁으로 쪽지를 쓴 것뿐인데 무슨 나쁜 일이야 있으려고?"

정해는 말했다.

"그게 걱정되는 게 아니라 폐하가……."

정당은 말했다.

"이 형이 있는데 뭐가 걱정이야?"

정해는 그가 문을 나서자 한숨을 내쉬고는 마지못해 따라나섰다.

진근은 청원전으로 들어가 황제에게 보고했다.

"폐하, 전하 두 분이 도착하셨습니다."

황제는 고개를 끄덕이며 말했다.

"조왕은 잠시 밖에서 기다리라고 하고 제왕에게 들어오라고 해."

진근이 성지를 받들어 밖으로 나가자, 잠시 뒤 정당이 총총히 들어와 옷자락을 걷어 올리며 꿇어앉았다.

　　"신, 폐하를 뵈옵니다."

　　정당이 고개를 조아리며 예를 표한 뒤 자리에서 일어나자, 황제가 코웃음을 치며 말했다.

　　"짐이 널더러 일어나라고 했느냐?"

　　정당은 잠시 우두커니 있다가 황급히 다시 꿇고 고개를 숙였다. 잠시 침묵이 흐른 뒤 황제가 물었다.

　　"대체 장육정에게 무슨 말을 했길래 그가 태자에게 등을 돌렸느냐?"

　　정당은 새하얗게 질린 얼굴로 대답했다.

　　"폐하는 어찌 그런 말씀을 하십니까? 신은……."

　　황제는 또다시 콧방귀를 뀌었다.

　　"그렇게 감출 거 없다. 오륜* 중에서 부자지간을 넘어서는 게 있다더냐? 아버지 앞에서 가릴 말이 뭐가 있어? 장육정은 오늘 짐이 고사림의 상소를 윤허하자마자 태자의 지난 행적을 들췄다. 짐이 이 사실을 미리 귀띔해준 사람은 너 말고는 없는데, 네가 아니면 누가 이런 짓을 하겠어?"

　　황제가 정곡을 찌르자, 정당은 말문이 막혀 주저하다가 한참 만에야 겨우 대답했다.

　　"폐하, 신은 그저 장육정과 잡담이나 하려던 건데 무심결에 성지를 유출하고 말았습니다. 용서해주십시오."

　　황제는 노여운 눈길로 정당을 한참 동안 바라보다가 말했다.

　　"그 며칠도 기다릴 수가 없더냐?"

————

　　* 五倫, 부자, 군신, 부부, 장유, 붕우.

정당은 땅바닥만 바라볼 뿐 감히 대답할 수 없었다. 황제는 조회 때 자신을 바라보던 태자의 눈빛이 문득 떠올라 한탄했다.

"다 내 자식이거늘. 네가 꾸민 짓 때문에 짐이 도리어 악명을 지게 생겼구나!"

정당은 말없이 눈물을 흘리다가 흐느끼며 말했다.

"신이 죽을죄를 지었습니다. 신은 단지……. 신은 장주의 상황이 안 좋아 보여 폐하를 돕고 싶은 마음에……."

황제는 어좌에 앉더니 손짓하며 그를 불렀다.

"가까이 와라."

정당은 무릎을 꿇은 채로 걸어 황제의 발밑에 이르렀다. 황제의 손이 번쩍 들리더니 정당의 뺨을 세차게 내리쳤다. 황제는 지극히 아끼는 큰아들을 고성으로 꾸중하는 일조차 지극히 드물었다. 일순간 두 사람 사이에 고요한 정적이 흘렀다. 잠시 뒤 정신을 차린 정당이 먼저 조심스럽게 황제를 불렀다.

"아버지……."

황제는 탄식하며 말했다.

"정당아, 아버지가 묻는 말에 사실대로 대답해야 한다."

정당은 대답했다.

"네, 신은 절대 거짓말을 하지 않겠습니다."

황제는 고개를 끄덕이며 말했다.

"8월 15일의 그 말은 정말 태자가 한 말이냐?"

정당은 넋을 잃고 한참을 우두커니 있다가 하얗게 질린 얼굴로 대답했다.

"폐하, 설마 신을 의심하십니까?"

그는 급히 뒤로 두어 걸음 물러나 이마를 땅바닥에 닿도록 거듭 조아리며 말했다.

"신은 그런 허튼소리를 몰랐습니다. 내막을 알았다면 만 번 죽어도 절대 사람들 앞에서 그 일을 입에 올리지 못했을 겁니다. 부디 통촉해주십시오."

황제는 냉랭하게 대꾸했다.

"짐이 사실대로 말하라는 건 널 위해서야. 너의 소행이거든 지금 당장 자백해라. 나중에 뒤늦게 진실이 밝혀지면 그땐 짐이 널 지켜주고 싶어도 지켜줄 수가 없어. 고사림이 어떤 위인인지 너도 모르는 건 아니지 않느냐?"

정당은 입을 꾹 다물고 있다가 한참 뒤에야 고개를 들고 눈물을 닦으며 정색했다.

"폐하가 무슨 연유로 신을 의심하시는지는 모르겠으나, 신은 하늘에 맹세코 하지 않았습니다. 만약 신이 그런 대역무도한 짓을 했다면 천벌을 받고 폐하가 내리신 삼척검으로 자진할 것입니다."

황제는 유심히 그의 얼굴을 살피더니 한참 뒤에야 한숨을 내쉬며 말했다.

"일어나라. 네가 아니면 됐다. 그래야 짐도 다음 일을 순조롭게 할 수 있지."

황제는 정당이 천천히 일어나자 자신의 옆을 가리키며 말했다.

"가까이 오너라."

정당이 곁으로 와서 앉자, 황제는 정당의 손을 끌어당기며 말했다.

"정당아, 이 아비가 널 아끼는 마음으로 하는 말이다. 넌 여섯 형제 중 내가 가장 아끼는 자식이지만, 이것 하나만큼은 분명히 알아두어라. 아버지는 지금 셋째를 끌어내리는 것보다 고사림이 쥔 병권을 회수하는 게 더 급하다. 고사림이 북쪽에 진을 치고 있는 한 짐은 하루도 편안히 누워 쉴 수가 없어. 이 사실을 명심해

라. 천하는 우리 소가의 것이지 고가의 것이 아니야. 고가는 너무 오랫동안 득세했어. 태조 때부터 황가와 인척을 맺으며 70년 넘게 세도를 누렸고, 그중 중요한 강권을 손에 쥔 세월만 30~40년이란 말이다. 경성 곳곳에 그들의 잔당이 두루 퍼져 있으니 그 뿌리가 깊어 근절하기가 이만저만 어려운 게 아니야. 짐은 결코 이 우환거리를 다음 대에 물려주지 않을 것이다. 짐의 말을 알아듣겠느냐?"

정당은 고개를 끄덕였다.

"알아들었습니다."

황제는 말했다.

"고사림이 장주를 경영한 세월이 얼마인데 짐의 성지가 단번에 통하겠느냐? 그게 가능하면 뭐 하러 지금까지 질질 시간을 끌었겠어? 짐은 고사림의 측근을 한 명씩 차례차례 조정의 내 사람으로 교체할 것이다. 이 작업이 끝날 때까지는 태자가 무사해야 해. 궁지에 몰린 태자가 발악을 해 나라가 불안해지면, 오랑캐가 그 틈을 놓치지 않고 다시 국경을 침략해 들어올 것이야. 짐은 벌써 고사림에게 봉은을 경성으로 부르라고 지시했다."

정당은 물었다.

"고봉은이 순순히 올까요?"

황제는 그를 곁눈질로 힐끔 보고는 대답했다.

"그건 네가 꾸민 일이 어떻게 흘러가느냐에 달렸지 않겠느냐?"

정당은 새하얗게 질린 얼굴을 숙인 채 아무 말도 하지 않았다. 황제는 탄식했다.

"고사림의 도독직은 승주도독 이명안에게 잠시 위임하려 한다. 고봉은에게는 경성으로 돌아와 병든 아버지 곁을 지키라고 명할 것이다. 태자는 일단 종정시로 보내 조사를 받게 해야지. 장육정이 문제를 제기한 마당에 조사를 안 할 수도 없는 노릇이니. 태자의 조사 강도는 장주가 어떻게 나오는지 봐가며 조절해야겠지. 넌 두 번 다시 이 일에 개입하지 마라. 짐이 왕신을 그쪽으로 보내 관리토록 할 것이야. 태자에게 무슨 일이 생기기라도 하는 날에는 짐이 결단코 너를 가만두지 않을 것이야. 짐이 아비가 아니라 황제로서 내리는 성지이니라. 알아듣겠느냐?"

정당은 고개를 숙인 채 조용히 대답했다.

"신, 명을 받들겠습니다."

황제는 맏아들을 잠시 바라보더니 또다시 탄식하고는 한참 뒤에야 입을 열었다.

"그래도 네 친형제다."

정당은 고개를 숙인 채 대답했다.

"네."

황제는 말했다.

"태자에게 보낼 성지는 다섯째를 통해서 전달하자. 넌 외출을 삼가고 집에서 조용히 자숙해라. 알겠느냐?"

정당은 또 고분고분 대답했다.

"네."

황제는 이어서 말했다.

"나가 보고 다섯째에게 들라고 일러라."

정당은 예를 갖춘 뒤 물러났다. 그의 뒷모습을 바라보고 있자니 아침에 태자가 한 말이 문득 떠올랐다.

'신은 할 말이 없습니다.'

착잡한 심정이 밀려들자, 그는 눈을 질끈 감았다

제
26
장

감옥에 풀은 무성하고

정권이 다시 휘장의 꽃 무늬를 몇 송이 채 세기도 전에 주순이 와서 소식을 전했다.

"전하, 궁에서 보낸 어사가 도착했습니다."

정권은 천천히 일어나 물었다.

"누구더냐?"

주순은 대답했다.

"오 전하와 왕 상시이옵니다."

정권은 살짝 동요하며 의아하다는 듯 되물었다.

"조왕이라고?"

주순은 대답했다.

"네."

정권은 잠시 넋을 놓고 있다가 곧 고개를 끄덕였다.

"그래, 누가 오든 뭐가 달라지겠어. 내가 자리를 비운 동안 서부의 사람과 일은 잠시 자네에게 부탁하겠네. 만약 일이 잘못돼서 내가 돌아오지 않으면 양제와 측비들에게 전해줘. 몇 년간 남편 노릇을 하며 미안한 게 많았다고. 만일 누가 자네를 해치려 한다면 그건 나도 막을 도리가 없어. 가기 전에 미리 사과하지. 내가 평소 괴팍하게 굴었던 건 너무 마음에 담아두지 마."

주순은 바닥에 꿇어앉아 통곡했다.

"전하가 잘못되시면 이 늙은이가 더 살아서 무엇합니까?"

정권은 웃으며 말했다.

"원래 남겨진 사람들은 남겨진 대로 살아가는 게 세상의 이치야. 내가 할아버지라고 부르는 건 왕 상시뿐이지만, 오늘은 주 상시도 할아버지라고 해야겠어. 감사하다는 말은 혹시나 내가 무사히 살아 돌아오면 그때 하는 걸로 하지. 그만 일어나. 자네가 머리를 빗어줘야 내가 성지를 받들러 가지."

정권은 반나절이나 채비를 하고서야 조왕과 왕신이 기다리는 대청으로 나섰다. 그는 옅은 색 수수한 옷을 입고, 머리에는 목잠을 꽂은 채 천천히 걸어갔다. 두 사람이 황급히 예를 표하자, 정권은 웃으며 제지했다.

"번거로운 건 생략하고 그냥 바로 성지를 받들도록 하지."

왕신은 들릴 듯 말 듯 한숨을 내쉬고는 성지를 펼쳤다.

"황태자 소정권은 들으라."

정권은 옷자락을 뒤로 걷으며 꿇어앉아 대답했다.

"신이 듣겠습니다."

왕신은 그를 힐끔 보더니 천천히 성지를 읽어 내려갔다.

"정녕 원년 원월에 이백주는 역모죄로 삼족을 멸하는 형벌을 받았다. 오늘에 이르러 혹자는 황태자 소정권이 정치에 간여해 인명을 함부로 해하고 사사로운 이익을 탐해 사실을 날조했다고 고발했고, 마침 친필 서한이 증좌로 세상에 드러났도다. 짐은 군부君父로서 그 책임을 통탄하며 국법이 살아 있음을 보여주려 하노라. 비록 황태자지만 공직은 치우침 없이 공정해야 하니 삼사가 종정시와 협력해 공동으로 심문할 것을 명하는 바이다. 지금은 태자의 관리를 잠시 종정시에 맡기며, 재심이 끝나면 결과에 따라 사안을 다시 논하겠노라."

정권은 고개를 조아리며 성지를 받들었다.

"신, 삼가 분부를 받들겠습니다. 성은이 망극하옵니다."

왕신은 또다시 탄식하며 말했다.

"전하, 일어나세요."

정권은 고개를 들며 물었다.

"폐하가 바로 움직이라고 하셨어?"

왕신은 고개를 끄덕이며 대답했다.

"어서 가시죠."

정권이 돌아서 나가려는데 갑자기 각문에서 누군가가 튀어나왔다. 오사모를 쓰고 단령포를 입은 내인 차림의 여인은 주순이 미처 막을 새도 없이 앞으로 달려 나와 정권의 무릎을 부둥켜안았다.

"전하, 소인도 전하를 따라가겠습니다."

놀란 정권은 살짝 화가 나 왕신과 조왕의 눈치를 힐끔 살핀 뒤 조용히 꾸짖었다.

"무슨 짓이야? 빨리 돌아가!"

아보는 고개를 저었다.

"아무 데도 안 갈 거예요. 전하가 잘 생각해보라고 하셨죠. 소인은 결심했습니다."

그녀의 이런 반응은 예상 밖이었다. 정권은 인상을 쓰며 다그쳤다.

"너 바보야? 바보인 척하는 거야? 내가 지금 어디로 가는지 모르겠어?"

아보는 대답했다.

"종정시가 아니면 대리시, 그곳도 아니면 형부의 감옥이겠죠. 어디로 가든 시중들 사람은 한 명 있어야 하잖아요."

표정은 처량했지만 말에서는 흔들리지 않는 결의가 느껴졌다. 순간 정권의 가슴에서 정체 모를 감정이 출렁였다. 그녀의 팔을 뿌리치려고 다리에 힘을 주어 발버둥을 쳤지만 소용없었다. 그는 슬슬 시간이 지체될까 우려되어 하는 수 없이 아보를 달랬다.

"그래, 알았어. 서원을 떠날 필요는 없으니 그냥 여기서 내가 돌아올 때까지 기다려."

초조한 마음으로 옆에 선 두 사람을 힐끔 쳐다보니 못 본 체하며 딴청을 부리고 있었다. 창피함이 밀려들자, 정권은 고갯짓으로 두 사람을 가리키며 아보에게 눈치를 주었다. 그러나 아보는 여전히 고개를 가로저으며 버텼다.

"전하를 따라가는 게 소인의 본분입니다. 전하는 거짓말을 싫어하시죠. 이게 소인의 진심입니다."

정권은 아보가 통 말을 듣지 않자 결국 목소리를 높였다.

"슬슬! 억지는 그만 부려! 폐하께서 이 사실을 아시면 내 죄만 하나 더 추가된다."

정권은 아보의 팔뚝을 잡아채 옆으로 힘껏 밀어낸 뒤 마침내 다리를 빼 벗어났다. 그러자 아보는 왕신 앞에 엎드려 호소했다.

"어르신, 제발 폐하께 말씀을 올려주세요. 전하는 가뜩이나 추위를 무서워하시는데 이런 날씨에 차마 그런 곳에 혼자 계시게 할 수 없습니다."

정권은 문을 나서려다가 입구에서 우뚝 섰다.

'추위를 무서워하시는데⋯⋯.'

그 몇 마디에 며칠 내내 쌓인 설움이 급물살처럼 역류하며 정권의 코끝을 치고 올라왔다. 그는 코끝이 시큰거리는 설움을 간신히 억누르며 고개를 돌렸다. 그렁그렁 별처럼 반짝이는 눈망울로 자신을 애타게 바라보는 아보의 옷섶은 아직 아물지 않은 상처에서 배어 나온 피로 희미하게 얼룩져 있었다. 정권은 가슴이 뻐근하게 저려 묵묵히 한숨을 내쉬었다.

"할아버지, 그게⋯⋯."

왕신이 대답을 하려는데 옆에서 불쑥 정해의 목소리가 들렸다.

"전하, 이분⋯⋯, 낭자의 일은 제가 폐하께 청해보겠습니다."

정권은 의아한 시선으로 그를 힐끔 보고는 고개를 끄덕이며 대답했다.

"그럼, 부탁한다."

정권이 말을 마치고 소매를 떨치며 걸어나가니 정해와 왕신이 그 뒤를 따랐다. 주순과 아보, 그리고 서원의 모든 내시와 궁인들은 바닥에 부복한 채 태자를 배웅했다. 태자가 사라지고 나서도 그들은 한동안 자리에서 일어날 줄을 몰랐다.

종정시는 종실의 사무를 관리하는 기관으로 궁성宮城의 동쪽에 있었다. 본래 관례상 황제와 같은 항렬의 친왕이 정권을 맞이해야 했으나, 그가 성지를 회피하는 바람에 정관시경正官寺卿 오방덕이 사람들을 거느리고 나와 정권을 맞이하며 예를 갖췄다.

"전하."

정권은 평소 그와 교류가 전혀 없었으므로 잔뜩 찡그린 눈으로 힐끔 보고는 물었다.

"폐하가 나를 어디로 감금하라고 하셨지?"

오방덕은 난처하게 웃으며 대답했다.

"전하가 머무실 침소는 잘 준비해놓았으니 곧 안내해드리겠습니다. 그 전에 먼저 옷을 갈아입으셔야 합니다."

정권은 순간 성질이 폭발할 뻔했으나 가까스로 참았다.

"너희가 평소 나와 교분이 없어 잘 모르는 모양인데, 본궁은 완벽하게 준비되지 않은 옷은 절대 입지 않는다."

오방덕은 싱글싱글 웃으며 대답했다.

"네, 전하의 취향은 신이 직접 보지는 못했으나 평소 들은 적은 있습니다. 원치 않으시면 갈아입지 않으셔도 됩니다. 다만 신의 무례를 용서하시고 옷을 잠시 느슨하게 풀어주십시오."

정권은 울화통이 뻗쳤다.

"본궁의 몸이 너희가 함부로 뒤질 수 있는 몸이더냐? 밧줄이나 독은커녕 뾰족한 물건도 지니지 않았다. 폐하께 가서 고해라. 성지를 내리시지 않는 한은 절대 자진하지 않을 거라고."

오방덕은 여전히 미소를 잃지 않은 얼굴로 말했다.

"저희가 폐하의 용안을 뵙고 싶다고 뵐 수 있습니까? 언감생심 뵙더라도 전하의 말을 어떻게 그대로 전해 올리겠습니까? 하물며 옷을 갈아입는 것도 폐하께서 내린 성지이니 전하는 신을 난처하게 하지 마시고 순순히 지시를 따라주십시오."

정권은 손발을 바들바들 떨며 왕신을 휙 돌아보았다. 왕신이 고개를 숙인 채 암묵적으로 동의를 표하자, 그는 한참 동안 이를 갈고 있다가 마침내 옆구리의 의대를 풀었다.

"신이 도와드리겠습니다."

오방덕이 황급히 곁으로 다가오자, 정권은 얼음장처럼 싸늘한 목소리로 거부했다.

"어딜 감히!"

그는 도포를 끌러 바닥에 내동댕이친 뒤 홑옷을 벗어 역시 바닥에 내던졌다. 그는 내의만 걸친 채 자신이 벗어 던진 옷의 소매와 안주머니, 의대를 샅샅이 뒤지는 그들의 모습을 싸늘한 눈으로 지켜봤다. 안 그래도 속이 부글부글 끓던 차에 오방덕이 또 빙그레 웃으며 다가오자, 그는 성을 벌컥 내었다.

"또 무엇이냐?"

오방덕은 대답했다.

"전하의 머리를……."

오방덕은 말을 끝마치기도 전에 뺨에 묵직한 불덩어리가 내리치는 것을 느꼈다. 이윽고 분노로 바르르 떨리는 정권의 목소리가 들렸다.

"무엄한 것도 정도껏 해야지! 지금 당장 가서 본궁을 폐위한다는 성지를 받아 오면 네가 내 뼈를 갈아 엄한 곳에 뿌린다고 해도 나무라지 않겠다. 그게 아닌 이상은 당장 그 입을 닥치거라! 그 주둥이를 다시 놀리는 날에는 내 널 가만 놔두지 않겠다!"

오방덕은 태자가 펄펄 뛰는데도 움츠러들기는커녕 태연하게 인상을 쓰며 대답했다.

"전하, 고정하십시오. 신도 성지를 받드는 것뿐입니다."

왕신이 소란을 보다 못해 끼어들어 정권을 달랬다.

"신이 옷을 입혀드리겠습니다. 그러다 고뿔에 걸리셔요."

그는 이어서 오방덕을 가볍게 나무랐다.

"오 시경도 지나치셨습니다. 전하가 속발에 사용하신 건 목잠인데 이걸로 무슨 나쁜 일을 하시겠습니까?"

정권은 부릅뜬 눈으로 씩씩거리며 왕신을 노려보다가 아무렇게나 옷을 걸쳐 입으며 비아냥거리기 시작했다.

"시경 대인, 이제 길을 안내해주시죠. 여기서 지내는 동안 잘 부탁드립니다, 대인!"

오방덕은 쓴웃음을 지으며 대꾸했다.

"대인이라니 가당치도 않습니다. 신이 최선을 다해 전하를 편안하게 모실 것입니다. 이쪽으로 드시죠."

그가 이토록 완고하니 정권도 도리가 없었다. 정권은 솟구쳐 오르는 화를 간신히 가라앉히며 어쩔 수 없이 그의 안내를 따라 안으로 들어섰다.

오방덕은 정권을 종정시의 깊숙한 곳으로 안내했다. 사방이 벽으로 둘러싸인 좁은 뜰을 지나자 맞은편에 2층짜리 궁실이 나왔다. 갑옷과 창으로 무장한 금오들이 문밖을 지키고 섰다가, 황태자가 나타나자 두 손을 맞잡으며 약식으로 예를 갖췄다.

"신등, 전하를 뵈옵니다."

정권은 그들이 황제 직속의 공학위控鶴衛라는 걸 알고 본체만체 곧바로 입실해 손이 가는 대로 탁자 위를 쓱 그어 먼지를 확인했다. 두껍게 쌓인 먼지를 보자 짜증이 치밀었으나 포기하고 이내서서 사방을 두리번거렸다. 궁실은 오래되어 당장이라도 무너져 내릴 듯 허름했다. 실내는 사방이 2장丈쯤 되어 보였고, 경이롭게도 모퉁이의 벽돌 틈새로 파릇파릇 잡초가 돋아 있었다. 벽 쪽에 붙은 침상에는 기둥이나 휘장이라고는 없이 간소하게 이불과 요만 깔려 있었으며, 심지어 베개도 높이가 지나치게 낮았다. 정권은 그 광경에 부아가 치밀어 차가운 미소를 지으며 빈정거렸다.

"준비를 참으로 완벽하게도 했군. 이런 방은 찾기도 어려웠을 텐데. 본궁이 여기 있는 걸 폐하가 아시면 두 다리 뻗고 편히 주무시겠어."

오방덕은 빙그레 웃으며 대답했다.

"과찬이십니다. 이곳이 비록 비좁기는 하나 한적하고 조용해서 바깥에서 무슨 소란이 일어도 방해받지 않으실 겁니다."

정권도 웃으며 받아쳤다.

"그러시겠지. 이 의자나 책상도 연식이 좀 있어 보이는데 이런 걸 찾느라 고생이 많았겠어."

오방덕은 여전히 웃으며 대답했다.

"이걸 신이 찾았겠습니까? 원래부터 이곳에 있었습니다."

정권은 사뭇 신기하다는 듯 물었다.

"그래? 본궁이 이 방의 첫 수감자인가?"

오방덕은 잠시 주저하다가 역시 웃으며 대답했다.

"신이 듣기로는 선제 때 이 황자께서 몇 개월 동안 머무르셨습니다."

정권은 하얗게 질린 안색으로 되물었다.

"소왕이?"

오방덕은 미소를 잃지 않고 대답했다.

"아마도요. 너무 오래전 일이라 신도 정확히는 모릅니다. 결례를 용서하십시오."

트집도 잡을 수 없는 지나치게 예의 바른 미소와 마주하자, 정권은 더는 할 말이 없어 왕신에게 지시했다.

"난 여기 잘 들어왔으니 왕 옹은 어서 가서 폐하께 보고드려."

왕신은 고개를 두어 번 끄덕인 뒤 작은 목소리로 말했다.

"몸조심하십시오, 전하."

정권은 웃으며 대답했다.

"샅샅이 살펴놓고서는 또 뭐가 걱정이야? 어서 가봐."

왕신은 결국 바닥에 납작 엎드려 이마를 바닥에 두 번 조아린 뒤에야 일어나 궁실을 떠났다. 오방덕 역시 쓸데없는 말을 몇 마디 내뱉고는 다른 일을 핑계로 나가버렸다. 홀로 남겨진 정권은 다시 한 번 방 안을 빙 둘러본 뒤에야 흠칫 몸을 떨며 진저리를 쳤다. 창밖에서는 벌써 하늘에 어둠이 서서히 깔리고 있었다.

　정권이 옷을 갈아입느니 마느니 소란을 피우고 있을 무렵, 정해는 황궁으로 돌아가 황제를 접견하고 있었다. 정해가 예를 표한 뒤에 묵묵히 서 있자, 황제가 물었다.
　"너는 같이 안 갔느냐?"
　정해는 대답했다.
　"신은 안 가는 게 좋습니다."
　황제가 물었다.
　"어째서?"
　정해는 다시 대답했다.
　"전하는 군君이시며 신의 형님입니다. 신이 그 자리에 있으면 전하도 불편해하실 뿐더러 신의 마음도 편치 않을 것입니다."
　황제가 고개를 끄덕이며 말했다.
　"철이 많이 들었구나. 공부를 헛하지는 않았어."
　정해는 고개를 숙이며 대답했다.
　"망극합니다. 폐하, 신이 한 가지 부탁드릴 일이 있습니다. 부디 허락해주십시오."
　황제는 손에 든 서화첩을 책상에 살짝 던지며 말했다.
　"말해보아라."
　정해는 서원에서의 정황을 황제에게 대강 전해 올린 뒤 청했다.
　"신이 폐하께 청해보겠다고 하였으니 신의 얼굴을 봐서라도 사정을 봐주십시오."
　황제는 미간을 찡그리며 말했다.
　"짐이 시중들 사람을 보내지 않을 것도 아니거늘, 죄를 짓고 자숙해야 할 놈이 거기서 후궁까지 거느리겠다고?"

정해는 말했다.

"전하도 그렇게 말씀하셨는데, 신이 폐하께 청해보겠다고 한 것입니다."

황제가 물었다.

"그 여인은 누구냐?"

정해가 대답했다.

"지난 6월에 첩지를 받은 고 재인이라고 합니다."

황제는 흥 하고 코웃음을 쳤다.

"이런 상황에서도 총애하는 여자와 떨어져 지내기 싫다는 것이야?"

정해가 대답했다.

"그런 것이 아니라, 고 재인이 한사코 따라가겠다고 졸랐습니다. 전하도 폐하께서 이 사실을 아시면 자신의 허물만 하나 더 늘어날 거라고 하셨습니다."

황제는 한동안 잠자코 있다가 대답했다.

"짐이 네 체면을 세워주겠다. 여인을 그쪽으로 보내."

정해는 황급히 허리를 숙여 인사했다.

"성은이 망극합니다. 신이 바로 가서 전달하겠습니다."

정해는 황제가 고개를 끄덕이자 자리에서 물러났다. 황제는 멀어지는 정해의 뒷모습을 보며 잠시 생각에 잠겼다가 진근에게 물었다.

"그 고씨라는 재인은 어디 출신이라더냐?"

진근이 웃으며 대답했다.

"전에 태자 전하께서 화정 사람이라고 하셨던 것 같습니다."

황제는 고개를 끄덕이며 말했다.

"참, 그랬었지. 짐도 이제야 기억이 난다."

두 사람이 이야기를 나누던 차에 때마침 종정시에서 돌아온 왕신이 보고를 위해 안으로 들어오자, 황제가 물었다.

"태자를 잘 모셨느냐?"

왕신은 대답했다.

"네."

황제는 또 물었다.

"몰래 지닌 물건은 없나 잘 수색했고?"

"신등이 잘 살폈사온데 위험한 물건은 없었습니다."

황제는 말했다.

"다른 말은 없었느냐?"

왕신은 허리를 깊이 숙이며 대답했다.

"다른 말은 없으셨습니다. 다만 준비한 의복이 청결하지 않다며 거부하시고 원래의 옷을 그대로 입고 계십니다."

황제도 그 이야기를 듣고는 추궁하지 않고 피식 웃다가 이어서 왕신에게 당부했다.

"앞으로는 짐에게 올 거 없이 종정시에서 거하며 태자를 살펴라. 태자가 먹는 것, 마시는 것, 일거수일투족을 세심히 돌봐줘."

왕신은 무릎을 꿇으며 대답했다.

"신, 성지를 받들겠습니다."

황제는 그제야 고개를 끄덕이며 명했다.

"가봐."

가을의 하늘 색은 봄, 여름과는 확연히 다르다. 아까까지만 해도 살짝 노을빛으로 물들었나 싶더니 잠깐의 과도기도 거치지 않고 곧바로 새까만 어둠에 휩싸이니 말이다. 저 가을하늘처럼 아침에 수놓인 비단옷을 입었다가도 저녁에는 죄수복을 입고 내리막길을 향하는 게 바로 인생이리라. 정권은 해가 지자 문을 밀어 밖으로 한 발을 빼꼼 내밀었다. 금오들은 그를 보고 동시에 일제히 예를 갖추며 앞을 막아섰다.

"전하!"

정권은 고개를 끄덕이며 물었다.

"오방덕은? 해가 졌는데 왜 등잔 하나가 없느냐?"

금오 두 명은 서로의 얼굴을 힐끔힐끔 살피다가 대답했다.

"잠시만 기다리십시오. 신이 가서 물어보겠습니다."

정권이 "응"하고 대답한 뒤 다시 바깥으로 두 걸음을 더 내디디자, 금오들이 또다시 포권하며 앞을 막았다.

"전하!"

정권은 미간을 찌푸리며 짜증을 냈다.

"폐하가 이 마당을 벗어나지 말라고 하셨지, 방을 나가지 말라고 한 건 아니지 않느냐?"

금오들이 당황해 서로 얼굴만 마주 보고 있자, 정권은 가볍게 콧노래를 흥얼거리며 능청스럽게 마당으로 나가 옷자락을 떨치며 돌의자 위에 앉았다. 마침 초하루라 달빛 한 점 없는 하늘에 어둠을 밝힐 등불 하나 없으니 세상은 온통 새까만 칠흑이었다. 이미 가을이 깊어 새소리도, 매미 소리도 들리지 않았다. 주위에 십여 명의 시위가 있다고는 하나 각자 한 귀퉁이씩 맡아 지키고 서서 입 한번 뻥긋하지 않으니 죽음과도 같은 적막 속에 떨어진 듯했다. 오직 시든 풀을 스쳐 불어오는 저녁 바람만이 조용히 흐느끼며 정권의 소매 안으로 빨려 들어왔다. 온몸이 으스스하게 떨리도록 차게 식었으나, 그 초라한 방으로는 다시 돌아가고 싶지 않았다.

그렇게 얼마나 앉아 있었을까, 갑자기 마당 문밖에서 노란 불빛 몇 개가 나타나더니 점점 가까이 다가왔다. 눈을 동그랗게 뜨고 누군지 확인하려고 애썼지만, '종정시'라고 쓰인 등롱이 저녁 바람에 요동치는 터에 제대로 확인할 수가 없었다. 그때 귀에 익은 목소리가 그를 불렀다.

"전하!"

정권은 몽롱함에서 미처 깨어나기도 전에 희미한 기쁨이 솟아나는 것을 느꼈다. 마치 깊은 어둠을 깨트린 저 어슴푸레한 등불 무리처럼 기쁨은 점점 불어나 그의 온몸으로 서서히 퍼져나갔다. 정권은 얼떨떨한 목소리로 물었다.

"왔느냐?"

아보가 대답했다.

"왔어요."

아보가 대답하자, 정권은 웃으며 두 팔을 펼쳐 그녀를 힘껏 감싸 안았다.

"떠나지 않았구나."

아보는 그제야 자신의 행동을 자각하고는 허둥지둥 품에서 빠져나와 소곤소곤 기어 들어가는 목소리로 대답했다.

"안 떠났어요."

그때 오방덕이 웃으며 끼어들었다.

"낭자를 모시고 오느라 전하를 오랫동안 어둠 속에 계시게 했습니다. 용서해주십시오."

그는 말을 마치자 뒤를 돌아보며 사람들에게 지시했다.

"뭐 하고 섰어? 당장 불을 밝히지 않고?"

지시를 받은 시종들이 여기저기 흩어져 불을 밝히자 마당과 실내는 곧 대낮처럼 환하게 밝아졌고, 어둠 속에 감춰졌던 아보의 모습도 또렷하게 드러났다. 정권은 정신없이 흐트러진 그녀의 머리 위에 옥빗 하나만 달랑 꽂힌 것을 보고는 고개를 휙 돌려 오방덕을 무섭게 노려보았다. 오방덕은 정권이 쨰려보든 말든 여전히 싱글싱글 웃으며 말했다.

"날씨가 많이 추워졌습니다. 두 분이 이렇게 밖에 오래 서 계시다가 잔병이라도 얻으시면 신은 책임을 면치 못할 겁니다. 두 분은 안으로 들어가 앉아 계십시오. 신이 곧 저녁을 가져오라고 명하겠습니다."

아무리 그래도 종3품의 고위 관료인데 하는 말이나 행동이 꼭 환관이나 다름없었다. 정권은 어쩔 수 없이 한숨만 내쉬고는 아보에게 말했다.

"들어가자."

아보는 오방덕의 등 뒤에 서 있던 시종에게 봇짐을 하나 건네받으며 대답했다.

"네."

실내에는 두 사람만 덩그러니 남아 서로를 마주 보았다. 오늘 나눴던 정분을 떠올리니 어색해 할 말이 영 떠오르지 않았다. 아보는 사방을 두리번거리다가 봇짐을 끌러 수건을 하나 꺼내더니 난데없이 의자를 닦기 시작했다. 정권은 드디어 웃음이 터졌다.

"됐어. 여기에 닦을 만한 게 뭐가 있다고."

아보는 "네" 하고 대답하면서도 손을 멈추지는 않았다. 정권은 그녀를 지켜보다가 물었다.

"들어올 때 무슨 일이 있었어?"

아보는 대답했다.

"소인의 옥잠 두 개를 가져갔어요. 전하의 옥체를 상하게 할 수 있대요."

정권은 피식 웃었다.

"그냥 잊어. 어차피 넌 단장을 하나 안 하나 별 차이도 없잖아."

아보는 정권을 흘겨보더니 입을 꾹 다물고 있다가 의자를 다 닦은 뒤에야 이어서 대답했다.

"그리고 과일정과 한 상자도 빼앗겼어요."

정권은 얼이 빠져 잠시 멍하니 있다가 펄쩍 뛰었다.

"정말 너무들 하네."

그는 아보를 힐끔 보더니 잠시 뒤 말을 이었다.

"자리에 앉아. 상처도 아직 안 아물었는데, 종일 그 난리를 치고 안에 들어와서까지 뭐 하는 거야?"

아보는 봇짐의 입구를 오므리고는 말했다.

"옷 몇 벌과 책을 몇 권 가져왔는데, 사람들이 다 헤쳐놔서 다시 정리한 다음에 보여드릴게요."

정권은 손으로 탁자를 톡톡 두들기며 한숨을 내쉬었다.

"지금 이 몸뚱이도 어떻게 될지 모르는 판국에 옷은 뭐 하게?"

아보는 고개를 저으며 말했다.

"쥐구멍에도 볕 들 날이 있다고 했습니다."

그리고 잠시 주저하더니 덧붙였다.

"제가 무슨 일이 있어도 전하의 곁을 지킬 거예요."

정권은 살며시 미소를 지으며 말했다.

"쥐구멍에도 볕 들 날은 있지. 하지만 아보, 만고의 세월이 흐르도록 원통함을 풀지 못하는 사람도 있는데, 나야 이 정도는 억울하다고 할 것도 없다. 단지 수 하나를 잘못 두는 바람에 판 전체가 엉망진창이 됐을 뿐이야. 수완이 뒤처지는 사람이 패배하는 게 원래 이 판의 규칙이니 새삼스럽게 억울할 게 뭐가 있겠어?"

그가 잔뜩 풀이 죽어 있자, 아보는 봇짐을 품에 안고 내실로 들

어갔다가 잠시 뒤 귀까지 빨갛게 달아오른 얼굴로 후다닥 튀어
나왔다. 정권은 무슨 일인가 싶어 어리둥절해하며 물었다.

"왜 그래?"

아보는 우물거리다가 겨우 대답했다.

"침상이 하나뿐이에요."

정권은 실소를 금치 못하고 큰 소리로 웃으며 말했다.

"그럼 그 시경인가 하는 놈을 불러서 얘기해봐라. 어디 침상을
주나 안 주나 한번 보자."

말하는 사이에 시종이 저녁 식사를 가져왔다. 찬이 간소하고
정갈한 편이었다. 정권은 식사를 확인하고는 아보에게 권했다.

"앉아서 먹어."

아보는 쌀밥을 그릇에 덜어 자신이 먼저 맛을 본 뒤에야 젓가
락을 바꾸어 정권에게 건넸다. 정권은 그런 아보를 보며 웃으며
말했다.

"장주의 우리 쪽 사람을 완전히 잘라내기 전까지는 내 몸에 손
가락 하나 못 대. 그렇게 소심하게 검사해봐야 괜히 웃음거리만
될 거다."

그러나 아보는 잠시 침묵하다가 주저하며 조심스럽게 입을 열
었다.

"폐하가 그렇게 생각하신다고 다른 사람도 그렇게 생각할까
요?"

순간 정권은 낯빛이 돌변해 입을 다물고는 대충 먹는 시늉만
하다가 젓가락을 내려놓았다. 심부름꾼이 그릇을 가지러 오길 기
다리는 동안 할 일이 없어 아보는 바닥의 벽돌 틈으로 자란 잡초
를 발로 툭툭 찼다. 벌써 늦가을이라 실외 초목은 대부분 시들어
원래의 빛을 잃었으나, 실내가 더 따뜻한 탓인지 이곳의 잡초는

아직 푸른 기운을 유지하고 있었다. 아보가 눈에 거슬려 잡초를 뽑으려고 손을 뻗자, 옆에서 정권이 웃으며 말렸다.

"잡초는 네가 뽑지 않아도 가을이 지나면 알아서 시들 거야. 게다가 감옥에서 풀이 자라다니, 어찌 보면 이것도 나라의 길조가 아니겠느냐?"

제
27
장

마다 않고 꺼리지도 않으니

　밤은 점점 깊어 갔다. 하늘의 별을 볼 수 있는 것도 아니었고, 그렇다고 안에 물시계가 있는 것도 아니어서 지금이 몇 시진인지 당최 확인할 수는 없었다. 정권은 천천히 자리에서 일어나 아보를 힐끔 보더니 물었다.

　"안 건드려. 날 밝을 때까지 이러고 앉아 있을 참이야?"

　아보는 푹 숙인 고개를 가볍게 끄덕이는 것으로 대답을 대신했다. 정권은 말했다.

　"오늘 하루야 이러고 밤을 샌다지만, 한 달 내내 이럴 것이냐? 더군다나 언제 여기서 나갈 수 있을지도 모르고 영영 못 나갈 수도 있다. 어서 침상으로 가서 자."

　아보는 조용히 대답했다.

　"저는 피곤하지가……."

　정권은 고개를 푹 숙이고 있느라 정수리 사이로 선명하게 보이는 아보의 가르마를 보며 탄식했다.

　"걱정 마. 손끝 하나 안 건드린다니까?"

아보는 그래도 고개를 푹 숙인 채 손가락만 까딱거릴 뿐 일어날 생각을 하지 않았다. 정권은 방법이 없어 소매를 풀풀 휘날리며 안으로 들어가다가 갑자기 되돌아오더니 아보를 번쩍 안아 들고 내실로 들어갔다. 아보는 화들짝 놀라며 다급하게 그의 가슴을 밀어내며 애원했다.

"전하, 이러지 마세요."

감옥 안에서 이런 여복을 누리리라고는 상상도 하지 못했던 그는 내심 쓴웃음을 지었다. 발버둥을 치던 중 문밖에서 경계를 바꾸는 소리가 들리자, 정권의 얼굴이 순식간에 딱딱하게 굳었다. 그는 잠시 뒤 냉랭한 목소리로 아보를 위협했다.

"고분고분 들어가서 잘래, 아니면 내일 아침 서원으로 돌아갈래?"

아보도 그의 고충을 이해했는지 손동작을 멈추고는 조용히 말했다.

"들어갈게요. 제 발로 걸어서 들어갈 거예요."

정권은 아보를 흘겨보며 바닥에 내려놓고는 말없이 내실로 들어갔다. 아보는 총총 그의 뒤를 따라 들어가 신발을 벗겼다. 이어서 의대를 풀려는데 정권이 몸을 안쪽으로 틀어 피하며 말했다.

"밤에 추울 테니 한 겹이라도 더 껴입어야지."

아보는 우두커니 있다가 정권의 뜻을 뒤늦게 알아차리고는 손을 놓고 그의 몸에 이불을 끌어다 덮은 뒤 자신은 침상 가장자리에 앉았다. 꺼져가는 등불이 그의 옆얼굴을 거꾸로 비추자 속눈썹과 콧대가 얼굴에 여린 그늘을 드리웠다. 그의 반쪽 뺨은 어두컴컴한 빛에 정교하게 잘려나간 듯했다. 아보는 문득 작년 겨울이 떠올랐다. 그때도 지금처럼 침상가에 앉아 잠이 든 그의 얼굴을 지켜봤다. 고른 숨소리가 귓가에 들리자, 아보는 자기도 모르게 손을 뻗어 그의 머리카락을 조심스럽게 매만졌다. 아보의 손길이 느껴지자, 정권은 졸린 눈을 억지로 뜨며 짜증스럽게 핀잔을 주었다.

"아직도 안 자느냐?"

아보는 고개를 저으며 미소를 지었다.

"전하가 잠드시면 잘 거예요."

정권은 말했다.

"자침甕枕을 베는 게 습관이 돼서인지 잠이 통 안 오는구나."

그는 이어서 탄식하듯 말했다.

"바깥일로 심란하기도 하고."

아보는 잠시 생각한 뒤 말했다.

"그럼 제가 이것저것 얘기해드릴까요? 듣다 보면 잠이 올 수도 있잖아요."

정권은 대답했다.

"좋다."

아보는 말했다.

"오늘 오후에 조 내인이 학잠을 보냈어요. 어찌나 빨리 새것처럼 고쳐 보냈는지 기분이 금세 좋아졌어요. 서원으로 돌아가면 머리에 꽂아서 전하게 보여드릴까요?"

정권은 가볍게 웃으며 대답했다.

"그러자."

아보는 또 말했다.

"전 어머니와 경성으로 올 때 뱃길로 왔어요. 늦봄 무렵이었는데 날씨가 정말 좋았죠. 뱃머리에 서니 구름 덮인 푸른 산 아래로 강물은 참 도도하게도 흐르더군요. 물살이 흐르며 암초를 때리자 사방이 온통 몽롱한 물안개였죠. 그때 학 두 마리가 맑게 흐르는 물길 위에서 하늘로 날아올라 점점 높이, 점점 멀리 날아가더니 마침내 사라졌어요. 그 아름다운 하늘과 그 아름다운 물이라니, 강산이 정말 한 폭의 그림처럼 아름다웠죠. 그때 전 깨달았어요. 이렇게 아름다운 풍경을 살아서 눈으로 볼 수 있는데 굳이 신선이 될 필요는 없겠다고요. 사람의 몸으로도 마음을 무한히 넓게 먹을 수 있고, 날개가 없어도 한없이 자유로울 수 있어요."

그녀는 고개를 들었다.

"'맑은 물이 가득 흐르고 아득히 산이 보이니 이처럼 좋은 강산이 또 있으랴.' 전하, 전하의 강산은 이런 곳이에요."

정권의 가슴에 한 줄기 전율이 일었다. 그 바람에 말문이 막혀 한동안 대답을 할 수가 없었다. 그때 아보의 목소리가 다시 들렸다.

"전하가 학잠을 선물하셨을 때 문득 그날의 감동이 떠올랐어요."

정권은 희미하게 웃었다.

"그랬어? 난 좋은 마음으로 준 게 아니거늘."

아보는 고개를 저으며 대답했다.

"'풀은 봄바람에 무성해짐을 마다 않고, 나무는 가을에 잎이 지는 것을 꺼리지 않네.' 전하도 아까 가을이 지나면 잡초가 알아서 시들 거라고 하셨죠. 전하의 말처럼 계절에 따라 피기도 하고 시들기도 하는 게 바로 자연이에요. 전하께 학잠을 받았을 때 그날의 감회가 떠오른 것도 자연의 원리지 전하가 품은 마음하고는 상관없어요."

정권은 웃으며 대답했다.

"이렇게 위로하는 재주가 있는 줄은 내가 미처 몰랐구나. 모든 일에는 순리가 있고 자연에도 섭리가 있으니, 나무도 잎이 시든다고 가을을 원망하지는 않지. 비유가 참으로 적절했어. 내가 지금 무슨 생각 하는지 아느냐?"

아보는 말했다.

"전하가 말씀하셔야 알겠죠."

정권은 양손을 머리 밑에 대고 팔베개를 한 채 잠시 생각에 잠겼다가 이윽고 이야기를 시작했다.

"둘째 백부님은 내가 태어나기도 전에 돌아가셨다. 선제도 폐하도, 돌아가신 선황후도 그분의 일을 내게 말씀해주신 적은 없었지. 마치 세상에 존재하지 않았던 사람처럼 얘기하기를 꺼려하시더군. 자라고 나서야 어렴풋이 알게 됐어. 선제가 백부님께 자결을 명한 배후에는 폐하와 외숙이 있었다는 걸 말이야. 폐하는 단지 외조부의 권세를 등에 업겠다고 선황후를 아내로 맞이하셨어. 외조부 역시 훗날 자신의 외손자를 보위에 올려 세도를 길이 이어나가기 위해서 딸을 폐하에게 보냈지. 하지만 백부님이 그런 일들을 위해 희생당하시는 게 과연 정당한 일일까?"

정권이 대답을 원하는 것 같지는 않아 아보는 잠자코 그의 다음 이야기를 기다렸다. 정권은 한참 뒤 기침 소리를 두어 번 낸 뒤 웃으며 말을 계속했다.

"백부님은 여기서 자진하셨다고 해. 돌아가실 때 나이가 지금의 나보다 한 살 많았지. 화려한 비단옷을 입다가 하루아침에 초라한 베옷을 입는 신세로 전락한 심정은 어땠을까? 비정한 권력 싸움에서 밀려나자 하루아침에 안면을 바꾸는 사람들을 보고 무슨 생각을 하셨을까? 긴긴 밤을 홀로 지새우며 두렵지는 않으셨을까? 무정한 선제가 원망스럽지는 않으셨을까? 혹시 폐하와 선황후의 자손을 증오하며 저주하신 건 아닐까? 어쩌면 난 아버지와 할아버님께서 지은 업보를 받고 있을 수도 있어. 지금도 이렇게 백부님이 계셨던 그 자리에 그대로 누워 있잖아. 그렇게 생각하니 원망도 분노도 다 부질없더군. 나 자신도 오늘날까지 살아남기 위해 손에 다른 사람의 피를 묻혔으니 할 말이 없지. 너도 그 손에 구주의 피를 묻혔으니 예외는 아니고. 내 몸에 오물이 가득한데 무슨 자격으로 다른 사람의 더러움을 비난할 수 있겠어?"

그가 이토록 자신의 속을 투명하게 보여주는 건 전에 없는 일이었다. 아보는 지금 그의 심정을 알 것도 같았지만, 적당한 말이 떠오르지 않아 조용히 그의 어깨를 토닥이며 말했다.

"그렇게까지 깊이 생각하지 마세요. 어서 주무세요."

정권은 말했다.

"그럼 책이나 낭송해보아라. 혹시나 잠이 올지도 모르겠다."

"어떤 책을 낭송해드릴까요?"

아보가 묻자, 정권은 눈을 지그시 감고 나른한 목소리로 말했다.

"네가 강산 얘기를 했으니 『초사楚辭』가 좋겠구나."

아보는 이불 밖으로 드러난 그의 손을 다시 안으로 집어넣고 이불 끝자락을 당겨 잘 덮은 뒤, 천천히 기억 속 『초사』를 회상하며 읊기 시작했다.

"옥패를 강에 던지고 패물을 예포강에 흘리네. 꽃이 가득한 모래톱에서 두약을 캐어 아름다운 하녀에게 바치리라. 흘러간 시간은 두 번 다시 되돌아오지 않으니 잠시 느긋하게 거닐며 기다리리라……."

그는 처음으로 그녀의 목소리가 마음을 움직일 만큼 아름답다는 걸 깨달았다. 굳었던 미간은 서서히 편안하게 풀어졌고, 숨소리는 점차 고른 박자를 되찾으며 고요해졌다. 『초사』의 「이소離騷」나 「복거卜居」, 「국상國殤」 편, 하물며 「예혼禮魂」 편까지는 낭송할 필요도 없었다. 정녕 2년 8월 27일의 마지막 순간에는 이렇게 부드럽고 평온한 목소리만 남았다. 그리고 그를 위해 『초사』를 읊는 아름다운 여인과 은은한 향기의 풀, 온화한 시의 정취에서 묻어나는 슬픔, 한 여인의 애처롭도록 가녀린 강단. 그것이 전부였다.

8월 27일 오전, 엄청난 사건의 충격이 채 가시기도 전에 황제는 곧바로 성지를 내렸다. 재조사를 구실로 태자를 구금했으며, 당시 사건에 연루된 모든 관원들을 차례차례 체포해 취조했다. 고사림은 자택에서 요양하며 병을 치료했으며, 고사림의 역할은 잠시 동안 부도독이 대체하기로 했다. 그럼에도 중서성에서는 얼마 뒤 또 다른 여론이 일었다. 황제의 은혜가 지나치게 과하다는 것이었다. 황제는 이미 장주에 있는 고사림의 아들을 경성으로 불러 아버지의 병을 수발하는 은혜를 내렸다. 소장군이 떠나고 난 뒤 장주에 남은 부장 몇 명은 이렇다 할 공적 없이 계단식 승진을 한 사람들이어서 기강이 해이해질 것이 우려되었다. 그리해 승주도독 이명안이 장주도독의 직무를 이어받는 조치가 내려졌다. 칙사가 경성을 떠나 장주에 도착하려면 역참을 거쳐 말을 바꿔가며 밤낮을 재촉하며 달려도 5~6일은 소요될 것이다. 칙사가 떠난 지는 이제 막 하루가 지났으니 성지는 아직 상주를 벗어나지도 못했을 터였다. 그러나 사람들의 눈에는 그로 인해 벌어질 이익과 손해가 불을 보듯 빤히 보였다. 그리해 제왕부 앞 거리는 온통 청탁하려고 몰려든 자들로 인산인해를 이루어 물 샐 틈이 없었다. 급한 일이라도 있는 사람은 다른 길로 돌아서 가야 할 정도였다.

황제의 충고를 귀담아듣기로 한 제왕은 찾아온 손님은 단 한 명도 들이지 말라고 하인들에게 신신당부를 하고, 자신은 자숙하는 모습을 보여주려고 종일 집 밖으로 나서지 않았다. 그렇게 이

틀이 지난 어느 날, 정당의 내시가 다가와 조왕이 왔음을 알렸다. 조왕을 대문으로 들이면 귀찮은 일이 늘어날 터이므로 제왕은 그를 조용히 뒷문으로 들어오게 했다.

안으로 들어온 정해는 정당을 보자마자 원망하는 듯한 말투로 추켜세웠다.

"지난번에는 조나라의 술이 좋아 한단이 포위됐다고 하시더니, 오늘 왕부 앞 풍경을 보니 백성에게 언로를 활짝 튼 제나라 위왕의 풍모를 보는 듯합니다."

"그런 감언이설은 또 누구에게 배웠어?"

정당은 정해의 능청에 큰 소리로 껄껄 웃으며 대꾸하더니 이내 인상을 쓰며 말했다.

"조정엔 아직 이 일을 모르는 사람이 더 많은데, 대문 앞 광경이 궁 안으로 소문이 퍼지면 무슨 좋은 소리를 듣겠느냐?"

정해는 웃으며 대꾸했다.

"이 동생도 저 무리에 한번 끼어보려고 했는데 형님의 그 말을 들으니 꼼짝 없이 돌아가야겠군요."

정당이 정색했다.

"오제는 무슨 말을 그렇게 해?"

정해는 웃음을 잃지 않았다.

"동생이 아무렇게나 한 말입니다. 사실 용건이 있어 온 건 맞아요."

"그럼 앉아라."

정당이 자리를 권하자, 정해는 도포 자락을 걷어 올리며 자리에 앉은 뒤 내시가 건네주는 차를 받으며 물었다.

"오늘 아침에 폐하가 대리시에 장육정과 두형을 체포하라고 명하셨어요. 형님도 알고 계셨습니까?"

정당은 고개를 끄덕였다.

"알고 있지."

정해가 서신 봉투를 한 통 꺼내 정당에게 건네자, 정당은 손을 내밀어 받으며 물었다.

"이게 무엇이냐?"

정해는 대답했다.

"장육정의 집에서 온 서신입니다. 장 상서가 중대한 사안이니 반드시 내가 직접 형님께 전달해야 한다고 신신당부했다더군요."

정당은 미간을 찌푸리며 봉투를 뜯어 편지지를 꺼냈다. 종이 위에는 '경오庚午, 신미辛未, 임자壬子, 병자丙子' 여덟 글자가 적혀 있었다. 그는 잠시 고개를 갸우뚱하다가 뭔가 생각난 듯 씩 미소를 지으며 들리지 않게 중얼거렸다.

"소인배."

정해는 그를 유심히 살핀 뒤 말했다.

"무슨 내용인지는 안을 보지 않아서 모릅니다. 나도 캐묻지 않았고요. 장육정이 형님께 무례하게 구는 거라면, 이 동생이 오지랖을 떨었다고 여기고 털어버리세요."

정당은 잠시 생각에 잠겼다. 장육정이 이런 위태위태한 시국에 딸의 혼사가 급해 이러겠는가. 그가 진짜로 구하는 것은 일신의 안위일 것이다. 장육정은 이백주 사건의 내막을 적지 않게 알고 있으니 삼사가 공동 심리를 할 때 분명 큰 쓸모가 있을 것이다. 이 일은 이번 일을 잘 넘기고 나서 다시 정리하면 될 일이었다. 그는 모든 계산을 마치고 나서야 웃으며 대답했다.

"오제는 부탁을 들어줬을 뿐인데 이게 왜 오지랖이야? 나도 부탁 좀 할게. 지금 답신을 쓸 테니 오제가 번거롭겠지만 수고 좀 해 줘."

정해는 두 손을 맞잡아 고개를 숙이며 대답했다.

"어려운 일도 아닌데 뭘 그렇게까지 예의를 차려 부탁하십니까. 편하게 얘기하세요."

정당은 정해에게 바깥 동향을 물었다.

"며칠 밖에 안 나갔더니 분위기를 모르겠어. 사람들이 장육정을 두고 뭐라고 하더냐?"

정해는 웃으며 대답했다.

"뭐 할 말이 있겠습니까? 그냥 소인배라고 할 뿐이죠. 일이 이렇게 되니 과거에 있었던 일도 새삼스럽게 사람들 입에 다시 오르내리더군요. 황초년에도 그가 비리를 저질러서 노세유가 힘겹게 무마해줬다고 합니다. 그런데도 뜻밖에 태자를 배신하다니, 놀랍지만 그럴 만한 사람이기도 하다네요."

그는 정당이 서신을 쓰고 봉투를 찾아 봉인하는 것까지 세세히 지켜보며 말하고는 봉투를 받아 소매 안에 넣었다.

"형님, 이번에 고사림의 병이 어찌나 대단한지 태자까지 휘말려 들었네요. 저는 종정시 같은 곳은 정말 들어가는 상상도 하기 싫습니다."

정당은 씩 웃으며 말했다.

"꼭 그런 것 같지도 않던걸? 듣자 하니 감옥 안에서 아주 편하게 지낸다더구나. 어여쁜 처자도 하나 끼고서 말이야. 나도 여자와 같이 들어간다면 하루 이틀 정도는 지낼 자신 있다."

그는 정해의 얼굴이 딱딱하게 굳은 것을 보고는 실실 웃으며 화제를 돌렸다.

"오늘이 벌써 29일이구나. 조정의 성지는 어디쯤 가고 있을까?"

정해도 웃으며 말했다.

"저는 고봉은이 성지를 받고 어떻게 나올지 내내 생각하고 있었습니다."

정당은 콧방귀를 뀌며 말했다.

"온 천하가 폐하의 땅인데, 장주는 뭐 예외라더냐?"

정해는 잠시 멍하니 있다가 큰 깨달음을 얻었다는 듯 감탄했다.

"그러네요. 형님은 다 꿰뚫어 보고 있었는데, 이 모자란 동생이 그걸 모르고 있었네요."

정당은 그를 힐끔 보더니 역시 웃으며 말했다.

"급하게 가지 말고 여기서 점심이나 먹고 가."

"그럼 또 신세 좀 지겠습니다. 며칠 뒤면 제왕부의 밥을 다시는 못 먹을 테니까요."

정당은 이상하다는 듯 물었다.

"그건 또 무슨 소리야?"

정해가 말했다.

"며칠 뒤면 연조궁에서 잔치 음식을 들어야지요."

정당은 벌컥 성을 내며 호통쳤다.

"무슨 말을 그렇게 함부로 해!"

그러나 겉으로만 화를 낼 뿐 전혀 화난 기색은 아니었다. 정해는 빙그레 웃으며 그의 손을 잡아 대청으로 끌었다.

"꾸중은 배부르게 먹고 난 뒤에 하세요."

온 경성이 조정의 일로 시끄러운데 첨사부라고 예외는 아니었다. 태자가 구금되자 첨사부는 자연히 얼마간 한가해졌다. 하도연은 첨사부에서 물러났고, 소첨 부광시는 종일 본부와 예부를 바삐 드나들며 첨사부의 일은 하는 둥 마는 둥했다. 가끔 출결을 부를 때 결석하는 자는 규율에 따라 엄중히 처벌하겠다는 엄명을 내리기는 했지만 말만 그렇게 할 뿐 실제로 조치를 취하지는 않왔다. 어느 날 출결을 부르고 난 뒤 반 시진가량이 지났을 때, 허창평이 허겁지겁 첨사부로 들어왔다. 그는 직급이 낮은 주부였지만, 첨사부의 문서 전달을 담당해 그가 자리를 비울 때 첨사부는 더더욱 한가했다. 그래서인지 때마침 한가하게 잡담을 나누는 관원들의 말소리가 허창평의 귀에 들렸다.

"성지는 내려오지도 않았고 내려오더라도 우리와 무슨 상관이 있겠소? 우린 태자비도 아니고 그저 첨사부의 속관인데 태자 전하가 폐위된다고 우리까지 쫓겨날라고?"

이야기를 듣던 다른 관원은 한탄했다.

"말로는 그렇지만, 윗사람이 바뀌면 아랫사람도 다 물갈이되는 법이니 앞으로 어떻게 될지는 아무도 모르는 거요."

허창평은 자기도 모르게 미간을 살짝 찌푸리며 그들에게 다가가 인사했다.

"부 소첨, 여 부승을 뵈옵니다."

두 사람은 고개를 들어 허창평을 힐끔 보더니 따분하다는 말투로 말했다.

"지금이 몇 시진인데 이제 오나? 벌써 진시가 지났는데."

허창평은 허리를 깊이 숙이며 대답했다.

"소관이 오늘 지각을 했으니 무슨 벌이든 달게 받겠습니다."

부광시는 허창평이 예부에서 근무할 때의 상관이어서 무슨 일이 있을 때마다 나서서 그를 두둔해주는 편이었다. 이때도 부광시는 웃으며 편을 들어주었다.

"일단 기재만 해두었다가 누적이 많아지면 그때 처벌하겠네. 젊은 친구들이 왜 하고많은 날 지각 아니면 조기 퇴청인가?"

허창평은 대답했다.

"소관이 어젯밤 잠을 설쳐서 본의 아니게 늦게 일어났습니다.

부디 너그럽게 봐주십시오."

두 관원은 이제야 알았다는 듯 서로 눈짓을 주고받더니 웃으며 말했다.

"그런 거였군. 뭘 그리 신경을 쓰고 그러나? 아무리 첨사부 천장이 무너진다지만 자네 같은 7품 수재에게 영향이 미칠 리 있겠는가?"

허창평은 웃으며 대답했다.

"여 부승께서 소관을 놀리시는군요. 시키실 일이 없으면 소관은 먼저 가보겠습니다."

부광시는 허창평의 뒷모습이 멀어지자 또 말했다.

"요즘 같아선 차라리 저 친구 같은 직급이 낫지. 책임질 일이라고는 눈곱만큼도 없지 않소? 그나저나 듣자 하니 여 부승이 평소 이 전하와……"

그는 황급히 미간을 찌푸리며 입을 막았다.

"부 첨사, 누구에게 듣고 함부로 낭설을 입에 올리시오? 그런 일 없소이다."

부광시는 말했다.

"여 부승, 우리가 예부에서 함께한 몇 년간 사적으로나 공적으로나 얼마나 많은 교분을 쌓았소? 앞으로도 잘 부탁드리겠소."

오방덕의 말은 사실이었다. 바깥에서는 세상이 뒤집히는 소란으로 시끄러웠지만, 종정시의 작은 뜰 안은 바람 한 줄기 새어 들어오지 않았다. 그리해 정권은 한나라가 있었는지도 몰랐고, 그 뒤로 위와 진이 있었다는 것도 모르고 살았다는 도화원 속 삶의 정취를 현실 세계에서 조금이라도 맛볼 수 있는 곳은 여기뿐일 거라며 아보에게 넋두리를 했다.

그날은 한낮에 눈을 뜨니 아보가 보이지 않았다. 급히 신발을 질질 끌며 문밖으로 나가니, 아보는 문밖 계단에 쭈그려 앉아 점심을 먹고 남은 밥풀을 참새에게 먹이고 있었다. 곧 겨울을 맞을 참새들은 봄여름 때와는 달리 하나같이 통통하게 살이 올라 고개를 갸웃거리며 참으로 귀엽게도 통통거리며 뛰어다녔다. 아보는 기척이 느껴지자 고개를 돌렸다가, 정권이 문에 기대 있는 모습을 보자 벌떡 일어나 미소를 지었다.

"일어나셨네요."

그 바람에 놀란 참새 몇 마리는 푸드득 옆 마른 나뭇가지로 달아났다가 별다른 일이 일어나지 않자 천천히 되돌아왔다.

정권 역시 웃으며 고개를 끄덕이고는 말했다.

"두 마리 정도 잡아서 노는 건 어때?"

아보는 대답했다.

"저는 잡을 줄 몰라요."

정권은 말했다.

"내가 사촌 형에게 잡는 법을 배웠다. 가서 광주리 가져와 봐."

아보는 말했다.

"여기 광주리가 어디 있어요?"

정권은 웃으며 말했다.

"그럼 오 시경에게 달라고 해야지."

두 사람이 한창 궁리를 하고 있는데, 참새가 또다시 놀라며 이번에는 멀리 풀숲으로 날아가 종적을 감췄다. 아보는 고개를 들어 앞을 보고 흠칫 손을 놓더니 "왔어요. 전하가 직접 말해보세요" 하고 말하고는 후다닥 몸을 돌려 안으로 들어갔다. 참새들을 놀라게 한 발소리의 주인공은 과연 오방덕이었다. 오늘은 왕신도 함께였다. 두 사람이 정권에게 예를 갖추자, 정권은 귀찮다는 듯 손을 들어 만류했다.

"왕 옹, 예는 갖출 거 없어."

오방덕은 잔뜩 골이 난 얼굴로 알아서 허리를 바로 세웠다. 정권 역시 그를 상대하기도 귀찮았다.

왕신이 웃으며 물었다.

"전하, 며칠 지내보니 어떠십니까?"

정권은 콧방귀를 뀌었다.

"나쁘지 않더군."

왕신은 말했다.

"부족한 건 없으시죠? 찬이 입에 안 맞으시면 신에게 마음껏 말하세요."

정권은 왕신을 힐끗 보더니 말했다.

"본궁은 베개를 바꾸고 싶어."

정권이 말하자, 왕신이 입을 열기도 전에 오방덕이 재빨리 나섰다.

"용서하십시오. 베개는 바꿀 수 없습니다. 왜냐하면……."

정권은 재빨리 그의 말을 끊었다. 그가 일으키는 분노의 발작도 이 앞뒤가 꽉 막힌 인간에게는 전혀 통하지 않았다.

"왜냐하면 본궁이 자침을 베면 안 된다는 폐하의 특별 지시가 있었기 때문이지. 맞나?"

오방덕은 웃으며 대답했다.

"폐하는 그런 지시는 내리시지 않았습니다. 전하께 조금이라도 일이 생기면 신의 구족을 멸하겠다는 말씀만 하셨지요. 그러니 부디 너그럽게 신의 고충을 헤아려주십시오. 불편한 점이 있으시다면 신이 사죄드리겠습니다."

정권은 어떻게 이런 벽창호가 진사과에 뽑혔는지 도무지 이해가 가지 않았다. 아무리 말해봐야 통할 리가 없었으므로 그는 아예 입을 다물어버렸다.

왕신은 오방덕을 힐끔 보더니 "오 시경은 참 일을 철저하게도 하시는군요" 하고 웃으며 말하고는 정권을 보며 말했다.

"전하가 신에게 부탁하신 여분의 침상이 도착했습니다. 인부가 곧 가져올 겁니다."

왕신의 말대로 인부 몇 명이 평상만 한 크기의 침상 몇 대를 들고 마당 문 안으로 들어오자, 놓을 자리를 지시하기 위해 오방덕이 급히 달려갔다.

"전하 이쪽으로 오십시오. 옥체 무사하신지 봐야겠습니다."

왕신은 정권에게 말하며 그를 툇마루로 끌고 갔다. 정권은 오방덕이 다른 곳에 정신이 팔린 틈을 타 다급하게 물었다.

"바깥은 어떻게 돌아가고 있어?"

왕신은 한숨을 내쉬며 대답했다.

"이렇게 되셨는데 알아봐야 이로울 게 없습니다. 그냥 모르시는 게 나아요."

정권은 그래도 포기하지 않았다.

"장군은 요즘 뭐 하고 계셔?"

왕신은 대답했다.

"뭘 하시겠습니까? 그냥 자택에서 요양하실 밖에요. 걱정하지 마세요. 폐하께서 이미 태의원의 원판을 장군께 보내셨습니다."

정권은 묵묵히 고개를 끄덕이다가 다시 물었다.

"최근에 별다른 성지는 없으셨나?"

왕신은 대답했다.

"신이 숨기려는 게 아니라 아신다고 전하가 어쩔 수 있겠습니까? 신은 전하를 잘 돌보라는 폐하의 명 말고는 아무것도 모릅니다."

정권은 앞으로 살짝 걸어가더니 난간에 앉아 잠시 생각에 잠겼다.

"폐하가 소장군을 경성으로 부르셨지?"

한참 만에 정권이 질문하자, 왕신이 하얗게 질린 얼굴로 말을 하려는데, 오방덕이 벌써 돌아와 여전히 웃는 얼굴로 정권에게 말했다.

"다 배치했습니다. 마음에 드시나 한번 보시죠."

정권은 웃으며 대답했다.

"너희가 매운 손발로 어지간히도 치밀하게 깔았을 텐데 내 마음에 안 찰 리가 있겠느냐."

제
28
장

정성으로 보살폈거늘

8월 끝 무렵 3일간은 내내 가을비가 내렸다. 비가 멎은 뒤로 날이 급격히 싸늘해지자, 마당을 가득 채운 잡초들은 금세 시들어 처량한 꼴이 한층 더해졌다. 전날부터는 한 마리인지 몇 마리인지 웬 귀뚜라미가 정권의 침상 밑에서 한밤 내내 시끄럽게 울기 시작해 정권의 신경을 바짝 긁어댔다. 정권이 오방덕에게 이야기하자, 그는 곧 사람을 시켜 침상을 밀치고 아래를 샅샅이 떠들어봤다. 아무리 찾아도 귀뚜라미가 나오지 않자, 그는 정권에게 귀뚜라미가 모두 도망갔으니 편히 주무실 수 있을 거라고 둘러대고 나갔다. 밤이 깊어 해시가 지나자, 귀뚜라미는 어김없이 다시 울기 시작했다. 정권이 침상에서 벌떡 일어나 책으로 벽을 여러 번 미친 듯이 때리자, 귀뚜라미 소리는 드디어 멎었다. 하지만 고요한 것도 잠시, 얼마 뒤 귀뚜라미는 종전보다 한층 더 우렁찬 목소리로 세차게 울기 시작했다.

옆에서 귀뚜라미 소리에 귀 기울이던 아보가 말했다.

"벽 안에 있어서 오 대인이 못 찾았나 봐요."

정권은 눈살을 잔뜩 찌푸린 채 말했다.

"가서 펄펄 끓는 물을 가져오라고 해."

아보는 침상에서 내려와 옷을 걸치고 마당으로 나가 마당 근위병에게 정권의 말을 전했다. 근위병이 왕신에게 보고하자, 잠시 뒤 왕신이 사람들을 끌고 직접 찾아왔다. 침상을 들어 올려 귀뚜라미가 울 때까지 기다렸다가 소리가 나는 벽을 향해 끓는 물을 붓자, 실내는 금세 고요해졌다.

"날씨가 쌀쌀해지더니 한두 마리가 전하의 처소로 뛰어 들어왔나 봅니다."

왕신은 웃으며 말한 뒤 말을 덧붙였다.

"종일 걷지를 못하시니 옷을 잘 껴입으셔야 합니다. 감기에라도 걸리시면 큰일 나요."

정권은 시종들이 침상을 원래 자리로 돌려놓는 것을 바라보며 왕신의 지겨운 잔소리에 성의 없이 고개를 끄덕이다가 무심한 척 은근슬쩍 물었다.

"입을게. 입어야지. 이명안은 장주의 일을 받아들였고?"

"지금쯤이면 성지가 도착했을 테니 아마도……."

왕신은 무심결에 대답하려다가 정권에게 당했음을 깨닫고 황급히 시치미를 뗐다.

"신은 아는 게 없습니다."

정권은 실실 웃으며 말했다.

"역시 이명안이었군. 유능하고 노련한 사람이지. 다만 전에 추부에 있을 때 상관과도 부하와도 불화가 잦았다고 하더군. 왜 이명안을 파견했지?"

왕신은 탄식하며 말했다.

"일찍 주무십시오. 신은 이만 가보겠습니다."

정권도 더는 캐묻지 않고 왕신 일행이 모두 나가자 다시 침상에 누웠다. 귀뚜라미 소리는 이제 들리지 않았다. 정권은 널브러져 있던 책을 주워 잠시 들춰보다가 웃으며 말했다.

"'칠월이면 귀뚜라미는 들에 있고 팔월이면 집으로 들어오며 구월이면 방 안으로 들어오네.' 이거 완전히 네 얘기가 아니더냐?"

아보가 힐끔 보니, 그는 읽던 『모시』로 얼굴을 덮고 있었다. 무슨 생각인지 몰라 상대하지 않고 옷가지를 정리하고 나니, 정권은 어느새 고요했다. 그녀는 살금살금 다가가 조심스럽게 책을 집어 들었다가 흠칫 놀랐다. 잠든 줄 알았던 정권이 뜬 눈으로 자신을 똑바로 바라보고 있었던 것이다. 아보는 잠시 생각하다가 책을 그의 얼굴에 다시 덮으며 말했다.

"전하의 얘기겠죠."

조정의 칙명을 받은 칙사 3명은 8월 27일부터 차례로 장주로 향했다. 가장 처음에 출발한 칙사는 9월 초팔일에 경성으로 돌아와 승주의 이명안이 이미 장주로 가서 장군의 인장을 인계받았다고 보고했다. 소장군 역시 성지를 받고 새로 부임한 사령관에게 업무를 철저히 인계한 뒤, 이어서 도착할 두 명의 칙사와 경성으로 향할 예정이었다. 황제는 칙사가 올린 이명안의 장계를 읽은 뒤 한참 동안 침묵을 지키다가 물었다.

"고봉은은 성지를 받은 뒤 어떻게 행동했소?"

칙사는 대답했다.

"소장군은 순순히 성지를 받들었고, 이후에는 태자 전하와 고 장군의 근황을 물었습니다."

황제는 웃으며 말했다.

"태자와 고 장군 둘 중에 누구의 안부부터 묻던가?"

칙사는 잠시 멍하니 있다가 곧바로 대답했다.

"폐하의 안부를 먼저 물었습니다."

황제는 또 물었다.

"뭐라고 물었고, 경은 또 어떻게 대답했소?"

칙사는 기억을 잠시 더듬은 뒤에 답했다.

"소장군은 '성상께서는 안녕하십니까?'라고 물었고, 신은 '안
녕하십니다'라고 대답했습니다. 그러자 소장군은 또 '동궁은 잘
계십니까?'라고 묻기에 신 또한 '전하 역시 잘 계십니다. 성지를
받들어 잠시 종정시에서 거하시면서 이 씨의 역모 사건 조사에
협조하고 계십니다'라고 답했습니다. 소장군이 '어떤 이 씨 말입
니까?'라고 물으시기에 '전임 중서령 이백주입니다'라고 대답하
자 한동안 말이 없다가, '장군은 별일 없으십니까?'라고 물어서
'장군은 지병이 심하게 발작하셨습니다. 신이 경성을 떠나기 전
에 들은 바로는 폐하께서 친히 보내신 태의들에게 잘 치료를 받
고 계시니, 부장군이 경성에 도착하기 전까지는 큰 탈이 없을 겁
니다'라고 대답했습니다. 소장군은 그 뒤로 신에게 저녁 식사를
청한 것 말고는 말이 없었습니다."

황제는 고개를 끄덕이며 말했다.

"말을 참 잘하는군."

황제가 칭찬하자, 칙사는 황급히 감사 인사를 올렸다.

"성은이 망극하옵니다."

황제는 칙사가 물러간 뒤에야 탁자 위에서 승주 자사剌史의
장계를 집어 상세히 읽었다. 장계에 의하면 이명안은 이미 장주
에 도착했으며, 그가 장주에 도착하자 장주 군중에 장군 교체설
이 돌아 잠시 소란이 일었다. 소란은 부장이 일시적인 조치라고
안심시킨 뒤에야 겨우 가라앉았으며, 그 뒤로 지금까지는 별다른

일이 일어나지 않았다. 황제는 자사의 장계와 이명안이 올린 보고에 큰 차이가 없음을 확인하고 나서야 겨우 한시름을 놓았다. 그때 측전의 열린 창틈 사이로 한 줄기 서늘한 바람이 들어왔다. 찬바람을 맞은 황제가 반사적으로 기침을 하자, 진근은 즉시 아랫사람들에게 창문을 닫으라고 지시한 뒤 황제에게 말했다.

"아직 화로 꺼낼 때도 아닌데 날씨가 제법 쌀쌀합니다. 오래 앉아 계셨는데 옷이라도 덧입으시는 게 어떻겠습니까?"

황제는 자리에서 일어나며 대답했다.

"그만 일어날 것이다. 밖에 나가야겠으니 창의나 한 벌 가져오너라."

진근은 민첩하게 직접 창의를 꺼내 황제에게 입혔다. 진근이 따라나서려는데 황제의 분부가 들렸다.

"넌 따라오지 말고 종정시로 가서 왕신을 불러라. 동각의 그곳에서 짐이 기다리고 있겠다고 전해."

황제는 누각에 올라 저 멀리 하늘을 바라봤다. 얇은 구름층 아래로 저무는 해의 황금빛 빛살이 흘러나오자, 하늘을 점점이 흐르는 얇은 솜털 구름은 그 빛에 반사되어 마치 용의 비늘 같았다. 궁성 너머로 아득히 보이는 남산은 벌써 봄여름의 푸른색을 잃었다. 어느새 산 위의 초목마저 모두 시들어버린 듯했다. 물처럼 바삐 흐르는 세월이 실감나는 순간이었다. 그는 누각 아래 가득 핀 오색 국화를 보고서야 내일이 중양가절重陽佳節이라는 사실을 떠올렸다. 올가을에는 여러 일이 많아 중양절 연회를 열지 않겠다고 선포한 터였다. 그리해 올해 궁궐에서는 소담하게 활짝 핀 국화 송이를 화분에 받쳐 올리는 것 말고는 예년과 같은 성대한 명절 준비는 하지 않았다. 문득 선제 경현년竟顯年의 어느 중양절이 떠올랐다. 고사림과 함께 남산 정상에 올랐던 그날은 하늘이 워낙 맑아 저 멀리 붉은 궁벽까지 또렷하게 보였다. 미적거리다가 뒤늦게 산을 내려오면서 궁중 연회에 늦을까 봐 조마조마했던 당시의 그들은 꽃다운 미소년이었다. 지금 그때를 다시 떠올리니 정말 그런 시절이 있기는 했는지 기억이 아득하기만 했다. 무정한 세월에 가늘게 탄식하고 있자니 누각 아래로 바쁘게 총총 걸어오는 왕신의 모습이 보였다.

왕신이 누각 위로 올라와 예를 갖추자, 황제가 물었다.

"삼사의 조사는 어찌 돼가고 있던가?"

왕신은 잠시 망설이다가 조심스럽게 대답했다.

"장 상서와 두 상서, 나머지 관련자들을 각각 따로 조사했사온데 아직 별다른 진전은 없는 것으로 아옵니다."

황제는 고개를 끄덕였다.

"알겠다. 태자는?"

왕신은 대답했다.

"전하는 잘 계시니 안심하십시오."

황제는 또 물었다.

"태자가 자네에게 이것저것 묻지는 않던가?"

왕신은 대답했다.

"전하는 별다른 말이 없으셨습니다."

황제는 웃으며 말했다.

"입과 귀를 모두 막지 않으면 어찌 할아버지 노릇을 하겠나. 짐은 그냥 자네의 말을 믿겠네. 태자가 요 며칠 식사는 제대로 하던가?"

왕신은 대답했다.

"끼니를 거르지 않고 드십니다."

황제는 고개를 끄덕였다.

"그럼 됐네. 내일은 태자가 평소 좋아하는 음식을 준비해 보내라고 어선방에 이르게."

왕신은 잠시 우두커니 섰다가 무릎을 꿇으며 말했다.

"전하를 대신해 감사 인사를 올립니다."

황제는 말없이 한동안 저 멀리 동편을 바라보더니 이윽고 말했다.

"가봐."

중양절 아침에는 이른 시각임에도 거리로 수많은 사람이 쏟아져 나왔다. 남녀노소 가릴 것 없이 알록달록한 옷을 차려입고 머리에는 산수유 가지를 꽂고 있었다. 그들은 정갈하게 준비한 음식을 들고 사원을 찾았으며, 무르익은 가을 경치를 만끽했다. 떠들썩한 거리와는 대조적으로 궐 안 분위기는 썰렁했다. 관원들 역시 특별한 휴가 없이 자리를 지키며 황제가 하사한 중양절 떡과 산수유나무로 명절을 대신했다.

정권은 내내 자다가 정오가 가까워서야 일어나 어제 그물로 잡은 어린 참새에게 풀 줄기로 장난을 쳤다.

"죽었니?"

참새가 짹짹거리며 일어나자, 아보가 잔뜩 못마땅한 표정으로 풀 줄기를 빼앗으려고 손을 뻗었다. 정권은 잽싸게 손을 벌려 피하며 물었다.

"참새에게 뭣 좀 먹였어?"

아보는 대답했다.

"전하는 조반도 안 드셨으면서 참새 먹이 걱정을 하세요? 일어나셨으니 식사를 준비해달라고 해야겠어요."

문을 열고 밖으로 나서려는데, 마침 의관을 차려입은 왕신과 오방덕이 마당 안으로 들어오고 있었다. 두 사람을 따르는 시위들 손에는 각각 찬합이 들려 있었는데 마당 안으로 들어서면서부터 향기로운 음식 냄새가 풀풀 풍겼다. 왕신은 이윽고 마당에 상을 차리라고 지시했다. 정권은 사람들이 바쁘게 잔과 그릇을 까는 모습을 보고 영문을 몰라 눈살을 찌푸리며 물었다.

"지금 뭐 하는 거야?"

왕신은 상차림이 끝날 때까지 기다렸다가 오방덕 및 일행과 함께 엎드려 절하며 말했다.

"신등이 전하의 스무 번째 탄신일을 경하드리옵니다. 만수무강하옵소서."

정권은 그제야 오늘이 중양절임을 깨닫고 잠시 주저하다가 천천히 상 앞으로 갔다. 어선방에서 만든 게 요리, 연꽃어묵, 연근편 등의 음식이 그득했다. 중양절 떡에는 석류와 은행이 박혀 있을 뿐, 그가 평소에 먹지 않는 대추와 밤은 없었다. 정권은 그것을 보자 자기도 모르게 미소를 머금었다. 왕신은 정권의 표정이 밝아지는 것을 보고 서글서글 웃으며 설명했다.

"전하가 좋아하시는 음식을 준비해 보내라고 폐하께서 친히 분부하셨습니다. 오늘 꼭두새벽부터 어선방 부뚜막 십여 대에 불을 피워서 만들자마자 가져왔습니다. 아직 뜨끈뜨끈하니 어서 드십시오."

정권의 얼굴은 왕신이 말을 끝마치기도 전에 무겁게 가라앉았다. 그는 상을 손가락으로 가리키며 물었다.

"자네가 준비한 게 아닌가?"

왕신은 정권의 눈을 보고 기색을 살피고는 다시 웃으며 말을 이었다.

"폐하의 명이 아니면 신이 어찌 감히 이런 것들을 준비하겠습니까? 전하는 궁에서 난 연근을 가장 좋아하시죠. 이건 오늘 새벽에 어원에서 채취한 겁니다. 늘 드시던 그 맛인지 어서 맛보세요. 그리고 이 장미로薔薇露는 폐하께서 전하의 주량이 약하시다며 특별히 지시하신⋯⋯."

정권이 가라앉은 목소리로 그의 입을 막았다.

"왕 상시, 그만해."

왕신과 오방덕이 영문을 몰라 서로 힐끔거리고 있을 때, 정권이 자리에서 일어나 북쪽을 향해 엎드리더니 큰절을 세 번 거듭 올렸다.

"폐하, 멀리서도 신을 생각해주시니 성은이 망극하옵니다."

그는 자리에서 일어나 왕신에게 다시 말했다.

"폐하께서 연회상을 내려주셨는데 직접 뵙고 인사를 드릴 수 없으니, 상시가 내 대신 감격스러운 마음을 전해드리게."

왕신은 황급히 웃으며 대답했다.

"신이 반드시 폐하께 전해 올리겠습니다. 전하, 어서 드십시오. 낭자도 이쪽으로 오십시오. 신이 전하께 축하주 한잔 올리겠습니다."

정권은 살짝 웃으며 말했다.

"왕 옹, 내가 요즘 속이 좋지 않아 음식도 잘 넘어가지 않는데 술이라고 넘어가겠는가? 머리가 어지러운 걸 보니 간밤에 감기가 들었나 보군. 난 그만 들어가 보겠네."

정권이 말을 마치고 안으로 들어가 버리자, 왕신이 뒤따르며 다급히 물었다.

"전하, 또 왜 그러십니까?"

정권은 등을 돌리고 고개를 숙인 채 참새에게만 관심을 보일 뿐, 그의 말에는 대꾸도 하지 않았다. 왕신은 답답해하며 말했다.

"오늘 모후께서 스무 살이 돼 장성한 전하를 보셨다면 크게 기뻐하셨을 겁니다. 그런데 전하는 다 크셔서 이렇게 어린애처럼 토라지십니까?"

왕신이 선황후를 언급하자, 정권은 싸늘한 목소리로 되물었다.

"왕 상시, 지금 어느 안전이라고 하는 말인가?"

왕신은 당황해 잠시 멍하니 있다가 황급히 무릎을 꿇었다.

"죽여주시옵소서. 신이 선을 넘었습니다. 하지만 폐하께서 전하를 생각해 내려주신 음식인데 감사한 마음으로 드셔야지요. 폐하께서 친히 신을 불러 음식을 준비시키셨습니다. 폐하께서 전하의 생일을 마음에 새기고 계셨어요."

정권은 웃으며 말했다.

"그래? 난 스무 살이 되는 동안 폐하의 생일 축하는 오늘 처음 받아보는데?"

왕신은 탄식했다.

"전하, 삐딱하게 굴지 마십시오. 전하의 생신은 중양절과 겹치니 매년 연회 때 축하를 받으신 것이나 다름없지 않습니까."

그는 자신이 말하면서도 설득력이 없다고 생각하다가 문득 한 가지 사실이 떠올라 조심스럽게 속닥였다.

"전하, 염려하지 마십시오. 신이 오기 전에 일일이 먼저 맛을 봐서 확인을⋯⋯."

정권이 즉시 왕신의 말을 끊었다.

"왕 상시, 내 어찌 아들로서 그런 패역한 의심을 품겠는가? 하지만 상시가 먼저 말을 꺼냈으니 나도 솔직히 말하겠네. 차라리 폐하께서 내리신 게 독주였으면 본궁은 북향에 절을 올린 즉시 남김없이 마셨을 거야. 하지만 오늘 내리신 건 평범한 연회 음식이니 본궁은 정말 몸이 안 좋아서 목구멍으로 넘어갈 것 같지가 않아. 폐하께서도 딱히 탓하지는 않으실 거야."

왕신은 답답하기도 하고 화가 나기도 해서 벌컥 성을 내었다.

"그런 말을 신이 어떻게 폐하께 전합니까?"

정권은 왕신을 향해 몸을 돌리며 싱글벙글 웃었다.

"할아버지도 진근한테 좀 배워. 진근은 뭐든지 곧이곧대로 잘만 전하던데."

왕신은 더 이상 어찌할 방법이 없어 씩씩거리며 밖으로 나섰다. 그는 여전히 문밖에 서 있는 아보를 보더니, 잠시 생각하다가 한숨을 내쉬고는 그녀에게 몇 마디 잔소리를 하고는 밖으로 나갔다.

아보가 중양절 떡 한 접시를 들고 안으로 들어오자, 정권은 고개도 들지 않고 물었다.

"왕신이 네게 사주하더냐?"

아보는 눈살을 찌푸리며 대답했다.

"괜히 화를 자초하지 말라고 하셨어요. 그러다 진짜 돌아가신다고요."

정권은 풀 줄기를 내려놓고 말했다.

"그럼 날 어떻게 설득할 생각이야? 내가 맞혀볼까? '폐하께서 아시면 또 불같이 화를 내실 겁니다. 이렇게 위태로운 때 왜 사리분별을 안 하시고 굳이 화를 자초하십니까?' 이거지?"

아보는 대답했다.

"그렇게 말하면 들으시게요?"

정권은 말했다.

"안 듣지."

아보는 말했다.

"그럼 소인도 다른 말로 권하지는 않겠어요. 전하도 나름 이유가 있으니까 이러시겠죠. 전하께서 마음먹으신 일을 소인이 몇 마디 한다고 바꿀 수 있겠어요?"

정권은 말없이 잠자코 있다가 희미하게 미소를 머금으며 말했다.

"평생 내 생일을 기억한 적도 없으면서 이제 와서 챙기는 건 뭐야?"

아보는 말없이 다가가 중양절 떡 한 귀퉁이를 떼어 참새에게 주었다. 두 사람은 참새가 떡을 말끔히 먹을 때까지 말없이 구경했다.

다시 밖으로 나갔을 땐 모두가 잔뜩 긴장한 채 아보를 기다리고 있었다. 왕신은 그녀가 나오자마자 다가와 조용히 물었다.

"드셨습니까?"

아보는 고개를 끄덕이며 대답했다.

"네."

왕신은 그녀가 손에 든 떡의 한 귀퉁이가 사라진 것을 보고 안도의 한숨을 내쉬고는 사람들에게 지시했다.

"전하께서 드셨다. 이제 정리해라."

점심 휴식 시간이 되어 첨사부 관원들은 관청 안에 모여 앉아 황제가 하사한 중양절 떡을 먹었다. 그들은 할 일이 없어 무료하자 동쪽과 서쪽에 각자 흩어져서 고개를 흔들흔들거리며 우아하게 시문을 읊거나 추임새를 넣어 장단을 맞추며 노닐었다. 그들이 한적하게 점심시간을 보내고 있을 때, 부광시가 첨사부로 들이닥쳤다. 그는 청 안에 사람 그림자 하나 보이지 않자 인상을 잔뜩 쓰며 역정을 내었다.

"다들 어디 갔어? 어디서 빈둥거리고들 있는 거야?"

그의 본직은 태상시경이었는데, 최근에는 본부와 예부에서 종일 죽치고 있느라 통 첨사부에 모습을 드러내는 일이 없었다. 그런 그가 가끔 나타나 역정을 부릴 때면 관원들은 걱정스럽기도 하고 무슨 일인가 궁금하기도 해 스멀스멀 정청으로 나와 일장 연설을 들을 준비를 하고는 했다. 부광시는 아직도 화가 가시지 않았는지 계속 목소리를 높였다.

"요즘 한가하다고 다들 기강이 해이해졌어. 그간 농땡이를 부린 사람은 본관이 모조리 적어서 내일 당장이라도 보고를 올릴 것이네. 본관은 눈감아 주더라도 과연 형부에서도 그냥 넘어갈까?"

그가 말도 안 되는 시점에 성깔을 부리자, 누군가가 마지못해 그에게 일깨워 주었다.

"부 소첨, 지금은 아직 오시 2각인데……."

부광시는 그의 말을 뚝 잘라먹으며 펄펄 뛰었다.

"오시 2각이 어쨌다는 건가? 조정이 주는 봉록에 오시 2각은 빠져 있는가? 여기서 오시 2각의 봉록은 빼놓고 받는 자가 있어?"

그가 용건은 이야기하지 않고 성깔만 부리니, 관원들은 그가 공연히 화를 낸다고 여기며 불만스럽게 입을 꾹 다물었다.

부광시는 그들을 죽 둘러본 뒤에야 마침내 용건을 말했다.

"본관이 시킬 일이 있는데 누가 하겠나?"

한 사람이 조용히 물었다.

"무슨 일인지 알아야 지원할 거 아닙니까?"

부광시가 소리 나는 쪽을 보니 아까 오시 이야기를 한 그 관원이었다. 부광시는 눈살을 찌푸린 채 대답했다.

"첨사부의 공무다. 중양절은 마침 태자 전하의 탄신일이기도 하지. 그래서 어제 하 상이 폐하께 상소를 올렸네. 매 탄신일마다 연조궁에서 신하들이 전하께 축하 인사를 올리는 게 관례인데, 올해는 상황이 여의치 않으니 그쪽으로 가서라도 인사를 올려야 한다는 내용이었지. 폐하도 이미 윤허하셨네."

그는 말하면서도 속으로 은근히 하도연의 교활함을 욕했다. 한쪽에서는 황제의 성지를 받들어 삼사의 조사를 지휘하면서도, 다른 한편으로는 말로만 태자를 생각하는 척하며 다른 사람에게 귀찮은 일만 더하고 있지 않은가. 속으로 화를 삭이고 있는데 아까 그 자의 말소리가 또 들렸다.

"첨사부에 별로 오래 계시지도 않은 분이 첨사부를 기억해주시니 우리가 본으로 삼아야겠습니다. 아무럼 부 소첨도 흠결 하나 없이 완벽하게 임무를 수행해야 마땅하죠. 첨사부의 수장이신 소첨께서 첨사부를 대표해 문안을 드리는 게 어떻겠습니까?"

부광시는 이를 갈며 그 관원을 눈을 부릅뜨고 노려봤다.

"본관은 첨사부 수장으로 본부에 할 일이 쌓였는데 어디를 가란 말인가? 전하께 올릴 하표는 이미 작성이 끝났으니 누구든 원하면 지원하게."

말 많은 관원은 더는 토를 달지 못하고 다만 은근히 비아냥거렸다.

"할 일이 없어 다들 놀고먹는 실정인데 본부에는 무슨 일이 그렇게 많다고……."

모두가 얼굴에 난색을 표했다. 태자는 구금된 처지라 필시 속으로 원한을 가득 품고 있을 터인데, 이런 때 축하 인사를 전하러 가서 무슨 좋은 소리를 듣겠는가? 하물며 올해가 지나가고 나면 내년은 없을지도 모른다. 부광시는 항상 정계의 흐름을 세세히 살피며 행동하는 자였다. 그런 그가 공공연히 몸을 사리는 데는 분명 이유가 있을 텐데, 괜히 나서서 그가 입을지도 모르는 화를 대신 맞고 싶지는 않았다. 게다가 태자가 요즘 휘말린 일에 공모했다는 혐의를 받을 위험도 있었다. 꺼림칙한 이유가 한두 가지가 아닌데 자발적으로 나서는 이가 있을 리 없었다. 관원들은 저마다 하품을 하거나 붓과 먹을 끌어다 상소문 위에 서명을 하며 딴청만 피웠다. 어색한 공기가 가득 찬 그때, 누군가의 목소리가 들렸다.

"비록 직함은 비루하지만 소첨께서 괜찮다고 하시면 소관이 다녀오겠습니다."

부광시는 소리 나는 쪽을 보고 얼굴을 확인하고는 활짝 웃으며 반겼다.

"허 주부! 자네가 가면 좋지. 다 같은 일을 하는 관원인데 지위 고하가 무슨 상관있겠는가? 하하하하. 전하를 뵈면 신료들이 멀리서나마 탄신일을 경하드린다고 전해주게."

지원자가 나오자, 모두가 안도의 한숨을 내쉬며 거들었다.

"그래그래. 허 주부가 우리 뜻을 전하께 전해주시오. 모두가 뵙고 싶은 마음은 굴뚝같지만, 많은 사람이 움직일 수 없어 직접 뵙고 축하드리지 못하는 게 유감이라고."

허창평은 웃으며 말했다.

"네. 여러분의 깊은 충성심을 그대로 전해 올리겠습니다."

오방덕은 이미 성지를 받아 첨사부의 관원이 오리라는 건 알고 있었다. 그런데 웬 푸른 관복의 새파랗게 젊은 관원이 나타나자, 그는 한층 더 격의 없이 친절을 벗어던지고 허창평의 신발까지 벗겨 밑을 탈탈 털었다. 허창평은 한바탕 거친 몸수색이 끝나고 나서야 하표를 되돌려받은 뒤, 안내하는 내시를 따라 정권이 거하는 안뜰로 들어섰다. 고개를 들어 칠흑같이 새까만 문을 보니 가슴에 서늘한 한기가 돌았다. 삼엄하게 경계를 선 금오들 사이를 지나자, 내시가 정권에게 고했다.

"전하, 첨사부 허 주부가 접견을 청합니다."

누워 있던 정권은 허창평이 왔다는 소리를 듣고 반가운 마음에 벌떡 일어났다가, 자신이 과하게 티를 냈음을 깨닫고 목청을 가다듬으며 물었다.

"무슨 주부라고? 부광시는 어디로 가고?"

허창평은 창을 사이에 두고 대답했다.

"전하, 소첨은 본부의 업무가 과중해 신이 관내 공천을 받아 전하의 탄신일을 경하드리러 왔습니다."

"들어오시오."

정권은 고개를 끄덕이며 대답하고는 의관을 가다듬고 외실로 나갔다.

허창평이 태자를 만난 건 중추절 이후 처음이었다. 오랜만에 본 태자는 조금은 야위고 초췌하기는 했지만 정신은 매우 맑아 보였다. 그는 잠시 말없이 태자를 보다가 바닥에 꿇어앉으며 예를 갖췄다.

"신 허창평, 첨사부의 신료들을 대표해 전하께 경하 인사를 올립니다."

정권은 무심하게 "응" 하고 대답하고는 하표를 천천히 펼치며 내시에게 분부했다.

"가서 문을 열어라. 글씨가 잘 안 보이는구나."

내시가 명을 받들며 나가자, 정권은 다시 허창평에게 말했다.

"허 주부는 일어나시오."

그러나 허창평은 조용히 속삭였다.

"이렇게 앉아 있는 것이 전하와 얘기 나누기가 더 편합니다."

정권은 고개를 끄덕이며 내시가 돌아온 것을 보고는 다시 분부했다.

"차를 준비해 오너라."

내시는 대답했다.

"전하, 이곳엔 뜨거운 물이 없습니다."

정권은 미간을 찌푸리며 다그쳤다.

"그럼 오방덕에게 가서 물어봐."

내시는 곤란해했다.

"하지만 여기는……."

정권은 짜증스럽게 말했다.

"문은 활짝 열렸고 지키는 사람도 많은데 뭐가 걱정인가? 더군다나 허 주부는 폐하의 성지를 받들러 온 사람이 아닌가? 주부가 위험한 인물이면 그 앞뒤 꽉꽉 막힌 오방덕이 왜 같이 안 왔겠어?"

정권이 성을 내자, 내시는 어쩔 수 없이 "신이 다녀오겠습니다" 하고 고하고는 물러났다.

허창평은 내시가 멀리 나가는 모습을 확인한 뒤 고개를 숙인 채 조용히 말했다.

"이렇게 고생하시니 다 신의 불찰입니다."

정권은 말했다.

"그렇게 고생스럽지도 않소. 바깥은 상황이 어떠하오?"

허창평이 대답했다.

"어제 장주로 갔던 칙사가 돌아왔다고 합니다."

정권은 말했다.

"내가 짐작한 대로야. 장주의 수장 교체가 순조로웠던 모양이군. 그러니 폐하가 뜬금없이 음식도 보내고 외부인을 만나는 것도 허락하셨겠지."

잠시 정적이 흐른 뒤 정권이 다시 목소리를 잔뜩 낮추며 물었다.

"그래서 일의 진행은……?"

허창평 역시 목소리를 낮추며 대답했다.

"큼직한 일은 아직 경거망동할 수 없습니다. 오늘 신은 전하께 여쭐 것이 있어 온 것입니다."

정권은 고개를 끄덕였다.

"말해보시오."

허창평은 물었다.

"중추절 연회에서는 대체 왜 민간에 동요를 퍼트린 게 전하의 소행이라고 하셨습니까?"

정권은 살짝 놀라 우두커니 있다가 정신을 차리고 되물었다.

"지금 무슨 의도로 묻는 것이오?"

허창평은 마당 밖을 힐끔 확인하고 나서야 단호한 표정으로 말했다.

"신이 선을 넘더라도 양해해주십시오."

정권은 대답을 재촉하며 말했다.

"할 말이 있으면 거리낌 없이 하시오. 이런 상황에서 무슨 예법을 따지겠소."

허창평은 대답했다.

"네. 신이 묻고 싶은 건 이것입니다. 신의 집으로 왕림하셨을 때만 해도 전하는 분명 그 일이 누구의 소행인지 모른다고 하셨습니다. 그런데 불과 이틀 뒤인 중추절에는 왜 폐하께서 배후에 계시다고 굳게 믿게 되셨던 겁니까?"

정권은 허창평의 질문에 말문이 막혔다. 그 순간 머릿속이 새하얗게 텅 비었다. 근래 며칠간 너무나도 많은 일들이 연속적으로 일어나는 바람에 정권은 이미 많이 지쳐 있었다. 더군다나 중추절의 일은 그날 이후로 기억 저편으로 멀리 치워버렸기 때문에 아직 한 달이 지나지 않았는데도 먼 옛일처럼 아득했다. 그런데 지금 허창평이 그때의 기억을 다시 헤집자, 복잡하게 뒤엉킨 채 의식 저편으로 밀려났던 생각의 실타래가 다시 의식 위로 떠올랐다. 당시 정권을 덮쳤던 형용하기 힘든 괴이한 감정 역시 다시 고개를 쳐들었다. 연회 전에 황제의 꾸중을 들었기 때문이었을까? 숙조부의 정신 나간 오지랖 때문이었을까? 아니면 눈앞에 펼쳐진 노상서의 족자 때문이었을까? 무서울 게 없다는 듯 대담하게 굴었던 제왕의 행태 때문이었을까? 그날 목격한 모든 정황이 사건의 배후로 부친을 지목하고 있었다. 하지만 자신은 정작 대체 무엇 때문에 그렇게 생각하기로 일찍부터 마음을 정해버렸던 걸까?

미처 고려하지 않았던 일들이 한꺼번에 머릿속에서 솟구치자 도저히 직면할 용기가 나지 않았다. 정권은 하얗게 질린 얼굴로 다시 되물었다.

"무슨 의도로 묻는 거냐니까?"

허창평은 고개를 숙인 채 대답했다.

"그 전에 장군과 무슨 얘기를 나누셨습니까?"

정권의 손바닥에서 식은땀이 살짝 배어 나왔다. 그는 과거의 기억을 더듬으며 천천히 대답했다.

"고 장군은 이제야 시작인 듯한 예감이 든다며 불안하다고 하셨소. 그리고 폐하의 성품은 내가 더 잘 알 거라고 하셨지."

그의 목소리는 혼잣말을 하는 듯 희미했다. 허창평은 다시 추궁했다.

"전하가 신의 집을 나서신 때가 13일 정오입니다. 13일 오후나 14일에 가신 곳이 있습니까?"

이미 정신이 먼 곳으로 떠난 정권은 한참 만에야 겨우 대답했다.

"장군의 자택으로 가서 민간에 그 노래가 떠돈다고 말씀드렸지."

허창평은 물었다.

"장군이 뭐라고 하시던가요?"

정권은 고개를 천천히 저으며 대답했다.

"별말이 없으셨소. 다만 걷다가 다리에 힘이 풀려 휘청하셨지. 난…… 본궁이 장군을 부축하며 말했소. 내가 모든 걸 책임질 테니 안심하시라고. 그래도 장군은 아무 말도 안 하셨지. 허창평, 대체 하고 싶은 말이 무엇이오?"

허창평은 고개를 조아리며 말했다.

"신의 무례를 용서하십시오. 신은 전하께서 왕림하신 그날 이후로 하룻밤도 제대로 눈을 붙이지 못하고 밤낮으로 깊이 생각했습니다. 그런데 뭔가 꺼림칙한 느낌을 지울 수가 없더군요. 장 상서가 조정에서 제출한 밀서에는 뭐라고 적혀 있었습니까?"

그는 정권이 주저하며 대답을 하지 않자 다급하게 재촉했다.

"전하, 제발 신에게 분명하게 알려주십시오. 신은 전하를 대신해 실마리를 풀려는 것뿐입니다. 전하가 조금이라도 잘못되시는 날에는 신은 죽음으로 사죄할 수밖에 없습니다."

정권은 한숨을 내쉬고는 기억을 상세히 더듬어가며 말했다.

"'이 명목이면 시일이 흘러 돛단배는 멀리 떠나고 백 척의 배는 일제히 가라앉을 것이오. 경은 각부의 사람들에게 은밀히 알리시오. 이번 일은 철저해 실수가 없어야 하오. 부탁하오. 쪽지는 읽은 뒤 불사르시오.'"

허창평이 확 밝아진 얼굴로 황급히 물었다.

"정말 그것뿐입니까? 다른 말은 없었습니까?"

정권은 고개를 끄덕였다.

"그대로요. 한 글자도 더하거나 빼지 않았소."

허창평은 흥분한 듯 연신 중얼거렸다.

"그럼 됐습니다. 그거면 됐어요."

정권은 미간을 찌푸리며 말했다.

"그건 확실히 내가 쓴 것이었고, 조당에서도 스스로 시인했소."

허창평은 말했다.

"평소 장 상서와 서신을 주고받으실 때 이백주의 이름을 직접 언급하신 적이 있습니까?"

정권은 고개를 끄덕였다.

"언급했었지."

허창평은 말했다.

"그렇다면 이번 일은 틀림없는 제왕의 소행입니다. 폐하는 아무것도 모르고 계셨습니다. 만약 폐하가 직접 지시하신 일이라면 장 상서가 그 밀서를 꺼낼 필요도 없었습니다. 그리고 이왕 꺼낼 것이면 왜 핵심적인 내용은 피하고……."

정권은 불현듯 어떤 생각이 떠올라 즉시 그의 말을 끊었다.

"그렇다는 것은 장육정이……? 대체 그 자가 무엇 때문에?"

그때 차를 끓이러 갔던 내시가 차를 받쳐 들고 돌아왔다. 허창평이 확인하니 벌써 마당 안으로 들어선 터라 상세하게 설명할 시간이 없었다. 그는 어쩔 수 없이 다급한 목소리로 당부만을 남겼다.

"신의 생각이 틀리지 않다면 크게 염려하지 않으셔도 되겠습니다. 길게는 한 달 정도 조용히 쉬고 계시면 서원으로 무사히 돌아가실 것입니다."

정권은 물었다.

"그걸 어떻게 아시오?"

"신의 추측입니다."

허창평은 급히 대답하고는 일부러 목청을 한껏 높였다.

"첨사부 안의 모든 사무는 정상적으로 돌아가고 있습니다. 전하께서 복귀하시는 날에는 첨사부의 모든 관원이 전하께 직접 경하 인사를 올리겠습니다."

정권은 살짝 실망하며 담담한 미소로 대답했다.

"경들의 노고는 내가 모르지 않소. 허 주부는 일어나시오. 여기서는 딱히 대접할 것도 없으니 이 차나 마시고 돌아가시구려."

허창평은 감사를 표하며 자리에서 일어나 내시가 대접하는 차를 묵묵히 마시고는 다시 일어나 작별 인사를 했다. 더 이상 밀담을 나눌 기회는 없었으므로 정권은 인사 말고는 다른 말을 할 수 없었다.

"주부가 애를 많이 썼소."

그러자 허창평은 다시 관포 자락을 걷으며 꿇어앉아 머리를 조아렸다.

"신은 물러갑니다. 부디 옥체를 보존하십시오."

"고맙소."

정권은 고개를 끄덕이며 대답하고는 소맷자락을 휘날리며 내실로 들어갔다. 허창평은 그제야 한숨을 돌리고는 내시를 따라 밖으로 나왔다. 그는 걷는 내내 정권이 했던 말을 깊이 생각했다. 그의 다리는 종정시의 문을 나서자마자 곧 스르륵 풀어졌다.

제
29
장

갈림길의 눈물

내실로 들어온 정권은 침상 위에 무릎을 끌어안고 앉아 침묵을 지켰다. 그를 며칠 내내 성가시게 했던 귀뚜라미 울음소리가 다시 귓가를 윙윙 울리는 듯했다. 소리는 멀어졌다가 가까워지기를 반복하며 멈추지 않고 계속됐다. 신경이 곤두설 대로 곤두서자, 정권은 마침내 주먹으로 벽을 세차게 때렸다. 아보는 그가 신발도 벗지 않고 침상에 오를 때부터 분위기가 심상치 않음을 감지하고 있었다. 그녀는 정권이 벽을 내리치자 부랴부랴 곁으로 다가가 그의 오른손을 움켜쥐었다.

"전하?"

그는 아보의 손을 휙 뿌리친 뒤에 그녀를 힐끔 보고는 입을 다물었다. 그가 그녀를 부른 것은 한참 뒤였다.

"너도 들었느냐?"

아보는 망설이다가 대답했다.

"무엇을요?"

정권은 조용히 물었다.

"그가 하는 말을 들었어?"

아보는 고개를 저으며 대답했다.

"듣지 못했어요."

아보는 잠시 깊이 생각하다가 덧붙였다.

"허 주부가 온 건 알았어요."

정권은 다시 입을 다물고 고개를 푹 숙였다. 아보는 묵묵히 그의 곁을 지킬 수밖에 없었다. 사방은 온통 고요했다. 바람도 불지 않고 새도 울지 않는 적막한 밤이었다. 마당의 금오들조차 기척이 없으니 호흡 소리와 심장박동만이 귓가에서 아른거렸다. 갑자기 심장이 튀어나오기라도 할 듯 거칠게 뛰자, 아보는 혼미함을 느끼며 황급히 고개를 돌렸다. 정권이 변함없이 옆에 조용히 앉아 있는 것을 눈으로 확인하자, 아보는 그제야 몰래 안도의 한숨을 내쉬었다.

적막한 시간이 흐르고 흘러 문 두들기는 소리가 들리자, 아보는 멍하니 고개를 들어 문밖을 바라봤다.

"전하, 저녁밥 드세요."

아보가 조용히 불렀지만 정권은 반응이 없었다. 아보는 그의 앞으로 자리를 옮겨 사정했다.

"오늘 아침 점심도 다 거르셨잖⋯⋯."

"꺼져!"

정권은 아보가 말을 끝맺기도 전에 분노하며 외쳤다. 밥을 전하러 온 내시가 화들짝 놀라며 허둥지둥 바닥에 엎드려 죄를 청하자, 아보가 그의 곁으로 다가가 조용히 말했다.

"일단 놓고 가세요."

달이 동창에 이르고 음식이 싸늘하게 식을 때까지 결국 정권은 음식에 손을 대지 않았다. 그릇을 가지러 온 내시는 태자가 끼니를 또 거른 것을 보고 즉시 왕신에게 보고했다. 왕신은 쪼르르 달려와 왜 안 드시는지 물었지만, 정권은 이불을 잔뜩 끌어 벽을 향해 돌아누울 뿐이었다. 그는 또다시 아보에게 한참 동안 잔소리를 늘어놓다가 정권이 진짜 몸이 아픈지, 오후에 무슨 소리를 했는지 묻고는 자다 일어나서라도 먹을 것을 찾거든 언제든지 부르라고 당부했다. 아보가 마지못해 고개를 끄덕이자, 그는 그제야 안심하고 떠났다. 남겨진 아보는 정권을 돌아보며 한숨을 쉬었다. 떨어진 책을 주워 책상에 기댄 채 몇 장 들춰봤지만 글자가 영 눈에 들어오지 않았다. 그렇다고 기어이 까닭을 캐물어 봤자 꼴만 난처해질 뿐이었다.

정권은 좀처럼 잠을 이루지 못하고 끊임없이 침상 위에서 이리저리 몸을 뒤척였다. 아보는 그가 시름하는 모양새를 보고 목구멍 밖으로 치솟는 질문을 연거푸 억누르다가 결국에는 참지 못하고 입 밖으로 내뱉었다.

"전하, 어디가 불편하세요? 옷이라도 느슨하게 풀어드릴까요?"

정권의 움직임은 즉시 멎었다. 그러나 그렇다고 대답하는 것도 아니었다. 아보가 또 괜히 참견했구나 생각하며 자책하고 있을 때, 불쑥 정권의 조용한 목소리가 들렸다.

"아보, 나 조금 추운 것 같아."

아보는 드디어 책을 내려놓고 자리에서 일어났다.

"그럼 이불을 한 장 더 덮어드릴게요."

정권은 아보의 말을 듣고 은근히 실망했지만 더는 말을 하지 않았다. 아보는 곧이어 침구를 가지고 와서는 상냥하게 속삭였다.

"소인이 손을 녹여드릴게요."

정권은 반색하며 즉시 고개를 끄덕였다.

"너도 이쪽에 앉아라."

정권은 아보가 옆에 앉자 손을 그녀의 두 소매 안으로 쑥 집어넣었다. 얼음장 같은 냉기가 소매 안으로 들어오자, 아보는 미간을 살짝 찡그리며 물었다.

"손발이 항상 이렇게 차가우세요?"

정권은 고개를 끄덕였다.

"어릴 때부터 수족냉증이 있었어. 태의는 선천적인 병이라고 하더군. 하고많은 날 처방을 받아 약을 지어 먹다가 귀찮아서 그냥 이대로 살기로 했다."

그는 잠시 생각하다가 또 말했다.

"태자비가 있을 때는 태자비가 약을 챙겨줬었지."

그가 태자비 이야기를 꺼낸 것은 처음이었다. 아보는 예전에 구주가 했던 말을 떠올리며 조용히 말했다.

"태자비마마를 모실 기회가 없었네요."

정권은 담담하게 웃고는 말했다.

"재작년에 그렇게 됐다. 태의들이 축시부터 유시까지 밖에서 가득 진을 치고 있었지. 결국 태자비도 아들도 살지 못했어. 바깥에 있다가 소세자가 우는 소리를 잠깐 들은 것도 같은데 그런 적이 없다더군. 내 환청이었지. 폐하께서 소제라는 이름도 지어놓으셨는데."

정권은 몸을 살짝 기울이며 아보의 팔을 힘주어 잡았다.

"태자비도 이렇게 내 손을 녹여주고는 했다. 그 아이가 살았다면 벌써 나를 아버지라고 불렀을 나이지."

아보는 고개를 숙여 정권을 바라봤다. 곁에서 몸을 잔뜩 웅크린 채 눈을 감은 그의 모습에서 평소의 냉혹한 기운은 전혀 느껴지지 않았다. 오히려 갓 상투를 틀어 올린 소년에 가까웠다. 곁에서 지내지 않았다면 혼인해 아이를 가졌던 사람이라고는 도저히 상상도 할 수 없었을 것이다.

아보는 깊은 생각에서 빠져나와 한참 만에야 정권을 위로했다.

"전하는 아직 젊고 사 낭자와 조 낭자도 젊으시니 곧 소군왕도 생기고 소군주도 생길 거예요."

정권은 웃으며 말했다.

"난 태자비의 아이 말고는 원하지 않아. 만약에 내게 아이가 생긴다면 절대 나 같은 설움은 겪지 않게 할 거야."

그답지 않은 유치한 소리에 뭐라고 대답해야 할지 망설이고 있는데, 그의 뺨을 타고 흘러내리는 눈물 줄기가 아보의 눈에 띄었다.

정권은 눈물을 숨기려 하지 않았다. 아보는 정권에게 손을 맡긴 채 여리게 들썩이는 그의 어깨를 말없이 지켜봤다. 그는 한참을 흐느낀 뒤 이야기를 계속했다.

"폐하는 단 한 번도 내 생일을 챙기신 적이 없어. 생일이 중양절과 겹쳐서 어릴 땐 가족 연회, 자라서는 궁궐 연회뿐이었지. 왕옹은 매번 나를 위로한다고 중양절 연회가 내 생일 연회라고 둘러대고는 하지. 이날이 중양절이 아니라 초아흐렛날이라고 해주는 사람은 외숙과 사촌 형뿐이었어. 어떤 해에는 침궁 밖 욕조에서 형과 술을 마시다가 형에게 업혀나가기도 하고, 어떤 해에는 오락장 앞까지 갔다가 한나절 내내 멀뚱히 서 있기도 했어. 형은 외숙이 무서워서, 나는 폐하가 무서워서 도저히 들어갈 수가 없었거든. 그렇게 밖에 서서 서로 타박만 하다가 결국엔 들어가지 못했지. 더 어릴 땐 외숙이 날 어깨에 태우고 등불을 구경시켜 주면서 낙이나 꿀과자튀김처럼 내가 좋아하는 간식을 먹이셨지. 내가 그래서 지금도 충치가 있다."

아보가 웃자, 정권도 담담하게 미소를 지었다.

"외숙이 명을 받들어 경영에 계시던 해였지. 궁의 연회가 끝났는데 난 퇴궐하기 싫어서 꾸물거렸어. 폐하가 보고 싶었거든. 폐하께 가니 한창 큰형에게 점다點茶를 가르치고 계시더군. 밖에 서서 들어갈까 말까 망설이다가 들어갈 수 없다는 걸 깨닫고는 등을 돌렸지. 그런데 뒤에서 누가 내 아명을 부르며 날 안아 올렸어. 사내대장부가 왜 우냐고 물어보면서 말이야. 내 얼굴 한번 보겠다고 한밤 내내 그렇게 말을 타고 달려오셔서는 또 바로 말 등에 올라 돌아가셨지."

정권은 자조 섞인 미소를 지으며 말했다.

"왜 그렇게 바보 같았을까? 내가 울 필요가 뭐 있다고. 내겐 외숙이 있었는데 말이야. 외숙이 있으니까 큰형을 부러워할 필요도 없었어. 조 비 일가는 내가 폐하가 아닌 외숙을 닮았다고 뒤에서 수군거렸지만 난 생각했어. '외숙을 닮은 게 뭐가 어때서? 사람들이 말 탄 도련님이라고 부를 정도로 잘생겼고, 무술은 물론 학문도 깊은 분인데 그게 왜? 나도 나중에 자라서 외숙 같은 사람이 될 거야'라고. 어느 날 모친이 낮잠을 주무실 때 난 살금살금 왕부의 문 앞으로 빠져나갔어. 한참 외숙을 기다리다가 말발굽 소리가 들리길래 기쁜 마음에 웃으며 한달음에 달려나갔지. 그런데 돌아온 사람은 외숙이 아니라 부친이었어. 난 부친이 언제나 무서웠지. 항상 싸늘한 표정만 봤지, 날 보고 웃으시는 걸 본 적이 없었거든. 그런데 그날은 아버지의 얼굴이 다른 날보다 유난히 몇 배는 더 싸늘했어. 내가 놀라서 뒤돌아 후다닥 도망치니까 뒤에서 이름을 부르시더군. '소정권!' 하고. 어머니는 날 한 번도 그렇게 부른 적이 없으셔서 난 고개를 돌려 대답했지. '난 소정권이 아니에요.' 그러자 아버지가 불같이 화를 내시며 날 붙잡고 말채찍으로 때리기 시작했어. 난 울면서 어머니와 외숙을 불렀는데 그럴수록 더 세게 내리치시더군. 왕 상시는 아무리 말려도 소용이 없자 어쩔 수 없이 어머니를 불러오셨는데, 아버지는 그제야 날 놔주시고는 어머니는 본체만체 그대로 떠나버리셨지."

그는 슬픈 이야기를 하면서 뜻밖에도 미소를 짓고 있었다. 다만 아직 채 그치지 않은 눈물이 살짝 휘어진 그의 눈시울에 그렁그렁 맺혀 있었다.

"그때가 아버지를 가장 가까이서 뵀던 때다. 그래서 지금까지도 잊지 않고 기억하고 있지. 그 사건 이후로 외숙의 발걸음이 줄었어. 하지만 그래도 외숙이 날 아낀다는 사실은 믿어 의심치 않았지. 선제와 모친을 제외한다면 날 세상에서 가장 아끼는 사람은 외숙일 거야."

아보가 급히 소매를 당겨 정권의 눈물을 닦으려 했지만, 그는 아보의 손길을 뿌리친 뒤 시간이 한참 흐르고 나서야 바삐 자신의 얼굴을 닦았다.

"선제, 어머니, 태자비, 스승님……. 다 떠나고 외숙 혼자 남았다. 자존심을 짓밟혀도 누명을 뒤집어써도 상관없지만, 외숙마저 지켜드리지 못한다면 차라리…… 차라리 죽는 게 나아. 둘째 백부처럼 여기서 죽을지언정 외숙이 그렇게 되시는 걸 보는건……. 아보 내 마음을 이해하겠느냐?"

아보는 고개를 가로젓다가 이내 고개를 끄덕이며 위로했다.

"이해해요."

그의 손을 어루만지니 어느새 살짝 온기가 돌았다. 아보는 그제야 정권의 얼굴에 남은 눈물 자국을 하나하나 정성스럽게 닦았다. 정권은 그녀의 손을 끌어당기더니 고개를 들고 물었다.

"넌 정말 제왕이 보낸 사람이야? 성이 정말로 고씨야? 이름이 진짜 아보야?"

아보가 하얗게 질린 얼굴로 대답하려는데, 정권이 중얼거리며 듣기를 거부했다.

"아니야. 말하지 마. 안 듣겠다. 듣고 나면 난 정말로 외톨이가 될지도 몰라."

안 그래도 종일 지쳤는데 눈이 시큰시큰할 만큼 울었던 터라, 그는 물 두 모금을 마시고는 곧바로 깊은 잠에 빠져들었다. 아보는 혹시나 그가 잠에서 깰까 봐 움직일 수가 없었다. 깨지 않으리라 안심할 정도의 시간이 흐른 뒤 몸을 일으키려는데, 정권의 손이 그녀의 소매 끝을 단단히 부여잡고 있었다. 다시 그의 손을 어루만지니 그사이에 손은 차갑게 식어 있었다. 순간 가슴에서 뜨거운 것이 울컥 치솟아 올랐다. 눈물 한 방울이 그의 손등 위로 떨어지자, 그녀는 끝내 참기를 포기하고 하염없이 떨어지는 눈물을 그대로 내버려 둔 채 그의 손을 꽉 부여잡았다. 세상을 살면서 마음 가는 대로 기탄없이 한바탕 눈물을 쏟는 것도 사실은 사치다. 하지만 그녀도 오늘 밤만큼은 이대로 감정에 오롯이 머물러 있기로 했다.

아보는 고개를 들어 정권의 미간에 가볍게 입을 맞추고 편안하게 그의 옆에 누웠다.

항상 내일만을 생각했지만 그것은 어리석은 생각이었다. 지금에서야 그녀는 가슴으로 느낀다. 천당의 삶이 오늘 밤만 같다면 당장 내일 불어닥칠 거센 파도도, 불의 소용돌이도 두려워할 이유가 뭐가 있겠는가?

제30장

세상 끝의 눈부신 꿈

아보는 창틈으로 새어 들어오는 몽롱한 빛을 느끼며 눈을 떴다. 어느샌가 몸에는 이불이 한 장 덮여 있었다. 정권이 보이지 않자, 그녀는 급히 일어나 내실과 외실을 모두 살폈다. 정권의 그림자는 어디에도 없었다. 그녀는 잠시 주저하다가 머리와 옷매무새를 바삐 정리한 뒤 문을 밀고 밖으로 향했다. 정권은 그곳에 있었다. 정권은 어느새 옷을 갖춰 입고 마당에 뒷짐을 지고 서 있다가 문 열리는 소리에 고개를 돌렸다. 얼굴에는 어젯밤의 피로가 아직 남아 있었고 두 눈가도 여전히 불그스름했지만, 그녀를 향한 시선은 그를 처음 만났을 때처럼 잔잔했다. 그것은 그녀가 항상 마주했던 황태자 전하의 눈빛이었다. 얼어붙은 가을 물처럼 아무런 빛도, 일렁임도 없는 그의 눈에서는 전과 마찬가지로 감정이라고는 전혀 느껴지지 않았다. 문을 잡은 아보의 손이 서서히 미끄러져 치마로 툭 떨어졌다. 그녀는 그대로 주먹을 쥐며 정권에게 정중하게 예를 갖췄다.

"전하."

정권이 대답 없이 시선을 거두자, 그녀는 잠시 몸을 어디에 두어야 할지 몰라 헤맸다. 그녀는 조용히 내실로 돌아와 침상가에 앉아 이불을 매만졌다. 싸늘하게 식은 그와는 달리 이불에는 아직 그의 따스한 온기가 희미하게 남아 있었다. 그녀는 문득 엄습하는 불안에 손을 꽉 쥐었다. 하지만 대체 무엇을 쥐고 놓치지 않으려는 것일까? 침상에 살짝 남아 있던 온기마저 차갑게 식자, 그것은 탁자, 의자, 벽돌, 돌, 방 안의 다른 물건과 다를 바 없는 존재가 되었다. 살짝 넘어섰던 경계의 문턱과 잠시 눈동자에 일었던 감정의 동요는 하룻밤 사이에 아득한 하늘 저편으로 사라졌다. 어젯밤은 이미 지나가고 없었다.

장주의 날씨는 스산한 늦가을과 같아서 경성의 겨울이나 매한가지였다. 변경의 성루에서 하늘과 이어진 광활한 들판을 내려다보니, 어느새 누렇게 시든 풀 사이로 숨겨진 희끗희끗한 빛이 살을 에는 북풍이 스칠 때마다 잠깐씩 드러났다. 강줄기는 벌써 말라붙었다. 가끔 보이는 고인 물은 퇴적된 진흙과 시든 풀에 뒤엉켜 지저분한 얼음층을 이루고 있었다. 그 사이에 숨은 풀은 이따금 바람이 불 때만 간간히 푸른빛을 빛냈다. 태양은 어느새 아득한 창공 위로 떠올라 하늘을 어슴푸레하게 비췄다. 산 정상쯤을 흐르는 듯했던 거대한 구름 덩이는 물살처럼 빠르게 움직여 잠시 한눈판 사이 이미 성벽 꼭대기에 이르러 있었다. 멀리까지 들쑥날쑥 길게 이어진 산맥은 백양과 전나무로 무성하게 뒤덮여 검푸른빛을 띠었는데, 아무리 봐도 끝과 시작이 보이지 않아 용 한 마리가 몸을 펼친 듯했다. 이것이 바로 고봉은이 육칠 년간 눈에 익은 장주의 풍경이었다.

만 리 밖에서 불어온 매서운 바람이 성벽 꼭대기에 이르자, 고봉은의 검은색 망토가 성 모퉁이의 깃발과 함께 펄럭펄럭 소리를 울리며 거칠게 나부꼈다. 그는 손으로 검을 누른 채 장주도독 대리로 부임한 이명안 등 뒤에 서 있었다. 황태자와 같은 핏줄임을 속일 수 없는 곱상한 외모의 이 스물여섯 살 청년은 척박한 기후에서 오래 산 탓에 손과 발이 새까맣게 그을려 있었다. 덕분에 생기 넘치는 초롱초롱한 눈동자가 더욱 도드라졌다. 갑옷 밑으로는 굳이 갑옷을 벗기지 않아도 오랜 군 생활에 단련된 다부지고 건강한 체격이 느껴졌다. 이명안은 병부원외랑 시절 이 젊은 부장과 여러 번 마주친 적이 있었다. 어렴풋한 기억으로는 그의 형인 고승은이 살아 있을 때였는데, 경성에서 마주쳤던 고봉은은 당시만 해도 누가 봐도 유약한 서생의 모습이었다. 그랬던 그가 단 몇 년만에 고사람의 손에서 용맹한 장수로 다시 태어났다. 이명안은 굳이 뒤돌아보지 않아도 절도 있게 움직이는 그의 묵직한 갑옷 소리를 통해 그의 듬직함을 느낄 수 있었다.

이명안은 이윽고 고개를 돌리며 그를 향해 웃었다.

"고 장군이 이 몸에게 성을 안내하느라 고생이 많소. 내 마음이 많이 무겁구려."

고봉은은 포권으로 예를 갖추며 대답했다.

"무슨 말씀을 그렇게 하십니까? 제가 다 민망합니다!"

이명안은 말했다.

"춘부장께서 건강을 회복하시면 폐하께서 득달같이 성지를 내리실 것이오. 난 그저 고 장군 대신 한두 달간 이곳을 관리하다가 성지가 내려오면 다시 승주로 돌아가야지."

말하는 사이에 강한 바람이 다시 꼭대기로 밀려들자 군기가 활짝 펼쳐지며 펄럭였다. 깃발의 글자는 벌써 이명안의 '이李'로 교체되어 있었다. 고봉은은 눈부신 해를 가늘게 뜬 눈으로 바라보며 대답했다.

"가뜩이나 말주변도 없는데 도독이 자꾸 이러시니 뭐라고 대답해야 할지도 모르겠습니다."

이명안은 너털웃음을 지으며 말했다.

"말수는 적으나 행동은 민첩한 것이 고 장군 댁 가풍이 아니오. 말을 경망하게 한 건 본장인 듯하오. 저 사람들은 누구요?"

고봉은은 이명안이 가리키는 방향을 힐끗 본 뒤 대답했다.

"성 안 백성입니다. 말 먹일 풀을 베러 가는 중이죠. 요즘은 비교적 평화로운 편이라서 전시처럼 엄격하게 성문을 통제하지는 않습니다. 백성도 먹고살아야 하니 조정의 금령만 어기지 않으면 손을 들어 통과시켜 주고 있죠."

이명안이 자세히 보니 과연 속발을 하고 우임*을 입은 백성이었다.

"그렇군. 본장이 갓 부임해 신경이 과민하니 고 장군이 이해해 주시오."

고봉은은 고개를 끄덕였다.

"그런 말씀 마십시오."

이명안은 말했다.

"고 장군은 곧 출발해야 하니 성 안으로 가서 잠시 쉬시오. 부디 조심해서 돌아가시구려. 경성에 도착하거든 춘부장께 본장의 안부 전하는 것도 잊지 마시오. 사시에 출발할 때는 모두 모인 자리에서 공식적인 말밖에 할 수 없으니 사적인 안부는 여기서 미리 전하리다."

고봉은은 허리를 깊이 숙이며 포권했다.

---

* 한족의 저고리. —역주

"이렇게 성의를 보여주시니 뭐라고 감사의 말씀을 드려야 할지 모르겠습니다."

이명안은 고개를 끄덕이며 말했다.

"그만 가보시오."

고봉은은 물러난다는 말을 고한 뒤에야 뒤돌아 자리를 떠났다. 이명안은 멀어지는 고봉은의 모습을 잠자코 지켜보다가, 그의 모습이 보이지 않게 되자 측근 병사를 가까이 불러 지시했다.

"저 사람들을 따라가서 진짜 성 거주민인지 확인해라. 성 거주자가 확실하거든 평소 무엇을 하는지도 알아봐. 하나도 빠짐없이 낱낱이 조사해야 한다."

알아보러 나갔던 병사는 잠시 뒤 돌아와 보고했다. 그들은 이곳에서 생활한 지 10년이 넘은 거주민이 확실했다. 이명안은 병사의 보고를 들은 뒤에야 안심했다. 시간이 거의 다 되자, 그는 일어나 말을 타고 성문으로 나갔다. 고봉은 일행은 일찍부터 그를 기다리고 있었다. 두 사람은 다시 아까처럼 진심이라고는 담기지 않은 입바른 소리를 몇 마디 더 나누었다. 고봉은이 시간이 되어 지체할 수 없다고 고한 뒤에야 이명안은 당부의 말을 덧붙인 뒤 보내주었다. 고봉은은 등자에 발을 걸고 말에 올라 자신의 일행과 칙사 두 명과 함께 성 밖으로 달려나갔다. 자욱하게 일어난 모래 먼지가 다시 가라앉을 때쯤에는 그의 자취는 이미 사라지고 없었다.

고봉은이 장주를 떠나자, 이명안과 승주자사는 장계를 써서 산길로 쾌마를 보내 경성에 올렸고, 황제는 3일 뒤에 즉시 장계를 받아봤다. 그는 다 읽은 장계를 제왕에게 건네며 중얼거렸다.

"봉은이가 너무 순순히 떠난 듯한데……"

제왕은 양손으로 공손히 장계를 돌려주며 말했다.

"성지가 내려왔는데 어찌 감히 거역할 수 있겠습니까? 게다가……."

제왕은 잠시 더듬거리다가 말을 마무리했다.

"고 장군이 아직 경성에 있으니까요."

황제는 제왕의 말에 숨은 뜻을 알아차렸으나 노려보기만 할 뿐 굳이 지적하지는 않았다.

"짐이 이미 이명안에게 모든 일에 신중을 기하라고 성지를 내렸다. 이 두 달이 무사히 지나야 짐도 두 다리를 안심하고 뻗을 수 있어. 그러니 너도 아직은 몸가짐을 조심해라. 가봐."

황제는 제왕이 떠난 뒤에야 왕신을 불러 물었다.

"태자는 요즘 어떻게 지내는가?"

왕신은 대답했다.

"전하는 아주 잘 계십니다."

황제는 말했다.

"중양절 이후로 벌써 열흘이 넘었는데 아직도 밥을 안 먹는다고 고집을 부리는가?"

왕신은 머리털이 쭈뼛 곤두서는 것을 느끼며 바닥에 무릎을 꿇었다.

"전하는 속이 좋지 않으셔서 요 며칠 입맛이 없으셨습니다."

황제는 차갑게 코웃음을 쳤다.

"태자가 속이 안 좋으면 짐에게 보고할 게 아니라 태의를 불러야지. 짐의 아들을 돌보라고 맡겨놨더니 일을 이런 식으로 해?"

왕신은 연신 고개를 조아리며 대답했다.

"신이 성은을 저버렸습니다. 죽여주시옵소서."

황제는 냉랭하게 대꾸했다.

"됐다. 그렇게 감싸주려고 애쓸 필요 없어. 짐이 그놈 속을 모를까 봐?"

왕신은 바닥에 이마를 댄 채 감히 입을 열지 못했다. 한참 뒤 황제의 말이 들렸다.

"대리시는 장육정이 며칠간 한 진술을 다 정리했다던가?"

왕신은 조용히 대답했다.

"폐하, 송구하옵니다만 그 일은 신이 잘 알지 못합니다."

황제가 말했다.

"할아버지라면서 그런 것도 하나 안 알아봐 주나?"

왕신은 황제의 말을 곰곰이 헤아리다가 의도를 알아차리고는 식은땀을 뻘뻘 흘리며 해명했다.

"통촉해주십시오. 전하는 그 일에 관해 신에게 물으신 적도 없고, 신 역시 전하에게 말씀드린 적이 없습니다."

황제는 자리에서 일어나 몇 걸음 서성이다가 다시 깊이 생각에 잠기더니 이내 물었다.

"태자는 종일 뭘 한다던가?"

왕신은 대답했다.

"대개는 책을 읽거나 글씨를 쓰십니다."

황제는 고개를 끄덕였다.

"길을 안내해라. 짐이 가서 봐야겠다."

왕신은 순간 자신의 귀를 의심했다. 그는 멍하니 있다가 한참만에야 겨우 정신을 차리고는 대답했다.

"신, 성지를 받들겠습니다."

왕신은 가마를 대령하라고 명한 뒤 황제의 의관을 챙기고 나서야 길을 나섰다.

황제는 살짝 장난기가 돌았는지 종정시에는 간다는 기별을 넣지 않았다. 오방덕이 소식을 듣고 어가를 맞이하기 위해 죽을힘을 다해 날듯이 달려가니 어가는 이미 지나간 뒤였다. 그는 다시 먼 길을 정신없이 달려 어가를 따라잡은 뒤 즉시 바닥에 꿇어 엎드렸다. 어가를 놓치다니 죽을죄를 지었다는 둥, 죽여달라는 둥의 상투적인 말이 이어졌으나, 황제는 그의 말을 끝까지 들을 만큼 인내심이 강하지 않았다. 황제는 오방덕의 말을 뚝 끊더니 말했다.

"자네가 함께 갈 필요는 없네."

어가가 떠나고 난 뒤 뒤에 남겨진 오방덕은 한동안 꿇어앉은 채로 우두커니 있다가 한참 만에야 정신을 차렸다. 가만히 요리조리 생각해보니 아무리 그래도 자기가 종정시경인데 이건 도저히 말이 안 되는 상황이었다. 잠시 화가 불끈 치솟았지만 황제에게 감히 따질 엄두가 나지 않아 그저 한동안 제자리에서 멍하니 서 있었다.

황제가 종정시에 발을 들인 건 실로 오랜만이었다. 오랜 세월이 흘렀음에도 궁실과 벽 하나하나는 아직 흐릿하게 인상이 남아 있었다. 길을 지나다 어느새 태자가 감금된 정원이 눈앞에 드러나자 심장이 철렁 내려앉았다. 20년이라는 세월이 흘러 새까만 옻칠 대문은 이미 군데군데 칠이 벗겨져 볼품이 없었고, 흰 벽은 오랜 세월 비를 맞아 얼룩투성이었다. 가만히 생각해보니 단 한 번도 이곳을 보수하거나 개축한 적이 없었다. 그는 문 앞에서 내려 왕신의 안내를 기다리지 않고 곧장 안으로 들어갔다. 십여 명의 금오는 갑자기 직속상관이 나타나자 일제히 바닥에 엎드려 예를 갖췄다.

"신등, 폐하를 뵈옵니다!"

정권은 멍하니 앉아 있다가 갑자기 밖에서 소리가 들리자 신발을 질질 끌고 달려가 창밖을 살피고는 그대로 얼어버렸다. 아보는 상황 파악은 되지 않았지만 천자가 왕림했다는 소리는 분명하게 들었으므로 새하얗게 질린 안색으로 정권만 멍하니 바라봤다. 정권은 "별일 아니야. 넌 절대 나오지 마" 하고 분부한 뒤, 의관을 정제하고 밖으로 나가다가 문 앞에서 왕신과 딱 마주쳤다. 왕신은 그가 밖으로 나가자 역시 별말 없이 그의 뒤를 따라 마당의 어가 앞으로 향했다.

황제는 이미 마당 한가운데에 놓인 돌의자에 앉아 있었다. 정권은 빠른 걸음으로 황제 앞으로 나아가 옷자락을 걷어 올리며 무릎을 꿇고는 고개를 조아리며 말했다.

"죄 많은 신이 폐하를 뵈옵니다."

한참을 지나도 황제의 말소리가 들리지 않자, 정권은 고개를 살짝 들어 눈을 힐끔거리다가 황제가 여전히 그대로 있는 모습을 보고는 황급히 고개를 숙였다. 왕신은 황제가 찬 곳에 앉아 있는 것을 보고는 황급히 "폐하, 바깥은 추우니 안으로⋯⋯"라고 말하다가, 곧 실언임을 깨닫고는 말을 다시 황급히 주워 담았다. 황제 역시 그의 말에는 별 관심을 두지 않은 채 정권을 잠시 내려다보다가 말했다.

"일어나라."

황제는 다른 쪽에 놓인 돌의자를 가리키며 앉으라고 권했지만, 정권이 일어나지도 않고 대답도 하지 않자 말했다.

"짐에게 반항하는 것이냐?"

정권이 고개를 들고 황제를 힐끔 본 뒤 말없이 고개를 가로젓자, 황제는 한숨을 내쉬고는 말했다.

"네 마음대로 하려무나."

하지만 그 말을 끝으로 두 사람 사이에는 대화가 오고가지 않았다. 딱히 할 말이 없었던 것이다. 얼마간의 무거운 침묵이 흐른 뒤 황제가 먼저 입을 열었다.

"짐이 왕신에게 듣기로는 요즘 통 먹지를 않는다던데……. 짐이 가서 태의를 몇 명 보내주마. 어떤 상황에서든 건강은 잘 챙겨야 한다. 넌 태어날 때부터 몸이 차니 원래 먹던 약을 다시 지으라고 일러두겠다."

정권은 입을 살짝 우물거릴 뿐 끝내 말문을 열지 않았다. 한편 왕신은 태자가 혹시라도 또 성질을 부릴까 봐 옆에서 발을 동동 굴렀다. 성은이 망극하다는 감사의 인사를 자신이 대신 해주지 못하는 게 참으로 한이었다.

정권의 대답이 통 들리지 않자, 황제는 고개를 들어 그를 바라봤다. 고개를 살짝 숙인 탓에 보이는 거라고는 정수리의 상투뿐이었다. 정권은 평소 치장을 즐겨 옷차림과 장신구에 모두 심혈을 기울였다. 나름 군자는 죽더라도 관을 벗으면 안 된다는 노세유의 가르침을 따르는 것이었다. 지금도 그의 머리는 속관 비녀만 낡은 목잠으로 바뀌었을 뿐 한 치의 흐트러짐 없이 단정했다. 다시 시선을 아래로 두고 정권의 옷차림을 보니 문득 착잡한 심정이 들었다. 황제가 읊조리듯 입을 열려는 찰나, 정권이 불쑥 황제를 불렀다.

"폐하."

황제는 말했다.

"오냐."

정권은 잠시 주저하다가 고개를 번쩍 들고 물었다.

"봉은 형님이 돌아옵니까?"

정권이 봉은 이야기를 꺼내자, 황제는 왕신을 힐끔 쳐다봤다. 왕신은 속으로 남몰래 울부짖었다. 사람이 며칠 갇혀 있었다고 정신이 저리 몽매해질 수도 있는 걸까? 그가 끼어들어 중재를 해야 할지 말아야 할지 한창 고민하고 있는데 황제의 대답이 들렸다.

"그렇다. 빠르면 6~7일 안에 경성에 도착할 것이다."

정권은 살짝 웃으며 말했다.

"잘됐네요. 신이 관례를 치르던 날 형과 남산에 토끼 사냥을 가기로 약속했습니다. 신의 활 솜씨가 엉망이어서 형에게 가르침을 청할 생각이었는데 갑자기 장주로 가서 오랫동안 돌아오지 않을 줄은 몰랐습니다. 그게 벌써 3~4년 전입니다."

태자가 갑자기 예상치 못했던 이야기를 꺼내자, 황제는 잠시 혼란스러워 말문이 막혔다. 그때 정권의 조심스러운 목소리가 다시 들렸다.

"아버지."

살짝 떨리는 그 목소리는 아버지의 따스한 애정을 갈구하는 듯했다. 황제는 마음이 살짝 찡해져서 물었다.

"무엇이냐?"

정권은 또다시 한참이나 묵묵부답이었고, 황제도 대답을 재촉하지 않았다. 정권은 이윽고 고개를 살짝 들어 남쪽 하늘을 바라본 뒤 물었다.

"소자가 남산에 다시 가도 되겠습니까?"

황제는 살짝 손을 들어 올리다가 다시 내려놓고는 대답했다.

"아직도 가고 싶다면 다녀오너라."

정권은 조용히 대답했다.

"감사합니다, 아버지."

정권은 다시 조심스럽게 황제의 안색을 살폈다. 그의 얼굴이 꽤 온화한 듯 보이자 갑자기 없던 용기가 치솟았지만, 그러고도 입을 열기까지는 오랜 시간이 걸렸다. 정권은 드디어 황제에게 말했다.

"아버지, 소자는 장주에 가보고 싶습니다."

황제는 멈칫한 뒤 의심스러운 눈초리로 그를 한참이나 바라봤다. 얼굴에서는 이미 종전의 온화한 기운이 싹 사라진 뒤였다. 그는 싸늘한 표정으로 정권에게 되물었다.

"네가 거긴 가서 무엇을 하려고?"

정권이 예상한 그대로의 반응이었지만, 막상 실제로 겪고 보니 실망감이 그를 덮쳤다. 정권은 그저 웃으며 대답했다.

"뭘 하려는 건 아닙니다. 예전에 누가 그러더군요. 장주의 달빛은 경성의 달빛과 다르다고요. 신은 단지 그의 말이 사실인지 아닌지 두 눈으로 직접 보고 싶은 것뿐입니다."

황제는 물었다.

"누가 그런 말을 하더냐?"

정권은 웃으며 대답했다.

"그게 고 장군이든 다른 누군가든 걱정하실 필요 없습니다. 신은 정말 달이 보고 싶은 것이니까요. 폐하께서 윤허하지 않으시면 안 가면 그만입니다."

황제가 뭐라고 대답하기도 전에 다시 정권의 말이 들렸다.

"폐하는 그날 신에게 할 말이 있냐고 물으셨지요. 그때 정신이 없어서 하지 못했던 말을 지금 해도 되겠습니까?"

황제는 말했다.

"말해봐라."

정권은 벌써 반백이 된 황제의 귀밑머리를 살짝 바라보고는 말했다.

"누군가는 효에 쏟아붓는 마음을 그대로 군주를 향한 충성심으로 바꿔야 한다고 하고, 누군가는 충효를 모두 부족함 없이 지키기는 어렵다고 합니다. 하지만 신은 평생 그런 걱정을 한 적이 없습니다. 신에게는 나라에 충성하는 게 곧 효요, 임금에게 효를 다하는 게 곧 충성이었기 때문입니다. 만천하에 이런 의무를 타고나는 사람은 소신 하나뿐일 것입니다. 신이 성지를 받들어 이곳에서 지난날을 돌이켜보니 심한 자괴감이 들더군요. 성현의 가르침을 그 누구보다 마음에 깊이 새기고 살아왔다고 자부했는데, 결국엔 불충과 불효를 모두 저질러버렸습니다."

황제는 가볍게 웃으며 물었다.

"그러하냐?"

정권은 고개를 끄덕이며 대답했다.

"꾸짖음도 질책도 모두 폐하의 하해와도 같은 은혜이니, 신은 어떤 처분을 받든 폐하를 원망할 처지가 못 됩니다. 하지만 아무리 큰 죄를 지었어도 폐하의 뜻이 있기 전에는 여전히 폐하의 아들이고 신하이니, 두렵고 떨리는 마음으로 한 가지 사실을 고하려고 합니다. 살펴주시겠습니까?"

황제는 내심 불안해 한참 동안 침묵하다가 결국 입을 열었다.

"말해보아라."

정권은 고개를 땅바닥에 조아리며 말했다.

"폐하, 신은 누명을 썼습니다!"

황제는 화들짝 놀랐으나 겉으로는 태연한 척하며 물었다.

"무슨 누명을 썼느냐?"

정권은 대답했다.

"신은 평소 행실이 단정치 못하고 덕이 부족해 폐하의 사랑을 잃었습니다. 다 신이 자초한 일이니 폐하를 원망하는 마음은 추호도 없습니다. 하지만 그래도 이 말은 해야겠습니다. 8월 15일의 일은 사실 신의 소행이 아닙니다."

마침내 황제가 한 달 내내 우려하던 일이 현실로 닥쳤다. 그는 태자를 한참이나 냉랭하게 쏘아보다가 급기야는 불호령을 내렸다.

"고개를 들어라!"

그래도 정권이 꼼짝도 않자, 성난 황제는 벌떡 일어나 정권의 턱을 움켜쥐고 강제로 들어 올렸다. 그러나 그를 마주하는 건 효경 황후를 너무나도 닮은 두 눈동자였다. 그녀의 눈동자에서 느꼈던 깊은 슬픔과 간절한 애원이 정권의 두 눈에서도 느껴졌다. 황제는 정권의 이런 표정을 보는 건 처음이었다. 그는 고개를 들어 태자가 거하는 궁실을 바라봤다. 반쯤 열린 문 사이로 살짝 보이는 실내는 아직 오후도 되지 않았는데 벌써 어두컴컴했다. 그 광경을 보니 갑자기 가슴이 뻐근하고 숨이 가빴다. 그는 정권을 놓아주며 천천히 자신의 이마를 짚더니 이윽고 분부했다.

"태자에게 종이와 붓을 주어라. 하고 싶은 말은 종이에 적어 짐에게 올리도록 하라."

그가 말을 마치고 일어서자, 정권은 무릎으로 기어가 황제의 옷자락을 붙들고 늘어지며 사정했다.

"폐하, 억울한 백성은 고을에 호소하고 누명 쓴 관리는 삼사에 호소한다지만, 신은 폐하 말고는 억울함을 토로할 사람이 없습니다. 군부 앞에서도 스스로를 변론할 수 없다면 신을 기다리는 건 죽음뿐입니다."

황제는 그를 향해 손을 뻗었다. 일으키고 싶어 내민 손인지 뿌리치고 싶어 내민 손인지 그조차도 자신의 마음을 알 수 없었다. 그는 한참 동안 머뭇거리다가 마침내 손을 거두었다. 가슴 깊은 곳에서 두려움 비슷한 감정이 슬며시 고개를 들자, 그는 한참 동안 깊이 생각하고 또 생각했다. 하지만 결국 내뱉은 말은 변함이 없었다.

"태자······, 정권아······. 일단 들어가라. 할 말은 장계에 적어 왕신 편에 보내라. 짐이 보겠다."

아까부터 마음 깊숙한 곳까지 싸늘하게 얼어붙은 정권은 황제의 옷자락을 악착같이 붙들고 늘어지며 흐느꼈다.

"폐하께서 오늘 오지 않으셨다면 신도 절대 입을 열지 않았을 겁니다. 폐하께서 들으실 마음이 없는데 종이가 다 무슨 소용이 겠습니까? 폐하, 제발 잠시만 더 머물러 신의 억울함을 들어주십시오. 폐하! 아버지! 신이 이렇게 빌겠습니다!"

정권은 말을 마치자 다시 땅바닥에 이마가 닿도록 머리를 조아렸다.

왕신은 두려움에 파들파들 떨며 두 부자의 모습을 지켜보다가, 황제의 오른손이 미세하게 떨리는 것을 감지하고는 혹여나 손찌검을 하지 않을까 가슴을 졸였다. 그러나 다행히 그런 의도는 아니었는지, 황제는 평정을 되찾고자 한참을 애쓰다가 곧 침착한 말투로 정권에게 지시했다.

"말해보아라."

정권은 말했다.

"얼굴을 들기가 부끄러워 더는 태자의 자리를 지키기가 참담하니 신을 그만 폐해주십시오. 허나 폐하! 고 장군은 장주로 돌려보내십시오. 장주에는 반드시 고 장군이 있어야 합니다. 폐하도 고 장군이 살아 있는 나라의 장성이라고 하지 않으셨습니까. 그런데 아직 오랑캐와의 전쟁은 끝나지도 않았는데 왜 스스로 장성을 무너뜨리려 하십니까?"

왕신의 심장이 목구멍 밖으로 튀어나오기라도 할 것처럼 펄떡펄떡 뛰었다. 몰래 황제를 힐끔 보니 이미 이목구비가 흉하게 일그러져 있었다. 허나 정권은 그 사실을 아는지 모르는지 말을 멈추지 않고 계속했다.

"만 번 죽어도 마땅한 죄이나, 신은 4월에 고 장군에게 서신을 보냈습니다. 장주의 전세가 많이 힘겨워 보여 분발해 싸우라는 격려를 하려는 것이었습니다. 신이 비록 폐위를 당해도 죽임을 당해도 입이 열 개라도 할 말은 없으나, 모친과 노 선생님이 남기신 가르침만큼은 늘 가슴 깊이 간직하고 있습니다. 어떠한 상황에서도 차마 그것을 저버릴 수는 없었습니다. 폐하, 그러니 지금 당장 성지를 내려 고사림을 돌려보내소서. 이명안에게는 장주를 지킬 능력이 없습니다."

황제는 한참 동안 충격에 휩싸여 헤어 나오지 못했다. 그는 가까스로 정신을 차리고는 발을 쳐들어 매정하게 정권을 차 엎은 뒤 혐오스럽다는 듯 외쳤다.

"미친 것이냐?"

정권은 서서히 눈을 감았다. 황제의 불같은 호통이 귓전을 때렸다.

"짐에게 정신 나간 소리를 할 기력이 남은 걸 보니 여기 생활이 참으로 안락한가 보구나. 편한 게 그리도 싫다면 짐이 형부로 옮겨주마!"

황제는 즉시 발길을 돌렸고, 왕신은 아무 말도 못하고 황급히 뒤를 따랐다.

정권은 사람들이 부축하기도 전에 스스로 일어나 천천히 옷에 묻은 흙먼지와 마른 풀을 털었다. 바깥 상황에 귀 기울이던 아보는 뒤를 따라가 정권을 거들려고 했지만, 곧 정권에게 가로막혔다. 정권은 그녀를 향해 담담한 미소를 지어 보이며 말했다.

"폐하가 듣지 않으시니 내가 나라를 망친 죄인이다."

태자의 변론 상소는 결국 황제에게 전달되지 않았으나, 황제는 청원전으로 돌아가 즉시 성지를 내렸다. 가장 먼저 장육정을 파직하고 장가를 즉시 수색하라고 명했으며, 이어서 삼사에게는 장육정과 두형 등의 죄인을 밤을 새워 심문하라는 명을 내렸으니, 이 모든 것을 처리하기까지 한나절도 채 걸리지 않았다.

이틀 뒤 주심인 대리시경이 드디어 장육정이 수결한 진술서를 올렸다. 야심한 밤이었지만 마무리되는 즉시 올리라는 황제의 명이 있었기에 황궁을 통과할 수 있었다. 이미 잠들었던 황제는 옷을 걸치고 일어나 진술서를 받아 펼쳤다. 황제의 낯빛은 끝으로 갈수록 점점 새파랗게 질렸다. 마침내 진술서를 다 읽은 그는 두루마리를 땅바닥에 힘껏 내던지며 고래고래 소리를 질렀다.

"흉악한 간신배 같으니!"

대리시경은 바닥에 엎드린 채 공포에 질려 벌벌 떨 뿐 감히 입한번 벙긋할 수가 없었다. 놀란 진근이 황급히 황제를 앉히며 가슴을 문질러주자, 황제는 그를 밀치며 명령했다.

"당장 가서 제왕을 불러와라!"

진근은 황제의 낯빛이 심상치 않자 두말없이 바로 명을 받들고 청원전을 떠났다.

황제는 천천히 자리에 앉아 왼손으로 오른 손아귀를 힘껏 눌러 지압하며 깊은 생각에 잠겼다가 한참 만에야 입을 열어 명을 내렸다.

"당장 고봉은에게 사람을 보내라. 즉시 장주로 돌아가라고 해. 어서!"

대리시경은 조용히 청원전에서 물러나 고개를 들어 동쪽 하늘을 바라봤다. 어느덧 또다시 다가오는 음력 초하루의 하늘에는 한껏 굽은 하현달이 걸쳐져 있었다. 초라하게 여읜 달은 앙상한 모습으로도 전각의 한 귀퉁이를 부족함 없이 푸르고 하얗게 물들였다. 다만 장육정의 진술 번복으로 내일이면 세상이 또다시 뒤집힐 터였다.

제 31 장

물을 수 없는 과거

　제왕 정당이 진근의 채근에 급히 일어났을 때는 마침 자시(오후 11시 30분~0시)를 알리는 북이 울린 뒤였다. 그 시각 왕부 앞 번화가의 점포 대부분은 이미 문을 내렸지만, 아직 청루와 주점에서는 악기 소리와 시시덕거리는 말소리가 9월 말의 싸늘한 바람을 타고 간간이 들렸다. 한량들의 삶에는 그들 나름의 풍류가 있어 조정에서 야간 통행금지 명령을 내리지 않는 한 음주가무를 즐기는 소리는 이 세상에서 영원히 사라지지 않을 것이다. 황제가 입궐을 독촉하였으므로 정당은 말을 타고 숨 가쁘게 질주했다. 그 바람에 시장의 행인은 꼼짝없이 허겁지겁 길을 내줘야 했다. 그렇게 달렸는데도 궁문 앞에 다다르자 1각 남짓이 지체되었다. 아까부터 입구에서 그를 기다리던 내시는 정당이 나타나자 황급히 성지를 전했다.

　"말에서 내리지 말고 그대로 속히 입궐하시랍니다."

　내시가 성지를 알리자 정당의 마음에는 한층 더 큰 불안이 엄습했지만, 세세히 물을 틈이 없어 그대로 말을 달려 문을 통과했다. 깊고 고요한 밤에 어도에서 말발굽 소리가 들리자, 야간 당직 내시와 궁인들은 자연히 그를 힐끔힐끔 훔쳐봤다. 대체 얼마나 긴박한 일이길래 말을 타고 어도를 달리는 것까지 허가를 받았을까? 정당은 영안문 밖에 이르러 말에서 뛰어내리려고 했지만 찬 바람에 손발이 꽁꽁 얼어 움직일 수가 없었다. 어쩔 수 없이 문밖에서 당직을 서던 내시의 부축을 받아 말에서 내리니 두 발이 땅에 닿는 순간 몸이 휘청거렸다.

영안문 밖에서 그를 기다리던 내시가 급히 그를 안안궁으로 안내했다. 진즉에 잠에서 깬 황제는 겉옷을 걸친 채 서 있다가, 그가 안으로 들어오자 미처 예를 갖추기도 전에 대뜸 호통부터 쳤다.

"꿇어앉아!"

정당은 까닭을 모른 채 급히 황제의 안색을 살피고는, 얼굴에 노기가 가득한 것을 보자 군말 없이 옷자락을 걷으며 꿇어앉았다. 황제 역시 다른 것을 신경 쓸 틈이 없었으므로 즉시 본론으로 향했다.

"아직 제정신이 박혀 있거든 짐이 묻는 말에 사실대로 대답해라."

정당은 잠시 멈칫하다가 대답했다.

"네."

황제는 물었다.

"8월 15일의 사건은 네가 태자에게 뒤집어씌운 것이렷다?"

황제가 그 일을 언급하자, 정당은 묵직한 것으로 한 대 세게 얻어맞은 듯 정신을 차릴 수 없었다. 그는 얼이 빠져서 잠시 머뭇거리더니 대뜸 항변했다.

"폐하, 누명이옵니다!"

황제는 차가운 눈으로 그를 잠시 쏘아보다가 손에 든 두루마리를 그의 얼굴에 세차게 내던졌다.

"누명이라고? 네 눈으로 직접 보거라."

정당은 왼쪽 뺨의 쓰라림도 망각한 채 부들부들 떨리는 손으로 두루마리를 주워 펼쳤다. 내용을 다 읽고 나자, 그는 새파랗게 질린 얼굴로 넋을 잃고 앉아 있다가 가까스로 정신을 차리고는 허겁지겁 둘러댔다.

"폐하, 장육정은 속이 시커먼 소인배입니다. 조당의 모든 사람이 보는 앞에서 태자의 밀서를 증거로 내밀 땐 언제고, 이제 와서 진술을 번복하고 신을 모함하다니요. 필시 태자와 사전에 작당을 했을 겁니다. 장육정은 기회에 따라 주인을 바꾸는 대역무도한 작자입니다. 신의 억울함을 살펴주십시오. 신은 결백합니다!"

황제는 큰 소리로 냉기가 돌도록 싸늘하게 웃은 뒤 말했다.

"짐에게는 너희 같은 훌륭한 아들과 신하가 있는데 무엇을 살피란 말이냐? 계속 태자를 걸고넘어질 필요도 없다. 태자가 무엇을 했든 짐이 널 구하기엔 너무 늦었어."

정당은 소스라치게 놀라며 말했다.

"폐하, 그게 무슨 말씀입니까? 신은 정말 아무것도 모릅니다. 혹시 또 누가 폐하께 무슨 말이라도 했습니까?"

황제는 정당의 얼굴을 외면한 채 앞으로 걸어가 자리에 앉으며 말했다.

"고봉은에게는 짐이 이미 장주로 돌아가라고 명했다."

정당은 정수리에 우레가 관통한 듯 충격을 받고는 무릎을 꿇은 채 황제에게 다가가 물었다.

"폐하, 왜 그러셨습니까?"

황제는 그를 외면하며 이를 갈았다.

"전에 기회를 줬을 때도 그러더니, 오늘 기회를 줬는데도 여전

히 거짓말을 하는구나. 그때도 네 친동생이니 형제간의 우애를
지키라고 경고했건만 전혀 귀담아듣지를 않았어. 넌 태자를 하루
라도 빨리 끌어내리고 싶은 마음에 장육정에게 혼서까지 써 보냈
지만, 장육정은 도리어 그 혼서를 증거로 네게 창끝을 돌렸다. 네
가 이토록 어리석고 한심하다는 걸 이제야 깨달았으니 모든 게
짐의 과실이로다."

정당은 두렵고 급한 마음에 손등으로 눈가를 닦고 소리 내어
울며 호소했다.

"신이 어리석었습니다. 하지만 태자가 쓴 그 밀서가⋯⋯."

황제는 정당이 밀서 이야기를 하자마자 호통을 치며 말을 끊
었다.

"그 태자가 썼다는 쪽지에 이백주의 이름이 분명하게 언급되
어 있더냐? 이백주 일가를 모함하라는 지시가 명시돼 있느냔 말
이다! 장육정의 집에서 나온 것들도 다 그런 애매모호한 표현뿐
이다. 태자가 그건 단지 분통이 터져 사사로이 주고받은 말장난일
뿐이라고 억울함을 호소하기라도 하는 날에는 넌 기댈 구석이 없
어!"

정당은 정신이 혼미해지며 혼란을 느끼다가 황제의 말을 듣고
서야 사태의 심각성을 깨달았다. 아무리 생각해도 방법이 떠오르
지 않자, 그는 황제의 두 다리를 부둥켜안고 흐느꼈다.

"소자가 잘못했습니다. 아버지, 소자를 지켜주십시오."

황제는 불결하다는 듯 그를 밀치고는 자리에서 일어나 다시금
심문했다.

"짐이 마지막으로 묻겠다. 중추절의 일은 너의 소행이더냐? 정
녕 죽고 싶은 게 아니라 살고 싶다면 잘 생각한 뒤에 대답해라."

정당이 원래 어리석은 인물은 아니었다. 다만 오늘 밤 너무 갑

작스럽게 큰일을 만나 잠시 혼란을 겪은 것뿐이었다. 그는 황제의 말대로 깊이 생각하다가, 문득 사건의 원인과 결과가 명확하게 연결되자 마침내 손발의 힘이 스르륵 빠져나갔다.

"고사림입니다. 태자와 고사림이 머리를 맞대고 폐하와 신을 속였습니다."

그는 우물우물 둘러대다가 그만두고 허겁지겁 무릎으로 기어 황제의 발밑으로 가더니 연신 고개를 조아리며 사정했다.

"신이 죽을죄를 지었습니다. 부자간의 정을 생각하셔서라도, 어머니의 얼굴을 봐서라도 신을 용서해주십시오."

황제는 눈을 내리깔고 아들을 바라봤다. 지극히 아끼던 아들이었건만, 지금은 극도의 실망감이 용솟음치듯 밀려들었다.

"일어나라. 짐이 널 용서하고 말고는 두 번째 문제야. 태자와 고사림이 널 용서하느냐가 지금은 더 중요하다. 고사림이 이렇게 나온다는 건 필시 사전에 속으로 다 타산이 있었다는 얘기야. 치밀하게 덫을 쳐놓고 네가 걸려들기만을 기다리고 있었던 게지. 고봉은이 제때에 도착해 장주가 무탈하면 네게도 기회는 있다. 하지만 장주에 무슨 일이라도 생기는 날에는 짐도 방법이 없어. 그땐 네가 알아서 살길을 찾아라."

정당이 여전히 애걸복걸 매달리려 하자, 황제는 차갑게 식은 얼굴로 분부했다.

"이 꼴은 도저히 못 보겠군. 여봐라, 제왕을 배웅해라. 짐이 지시를 내릴 때까지는 한 발짝도 밖으로 내보내지 마."

양옆에 있던 내시는 명이 떨어지자마자 정당을 붙들고 바깥으로 멀리 끌고 나갔다. 이미 저만치 멀어졌는데도 귓가에 그의 울부짖는 소리가 들리는 듯했다. 황제는 탁자를 짚으며 천천히 앉다가 왼쪽 옆구리에 극심한 통증을 느끼며 주저앉았다. 눈앞의 등촉 역시 시야에서 흐려졌다. 그는 어지럼증이 도졌나 싶어 지압을 하려고 손을 올렸지만 손이 제멋대로 닿은 곳은 눈가였다. 눈가에 흐르는 물기가 만져지자, 그는 그제야 눈물을 흘리고 있다는 것을 깨달았다. 그는 한동안 자리에 우두커니 앉아 생각하다가 지시했다.

"왕신에게 그를 데려오라고 해라."

옆에 있던 내시는 잘못 들었나 싶어 외람되게도 재차 물었다.

"폐하, 태자 전하 말씀이옵니까?"

황제는 고개를 끄덕이며 말했다.

"그 밖에도 준비할 게 더 있다."

정권은 그 뒤로 며칠간 밤낮을 가리지 않고 잤다. 이때도 마침 잠에 깊이 든 참이었다. 아보는 그를 깨우지 않으려고 조심조심 움직이다가 문밖에서 발소리가 들리자 자리에서 벌떡 일어났다. 외실로 나가 바깥을 살피니 황궁의 등롱을 든 내시들이 마당을 가득 채우고 있었다. 그녀는 허겁지겁 내실로 들어가 정권을 깨웠다.

"전하, 누가 왔어요."

아보가 정권을 깨우는 사이, 왕신이 안으로 들어와 예를 갖출 틈도 없이 성지를 전달했다.

"폐하께서 즉시 입궐하라 하십니다."

이런 시각에 성지가 내려오자, 정권은 잠이 싹 달아나 그를 힐끔 보며 조심스럽게 물었다.

"이런 늦은 시각에? 무슨 일이야?"

왕신은 대답했다.

"신은 계속 종정시에 있어서 궐 안의 일은 모릅니다. 그래도

신에게 안안궁까지 전하를 호송하라고 명하셨으니 걱정할 일은
아닐 겁니다."

짧은 순간에 정권의 머리에 서너 가지 생각이 스쳐갔다. 장주
에 변고가 생겼나 생각해봤지만, 아무리 급보라도 이렇게 빨리
경성에 도착할 리는 없었다. 그는 도무지 이유가 떠오르지 않자
내키지 않아 시간을 끌었다.

"그럼 성상을 뵙는데 옷을 갈아입고 가야지."

"전하, 지금 그런 걸 신경 쓸 때입니까?"

왕신은 다급하게 말하며 침상가에 놓인 난포를 들어 올렸다.
정권이 잠들기 전에 벗어놓은 옷인 듯했다. 그는 허겁지겁 정권
에게 옷을 입히며 말했다.

"빨리 나오세요. 폐하가 기다리십니다."

두 사람은 말수는 적었지만 표정에는 당황한 기색이 역력했다.
아보는 옆에서 그 광경을 묵묵히 지켜보며 감히 끼어들지 못했
다. 정권은 급히 밖으로 나서다가 돌연 걸음을 멈추고 그녀를 돌
아봤다. 그는 자신을 가만히 바라보는 아보를 향해 고개를 가볍
게 끄덕인 뒤에야 문밖으로 발을 내디뎠다.

종정시 밖에는 가마가 대기하고 있었다. 오방덕이 얼굴 가득
미소를 지으며 손짓으로 정권에게 권했다.

"전하, 가마에 오르십시오."

정권은 불현듯 의혹이 일어 물었다.

"이건 어가가 아닌가?"

왕신은 대답했다.

"이것 역시 폐하의 명이니 걱정 말고 빨리 오르십시오."

정권의 의혹은 더욱 커졌지만 더 캐묻지 않고 어쩔 수 없이 가
마에 올랐다. 가마꾼 네 명은 그가 타자마자 가마를 메고 즉시 영

안문 밖으로 향했다.

정권은 가마에서 내려 안안전 밖 옥섬돌에 올랐다. 줄곧 가마
를 뒤따라오던 왕신은 그가 계단을 오르자 빠르게 다가와 주위에
사람이 없는 것을 확인한 뒤 귓가에 속삭였다.

"조금 전에 제왕이 울면서 밖으로 끌려나갔다고 합니다. 폐하
께 말씀 올리기 전에 알아두십시오."

정권은 그를 힐끔 보았다. 문득 중추절에 궁정에서 죄를 청하
라고 권하던 그의 모습이 떠오르자 순간 싸늘한 한기를 느끼며
물었다.

"일찍부터 알고 있었나?"

왕신은 고개를 숙이며 대답했다.

"신은 전하를 잘 모셔야 한다는 것 말고는 아무것도 모릅니다."

정권은 한숨을 내쉬며 더 묻기를 포기하고는 문 앞 내시에게
일렀다.

"폐하께 신이 문밖에서 기다린다고 고해라."

내시는 대답했다.

"폐하께서 도착하시는 대로 들여보내라고 하셨습니다."

그는 문을 열면서 정권을 안으로 안내했다.

무려 한 달 만에 안안궁의 환한 빛과 마주하자, 정권은 반사적
으로 소매를 들어 눈을 가렸다. 그가 예를 갖추려고 하자, 황제가
제지하며 말했다.

"됐다. 이쪽으로 오너라."

황제의 얼굴은 극도로 지쳐 보였으나 표정은 평소에 비해서는
많이 온화했다. 정권이 쭈뼛쭈뼛 망설이자, 황제는 또다시 말했다.

"짐이 오늘 저녁을 제대로 못 먹어서 야참을 준비시켰다. 같이……, 짐과 같이 들겠느냐?"

정권은 조용히 대답했다.

"네."

그는 황제를 따라 야식이 차려진 탁자 앞에 이르러서야 고개를 들어 황제를 힐끔 살폈다. 황제 역시 그를 지그시 바라보고 있었다. 황제는 미소를 지으며 정권에게 권했다.

"앉아라."

정권은 감사의 예를 갖춘 뒤 자리에 앉아 탕을 한 사발 덜어 황제에게 건넸다. 황제는 그릇을 받으며 온화한 목소리로 말했다.

"먹고 싶은 게 있으면 덜어서 마음껏 들어라."

황제가 고작 식사나 대접하려고 자신을 부른 건 아니겠지만, 이 순간만큼은 그도 많은 생각을 하고 싶지 않았다. 그는 "감사합니다, 폐하" 하고 짧게 대답한 뒤, 수저를 들어 천천히 탕을 들었다. 황제는 그의 먹는 모습을 묵묵히 지켜보며 두어 수저를 들다가, 그가 손을 내려놓고 나서야 물었다.

"다 먹었느냐?"

정권은 고개를 끄덕이며 대답했다.

"네."

황제는 등불 아래 비친 그의 모습을 세심히 살피고는 말했다.

"셋째야, 짐이 네게 할 말이 있다."

황제가 드디어 말을 꺼내자, 정권은 무릎을 꿇기 위해 자리에서 일어났다. 그러나 황제의 만류하는 소리가 들렸다.

"그리 심각한 일은 아니니 그냥 앉아서 들어라."

정권은 대답한 뒤 말없이 다시 의자에 앉았다.

"짐이 너를 오해했구나. 허나 그날은 왜 일언반구도 없다가 이제 와서야 뒤늦게 얘기하느냐?"

정권은 대답했다.

"신이 어리석었습니다."

황제는 웃으며 말했다.

"넌 언제나 명석한 아이였다. 이백주의 일도 어찌나 말끔하게 처리했는지, 장육정이 아니었다면 어디서부터 조사해야 할지도 몰랐을 것이다."

정권은 황제가 워낙 거리낌 없이 말하자 순간 말문이 막혀 대답을 못 하다가 한참 만에야 마지못해 대꾸했다.

"신의 죄가 태산 같습니다."

황제는 말했다.

"거북해할 거 없다. 그 일은 짐도 이미 네게 벌을 내렸으니 더 추궁할 생각 없다. 오늘 밤은 군신이 아닌 부자지간으로 허심탄회하게 얘기를 나눠보자꾸나. 아버지는 단도직입적으로 물을 것이니 너도 에둘러 대답할 필요 없다. 진실이든 거짓이든 네 마음대로 대답하려무나."

정권은 고개를 숙이며 대답했다.

"네, 하문하십시오."

황제는 얼마간 묵묵히 있다가 뜬금없는 질문을 했다.

"네 적자 형제가 몇인지 알고 있느냐?"

정권은 황제가 무슨 의도로 이런 질문을 하는지 알 수 없어 잠시 생각하다가 대답했다.

"신에게는 다섯 형제와 두 여동생이 있습니다."

황제는 고개를 가로저었다.

"짐은 네 동복형제를 묻는 게야."

정권은 대답했다.

"신과 함녕 공주가 있습니다."

요절한 공주의 이름을 입에 담으니 심정이 참담했지만 황제에게 들키기 싫어 고개를 숙였다.

황제는 이번에도 한참을 침묵하다가 다시 질문했다.

"고사림이 네게 말한 적이 없느냐?"

정권은 이해할 수 없다는 듯 되물었다.

"무엇을요?"

황제는 창밖의 밤하늘을 잠시 바라보다가 입을 열었다.

"고사림이 이번 일을 네게 사전에 말하지 않았느냐?"

정권은 얼굴이 하얗게 질려 한참 동안이나 생각하다가 불쑥 대답했다.

"전부터 알고는 있었습니다. 신도 공모자입니다."

황제는 침착하게 미소를 지으며 말했다.

"그렇게 말하니 나도 달리 할 말이 없구나. 그렇게 태연한 척 감쪽같이 연기를 하다니 짐도 네게 그런 재주가 있는 줄은 미처 몰랐다."

정권은 조용히 대답했다.

"신이 죽을죄를 지었습니다."

황제는 말했다.

"그렇게 공모를 했다면 전날에는 왜 실토했지?"

정권은 결연한 표정으로 대답했다.

"나라의 대사이므로 두려웠습니다."

황제는 웃으며 그에게 손짓했다. 정권이 자리에서 일어나 황자의 발밑에 꿇어앉자, 황제는 손을 내밀어 정권의 뒷머리를 쓰다듬으며 물었다.

"충과 효를 모두 지키기가 어렵다고 했느냐? 넌 짐에게는 충성을 바치고 효심은 그에게 바쳤다."

정권이 인상을 쓰며 입을 움찔거리자, 황제가 그의 말문을 막았다.

"널 탓하려는 게 아니다. 네가 여태껏 고생이 많았지. 얼마나 힘들었을지 짐이 모르지 않다."

정권은 미심쩍은 표정으로 고개를 들어 황제를 바라봤다. 황제는 여전히 웃으며 말을 이었다.

"너와 내가 황제와 황태자가 아니라 그냥 평범한 부자지간이었다면 일이 이렇게까지 복잡하게 틀어지지는 않았을 것이다. 아버지로서는 네게 미안한 게 많아. 하지만 황제로서는 추호도 미안한 마음이 없다. 넌 이 자리에 앉아본 적이 없으니 꿈에서도 이해하지 못할 게다, 아보야."

정권의 기억으로는 부친이 자신의 아명을 부른 것은 이번이 처음이었다. 심지어 지금처럼 다정한 말투로 대한 적도 없었다. 정권은 이 순간이 꿈이 아닌가 하는 착각이 일었다. 꿈에서도 이런 날이 올 거라고는 생각할 수도 없었다. 그는 한동안 가슴이 먹먹해 무슨 말을 해야 할지 몰랐다. 황제가 잠깐의 침묵을 깨고 또다시 물었다.

"4월에 고사림에게 서신을 보낸 게 사실이냐?"

정권은 말없이 고개를 끄덕였다. 황제는 어느새 싸늘하게 식은 얼굴로 말했다.

"전투를 독려하기 위해서였든 걱정이 돼서였든 태자의 몸으로 함부로 나랏일에 끼어들었으니, 국법으로나 가법으로나 용서받을 수 없다. 이를 알고 있느냐?"

정권은 대답했다.

"알고 있습니다."

황제는 또 말했다.

"이 사유만으로도 폐위될 수 있다는 것도 아느냐?"

"이 역시 알고 있습니다."

황제는 고개를 끄덕이며 조용히 말했다.

"정권아, 아비는 천자다. 천자로서 어쩔 수 없는 일에 관해서는 짐이 무정함을 탓하지 말거라."

그는 말을 마친 뒤 고개를 돌려 지시했다.

"가져와."

내시가 명을 받들어 아까부터 준비해두었던 말채찍을 가져오자, 황제는 확인도 하지 않고 고개를 옆으로 돌린 채 차갑게 명령했다.

"꿇어라."

정권이 천천히 고개를 숙이자, 내시가 채찍을 들어 정권의 등을 내리쳤다. 늦가을이라 옷을 여러 겹 껴입었는데도 묵직한 채찍 소리는 막을 수가 없었다. 정권은 말없이 바닥에 엎드려 소매를 입에 물고 부르르 몸을 떨었다. 몇 번의 채찍질이 오갔는지는 모르지만, 황제는 피에 젖어 찢어진 옷 틈으로 여기저기 얽힌 처참한 채찍 자국을 확인하고 나서야 지시했다.

"그만 됐다."

정권은 천천히 고개를 들었다. 그의 얼굴은 일찍부터 고통으로 창백하게 일그러져 있었지만, 황제는 보이지 않는다는 듯 태연하게 말했다.

"이 일도 이걸로 되었다. 다음번에 똑같은 일을 저지른다면 그때는 이 정도로 가볍게 넘어가지 않겠다."

정권은 힘겹게 고개를 숙이며 대답했다.

"감사합니다, 폐하."

황제는 말했다.

"이왕 실토한 김에 네가 맡아서 처리해라. 고사림의 집으로 가서 짐의 말을 전해. 짐이 변방의 일로 근심해 고봉은을 돌려보냈고, 며칠 뒤면 제왕을 속국으로 돌려보낼 거라고. 그 이후에 해야 할 말은 짐이 군이 알려주지 않아도 네가 더 잘 알겠지?"

정권은 대답했다.

"네."

황제는 고개를 끄덕이며 말했다.

"지금 즉시 가라. 짐이 두 시진 뒤에 널 맞이하마."

정권은 "네"라고 소리 내어 대답한 뒤 잠시 망설이다가 요청했다.

"폐하, 옷을 갈아입고 가도 되겠습니까?"

황제는 마치 비웃듯 담담한 미소를 지으며 대답했다.

"옷은 갈아입을 필요 없다. 네가 견디기 어렵겠지만, 거기에 하나를 더 더해야겠구나."

황제가 말을 마치는 동시에 내시가 족쇄와 수갑을 들고 정권에게 다가왔다. 정권은 믿을 수 없다는 표정으로 천천히 일어나더니 황제에게 조용히 따졌다.

"아무리 그래도 태자인데 조금이라도 위신을 세우게 해주실 수는 없습니까?"

황제는 말했다.

"짐이 왕신에게 가마를 태워 보내라고 일렀으니 고사림 말고는 아무도 네 모습을 보지 못할 것이다."

정권은 피식 소리 내어 웃은 뒤 가만히 황제를 바라봤다.

"이렇게까지 안 하셔도 해야 할 말은 모두 할 겁니다."

황제는 그의 시선을 외면한 채 지쳤다는 듯 이마를 쓰다듬으며 말했다.

"그가 네 말을 듣지 않을까 염려되어 그런다. 가라. 어서 가."

정권은 더는 따지지 않고 묵묵히 두 손을 앞으로 내밀어 수갑을 찬 뒤 뒤돌아 문을 나섰다. 제왕이 끌려나갈 때와 마찬가지로 소리가 들리지 않을 만큼 정권이 멀리 갔는데도 어둠 속에서 땅바닥에 부딪히는 쇠사슬 소리가 쨍그랑쨍그랑 귓가를 울리는 듯했다. 황제는 조용히 눈가를 닦다가 누군가 앞에 서 있는 듯해 화들짝 놀랐지만, 눈을 다시 크게 뜨고 보니 아무도 없었다. 그는 피식 자조 섞인 웃음을 내뱉으며 혼잣말을 했다.

"짐이 정말로 늙었구려."

황태자를 태운 가마가 조용히 고사림의 저택 후문에 내려졌을 때는 이미 축시가 끝나가고 있었다. 고부의 하인들이 궁중에서 나온 듯한 차림새의 사람들을 보고 어쩔 줄을 몰라 하니, 왕신이 급히 지시했다.

"어서 대인을 깨우시오. 황태자 전하께서 오셨소."

하인들은 눈을 동그랗게 뜨고 가마를 힐끔 보더니 즉시 대답한 뒤 안으로 달려갔다. 왕신이 발을 걷어 살피니, 정권이 창백하게 질린 얼굴로 이마에는 식은땀을 줄줄 흘리고 있었다. 그는 걱정스럽게 물었다.

"전하, 견딜 만하십니까?"

정권은 눈살을 찌푸리며 대답했다.

"자네 옷을 내게 벗어주게."

왕신은 조용히 말했다.

"전하, 이걸 입으시면 체통이 상하십니다."

정권은 차갑게 웃으며 대꾸했다.

"이 꼴로 들어가면 장군이 퍽이나 체통을 지킨다고 하시겠군."

왕신은 잠시 주저하다가 겉옷을 벗어 정권의 어깨에 조심스럽
게 걸쳤다. 정권이 그의 부축을 받으며 가마에서 내렸을 때, 고사
림은 이미 문밖에 서서 심각한 표정으로 이쪽을 바라보고 있었다.

"전하?"

정권은 고사림을 위아래로 쓱 훑어본 뒤 물었다.

"외숙, 다리는 좀 어떠세요?"

고사림은 잠시 멈칫하더니 대답했다.

"신경 써주시니 감사합니다. 다리는 이미 다 나았습니다."

정권은 고개를 끄덕이며 말했다.

"그럼 됐어요. 들어가서 얘기해요."

고사림은 정권의 다리에서 쇠사슬 소리가 들리자 아연실색해
물었다.

"전하, 이게⋯⋯?"

정권은 대답 없이 왕신의 부축을 받으며 천천히 안으로 들어
갔다.

왕신은 정권을 자리에 앉힌 뒤, 그의 이마에 송골송골 맺힌 땀
까지 닦고서야 조용히 물러났다. 고사림이 다가와 예를 갖추자,
정권은 그를 붙잡아 일으킬 기운이 없어 그저 말로 만류할 뿐이
었다.

"외숙, 일어나서 앉으세요."

그의 안색이 심상치 않아 보이자, 고사림은 인상을 쓰며 물었다.

"전하, 어디가 불편하십니까? 종정시에서 편안하게 지내신다
고 들었는데, 지금은 왜 이 모양입니까?"

진심으로 태자의 안위를 걱정하는 그의 모습에서는 일말의 가
식도 느껴지지 않았다. 태자는 코끝이 시큰해지며 대답했다.

"잠을 잘 못 자서 그래요. 별일 아닙니다."

고사림은 태자의 말을 믿을 수 없어 그 뒤로도 한참을 살피고
는 말했다.

"전하께서 이런 옷을 입으시면 어쩝니까? 새 옷을 내드릴 테니
갈아입으십시오."

정권은 말했다.

"신경 쓰지 마세요. 외숙, 앉아서 얘기해요."

정권이 황급히 얼버무렸다. 고사림은 정권의 목에 난 한 줄기
상흔을 발견하고는 결국 참지 못하고 강경하게 물었다.

"전하, 대체 어쩌다 이렇게 되셨습니까?"

정권은 몸을 비틀어 그의 손가락을 피하며 호통쳤다.

"고 상서! 고 장군! 본궁이 하는 말이 들리지 않는가?"

정권이 낯빛을 바꾸고 정색하니 고사림도 도리가 없었다. 그는
한숨을 쉬며 손을 거두고 자리에 앉으며 말했다.

"신이 무례했습니다."

그는 곰곰이 생각하더니 결국 한마디를 덧붙였다.

"전하, 안심하십시오. 어떤 간 큰 놈인지 신이 나중에 절대 가
만두지 않을 것입니다."

정권은 냉소하며 대꾸했다.

"장군이 호언장담을 하는군. 본궁 몸에 감히 손댈 수 있는 사
람이 누군지 몰라서 그런 무시무시한 소리를 하는 것이오? 하긴
장군은 전혀 눈치 볼 생각이 없는데 본궁 혼자 초조하게 마음을
졸이고 있겠지."

고사림은 정권의 말에 담긴 뼈를 느끼고 뭐라고 말을 하려다,
정권이 소매로 애써 수갑을 가리는 모습을 보자 결국에는 바닥에
꿇어앉아 흐느꼈다.

"전하, 이게 무슨 수모란 말입니까? 다 신의 불찰입니다."

정권은 그를 잠시 동안 바라보다가 고개를 저으며 웃었다.

"외숙, 사실은 처음부터 폐하가 꾸민 일이 아니라는 걸 아셨죠?"

고사림은 고개를 조아리며 말했다.

"신이 죽을죄를 지었습니다."

정권은 고사림의 반응을 보는 순간 가슴이 얼음처럼 싸늘하게 식는 것을 느끼며 말을 이었다.

"왕신은 처음부터 알았고 장육정도 알았습니다. 짐작컨대 중추절 연회 때 숙조부도 사실을 알고 있었겠죠. 모두가 한통속이 돼 나를 속였어요."

고사림은 감히 고개를 들지 못하고 말했다.

"저희가 죽을죄를 지었습니다. 하지만 다 전하를 위해서 한 일이니 부디 저희의 마음을 헤아려주십시오."

정권은 웃으며 말했다.

"알아요. 다들 날 위한답시고 좋은 마음으로 한 일이겠지요. 하지만 결국 죄명을 뒤집어쓰는 건 납니다. 나를 위한다면서 후세 사관들이 훗날 나를 어떻게 평가할지는 생각도 안 하셨습니까?"

고사림은 고개를 번쩍 들며 말했다.

"어째서 그런 말을 하십니까?"

정권은 대답했다.

"고 장군, 이런 상황이 돼서까지 날 속이려 들지 마시오. 고 장군이 장주에서 물 샐 틈 없이 치밀하게 대비를 해놓고 오지 않았다면, 어디 감히 천 리 밖 경성에서 이와 같은 일을 저지르겠소? 본궁의 말을 잘 들으시오. 폐하는 벌써 형에게 돌아가라는 명을 내리셨소."

고사림은 잠시 얼이 빠져 있다가 겨우 정신을 차리고 물었다.

"폐하가 어찌 아셨습니까?"

정권은 차갑게 대꾸했다.

"본궁이 알아차리고 폐하께 알려드렸소. 그대들은 허황된 명분 따위는 개의치도 않겠지만, 본궁은 그렇지 않소. 고 장군, 사실대로 고하시오. 조정에 능하 전투에 관해 숨긴 정황이 있소? 미처 완벽하게 소탕하지 못한 오랑캐들이 며칠 뒤 장주의 장군 깃발이 바뀌고 나면 혼란한 틈을 타 성을 공격할 예정은 아니었소?"

고사림은 태자가 이런 말투로 자신을 대하는 것을 평생 본 적이 없었다. 그는 어쩔 수 없이 말투를 바꾸어 정권을 불렀다.

"전하."

정권은 이어서 냉소를 지으며 말했다.

"아마 오랑캐들에게 급습을 당하면 고 장군의 군사들은 필시 이명안의 뜻대로 움직여주지 않겠지. 이명안은 그대로 순국할 테고, 장주가 함락되면 죄명은 모두 이명안이 뒤집어쓸 테니 폐하는 물론, 그 누구라도 일언반구의 문제도 제기하지 못할 것이오. 그제야 온 세상이 고 장군의 힘을 체감할 테고, 폐하는 어쩔 수 없이 장군을 장주로 돌려보내야 할 거요. 장육정 쪽에서는 진술을 번복해 제왕이 모든 걸 사주했다고 하면 폐하는 정세를 탈 없이 유지하기 위해 제왕을 처벌할 수밖에 없겠지. 물론 이백주 사건도 철저히 묻혀 그 누구도 영원히 입에 올리지 못하게 될 거요. 외숙, 내 대신 이 모든 걸 주도면밀하게 기획하셨으니 일어나서 감사의 절이라도 올려야 되는 것 아닌지 모르겠습니다."

정권이 일어나서 절하려는 자세를 갖추자, 고사림은 꿇은 채로 허둥지둥 정권의 발밑으로 기어가 두 다리를 부둥켜안았다.

"전하, 신이 죽는 꼴을 보려고 이러십니까?"

정권은 가슴이 먹먹해 눈앞이 캄캄해질 지경이었지만 가까스로 요동치는 감정을 다잡으며 말했다.

"고 장군, 난 사적으로는 고 장군의 외조카니 눈앞에 꿇어앉은 외숙의 모습을 보는 게 차마 마음이 편치는 않소. 하지만 군신 간의 도리를 따진다면 본궁은 장군의 주군이요. 장군이 신하로서 범한 죄는 본궁도 책임을 피하기 어렵소."

고사림은 그 순간 그에게 뭐라고 설명해야 좋을지 몰라 이 말밖에 할 수 없었다.

"전하, 모든 죄는 다 신이 혼자 짊어지겠습니다. 제발 앉으십시오. 옥체가 상하시면 어쩌려고 이러십니까?"

정권은 고사림의 부축을 받으며 다시 자리에 앉았다. 그에게 사정하는 고사림의 창백하게 질린 얼굴을 보니 가슴이 또다시 저려왔다. 그는 더 해야 할 말은 잠시 넣어둔 채 한참 뒤 입을 열었다.

"외숙, 알려주세요. 어떻게 처음부터 폐하가 꾸민 일이 아니라는 걸 아셨죠?"

그가 고개를 숙인 채 말이 없자 또 물었다.

"폐하가 오늘 내 적자 형제가 몇 명이냐고 물으시더군요. 폐하가 무슨 의미로 이 질문을 하셨는지 외숙은 아시죠? 대체 내게 숨기는 게 무엇입니까? 어머니에 관한 일인가요?"

고사림은 놀라며 되물었다.

"폐하가 그런 말을 하셨습니까?"

정권은 고개를 끄덕이며 말했다.

"네."

실내에는 그의 말을 끝으로 또다시 지독한 적막이 흘렀다.

큰 도읍이 국도와 같아지면

고사림은 천천히 뒤로 물러나 평소와 달리 태자의 앉으라는 말이 있기도 전에 먼저 자리에 앉았다. 끝도 보이지 않는 어두운 밤이 무겁게 창밖을 내리누르자 대청을 밝힌 몇 개의 촛불도 드넓은 바다에 외로이 떠 있는 고독한 배처럼 흔들거렸다. 만약 지금 장주의 성 꼭대기에 서 있었다면 한창 금탁을 치는 소리가 울리며 햇불이 군영 전체를 서서히 밝히기 시작할 무렵일 것이다. 그곳에서만 느낄 수 있는 그 번화한 햇불은 하늘에 총총히 박힌 별의 광채를 무색하게 만들 정도였다. 북녘의 세찬 바람이 맑은 소리를 내며 처음의 기세로 회안산回雁山 북쪽으로 불어닥치면 바람결에서 목초지와 군마, 먼지 등의 냄새가 느껴지고는 했다. 그 바람 저변에 희미하게 실린 시큼한 비린내는 오직 그만이 느낄 수 있었다. 그 신선한 피 냄새는 오랑캐의 것이기도 했고, 나라를 위해 전사한 장주의 젊은 병사들의 것이기도 했다. 큰 전투가 끝나고 난 뒤 우리 편 전사자와 적군의 시신을 나누어 떠나보내면 일찍부터 뒤섞여 흐르기 시작한 그 피가 전장의 모래와 초목으로 스며들어, 바람이 강하게 부는 날이면 수백 리 밖의 장주 성까지 바람을 타고 실려왔다. 만약에 바람이 두껍게 쌓이고 쌓여 장주를 넘고 승주를 넘어 더 멀리 관내로까지 밀려간다면, 멀리 낯선 변경 땅에 뼈를 묻은 병사들은 머리가 하얗게 센 백발의 노부모와 신혼의 어여쁜 아내, 머리를 양 갈래로 묶은 어린 자식의 얼굴을 볼 수 있을지도 모른다.

경성에서는 절벽과 황량한 사막을 넘어 만 리 밖까지 소식을 전하는 그런 바람을 느낄 수 없었다. 경성의 바람은 여린 버들가지를 흔들고, 어가를 덮은 화개를 뒤집거나 공기 중에 흩날리는 꽃잎을 어구로 실어보내는 게 고작이었다. 그는 자신의 대장기가 강한 바람에 펄럭펄럭 소리를 내며 세차게 나부끼는 모습을 상상했다. 눈앞에 자신의 지휘를 기다리는 용맹한 장수와 병졸들이 끝없이 늘어선 광경을 상상하니 마음의 평정이 조금씩 되돌아왔다. 그러나 눈을 뜨니 그를 기다리는 건 외로운 촛불과 그 아래서 당시의 생모와 똑같은 눈빛으로 말없이 자신을 바라보는 태자였다.

두 사람의 얼굴은 실로 똑같았다. 옥을 조각한 듯한 얼굴, 눈이 쌓여 만들어진 듯한 피부, 그림 같은 눈썹과 반짝이는 물결이 흐르는 듯한 눈동자까지도. 먼 옛날 갓 열다섯 살을 맞은 소녀의 짙은 푸른색 옷깃은 바람을 따라 물결처럼 넘실거렸고, 소녀의 미간과 아름다운 두 뺨은 따사로운 봄볕에 눈부시게 빛났다. 열일곱 살의 소년은 그런 그녀에게서 눈길을 거두지 못했다. 그의 눈빛에는 도저히 억누를 수 없는 기쁨과 연모의 감정이 가득했다. 그의 감정은 아름다운 여인을 향한 순수한 마음이었을 뿐, 권세가 대단한 그녀의 집안과는 전혀 무관했다. 열일곱 살의 영왕 전하 감鑒은 황제의 셋째 아들로, 귀비 이씨의 소생이었으며, 고옥산의 독자와도 친분이 두터웠다.

아마도 지나치게 닮은 얼굴 탓에 오랜 세월 황제에게 그토록 미움을 받았을 것이다. 그때와 마찬가지로 원망이 가득 담긴 눈빛을 20년의 세월이 흐른 지금, 또 다른 육친의 눈을 통해 똑같이 마주하고 있다. 20년이면 뽕나무밭이 푸른 바다가 되기에는 부족하지만, 사람의 마음을 철석처럼 단련하고 절친한 벗을 적으로 만들고, 가장 진실한 맹세가 세상에서 가장 졸렬한 우스갯소리로 전락하기에는 충분한 시간이리라. 당시 그들은 남산 정상에서 오늘 같은 날이 오리라고는 상상도 하지 못했다. 만약 한 번 내린 비가 다시 하늘로 오를 수 있다면, 이미 흐른 물살을 되돌릴 수 있다면 그때도 과연 같은 선택을 할까? 누이가 연모하는 사내와 혼인하도록 내버려 두었다면 고가는 그를 태자의 보위에 올릴 수 있었을까? 누이는 왕비를 거처 태자비가 되고 황후가 되어 결국 황태후의 자리에까지 오를 수 있었을까? 만약 그렇다면 그들의 태자는 지금처럼 온몸에 상흔을 가득 안고 곤궁한 처지로 이 자리에 앉아 조심스럽게 군신 사이를 논하는 대신 부모의 사랑을 듬뿍 받고 자라 밝은 청년이 되지 않았을까? 그렇다면 임금은 예를 다하고 신하는 충성을 다하는 세상이 찾아왔을까? 부모와 자식이 서로를 진심으로 사랑하고 형제간의 우애가 깊은 그런 세상이 펼쳐졌을까? 그런 세상에서는 고가의 영화가 소씨의 강산처럼 만세토록 이어질 수 있을까?

허나 인생은 바둑과 같아서 한 번 내린 결정은 후회한들 소용이 없다.

고사림은 마침내 입을 열었다.

"전하께는 친형이 있었습니다."

정권의 작열하는 눈빛이 고사림을 향했다. 낯빛은 놀랍도록 하얗게 질린 채였다. 고사림은 고개를 돌려 그의 눈빛을 외면하며 침착하게 말을 이었다.

"선황후가 영왕부로 들어간 두 번째 해에 소왕 역시 시녀를 한 명 품었습니다. 측비의 품계를 내리지는 않았지만 소왕을 모신 것만은 확실하지요."

정권은 그가 무슨 말을 하려는 건지 전혀 예측할 수가 없었다. 갑자기 몸의 상흔이 뻣뻣하게 경직되는 듯한 통증과 함께 마음속에 까닭 모를 번뇌가 일었다. 빨리 이야기하라고 독촉하고 싶었지만 억지로 욕구를 내리 눌렀다. 고사림은 한참 뒤에야 다시 이야기를 이어갔다.

"선황후는 혼인 전에 그 시녀와 가장 친했습니다. 어딜 가든 항상 붙어 다녀 자매 같았는데, 막상 시집갈 때는 데리고 가지 않았지요. 신은 1년이 지나서야 그 이유를 알았습니다."

정권은 한참 동안 충격에 휩싸여 넋을 놓았다. 두 사건의 인과관계를 연결하려고 애를 쓰니 가슴 깊숙한 곳에서 은근한 두려움이 서서히 솟구쳐 올랐다. 그는 불안한 마음에 몸을 잔뜩 웅크린 채 떨리는 목소리로 물었다.

"어머니……, 황후는 왜 그렇게 하셨죠?"

고사림은 그 물음에는 대답하지 않고 담담히 하려던 말을 계속했다.

"황초 4년 첫 달에 영왕비에게 태기가 들었습니다. 영왕에게는 겹경사였지요. 소왕이 선제의 명에 의해 구금된 지 3개월째였거든요. 성지는 따로 없었지만 세상 모두가 영왕이 새로운 태자가 될 거라는 사실을 믿어 의심치 않았습니다."

정권은 갑자기 고함을 질렀다.

"외숙!"

질문은 하지 않았지만 비수와도 같은 날카로움이 산산이 흩어져 있던 고사림의 기억 속으로 파고들었다. 고사림은 천천히 고개를 돌리더니 물었다.

"전하, 계속 듣고 싶으십니까?"

정권은 쇠사슬에 손가락을 단단히 건 채 입술을 수차례나 파들파들 떨며 '아니오'란 말을 내뱉으려 했지만, 결국에는 살짝 고개를 끄덕였다.

고사림은 그를 한번 바라본 뒤 조용히 말을 이었다.

"5월 말의 어느 날 오후였습니다. 왕비가 갑자기 이 귀비에게 문후를 올리러 가겠다고 했지요. 하지만 돌아올 땐 정신을 잃은 채로 업혀서 들어왔습니다. 영왕은 한밤 내내 왕비의 곁을……. 만일 그 아이가 무탈했다면 폐하의 장자이자 전하의 형이었을 겁니다. 6월에 소왕이 자결하자, 영왕은 측비 두 명을 새로 들였고 다음 해에 전하의 두 형이 태어났지요."

정권은 전신에 기력이 조금도 남아 있지 않은 상태에서 머리마저 점점 무거워졌다. 떠올릴 수 있는 상황이라고는 아무것도 없었으므로, 그는 그저 멍하니 물을 뿐이었다.

"어떻게 된 일입니까?"

고사림은 천천히 고개를 가로저으며 대답했다.

"영왕과 신은 나중에야 알았습니다. 왕비는 궁궐이 아니라 몰래 종정시에 갔었다는 걸요. 대체 그곳엔 어떻게 들어갔는지, 가서 그 사람과 무슨 얘기를 나눴는지 신은 전혀 모릅니다. 그저 나올 때는 태연했는데 마당 문밖 계단 위에서 갑자기 혼절했다는 얘기만 들었지요. 옆에 있던 궁인이 미처 막지 못하는 바람에 왕비는 계단 아래로 굴러떨어졌습니다. 깨어나서는 절대 그 일을 언급하지 않았어요. 다만 신에게 소왕의 그 시녀를 조용히 내보내라는 명만 내렸습니다."

그랬다. 아마 노래를 지은 이조차 그 노래가 그들 사이에 감춰진 은밀한 부정까지 의도치 않게 들추는 꼴이 되리라고는 예상 못 했을 것이다. 그날 밤 부친이 미친 사람처럼 분노한 이유를 이제야 알 것 같았다. 그것은 결코 연기가 아니었다. 정권은 쇠사슬에 건 손가락을 강박적으로 빙빙 돌렸다. 그러는 사이 사슬이 죄는 힘은 점점 강해져서 피가 차단된 손가락 끝이 창백하게 질렸다. 이윽고 툭 하는 소리와 함께 이음새에 걸린 집게손가락의 손톱이 뿌리까지 부러지며 정권의 옷을 새빨간 피로 물들였다. 그가 움직일 때마다 족쇄의 사슬이 철렁철렁 묵직한 소리를 내며 흔들렸다. 현철의 얼음 같은 냉기가 그의 손에 불에 타는 듯한 통증을 가하고 있었다. 족쇄는 죽은 사물에 지나지 않는다. 죄지은 사람의 죄악을 드러내는 것이 이 물건의 유일한 용도이니 족쇄에 갇힌 사람이 수치심을 피할 수 없는 건 당연한 일이리라. 지금 그의 뇌리에는 이 손을 빼지 못하면 몸에 걸쳐진 더럽고 찢어진 옷을 갈아입을 수 없다는 생각뿐이었다. 아무리 안간힘을 쓰며 몸부림을 쳐도 그의 손에 채워진 죄악은 여전히 그 자리에서 그의 손을 옴짝달싹못하게 옥죄었다. 대체 이 죄악은 얼마나 무겁고 견고하기에 벗어날 수 없는 것일까?

온몸의 상흔에 몸 전체가 산산이 조각나는 것을 느끼며 눈앞의 등불도 점점 까맣게 흐려졌다. 보이는 것이라고는 혼비백산한 얼굴로 자신에게 달려오는 고사림의 얼굴뿐이었다. 그는 몇 차례 가쁜 숨을 헐떡이다가 마지막 남은 기력을 쥐어짜 마침내 말을 내뱉었다.

"그만하세요. 다 믿을 수 없습니다."

어둠 속에서 한 줄기 희미한 빛이 보였다. 누군가의 조용한 목소리가 그를 부르고 있었다.

'아보, 아보.'

목소리는 불당의 의식 음악처럼 아련한 여운을 남기며 흩어졌다. 그것은 자신의 아명이었다. 어머니가 자신의 작은 손을 꼭 붙들고 종이에 쓴 뒤 웃어 보이며 알려줬던 그 이름이었다.

'이게 너의 이름이란다.'

그는 이윽고 부친의 싸늘한 얼굴도 다시 떠올렸다. 그 무서운 얼굴을 마주하고도 귀신에 홀리기라도 한 듯 내뱉었던 말.

'난 소정권이 아니에요.'

그때의 그는 자신의 이름이 소정권이 아니라 아보라고 부친에게 진심으로 알려주고 싶었다. 그러나 돌아오는 건 아버지의 불같은 분노뿐이었다. 아직도 귓가에 펄펄 뛰는 그의 목소리가 생생하다.

'넌 소정권이야!'

통증과 공포는 울부짖으며 발버둥 치던 당시와 같았지만, 십여 년의 세월이 흐른 지금은 당시에는 들리지 않았던 내면의 소리가 들렸다.

'난 아보가 아니라 소정권이다.'

정권이 눈을 뜰 때쯤 흐느끼는 듯한 고사림의 목소리가 들렸다. 눈을 뜨자 자신의 손을 압박하던 누군가의 힘도 서서히 풀어졌다. 정권은 몽롱한 눈으로 눈앞의 얼굴을 바라봤다. 귓가에는 허공을 맴도는 자신의 목소리가 들렸다.

"왜 그동안 숨기셨어요?"

고사림은 고개를 저으며 대답했다.

"전하, 어떻게 부모의 흠이 되는 얘기를 그 자식 앞에서 하겠습니까?”

그렇다. 고사림은 고개 숙여 절을 하며 다시 한 번 속으로 되뇌었다.

'그렇습니다. 내 어찌 여동생의 아들에게 어머니가 사실은 소왕을 사랑했다고, 외할아버지와 나 때문에 어쩔 수 없이 다른 남자와 혼인했다고 얘기하겠습니까. 내 어찌 전하의 어머니가 눈을 부릅뜨고 했던 말을 감히 들려줄 수 있겠습니까.

'오라버니, 그녀를 악주로 보내시면 나도 전하께 가서 죄를 청하겠습니다. 하지만 만일 그녀가 잘못됐다는 소리가 내 귀에 들리면 즉시 자결하겠어요. 오라버니, 당신들이 그 사람을 끝까지 봐주지 않는다면 이게 내가 살아서 하는 마지막 부탁이 될 겁니다.'

그 사건 이후로 조 비는 2년 넘게 영왕의 총애를 독차지했습니다. 그러자 전하의 외할아버지는 전하의 부친에게 여러 차례 외손자를 봐야겠다고 독촉했지요. 전하는 그렇게 해서 태어나셨습니다. 이 사실을 제가 어찌 감히 전하께 알려드리겠습니까. 전하, 세상에는 평생 영영 내뱉을 수 없는 말도 있습니다. 신과 신의 일족이 전하께 큰 죄를 지었습니다.'

고사림은 속으로 말을 삼킬 뿐 입을 열지는 않았다. 정권 역시 더는 질문할 열의도, 용기도 없었다. 그는 지친 눈으로 고사림을 바라보며 물었다.

“이 일을 아는 사람이 또 있습니까?”

고사림은 고개를 저었다.

“없습니다. 당시 소왕을 지키던 시위나 왕비를 지키던 시녀들은 모두…… 없습니다.”

정권은 물었다.

"조씨 모자는요?"

고사림은 대답했다.

"폐하께서 말씀하시지 않는 한 알 리 없습니다."

정권은 고개를 끄덕인 뒤 중얼거렸다.

"그렇다면 이번에 제왕은 정말 엄청나게 멍청한 짓을 저질렀군요."

고사림은 뭐라고 대답해야 할지 몰라 그저 조용히 수긍했다.

"네."

정권은 천천히 몸을 일으켜 앉았다. 고사림은 힘겨워 보이는 정권을 부축하려다가 그의 눈빛에서 심상치 않은 기운을 느끼고는 놀라 동작을 멈췄다. 정권은 어느새 단정히 자리에 앉아 말했다.

"폐하는 말씀하시지 않았지만, 내 생각이 틀리지 않다면 장육정이 오늘 밤 진술을 번복했겠군요."

고사림은 대답했다.

"네."

정권은 말했다.

"폐하는 며칠 뒤 제왕을 속국으로 되돌려 보내겠다고 하셨습니다."

고사림은 또 대답했다.

"네."

정권은 그를 쳐다보며 말했다.

"외숙의 다음 계획이 무엇인지는 모르겠지만, 장주는 반드시 무사해야 합니다. 형에게 이 말을 꼭 전하세요."

고사림은 잠시 주저하다가 미간을 찌푸리며 말했다.

"전하, 이 일은 신중하게 천천히 논의해야……."

정권은 고개를 저으며 그의 말을 가로막았다.

"논의할 필요도 없습니다. 이미 나도 공모자라고 폐하께 상소를 올렸어요."

고사림은 경악하며 외쳤다.

"전하, 왜 그러셨습니까?"

정권은 그를 바라보며 담담히 미소를 지었다.

"이것 말고는 외숙에게 감사를 표할 방법이 없었습니다. 달리 외숙을 벌할 방법도 없었고요."

고사림은 잠시 우두커니 있다가 마침내 수긍하며 두 눈을 감았다.

격자 창살 너머로 앉은 사람과 꿇어앉은 사람의 그림자가 은은히 비쳤다. 안에서는 오랫동안 아무 소리도 들리지 않았다. 왕신은 고개를 들어 하늘 색을 확인하고는 결국 불안한 마음에 문을 두들기며 조용히 정권을 불렀다.

"전하."

고사림도 마침내 침묵을 깨고 정권에게 말했다.

"전하, 몸조심하십시오. 왕 상시를 들라고 하겠습니다."

정권은 고개를 저으며 말했다.

"됐어요. 혼자 걸을 수 있습니다. 외숙에게 묻고 싶은 게 하나 더 있어요. 소왕의 시녀가 혹시 아이를 가졌었나요?"

정권이 갑자기 이와 같은 사실을 확인하자, 고사림은 잠시 생각하다가 사실을 고하기로 마음먹었다.

"아마도 그럴 겁니다."

정권은 고개를 끄덕이며 말했다.

"시녀를 어디로 보냈어요?"

고사림은 정권이 그 일에 왜 이리 관심을 가지는지 알 수가 없어 잠시 멍하니 생각하다가 입을 열었다.

"침주郴州가 고향이어서 침주에 있는 그녀의 본가로 보냈습니다."

정권은 미세하게 떨리는 몸으로 남몰래 이를 악물며 물었다.

"아이는요? 태어났습니까?"

고사림은 대답했다.

"그건 신도 모릅니다."

정권은 말도 안 된다는 듯 되물었다.

"그토록 엄청난 일을 외숙이 모를 수가 있습니까?"

고사림은 대답했다.

"신이 어찌 감히 전하를 속이겠습니까? 시녀의 집에 사람을 두고 감시를 했는데 두 달 뒤에 감쪽같이 행방을 감췄습니다. 하지만 신은 추적할 엄두가 나지 않았습니다. 괜히 경거망동하다가 이 일이 폐하께 알려지면……."

정권은 대답했다.

"알겠습니다. 태어났더라도 이미 백성 틈에 섞여 찾을 수가 없겠군요."

그때 고사림은 문득 한 달 전에 우연히 마주친 젊은 관원의 얼굴이 떠올랐다. 그런 우연의 일치가 일어날 리 없다는 것을 알면서도 이상하게 심장이 두근거렸다. 그는 애써 그의 얼굴을 지우며 그저 조용히 대답했다.

"네."

정권은 말없이 방에서 나와 부축하려고 다가온 왕신의 손을 뿌리치고는 성큼성큼 밖으로 향했다. 그는 대문 앞에서 걸음을 멈추고 다시 고개를 휙 돌렸다. 뒤돌아보는 순간 문득 어떤 생각이 머릿속을 스쳤다. 그는 급히 족쇄를 움켜쥐며 억눌렀지만 이미 늦었다. 이미 떠오른 생각을 다시 뒤로 밀어낼 수는 없었다. 그가 갈팡질팡 어찌할 바를 모르고 있을 때, 냉엄한 목소리가 가슴 밑바닥에서 그를 울렸다.

'참으로 간도 크구나. 이것이 우리 소가의 천하이더냐, 너희 고가의 천하이더냐?'

그 목소리는 부친의 목소리일까, 아니면 자신의 목소리일까? 손가락 끝의 통증이 그제야 정권의 가슴을 찌르듯이 헤집었다. 정권은 몸을 흠칫 떨며 마음속으로 차가운 전쟁을 치렀다.

황제는 의자에 기대 턱을 괸 채 한참 만에야 피곤한 눈을 붙였다가 문득 밖의 기척을 느끼고 다시 잠에서 깨어 눈을 떴다. 그는 안으로 들어와 예를 갖추려는 정권을 "필요 없다" 하고 제지하고는 옆의 내시에게 눈짓했다. 내시는 허겁지겁 정권에게 다가와 족쇄와 사슬을 풀고는 황제 앞에 부축해 앉혔다. 파랗게 질린 정권의 얼굴은 차마 눈 뜨고 보기 어려웠다. 황제는 그의 목에 난 옅은 상흔을 손으로 가볍게 쓰다듬으며 조용히 말했다.

"태의를 부르겠다."

정권은 그의 손길에 몸을 파들파들 떨며 황제를 불렀다.

"폐하?"

황제는 되물었다.

"왜 그러느냐?"

정권은 대답했다.

"고 장군에게 말했습니다."

"그래."

황제는 고개를 끄덕이며 대답하고는 내시를 향해 고개를 돌리며 지시했다.

"어서 가라."

내시가 태의를 부르려고 막 자리를 떠나려는 차에 정권이 그를 만류하며 말했다.

"됐으니 너는 그냥 나가 있어라."

황제와 내시는 동시에 멈칫했다. 내시는 한참 만에야 주저하며 황제의 뜻을 구했다.

"폐하, 어찌……."

황제가 말이 없자, 정권이 다시 재촉했다.

"본궁은 폐하와 할 말이 있으니 넌 나가 있어."

"태의에게 보이고 나서 얘기해도 늦지 않아."

황제는 성미를 간신히 억누르며 말하다가, 문득 보라색으로 흉측하게 부은 정권의 손끝을 발견하고는 미간을 찌푸리며 물었다.

"손가락은 또 어찌 그랬느냐?"

정권은 웃으며 대답했다.

"심심해서 폐하가 하사하신 족쇄를 가지고 놀다가 고리에 걸려 이렇게 됐습니다."

황제는 정권의 대답을 믿을 수 없어 미심쩍어하며 말했다.

"그럼 손가락도 함께 보여주면 되겠구나."

그러나 정권은 침상의 가장자리를 손으로 짚으며 천천히 일어나 고개를 저으며 말했다.

"앉으십시오. 신이 폐하께 고할 말이 있습니다. 신의 말을 들으시면 대노하실 텐데 어찌 탕약을 먼저 구하겠습니까? 약 대신 곤장이나 몽둥이를 준비하시는 게 어떨지요?"

정권의 언사와 행동거지는 고부에 다녀온 뒤로 황당할 정도로 불손했다. 황제는 살짝 치밀어 오르는 노기를 느끼며 자리에 앉아 말했다.

"먼저 말이나 해보아라. 짐이 어떻게 할지는 얘기를 들어봐야 알지 않겠느냐?"

정권은 고개를 끄덕인 뒤 물었다.

"제왕은 어떻게 처벌하실 생각이십니까?"

신하의 입으로는 뱉을 수 없는 극도로 무례한 질문이었다. 황제는 자신의 귀를 의심하며 정권을 손가락으로 가리키면서 내시에게 되물었다.

"태자가 방금 뭐라고 했느냐?"

옆에 서 있는 내시가 감히 대답하지 못하고 우물쭈물할 때, 다시 정권의 목소리가 들렸다.

"신이 폐하께 묻습니다. 신은 국본으로서 과오를 저지를 때마다 항상 폐하의 지엄한 가르침을 받았습니다. 허나 제왕은 일개 종실로서 대역무도한 모략을 꾸몄지요. 그에게는 국법과 가법을 어떻게 행하실 생각이십니까?"

황제의 두 손은 불같이 치솟는 화를 억누르느라 파들파들 떨리기 시작했다. 그는 한참 만에야 가까스로 이를 갈며 입을 열었다.

"누구의 비호를 등에 업고 짐의 면전에서 무엄하게 구느냐?"

정권은 처음 그대로의 낯빛으로 고했다.

"무례하게 굴려던 건 아니었습니다. 폐하는 며칠 뒤에 제왕을 속국으로 돌려보내겠다고 하셨는데, 생각해보니 제왕은 이미 혼인한 몸으로 가법에 의하면 당연히 옛날에 속국으로 떠났어야 하니 이는 처벌이라 할 수 없습니다. 만약 그 밖에 다른 처벌이 없다면 내외 고하를 막론하고 폐하의 뜻에 불복할 것입니다."

황제는 양옆 관자놀이에 핏줄이 불거질 정도로 화가 났으나 도리어 소리 내어 웃으며 말했다.

"그렇다면 짐이 네 고견을 구해야겠구나. 넌 그를 어떻게 처분했으면 좋겠느냐?"

정권은 담담하게 미소를 지으며 황제를 올려다본 뒤에 조용히 대답했다.

"처음에 신의 소행이라고 여기셨을 때는 어찌 처벌하실 생각이셨습니까? 제왕의 처분은 폐하께서 정하셔야 합니다. 그걸 어찌 감히 신이 정하겠습니까."

황제는 한참이나 정권을 묵묵히 바라보다가 물었다.

"더 할 말이 있느냐?"

정권은 대답했다.

"네."

황제는 대답했다.

"할 말이 있으면 모두 해라."

정권은 말했다.

"오제 역시 이미 관례를 치렀으니 종정시에 일러 속국으로 가는 일을 논의케 해야 합니다. 속국의 왕부도 일찌감치 수리해 준비하고 1~2년 뒤에는 왕비도 맞아들여야 하겠죠. 미리미리 준비해 때가 됐을 때 급하게 처리하느라 소홀해지는 의전이 없어야 합니다."

황제는 고개를 끄덕이며 대답했다.

"훌륭하다. 계획까지 세웠으면서 왜 굳이 짐에게 묻느냐?"

정권은 대답했다.

"이 또한 폐하께서 정하실 일입니다. 신은 감히 나설 수 없습니다."

황제는 차갑게 웃으며 말했다.

"더 할 말이 있느냐?"

정권은 고개를 저었다.

"없습니다."

황제는 격노한 표정으로 오랫동안 정권을 노려보다가 갑자기 분을 삭이며 말했다.

"짐은 널 때리지도 처벌하지도 않겠다. 며칠 뒤면 조정에 들어야 할 테니 어서 가서 쉬어라. 짐이 태의를 보내 네 몸을 잘 살피게 하겠다. 어서 가라. 짐은 지쳐서 쉬어야겠다."

정권은 잠시 당황해 주저하다가 황제에게 다시 물었다.

"신이 왜 이런 말을 하는지는 안 물으십니까?"

황제는 고개를 저으며 대답했다.

"너희의 그 속을 일일이 알고 싶지는 않다."

정권은 침울한 표정으로 피식 웃은 뒤 말했다.

"폐하, 오늘 밤 고 장군 집에서 돌아오는 길에 갑자기 노 선생님이 가르쳐주셨던 책이 하나 떠올랐습니다. 폐하는 항상 큰형에게만 암송을 시키셨지, 신에게는 시키신 적이 없으시지요. 오늘은 신이 폐하께 책을 낭송해드려도 되겠습니까?"

황제가 묵묵부답이자, 정권은 스스로 천천히 낭송을 시작했다.

"태자가 싸우려 하자, 호돌狐突은 간언했다. '불가합니다. 과거 신백辛伯이 주 환공桓公에게 간하기를, 후궁의 지위가 왕후와 같고 총신의 권세가 정경들과 대등하며, 서자와 적자의 지위가 동등하고 큰 도읍이 국도와 같아지는 것은 나라를 혼란하게 하는 근본이라고 하였는데, 주 공은 그 말을 듣지 않아 화를 당하게 되었습니다. 이제 혼란의 근원이 생겼으니 태자의 즉위를 기약할 수 있겠습니까? 스스로 위험에 빠져 죄를 재촉하기보다 효도를 해 백성을 편안하게 할 수 있는 방법을 모색하십시오.'*"

황제는 두 눈을 번쩍 뜨더니 오랫동안 태자를 바라보다가 분

---

* 『좌전左傳·민공閔公 2년』인용.

부했다.

"다시 한 번 읊어보아라."

정권은 고개를 들고 읊었다.

"후궁의 지위가 왕후와 같고 총신의 권세가 정경들과 대등하며, 서자와 적자의 지위가 동등하고 큰 도읍이 국도와 같아지는 것은 나라를 혼란하게 하는 근본이라고 하였다."

황제가 물었다.

"그 구절의 뜻이 무엇인지도 노세유가 가르쳐주더냐?"

정권은 대답했다.

"네."

황제는 고개를 끄덕이며 말했다.

"알겠다. 이러다 날이 밝겠구나. 어서 돌아가라. 짐이 깊이 생각해보겠다."

제
33
장

나의 붉은색이 더욱 선명히 빛나면

정권은 안안궁을 나와 두어 걸음을 내딛다가 오른쪽 무릎에 힘
이 풀려 바닥에 털썩 주저앉았다. 왕신은 전각 문밖에서 기다리다
가 태자가 쓰러지는 것을 보고는 내시 한 명을 대동하고 허둥지둥
달려가 양쪽에서 그를 부축했다. 정권은 손바닥으로 땅을 짚으며
일어나려고 안간힘을 썼지만, 온몸에는 이미 기력이 하나도 남아
있지 않았다. 그는 굳은 표정으로 왕신의 귓가에 속삭였다.

"왕 상시, 나 움직일 수가 없어."

목소리는 평온한 듯했지만, 왕신은 태자의 성미를 그 누구보다
잘 알고 있었다. 그는 정말 버티기 힘들 때가 아니면 절대 약한 소
리를 하지 않았다. 그는 계단 한참 밑에 놓인 가마를 보자 가슴이
시큰해 말했다.

"괜찮으시다면 신이 전하를 업고 내려가겠습니다."

정권은 희미하게 웃으며 말했다.

"다른 사람도 많은데 굳이 왕 상시가 업으려고?"

왕신은 대답했다.

"다른 사람에게 전하를 맡길 수는 없지요. 신은 선황후께 목숨을 다해 전하를 모시겠다고 맹세했습니다. 신이 전하를 안전하게 모시겠습니다."

정권은 잠자코 동쪽 하늘을 바라봤다. 벌써 동틀 무렵이 되어 활처럼 잔뜩 휘어진 달은 어느새 지고 없는데 아직 해는 보이지 않았다. 달과 해가 자리를 바꿀 무렵, 밤의 마지막 빛깔은 어둠에 딱 달라붙은 듯 무겁게 가라앉아서 좀처럼 여명의 조짐이 보이지 않았다.

정권은 시선을 거둔 뒤에 결국 옆에 있던 다른 내시에게 지시했다.

"네가 본궁을 업어라."

내시는 잠시 멍하니 있다가 정신을 차리고는 황급히 대답했다.

"네."

내시가 바닥에 엎드려 정권을 엎자, 왕신과 다른 내시들이 옆에서 정권을 붙들었다. 그렇게 계단을 하나하나 내려갈 때, 정권이 힘없이 미소를 지으며 왕신에게 말했다.

"할아버지, 다른 사람에게 업혀 가는 게 이걸로 세 번째네."

태자가 뜬금없는 말을 꺼내자, 왕신은 묵묵히 고개를 끄덕이며 대답했다.

"네."

정권은 계속 미소를 지으며 말했다.

"어릴 때 내가 별거 아닌 일로 오제의 이마를 깨버린 적이 있어. 지금도 오제의 눈가에는 그때의 흉터가 있지. 난 폐하의 명으로 연조궁 앞 섬돌 앞에서 한나절이나 무릎을 꿇고 있어야 했지. 그때 처음으로 할아버지 등에 업혀서 돌아갔는데, 할아버지는 기억 안 나?"

워낙 오래전이기도 하고 사소한 일이기도 해, 왕신은 기억을 한참이나 더듬다가 간신히 생각해냈다.

"그걸 아직도 기억하시네요."

정권은 읊조리듯 말했다.

"기억하지. 다 기억나."

그는 조곤조곤 말을 이었다.

"내가 그때보다는 많이 무거워져서 할아버지가 업으면 힘들 거야."

정권의 목소리가 점점 잦아들며 희미해지자, 왕신은 잘 들리지 않아 고개를 들어 정권을 살폈다. 그는 이미 조용히 눈을 감은 채 기력이라고는 하나도 없이 사지를 축 늘어뜨리고 있었다. 왕신은 초조한 마음에 연신 정권을 업은 내시를 재촉했다.

"빨리빨리! 서둘러라!"

거의 문이 열림과 동시에 정권은 꿈결 속에서 누군가의 목소리를 들은 듯했다.

"전하? 전하예요?"

목소리가 아득하게 멀어지는 바람에 누구의 목소리인지는 분별할 수 없었다. 그는 흐릿한 정신 속에서 한참이나 헤매다가, 아보가 아직 종정시의 궁실에 남아 있다는 사실을 희미하게 떠올렸다. 그녀에게 말을 하려고 입을 움찔거려 봤으나 아무런 소리도 내뱉을 수 없었다.

왕신은 정권을 잘 눕힌 뒤, 아보는 미처 신경 쓸 겨를도 없이 뜨거운 물을 빨리 준비하라고 연신 사람들을 재촉했다. 아보가 뒤늦게 정신을 차리고 휘청거리며 내실로 급히 들어가니 정권의 난포는 벌써 벗겨져 바닥에 널브러져 있었고, 정권이 입은 내의 위에는 가로세로로 정신없이 새빨간 줄이 그어져 있었다. 오는 내내 몸이 흔들려서 상투는 거의 산발에 가깝게 흐트러져 있었다. 군데군데 흘러내린 머리카락이 그의 옆얼굴을 가려 안색을 살필 수가 없었다. 아보가 그의 곁으로 가려는 그때 정권의 손이 희미하게 움찔거렸다. 그러나 아파서인지 힘이 없어서인지 정권은 끝내 팔목조차 들어 올리지 못했다. 아보는 그의 곁으로 다가가 귓가에 대고 물었다.

"전하, 뭐가 필요하세요?"

그러나 정권은 입만 희미하게 움찔거릴 뿐 아무 대답도 하지 못했다. 아보는 왕신이 직접 뜨거운 물 주전자를 들고 들어오는 모습을 보고 문득 스치는 생각이 있어 즉시 물었다.

"전하, 물이에요?"

정권이 고개를 힘없이 끄덕이자, 왕신이 즉시 대답했다.

"제가 찻잔을 가져오겠습니다."

아보는 대답 대신 왕신이 가져온 물을 대야에 부은 뒤 수건을 적셔 물기를 꽉 비틀어 짰다. 그러고는 그의 옆에 조용히 앉아 얼굴과 목덜미를 차례차례 부드럽게 닦았다. 아보는 그의 두 손바닥까지 다 닦은 뒤에야 정권의 머리에서 비녀를 뽑은 뒤 땀에 젖어 뒤엉킨 머리를 옥빗으로 한 가닥 한 가닥 정성스럽게 빗어가며 천천히 정리했다. 왕신은 찻물을 가지고 돌아오던 길에 아보의 괴이한 행동을 보고 잠시 얼이 빠져 있다가 물었다.

"물을 마시고 싶으시다는 게 아니었습니까?"

아보는 정권의 머리카락을 단정하게 모아 정수리에 깔끔하게 상투를 지은 뒤, 귀밑머리에 흐트러진 머리카락은 없는지 확인하고 나서야 조용히 대답했다.

"지금은 물을 드시려던 게 아니니까 그냥 거기다가 내려놓으세요."

이어서 아보는 정권의 귓가에 조용히 속삭였다.

"일단 주무세요. 조금 있다가 태의가 와서 전하를 치료하고 나면 소인이 옷을 갈아입혀 드릴게요."

정권은 남몰래 안도의 한숨을 내쉬었다. 그는 아무것도 보이지 않고 들리지 않는 빛과 어둠이 뒤섞인 혼돈 속에서 기쁨도 슬픔도 느낄 수 없었다. 오직 그녀의 두 손만이 그의 뜻에 부합하게 움직이며 조금씩 천천히 몸을 깨끗하게 정리해주고 있었다. 비록 그 안에 품은 것이 더러운 피와 어리석음, 몇 세기에 걸쳐 내려온 죄악과 썩을 대로 썩어버린 영혼일지라도 그것을 싸매고 있는 가죽 몸뚱이만은 여전히 깨끗하고 싶었다. 그것이야말로 그에게 유일하게 남은 깨끗한 존재였으니.

그녀의 손은 마치 자신의 손인 것처럼 말하지 않아도 뜻대로 움직여주었다. 그의 타락한 영혼의 목소리가 그를 다시 일깨우기 시작했다.

'그녀는 지나치게 총명해. 그녀를 여기 두면 안 되는 것도 몰라?'

그러나 그의 몸뚱이는 이미 지칠 대로 지쳐 그 목소리를 반박하고 싶지도, 목소리에 호응하고 싶지도 않았다. 그는 결국 이대로 본능을 따르기로 하고 말없이 눈을 감았다.

아보는 정권 곁을 지키다가 그가 깊은 잠에 빠지고 나서야 고개를 들어 물었다.

"왕 상시, 태의가 오나요?"

왕신은 잠시 머뭇거리다가 대답했다.

"네, 올 겁니다."

아보는 다시 입을 다물고 정권의 몸에 이불을 잘 덮은 뒤 오른

손을 들어 세세히 살폈다. 왕신은 방을 나서기 전 걸음을 멈추고 몰래 그녀를 살폈다. 궁인으로 들어와 측비의 자리에 오른 소녀는 고독한 등 아래서 정권의 곁을 지키고 있었다. 머리부터 발끝까지 아무리 살펴도 특별한 점은 도통 보이지 않았다.

황제는 훌쩍훌쩍 흐느끼는 소리를 견디다 못해 잠에서 깨어났다. 눈을 떠보니 휘장 밖은 이미 밝은 대낮이었다. 그는 한밤 내내 뒤숭숭했던 꿈자리를 떠올리며 이마를 내리눌렀다.

"밖에 누가 있느냐?"

진근이 다급히 휘장을 걷으며 안으로 들어와 웃는 얼굴로 황제를 부축하며 대답했다.

"기침하셨습니까? 황후마마께서 문후 올리러 오셨습니다."

그의 말대로 침상 앞에는 황후가 꿇어앉아 그를 기다리고 있었다. 장신구 하나 없고 화장도 하지 않으니 하룻밤 사이에 10년은 늙어 보였다. 황제는 자기도 모르게 눈살을 찌푸리며 물었다.

"지금 여기서 뭐 하시오? 당장 일어나시오. 그게 대체 무슨 꼴이오?"

"폐하, 정당이는⋯⋯."

황후가 황급히 눈물을 닦으며 다른 것은 모두 제치고 대뜸 묻자, 황제는 즉시 그녀의 말문을 자르며 싸늘하게 웃었다.

"참으로 빨리도 소식을 들었소."

황제가 고개를 들어 진근을 힐끔 노려보자, 진근은 허겁지겁 고개를 숙였다. 황제는 자리에서 일어나 황후를 붙잡아 일으키며 달랬다.

"일어나서 얘기합시다."

황후는 황제의 심중을 도무지 꿰뚫어 볼 수가 없었다. 그렇다고 계속 거역할 수도 없는 노릇이어서 마지못해 일어나 궁인에게 옷을 가져오라고 지시했다. 그녀는 황제에게 손수 옷을 입히고 마지막에 바닥에 꿇어앉아 끝자락을 세세히 살피며 정리하다가, 결국 그대로 옷자락을 붙들고 늘어지며 눈물을 흘렸다.

"폐하, 정당이를 어찌 처분하실 생각입니까?"

황제는 한숨을 내쉬며 창밖에 시선을 두고는 말했다.

"그건 당신이 물을 일이 아니오. 돌아가시오."

황후는 고개를 세차게 저으며 오열했다.

"다 신첩이 잘못 가르친 탓입니다. 벌은 신첩이 받겠습니다. 당아에게는 한 번만 반성할 기회를 주세요."

그때 황제의 가슴에서 연유를 알 수 없는 극도의 혐오감이 불쑥 치솟아 올랐다. 그는 싸늘하게 조소하며 반문했다.

"황후는 무슨 뜻으로 그런 말을 하는 거요? 자식이 제대로 배우지 못한 건 부모의 과실이라는데, 아비인 짐이 늘 변변치 못해 그 밑의 자식들이 하나같이 다 못난 짓만 저지르나 보구려. 짐이 키운 훌륭한 자식을 괜히 황후가 떠안을 필요는 없소. 게다가 이번 일은 황후가 연루되지 않은 것만 해도 감사히 여겨야 할 판인데, 무슨 낯짝으로 여기까지 와서 감히 선처니 뭐니 하며 사정을 하는 것이오?"

두 사람이 부부의 정을 나누는 20년 동안 황후는 황제의 입에서 저토록 몰인정한 말을 들은 적이 없었다. 놀란 황후가 말문이 막혀 우두커니 정신을 놓은 사이, 황제는 이미 발을 빼어 침전 밖으로 향했다. 진근은 황후를 힐끔 보더니 허겁지겁 황제의 뒤를 따르며 물었다.

"어디로 가십니까? 신이 어가를 준비시키겠습니다."

황제는 단지 황후를 피하려고 나온 것뿐이어서 진근이 질문하

는 순간 말문이 막혔다. 그 순간 딱히 떠오르는 곳이 없었던 것이
다. 이토록 넓은 하늘 아래 가고 싶은 곳 하나, 보고 싶은 사람 하
나 없다니 참으로 만사가 부질없었다. 그는 잠시 망설이다가 느
릿느릿 명을 내렸다.

"청원전으로 가자."

불과 하룻밤 사이에 고봉은은 장주로 돌아갔고, 제부의 문 앞
은 공학위 소속 금오위사들에 의해 빽빽이 에워싸였다. 겨울에
천둥이 우르릉거리고 여름에 눈이 내린다고 해도 이토록 놀랍고
두렵지는 않을 것이다. 천자의 뜻이 대체 무엇인지는 이미 범속
한 사람들이 예측할 수 있는 경계를 벗어나 있었다.

신하들이 오랫동안 마음 졸일 필요도 없이 다음 날 아침 대리
시경은 바로 황제에게 이백주 사건의 재심 결과를 보고했다. 많
은 내용을 간결하게 몇 마디로 요약하자면 이러했다.

'제왕의 사주로 장육정이 날조를 했으며, 혐의 제기는 있었으
나 철저히 조사한 결과 확실한 증거가 없습니다. 이백주 사건은
원심의 결과와 같으며 황태자 전하의 무죄가 명백합니다.'

그리해 해와 하늘을 돌리는 것과도 같다는 황제의 마음은 이
토록 단번에 돌아섰다.

조정 대신들은 한창 황제의 눈치를 보며 그의 벼락같은 질책
이 떨어지기를 숨죽인 채 기다리고 있었다. 질책의 대상이 대리
시나 장육정이든, 황태자든 제왕이든 우선은 황제가 포문을 열어
야 했다. 그 순간 그들은 득달같이 황제 앞으로 쏟아져 나가 이 휘
황찬란한 전장에서의 싸움을 시작할 것이다. 누군가는 자신의 주
군을 위해 목숨을 걸 것이고 누군가는 승리의 노래를 부를 것이
며, 또 다른 누군가는 장렬히 전사할 것이다. 훌륭한 명성을 후세

에 길이 남길 것이냐, 더러운 악명을 천추에 남길 것이냐 하는 싸움이 거기에 있었다. 그들은 전쟁터로 치면 자신의 갑옷이나 다름없는 높은 관과 넓은 소매의 관복을 하나하나 빈틈없이 정돈하고 무기나 다름없는 상아 홀판을 손에 쥐고서 황제가 전투의 시작을 알리는 북을 우렁차게 울리기만을 단단히 벼르고 있었다. 북이 울리는 즉시 그들은 아름다운 궁전에 흐르는 피의 강물 위에서 힘차게 노를 저을 것이다. 이 전투가 끝나고 나면 누가 왕이고 역적인지, 누가 공명정대한 군자가 될지, 누가 지위와 명예를 모두 잃고 소인배로 전락할지가 극명하게 결판나리라. 그런데 이상하게도 잔뜩 벼르고 있는 그들과 달리 황제의 얼굴에는 약간의 노기도 의아함도 없었다. 그저 피곤하고 지친 기색으로 따분해 죽겠다는 듯 어안*을 손가락으로 톡톡 치는 모습은 마치 처음부터 이런 결과를 원했으며, 오로지 이번 사건의 두 악의 근원을 어떻게 처리할 것인지에만 관심이 있는 듯 보였다. 그리고 두 사람만 잘 처리하면 무너진 기강이 곧 정상 궤도로 되돌아갈 수 있다고 여기는 듯 보였다. 그들로서는 처음 겪어보는 천자의 모습이었다. 그래서 만조백관은 제왕과 한통속이 되어 태자를 모함한 장육정이 대체 왜 하룻밤 사이에 창끝을 돌렸는지, 태자가 정말로 결백하다면 왜 오늘 조정에 나와 결백을 밝히지 않는지, 고봉은은 왜 절반이나 와서 갑자기 도중에 장주로 되돌아갔는지 조금도 의문을 제기하지 못했다.

어쩌면 처음부터 사건은 이토록 간단한 것이었는지도 모른다. 영명한 성상과 인과 효를 다하는 태자가 만든 태평성세에서 웬 간신 하나와 불효자가 자기 분수를 넘는 과욕을 부리다가 황제를

---

* 御案, 황제의 탁자. —역주

속이고 삼강오륜을 더럽히는 대역죄를 저지른 것뿐이었다. 이 보기 흉한 가시만 제거하고 나면 남겨진 바른 군자들은 전과 다름없이 광명의 길을 걸으며 평온한 삶을 누릴 수 있을 것이다.

정녕 2년 말에 일어난 이 천지를 진동시킨 대사건은 수많은 사안을 영원한 미제로 남겨두고서 황제의 애매모호한 침묵 속에서 조용히 일단락되었다.

천자는 까마득히 높은 옥좌에서 만조백관을 쓱 훑어본 뒤 차가운 웃음을 지으며 성지를 내렸다.

"황태자를 불러라."

정권은 이날 평소와 달리 아침 일찍 일어났다. 그는 깨어나자마자 아보를 시켜 따스한 물로 얼굴을 닦고 머리를 깔끔하게 빗어 새롭게 상투를 틀어 올렸다. 아직 목탄을 떼지 않는 초겨울의 새벽은 춥고 음습했다. 아보가 어젯밤 겨우겨우 데운 이불의 온기는 잠에서 깨고 보니 조금도 남아 있지 않았다. 그녀는 손에 입김을 호호 불어 정권의 몸을 정성스럽게 쓰다듬었지만 여전히 얼음장처럼 차가웠다. 정권은 웃으며 그녀에게 말했다.

"그렇게 차갑나? 난 계속 누워만 있어서 몸이 굳었는지 추운 것도 모르겠다."

아보는 천천히 그를 일으켜 앉힌 뒤 조심스럽게 옷을 갈아입혔다. 그가 팔을 들어 올리고 고개를 들 때 여전히 얼굴을 찡그리자, 아보는 의대를 곱게 매면서 그에게 물었다.

"상처가 아직 다 아물지도 않았는데 누워서 쉬시지 왜 이렇게 몸을 가만히……, 옥체를 자꾸 움직이세요?"

정권은 이를 악물며 웃었다.

"왜 몸을 가만히 놔두지 않느냐고 말하고 싶은 거라면 그냥 눈

치 보지 말고 해. 밖을 좀 잘 보겠느냐? 그리고 신발을 신거라. 지
금이 몇 시진이지?"

아보는 창밖을 쓱 보더니 대답했다.

"여긴 밤낮 구분이 없는데 지금이 몇 시진인지 누가 알겠어요?
하늘이 아직 까만 걸 보니 진시로 넘어가지는 않았나 보네요. 제
발 그냥 앉아 있어요. 왜 또 일어나세요?"

정권은 자리에 다시 앉으며 웃었다.

"요즘 보면 대놓고 위아래가 없구나."

아보는 그를 살짝 흘겨보고는 말했다.

"여기가 어디 도리나 예의를 따지는 곳인가요? 제가 얄미우셔
도 전하가 너그럽게 이해하셔야지요."

정권은 웃으며 대꾸했다.

"내가 어쩌다 종정시에 갇혀서 네게 업신여김을 당하는구나.
이리 와서 앉아."

아보는 가볍게 한숨을 쉬며 그의 옆에 앉아서 물었다.

"몸은 좀 괜찮아졌어요?"

정권은 대답했다.

"손가락은 이제 괜찮은데 몸의 상처는 아직 많이 쓰라리구나.
옷이 몸을 스칠 때마다 불편해. 가끔은 내가 생각해도 우스워. 아
보, 고금 이래로 나처럼 체면을 구긴 태자가 있다는 소리를 들어
본 적이 있느냐?"

아보는 듣는 둥 마는 둥 고개를 갸우뚱 기울이더니 말했다.

"처음 이삼일은 원래 그래요. 조금만 참으세요. 다행히 날이 추
워져서 곪지는 않을 테니 더 빨리 낫겠네요."

정권은 한껏 그녀를 비꼬며 대꾸했다.

"병을 오래 앓으면 명의가 된다더니 지금 매 좀 맞아봤다고 내

게 아는 척을 하는 것이냐?"

아보는 갑자기 얼굴빛을 흐리며 대답했다.

"전 그 일이라면 생각하기도 싫어요. 전하가 듣기 싫으시다면 기꺼이 입을 다물어드리죠."

정권은 피식 소리 내어 웃더니 말했다.

"참 간이 커졌어. 내가 지금 몸이 이렇다고 너 하나 혼내지도 못할까 봐? 내가 비록 권력은 잃었지만 기력은 아직 너를 이기고도 남는다. 한번 확인해볼 테냐?"

그러나 아보는 그와 농을 주고받을 마음이 없었다. 그녀는 말 없이 우두커니 있다가 한숨을 내뱉으며 말했다.

"제가 어찌 감히 그러겠어요. 다만 오늘 전하가 기분이 좋아 보여서 평소라면 엄두도 못 낼 말을 몇 마디 해본 것뿐이에요."

정권은 멈칫하다가 불쑥 손을 뻗어 아보의 턱을 들어 올렸다.

"하는 일 없이 감옥에 앉아 있는 본궁이 기분 좋을 일이 뭐가 있겠느냐?"

아보는 살짝 고개를 비틀었지만 정권의 손아귀 힘을 이길 수는 없어 무기력하게 대답했다.

"소인은 그저 전하의 안색에 생기가 돌기에 그럴 거라고 짐작한 것뿐입니다. 짐작이 틀렸다면 소인이 잘못 본 거겠죠."

정권은 그녀의 얼굴을 한참 동안 자세히 살피다가, 그녀가 계속 자신의 눈을 피하자 손을 거두며 탄식했다.

"아보, 지금도 이렇게 진심을 감출 거면 대체 왜 나를 따라서 여기까지 왔느냐?"

그러자 아보는 느릿느릿 그의 오른손을 들어 자신의 왼쪽 가슴 위에 가만히 올리고는 조용히 물었다.

"전하, 지금 뛰고 있나요?"

정권을 고개를 끄덕였다.

"무슨 말을 하려는 거야?"

아보는 그의 손을 애틋하게 쓰다듬으며 미소를 지었다.

"전하는 오늘 평소와 달리 새벽같이 일어나셨고 바깥을 잘 보라고도 하셨죠. 성지가 아니라면 전하가 이토록 기다리실 일이 또 뭐가 있겠어요? 누명을 벗고 종묘에 다시 들어가게 됐으니 당연히 기분이 좋으실 거라 짐작하고 발칙한 말 좀 해도 받아주실 거라고 생각했을 뿐이에요. 다만 제 진심을 전하는 어떻게 생각하실까요? 전하는 이렇게 제 마음을 만지고 계시지만, 전 전하의 마음을 하나도 모르겠거든요."

정권은 천천히 손을 빼며 웃었다.

"이런 말을 하는 건 오직 너뿐일 거다. 너희가 하나같이 다 지나치게 똑똑하니 나는 두렵구나."

아보가 고개를 들고 물었다.

"정말이에요?"

정권은 대답 대신 조용히 손을 뻗어 그녀의 머리를 가슴으로 가만히 끌어당겼다. 아보는 잠자코 그의 품에 기대 귀를 기울였다. 고른 심장박동과 옅은 숨소리가 합을 이루며 끊임없이 그녀의 귓가에서 오르락내리락했다. 그녀의 마음은 서서히 고요해졌다. 궁극에 이른 고요함 끝에 찾아오는 건 환희였다. 이렇게 몸으로 마음을 느낄 수가 있는데 진실과 거짓을 따지는 수고를 할 필요가 무엇이 있겠는가. 그녀는 수행을 한 적도 없는데 깨달음은 이미 그곳에 있었다.

두 사람이 그렇게 끌어안고 있을 때, 마침 왕신이 성지를 받든 내시와 내실로 들어섰다가 미처 피할 겨를도 없이 민망한 장면을 목격하고는 급히 고개를 돌려 시선을 피한 채 정권에게 고했다.

"전하, 칙사가 성지를 가지고 왔습니다."

정권은 태연하게 천천히 아보를 놓았고, 아보 역시 고개를 든 뒤 피하지 않고 정권이 무릎을 꿇을 수 있도록 조용히 부축한 다음 자신도 옆에 무릎을 꿇고 앉았다. 칙사는 헛기침을 한 번 하더니 말했다.

"폐하께서 수공전垂拱殿으로 오셔서 조회에 참석하시라는 성지를 전하셨습니다."

정권은 힘겹게 몸을 숙이며 대답했다.

"신, 성지를 받들겠습니다."

칙사는 얼굴 가득 웃음을 띠우고 다가와 아보와 함께 정권을 부축해 일으키며 말했다.

"전하, 가시죠."

정권은 인상을 쓰며 물었다.

"본궁이 어떤 옷을 입고 가야 하지?"

칙사는 잠시 멍하니 생각하다가 한참 만에 대답했다.

"폐하께서 특별한 분부는 하지 않으셨습니다. 이대로 가셔도 될 것 같습니다."

정권은 슬며시 웃으며 침상으로 가 앉더니 무릎가의 옷자락을 섬세히 정리하며 물었다.

"폐하가 내게 벌을 내리신다고 하셨나?"

칙사는 웃으며 대답했다.

"전하는 이럴 때도 농담을 하시네요."

정권은 정색하며 대꾸했다.

"본궁은 절대 칙사에게 농담하지 않는다. 그런 말을 하셨는가, 안 하셨는가?"

칙사는 정권이 장난을 받지 않고 질책하자 어쩔 수 없이 공손하게 대답했다.

"그런 성지는 내리지 않으셨습니다."

정권은 말했다.

"벌을 받으러 가는 것도 아닌데 본궁이 어찌 무명옷을 입고 국가의 명당에 들겠는가? 가서 폐하께 고하라. 흐트러진 차림새로는 국격을 훼손하지는 않을까 염려돼 감히 갈 수 없다고."

정권의 말에 칙사뿐만 아니라 왕신도 당황해 간곡하게 권했다.

"전하의 관복은 다 연조궁에 있지 않습니까? 왔다 갔다 하다가는 반 시진이 훌쩍 지날 것입니다. 지금 폐하가 조당에서 전하를 기다리고 계시고 백관도 자리에 서서 폐하를 모시고 있습니다. 그런 예법을 따질 때가 아니니 빨리 가마에 오르십시오."

정권은 미소를 머금으며 말했다.

"왕 상시, 본궁은 예의를 차리려는 게 아니라 체통을 잃을까 걱정하는 것이네. 내 죄목이 드러나서 부르시는 거라면 날 폐한다는 칙서를 내리셨겠지. 하지만 그런 성지가 없으니 본궁은 아직 태자가 아닌가? 그런데 어찌 관도 쓰지 않고 맨발로 수공전의 정전에 들겠나? 조정 신료들은 물론 폐하까지도 내 모습을 수치스럽게 여기실 거네. 그러니 칙사는 번거롭겠지만 어서 폐하께 가서 고하게. 본궁은 옷을 갈아입는 즉시 지체 없이 가서 성지를 받들겠다고."

왕신은 다시 설득하려다가 반항기도 장난기도 전혀 없는 정권의 기색을 보고는 깨닫는 바가 있어 잠시 생각하다가 대답했다.

"잠시만 기다리십시오. 신이 옷을 가져올 사람을 보내겠습니다."

정권은 희미하게 웃더니 말없이 고개를 돌려 창밖을 봤다. 종정시와 수공전은 서로 멀리 떨어져 있고 조회가 시작된 지는 한 시진도 넘었지만, 그의 귓가에는 묵직한 조당의 종소리가 들렸다. 그 소리가 이토록 기분 좋게 들리기는 난생처음이었다.

황제는 내내 아무 말도 없었다. 수공전에서 황제를 모시는 신료들의 다리가 마비될 때쯤 드디어 황태자가 모습을 드러냈다. "황태자 전하 납시오" 하는 유사의 외침과 함께 모두의 시선이 일제히 한 달 넘게 자취를 감췄던 태자를 향해 쏠렸다. 붉은색 비단 관복에 원유관을 쓰고 옥대를 맨 채 손에 환규桓圭를 쥔 황태자는 천천히 정전으로 걸음을 옮겼다. 아름다운 얼굴은 여전히 창백했지만, 그곳에 감정의 동요는 조금도 없었다. 걸음걸이는 마치 연조궁에서 연강을 듣다가 연회에 참석하는 사람처럼 침착하고 태연했다. 신하들이 머리를 맞대고 예상했던 모습과는 달랐다. 황태자는 어느새 조당을 지나 황제가 있는 섬돌 아래에서 허리를 굽히며 절했다.

허리를 굽혀 머리를 바닥으로 수그리는 순간, 갑작스러운 큰 동작으로 온몸의 상처가 일제히 다시 벌어졌지만, 그의 몸을 겹겹이 덮은 화려한 비단 밑으로 처참한 채찍 자국이 감춰져 있을 거라고 예상하는 사람은 아무도 없었고, 두 손의 미세한 떨림을 눈치챈 사람도 없었다. 그의 젊은 몸 안에서는 붉은 혈기가 천천히 용솟음치고 있었다. 어두운 밤 두려움을 견디다 못해 흐느끼던 그도, 노비의 소매 안에 차갑게 언 손을 넣어 녹이던 그도 그 자리에 없었다. 그리고 아무도 그가 그런 순간을 지났으리라고는 상상도 하지 못했다.

하지만 이런 것들은 중요하지 않았다. 중요한 것은 화려한 비단 관복을 입은 현재의 그였다. 무소뿔로 만든 비녀에 달린 선명한 빨간색 구슬이 그의 새하얀 귓가에서 살랑살랑 흔들렸고, 혁대의 순금 장식은 은은한 빛을 굴절시키며 빛났다. 네 가지 색으로 이루어진 수대緩帶에 매인 옥환이 그의 몸동작을 따라 부딪히며 맑고 청아한 소리를 냈고, 신발 바닥은 한 번도 땅을 밟은 적이 없는 듯 먼지 한 점 없이 깨끗했다. 번거롭고 화려한 장식만큼 그의 모습은 당당하고 의연했다. 조당에 선 사람도, 세상 누구 하나 예외는 없다. 비단옷을 걸친 사람이 곧 왕이며, 족쇄를 찬 사람이 곧 죄수인 것이다.

정권은 낭랑한 목소리로 고했다.

"신 소정권, 폐하를 뵈옵니다."

황제는 처음부터 정권의 모습을 묵묵히 지켜보다가, 정권이 예를 마치자 입을 열었다.

"일어나라."

선왕의 대도와 성현의 지엄한 가르침, 군주의 자리를 지키는 아버지와 신하의 자리를 지키는 아들. 그 광경은 장엄하고 완전무결했다.

제
34
장

눈부신 청춘

황제는 태자가 일어나 공손히 규홀*을 드는 모습을 눈을 떼지 않고 바라봤다. 얼마나 아름답게 위장을 했는지, 창백한 안색만 아니었다면 흠결이라고는 전혀 없었을 것이다. 저 흙빛이 도는 얼굴에 생기 있는 분을 바르고, 젊은 나이에 벌써 회색빛이 도는 귀밑머리를 가리고 무대에 등장했다면 더 완벽하지 않았을까? 그랬다면 아마 황제 자신조차도 저 무대 위 연기에 감쪽같이 속아 넘어갔을 것이다.

황제의 입가에 파르르 모호한 웃음기가 떠올랐다가 해를 맞은 서리처럼 순식간에 흔적도 없이 사라졌다. 그는 나른하게 소매를 가볍게 휘두르며 입을 열어 지시했다.

"형邢 경은 심문 결과를 황태자에게 읽어주시오."

대리시경은 "명을 받들겠습니다" 하고 말한 뒤, 목청을 살짝

---

* 옥을 길쭉하고 얇게 다듬은 판. 고대에 신하가 황제를 접견할 때 손에 쥐었다.
—역주

다듬고는 황제에게 보고했던 상소문을 그대로 다시 한 번 천천히 낭독했다.

그의 낭독이 끝나자 태자의 얼굴에 서서히 홍조가 떠올랐다. 황제는 그를 보더니 물었다.

"황태자는 뭐라고 말할 텐가?"

쥐 죽은 듯 고요한 조당에서 신하들은 저마다 다른 심산을 마음에 품고 황제나 황태자가 이 괴이한 침묵을 깨어주기를 기다렸다. 기나긴 침묵은 황태자가 바닥에 엎드리는 털썩 소리와 함께 마침내 깨졌다. 그는 바닥에 고개를 한껏 조아리며 통곡했다.

"폐하, 신이 죽을죄를 지었습니다."

대신들은 즉시 술렁였지만, 오래지 않아 조당은 다시 침묵에 휩싸였다. 그때 황제가 입꼬리를 가볍게 올려 미소를 지으며 물었다.

"그대들 중 황태자의 말을 알아들은 사람이 있소?"

그들은 황제와 황태자 사이에 끼어 몹시 곤혹스러웠다. 황제의 의중도 알 수 없고, 황태자의 안색마저 보이지 않으니 고개를 푹 숙인 채 홀판만 바라봤다. 혹여나 황제가 자신을 지목하지는 않을까 두려운 마음뿐이었다. 황제는 그들을 하나하나 둘러본 뒤에 다시 정권을 바라보며 웃음을 머금었다.

"황태자의 짧은 말에 담긴 심오한 뜻을 아무도 깨닫지 못한 것 같으니 번거롭지만 태자가 다시 설명해줘야 할 듯하구나. 대신들은 귀를 열고 잘 들으시오."

정권은 전혀 난감해하는 기색 없이 천천히 고개를 들고 답변했다.

"지난달 27일에 폐하는 신의 부덕한 소행을 지엄하게 꾸짖으셨습니다. 신이 가슴에 손을 얹고 반성해보니 변명의 여지가 조금도 없었습니다. 폐하의 혜안이 이토록 영명하신데 작은 과실 하나라도 어찌 그 날카로운 통찰을 피해갈 수 있겠습니까?

신은 덕을 쌓기를 게을리하고 아첨하는 이들을 가까이하며 그들의 참언을 귀담아들었으니, 이보다 후회스러운 일이 없습니다. 그들은 요절한 모친을 입에 담으며 폐하의 심중에 신을 폐위할 뜻이 있다고 했는데, 신은 그 말을 곧이곧대로 믿고 앙심을 품은 채 조정 신료와 망령된 패설이 담긴 서신을 사사로이 주고받으며 분풀이를 했습니다. 그런데 그가 그 서신을 증거로 제시하며 모함하니, 신은 어리석게도 그 역시 폐하의 뜻이라고 의심했습니다. 그리해 신의 결백을 밝히지 않았을 뿐 아니라, 모두가 보는 앞에서 비녀를 뽑고 관을 벗으며 반항하는 미친 짓을 저질렀습니다. 폐하의 지엄한 질책을 마음에 깊이 새기기는커녕, 도리어 나쁜 마음을 품는 몽매함을 범한 것입니다.

폐하는 모든 것을 통찰하는 영명하심으로 신을 즉시 처벌하는 대신 훈령을 내리시어 신의 자리를 지켜주셨고, 그 은혜로 신은 그간 종정시에서 깊이 반성하며 신이 얼마나 막중한 죄를 지었는지 마침내 깨달았습니다. 그 죄질은 이 씨 사건의 진실이 무엇이든 간에 용서받을 여지가 없을 것입니다. 그런데 뜻밖에도 폐하는 오늘 삼사에 명하시어 사건의 곡절을 세세히 밝히셨으니, 큰 은혜를 도무지 갚을 길이 없습니다. 폐하는 이토록 망극한 은혜를 내리셨는데, 신의 부끄럽고 좁은 마음은 계단 아래에 낀 이끼와도 같으니 신하로서나 아들로서나 감히 군부의 용안을 뵐 면목이 없습니다. 악한 언사는 물론이거니와 악한 마음까지 품었으니, 신이 범한 모든 죄는 결코 용서받을 수 없을 것입니다. 오늘 백관 앞에서 폐하께 간곡히 청하오니, 부디 이 불효막심한 자식을 엄중하게 꾸짖으셔서 만천하의 경계로 삼으소서.”

태자의 얼굴은 그사이에 온통 눈물로 뒤범벅되었다. 마지막에는 오열을 참으려고 안간힘을 쓰며 꺽꺽거리다가 마침내는 바닥에 엎드린 채 말을 중단하니, 사람들의 눈에는 흐느끼느라 들썩이는 그의 어깨밖에 보이지 않았다.

황제의 입꼬리가 살짝 들썩거렸다. 모든 것이 따분해 죽겠다는 표정이었다. 그는 태자의 뺨을 타고 줄줄 흐르는 눈물을 보자 인정하지 않을 수 없었다. 저 아름다운 모습으로 공개 석상에서 애절하게 통곡하니 몇몇은 필시 크게 감명을 받을 것이다. 하지만 그는 도무지 이해할 수 없었다. 눈물도 기쁨도 슬픔도 격정도, 놀라움이나 두려움도 담기지 않은 저 눈물의 원천은 도대체 무엇이란 말인가. 저 검고 깊은 눈동자에서 흐르는 눈물은 눈물을 흘리는 사람의 감정과는 일말의 관련도 없었다. 그렇다면 설마 저 눈물은 하늘에서 내리는 비와 같은 것일까? 저 마음이 천제의 마음처럼 깊다는 것일까?

황제는 자리에서 일어나 지겹다는 듯 감정이 실리지 않은 말투로 말했다.

"이 나라 국법에는 악한 마음을 다스리는 조항은 없으니, 네가 스스로 깨달았다면 되었다."

황제가 말을 마치자마자 소매를 떨치며 나가버리자, 유사는 당황해 넋을 놓고 있다가, 진근이 후전으로 성큼성큼 향하는 황제의 뒤를 급히 따르자 그제야 정신을 차리고 몰래 땀을 닦은 뒤 외쳤다.

"파회하십시오!"

정권은 천천히 자리에서 일어나 고개를 드는 순간 무심한 표정으로 조정 대신들을 훑었다. 그의 눈길이 마지막에 머문 곳은 원래 무덕후가 있어야 할 자리와 두 친왕의 자리였다. 평소대로

라면 그 자리에 있어야 했지만 오늘은 자리를 비운 채였다.

황태자가 우두커니 서서 떠나지 않자 아무도 먼저 움직일 엄두를 내지 못했다. 문관의 수장인 중서령 하도연은 결국 몸을 살짝 숙이며 조용히 그를 불렀다.

"전하."

그가 먼저 허리를 숙이자 달가운 사람이나 달갑지 않은 사람이나 모두 예를 갖추지 않을 수 없었다. 그들은 일제히 허리를 숙이며 외쳤다.

"전하!"

정권은 대답도 하지 않고 눈길도 주지 않은 채 고개만 끄덕이고는 뒤돌아 수공전을 나왔다. 그가 나가고 나서야 신하들도 안도의 한숨을 내쉬며 조심스럽게 자리를 뜨기 시작했다.

왕신은 수공전 밖에서 기다리다가 정권이 나오자 허둥지둥 달려와 물었다.

"전하?"

"돌아가자."

정권의 대답에 왕신이 물었다.

"연조궁으로 갈까요, 서원으로 갈까요?"

정권은 살짝 웃으며 대답했다.

"종정시로 가자."

왕신은 깜짝 놀라 되물었다.

"거기는 왜요?"

정권은 성큼성큼 그를 앞질러 계단을 내려가며 대답했다.

"폐하의 성지가 없는데 종정시가 아니면 어디로 가란 말인가?"

대리시경이 느릿느릿 영안문 밖으로 빠져나오자, 평소 그와 친분이 두터운 이부좌시랑 주연이 몰래 뒤를 따라와 웃으며 물었다.

"형 정위廷尉, 이 전하는 오늘 나오지 않으셨네."

대리시경은 웃는 듯 마는 듯한 얼굴로 대답했다.

"일개 번왕이 조회에 참석하는 법도는 원래 이 나라에 없네. 그가 조회에 안 나온 게 무슨 별일이라고 그러나?"

주연은 또 물었다.

"형 정위, 그럼 장 상서는 이제……."

대리시경은 정색하며 말을 끊었다.

"주 시랑, 이런 일은 물어보지 않는 것이 낫네. 단지 승진을 바라서라면 내가 때가 되면 어련히 알아서 축하 인사를 하겠네. 알아듣겠나?"

주연은 웃으며 대답했다.

"난 정위의 말이 무슨 뜻인지 통 못 알아듣겠군."

대리시경은 차갑게 웃으며 말했다.

"시랑이 내게 와서 굳이 거들먹거리니 내가 질문을 하나 하겠네. 전하가 오늘 하신 말씀을 이해했다면 내 말에 대답해보게. 동궁의 사람됨이 그 자와 비교해서 어떤 것 같나?"

그가 말하며 두 손가락을 내밀어 비교해 보이자, 주연은 그 질문의 의도를 이해하고는 한참 뒤에야 탄식하듯 대답했다.

"하나는 용이고 하나는 돼지인데 둘을 어찌 비교할까?"

대리시경은 웃으며 대답했다.

"그렇게 속으로 훤히 꿰고 있으면서 왜 굳이 내게 와서 물어보나?"

두 사람은 잠시 말없이 걷다가, 누군가 그들 곁으로 다가오자 즉시 흩어졌다.

황제는 내전으로 들어와 하는 일 없이 앉아 있다가 진근에게
물었다.

"다들 파하였는가?"

진근이 대답했다.

"네, 파하였습니다."

황제는 물었다.

"태자는?"

황제가 태자의 일을 묻자 진근의 얼굴이 살짝 굳어졌다.

"전하도 돌아가셨습니다."

황제는 물었다.

"어디로 돌아갔다던가?"

진근은 조용히 대답했다.

"아직 폐하의 성지를 받지 못해 종정시로 가셨습니다."

황제는 고개를 끄덕였다.

"번거롭게 그럴 것 없이 이쪽으로 오라고 해라."

진근은 어명을 거역하지 못하고 잠시 주저했다. 아주 잠깐이었
지만 황제가 그의 낌새를 눈치채고 물었다.

"왜 그러나?"

진근은 황급히 고개를 숙이며 대답했다.

"바로 가겠습니다."

황제는 미심쩍은 눈길로 그를 힐끔 보더니 대뜸 물었다.

"태자에게 밉보일 짓이라도 했나?"

진근은 바닥에 털썩 꿇어앉으며 고개를 조아렸다.

"죽여주시옵소서. 중추절 연회에서 신이 폐하의 성지를 전하
께 전하였는데, 전하께서 불같이 화를 내시며 욕을……, 신을 꾸
짖으셨습니다. 부디 폐하께서 말씀을 전해주십시오. 신은 정말

그저 폐하의 명을 전했을 뿐입니다."

황제는 꼴 보기도 싫다는 듯 손을 휘휘 내저으며 말했다.

"말 같지도 않은 소리로 짐의 귀를 더럽히지 말고 당장 나가라!"

진근은 찍소리도 못 하고 이마가 땅에 닿도록 머리를 조아린 뒤 밖으로 나갔다.

정권은 도중에 황제가 보낸 사람에게 붙잡혀 발걸음을 돌렸다. 아까 전의 옷차림 그대로 내전으로 들어와 무릎을 꿇고 황제에게 예를 갖춘 뒤 상체만 들었다. 황제 역시 일어나라는 말 없이 조용히 그의 얼굴을 탐색했다. 정권은 그 눈빛을 차마 마주할 수 없어 살짝 고개를 숙였다. 황제는 소리 없이 웃으며 말했다.

"만약 나라에 악한 마음을 벌하는 조항이 있다면……."

그는 말끝을 흐리며 문장을 끝맺지는 않았지만, 정권은 알아듣고 조용히 대답했다.

"알고 있습니다."

황제는 자리에서 일어나 정권 곁으로 다가가더니 손으로 어깨를 누르며 웃었다.

"짐의 태자가 과연 장성했구나. 짐이 네가 속대를 매고 조정에 드는 날이 기대되지 않고 배기겠느냐?"

황제가 손아귀에 힘을 가하며 정권의 상처를 내리누르자, 정권은 반사적으로 흡 하며 숨을 들이마셨다. 황제의 손이 떨어질 기미가 없자, 잠시 뒤 정권은 마지못해 입을 열었다.

"폐하, 신이 체통을 잃고 또다시 폐하의 화를 돋울까 걱정입니다."

황제는 어깨를 누른 손으로 그의 턱을 들어 올리고는 아직도 불그스름하게 부어 있는 그의 두 눈을 바라보며 차갑게 조소했다.

"네가 왜 체통을 걱정하지? 아까 조회에서는 아주 격조 높은 말을 유창하게 하지 않았느냐? 심오한 뜻을 담아 어찌나 물 샐 틈 없이 완벽하던지 짐의 마음이 아주 크게 놓이더구나."

황제의 손길에 등에 난 상처가 쓸리자, 정권은 머릿속이 하얘져 본능적으로 몸을 비틀어 황제를 뿌리쳤다. 그는 잠시 뒤에야 이성을 되찾고는 황제의 말에 대답했다.

"과찬이십니다."

황제의 눈동자에 격노의 기색이 스쳤다. 그는 한나절이나 정권을 쏘아보다가 결국 말했다.

"됐다. 잡담이나 나누자고 널 부르지 않았다. 진상이 밝혀졌으니 일단 연조궁으로 옮겨. 네가 종정시에 두고 온 물건을 챙기는 것도 잊지 말고."

정권은 대답했다.

"성은이 망극하옵니다."

황제는 고개를 끄덕이며 말했다.

"가라. 오늘이 24일이니 아직 아물지 않은 몸으로 계속 움직이기는 힘들겠지. 짐이 비서대에 27일의 조회는 정지하라고 일러두마. 며칠간은 짐에게 문후도 올리지 말고 몸조리하며 푹 쉬어라. 그 몸으로 무리해서는 안 되지 않겠느냐?"

황제가 조회를 정지하는 이유는 고봉은이 장주에 도착하기 전에는 신하들에게 제왕을 탄핵할 기회를 주지 않으려는 것이리라. 정권은 그의 마지막 말을 듣고 가슴이 살짝 서늘해졌으나, 다만 고개를 숙이고 대답했다.

"신을 아끼시는 마음은 참으로 감사하오나 무리하지 말라는 말씀만은 거두어주십시오."

황제는 말했다.

"난 그냥 생각나는 대로 말한 것이지 다른 뜻은 없다. 뭘 그리 세세하게 하나하나 신경 쓰느냐? 짐이 네 눈치 보느라 말 한마디도 다듬고 내뱉어야겠느냐?"

정권은 가볍게 이를 갈며 고개를 숙였다.

"신이 과했습니다."

황제는 손을 내저으며 말했다.

"가봐."

황제가 명한 대로 정권은 청원전에서 나와 바로 연조궁으로 갔다. 정권은 황제가 조금 전에 한 말을 곰곰이 되새겼다. 그는 자신이 조회에서 한 말 때문에 단단히 화가 났지만, 그렇다고 그 말에서 큰 흠을 찾아내지도 못했다. 그렇다면 된 것이다. 분명 나라에 악한 마음을 다스리는 법은 없으니 말이다. 정권은 입꼬리를 가볍게 올려 차디찬 미소를 지은 뒤, 종이를 자르는 데 쓰는 금도를 꺼내기 위해 책상 위에 놓인 문구함을 열었다. 상자 안을 손으로 더듬는데 웬 주머니 같은 게 손에 잡혔다. 그는 물건을 집어 확인하다가 순간 멍해졌다. 그것은 아보가 준 단오절의 부적 주머니였다. 그녀는 허창평의 집으로 가기 전에 자신에게 보낼 옷가지에 이 주머니를 넣어 함께 보냈다. 당시 그는 주머니를 아무렇게나 던져두고 잊고 있었다. 별로 대수로운 물건도 아니었기 때문이다. 주머니 입구를 묶은 오색실의 빛깔은 여전히 선명했는데, 주머니 위에 주필로 쓴 '풍연'이라는 두 글자는 어느새 색이 희미하게 바래 있었다. 액운을 쫓고 평안을 기원한다는 속뜻이 담긴 이 문구가 갑자기 바람처럼, 연기처럼 눈을 시큰하게 자극하며 시야를 흐렸다.

청초하고 아리따운 소녀가 자기 가슴에 살포시 손을 끌어다

없으며 지었던 미소가 떠오른다.

'전하는 이렇게 제 마음을 만지고 계시지만, 전 전하의 마음을 하나도 모르겠거든요.'

그러나 그 누구보다 그의 마음을 꿰뚫어 보는 사람은 바로 그녀일 것이다.

너는 대체 누구지? 무엇 때문에 내 곁으로 왔지? 등촉에 가물거리던 금빛 화전의 반짝임은 진짜 너의 미소였을까? 내가 잘못본 것일까? 그 뺨에 살며시 떠오른 홍조는 너의 마음이었을까? 아니면 너의 얼굴에 비친 나의 마음이었을까? 너의 말은 정말 진심이었느냐? 네 소매 속에서 느낀 온기는 환상이 아니라 현실이었느냐? 아보야, 이 화려한 관복을 벗으면 나도 너와 같이 평범한 인간에 불과하다. 나도 곤장을 맞으면 남들처럼 고통에 겨워 몸부림치고, 등불 하나 없는 캄캄한 밤에 홀로 있으면 두려움을 느낀단다. 마당에 가득한 붉은 노을빛을 보며 고독을 느끼고, 살을 찌르는 듯한 싸늘한 바람에 추위를 느끼는 지극히 평범한 인간이야. 난 천제나 부처에게 총애를 받아 특별한 눈을 타고난 사람이아니다. 이 혼탁한 세상에서 사람의 복잡한 마음을 투명하게 들여다보는 재주 같은 건 없어. 바로 이 순간에도 이처럼 갈피를 못잡고 망설이고 있지 않느냐. 너를 대체 어떻게 해야 좋을까.

시간을 이토록 끌었으니 실은 예전에 결론이 났어야 했다. 사실 방법은 너무나도 간단했고, 어떻게 해야 할지는 그 누구보다도 자신이 가장 잘 알고 있었다. 노 선생도 여러 번 말씀하셨다. 결단이 필요할 때 오히려 더 큰 혼란을 겪는 법이라고. 처음부터 그녀를 데리고 오는 게 아니었다. 궁벽 밖 드넓은 하늘과 아름다운 강, 사막과 바다, 구슬픈 꾀꼬리 울음소리와 눈이 내려앉은 산. 자신과는 인연이 닿지 않는 그 웅장한 강산을 그녀는 두 눈으로 직접 볼 수 있었다. 만약 그랬다면 자신이 얼마나 그녀를 부러워했을지 그녀도 잘 모르겠지.

정권은 창가로 다가가 동쪽 끝을 멍하니 바라봤다. 저 너머 종정시에서 연조궁이 보이지 않는 것처럼 이곳 연조궁에서도 종정시는 보이지 않았다. 그러나 이 궁벽 어느 모퉁이에는 어쩌면 진심으로 그녀를 기다리는 누군가가 있을 것이다. 정권은 서서히 부적 주머니를 힘주어 움켜쥐었다. 집게손가락에 극심한 통증이 느껴졌다. 마치 손가락 끝에 심장이 돋기라도 한 것처럼.

"전하."

그는 왕신이 부르는 소리에 현실 세계로 돌아왔다. 정권은 화들짝 놀라며 황급히 시선을 거두고 왕신을 돌아보며 물었다.

"언제부터 거기에 있었나?"

왕신은 주위를 모두 물리친 뒤, 부적 주머니를 다시 조용히 집어넣는 정권을 바라보며 나지막하게 말했다.

"전하, 고 장군께서 방금 사람 편에 소식을 전해오셨습니다. 장육정 대인의 여식이 자결을 했다고 합니다."

정권은 미간을 찌푸리며 물었다.

"장 낭자가 왜?"

왕신은 탄식하며 말했다.

"장육정 대인이 비밀리에 여식과 제왕의 혼사를 약조했다고 합니다."

그는 천천히 창살의 격자에 손을 올려 새로 바른 두꺼운 창호지를 단번에 찢어버렸다. 초겨울의 쌀쌀한 바람이 곧바로 실내로 들어오니 살짝 흐려진 그의 정신이 다시 맑게 깨어났다. 그는 찢어진 창호지 너머를 바라보며 물었다.

"어찌 된 일이지?"

왕신은 조용히 대답했다.

"신도 정확히는 모릅니다. 장 대인과 제왕 사이에 혼인의 밀약이 있었다는 얘기만 들었어요. 이번에 장부에서 제왕이 보낸 혼서가 나왔는데, 혼서에 적힌 사주팔자가 장 대인 여식의 것이었다고 합니다. 두 사람이 공모했다는 명확한 물증이지요."

정권은 고개를 끄덕이며 말했다.

"알았네. 맹직이 내가 곤란해질까 봐 그랬나 보군."

왕신은 그저 대답할 수밖에 없었다.

"네."

정권은 말했다.

"자네는 고 장군에게 가서 본궁이 다 이해했다고 전하게. 그리고 오늘 본궁이 조회에서 뭐라고 했는지도 전하고."

왕신은 고개를 숙이며 말했다.

"장군은 이미 알고 계십니다."

정권은 의아하다는 눈빛으로 되물었다.

"장군이 뭐라고 하던가?"

왕신은 대답했다.

"장군은 그저 전하가 영명하시다는 말만 하셨습니다."

정권은 담담히 씩 웃고는 말했다.

"가 봐."

왕신이 막 뒤돌아 나가려는데, 정권이 또 물었다.

"장 낭자가 올해 몇 살인지 아는가?"

왕신은 잠시 멍하니 생각하다가 대답했다.

"열여섯이라고 들었습니다."

정권은 다시 고개를 돌리더니 말이 없었다. 왕신은 그 자리에서서 한참을 기다리다가 결국 다시 조용히 물러났다.

정권은 그 뒤로도 한참이나 멍하니 서 있다가 돌연 가벼운 미소를 머금으며 혼잣말을 중얼거렸다.

"복받은 사람이네. 계절이 바뀌면서 겪게 될 슬픔을 모두 면제받았으니 말이야."

옆에 있던 내시는 정권의 분부를 놓쳤나 싶어 황급히 다가와말했다.

"신이 미련해 전하의 명을 잘 듣지 못했습니다."

정권은 담담히 웃으며 대답했다.

"아무것도 아니다. 넌 종정시경에게 가서 내가 종정시에 중요한 물건을 두고 왔으니 당장 이쪽으로 보내라고 전해라."

오방덕은 태자의 명을 전해 듣자마자 즉시 달려가 손수 가마를준비해 아보를 동궁으로 보냈다. 아보가 연조궁에 와보기는 이번이 처음이었다. 내시의 안내를 받아 황태자의 침전으로 들어가니, 그는 벌써 약을 새로 붙이고 화려한 비단 이불 위에 옆으로 누워있었다. 화려한 복장의 내인 네다섯 명이 그의 주변을 맴돌며 차나 물 시중을 들었고, 역시 네다섯 명의 비단옷을 입은 내신이 공손한 자세로 서서 정권의 명이 떨어지길 기다리고 있었다. 그녀가안으로 들어서자, 그들은 일제히 허리를 숙여 예를 갖췄다.

"신등이 재인 마마를 뵙니다."

어로禦爐를 피우기까지는 아직 6~8일이 남았는데, 실내에는벌써 난각이 설치되어 아보가 발을 들이는 순간 네 귀퉁이에 놓인 황금 화로에서 흘러나오는 따스한 공기가 그녀를 확 덮쳤다. 으리으리한 두 기둥 사이에 놓인 삼 척 높이의 산예*는 입으로 천천히 침향을 내뱉었다. 그것은 태자가 가장 좋아하는 침향으로 서부에서도 자주 사용하던 물건이었는데, 이 화려한 황전에서는 말로 형용할 수 없는 이국적인 향취를 함께 내뿜었다. 아마도 쌉싸름하고 맑은 약 기운이 그 안에 섞여 있기 때문일 것이다.

아보는 문득 온몸으로 거북함을 느끼며 걸음을 멈췄다. 그곳에서 들리는 정권의 목소리는 아득히 멀리서 말하는 듯 나른하고 한껏 가라앉아 있었다.

"고 재인은 가까이 와라. 너희는 모두 물러가."

시중을 들던 십여 명은 그 순간 일제히 옷자락을 걷으며 예를 갖춘 뒤, 소리 하나 내지 않고 조용히 차례차례 밖으로 나갔다. 아보는 잠시 주저하다가 그의 곁으로 다가갔다.

"전하?"

정권은 나른한 미소를 머금은 얼굴로 살짝 고갯짓을 하며 말했다.

"왔어? 앉아."

그가 누운 침상의 삼면을 에워싼 금박 장식의 그림 병풍에는 각 면마다 봄, 여름, 가을의 풍경이 펼쳐졌다. 침상에 겹겹이 쳐진 휘장은 주홍색 술 장식이 달린 끈에 묶여 양옆으로 반쯤 천을 드리웠으며, 침상 위에 놓인 이불도 최고급 비단으로 만들어진 것이었다. 관요**로 제작한 연꽃 무늬 베개는 그가 옆으로 눕는 바람에 저만치 밀려나 있었다. 정권은 하얀색 중의만 걸치고 있었는데, 옷감의 은은한 광택이 그의 길고 날씬한 몸 위에서 물결치듯 흘러내렸다. 단지 얼떨떨해서겠지만, 눈앞에 펼쳐진 화려한

---

   * 사자처럼 생긴 전설의 맹수. ─역주

  ** 나라에서 운영하는 가마. ─역주

광경은 그녀의 두 눈을 아프게 찔렀다.

아보가 말없이 그대로 서 있자, 정권이 웃으며 물었다.

"왜 그래?"

아보는 조용히 대답했다.

"아직 옷을 갈아입지 않아서요."

정권은 더는 강요하지 않았다.

"종정시에 있을 때를 떠올리면 여기가 별천지 같지?"

아보는 고개를 가볍게 끄덕이며 대답했다.

"네."

정권은 잠시 한숨을 내뱉고는 한참 뒤에 물었다.

"아보야, 네가 올해 열여섯인가?"

아보는 왜 그가 갑자기 나이를 묻는지 영문을 몰라 하며 대답했다.

"음력 섣달이 되면 열일곱이 됩니다."

정권은 말했다.

"좀 더 가까이 와봐."

아보가 그의 명대로 가까이 다가가 침상 앞에 반쯤 무릎을 꿇자, 정권은 손을 내밀어 그녀의 뺨을 부드럽게 쓰다듬었다. 소녀의 피부는 빛나는 구슬 같아서 지분을 바르지 않아도 윤기가 가득 흘렀고, 마치 비단을 어루만지듯 매끄러웠다.

"한창 좋은 나이인데."

정권이 한탄하자, 아보는 피식 웃으며 말했다.

"전하의 나이가 천 살이라도 그런 노티 나는 말은 하지 마세요."

정권은 빙그레 미소를 지으며 말했다.

"난 진심으로 하는 말이다. 아보, 너도 거울로 한창 예쁜 네 얼굴을 봐봐. 어느 날 이 생기발랄한 얼굴이 푸석푸석 늙을 걸 생각하면 두렵지 않느냐?"

아보의 얼굴은 그의 손길 아래서 서서히 딱딱하게 굳었다. 아보는 오랜 침묵 끝에 대답했다.

"두렵지 않아요."

정권은 웃으며 고개를 저었다.

"꽃은 매년 다시 피지만, 한 번 지나간 젊음은 영원히 되돌아오지 않아. 모든 사람이 나이 드는 걸 두려워하는데 너만 다르다고?"

아보는 주저하다가 천천히 손을 뻗어 정권의 머리를 쓰다듬었다. 손을 뻗으면 이렇게 만질 수 있는 그는 놀랍게도 그녀의 남편이었다. 그녀는 심장이 아래로 무겁게 가라앉는 것을 느끼며 미소를 지었다.

"저는 그때까지 살아 있을 리가 없거든요."

그녀는 태연한 미소를 지으며 마치 원래부터 알고 있는 사실인 듯, 그도 모르지 않는다는 듯 차분한 어조로 대답했다.

정권은 시선을 거뒀다. 자침 옆에 놓인 자그마한 비취빛 병에는 새빨간 동백꽃 가지가 비스듬히 꽂혀 있었다. 문득 그는 장육정의 큰아들이 떠올랐다. 작년 4월에 열린 궁중 연회에서 스물여섯에 진사가 된 그는 복두에 새빨간 작약 한 송이를 꽂고서 패기 넘치는 소년의 미소로 황제가 하사한 어주를 남김없이 비웠다. 그가 고개를 뒤로 젖히며 술을 털어 넣는 그 순간 정권은 그에게 은근히 시기심을 느꼈다. 푸른 관복을 입고 백마에 올라 경림瓊林에서 열린 연회에 참석해 어원에서 딴 꽃을 머리에 꽂고 듣는 찬사는 권력 때문에 듣는 아첨이 아닌 실력에 대한 진심 어린 감탄이었기 때문이다. 그러나 그때 그는 그의 앞에 펼쳐질 거라고 믿었던 꽃길이 순식간에 바람과 연기가 되어 사라질 것을 알았을까? 친여동생이 한순간에 한줌의 흙이 되고 말 것을 예상이나 했을까? 그들이 한창 나이에 그런 처지가 된 것은 모두 자신 때문이었다. 장육정의 여식은 아마도 눈앞의 그녀와 비슷한 모습이지 않았을까? 다만 이 죄과는 대체 누구에게 돌려야 한단 말인가.

정권이 침함* 안에서 부적 주머니를 꺼내 아보에게 건네자, 아보는 놀라며 그 물건을 받아 들었다. 갑자기 시작된 온몸의 떨림을 그녀는 도저히 멈출 수가 없었다. 정권은 한숨을 내쉬며 말했다.

"원래 네게 준 것이었으니 지금 다시 돌려주마. 말썽 안 부리고 고 재인 노릇만 잘하면 본궁이 너를 편히 살게 해주겠다."

화려한 비단 금침으로 둘러싸인 이곳에서 젊은 소년 부부는 그 자세 그대로 멈춰 말없이 서로를 마주 보았다. 그는 침상 위에 있었고, 그녀는 그 아래서 무릎을 꿇고 있었다. 봄버들처럼 싱싱한 두 사람의 머리카락은 푸른 기운이 돌도록 새까맣게 빛났으며, 피부는 비단결처럼 매끄러웠다. 귀신도 용서한다는 눈부신 청춘이었지만, 그들이 나눌 수 있는 소위 사랑의 대화는 이것이 전부였다. 백년해로를 약속하는 맹세나 부부들이 흔히 나누는 달콤한 사랑의 대화는 그들에게 허락되지 않았다. 그럴 용기도, 그럴 행운도 없었으므로.

그러니 어쩌겠는가. 말로는 참된 마음을 표현할 길이 없다는 부처의 가르침을 그대로 따를 수밖에.

---

* 내부에 귀중품을 보관하는 공간이 있는 베개. ―역주

제
35
장

나무를 기르는 데는 10년이 필요하고

정년 2년 9월 27일의 조회는 열리지 않았다. 비서대는 이틀 뒤에도 성상의 몸이 편찮으시므로 30일의 조회 역시 취소하겠다고 성부에 통보했다. 황제는 안안궁에서 요양 중이며, 태자 역시 종정시에서 동궁으로 돌아온 뒤로 큰 병을 얻어 종일 침상에 누워 있다는 것이었다.

24일 삼사에서 조정에 올린 장계에 따르면, 제왕은 분명 대역죄를 저질렀다. 그러나 수일이 지나도록 금군의 장교 몇 명이 제왕부를 둘러싸 지키는 것 말고는 황제의 처분 명령은 좀처럼 떨어지지 않았다. 공범인 장육정 역시 여전히 반듯이 앉아 형부의 감옥을 지켰다.

일순간 삼성육부와 경중 모두 말로 형용할 수 없는 무거운 침묵에 휩싸였다. 이 억지스러운 안정 국면을 군이 깨려고 나서는 이는 아무도 없었다. 이따금 눈치 없이 무모하기만 한 어사대 몇 명이 이런 내용의 상소를 올렸다.

'장육정의 갑작스러운 진술 번복은 상식적으로 받아들이기가 힘들고, 사건을 종결하기에는 미심쩍은 구석이 너무나도 많습니다. 삼사에 심리를 맡기신 이상 조속히 처벌을 논의하시어 논란을 잠재워주소서.'

다만 그 상소가 제왕의 억울함을 호소하는 내용이든 태자를 비호하는 내용이든 진흙탕에 던져버린 돌처럼 그 결과는 한결같이 감감무소식이었다.

이쯤 되자 약삭빠른 관원들은 상황을 알아차렸다. 황제가 사안을 질질 끄는 이유는 어떤 소식을 기다리고 있기 때문이었다. 그 소식은 아마도 여름날 저녁 무렵의 천둥처럼 매미 한 마리, 새 한 마리 울지 않는 이 혼돈 속으로 눈부신 번갯불, 엄청난 굉음과 함께 하늘을 뒤흔들 폭우를 몰고 올 것이다. 황제가 기다리는 소식이 대체 무엇인지 확실히 아는 사람은 없었다. 그들이 아는 건 황제가 22일경 북녘의 장주로 칙사를 파견했다는 사실 하나뿐이었다.

10월 음력 초하루. 아직 진시로 넘어가기 전 동녘 하늘은 여전히 칠흑처럼 검었다. 겨울 새벽의 삭풍은 처마 끝 회랑을 끼고 불며 간간이 날카로운 휘파람 소리를 울렸다. 전각 밖을 드문드문 밝힌 궁등의 불씨는 긴긴 밤을 꿋꿋이 밝힌 뒤에도 지금이 한밤중인 듯 꺼질 기미 없이 등롱 안에서 일렁였다. 모두가 아직 달콤한 꿈에 젖어 있을 이 시각, 황태자는 의관을 완벽하게 갖춰 입고 안안궁 밖에 공손히 서 있었다. 숙직 내신이 전각 문을 조심스럽게 밀고 나오더니 고개를 절레절레 저으며 말했다.

"전하, 폐하는 아직 기침하지 않으셨습니다."

정권은 웃으며 대답했다.

"괜찮다. 내 여기서 기다리마."

내신은 곰곰이 생각하더니 말했다.

"기다리실 양이면 측전으로 드십시오. 폐하께서 아시면 추운데 밖에서 기다리시게 했다고 신을 크게 꾸짖으실 겁니다."

정권은 씩 미소를 지으며 대답했다.

"괜찮다. 그러다 폐하 깨실라."

내신은 조용히 한숨을 내쉬고는 어쩔 수 없이 되돌아갔다.

이날 당직인 진근은 내신이 되돌아오자 눈살을 찌푸리며 물었다.

"태자 전하가 오늘 또 오셨더냐?"

내신은 대답했다.

"네."

진근은 고개를 끄덕였다. 내신은 그의 표정이 밝은 것을 보고 조심스럽게 물었다.

"폐하께서 저렇게 매번 안 만나주시니 신하인 제가 다 보기 안쓰럽습니다. 전하는 그래도 매일 오시네요."

"자네 아들도 아닌데 안쓰러울 건 또 뭔가?"

진근이 코웃음을 치며 말하자, 내신은 곤혹스럽다는 듯 미소를 지으며 대답했다.

"날씨도 추운데 두 시진 가까이 서 계시니 하는 말입니다. 혹시 다음에는 말 전할 사람을 바꿔주시면 안 될지……."

진근은 그에게 눈을 부라리며 타박했다.

"자네 아들 아니니 안쓰러워할 거 없다지 않나? 그렇게 안돼 보이면 자네가 옆에 같이 서 있게."

내신은 요청이 진근에게 씨알도 안 먹히자 고개를 가로저으며 슬그머니 물러났다.

"그건 됐습니다."

드디어 동녘 하늘이 밝아지며 황제가 잠에서 깨자, 진근이 그를 부축했다. 그는 웃는 얼굴로 "밤새 평안하셨습니까?"라고 묻더니, 슬쩍 황제의 기색을 살핀 뒤 이어서 말했다.

"전하가 문후 올리겠다고 새벽부터 와 계십니다."

황제는 고개를 끄덕였다.

"그냥 돌아가라고 해."

진근은 황제에게 신발을 신기면서 실실 웃는 얼굴로 말했다.

"묘시 2각 무렵에 오시더니 측전에도 한사코 안 들어가겠다면서 한나절이나 밖에서 저러고 계시네요."

황제는 말했다.

"하고 싶은 말이 뭔가?"

진근은 웃으며 말했다.

"신은 그저 폐하께 바깥일을 전해드리는 것뿐입니다."

황제는 겉옷을 걸치며 일어나 말했다.

"내 분명히 며칠간은 문후 올릴 필요 없으니 누워서 잘 쉬라고 했거늘. 자네가 가서 좀 물어보게. 당최 사람 말을 못 알아듣는 건가, 아니면 시간이 남아돌아서 남의 말을 굳이 반대로 꼬아 듣는 건가?"

진근은 황제의 말에 허겁지겁 무릎을 꿇더니 대답했다.

"폐하, 신은 이제 그런 말을 전할 엄두도 나지 않습니다. 지난번에도 폐하의 말씀을 전해 올렸다가 전하의 노여움을 사지 않았습니까."

황제는 소매로 입을 가리며 하품을 한 뒤 대꾸했다.

"삼사일에 한 번씩은 그 얘기를 하는군. 정말 그 녀석에게 큰 원한이라도 샀나? 아니면 누가 그렇게 말하라고 시키던가?"

진근은 황제의 말에 얼굴이 새하얗게 질려서 고개를 조아렸다.

"폐하는 영명하시니 신이 얼마나 겁이 많은지 잘 아시지 않습니까. 신은 전하의 심기를 또다시 거스를 용기가 도저히 나지 않습니다. 제발 은혜를 베풀어주십시오."

황제는 싸늘하게 웃으며 대답했다.

"겁먹을 거 없어. 짐이 아직 살아 있는데 그 녀석이 자네에게 뭘 어쩌겠나. 짐이 천수를 다 누린 뒤에 할 걱정을 벌써부터 할 필요는 없네. 왕신이 하는 걸 보고 배우는 건 어떻겠나? 자네도 태자에게 할아버지 소리 한번 들어보게."

황제는 씩 웃으며 말을 마치더니 소매를 휘날리며 밖으로 나갔다.

옆에 있던 어린 내시는 진근이 엎드린 채 일어나지 않자 혹시나 겁에 질려 굳은 것인가 싶어 허겁지겁 다가갔다. 그러나 그는 놀랍게도 얼굴 가득 기괴한 미소를 머금고 있었다. 내시가 오금이 저려 자기도 모르게 몸을 바르르 떨자, 진근이 그를 힐끔 노려보며 물었다.

"왜 그러나?"

어린 내시는 웃으며 대답했다.

"신이 용변이 급했나 봅니다. 신경 쓰지 마세요."

진근은 고개를 끄덕이며 말했다.

"그럼 네가 나가면 되겠군. 나가는 김에 전하께 폐하의 뜻을 전해 올려라. 그만 돌아가시라고."

정권은 내시로부터 황제의 말을 전해 들은 뒤 많은 말은 하지 않았다.

"그럼 네게 대신 전해 올리지. 폐하, 만수무강하소서."

정권은 전각을 향해 절을 하며 예를 갖춘 뒤 동궁 내시의 부축을 받으며 자리를 떠났다.

연조궁으로 돌아온 정권은 조반을 들다가 문득 생각나는 일이 있어 옆에 있던 궁인에게 지시했다.

"고 재인이 일어났나 보고 일어났으면 난각으로 들라고 일러라."

궁인은 명을 받들며 밖으로 나갔다. 잠시 뒤 아보가 궁인을 따라 안으로 들어왔을 때, 정권은 양팔을 벌린 채 난각 한가운데 서서 두 궁인의 시중을 받으며 옷을 갈아입고 있었다. 아보는 치맛자락을 살짝 들며 예를 갖췄다.

"편안히 주무셨나요?"

정권은 웃으며 고개를 끄덕이더니 물었다.

"이제 좀 익숙해졌느냐? 화로를 오늘에야 넣어서 이틀간 많이 추웠지?"

아보는 웃으며 대답했다.

"춥지 않았어요."

정권은 손짓으로 옆에 있던 두 궁인을 물렸다. 아보는 미소를 지으며 그의 곁으로 다가가 그의 양팔을 내리더니 핀잔을 주었다.

"안 아픈 척 허세 부리시느라 참 고생이 많으시네요."

아보가 말하며 겹옷을 입히자, 정권은 눈살을 찌푸리며 말했다.

"살살해라. 방금 나간 두 궁인이 너처럼 했으면 벌써 끌고 나가 매질을 하라고 명했을 거야. 넌 요즘 참으로······."

아보가 고개를 들고 미소를 지으며 물었다.

"참으로 뭐요?"

정권은 웃으며 대답했다.

"내 총애를 믿고 참으로 기고만장해. 조만간 구실을 하나 찾아서 혼쭐을 내줘야겠다. 난 천하를 다스려야 할 사람인데 이러다 집안도 제대로 못 다스리겠어."

정권이 짓궂게 농담조로 한 말이었지만, 아보의 양 볼은 순식간에 붉은 홍조로 은은하게 물들었다. 덕분에 미간과 양 볼의 비취빛 화전이 더욱 선명하게 빛나며 눈길을 끌었다. 난각 안은 마치 봄인 듯 따사로웠다. 창밖에서 제비 울음소리마저 울리자, 정권은 따스한 봄날에 아리따운 봄꽃 한 송이를 본 듯해 취한 듯 아보의 뺨을 어루만지며 장난스럽게 말장난을 쳤다.

"붉은 꽃 사이에 푸른빛 도드라지니 설레는 봄빛 굳이 많을 필요 있으랴."*

아보는 대꾸 없이 묵묵히 그의 허리에 옥대를 채우더니 고개를 휙 돌리며 밖으로 향했다. 정권은 웃으며 그녀를 불러 세웠다.

"거기 서! 돌아와."

아보가 자리에 서서 올 생각을 않자, 정권은 하는 수 없이 자기 발로 아보에게 다가가 그녀의 귓가에 속삭였다.

"이렇게 말을 안 들으면 앞으로 부부 노릇을 어떻게 하지?"

정권이 여전히 장난을 치자, 아보는 뒤도 돌아보지 않고 다시 밖으로 나가려다가 정권의 힘에 이끌려 그의 품으로 와락 안겨들었다. 아보는 천천히 고개를 들어 정권을 바라봤다. 눈가에 가득 웃음기를 머금은 그 온화한 표정은 평소에는 결코 볼 수 없는 모습이었다. 두 사람 사이에 극에 달한 미묘한 애정의 기운은 말로는 도저히 표현할 길이 없었다. 그녀의 심장이 갑자기 쿵쿵 소리를 내며 크게 뛰기 시작했다. 그녀는 혹여나 심장 뛰는 소리를 그에게 들킬까 봐 살짝 몸을 비틀었지만, 온몸이 녹아내린 듯 힘이 들어가지 않았다. 정권 역시 아보의 얼굴을 가만히 내려다보고 있었다. 그녀의 얼굴은 자주 붉게 물들었고, 그 모습은 볼 때마다 가련하고 우습고 사랑스러웠지만, 이 순간만큼은 평소와 다르게 두 눈꺼풀 위까지 연지를 한 겹 바른 듯 발그스름했다. 맑은 두

---

* 원래 시구는 '초록 가지 끝에 붉은 꽃 한 송이.' —역주

눈동자는 봄볕이 눈부시게 내리쬐는 물결 위에 바람이 스친 듯 쉼 없이 일렁이며 감출 수 없는 따스한 애정을 가득 내뿜었다. 이런 것은 꾸미고 싶다고 꾸밀 수 있는 게 아니지 않은가? 정권은 순간 정신이 아득해져 멍하니 그녀를 잡은 두 손을 놓았다.

잠시 어색한 침묵이 흐른 뒤, 정권은 마침내 헛기침으로 목청을 가다듬고 말했다.

"네게 보여줄 곳이 있어서 오라고 했다."

그가 뒤돌아 밖으로 걸음을 옮기자, 아보 역시 잠시 뒤 묵묵히 그의 뒤를 따랐다. 내시 몇 명이 밖으로 나온 정권에게 허겁지겁 따라붙자, 정권은 손을 들어 그들을 제지했다.

"그냥 뒤쪽을 잠시 걸을 것이니 따라올 것 없다."

정권은 이어서 궁인에게는 이렇게 지시했다.

"넌 고 재인이 입을 두꺼운 옷을 한 벌 찾아서 태자림太子林으로 가져와라."

아보의 볼을 붉게 물들였던 열기는 찬바람을 맞은 뒤에도 한참의 시간이 흐르고서야 서서히 가라앉았다. 그녀는 얼굴의 홍조가 가시자 그제야 정권에게 물었다.

"태자림이 뭐 하는 곳이에요?"

몰래 목을 한참이나 가다듬었건만, 입을 열자마자 음이 살짝 이탈해 아보는 입을 연 것을 무척이나 후회했다. 그러나 정권은 전혀 개의치 않는 듯 웃으며 대답했다.

"보면 알 것이다."

두 사람은 앞뒤로 나란히 걸으며 전각 사이를 지나 연조궁 북쪽 끝 한 공터에 도착했다. 다른 곳의 지면은 모두 청석으로 포장되어 있었는데, 이곳만은 새하얀 백옥 난간에 둘러싸여 맨땅의 흙을 드러내고 있었다. 땅에 심긴 대여섯 그루의 측백나무 중 어떤 것은 벌써 하늘을 찌를 듯 높이 자랐고, 어떤 것은 심은 지 십여 년이 채 안 되었는지 아담해 품에 안을 수 있을 만한 크기였다. 어느새 한겨울이라 다른 곳의 초목은 모두 시들어 앙상한 가지를 드러내고 있었는데, 이곳의 측백나무만이 여전히 푸른 잎을 유지하고 있었다. 정권은 난간 안으로 들어가 아담한 측백나무의 회백색 껍질을 어루만지며 아보를 향해 웃었다.

"이게 바로 내가 심은 나무다."

아보는 가까이 다가가 호기심 가득한 표정으로 물었다.

"이거요?"

정권은 고개를 끄덕이며 대답했다.

"그래."

아보는 고개를 들어 정권이 심었다는 나무를 바라봤다. 곧게 뻗은 나무가 문득 사랑스러워 정권을 보며 물었다.

"만져봐도 돼요?"

정권은 웃으며 대답했다.

"어림도 없다."

아보는 코를 찡긋거리며 아랑곳하지 않고 손을 뻗어 나무를 살짝 만졌다가 살짝 들떠 있던 나무껍질이 우수수 떨어지는 바람에 화들짝 놀라 손을 거뒀다.

정권은 역시 웃으며 말했다.

"망가졌잖아? 어떻게 보상할 거지?"

아보가 살짝 화난 표정을 짓자, 정권은 웃으며 설명했다.

"본조의 태종 황제 때부터 이어져 내려온 묵계가 있어. 연조궁에 입주한 태자는 이곳에 반드시 나무를 심어야 하지. 그래서 궐 안 사람들은 이곳을 암암리에 태자림이라고 불러."

그는 아보의 얼굴에 의혹이 가득한 것을 보고 웃으며 말했다.

"설명을 듣기도 전에 알아차렸구나?"

아보는 손가락으로 셈을 하더니 말했다.

"태조 황제의 나무를 제외하면 폐하의 나무까지 네 그루만 있어야 하는 거 아닌가요?"

정권은 고개를 끄덕이며 안으로 두 걸음 들어가 제법 굵은 나무를 손가락으로 가리켰다.

"이건 문종 황제 때의 태자가 심은 나무다. 덕을 잃어 폐서인이 됐지."

그는 그 옆의 다른 나무를 가리키며 또 말했다.

"이건 내 대백부 공회 태자의 나무야. 선제 정현 7년에 갑자기 병으로 돌아가셨지. 그리고 내가 심은 나무와 크기 차이가 별로 안 나는 이 나무가 폐하께서 심은 것이다. 나보다 불과 몇 년 더 일찍 심으셨지."

아보가 조용한 목소리로 그를 불렀다.

"전하."

정권은 웃으며 말을 계속했다.

"역대 황제보다 태자의 수가 많은 건 어쩔 수 없지. 어쩌면 내 나무도 나중에 황제가 되지 못하고 남아도는 나무 중 하나가 될지도 모른다."

아보는 난간가의 가장 아담한 측백나무를 바라보고는 조용히 정권 곁으로 다가가, 한참 동안 주저하다가 눈을 질끈 감고 용기를 내 떨리는 손으로 그의 오른손을 살며시 잡았다. 정권은 살짝 놀라며 그녀를 바라봤지만 손을 뿌리치지는 않았다. 두 손 모두 차갑게 얼어 있었지만, 이 순간만큼은 서로의 손가락 끝 미세한 떨림 하나마저도 놓치지 않고 생생하게 감지할 수 있었다.

오랜 침묵이 흐른 뒤 정권은 다시 말을 이었다.

"오늘 아침에도 폐하는 내 문후를 받지 않으셨다. 안안궁 밖에서 하염없이 서 있는데, 춥기도 하고 배도 고프고 찬바람이 강하게 불 때마다 온몸이 쑤시더구나. 손발이 마비된 채로 서 있는데, 소인배들이 힐끔거리며 손가락질까지 해대는 꼴을 보니 성질 같아서는 그대로 뒤돌아 가고 싶었어. 폐하는 계속 날 안 만나주실 것이다. 그걸 알면서도 오늘 저녁 또 문후를 드리러 가야 하지."

아보는 대답 없이 그저 잡은 정권의 손을 더 힘주어 움켜쥘 뿐이었다. 정권은 웃으며 말했다.

"그들은 내가 이 나무처럼 구석에서 천천히 말라 죽기를 바라는 거야. 하지만 나는 절대 그들 뜻대로 되게 놔두지 않을 것이다. 아보, 하얀 학을 보고 싶다고 했었지? 봄이 돼 날이 따뜻해지고 풀이 돋으면 우리 함께 네가 말한 그곳에 가자. 그때 산 정상에 올라 만 리 강산을 내려다보면 한 폭의 그림처럼 아름다울 거야. 난…… 난 언젠가는 꼭 장주에도 가고 말 거다."

그녀에게 하는 말이었지만, 마치 혼잣말을 하듯 중얼거리다가 마지막에는 목이 메어 말을 제대로 끝맺지 못했다. 그러나 이 어두운 겨울, 그의 두 눈동자는 놀랍게도 이글이글 타오르는 작은 불꽃처럼 밝게 빛나고 있었다. 아보는 그렁그렁 눈물이 가득 맺힌 눈동자로 조용히 대답했다.

"좋아요."

옷을 가지러 갔던 궁인은 멀리서 두 사람의 모습을 보고 주저하다가 끝내 가까이 가지 못하고, 그 자리에서 아름다운 두 사람이 손을 맞잡고 밀어를 속삭이는 모습을 지켜봤다. 태자가 고 재인을 지극히 총애한다는 사실은 벌써 이 궁에서 모르는 사람이 없었다.

초닷샛날에도 정권은 어김없이 저녁 문후를 갔고, 황제는 역시

나 그를 만나지 않았다. 그가 막 연조궁으로 돌아왔을 때, 그를 뒤따라온 왕신이 황제의 뜻을 전했다. 내일 열리는 조회에 꼭 참석할 필요는 없다는 전언이었다. 정권은 무릎 꿇고 엎드려 왕신이 전하는 황제의 명을 받든 뒤 물었다.

"칙사는 장주에서 돌아왔나? 고봉은은 장주에 도착했대? 장주는 무사한가? 고 장군은 소식을 아시고?"

왕신은 정권이 얼마나 생각이 깊고 머리가 빠르게 돌아가는지는 익히 알고 있었으나, 그가 문제의 정곡을 찌르는 핵심 질문 네 가지만을 골라 연거푸 던지자 내심 감탄을 금치 못하며 대답했다.

"칙사는 어젯밤 돌아와 폐하와 안안궁에서 반 시진 정도 대화를 나눴습니다. 소장군은 29일에 장주에 도착했고, 그때까지는 장주에 아무 일도 없었습니다."

정권은 잠시 생각하더니 또 물었다.

"고 장군 쪽은? 이 사실을 알고 계시나?"

왕신은 한숨을 내쉬며 대답했다.

"전하, 그 일은 꺼내지 않는 것이 좋겠습니다. 오늘 폐하께서 중서성에서 올린 상소문을 받으시고 전하께서 밖에 서 계시던 바로 그 시각에 불같이 화를 내셨습니다."

정권은 눈살을 찌푸리며 되물었다.

"무슨 상소?"

왕신은 또다시 탄식하며 대답했다.

"무슨 상소겠습니까? 고작 하루 사이에 제왕과 장육정을 처벌하라는 내용의 상소만 468통이 올라왔습니다. 고 장군이 아는지 모르는지는 신이 정말 말씀드릴 수가 없습니다."

정권은 더는 캐묻지 않고 웃으며 고개를 끄덕였다.

"알겠네."

그는 왕신이 자리를 떠나자 마침내 한숨을 내쉬었다.

왕신이 안안궁으로 돌아와 보고하자, 이번에는 황제가 물었다.

"태자가 뭐라고 하던가?"

왕신은 대답했다.

"전하는 성지를 받드시고는 칙사가 돌아왔냐는 말만 하셨습니다."

황제는 웃으며 또 물었다.

"다른 건 안 묻던가? 외숙이 소식을 들었는지는 안 물어봤나?"

왕신은 황급히 잡아떼며 대답했다.

"안 물으셨습니다. 전하는 칙사가 돌아왔다는 말을 듣고 잘됐다는 말만 하셨을 뿐 다른 말은 전혀 없으셨습니다."

황제는 더는 추궁하지 않고 그저 피식 소리 내어 웃기만 했다. 그 순간 왕신은 불현듯 생각했다. 가끔 두 부자는 모골이 송연해질 정도로 똑같았다.

조회가 열리는 날 아침, 정권은 서원에서 지낼 때보다 1각 늦게 일어났다. 묘시가 끝나갈 무렵 수공전에 도착하니 문무백관은 이미 자리를 잡고 서 있었다. 그들은 태자가 안으로 들어오는 것을 보고 일제히 예를 갖췄다.

"신등, 태자 전하를 뵈옵니다."

정권은 고개를 끄덕이며 화답하고는 곧바로 동쪽 첫 번째 자리로 가 섰다. 신하들은 황제가 평소와 다름없이 진시에 도착하자 예를 갖춘 뒤, 자리에서 일어나기가 무섭게 앞으로 나와 간언을 시작했다. 완곡하게 이야기하는 사람, 침을 튀기며 열변을 토하는 사람, 경전을 인용하는 사람, 강경한 어조로 직간하는 사람 등 유형은 다양했지만, 내용은 하나같이 하루빨리 두 죄인을 엄벌해 국가의 기강을 세우라고 촉구하는 것이었다. 분위기가 뜨겁게 달아오르자 심지어는 황제가 뜻을 가납하지 않으면 목숨을 버리겠다는 자도 나왔다. 정권은 열변을 토하는 신하들을 유심히 관찰하며 판별했다. 이들 중에는 평소 그와 가까웠던 사람도 있었고 평소 교류가 전혀 없던 사람도 있었으며, 이왕과 결탁한 것으로 전해 들은 사람도 있었다. 정권은 짧은 순간에 누가 적군이고 아군인지, 저들이 원하는 것이 무엇인지 간파할 수가 없어 몰래 황제에게로 눈길을 돌렸다. 그는 평소와 다름없는 안색으로 엄숙하게 자리에 앉아 있었다.

한 시진가량의 소란이 지나가고 더 이상 발언자가 나오지 않자, 황제는 드디어 왕신에게 분부했다.

"읽어라."

황제는 일찌감치 답을 정해놨던 것이다. 대신들은 일순간 호흡을 멈추고 잔뜩 마음의 준비를 했지만, 내용은 의외로 간결했다.

"제왕은 적통을 업신여기고 그와 동등한 자리에 서려고 태자를 모함했다. 짐이 그 책임을 통감하고 돌아보니 위아래와 존비의 구분이 바로 세워지지 않은 연고라. 이제 제왕의 왕작을 박탈하고 군왕으로 강등해 즉시 속국으로 내보내려 한다. 황태자는 성품이 공손하고 인과 효의 덕성을 모두 겸비했으니 짐의 마음이 심히 놓이노라. 사건 중 전 이부상서 장육정의 처분은 오늘부로 황태자에게 전권을 위임하니 삼사는 성심을 다해 태자를 보필할지라."

정권은 묵묵히 듣다가 끝내는 속으로 싸늘한 조소를 금치 못했다. 그럴듯한 미사여구를 동원하면서 정작 형에 대한 처분은 구렁이 담 넘어가듯 어물쩍 넘겼기 때문이었다. 황제가 명목상 집어넣은 책임을 통감한다는 표현은 계속 트집을 잡으면 황제를 위협

하는 것으로 여기겠다는 은근한 협박이었다. 낭독이 끝나자 성지를 받들겠다고 순순히 허리를 굽히는 사람은 없었지만, 그렇다고 감히 나서서 황제에게 이의를 제기하는 사람도 없었다. 지금 이와 같은 때에 해서는 안 되는 생각이었지만, 그래도 그 생각이 밀려드는 것만은 어쩔 수 없었다. 만약 장육정의 변절이 진짜였다면 황제는 지금 저 성지에서 자신에게 어떤 처분을 내렸을까?

정권은 천천히 환규를 내려놓고 있는 힘껏 감정을 다스렸으나, 오른손이 파르르 떨리는 것만은 도저히 제어할 수가 없었다. 하지만 달갑지 않다고 한들 또 어쩌겠는가. 외숙과 부친은 질풍처럼 날쌔게 움직이는가 하면 숲처럼 고요하게 자리를 지켰고, 불이 번지듯 맹렬하게 공격을 퍼붓는가 하면 산처럼 묵직하게 요지부동했다. 그들에 비하면 자신의 재간은 참으로 하찮기만 했다.

정권은 결국 이를 갈며 바닥에 무릎을 꿇고는 조용히 대답했다.

"폐하는 영명하십니다. 신, 감읍한 마음으로 성지를 받들겠나이다."

태자가 엎드리자, 대신들도 나름의 생각을 가슴에 품은 채 뒤이어 하나둘씩 고개를 숙였다.

황제는 주위를 쓱 둘러본 뒤 입을 열었다.

"일개 번왕과 3품 당관이 결탁해 국본을 모해했으니, 이는 본조 역사 백 년을 통틀어도 전대미문의 일이오. 짐은 요즘 들어 근심이 잦아 아침에나 밤에나 마음이 영 편치 않았소. 그 근심하는 바가 무엇이었겠소? 그런데 태자가 어느 날 짐에게 국본을 바로 세우는 충언을 하더군. '서자와 적자의 지위가 동등하고 큰 도읍이 국도와 같아지는 것은 나라를 혼란케 하는 근본이다'라는 말이었소. 태자를 궐 밖에 거하게 한 건 당시에는 임시방편이었으나, 이제 와 생각해보니 서원 곁에는 춘방도 첨부의 역할도 허술

해져 간신배들만 사사로이 들락거리며 천가의 골육을 이간하는 결과를 초래했소. 태자가 간신배들의 망령된 말에 충동적으로 이끌리지 않았다면 오늘과 같은 참사가 일어나기나 했겠소?"

정권은 여기까지 듣고는 뭔가 잘못돼 가고 있다는 사실을 깨달았다. 과연 황제는 이어서 청천벽력 같은 선언을 했다.

"동궁은 이제 연조궁으로 옮기는 것이 좋겠소. 오늘부터 동궁의 모든 관원은 지위 고하를 막론하고 짐이 하나하나 직접 심사해 선별하겠소. 이는 국본이 또다시 아첨꾼들의 간계에 빠지는 걸 방지하기 위함이오. 태자는 나라의 근본이니 짐은 이 조치를 시작으로 나라의 근본을 철저히 뜯어고치려 하오. 태자는 이를 어찌 생각하는가?"

이 씨의 옥사가 종결된 이래로 연조궁으로 옮기는 것은 단지 시간문제였다. 다만 그 문제를 조당에서, 그것도 이토록 갑작스럽게 꺼내 드니 정권으로서는 당황하지 않을 수 없었다.

"폐하, 성은이 망극하오나, 이는……."

태자가 앞으로 나와 우물거리자, 황제는 그를 힐끔 보더니 웃으며 물었다.

"태자가 짐에게 할 말이 있느냐?"

황제의 말투는 온화했지만 정권의 몸에서는 벌써 식은땀이 흐르고 있었다. 정권은 한동안 말없이 곰곰이 생각했다. 정황을 보나 이치로 보나 아무리 따져봐도 이 일은 물릴 여지가 없었다. 그는 고개를 숙이며 하는 수 없이 대답했다.

"신, 명을 받들겠습니다."

황제는 흡족한 미소를 지으며 자리에서 일어나 말했다.

"오늘 조회는 여기까지 하겠소. 끝나고 연회가 있으니 각자 음식을 즐기고들 가시오."

정권은 동궁으로 돌아와 한동안 멍하니 앉아 있다가 벌떡 일어나 전각 안을 서성이며 맴돌았다. 궁실이 낯설지는 않았지만 보이는 얼굴들은 하나같이 낯설었다. 앞으로 조정과의 소통이 막히는 것은 물론, 아침저녁으로 황제에게 문안드리러 다닐 생각을 하니 눈앞이 캄캄했다. 그는 안절부절못하며 한나절 내내 왔다 갔다 하다가 마침내 물었다.

"왕 상시는?"

내시 한 명이 밖으로 확인을 하러 갔다가 돌아와서 고했다.

"왕 상시는 폐하를 모시는 중이라 지금은 오실 수 없습니다."

정권은 고개를 끄덕였다.

"상시에게 틈이 생기거든 이쪽으로 오라고 전해라."

그러나 왕신은 아무리 기다려도 오지 않았다. 여기서는 잠자코 생각에 잠길 수도 없고 눈을 들면 보이는 것은 낯선 얼굴뿐이니 정권은 무료함을 견딜 수가 없었다. 그는 결국 후원에 있는 아보의 거처로 발걸음을 옮겼다. 안으로 들어가니 아보 역시 달리 하는 일도 없이 우두커니 앉아만 있었다. 그는 되는 대로 말을 툭 던졌다.

"할 일이 없으면 책이라도 읽지 그래?"

그는 말을 뱉고 나서야 책은 모두 서원에 있다는 걸 깨닫고는 말을 덧붙였다.

"내가 사람을 시켜 책을 가져오라고 하마."

그는 내각의 배치를 눈이 가는 대로 살피며 물었다.

"지낼 만은 해? 오면서 보니 동쪽에 볕이 잘 드는 내각이 몇 채 있던데 거처를 옮기고 싶거든 지금 빨리 옮기는 게 좋을 것이다."

아보는 고개를 끄덕이며 대답했다.

"여기도 좋은데 왜 옮기겠어요?"

정권은 그녀의 침상에 기대 짓궂은 미소를 지으며 말했다.

"지금 잘 고르는 게 좋을 거야. 나중에 측비들이 오고 나서 본 궁에게 딴소리해 봐야 소용없다."

"측비들이 뭐 하러 오는데요?"

아보가 웃으며 묻자, 정권 역시 웃으며 대답했다.

"너 말고 다른 측비들은 동궁에 들이지 말라는 소리냐? 내 총애를 독차지하려는 속셈인가?"

"전하!"

아보가 성을 내자, 정권은 한숨을 내쉬더니 곧 진지하게 표정을 고쳤다.

"폐하가 연조궁으로 옮기라고 명하셨다. 양제와 측비들도 곧 이쪽으로 올 거야. 아보, 넌 여기와 서부 중 어디가 더 좋으냐?"

아보는 잠시 생각하더니 대답했다.

"저는 어디서 지내든 똑같아요."

정권은 웃으며 말했다.

"어떻게 같을 수가 있어? 여기서는 홍불*이 야반도주를 꿈꿔도 가망이 전혀 없단 말이다."

아보는 얼굴에 살짝 노여운 기색을 띠더니 한참 뒤에야 정신을 차리고 쏘아붙였다.

"이미 지나간 일은 묻지 않겠다고 하셨잖아요. 언제는 군자는 장난을 치지 않는다면서 예전에 한 말은 다 잊으셨나요?"

아보가 가벼운 원망의 말을 쏟아내자, 정권은 화를 내기는커녕

---

* 당나라 소설 『규염객전虬髯客傳』의 주인공. 양소의 집에서 시중을 들다가 양소와 천하를 논하러 온 청년 이정에게 반해 그와 함께 야반도주했다. —역주

웃으며 말했다.

"잊지 않았다. 난 그런 뜻으로 한 말이 아니야. 내 말은 이정에게 일이 생기면 홍불이 또 나서서 도와줄 거냐는 뜻이다."

아보가 대답을 하려는 순간, 한 궁인이 들어와 보고했다.

"전하, 왕 상시가 정전에서 기다리고 계십니다."

정권은 자리에서 일어나 말했다.

"바로 가겠다."

정권은 인사할 새도 없이 급하게 밖으로 나갔다. 아보는 창가로 다가가 떠나는 그의 뒷모습을 오랫동안 지켜보다가 느릿느릿 고개를 끄덕였다.

왕신도 초조해 보이기는 매한가지였다. 그는 정권을 보자마자 예를 갖출 겨를도 없이 대뜸 물었다.

"동궁을 옮기는 일로 부르셨습니까? 그 일은 신도 오늘 조회에서 처음 들었습니다."

정권은 고개를 저으며 대답했다.

"이미 돌이킬 수 없는 일은 입에 올리지 않는 게 나아. 내가 묻고 싶은 건 다른 일이다. 장육정은 지금 형부에 있나?"

왕신은 고개를 끄덕이며 대답했다.

"네, 두 공자님과 함께 그곳에 계시죠."

정권은 말했다.

"어찌 됐든 장육정을 한번 만나야겠으니 할아버지가 준비해줘."

왕신은 발을 동동 구르며 만류했다.

"지금이 때가 어느 때인데 그러십니까? 제발 말썽 일으키지 마십시오. 중요한 일이면 신이 대신 하겠습니다."

정권은 차분한 미소를 머금으며 말했다.

"중요한 일은 아니지만, 그렇다고 누가 대신 할 수 있는 일도 아니야."

제
36
장

백세의 생애

바람도 멎고 사람도 멈췄다. 온 연조궁이 침묵에 휩싸일 때면 경루更漏에 고인 물이 동으로 된 물꼭지를 따라 떨어지는 소리가 또렷하게 들린다. 똑똑 쉬지 않고 떨어지는 그 소리는 처마 사이에 내리는 봄비 소리와도 같았다. 고 재인은 읽던 책을 내려놓고 일어나 경루 앞으로 다가갔다. 물이 떨어지는 입구를 손바닥으로 살짝 막고 창밖을 향해 고개를 드니 밖은 깊이를 알 수 없는 짙은 밤이었다. 누호의 나무 눈금은 벌써 해시를 가리켰다. 입구를 가린 손을 떼니 손바닥에 고인 시간의 물은 또다시 차갑고도 무겁게 손가락 사이를 빠져나가더니 촛불이 닿지 않는 촛대 아래에 고여 작은 웅덩이를 이루었다. 심연이 지닌 짙은 어둠의 광택을 시기하면서.

아보는 손에 묻은 물기를 치맛자락에 대충 닦은 뒤 내실로 들어가 화장대 앞에 무료하게 앉았다. 양옆에 있던 궁인이 시중을 들기 위해 다가오자, 그녀는 조용히 제지했다.

"괜찮아."

그녀는 궁인들이 물러가는 것을 확인하고 나서야 천천히 귀고리를 떼고 비단결 같은 검은 머리를 풀어 어깨 위에 늘어뜨렸다. 다시 우두커니 앉아 있다가 침상으로 가려고 일어서는 순간 미간과 뺨에 붙은 꽃 모양의 금빛 화전이 눈에 띄어 다시 그대로 자리에 머물렀다. 그녀는 거울을 들여다보는 순간이 가장 좋았다. 이렇게 앉아 있으면 마치 타인의 마음인 듯 그 어느 때보다 투명하게 자신의 마음을 들여다볼 수 있었다.

이른 아침 일어나 구리거울 앞에 앉아 자그맣고 노란 꽃잎들을 바라보며 무엇을 떠올리는 것일까? 그것은 뒤늦게 찾아온 희열일까? 낮 동안 멍하니 창밖을 보며 돌아보는 것은 무엇일까? 그것은 이제야 모호하게 형체를 이룬 책 속의 이야기일까? 저녁 바람이 멎을 때면 이 마음은 무슨 연유로 하늘의 색을 따라 덩달아 어두워지는 걸까. 눈을 감으면 그의 아름다운 눈동자가 바로 옆에 있는 듯 생생하다. 그는 장난스럽게 말장난을 치며 입가에 그림처럼 아름다운 곡선을 그리다가 갑자기 웃음을 뚝 그친다. 그럴 때면 그의 미간에 깊게 드리우는 그늘을 이 손을 내밀어 곱게 펴주고 싶다. 다시 눈을 뜨면 마치 몇 세기의 시차를 넘어온 듯 그의 형체는 윤회와 전생을 거듭하다가 남은 모호한 그림자가 된다. 그의 생김새나 옷차림도, 툭하면 화를 내는 그 성품마저도 현실이 아닌 듯 도무지 기억나지 않는다. 그는 정말 이 세상에 존재하는 사람일까? 시장 거리에서 보낸 오후와 서원의 황혼, 종정시에서 보낸 어두운 밤도 그가 오지 않을 때면 환상처럼 멀리 흩어졌다가, 그가 곁으로 가까이 왔을 때에야 비로소 살아서 생동감 있게 움직이기 시작한다.

그것은 사랑이었다. 사랑하므로 느낄 수밖에 없는 그리움과 희열이었고, 사랑하는데 볼 수 없는 애달픔과 갈망이 부른 고통이었다. 여기까지 오니 바라는 것은 점점 늘어만 간다. 더 살아서 그에게 따스한 손을 내밀고 싶었다. 그의 곁에 남아 대화를 나누고 푸른 하늘을 훨훨 나는 학을 함께 바라보고 싶었다. 이루어질 수 없는 기대가 늘어갈수록 두려움도 커진다. 그의 분노, 그의 고통, 그리고 함께 늙어가는 서로를 볼 수 없는 현실이 닥치는 것도, 바라는 것이 더 늘어가는 것도 두렵다.

구리거울 속의 소녀가 그녀를 보며 차갑게 웃었다. 그 입가에 서린 조소가 송곳처럼 그녀의 심장을 아프게 찔렀다. 거울 속의 꽃과도 같은 저 환영마저도 자신의 꿈이 얼마나 터무니없는지 알고 있다는 것이리라. 끝없는 자비를 품은 신불神佛마저도 자신의 망념을 알아차리면 입을 가리고 코웃음을 칠 것이다.

아보는 양손을 뻗어 거울 속 환영이 입가에 머금은 비웃음을 지우고 조용히 고개를 숙였다. 그때 뒤에서 누군가가 그녀를 부르는 소리가 들렸다.

"재인 마마?"

아보는 화들짝 놀라며 고개를 돌렸다. 언제 안으로 들어왔는지 낯선 얼굴의 젊은 내신이 서 있었다. 아보는 손을 내리고 의혹을 품은 채 물었다.

"누구시죠? 무슨 일로 왔습니까?"

젊은 내신은 웃으며 대답했다.

"신은 장안이라고 합니다. 태자 전하를 모시는 근시입죠. 전하가 재인 마마를 살피고 오라고 신을 보내셨습니다."

'전하'라는 말에 아보의 가슴에는 벌써부터 억누를 수 없는 기쁨이 솟구쳤다. 아보는 입가에 은은한 미소를 머금은 채 물었다.

"전하가 뭐라고 하셨죠?"

장안은 웃으며 대답했다.

"아무 말 없으셨습니다. 다만 재인 마마께 안부를 전하고 재인 마마의 댁은 평안하다고 전하라 하셨습니다."

아보의 입가에 어린 밝은 미소가 서서히 가셨다. 그녀는 딱딱하게 굳은 얼굴로 그를 한참 동안 관찰한 뒤 떨리는 목소리로 대답했다.

"무슨 소린지 모르겠군요."

장안은 웃으며 대답했다.

"전하는 재인 마마의 신중한 성품을 아시고 서신을 한 통 보내셨습니다. 마마께서 읽어봐 주시겠습니까?"

그는 이윽고 소매 안에서 봉인된 서신을 한 통 꺼내더니 봉니를 뜯어 건넸다. 아보는 주저하며 떨리는 손으로 서신을 받아 봉투를 서너 번 세심히 살핀 뒤에야 서신을 펼쳐 읽었다. 내용은 간단했다.

'동궁 측비 고씨에게 정중히 안부를 청합니다. 서신 마지막의 개인 인장은 우리가 전에 약조한 대로 주사가 아닌 먹을 사용해 찍었습니다.'

장안은 말없이 아보의 안색을 살핀 뒤 웃으며 물었다.

"자세히 보셨습니까?"

아보는 한참 뒤에야 고개를 끄덕이며 대답했다.

"오 전하의 친필이 확실하군요."

장안은 미소 띤 얼굴로 그녀의 손가락 사이에서 서신을 거두어 봉투에 다시 넣은 뒤 촛대 앞에서 봉투째로 불살랐다. 서신이 모두 타서 재가 되자, 그는 그녀를 향해 고개를 돌리며 말했다.

"보셨으면 됐습니다. 전하께서는 그간 안부가 소홀했다면 양해를 부탁드린다고도 하셨습니다."

아보는 억지웃음을 지으며 대구했다.

"전하가 예의를 과하게 차리시네요."

장안은 웃으며 대답했다.

"마마의 그 말도 전하께 전해 올리겠습니다. 전하가 신에게 부탁하신 일이 하나 더 있습니다."

아보는 말없이 기다리다가 조용히 말했다.

"전하의 지시가 있다면 어서 말하세요."

장안은 대답했다.

"큰일은 아닙니다. 8월 15일에 일어난 일부터 지금까지의 정황을 잘 이해하지 못하겠으니 태자 전하에게 들은 말이나 마마께서 직접 본 것, 아는 것에 관해 가르침을 구한다고 하셨습니다."

아보의 오른손이 걷잡을 수 없이 파들파들 떨렸다. 덮개가 벗겨진 채 눈부신 빛을 발하며 거칠게 일렁이는 촛불이 그녀의 눈을 따갑게 찔렀다. 검붉은 촛농이 갑자기 미끄러져 내려와 촛대에서 걸려 그대로 무덤처럼 굳었다. 문득 까닭 없이 태자의 두 눈동자가 떠올랐다. 두 눈동자는 이글이글 작열하는 불씨처럼 가까이 다가올수록 그녀의 삶을 고통스럽게 태웠다. 그의 눈물은 차가웠지만 그 얼음처럼 차가운 눈물은 데이기에는 충분히 뜨거웠다.

"그럼 번거롭더라도 소인의 말을 오 전하께 전해주세요."

장안은 웃으며 대답했다.

"이 역시 분부가 있었습니다. 신의 머리가 우둔해 중간에서 곡해가 생길까 우려된다고 하시며 마마께서 서신으로 내용을 적어주시면 감읍해 마지않을 거라고 하셨습니다."

아보는 차갑게 비웃으며 거부 의사를 표현했다.

"전하의 말은 따를 수밖에 없습니다만, 서신을 쓰다가 태자 전하께 들키면 그것도 큰일이 아니겠습니까?"

장안은 웃으며 대답했다.

"그건 걱정하지 않으셔도 됩니다. 태자 전하는 오늘 밤 이곳에 안 계시거든요."

아보는 멈칫하며 물었다.

"전하는 어디에 가셨죠?"

장안은 대답했다.

"그건 신도 모릅니다. 그것 역시 마마께 가르침을 청하겠습니다."

아보는 한숨을 내쉬며 말했다.

"그렇다면 먹을 부탁드리겠습니다."

장안은 민첩하게 지필묵을 준비한 뒤, 아보가 붓을 잡고 서신을 쓰는 모습을 지켜봤다. 아보는 순식간에 종이 세 장을 채워 넣고는 먹이 채 마르기도 전에 급히 봉인하며 분부했다.

"조심하십시오. 들키면 죽음을 면치 못할 겁니다."

장안은 서신을 품 안에 세심히 챙겨 넣으며 "걱정하지 마십시오" 하고 대꾸하고는 작은 종이 꾸러미 하나를 아보에게 건넸다. 포장지 겉면에 손이 닿자 갑자기 심장이 일순간 거칠게 뛰었다. 아보는 고개를 들고 단호한 표정으로 물었다.

"이게 뭐죠?"

장안은 웃으며 대답했다.

"걱정하지 마십시오. 전하는 인자하신 분인데 설마 대역무도한 마음을 품으시겠습니까? 이건 전하께서 마마에게 드리는 성의입니다. 매일 드십시오."

그는 말하면서 화장대에 놓인 금비녀를 하나 집어 들었다.

"비녀의 잠두만큼 덜어 물과 함께 드시면 됩니다."

아보는 여전히 의혹이 가시지 않아 물었다.

"난 걸린 병도 없는데 웬 약입니까?"

장안은 여전히 온화한 미소를 머금은 채 느긋하게 대답했다.

"마마는 최근 태자마마의 총애를 입으셨죠. 지금 당장은 괜찮지만, 나중에 혹시나 몸에 병을 얻으시면 문제가 되지 않겠습니까? 이 약을 먹으면 걱정할 일은 생기지 않을 것입니다."

아보는 그제야 조왕의 뜻을 알아차렸다. 조왕은 그녀가 아이를 가지면 변심하지 않을까 우려한 것이었다. 아보는 담담히 미소를 지으며 대답했다.

"전하가 참으로 세심하시군요. 전하의 호의는 감사히 받겠습니다."

장안은 허리를 숙이며 말했다.

"다른 분부가 없으시다면 신은 그만 물러가겠습니다."

아보는 한참 동안 생각하다가 결국 고개를 끄덕였다.

"가세요."

장안은 문을 나서기 전 뒤돌아 한 번 더 그녀의 모습을 살폈다. 그녀의 왼쪽 눈동자를 덮은 속눈썹이 가녀린 나비의 더듬이처럼 파르르 떨리다가 어느새 멎었다. 마치 아무 일도 없었다는 듯 잔잔하게 가라앉은 그녀의 얼굴은 하늘을 부유하는 한 떨기 하얀 꽃 같았다.

장안의 말대로 태자는 그날 연조궁에 없었다. 왕신은 정권이 어째서 나이가 들수록 진중해지기는커녕 어릴 때보다 더 철없이 구는지 도무지 이해할 수 없었지만, 결국은 그의 고집을 꺾을 수 없었다. 그는 정권이 황제에게 가 서부의 일을 처리하고 오겠다는 주청을 올리는 사이, 형부 감옥의 인력 몇 명을 매수하고는 정권이 돌아오자 중요한 말만 간단하게 해라, 오래 머물면 안 된다, 폐하께서 아시면 둘러댈 말도 없다 등등의 잔소리를 줄줄 늘어났다. 정권은 참을성 있게 일일이 알았다고 대답하고는 오시경에 서부로 향했다. 서부에 도착하기 무섭게 주순이 땅바닥을 치며 대성통곡하는 소리가 우렁차게 울려 퍼졌다. 그가 천신과 부처님, 조종 열조를 차례로 찾으며 감읍해하는 소란을 한바탕 겪은 뒤, 정권은 일전에 허창평의 집안을 조사했던 근신부터 소환해 지시했다.

"사람 몇 명을 데리고 악주에 다녀오너라. 주 상시에게 금액은 상관없으니 돈을 두둑이 챙겨주라고 일러두마. 적당한 곳을 찾아 그의 일가를 옮기고 난 뒤에 사람 편에 서신을 보내 알리거라. 넌 돌아오지 말고 그곳에서 그들을 지키다가 내가 지시를 내리면 그때 움직여야 한다."

근신이 명을 받들고 물러나려는데, 정권이 뒤에서 또다시 물었다.

"잠깐. 어떻게 처리할지 생각은 해두었느냐?"

근시는 대답했다.

"악주의 군수는 장군의 오랜 측근입니다. 지방관의 도움을 받으면 어려울 게 뭐가 있겠습니까?"

정권은 고개를 가로저으며 대답했다.

"내가 걱정하는 게 그것이다. 이 일은 절대 지방관을 통하면 안돼. 너희의 행적 역시 절대로 장군의 귀에 들어가서는 안 된다. 일이 잘못되는 날에는 내게 다시 돌아올 필요도 없다. 알겠느냐?"

근신은 잠시 세세히 궁리하더니 이윽고 대답했다.

"네, 전하의 명을 받들겠습니다."

정권은 그제야 고개를 끄덕이며 일렀다.

"수고해라. 일을 무사히 잘 마치면 병부에 지시해 금군에 들어가게 해주겠다. 백호百戶에서부터 시작해보아라."

근신은 황급히 바닥에 엎드리며 예를 갖췄다.

"감사합니다, 전하!"

정권은 손짓을 하며 말했다.

"함께 갈 사람을 잘 선별하고 주순에게 돈을 받아서 즉시 떠나라."

근신이 밖으로 나가자, 정권은 그제야 주순을 불렀다. 주순이 또 한바탕 울며불며 난리를 피우려고 하자, 정권은 그의 말을 뚝 자르고 말했다.

"요 며칠 사이에 있었던 일은 자네도 들어서 알겠지. 난 황명에 따라 바로 연조궁으로 옮겨야 해. 양제와 측비들의 이사는 자네가 맡아서 해줘. 그 밖에 평소 쓸 만했던 사람들 몇몇은 동궁위로 전근시킬까 해. 중요한 일에는 익숙한 사람을 쓰는 게 본궁도 마음이 편하거든."

그는 잠시 말을 멈췄다가 다시 이었다.

"자네는 원래 궁 안에 있던 사람이니 본궁이 폐하께 주청을 드려보겠다. 폐하께서 허락하셔서 자네가 전과 다름없이 동궁의 총관 역할을 하면 그보다 더 좋을 수 없겠지만, 연조궁의 모든 인력이 폐하의 사람으로 교체될까 봐 걱정이야. 그렇게 되면 본궁에게도 방법이 없다. 만약 폐하께서 허락지 않으시면 굳이 체면 구기면서까지 날 따라오지 말고 노후 자금을 챙겨서 본가로 돌아가. 나와 함께해봤자 떨어질 콩고물도 없을 테니까. 자네도 노년엔 편안히 지내다 천수를 누리고 가야지."

주순은 태자의 말을 듣고 한참이나 잠자코 있더니 기어이 또다시 눈물을 흘리며 통곡했다.

"신은 본디 무능한 자인데 어찌 높은 자리를 탐하겠습니까? 그저 전하 곁에서 차 심부름이나 할 수 있다면 그것이 신에게는 편안한 노후입니다."

정권은 희미하게 미소를 머금으며 말했다.

"원래 멍청한 사람도 아니면서 어쩜 이렇게 멍청한 말만 골라서 하나? 가봐. 모두 나가. 난 잠시 쉬다가 다른 멍청이를 만나러 가야 한다."

왕신이 형부의 옥관獄官에게 연통할 사람을 보냈을 때 당연히 방문할 사람이 황태자라는 말은 하지 않았지만, 눈치 빠른 사람들은 이미 온다는 사람이 누군지 훤히 꿰고 있었다. 그날 술시에 형부의 감옥 후벽 밖에 조용히 세워진 가마 안에서 평범한 복장의 젊은 귀공자가 내렸을 때, 옥관은 입으로는 별말을 하지 않았지만 극도로 공손하고 삼가는 태도로 공자를 대했다. 그는 공자를 감옥의 깊숙한 곳으로 조심스럽게 안내하면서도 감옥의 음침한 광경에 혹시나 그의 기분이 상할까 봐 몇 번이나 입을 열까 말까 고민했지만, 그의 안색을 보고는 꾹 눌러 참았다.

어느덧 장육정이 수감된 감방 앞에 이르자, 정권은 옥관을 바라보며 조용히 지시했다.

"문을 여시오."

옥관은 주저했다.

"폐하의 성지 없이는 절대 옥문을 열 수 없습니다."

장육정은 문밖에서 사람 목소리가 들려 일어났다가 그대로 그 자리에 얼어붙었다. 정권은 그를 보고 고개를 가볍게 끄덕이고는 옥관에게 다시 말했다.

"문을 열 수 없다면 어쩔 수 없지. 번거롭겠지만 자리라도 잠시 피해줄 수 있겠소? 내가 죄인과 단둘이 할 말이 있소."

옥관은 여전히 고개를 저었다.

"그건 규칙 위반입니다. 폐하의 명으로 뜻을 전하러 온 게 아

닌 이상은 감시 없이 죄인과 독대를 허락하는 규율은 그 어디에
도 없습니다. 절대 거들먹거리려는 게·아니니 소관의 처지를 너
그렇게 헤아려주십시오. 혹시나 귀하께서 죄인에게 금지품이라
도 건네 불미스러운 일이 생기면 소관의 상관과 부하들은 물론
가족까지 연루되고, 귀하께서도 책임을 면치 못하실 겁니다.”

옥관은 말을 마치고 나서 공손히 읍을 하며 고개를 숙였다. 정
권은 이 7품 하급 관리를 가만히 바라보며 화를 내는 대신 진지한
얼굴로 간청했다.

“정말 단 몇 마디만 할 것이오. 난 다른 마음을 품지도 않았고
연루될 만한 말도 하지 않을 테니 부디 편의를 봐주시오.”

옥관은 잠시 고민하다가 대답했다.

“꼭 그리하셔야겠다면 잠시 무례를 범하겠습니다.”

정권은 살며시 웃으며 양팔을 벌리고 말했다.

“그러시오.”

옥관은 잠시 흠칫하다가 조용히 말했다.

“부디 소관을 용서해주십시오.”

장육정은 목책을 짚고 서 있다가 천천히 무릎을 꿇고 앉아 옥
관에게 몸수색을 받는 태자를 지켜봤다. 수색이 끝나자, 옥관은
허리를 굽히며 말했다.

“그럼 짧게 대화 나누십시오.”

옥관이 물러가자, 태자는 장육정을 향해 몸을 돌렸다. 그는 장
육정이 차꼬와 수갑을 찬 모습을 보고 즉시 옥문 가까이 다가가
그의 손을 부여잡고 말했다.

“맹직, 어서 일어나시오.”

장육정이 결단코 일어나려 하지 않자, 정권은 하는 수 없이 몸
을 낮춰 앉았다. 입을 열려다가 보니 두 달도 채 지나지 않았는데

장육정의 머리는 어느새 새하얗게 새어 회색빛이 가득 돌았다. 아무리 그의 나이가 반백이 넘었다고는 해도 정상적인 상황이라면 이렇게까지 새지는 않을 것이다. 정권은 순간 그의 모습이 원래도 이랬는지 도통 떠오르지가 않아 한참 동안 말문을 열지 못했다. 그때 장육정이 먼저 입을 열었다.

"전하, 바깥에 일이 생겨서 오신 겁니까? 폐하나 장군도 전하가 여기 오신 걸 아십니까?"

정권은 정신 나간 듯한 웃음을 띤 채 대답했다.

"별일은 없소. 폐하도 모르시고 장군도 모르시오."

장육정은 금세 어두워진 얼굴로 말했다.

"그렇다면 어서 궁으로 돌아가십시오. 여긴 전하께서 오실 곳이 못 됩니다."

그가 말을 마치고 자리를 피하려고 일어서자, 정권은 다급히 그의 팔목을 잡으며 나직하게 말했다.

"맹직, 노 선생께서도 그렇게 말하시면서 날 내쫓으셨소."

장육정은 그 자리에 멈춰 선 채 멍하니 정권을 불렀다.

"전하."

정권은 그의 손을 움켜쥐며 말했다.

"맹직, 폐하께서 맹직의 처리를 내게 맡기셨소."

장육정은 고개를 끄덕이며 대답했다.

"예상하고 있었습니다."

정권은 조용히 말했다.

"맹직, 걱정하지 마시오. 그대의 큰딸은 이미 출가했으니 이 일과는 절대 엮이지 않을 것이오. 맹직의 둘째 공자는 이제 갓 열다섯을 넘었으니 군대에 복무하는 것으로 최대한 감형을 해 장주로 보내겠소. 고 장군에게 보내면 고생하는 것이야 피할 수 없겠지만,

적어도 장가의 대를 이을 혈육 하나는 보전할 수 있지 않겠소?"

장육정의 눈가에 반짝 이슬이 스쳤지만 할 수 있는 말은 단 한 마디였다.

"감사합니다, 전하."

정권은 고개를 끄덕이며 말했다.

"그대의 일가에겐 미안한 마음뿐이지만, 이제 와서 그 얘기를 해봤자 무슨 소용이 있겠소. 난 다른 게 아니라 맹직에게 고맙다는 인사를 하러 왔소."

그는 자리에서 일어나 머리와 의관을 하나하나 정성껏 가다듬고는 두 손을 높이 모아 올리며 정중하게 큰절을 했다. 장육정 역시 피하지 않고 무릎을 꿇은 채로 바닥 깊이 머리를 조아리며 맞절했다.

두 사람은 한동안 자리에서 일어날 줄을 몰랐다. 오랜 시간이 흐르고 나서야 정권은 몸을 일으키고는 쓴웃음을 지으며 힘겹게 말했다.

"다른 부탁할 일이 있으면 말해보시오. 내 힘이 미치는 한 이뤄주겠소."

장육정은 고개를 돌린 채 한참을 생각하더니 마침내 입을 열었다.

"신이 주제 넘는 말을 하나 할까 합니다. 죽음을 앞둔 사람이 하는 어리석은 말이라고 여기시고 거북해도 참고 들어주십시오."

정권은 애절한 목소리로 대답했다.

"무슨 말이든 하시오. 내가 반드시 따르겠소."

중범죄자를 수감하는 곳이었기에 이곳의 불빛은 머리가 어지러울 정도로 밝았다. 장육정은 불빛을 받아 환하게 빛나는 정권의 얼굴을 바라보자 자신의 세 자녀가 떠올라 가슴이 칼로 베이

듯 아팠다. 그는 오랫동안 고통스러운 마음을 다스리다가 가까스로 입을 열었다.

"8월 중추절 전에 그 노래가 온 경성에 유행하자, 고 장군이 신에게 서신 한 통을 보내왔습니다. 장군이 쓴 서신이 아니라 전하의 친필 서신이었습니다."

정권은 미간을 찌푸리며 물었다.

"어떤 서신 말이오?"

장육정은 대답했다.

"안군의 임무가 아직 끝나지 않았으니 화합함이 어떠한가. 깊이 생각할 만하니라."

정권은 탄식하며 대답했다.

"맞소, 본궁이 쓴 서신이오. 장군이 없애지 않고 경성까지 가지고 오셨었군."

장육정은 이어서 말했다.

"그 서신을 본 순간, 신은 기뻐서 견딜 수가 없었습니다. 어진 황태자가 세상에 났으니 이는 만백성의 복이지요. 전하와 같은 성군을 모셨으니 신이 헛살지는 않았습니다."

정권은 조용히 말했다.

"맹직, 그런 말은 됐소."

장육정은 말했다.

"신은 전하를 칭찬하려는 게 아니라 간언을 하려고 이 말을 꺼낸 것입니다."

정권은 고개를 끄덕이며 대답했다.

"알았소."

장육정은 정권의 두 눈을 똑바로 바라보며 진지하게 말했다.

"만약 전하께서 천하와 백성을 위한 계획을 마음에 품고 계시다면 앞으로 두 번 다시는 하찮은 동정심 따위는 품지 마십시오. 전하는 적장자이시며 영명함을 타고나셨고 왕기를 품고 계십니다. 성군이 되기에 충분한 자질을 갖추셨지요. 안타까운 점이 하나 있다면 노 상서에게 가르침을 받아 오착에 빠졌다는 것입니다."

정권은 장육정이 한 말을 믿을 수 없다는 듯 한참을 주저하다가 물었다.

"맹직은 어째서 그런 말을 하시오?"

"노세유는 현실 감각이라고는 눈곱만큼도 없는 서생 나부랭이에 불과합니다. 성현의 가르침이나 줄줄 외더니 끝내는 일신의 명예를 지키겠다고 만백성을 저버렸지요. 신은 그가 그러지 않았어야 했다고 생각합니다. 선제께서 그를 전하의 스승으로 삼은 건 참으로 뼈아픈 실책이었어요."

노세유는 정권의 스승이자 장육정의 시험관이었다. 다른 사람도 아닌 장육정이 노세유를 모욕하고, 그것도 모자라 선제까지 욕보이니 정권은 자신의 귀를 믿을 수가 없었다. 정권은 한참 뒤에야 정신을 차리고는 장육정에게 호통을 쳤다.

"맹직!"

장육정은 느릿느릿 고개를 저으며 말했다.

"사람은 죽음을 앞두고서야 진실을 바로 보는 법입니다. 만약 신이 살아서 다시 전하를 뵐 기회가 있다면 이런 말은 감히 입에 담지도 못했을 테지요. 전하가 정말 보위에 오르실 마음이 있다면 4월과 8월의 일은 절대 하셔서는 안 됐습니다. 4월의 일을 하지 않으셨다면 8월의 일이 일어나기는 했겠습니까? 장주가 지금이야 잠깐은 평화롭지만, 이명안이 그곳에 있는 한, 그리고 폐하께서 병력을 줄이고 장수를 파면하겠다는 뜻을 버리지 않으시는 한 장주성이 다시 혼란에 휩싸이는 건 시간문제입니다. 전하가 이번에 막았다고 과연 다음번에도 막을 수 있을까요? 남은 건 유감과 후환뿐입니다. 전하가 품으신 포부는 신도 대략은 압니다. 허나 노 선생의 가르침을 따르겠다고 고집하신다면 신은 할 말이 없습니다. 신은 다른 것보다도 후세의 역사가들이 전하의 본심을 영영 모르게 될까 봐 두렵습니다. 계속 이러시다가는 우유부단하고 지나치게 신중하다는 악명만 후세에 전해질 겁니다. 신이 비록 우매하기는 하나 천자가 행하는 효도는 백성과 다르다는 말은 알고 있습니다. 만약 전하의 가슴에 여전히 천하와 조종의 강산, 억조의 백성이 살아 있다면 신이 거듭 간청드립니다. 부디 작은 건 버리시고 큰 효를 행하소서."

정권은 백지장처럼 하얗게 질린 얼굴로 한참 동안 침묵하다가 입을 열었다.

"맹직, 걱정하지 마시오. 그대의 말은 내 알아들었소. 다만……."

장육정은 탄식을 내뱉고는 말했다.

"전하, 신이 모르지 않습니다. 어떤 일들은 전하도 어찌하실 수가 없다는 걸요. 하지만 이 만 리 강산이 끝내 다른 사람의 손에 넘어간다면 선제와 효경 황후의 뜻은 물론, 이 신의 희생까지도 헛된 것이 돼버리고 맙니다."

정권은 그의 말을 듣고 한참 동안 생각에 잠겼다가 느릿느릿 고개를 끄덕이며 자리에서 일어났다.

"다 이해했소. 본궁이 맹직의 뜻을 저버리는 일은 없을 것이오. 본궁이 전국을 통일하는 그날, 그대와 그대는 물론 그대 가문의 명예까지 반드시 회복하리라. 장육정은 어진 신하이자 굳건히 지조를 지킨 충신으로 역사에 다시 이름을 남길 것이오."

장육정은 그의 말에 옥문의 목책을 급히 움켜쥐며 떨리는 목소리로 물었다.

"신이 그 말을 믿어도 되겠습니까?"

정권은 고개를 숙이며 대답했다.

"믿어도 좋소."

장육정의 두 눈에 가득 고인 눈물이 마침내 뺨을 타고 굴러떨어졌다. 그는 목이 메어 한참이나 잠자코 있다가 힘겹게 입을 열었다.

"감사합니다, 전하."

정권이 차마 더는 지켜볼 수 없어 급히 뒤돌아 가려는데, 장육정이 뒤에서 그를 다시 불렀다.

"전하, 알려드릴 일이 하나 더 있습니다. 신이 이상함을 느낀 부분이 하나 있어서요."

정권은 걸음을 멈추고 말했다.

"맹직은 말해보시오."

장육정은 나지막하게 말했다.

"조회가 열리기 전인 8월 27일에 제왕이 신의 집에 찾아와 서신을 한 통 내밀었습니다. 필적이 금착도와 거의 흡사했는데, 누가 위조했는지는 알 도리가 없더군요. 시간이 나실 때 세세히 조사하셔서 악인들에게 빈틈을 내주는 일이 없도록 하십시오."

정권은 그의 말을 듣자마자 어렴풋이 떠오르는 일이 하나 있었으나, 뚜렷하게 기억이 나지 않아 고개를 끄덕이며 대답했다.

"알았소. 맹직, 부디⋯⋯."

몸조심하라는 말은 끝내 입 밖으로 내뱉을 수 없었다.

정권은 고개를 숙인 채 말없이 서 있다가 시간이 한참 흐른 뒤에야 손뼉을 쳐서 옥관을 불렀다. 조금 전의 그 옥관이 나타나자, 정권은 지시했다.

"가자."

옥관은 정권을 가마 앞까지 배웅하고 정권이 쉽게 오를 수 있도록 옆에서 가마의 발을 들어 올렸다. 정권은 가마에 오르려다가 갑자기 멈추더니 고개를 돌리며 물었다.

"내가 누군지 알고 있소?"

옥관이 웃으며 대답했다.

"소관이 눈이 어두워 알아보지 못했습니다. 직접 가르침을 주십시오."

정권은 살짝 웃기만 할 뿐 대답 없이 몸을 숙여 가마에 올랐다.

정권이 감옥에서 나왔을 때는 이미 궁문이 닫힌 시각이었지만, 황제의 허락 없이 궁 밖에서 머물 수는 없었다. 정권은 서원에서 옷을 갈아입고 어쩔 수 없이 다시 황궁으로 향했다. 가는 길에 조용히 밖을 내다보니 거리는 여전히 북적였고, 거리를 밝히는 등불은 바람에 흔들리며 따스한 온기를 전했다. 귀가하는 상인과 선비, 부인네들의 얼굴도 하나같이 평온하기만 했다. 어느새 해시를 넘겼는데도 그들의 발걸음은 절대 조급하지 않았다. 아마도 집이 가까이에 있으며 언제 들어가도 기꺼이 맞아주는 사람이 있기 때문이리라. 정권은 가마 내벽에 기대 이마를 어루만지다가 갑자기 의욕을 잃었다. 이 드넓은 하늘 아래 궁궐이든 서부든 혼자서 집에 돌아가는 게 불가능한 사람은 오로지 자신뿐일 것이다. 그는 자연스럽게 아보를 떠올렸다. 대체 무슨 방법을 썼기에 이런 밤중에 어린 소녀의 몸으로 허창평의 집까지 찾아갔던 걸까? 그녀는 서원을 나설 때 손에 신분증명서를 쥐고 있었다고 했다. 그녀가 문을 하나 지날 때마다 시위들은 모두 신분증명서의 필적을 자신의 필적으로 믿어 의심치 않았다. 그는 당시 세세하게 캐묻지도 않았고 스스로 쌍구로 필획을 따서 안을 먹으로 채

왔다는 그녀의 말을 믿었는데, 오늘 밤 장육정의 말을 들으니 문 득 그렇게 간단한 일만은 아닐 거라는 생각이 뇌리를 스쳤다.

그는 그녀를 의심하고 싶지 않았다. 그의 마음이 그녀를 의심 하고 싶지 않다고 말하고 있었다.

'말썽 안 부리고 고 재인 노릇만 잘하면 본궁이 너를 편히 살 게 해주겠다.'

그날 자신이 그녀에게 했던 말이 떠오르자 입가에 절로 차디 찬 조소가 떠올랐다.

태자가 황명을 받들기 위해 환궁했으니 닫혔던 궁문도 어쩔 수 없이 열렸다. 다만 황제에게 보고할 기록을 남기는 것만은 면 할 수 없었다. 정권은 황제가 이미 잠들었다는 말을 듣고는 몰래 안도의 한숨을 내쉬었다. 내일 일이야 어찌 됐든 적어도 오늘 밤 만은 더는 장황한 말을 입에 담지 않아도 되었다.

정권이 연조궁 정전의 난각으로 들어오자, 궁인들이 황급히 다 가와 정권이 옷을 갈아입도록 도왔다. 정권은 중의의 옷고름을 스스로 맨 뒤에 궁인에게 지시했다.

"고 재인이 무엇을 하는지 보고 와라."

궁인은 잠시 뒤에 돌아와 보고했다.

"고 재인 마마는 이미 잠자리에 드셨습니다."

정권은 침상으로 다가가 픽 쓰러져 누우며 차분한 말투로 말 했다.

"고 재인을 깨워라. 단장할 필요는 없으니 당장 이쪽으로 오라 고 해."

제
37
장

하얀 이슬의 기만

아보는 등을 비추는 궁인을 따라 연조궁의 회랑을 걸었다. 마침 온 세상에 서리가 가득 내려앉았고, 하늘의 반을 비추는 상현달의 서늘한 빛은 온 땅이 하얗게 젖은 듯한 착시를 불러일으켰다. 수수垂獸의 등줄기와 기와 가장자리, 옥돌 난간의 꽃 조각 위와 계단 틈 사이에 돋은 시든 풀잎 끄트머리에 맺힌 서리는 마치 이슬인 듯 하얀 달빛을 받아 별빛처럼 화려하게 반짝였다. 아보는 회랑 바닥에 가득 깔린 이슬의 하얀 빛에 치마가 젖을까 걱정이라도 하듯 자기도 모르게 치맛자락을 살짝 걷어 올렸다.

그녀는 빙판을 건너기 전에 위험을 탐색하는 여우와도 같은 영민한 눈동자로 주위를 둘러봤다. 이 적막한 하늘 아래 남은 사람은 그녀와 호흡 소리마저도 고요한 두 궁인뿐이었다. 걷는 내내 바닥에 끌리는 옷자락 소리도, 발소리도, 옷감이 바스락거리는 소리도, 장신구가 부딪쳐 달그락거리는 소리조차도 들리지 않았다. 궁등과 마른 나뭇가지만 잔잔하게 요동쳤고, 처마 끝에 달린 첨마도 바람에 고요히 흔들리는 모습만 보일 뿐 아무런 울림이 없었다. 이 기묘한 정적 속에서는 당연히 빙판이 갈라지기 전에 들리는 미세한 파열음조차도 느낄 수 없을 것이다.

틀림없이 어디선가 본 적이 있는 광경이다. 이토록 익숙한 느낌은 그녀의 열여섯 인생 어디쯤에서 분명 마주했던 장면이기 때문이리라. 아보는 필사적으로 기억을 더듬었다. 그러나 노력이 무색하게 떠오르는 건 전혀 없었다. 어쩌면 전에 꾸었던 악몽이거나 지금 이 순간이 꿈속일지도 모른다. 그녀는 목에 힘주어 소리를 내려고 했지만, 보이지 않는 손이 목구멍을 단단히 막은 듯 아무런 소리도 나지 않았다.

싸늘한 바람이 옷자락을 뒤집자, 그녀는 파들파들 떨며 옷깃을 단단히 여몄다. 꿈은 현실과 흡사했다. 비스듬히 불어치는 금속 질감의 찬바람이 따갑게 살을 에는 느낌이 생생했고, 찬바람에 언 비단 옷감의 가을 물 같은 냉기가 피부에 와 닿았다. 꿈속의 소년은 그녀를 향해 손짓하고 있었으나, 그녀는 그 손동작이 의미하는 바를 깨달을 수 없었다. 이 길의 끝에는 무엇이 있을까? 이 꿈의 결말은 무엇일까? 호기심이야 일었지만, 기억이 주는 어색함과 웅장한 자연의 조화에 미혹되어 도무지 판단을 내릴 수가 없었다. 악몽은 어째서 하필이면 오늘 같은 날 찾아오는 걸까? 기어이 양심에 가책을 느낄 일을 저질렀기 때문일까? 아무리 암실에서의 비밀 모의라도, 아무에게도 들키지 않았다고 하더라도 들보 사이에 깃든 귀신의 눈까지는 속이지 못했을 것이다. 설마 그 귀신이 부린 조화일까? 두려움에 압도되어 저항할 틈이라고는 전혀 없는 이런 때에 저주의 덫을 쳐놓고 해가 진 뒤의 안식마저도 허락지 않은 것일까?

아보는 무기력하게 몸을 떨다가 고개를 들어 복도를 장식한 야수 조각을 바라봤다. 야수는 희미한 등불 아래서 흉악한 이빨을 드러낸 채 미소 짓고 있었다. 야수의 눈동자는 바닥에 깔린 풀잎과 마찬가지로 냉랭한 빛을 반사했다. 그 희번덕거리는 눈동자는 이 마귀가 깃든 음침한 전각의 도처에서 그녀를 향해 날카로운 백색광을 내뿜었다.

그때 등을 든 궁인이 그녀를 돌아보며 미소를 지었다.

"재인 마마, 발밑 조심하세요."

아보는 그녀의 말소리에 화들짝 놀라 가슴을 진정시킨 뒤 물었다.

"여기가 어디지?"

궁인은 아보의 질문에 의아한 표정으로 바라보며 대답했다.

"조금만 더 가면 전하의 침궁이에요."

아보의 심장이 두근거리기 시작했다. 그녀가 마치 악몽에서 깨어난 듯 반사적으로 걸음을 멈추자, 궁인이 더욱 의아해하며 조용히 물었다.

"재인 마마, 왜 그러세요?"

아보가 망연자실한 표정으로 궁인을 바라보며 되물었다.

"날 부른 게 전하셔?"

아보가 동궁에 머무른 지는 얼마 되지 않았지만, 거의 모든 궁인이 그녀의 온화하고 관대한 성품을 익히 알고 있었다. 이 궁인도 아보가 이런 질문을 하자 키득키득 소리 내어 웃으며 편하게 농담을 했다.

"밤이 길어지면 꿈을 많이 꾼다더니, 재인 마마가 아직 꿈에서 깬지 얼마 안 돼 정신이 없으신가 보네요. 전하의 명이 아니면 소인들이 어찌 감히 한밤중에 마마를 깨워 전하의 침궁으로 모시겠어요?"

아보는 억지웃음을 지으며 대답했다.

"그렇지. 내가 우스운 소리를 했구나. 전하가 뭐라고 하며 날 부르셨다고? 기억이 나지를 않네."

궁인은 역시 웃으며 대답했다.

"전하는 지금 전각에 계세요. 별말씀 없이 그냥 마마를 모셔 오라고만 하셨고요."

아보는 고개를 끄덕인 뒤 더는 묻지 않고 치맛자락을 걷어 올리며 계단을 올랐다. 궁인은 두 사람의 사정을 전혀 모르니 그저고 재인이 태자에게 받는 총애가 겨워 부름을 받아도 별 감흥을 느끼지 못한다고만 여겼지, 아보가 그 짧은 틈에 머리에 꽂힌 날카로운 금비녀를 뽑아 몰래 소매 안에 숨기는 것은 전혀 알아차리지 못했다. 두 사람은 옥계단을 오르다가 잠시 서서 까마득한 밑을 바라봤다. 세상은 여전히 절망적인 하얀빛에 숨 막힐 듯 젖어 있었다.

아직 난각에는 이르지도 않았는데 벌써부터 가득한 더운 공기가 엄습했다. 바깥의 차가운 기온에 꽝꽝 언 피부에 갑자기 더운 공기가 닿자 주먹에 한 대 얻어맞은 듯 한쪽 뺨이 얼얼했다. 아보의 시야도 갑자기 뿌옇게 흐려졌다. 앞을 바라보려고 한참이나 눈을 바로 뜨니 눈앞의 광경도 서서히 눈에 들어왔다. 그곳에는 머리를 반쯤 풀어 내린 황태자가 얇은 내의만 입고 긴 탁자에 편안하게 팔을 걸친 채 앉아 있었다. 긴 내의 아래로 뜻밖에 드러난 맨발을 보아하니 그가 쉴 때 할 수 있는 가장 편안한 차림임이 분명했다. 그녀는 조용히 한숨을 내뱉고는 간신히 정신을 가다듬어 조용히 예를 갖췄다.

"전하께 문안드립니다."

정권은 분명히 아보의 목소리를 들었음에도 별다른 반응을 보이지 않고 다만 앞에 놓인 산예 향로를 향해 손을 뻗었다. 그는 향로 뚜껑을 열더니 곧이어 옆에 놓인 작은 자기함을 열어 자그마한 대나무 구기로 약고 모양의 갈색 향지香脂를 폈다. 벌꿀처럼 걸쭉한 질감의 향지를 구기로 퍼 올리니 향지가 가느다란 실처럼 아래로 길게 늘어져 끊어질 줄을 몰랐다. 정권은 그답지 않게 향지 지방이 완전히 끊어질 때까지 끈기 있게 기다렸다가, 구기로 퍼 올린 향지를 향로의 운모판 위에 올려놓고 잠시 관찰한 뒤 다시 향로 뚜껑을 덮었다. 그와 동시에 한 줄기 희미한 백색 향연이 산예 주둥이에서 모락모락 피어오르기 시작했다. 아보는 고개를 살짝 기울인 채 그를 지켜봤다. 아이처럼 무언가에 열중한 지금 같은 표정은 그가 글씨를 쓰거나 책을 읽을 때, 아니면 차를 우리는 등의 사소한 일을 할 때면 짓는 표정이었다. 아이가 좋아하는 일에 몰두한 듯 살짝 미간을 찌푸린 그 모습은 마치 자신이 심취한 놀이 말고는 아무것도 신경 쓰지 않는 부잣집 도령 같았다. 우습기도 하고 사랑스럽기도 해 웃음이 터져 나오려는 찰나, 아보의 눈길이 문득 연기를 뿜는 산예 주둥이에 미쳤다. 회랑에서 본 야수와 똑같은 그 모습에 아보는 자기도 모르게 몸서리를 치며 조용히 고개를 숙였다.

정권은 모든 일을 마치고 한숨을 내쉰 다음에야 고개를 들어 그녀를 향해 웃어 보였다.

"내가 부르기 전에 재깍재깍 못 일어나나? 고작 여기 오는데 옷은 왜 그렇게 많이 껴입었어? 좀 편하게 풀어놔 봐. 덥지도 않나?"

아보는 그의 밝은 낯빛을 확인하고서야 남몰래 안도의 숨을 내쉬며 꿇은 무릎을 일으켜 세웠다.

정권은 그녀를 향해 웃으며 말했다.

"앉아. 잠이 안 와서 말동무나 해달라고 불렀다. 내가 단잠을 방해한 건 아닌지 몰라?"

아보는 고개를 저으며 은은한 미소를 지었다.

"잠들기 전이었어요."

정권은 고개를 끄덕이더니, 향지가 담긴 함을 조심스럽게 닫은 뒤 손가락으로 가리켰다.

"더 가까이 와봐. 고 재인은 이 향이 무슨 향인지 아나?"

태자는 평소 인찬향, 웅화향, 아향, 군향 등의 침향을 즐겨 썼고, 약효가 있는 약향은 거의 쓰지 않았다. 사용하는 향의 제형도 대부분 숯이나 환약, 꽃 형태였다. 지금처럼 걸쭉한 벌꿀 형태의 고약을 쓰는 경우는 보기 드물었다. 아보는 고개를 저으며 무심하게 대답했다.

"전 견문이 짧아 명향을 구분하지는 못해요."

정권은 온화한 표정으로 그녀를 바라보며 설명했다.

"군향이나 흑각침향 반 냥, 정향 1푼, 울금 반 푼, 붉은색이 돌 때까지 볶은 밀기울, 말린 가루차 1돈, 사향 1자와 소분 쌀알만큼, 그리고 정제한 벌꿀 한 잔이 들어간 향이다. 먼저 사향을 곱게 갈고 말린 차의 절반으로 차탕을 우린 뒤, 불순물이 떠오를 때까지 가만히 둔다. 불순물을 걷은 맑은 찻물에 곱게 간 사향을 넣고, 여기에 침향, 정향, 울금을 넣고 남겨둔 가루차 절반과 곱게 간 소분을 넣지. 마지막으로 벌꿀을 섞어 제형이 연고처럼 걸쭉해지면 도자기 병에 잘 담아서 땅에 묻어 숙성시킨다. 오래 숙성할수록 좋지*. 이건 내가 막 서원으로 옮겼을 때 직접 만들어 땅에 묻어둔 거야. 이번에 연조궁으로 옮기는 김에 파서 가져오라고 했다. 벌써 하나, 둘, 셋……. 3년이 됐구나. 매화 향이 날 거야. 냄새를 맡아봐라. 어때?"

---

* 송진경宋陳敬의 『진씨향방陳氏香方 · 한위공진매향韓魏公濃梅香』 인용.

그가 말하지 않아도 수많은 매화나무가 서 있는 매화림 안으로 들어온 듯 난각 안에서는 짙은 매화 향이 그윽하게 감돌았다.

　　아보는 고개를 끄덕이며 대답했다.

　　"매화 향이네요."

　　정권은 말했다.

　　"흑각 침향이 들어간 것 말고는 진귀한 재료는 전혀 들어가지 않은 처방이지. 어려운 게 있다면 숙성될 때까지 진득하게 기다리는 거야. 매서운 추위를 버티며 고운 향을 발산할 때만을 묵묵히 기다리는 매화와 같지."

　　그는 팔꿈치를 탁자에서 거두며 서서히 상체를 곧추세운 뒤 단정하고 주의 깊은 자세로 아보를 조용히 오래도록 바라봤다. 그는 나른한 몸짓으로 잠시 주저하더니 결국에는 아보를 향해 두 손을 내밀며 가볍게 탄식했다.

　　"아보, 너와 나도 그렇다."

　　목이 쉰 듯 끝에 가서는 숨결만 남은 그의 목소리가 감미로운 탄식이 되어 칠현금과도 같은 곡조로 부드럽게 아보의 귓가로 불어왔다. 연주는 곡조가 끝난 뒤에도 잔잔한 여운을 남기며 그의 손가락 끝에서 애태우듯 맴돌았다. 아보는 목소리에 취해 넋을 놓고 있다가 정신이 혼미한 가운데 반사적으로 손을 뻗었다. 정권의 손은 어느 틈엔가 그녀의 옷고름을 풀어 헤치고 옷깃 안으로 들어와 움직이고 있었다. 그녀가 정신을 살짝 놓은 사이, 비취빛 저고리는 스르륵 어깨까지 미끄러져 잠시 머뭇거리다가 어느새 바닥으로 떨어졌다. 공기를 고요히 울리는 듯한 정권의 탄식이 다시 한 번 그녀의 귓가를 맴돌았다.

　　"아보, 너와 나도 마찬가지야."

　　아보의 가슴이 빠르게 뛰기 시작했다. 농염한 매화 향이 난각을 가득 채웠지만, 그녀의 가슴은 중요한 것을 잃어버리기라도 한 듯 텅 비어 있었다. 그러나 그와의 거리가 좁혀질수록 그것이 무엇인지 알아차릴 수 없었다. 검게 빛나는 눈동자와 마주하는 순간, 얼음처럼 차가운 땀방울이 목덜미를 어루만지다가 뜨겁게 달아오른 등을 타고 서서히 미끄러져 내려가는 것이 또렷하게 느껴졌다. 그녀가 다급하게 저지하자, 중간에서 가로막힌 그의 양손은 그녀의 몸을 지탱하는 척추를 천천히 맴돌다가 갈라져 한 손은 그녀의 허리를, 나머지 손은 그녀의 목덜미를 강하게 휘감았다. 정권의 따뜻한 입술이 그녀의 귓불에 가볍게 닿는 순간, 그녀는 자신이 또 다른 악몽 속으로 떨어졌음을 깨달았다. 다만 악몽 속 차가운 현빙이 지금은 불길처럼 뜨겁게 타오르고 있었다.

아직 희미하게 남은 환각 속에서 아보는 가녀린 손가락으로 바짝 밀착해오는 그의 가슴을 막으며 진위를 알 수 없는 감정과 멀어지려고 애써봤지만, 아무리 힘을 주어도 그의 몸은 우뚝 솟은 산처럼 미동도 하지 않았다. 왼손에서 느껴지는 그의 심장은 종정시에서와 마찬가지로 규칙적이고 고요해서 그의 심장박동이 그녀로 인해 빨라지는지를 분간할 수 없었다. 정권은 천천히 아보의 두 손을 압박하다가, 문득 그녀의 손바닥에 찍힌 두 점의 붉은 인주 자국을 발견했다. 자세히 보니 그것은 인주 자국이 아니라 갓 생긴 상처에서 나오는 피였다. 정권은 두 눈으로 상처의 흔적을 따라가다가 귀밑머리의 금비녀에서 멈추었다. 끄트머리의 날카로운 두 줄기 비수의 간격이 그녀의 손바닥에 난 핏자국과 일치했다. 그제야 정권은 그녀의 마음을 봤다. 어두운 밤 정신을 놓치는 것이 두려워 별로 날카롭지도 않은 비녀의 끝으로 가차없이 자신의 살을 찌른 그녀의 마음이 그 혈흔에 있었다. 어쩌면 그녀가 진정 두려워하는 것은 어둠이 아니라 정권인지도 모른다.

그녀의 마음은 그를 바라보는 그 순간부터 하늘가에도 땅에도 닿지 않은 채 허공에서 부유했다. 그녀의 등을 감싸 쥔 차가운 손가락이 파들파들 걷잡을 수 없이 떨리기 시작했다. 아마도 그녀는 정신이 흐트러지는 틈을 타 말의 흔적을 남기는 것을 염려했을 것이다. 그리고 자신의 행위와 언어가 묘하게 어긋날까 봐 두려웠을 것이다. 그녀가 내뱉는 말 한마디와 모든 단어는 머릿속에서 일일이 검열을 거친 것이었고, 찌푸린 표정 하나, 웃는 표정 하나까지도 치밀하게 계산한 뒤 지었을 것이다. 이 세상의 그 누구보다도 그녀의 마음이 훤히 보였기에 그는 찔린 게 자신의 손바닥인 듯 고통스러웠다. 그는 그녀가 어떤 마음가짐으로 자신 앞에 서 있는지 공감할 수 있었다. 자신도 부친을 만나러 갈 때마다 그녀처럼 마음의 무장을 단단히 하기 때문이었다.

그의 가슴이 손에서 멀어지자, 그녀는 더 이상 그의 심장이 어떻게 뛰는지 느낄 수 없었다. 설령 손이 여전히 그의 가슴과 가까이 있다고 해도 그녀는 그의 몸 깊은 곳에서 일어나기 시작한 고통을 이해할 수 없었을 것이다. 정권은 그녀에게 나지막하게 물었다.

"아보, 넌 무엇을 두려워하는 거지?"

아보는 대답하지 않았다. 가녀린 팔목에서 시작된 미세한 떨림만이 그녀를 움켜쥔 손바닥으로 전해질 뿐이었다. 그가 일찍이 서도를 가르치겠다고 움켜쥐었던 손, 차갑게 식은 두 손을 녹이겠다고 매달렸던 손이었다. 어쩌면 그녀는 그를 배신한 두 손으로 그를 부축했었는지도 모른다. 문득 오래된 시의 한 구절이 떠올랐다.

'당신의 손을 잡고 함께 늙겠소.'

갑자기 불안이 엄습했다. 이 손을 과연 내일도 잡을 수 있을까? 내년은 어떨까? 10년 뒤, 20년 뒤에도 이 손이 과연 자신의 손이 닿을 수 있는 거리에 있을까? 이 세상에는 혼자서 애쓰는 것만으로는 도저히 이루어지지 않는 일이 허다하지 않은가.

그 생각만으로 그의 심장은 와르르 무너져 내렸다. 무너져 내린 바로 그곳에서 새빨간 선혈이 철철 흘러넘치자 무엇에라도 홀린 듯 사지가 온통 시큰거렸다. 아름다운 이불 위에서 은은한 베갯머리의 향을 맡으며 두 사람은 두 손을 맞잡고 있었다. 다른 소리라고는 아무것도 들리지 않는 고요한 세상이었다. 그때 그는 갑자기 불변하지 않는 것이 존재하지 않는 이 세상에 변하지 않는 흔적을 남기고 싶어졌다. 어릴 때 어머니의 보조개에서 반짝이는 금빛 화전의 빛을 놓치고 싶지 않았던 것처럼 아내의 얼굴에 마지막으로 피의 색을 남기고 싶었다.

정권이 고개를 들어 아보의 머리에서 금비녀를 뽑아 바닥에 던지자, 아보는 놀라 소리쳤다.

"전하, 이러시면 안 돼……."

아보가 말을 끝맺기도 전에 몸이 공중으로 번쩍 들렸다. 그녀는 정권의 품에 안긴 채 난각의 침상으로 향하고 있었다. 정권은 발버둥 치는 아보를 침상 위에 조심스럽게 내려놓은 뒤 신발을 벗기고 두려움에 질린 그녀의 맑은 눈동자를 가만히 바라보더니, 갑자기 몸을 틀어 옆에 앉으며 온화한 목소리로 말했다.

"안쪽으로 좀 들어가 봐. 앉아서 얘기나 하자."

아보는 잠시 주저하다가 조심스럽게 몸을 움직여 그에게 자리를 내주었다. 정권은 다리를 들어 침상 위에 올려놓고 베개 밑에 양손을 받치며 누웠다. 그는 고개를 돌려 아보가 등을 기대고 있는 금박 산수 무늬의 머릿병풍을 바라보며 입에서 나오는 대로 아무 소리나 내뱉었다.

"강산을 사랑하지 않아도 미인을 사랑하지 않을 수는 없다는데, 나는 이게 뭐냐?"

그가 실없는 농담을 하자, 아보는 따스하면서도 짙은 슬픔이 담긴 눈빛을 머금었다. 그러나 입가에는 비웃는 듯도 하고 동정하는 듯도 한 기묘한 웃음이 맺혀 있었다. 그녀는 눈꺼풀을 떨군 채 이 화려한 세상을 바라봤다. 금색 향로와 비취빛 방석, 붉은색 휘장은 은은한 향과 어우러져 그녀를 점차 호화롭고 사치스러운 꿈속으로 끌어들이고 있었다. 문득 오래전에 읽었던 시 한 수가 떠올랐다.

'황하의 물 동쪽으로 흘러가는 곳, 낙양에 막수라는 여인이 있었네……. 열다섯에 노가의 며느리가 되어 열여섯에 아후라는 자식을 낳았지. 노가의 안채는 계수나무로 들보를 지었고, 안에는 울금과 소합향이 감돌았지. 머리에는 열두 개 금비녀 꽂고, 발에는 꽃 무늬 화려한 비단신을 신었네.'

그때 그녀는 하얀 종이와 검은 글자로만 그 시를 대했을 뿐 계수나무 들보를 실제로 보는 날이 올 거라고는 상상도 못 했으며, 열여섯이 된 어느 날에 금계단의 백옥당에서 울금과 소합향을 맡으며 소가의 낭군과 함께하는 날이 올 거라고는 더더욱 예상하지 못했다. 막상 현실 속에서 만난 소가의 낭군은 자유분방하게 풍류를 즐기며 아리따운 소녀와 사교춤을 즐기는 복을 누리지는 못했다. 자신 역시 시 속 여인처럼 남편의 외도를 너그러운 미소로 가장한 채 장단을 맞추며 남몰래 질투심을 삭이는 행복을 누릴 수 없을 것이다. 그녀가 화려한 비단신으로 밟고 디딘 곳은 살얼음판이었고, 머리에 꽂힌 금비녀는 날카로운 비수로 쓰였다. 아후라는 이름의 아이는 한평생 꿈에서도 존재할 수 없는 망념에 불과할 것이다. 그 순간 자신의 화장함 안에 고이 잠든 가루약이 떠오르자 그녀의 입가에 서린 조소는 더더욱 짙어만 갔다.

이 삶이 시처럼 우아하고 간결할 수만 있다면 얼마나 좋을까. 아름다움을 방해하는 모든 불순물을 걸러낸 그 시 속에서라면 그녀는 평범하게 남편과 나이를 먹어갈 수 있겠지. 그날의 소가 낭군은 아리따운 소녀와 사랑에 빠지고, 자신은 그의 외도와 박정함을 투정하며 한창 시절에 달과 꽃을 바라보며 했던 사랑의 맹세를 저만치 멀리 치워버릴 것이다. 하지만 그들도 시의 전편에서만큼은 영원을 맹세하고 사랑을 속삭이던 밤을 그 어떤 귀한 보물과도 바꿀 수 없다고 믿었을 게 아닌가.

현실 속 소년 부부는 각기 다른 마음을 품은 채 어색한 침묵 속으로 빠져들었다. 지독한 침묵을 먼저 깬 건 정권이었다.

"제왕은 곧 속국으로 돌아갈 거야. 알고 있느냐?"

정권이 자신을 부른 본래의 목적이 드러난 듯해 그녀는 신중하게 생각한 뒤 조심스럽게 대답했다.

"전하께 듣고 지금 알았습니다."

정권은 고개를 끄덕이며 또다시 말했다.

"너의 가족이 그 집에 있다고 하지 않았느냐? 내가 네 가족들을 빼낼 방법을 생각해보마. 어떠하냐?"

아보는 그가 불쑥 가족 이야기를 꺼내자 그의 속내를 짐작할 수 없어 당황한 채로 조용히 대답했다.

"좋아요."

그녀는 말을 내뱉고 나서야 실언임을 깨닫고는 급히 표정을 고쳐 지으며 웃었다.

"감사합니다, 전하."

정권은 이 찰나의 미묘한 변화를 놓치지 않고 포착한 뒤 웃으며 말했다.

"어째 별로 좋아하지 않는 거 같구나?"

그는 아보에게 실수를 만회할 기회는 주지 않겠다는 듯 그녀를 향해 돌아누우며 진지하게 말했다.

"가족 문제 말고 어려운 게 또 있다면 편히 말해보아라. 내가 체통이 바닥으로 추락하기는 했어도 태자는 태자가 아니겠느냐? 네 힘든 사정 정도는 충분히 도와줄 능력이 있다."

아보는 예상치 못한 말에 놀라 고개를 번쩍 들었으나, 그의 눈동자에 담긴 빛은 진실하기만 했다. 그녀의 마음은 점차 무겁게 가라앉으며 차갑게 얼었다. 그는 도대체 무엇을 알고 싶은 걸까? 왜 하필이면 오늘 밤에 이런 이야기를 꺼내는 걸까? 오늘 보낸 서신을 도중에 들킨 걸까? 아니면 장안이라는 이름의 내시가 사실은 그의 수하였던 걸까? 여러 가지 생각이 동시에 밀려들자, 그녀는 갑자기 목이 눌린 듯 호흡이 가빠지는 것을 느끼며 무의식적으로 목에 걸린 금구슬 목걸이를 사슬 만지듯 쓰다듬은 뒤, 무기력하게 고개를 저으며 당황한 목소리로 대답했다.

"없어요. 감사……, 성은이 망극하옵니다."

아보가 말을 마치자마자 예를 갖추려고 몸을 일으키자, 정권이 그녀의 손을 움켜쥐었다.

정권은 고개를 돌린 채 아보의 손바닥에 난 상처를 엄지손가락으로 부드럽게 어루만지며 말했다.

"급할 거 없다. 천천히 잘 생각한 뒤 말해도 괜찮아. 네게 어려운 일이 있다면 그게 무엇이든 내가 다 책임질 것이다. 다만 묻고 싶은 게 하나 있어."

아보는 시간을 들여 간신히 정신을 가다듬은 뒤에야 어색한 웃음을 지으며 대답했다.

"전하께 심려를 끼칠 만한 일은 전혀 없어요."

그러고는 잠시 숨을 고른 뒤 덧붙였다.

"하문하십시오."

정권은 상체를 반쯤 일으켜 앞으로 몸을 살짝 기울인 뒤 그녀의 다리를 베고 누웠다. 그러나 그녀의 손만은 여전히 놓지 않았다. 그는 저녁 내내 장육정에게 들은 말을 생각하고 또 생각했다. 그러나 한참이나 주저하고 고민하다가 내뱉은 질문은 본심과는 달랐다.

"그날 밤에는……. 그날엔 대체 왜 서부를 빠져나와 허 주부를 찾아갔지?"

그는 얼굴을 아보의 비단 치마에 파묻은 채 혼잣말을 하듯 중얼거렸다. 목소리의 미세한 떨림과 애원하는 듯한 어조를 말하는 그도, 듣는 그녀도 전혀 알아차리지 못했다.

아보는 정권을 내려다보며 뺨에 흘러내린 잔머리를 부드럽게 귀 뒤로 넘기다가 귓불에 손이 닿자 살짝 힘을 주어 당겼다. 그동안 알아차리지 못했는데 이렇게 만져보니 그의 귓불 밑에는 검은 점이 하나 작게 돋아 있었다. 그 귀여운 점을 보자, 아보는 문득 관상서의 설명이 떠올라 살며시 미소를 지었다. 귓불 아래쪽에 점이 난 사람은 심성이 여리고 착하다고 했었다.

빛바랜 암황색을 띤 오후 햇살이 그들이 지났던 시장 거리를 오랜 꿈의 색으로 물들였던 그날, 사람들의 떠들썩한 목소리가 귓가를 스쳤다가 점점 멀어질 무렵 뜨거운 여름 바람이 불어왔다. 바람결에는 어디서 시작됐는지 알 수 없는 치자나무 꽃향기가 실려 있었다. 두 사람은 황궁에서 일어난 일은 꿈에도 모른 채 여전히 여유롭게 거리를 지나고 있었다. 그의 소맷자락이 바람에 살짝 휘날릴 때 코를 스쳤던 은은한 치자 향기에 그는 어느 틈엔가 말없이 군중 틈에 섞여 사방을 두리번거렸다. 그때 그녀는 그가 여느 누구와 다르지 않은 평범한 서생이 아닌가 하는 착각이 들었었다.

지금 가슴에 느껴지는 이 억누를 수 없는 욱신거림은 무엇 때문일까? 세상에 존재한 적도 없는 그날의 서생 때문일까? 아니면 지금 그녀를 향한 그의 간절한 눈빛 때문일까? 분별이 되지 않는다. 아보는 다시 『식미』를 품에 안고 서원의 궁문 앞을 서성이던 그날을 떠올렸다. 부드럽고 온화한 손길로 눈썹을 그린 뒤 금속처럼 차갑게 식었던 그의 모습도 떠오른다. 그에게 학잠을 선물받았던 날의 정황도 다시 떠올랐다. 그녀가 감사하는 마음으로 자신의 가슴에 기꺼이 학잠을 찔러 넣었을 때, 학잠은 장난처럼 두 동강이 났다. 그는 그렇게 생사라는 중대사를 치졸한 농담으로 전락시켰다. 당장 확실하게 만져지는 것들이 모두 환영에 불과했다. 그렇다면 지금 느껴지는 그의 진심도 어쩌면 근거라고는 전혀 없는 환영이 아닐까? 그녀는 그의 눈동자를 감히 마주할 수 없었다. 전에 느껴본 적 없는 진지한 눈빛이기에 진위를 파악하기가 더욱 힘들었고, 그래서 더 본능적인 두려움이 고개를 쳐들었다.

물론 당시에 느꼈던 감정과 풍경을 회상하면 까마득한 기억 속의 아름다운 사람을 떠올리지 않을 수 없었다. 그러나 그 아름다운 사람의 미소와 목소리를 다시 떠올리려고 애를 써봐도 처음부터 그런 사람은 세상에 존재하지 않았던 것처럼, 단지 그녀의 아름다운 꿈속에서만 만날 수 있었던 사람처럼 흐릿했다.

그가 그녀를 끊임없이 의심하듯 그녀 역시 그의 말에서 느껴지는 진심을 믿을 수 없었다.

오랜 생각 끝에 그녀가 마침내 미소를 지으며 입을 열었다.

"사실 다른 이유가 하나 있어요. 출궁하려는데 두견 울음소리가 들리더군요."

정권은 이해할 수 없다는 듯 되물었다.

"그게 왜?"

아보는 대답했다.

"옛날 사람들은 두견 울음소리를 '불여귀거'라고 발음했는데, 그날 들어보니 전혀 그렇게 들리지 않았거든요."

정권이 말했다.

"그거야 옛날 말은 요즘과 달랐을 테니 지금 들으면 당연히 다르게 들리겠지."

아보는 웃으며 대답했다.

"그랬군요. 바로 그거였어요. 아무튼 두견이 말리는데도 못 알아듣고 결국엔 출궁하고 말았지요."

농담인지 아닌지 분간할 수 없는 애매한 대답을 통해 그녀는 태도를 명확히 드러냈다. 지금 중요한 것은 그녀가 무엇을 이야기했는지가 아니라, 대답을 하지 않겠다는 그녀의 분명한 의사였다. 정권은 묵묵히 고개를 끄덕이며 천천히 그녀의 손을 놓았다. 손이 스르륵 무릎을 미끄러져 바닥으로 떨어진 뒤에야, 그는 자신의 손바닥이 땀으로 흥건히 젖었음을 알아챘다. 그 순간 떠오른 상념은 전혀 엉뚱한 것이었다.

'내 땀 때문에 상처가 아프지는 않았을까?'

전에도 비슷한 생각을 한 적이 있었다. 그는 어렴풋한 실마리를 추적하다가 마침내 기억을 떠올렸다. 신혼 첫날밤 그는 베갯머리에서 방금 그의 여자가 된 온화한 소녀의 귓가에 조용히 속삭였다.

"혹시 내가 당신을 아프게 하였소?"

미처 대답이 들리기도 전에 그는 뺨이 뜨겁게 달아오르는 것을 느끼며 황급히 태자비의 허리를 서툰 몸짓으로 감싸 안았다. 그녀는 그를 남자로 만들어준 첫 여자였다.

느닷없이 떠오른 옛 추억에 슬픔보다 먼저 찾아온 감정은 경각심과 공포였다. 그는 아보의 다리에서 머리를 떼어 이불을 끌어당기며 돌아눕고는 눈을 감고 말했다.

"그냥 생각나서 물어본 것뿐이다. 그만 자라. 피곤하구나."

아보는 조용히 말했다.

"그럼 편히 쉬세요. 저는 물러가겠습니다."

정권은 지친 목소리로 대꾸했다.

"괜찮으니 오늘 밤은 여기서 자라. 궁인에게 시켜 잠옷을 가져오라고 해. 날도 추운데 또 나갔다가는 병 걸린다."

아보는 잠시 주저하다가 웃으며 말했다.

"전하의 숙면을 방해할까 봐……."

정권은 아보의 말이 끝나기도 전에 벌떡 일어나 그녀를 뚫어지게 쏘아보았다. 그 눈동자와 마주하자 아까 회랑에서 마주쳤던 야수의 사나운 눈동자가 때 아니게 그녀의 마음속으로 침투해 들어왔다. 그녀가 흠칫 놀라며 몸을 보호하듯 감싸자, 정권은 입가에 조소를 가득 머금더니 한참 뒤에야 고개를 숙이고 차분하게 말했다.

"배웅할 사람을 부르마."

아보는 조용히 신발을 신었다. 정권은 침상에서 내려와 옷걸이에서 방금 벗어 걸어놓은 외투를 꺼내 직접 아보에게 입혀주고는 고개를 끄덕이며 말했다.

"가봐."

"네."

아보가 예를 갖출 새도 없이 정권이 등을 돌리는 바람에 아보는 어쩔 수 없이 대답만 하고는 조용히 밖으로 나갔다.

아보가 나가는 것을 본 두 궁인은 정권에게 차를 올리기 위해 안으로 들어섰다가, 태자가 금전 바닥에 맨발로 서 있는 것을 보고 놀라 허겁지겁 말렸다.

"전하, 감기 걸리십니다."

정권은 얼음처럼 차가운 미소를 지으며 방금 입을 연 궁인을 낚아채 침상에 눕혔다. 나머지 궁인은 영문을 모른 채 멍하니 서 있다가, 거칠게 옷을 찢는 소리가 허공을 울리자 그제야 정신을 차리고 허둥지둥 밖으로 나갔다. 밖으로 나온 뒤에도 가슴의 두근거림은 오래도록 멈출 줄을 몰랐다.

아보는 밖으로 나와 동쪽 하늘을 쳐다봤다. 아까 전의 반달은 벌써 자취를 감추고 한 줄기 은하수만 하늘을 흐릿하게 흐르고 있었다. 바람에 등불이 꺼져 많이 어두워진 터라 기묘한 하얀빛도 이제 존재하지 않았다. 지극히 평범한 겨울밤에 처마 끝에서 갈라지는 바람의 구성진 윙윙 소리는 마치 멀리서 흐느끼는 누군가의 울음소리 같았다. 그러나 그녀는 더 이상 두렵지 않았다. 드디어 기묘한 침묵이 깨지자 마침내 오늘 밤의 악몽에서 깨어났음을 확신했기 때문이었다. 그녀는 옥계단을 따라 내려갔지만 처소로 돌아가는 긴 회랑에 오르지는 않았다. 궁등을 든 궁인들이 어리둥절해하는 사이, 고 재인의 걸음은 점점 빨라지다가 어느새 후전 광장을 향해 내달렸다. 원래 그녀의 것이 아니어서 지나치게 큰 검은색 외투에 바람이 깃들어 거대하게 펄럭이자, 마치 작은 먹구름이 전방의 짙은 어둠 속으로 빨려 들어가는 듯한 착시가 일었다.

어리둥절 서로를 마주 보다가 드디어 사태를 알아차린 두 궁인은 다급하게 아보의 뒤를 쫓으며 외쳤다.

"마마, 발밑 조심하세요!"

아보는 궁인들의 외침은 들은 체 만 체 멈추지 않고 앞을 향해 내달렸다. 궁인들도 있는 힘껏 달렸지만 발밑이 미끄러워 아보와의 거리는 점점 더 크게 벌어지고 있었다. 아보는 여전히 바람을 가르며 빠르게 달리다가 궁인들의 시선에서 사라졌다. 마침 야간 순찰을 하던 동궁위 위사들은 웬 젊은 여자가 광장을 질주하자 황급히 뒤를 쫓아 앞을 가로막았다.

"누구냐?"

젊은 여자는 걸음을 멈추고 가쁜 숨을 고르며 고개를 들었다. 빠르게 달리느라 귀밑머리는 사납게 흐트러졌고, 입술은 차가운 공기에 얼어 파랗게 질려 있었다. 그러나 여인은 행색과는 다른 차분하고 무거운 어조로 위사들에게 명령했다.

"물렀거라! 난 동궁 측비 고씨다."

위사들이 아보의 날카로운 꾸짖음에 화들짝 놀라며 기겁할 때, 뒤따라오며 달리는 궁인들의 외침이 들렸다.

"마마!"

그 소리를 듣고 위사들은 자세를 가다듬으며 예를 갖췄다.

"신이 결례를 범했습니다. 그런데 대체 왜……."

위사가 말을 끝맺기도 전에 그녀는 다시 몸을 돌려 후전을 향해 달렸다.

그녀의 등 뒤로 끝없는 밤이 펼쳐졌다. 귓가에는 찬바람의 흐느낌이 들렸고 눈은 바람에 맞아 차갑게 시렸다. 그녀의 몸은 머리부터 발끝은 물론 내장까지 꽝꽝 얼어 얼음이 되었다. 이대로 미끄러져 넘어진다면 산산이 바스러져서 과거 정권이 깨트린 월요자기처럼 영원히 수습할 수 없는 몸이 될지도 모른다. 하지만 그러면 또 어떤가. 원래 형체를 갖춘 세상의 모든 물건이 마지막에는 먼지로 돌아가지 않던가. 수백 년 전의 도자기도 그러할진대 수십 년 수명의 인생이라고 뭐가 다르겠는가. 길 끝의 궁벽에 이르자, 그녀는 드디어 자신이 찾아 헤매던 것이 무엇인지 깨달았다. 그녀는 천천히 걸음을 늦추고는 길가에 쳐진 옥석 난간을 넘었다. 단 한 번 봤을 뿐이지만 모퉁이에 서 있는 그 작은 나무를 그녀는 한눈에 알아볼 수 있었다. 그녀는 여전히 한 아름 크기인 아담한 나무의 껍질을 어루만졌다. 벌써 서리가 가득 내려앉아 현철을 만지는 것처럼 차가웠다. 아보는 두 팔을 벌려 나무를 껴안은 채 파들파들 떨며 얼굴을 가만히 대고는 천천히 바닥으로 미끄러지듯 주저앉았다. 오늘 밤 그의 눈빛은 진짜였다. 근거라고는 전혀 없었지만 느낄 수 있었다. 그녀가 오늘 밤 거절한 것이 무엇인지 그녀는 분명하게 알았다. 육체의 친밀함을 느낄 기회는 앞으로 또 있을지도 모른다. 그러나 마음이 연결될 수 있는 기회는 오늘 밤이 유일했다. 그 유일한 기회를 그녀는 스스로 저버린 것이었다. 결국에는 후회하고 말 테지만, 벌써부터 후회하고 있지만, 같은 상황이 다시 닥친다면 그녀는 똑같은 선택을 할 것이다. 그녀는 문득 그가 했던 말이 떠올랐다.

'내 성질머리는 나도 어떻게 할 수 없으니까.'

사실은 그녀도 마찬가지였다. 두 사람은 사실 이토록 판에 박은 듯 닮아 있었다.

태자림 앞까지 쫓아온 궁인과 위사들은 코앞에서 머뭇거렸다. 그들은 평생 눈앞에 펼쳐진 광경을 다뤄본 경험이 없었다. 나무 아래 무릎을 꿇고 소리 없이 흐느끼는 고 재인의 눈에는 눈물이 없었다. 물방울도 얼어붙는 이 추운 밤, 그녀의 눈물은 떨어져 흐르기도 전에 눈가에서 얼어붙어 봉인되었다.

정권은 옷깃을 살짝 여미며 베갯머리의 궁인에게 말했다.

"본궁은 쉬어야 하니 그만 나가보아라."

궁인은 조용히 어깨에 든 멍을 어루만지며 몸을 일으키고는 태자의 손에 갈가리 찢긴 옷을 주섬주섬 줍다가 한참 만에 용기를 내어 조심스럽게 말했다.

"전하, 신첩의 이름은 경패이옵니다."

정권은 눈을 감은 채 귀찮다는 듯 "응" 하고 대답할 뿐이었다. 한참을 기다려도 다른 말이 없자, 궁인은 조용히 밖으로 나갔다.

정권은 한밤 내내 깊은 잠에 빠져들었다. 새벽녘에 누군가가 깨우는 소리를 들은 듯했지만 미동도 하지 않았다. 드디어 눈을 떴을 때는 벌써 진시가 반이나 지나 있었다. 그는 그제야 어젯밤 밤늦게 환궁한 사실이 떠올랐다. 둘러댈 말을 잠시 떠올려 봤으나 적당한 구실은 떠오르지 않고 머리만 깨질 듯이 아팠다. 날이 추워 병이 들었다고 해봐야 황제의 집요한 추궁으로 더 험한 꼴을 보게 될 것이다. 그는 잠시 머뭇거리다가 내키지 않는 듯 자리에서 일어나 옷을 갈아입은 뒤 아무런 대책 없이 안안궁으로 향했다.

전각 앞에 당도해 고할 사람을 보내려는데, 안에서 보라색 관복을 입고 옥대를 찬 사람이 걸어 나왔다. 큰 죄를 지어 경성을 떠날 때까지 왕부에서 자숙하고 있어야 할 제왕이었다. 정권의 안색은 그를 보는 순간 급격히 어두워졌다.

제 38 장

해질녘의 격정

두 형제가 얼굴을 마주한 것은 거의 한 달 만이었다. 정당은 전혀 곤란해하는 기색 없이 정권의 안색을 살핀 뒤 빙그레 웃으며 허리를 숙여 예를 갖췄다.

"전하."

정권은 그를 한참 동안 바라보다가 흐릿하게 미소를 지으며 물었다.

"폐하께 문후 올리러 오셨습니까?"

정당 역시 웃으며 대답했다.

"네. 폐하는 벌써 기침하셔서 조반을 들고 계십니다. 어서 안으로 드시지요. 신은 이만 물러가겠습니다."

정당은 말을 마치자마자 고개를 돌리고 살짝 기침을 했다. 정권은 다시 그를 가만히 살펴보다가 고개를 끄덕이며 미소를 지었다.

"형님, 잘 가십시오. 날씨가 차니 몸조심하시고요."

정권은 말을 마치고는 뒤도 돌아보지 않고 즉시 전각으로 향했다.

황제는 과연 정당의 말대로 조반을 들고 있었다. 정권은 황제에게 문안을 올린 뒤 한쪽 구석에 가만히 섰다. 황제는 별말이 없었고, 그 역시 딱히 입을 열고 싶지는 않았다. 잠을 충분히 자지 못한 탓인지 식탁에서 풍겨오는 음식 냄새가 코를 찌르자 갑자기 속이 뒤집힐 듯 거북했다. 메스꺼움을 견딜 수 없어 고개를 살짝 옆으로 돌렸을 때, 때마침 만족스럽게 식사를 마친 황제가 그에게 불쑥 물었다.

"일은 잘 처리했느냐?"

정권은 황제가 식사를 마치고 자리에서 일어나려는 모습을 보고 그제야 정신을 바짝 차리며 대답했다.

"네."

황제는 고개를 끄덕였다. 정권이 궁문이 닫힌 뒤 환궁한 일은 별로 추궁할 생각이 없어 보였다.

"알았으니 그만 가보아라. 오늘 저녁에도 문안하러 올 필요는 없다."

황제가 돌아서 떠나려 하자, 정권은 황급히 앞으로 다가가며 말했다.

"신이 폐하께 간청드릴 일이 한 가지 있습니다."

황제는 걸음을 멈추고 말했다.

"말해봐라."

정권은 대답했다.

"보본궁의 내시 압반押班 주순은 원래 황궁에 있던 자이니 연조궁에서도 압반으로 썼으면 합니다."

황제는 미간을 찌푸리며 되물었다.

"네 어미를 모시던 그 주순 말이냐?"

정권은 그가 과거의 일을 아직까지도 상세히 기억하고 있는데 놀라며 고개를 숙인 채 대답했다.

"그렇습니다."

황제는 잠시 침묵하다가 대답했다.

"네가 쓰기에 편한 사람이라면 마음대로 해라. 앞으로는 이런 시시콜콜한 일까지 내게 일일이 보고할 필요 없다. 그냥 너 하고 싶은 대로 해."

"네."

정권은 대답한 뒤 감사의 예를 표하려고 했지만, 황제는 이미 뒤돌아 저만치 멀어져 가고 있었다. 그는 하는 수 없이 황제의 등에 대고 예를 갖춘 뒤 물러났다.

연조궁으로 돌아와 생각해보니 오늘 황제의 언행이 전과는 미묘하게 달랐다. 마음속에 의혹이 일자, 그는 제왕과 황제가 나눈 대화가 궁금해졌다. 제왕은 대체 황제에게 무슨 요청을 했던 걸까? 아무리 생각해도 좀처럼 윤곽이 잡히지 않자, 그는 달리 방법이 없어 또다시 왕신을 소환했다. 왕신이 안으로 들어섰을 때, 정권은 벌써 아침 식사를 마치고 소매를 걷어붙인 채 손수 차를 우리고 있었다. 왕신의 기척이 느껴지자, 그는 사람을 모두 물리친 뒤 여전히 차 우리기에 열중하며 단도직입적으로 물었다.

"아침에 광천군廣川郡이 입궐했던데 알고 있었어?"

왕신은 광천군이라는 명칭이 낯설어 조정에 그런 인물도 있었나 한참 고민하다가, 마침내 군왕으로 강등된 제왕의 새 군호임을 깨닫고는 안색이 달라졌다.

"모르고 있었습니다. 폐하의 명이셨습니까?"

때마침 풍로 위에 놓인 찻주전자의 물이 끓자, 정권은 곱게 간 말차를 건잔에 덜어 끓는 물을 붓고 기름처럼 진해질 때까지 섞은 뒤에야 미소를 지으며 대답했다.

"내가 그걸 알았으면 할아버지를 여기까지 불렀겠어? 이 일 말고도 할아버지에게 부탁할 일이 하나 더 있어."

정권은 말하면서 차고茶膏에 조심스럽게 끓는 물을 조금씩 부어가며 오른손에 쥔 차선으로 열심히 저었다. 건잔에 드디어 새하얀 유화가 일어나자, 그는 왕신에게 무심히 차를 건넸다. 왕신이 허리를 깊이 숙이며 사양하자, 정권도 더 권하지는 않고 천천히 고개를 들며 미소를 지었다.

"오늘 아침 강녕전에서 문후를 여쭙는데 폐하의 안색이 어둡고 지쳐 보이더군. 아무리 봐도 뭔가에 불안을 느끼시는 듯했어. 무슨 일인지 묻지는 않았지만 대강 짐작은 할 수 있었지. 폐하의 춘추가 아직 강녕하시지만 안팎으로 번잡한 일이 워낙 많아야지. 폐하께서 미처 신경 쓰지 못하는 부분은 할아버지가 성심껏 보필하고 있으니, 내가 아들로서 크게 고마워하고 있어."

왕신은 정권이 무슨 말을 하려는 것인지 도무지 짐작할 수는 없었지만, 그가 어릴 때처럼 어리광부리듯이 말하는 건 십수 년 만에 처음이었다. 그는 등줄기에 살짝 땀이 흐르는 것을 느끼며 고개를 조아렸다.

"과분한 말씀이십니다."

정권은 찻잔을 손에 쥐고 살짝 흔들다가 유화가 서서히 꺼지는 것을 보고는 눈살을 찌푸린 뒤 다시 미소를 지었다.

"청원전에는 다행히 할아버지가 있어서 그쪽 일은 나도 안심할 수가 있어. 다만 강녕전에도 성심을 살필 수 있는 눈을 두어야할 것 같군. 내가 온종일 폐하를 따라다니면서 효심을 다할 수는 없으니 말이야. 할아버지가 내 부족한 효심을 보완해줬으면 좋겠어. 오늘만 해도 소정당 같은 모리배가 무슨 말로 폐하의 성심을 흐트러뜨렸는지 나는 도무지 알 길이 없으니 사전에 말리지도 못

하잖아. 중추절과 같은 패역한 일이 다시 벌어지는 건 말할 것도 없고, 나라에도 불미스러운 일이 일어난다면 내가 세상 사람들 앞에서 어떻게 얼굴을 들겠어?"

왕신은 잠시 말문이 막혔다가 속삭이듯 입을 열었다.

"전하, 강녕전의 사람들은 폐하께서 엄격하게 선별한 측근들입니다. 신에게 그런 재주도 없지만, 만약 있다고 하더라도 전하께서……."

탁 하고 찻주전자를 내려놓는 소리가 왕신의 말문을 닫았다. 정권은 찻주전자를 치우고 눈앞의 풍로를 가리키며 미소를 지었다.

"이 물건들이 어때 보이나?"

왕신은 정권이 또 무슨 말을 하려는지 알 수 없어 정권이 가리키는 물건을 힐끔 바라봤다. 모두 평범하기 그지없는 다구였다.

"신은 보는 눈이 없습니다. 전하께서 아끼시는 물건이라면 틀림없이 귀중한 물건이겠죠."

정권은 웃으며 대답했다.

"좋은 물건이기는 하지만 귀한 물건은 아니야. 아주 오래된 것들이지. 내가 공부하던 시절 노 선생께서 물려주셨네. 다도 역시 노 선생에게 배웠지."

정권은 왕신의 안색이 변한 것을 보고 다시 미소를 지으며 물었다.

"조금 전에 하려던 말은 뭐였지? 내가 뭘 어쨌다고?"

왕신은 찻잔을 쥔 정권의 오른손을 한참 동안이나 멍하니 바라보다가 겨우 입을 열었다.

"전하께서 효심이 지극하시니 신이 온 정성을 다해 보필해야겠지요."

정권은 웃으며 대답했다.

"내 부족한 점을 할아버지가 채워주겠다니 참으로 고맙군. 오늘 아침 폐하께 연조궁에서도 주 상시를 쓰도록 허락받았어. 둘은 오랫동안 동료였으니 필요한 게 있다면 주저하지 말고 언제든 불러서 쓰게."

정권은 말하면서 토호잔을 집어 아까처럼 차를 우리고는 왕신을 향해 해맑게 웃어 보였다.

"할아버지, 내 다도 솜씨가 어떤지 품평해봐. 폐하나 광천군과 비교하면 맛이 어떻지?"

왕신도 이번에는 사양하지 못하고 찻잔을 받아 든 채 한참이나 멍하니 서 있다가 술을 마시듯 홀연히 잔을 비웠다.

정권은 그가 전 밖으로 나가는 모습을 지켜봤다. 그가 시야에서 사라지자 얼굴에 떠올랐던 미소도 찻잔 속 유화처럼 서서히 꺼졌다. 정권은 천천히 바닥에 꿇어앉아 이미 유화가 가셔 푸른 물만 남은 찻잔 속을 바라보며 한 모금 맛을 보더니 즉시 손을 들어 대나무 다상 위에 버렸다. 비취빛 찻물은 그대로 대오리의 틈을 따라 흘러 바닥으로 떨어지더니 벽돌 틈새로 흘러들어 그의 옷자락을 적시기에 이르렀다. 그는 아직 따스한 온기가 남은 찻잔을 두 손으로 모아 쥐고 멍하니 풍로 위에 놓인 찻주전자를 바라봤다. 담백하게 공기 중에 솟아오르는 새하얀 수증기와 맑은 차향은 과거와 다를 바 없이 그대로였다. 물안개 너머로 이렇게 바라보니 연조궁도 십 년 전과 다를 바 없는 그 모습 그대로였다. 변한 게 있다면 그의 마음에서 사라진 여유일 것이다. 그가 애써 일으킨 탕화는 좀처럼 찻잔 속에 오래 머물러 있지 못하고 금세 꺼졌다. 찻잔이 서서히 식을 무렵, 찻주전자가 쉬쉬 소리를 내며 물이 끓었음을 알렸다.

정권은 찻주전자를 멍하니 바라봤다. 찻주전자를 걷을까 이대로 두고 끓어 넘치면 어떤 일이 벌어지는지 지켜볼까 망설이고 있는데, 난각 밖에서 다급한 발소리가 들렸다. 필시 급한 일이 생겨 고하러 오는 사람일 것이다. 정권은 눈살을 잔뜩 찌푸리며 물었다.

"무슨 일인가?"

내시는 허겁지겁 다가와 고했다.

"전하, 고 재인 처소의 내인이 보고를 올렸습니다. 고 재인 마마께서 병이 났다고 합니다."

정권은 살짝 놀라며 주저하더니 물었다.

"무슨 병이 이렇게 빨리 발작을 해?"

내시는 정권이 평소 고 재인을 총애한다는 사실을 익히 들어 알고 있었으므로 배시시 웃으며 대답했다.

"아마 어젯밤에 찬바람을 쐬어서 그럴 겁니다. 아침부터 열이 나기 시작하더니 지금은 펄펄 끓을 정도라고 하네요. 전하께서 직접 가서 살펴보시겠습니까?"

정권은 마비되어 감각이 없는 무릎을 주무르며 일어나 지시했다.

"이 물건들은 치워라. 태의에게 고 재인의 병을 살피라고 해. 양제가 이쪽으로 오면 앞으로 이런 자잘한 일들은 양제에게 보고해 처리해라."

내시는 예상과 달리 정권이 쌀쌀한 표정으로 다른 지시 없이 딱 잘라 말하자 명만 받든 뒤 그대로 물러났다.

왕신은 해질녘이 되어서야 연조궁으로 돌아와 보고했다.

"광천군은 오늘 아침 폐하의 명으로 입궐했습니다. 폐하께서 광천군에게 조반을 하사하셨다고 합니다."

정권은 눈살을 찌푸리며 되물었다.

"무슨 얘기를 했다던가?"

왕신은 한숨을 한 번 내쉰 뒤에 대답했다.

"상황을 보니 광천군이 폐하께 주청을 하나 드린 모양입니다. 광천군의 측비가 회임한 지 5개월인데, 태의의 진단에 따르면 신기가 약하고 기혈도 허약해 원래 태기가 들기 어려운 몸이라고 합니다. 벌써 두 번이나 유산을 한 것은 전하도 들어 아시겠지요. 광천군은 측비가 이제 겨우 5개월을 무사히 넘겼는데 먼 길을 떠나면 몸이 크게 흔들려 잘못되지는 않을까 걱정했다고 합니다. 게다가 길 위에서는 불미스러운 일이 생겨도 제대로 치료를 할 수 없으니, 폐하께 세자가 태어난 뒤에 속국으로 떠나게 해달라고 간청한 것으로 압니다."

정권은 차갑게 코웃음을 치더니 싸늘하게 군은 표정으로 말했다.

"측비? 구실 한번 제대로야. 서자라서 그런지 보통 사람과 다르게 서자를 그렇게나 중히 여기나 보군. 폐하는 뭐라고 하셨다던가?"

황제까지 싸잡아 비난하는 독하고 신랄한 말재간이었다. 왕신은 속으로 몰래 탄식하며 조용히 대답했다.

"폐하는 3일 뒤 왕비를 데리고 출발하라고 명하셨다고 합니다."

정권은 왕신의 말을 듣고 한참이나 넋을 잃고 있다가 겨우 정신을 차리고는 입가에 가득 조소를 머금었다.

"내가 어쩌다 잊고 있었지? 폐하는 항상 그런 식이었어. 언제나 형을 위한 계획을 미리 세워두셨었지."

왕신은 적당히 대꾸할 말이 떠오르지 않아 아예 입을 다물어버렸다. 그렇게 무거운 정적이 오래도록 흐른 뒤 마침내 정권이 침묵을 깨며 말했다.

"할아버지는 그만 돌아가 봐. 아침에 지시한 일도 잘 부탁해."

정권은 팔짱을 낀 채 곧장 전각 문으로 향하더니 그대로 문지방에 걸터앉으며 밖을 바라봤다. 그의 뇌리에서 왕신은 이미 사라지고 없었다. 겨울의 회백색 하늘은 현재 시국처럼 모호하고 혼탁했으나, 막 저물기 시작한 붉은 태양의 동그란 형체는 더럽게 얼룩진 화지 위에 붉은 인주로 또렷하게 찍힌 공인*처럼 무척이나 선명했다. 전각 바깥의 회랑 기둥은 어느새 저녁 햇빛을 받아 땅에 거대한 그림자를 시커멓게 드리웠다. 땅에 깃든 기둥 그림자 중 하나가 갑자기 정권의 가슴팍으로 이동하자, 정권은 마치 기둥 무게에 명치를 눌린 듯 극심한 압박감을 느꼈다. 화들짝 놀라며 몸을 피해봐도 명치를 가격하는 듯한 통증은 여전했다. 고통이 극에 달하자, 정권은 호흡이 가빠 숨도 제대로 쉴 수 없었다.

정권이 그대로 팔꿈치로 벽을 받치고 꼼짝도 하지 않자, 안에 있던 궁인들은 그가 어디가 아픈 건 아닌지 걱정이 되었다. 황급히 다가가 그에게 물어보려는 찰나, 무겁게 가라앉은 정권의 목소리가 들렸다.

"창문 열어."

정권이 왜 저러는지 알 길이 없는 궁인들은 영문을 모르면서도 감히 이유를 물을 수 없어 명령대로 고분고분 실내의 모든 창문을 일일이 열어젖혔다.

정권은 어두운 그림자를 세심히 피하며 안안궁이 있는 방향을 멍하니 바라봤다. 그리고 한참을 있으니 문득 영왕부에서 갓 황궁으로 옮겨갔을 때가 떠올랐다. 하루는 황제에게 문후를 올리러 갔는데, 휘장 사이로 힐끔 보니 황제가 마침 형에게 다도를 가르치는 중이었다. 황제는 평소 업무가 과중해 정권은 열흘이나 보름에

---

* 서류에 미리 찍어두던 빈 도장으로, 나중에 필요한 내용을 채워 넣었다. 명나라 초기에 조정에서 썼다. —역주

한 번 겨우 그의 얼굴을 볼 수 있었으므로 저렇게 여유를 즐기는 황제의 모습은 무척이나 의외였다. 부친은 찻주전자로 물을 끓이는 법, 다완에 가루를 넣고 차선으로 젓는 법, 끓인 물을 한 번, 두 번, 일곱 번 부어가며 유화의 색과 윤기를 판단하는 법을 하나하나 정성껏 가르치고 있었다. 드디어 찻잔에서 새하얀 탕화가 운무처럼 떠오르자 부친의 미간이 미세하게 펴졌다. 비록 웃는 얼굴은 아니었지만, 그가 이 순간을 얼마나 즐기고 있는지 만큼은 또렷하게 느낄 수 있었다. 그것은 아마도 아버지가 사랑하는 아들과 함께할 때 자연스럽게 느끼는 기쁨의 감정이었을 것이다.

정권은 그들이 알아차리지 못하는 먼발치에 서서 두 사람의 모습을 바라보다가 결국 묵묵히 발걸음을 돌렸다. 아직 어린 나이임에도 지금 들어가면 두 부자가 모처럼 보내는 행복한 시간을 방해하는 꼴이 되리라는 걸 직감했기 때문이었다.

이미 해질녘이던 그때, 그는 몰래 외궁에 위치한 중서성으로 달려갔다. 그날은 노세유가 야간 당직을 서는 날이었다. 그가 느닷없이 점다點茶를 가르쳐달라고 하자, 노 선생은 놀라면서도 성내 당직자들이 사용하는 다구를 가져와 모든 절차를 하나하나 세심하게 가르쳐주었다. 때때로 그는 옆에서 훈수를 두기도 했다.

"전하, 손목에 더 힘을 주셔야 합니다. 차선의 손잡이는 좀 더 비스듬히 잡으셔야죠."

사실 그는 노세유가 직접 손을 붙들고 교정해주기를 속으로 간절히 바랐다. 그러나 그는 귀찮아하는 기색 하나 없이 부드럽고 온화한 말투로 내내 세심히 지도를 하면서도 끝내 그에게 직접 손을 내밀지는 않았다.

그때 느꼈던 거리감, 그때 느꼈던 결핍과 가슴이 텅 빈 듯한 공허는 그가 주저앉은 지금 이 저녁까지 길게 이어졌다.

13년 전 중서성 당직실에서 노세유는 거품이 일기를 기다리며 물었다.

"오늘 신이 전하께 강의한 책은 다 이해가 되셨습니까?"

무릇 스승과 한자리에 있는 제자는 스승의 끊임없는 질문과 꾸짖음을 피해갈 수 없을 것이다. 그가 평소 스승님과 마주하기를 꺼려하는 이유도 그 때문이었다. 그러나 그날만큼은 그와 계속 함께 있고 싶어서 어쩔 수 없이 대답했다.

"네."

스승은 과연 예상과 한 치의 어긋남도 없이 그날 아침에 배운 『논어』의 암송과 해석을 주문했다. 정권이 암송하는 내내 노 선생은 미간에 잔뜩 주름을 잡은 채 경청했고, 정권은 혹여나 그를 실망시킬까 봐 노심초사하며 눈치를 보았다.

스승이 고개를 끄덕이며 미소 짓자, 정권은 그제야 안도의 한숨을 내쉬며 스승이 건네는 찻잔을 두 손으로 공손히 받아 들었다. 그는 차를 홀짝이며 오랫동안 궁금해 마지않던 문제를 스승에게 조심스럽게 물었다.

"선생님, 공자의 아버지는 누구입니까?"

노세유는 잠시 당황하는 듯하더니 곧바로 대답했다.

"공자의 친부는 노나라 대부 숙량흘叔梁紇입니다."

정권이 이어서 물었다.

"공자의 아버지는 어떤 여자와 사통해 공자를 낳았다던데 사통이 무슨 뜻인가요?"

노세유는 정권의 말에 순식간에 낯빛을 바꾸며 꾸짖듯 추궁했다.

"그런 말을 누구에게서 들으셨습니까?"

정권은 스승의 호통에 겁을 집어먹고 잠시 망설이다가 사실대로 대답했다.

"『태사공서太史公書』에서 읽었습니다."

노세유의 표정이 그제야 온화하게 풀어졌으나 따끔한 훈계는 잊지 않았다.

"성인을 배우는 것은 나라를 평화롭게 다스리고 바른 기풍을 수양하기 위함입니다. 전하는 국본이시니 한 가지에만 치우쳐 다른 하나를 소홀히 하셔서는 안 되지요. 전하의 한마디 한마디가 만세의 종묘에 영향을 미치고, 전하의 모든 행동거지가 백성의 귀감이 되니 수시로 자신을 돌아보며 성찰을 게을리하지 않아야 합니다. 신이 하나 묻겠습니다. 성현은 어떻게 자신을 돌아보라고 말씀하시던가요?"

애초에 이러려고 스승을 찾아온 것은 아니었으나 한바탕 훈계를 들은 터라 대답하는 수밖에 도리가 없었다.

"공자께서 말씀하셨다. '어진 사람을 보면 그와 같아질 것을 생각하라.' 공자는 또 말씀하셨다. '안 될 것 같구나! 난 자기 허물을 살펴보고 스스로 돌아볼 수 있는 사람을 여태껏 보지 못했다.' 증자曾子는 말씀하셨다. '나는 매일 자신을 세 번 돌아본다. 남을 위해 일을 도모하며 불충하지는 않았는가? 친구와 교류하며 신뢰를 저버리지는 않았는가……'"

노세유는 정권의 잘못을 그냥 넘기지 않겠다는 듯 문책을 멈추지 않았다.

"그렇다면 오늘 전하는 무슨 말을 잘못했고 무엇을 잘못하셨습니까?"

정권은 '사통'이라는 말이 품행이 단정한 사람이 입에 올릴 말이 아니라는 걸 어렴풋이 눈치채고 있었으므로 고개를 숙인 채 대답했다.

"성인을 비방하는 말을 함부로 입에 올렸고 허락 없이 혼자 스승님을 찾아왔습니다."

노세유는 드디어 고개를 끄덕이며 말했다.

"아시면 속히 동궁으로 돌아가십시오."

그렇게 스승과의 교류는 끝내 별도의 저녁 수업으로 마무리되었다. 사실 그가 묻고 싶었던 말은 다른 것이었다.

'공자는 세 살에 부친을 여의었다는데 그도 평범한 사람처럼 외로움을 느꼈을까요? 성현들은 외로울 때나 마음이 텅 비었을 때 어떻게 풀었나요?'

성현의 책 속에서는 답을 찾을 수 없는 질문이었다. 훗날 노세유가 세상을 떠나자 그 질문은 세상 밖으로 나올 기회를 영영 잃었다.

멀리 촉지蜀地에 있는 첫째 형은 슬하에 딸 셋만 두었다. 넷째 동생은 일찍 세상을 떠났고, 그의 세자는 세상에 태어나자마자 목숨을 잃었다. 이번에 제왕의 측비가 아들을 낳으면 그가 바로 황제의 장손이었다. 부친이 얼마나 장손을 기대하고 있을지는 말하지 않아도 충분히 알 수 있으리라. 그러나 제왕을 살리기 위해서라면 그 장손마저도 버릴 수 있는 게 바로 부친이었다. 생각이 여기에 미치자 속에서 냉소가 치밀어 올랐지만 기력은 반 푼도 남아 있지 않았다.

그는 서서히 자신을 따라오는 그림자를 피하려고 벽을 따라 안간힘을 쓰며 움직였다. 마침내 벽 가장자리까지 내몰려 피할 구석이 없자, 그는 그림자가 온몸을 덮도록 그냥 내버려 두기로 했다. 그는 눈길을 하늘로 옮겼다. 아까 보았던 또렷한 원형의 붉은 태양은 어느새 전당 처마 끝에 걸려 기울고 있었다. 우주는 그 끝을 가늠할 수 없다. 하늘 아래 펼쳐진 이 광활한 세상도 그 끝을 알 수 없을 만큼 아득하다. 북쪽 바다 끄트머리로 가면 또다시 북쪽 바다가 펼쳐지고 푸른 하늘 위에는 더욱 푸른 하늘이 있다. 지극히 평범한 사람의 눈에 이 모든 것을 담기란 아마도 영원히 불가능할 것이다. 그러나 그를 쫓아오는 저 어두운 그림자보다 음침하고 지는 해보다 더욱 작열하며, 이 천지보다 더욱 허망한 것은 평범한 인간의 텅 빈 가슴이 아닐까. 그는 문득 후회스러웠다. 애초에 그 어리석은 질문을 하지 않았다면 자신이 절박하게 알고 싶었던 그것에 대한 답을 스승님께 들을 수 있지 않았을까?

마침내 해가 완전히 자취를 감추자, 정권은 몰래 한숨을 내쉬며 자리에서 일어났다. 하루 중 가장 견디기 힘든 시간을 이렇게 또 한 번 무사히 넘겼다. 사방에는 그를 지켜보는 수십 쌍의 눈이 있었지만, 그의 심중을 진정으로 꿰뚫어 보는 눈동자는 도무지 보이지 않았다. 그들 앞에서 그는 여전히 지엄한 군주이자 품행이 단정한 군자였다. 그러나 가슴으로 끝없이 밀려드는 이 깊은 슬픔을 억누를 때마다, 부모에게도 아내에게도 알릴 수 없는 지독한 고독을 견딜 때마다, 터져 나오는 울음을 필사적으로 참을 때마다 나오는 버릇을 아는 사람은 이 세상에서 오직 그뿐일 것이다. 팔뚝 안쪽 가득 손톱으로 꼬집은 새빨간 흉터를 이생에서 그가 아니면 또 누가 발견할 수 있을까? 아마 그 사람도 이것까지는 모르겠지.

학려화정 1

鶴唳華亭

초판 1쇄 발행 2021년 6월 20일

지은이　ㅣ 슈에만량위안
옮긴이　ㅣ 신노을

펴낸이　ㅣ 조미현
책임편집　ㅣ 황정원
디자인　ㅣ 나윤영

펴낸곳　ㅣ (주)현암사
등록　ㅣ 1951년 12월 24일 · 제10-126호
주소　ㅣ 04029 서울시 마포구 동교로12안길 35
전화　ㅣ 02-365-5051
팩스　ㅣ 02-313-2729
전자우편　ㅣ dalda@hyeonamsa.com
홈페이지　ㅣ www.hyeonamsa.com
블로그　ㅣ blog.naver.com/hyeonamsa

ISBN 978-89-323-2125-7 04820
ISBN 978-89-323-2127-1 (세트)